万建中 著

民间文学引论

（第二版）

MINJIAN WENXUE YINLUN

北京大学出版社
PEKING UNIVERSITY PRESS

图书在版编目(CIP)数据

民间文学引论/万建中著. —2 版. —北京:北京大学出版社,2022.1
(博雅大学堂·文学)
ISBN 978-7-301-32817-0

Ⅰ.①民… Ⅱ.①万… Ⅲ.①民间文学—中国—高等学校—教材 Ⅳ.①I207.7

中国版本图书馆 CIP 数据核字(2021)第 270221 号

书　　名	民间文学引论(第二版) MINJIAN WENXUE YINLUN(DE-ER BAN)
著作责任者	万建中　著
责任编辑	艾　英
标准书号	ISBN 978-7-301-32817-0
出版发行	北京大学出版社
地　　址	北京市海淀区成府路 205 号　100871
网　　址	http://www.pup.cn　新浪微博:@北京大学出版社
电子邮箱	编辑部 wsz@pup.cn　总编室 zpup@pup.cn
电　　话	邮购部 010-62752015　发行部 010-62750672 编辑部 010-62756467
印　刷　者	三河市博文印刷有限公司
经　销　者	新华书店
	965 毫米×1300 毫米　16 开本　24.5 印张　433 千字 2006 年 7 月第 1 版 2022 年 1 月第 2 版　2024 年 3 月第 3 次印刷
定　　价	69.00 元

未经许可,不得以任何方式复制或抄袭本书之部分或全部内容。
版权所有,侵权必究
举报电话:010-62752024　电子邮箱:fd@pup.cn
图书如有印装质量问题,请与出版部联系,电话:010-62756370

目录

引言 民间文学的意义/1
一、民间文学的当下境遇/1
二、民间文学是民族的文化传统/3
三、民间文学是民众狂欢的形式/5

第一讲 民间文学的历史与现状/1
第一节 民间文学学科与知识体系/1
一、民间文学的学科体系/2
二、民间文学的知识体系/3
第二节 民间文学研究的主要流派/5
一、神话学派/6
二、人类学派/8
三、功能学派/9
四、神话-原型批评流派/10
第三节 民间文学是作家创作的范式/14
一、作家对民间文学的再写/14
二、民间文学孕育了文学/17
第四节 俗文学与民间文学/19
一、对俗文学的提倡和研究/19
二、俗文学与民间文学的差异/22

第二讲 民间文学的界定及生存状况/25
第一节 什么是民间文学/25
一、"民间文学"概念的提出/26
二、民间文学的优越性/34
三、"人民性":民间文学的核心所在/38

第二节　民间文学的生存状况/41
　　一、从口头到书写/41
　　二、民间文学的生活属性/47
　　三、口头语言的表现范式/51
　　四、表演中的创作/54
　　五、异文的存在和认定/57
第三节　中国民间文学的存续/59
　　一、古代民间文学的搜集和整理/59
　　二、民间叙事的衰落/62
　　三、可持续的民间文学生活/66

第三讲　民间文学的本体特征/69

第一节　口头性：一种表演的模式/69
　　一、口头语言系统的必然存在/69
　　二、口口相传的优越性/71
　　三、口头文学是永恒的/72
　　四、大众传媒的介入/74
第二节　集体性：演说者与观众的互动/77
　　一、集体性的表现形态/77
　　二、集体叙述的力量/80
第三节　变异性：表演活动的不可复制/81
　　一、每次表演都不一样/81
　　二、变异的力量/83
　　三、导致变异的原因/85
第四节　传承性：演说模式的相对稳定/87
　　一、再创作不能超越传统模式/87
　　二、传承性存在于反复表演的过程/89

第四讲　民间文学的价值及审美特征/94

第一节　民间文学的价值/94
　　一、生活中的文学活动/94
　　二、民间教育和娱乐的资源/97

三、关于祖先的历史记忆/103
　　四、承载和认识文化传统的文本/105
　　五、为学术研究提供多种可能/107
第二节　社会主义核心价值观的传统载体/109
　　一、民间文学蕴含核心价值观/109
　　二、民间文学传衍核心价值观/111
第三节　民间文学的审美特征/112
　　一、审美主体与客体的一致/112
　　二、在场情境的审美方式/114
　　三、重复经历的审美体验/115
　　四、日常生活审美化/116

第五讲　神话：神圣的叙事/120

第一节　神话的产生/121
　　一、定义神话/121
　　二、神话的历史根源/122
第二节　神话的本质/125
　　一、真实又神圣的叙述/125
　　二、遥远的历史/127
第三节　中国神话没有得到充分发育/128
　　一、正统文化疏离神话/128
　　二、"想象力"的问题/130
　　三、神话的历史化/131
第四节　中国神话的民族特征/133
　　一、历史化了的古史传说系统/133
　　二、农耕民族色彩浓郁/133
　　三、不同神话体系的融合和多样化/134
　　四、种类齐全/135
　　五、"怪异神人"众多/135
　　六、多为自然神、氏族神和英雄勇士/136
第五节　中国神话的分布及记载/137
　　一、地理分布格局/137

二、载录古代神话的主要典籍/139
　第六节　神话的变形法则/142
　第七节　神话与古代信仰/144
　　一、神话与巫术/144
　　二、神话与图腾观念/146
　　三、神话与原始宗教/147

第六讲　史诗：民族的口述史/150
　第一节　史诗的一般特点/150
　　一、古代知识和文体形式的总汇/150
　　二、"起源"的叙事及其社会功能/151
　　三、史诗承载着神话/153
　　四、史诗的神圣与崇高/155
　　五、史诗永久的魅力/157
　第二节　创世史诗/158
　　一、中国创世史诗的格局/159
　　二、创世史诗主题类型/161
　　三、西南地区创世史诗的特点/165
　第三节　英雄史诗/167
　　一、英雄史诗的概况/167
　　二、中国三大英雄史诗/168
　　三、民族生活的历史画卷/173
　　四、英雄人物的颂歌/175
　　五、英雄史诗的叙述模式/177
　　六、口传与书面的结合/179
　　七、史诗演唱艺人/180

第七讲　民间传说：历史的故事/184
　第一节　传说与神话及民间故事/184
　　一、传说与神话的区别/185
　　二、传说对神话的继承/186
　　三、传说和民间故事的关系/187

第二节 传说是关于历史的叙事/189
　　一、传说离不开历史/189
　　二、传说的虚构与真实/191
　　三、传说可能进入历史/196
第三节 民间传说的类型/198
　　一、人物传说/198
　　二、历史传说/199
　　三、风物传说/199
　　四、新闻传说/203
第四节 传说的社会功能/204
　　一、一个族群的公共记忆/204
　　二、口传记忆中的族群认同/205

第八讲 民间故事:娱乐的叙事/207

第一节 生活故事/207
第二节 民间笑话/209
　　一、民间笑话的种类/210
　　二、民间笑话的结构特点/213
第三节 民间寓言/214
　　一、何谓寓言/214
　　二、寓言的文体特色/215
　　三、寓言的民族特色/216
第四节 民间童话/219
　　一、何谓童话/219
　　二、民间童话的内容与分类/221
　　三、童话的叙述特点/224
第五节 民间故事的文体特征/226
　　一、民间故事结构的相对定型/227
　　二、民间故事的类型化/231
　　三、用方言记录民间故事/239

第九讲 民间歌谣：美妙的天籁/242

第一节 歌谣是什么/242
　一、对歌谣的认识/242
　二、歌和谣的区别与联系/245
　三、歌谣的起源/246
　四、歌谣的分类/248
　五、古代民谣研究/252

第二节 富有特色的地方民歌/253
　一、地方民歌的主要种类/253
　二、民歌体式和风格的多样性/263

第三节 歌谣的认识功能/265
　一、表达民俗礼仪的内涵/265
　二、哭嫁歌的意义流程/266

第四节 民歌是一种方言的演唱/269
　一、用方言演唱和记录民歌/269
　二、民歌的地域性/271

第五节 "五四"歌谣学运动的兴起/272
　一、兴起的过程/272
　二、运动的实绩/273

第十讲 俗语和禁忌语：智慧的民间语言/276

第一节 民间俗语/276
　一、谚语/277
　二、民间歇后语/278
　三、民间谜语/281

第二节 日常禁忌语/284
　一、凶祸禁忌语/284
　二、破财禁忌语/285
　三、猥亵禁忌语/286

第十一讲 民间说唱和小戏：表演的艺术/289

第一节 民间说唱/289
　一、俳优与成相/290

二、乐舞百戏/290
　　三、敦煌藏卷说唱作品/291
　　四、勾栏瓦肆里的民间说唱/293
　　五、形式繁多的明清说唱/294
　第二节　民间小戏/299
　　一、古代宗教仪式孕育民间小戏/300
　　二、汉族民间歌舞戏/302
　　三、少数民族戏剧剧种/306
　　四、汉族民间道具戏/309
　　五、民间小戏的表演空间/314

第十二讲　民间文学田野作业/317
　第一节　走入田野/317
　　一、田野作业的必要性/317
　　二、主位研究与客位研究/319
　第二节　田野作业的步骤与规范/322
　　一、进入田野的程序/323
　　二、参与观察/324
　　三、深度描写/326
　　四、田野作业：发现故事/327
　第三节　让当地人说话/329
　　一、田野作业的单向性/330
　　二、建立平等对话的田野机制/331
　第四节　"口头程式理论"的产生/333
　第五节　校园民间文学调查/334
　　一、校园顺口溜/335
　　二、校园笑话/336
　　三、校园流行语/337
　　四、鬼故事/337
　　五、智力测验游戏/338

第十三讲　民间文学研究方法及其实践/340
　第一节　研究方法的否定之否定/340

第二节 研究方法的实践/342
 一、比较法/343
 二、演进法/344
第三节 民间故事的结构形态/346
 一、民间故事形态学/346
 二、二元对立的叙述范式/350
 三、结构与解构/352
第四节 以记录文本为研究对象的可行性/354
第五节 现代民间文学学科的演进/356
 一、晚清时期的民间文学活动/357
 二、中国现代民间文学学科的诞生/358
 三、民间文学活动的扩展/359
 四、建构中国民间文学理论体系/362

参考书目/368

第一版后记/373

第二版后记/374

引　言
民间文学的意义

对民间文学，相信每个中国人都有接触和享受，因为每个人都生活在一定的民间文学场域之中，拥有自己的民间文学生活，受过民间文学的影响。流传广泛的嫦娥奔月的神话、孟姜女的传说、鲁班的传说、狼外婆的故事等等，更是家喻户晓。然而，当我们在进行田野作业的时候，时常会听到对方说："我没有文化……"这说明相当部分民众，也包括部分学者都认为文化就是以文字为媒介的，文化是需要经过"专门"学习的。"'文字的权力化'表现出了一种不争的历史事实，更有甚者，它还成为社会价值体现中类似于福柯所说的'区分/排斥'关系，比如，不懂文字的人被当作'文盲'，那些无文字的族群、农民、妇女等，在历史上大都被视为'没文化'人群。"[①]其实，在广大民间，在很少使用文字的地区，流行着无边无垠、无须借助文字的口头文学、表演艺术、音乐、歌唱等"口传文化"(oral culture)。这类口传文化与书面文化有着同等的地位。

一、民间文学的当下境遇

民间文学属于民众自己的知识，是民众自己叙述的知识，是民众对于自己的思想、观念和感情的展演。这种知识被视为非科学的知识，是未经科学证明、过滤的不可信的叙述和展演；往往被由所谓知识分子们建构起来的所谓科学知识排斥和压制，难以获得合法的被认可的地位。正如法国后现代主义思想家让-弗朗索瓦·利奥塔(Jean-Francois Lyotard)所言，"科学知识把它们归入另一种由公论、习俗、权威、成见、无知、空想等构成的思想状态：野蛮、原始、不发达、落后、异化。叙事是一些寓言、神话、传说，只适合妇女和儿童。在最好的情况下，人们试图让光明照亮这种愚昧主义，使之变得文明，

---

① 彭兆荣：《口述/书写：历史的叙述与叙述的历史》，《广西民族研究》2004年第1期。

接受教育,得到发展"①。民间文学一直被认为是社会"底层"的文学,未能进入主流话语系统之中。文人和知识分子对它们的利用、操控和改造,就是对它们的最大恩惠了。在文人和知识分子看来,民间文学的意义也仅止于此。

由于民间文学是本土的,因此可提供民族-国家的文学-文化权力。这些兴趣反复刺激文化精英们搜集民间文学作品,特别是民族语言的口头艺术作品——传说和歌谣——以便证明民族-国家特征的正确性,让民族文学的旗帜可以高高飘扬。②"总之在现代中国,民间文学作为现代多元民族国家的文化建构力量,最终成为政治民族主义的文化依据或政治-文化民族主义的意识形态式权力话语。"③在现实生活中,那些有利于国家-民族话语建构或能够产生地方经济和宣传效益的民间文学,得到暂时的功能性的特别关注。有选择地利用民间文学是精英阶层的一贯做法。"新文化运动期间,我们的前辈选择的是歌谣,以为民间的歌谣文化才构成可以替代'圣贤文化'的民主精神。延安的民间文化运动选择的是秧歌这种符合'革命精神'的文化元素。改革以来,文化和旅游部门也选择一些'有用'的文化元素,将其加工为'合适的文化'。"④这种阶段性实施的可谓民间文学的政治学。而更为众多的民间文学形式处于自生自灭的状态。城市文化的入侵,正迅速将偏安一隅的各地民间文学推向生存的困境。

导致民间文学生存困境的一个重要的客观原因,是文化传播的形式发生了变化。由口传文化发展到印刷文化再到当今的电子文化,这已成为必然的客观事实。尽管各种文化传播形式仍在并行发展,不可互相取替,但载体的改变也改变了人们对原有载体文化的信仰。正如周宪和许钧两位教授所指出的:

> 在口传文化阶段,面对面的在场交流形式与语境,既使得交流是双向互动的,又使得传统的权威得以维持;印刷文化阶段,信息不再依赖于在场,它贮存在可移动的媒介(印刷物)中,使得不在场的交流成为可能。印刷文化出现,在跨越时空限制的同时,也动摇了传统的权威。

---

① 〔法〕让-弗朗索瓦·利奥塔尔:《后现代状态:关于知识的报告》,车槿山译,生活·读书·新知三联书店1997年版,第57页。
② 〔美〕玛丽·艾伦·布朗:《民间文学与作家文学》,李扬译,《民间文化论坛》2004年第4期。
③ 吕微:《现代性论争中的民间文学》,《文学评论》2000年第2期。
④ 王铭铭:《在日常生活中发现史诗——民间文化研究与多元史观的建构》,《非我与我——王铭铭学术自选集》,福建教育出版社2000年版,第398页。

由于读者和作者不在同一时空里,阅读活动较之于面对面交流,更加带有批判、怀疑和"改写"原本的倾向。①

而"权力政治通过历史的文本化使主流意识形态成为'经典',进而排除了非主流的、民间的、边缘的历史与声音,那些被文字等现代传播媒介书写、刻录的历史也就充当了强化权力统治的意识形态工具。即使是民间口头文学的历史书写,也被整合到主流意识形态范围内,因为民间文学的抵抗性质、狂欢特征,众多民间口耳相传的口头文学作品,便再一次尘封在历史的背后"②。在这种景况下,许多人更是或多或少对民间文学有片面的看法,认为民间文学"不登大雅之堂""粗俗""浅陋",是"下里巴人"的、没有多少社会功能的玩意儿。这是没有真正意识到民间文学的审美价值、认识价值和生活价值的结果。

民间文学的这种当下境遇实在是古代文学传统的延续。中国相当长时间一直是诗(当然指文人诗)的国度,小说不能登大雅之堂。原因是小说多缺乏很强的尊实重信的意识,为重入世、好实在的士大夫们所不齿。小说的这一内容上的特点又来自民间下层文化。对小说的排斥恰恰表明中国古典学术对待民间文学的一贯态度,然而在小说越来越成为学术宠儿的形势下,民间文学的地位却一如既往。

二、民间文学是民族的文化传统

近三十余年来,世界各国掀起了"文化热"。一个民族的"文化"都是由两类组成的:一类为上层的、知识阶层的文化,也可以说是处于统治地位的文化;一类为社会底层的、平民的、大众的文化。美国人类学家罗伯特·雷德菲尔德(Robert Redfield)提出了著名的"大传统"(great tradition)和"小传统"(little tradition)的理论模式。所谓"大传统"的文化,指的是占统治地位的文化,即精英文化或高层文化,尤其是都市文明的文化模式;"小传统"的文化则来自民间或基层,是底层民众所代表的生活文化,尤其是复杂社会中具有地方社区或地域性特色的文化模式。民间文学是民间文化重要的组成部分。"在世界上,只要有国家,就会有民间。只要有民间,几乎就都有民

---

① 〔美〕约翰·菲斯克:《电视文化》,祁阿红、张鲲译,商务印书馆2005年版,总序第2页。
② 刘晓春:《当下民谣的意识形态》,《新东方》2002年第4期。

间文学。"①

后一类文化更具稳定性,是经过漫长的历史积淀下来的,和民众的心理、思维及审美趣味有密切的关系。早在1925年,周作人先生在其《拜脚商兑》一文中说"国民文化程度不是平摊的,却是堆垛的,像是一座三角塔"②,颇有见地地指出了民间文化本身的多层性和多元性。他还将一个民族的文化架构比喻为一个"△"形:在顶端的占统治地位的文化要影响到下层,需要很长的时间;上层文化是建立在下层文化基础上,如果没有处于社会底层的下层文化,上层文化就失去了支撑。下层的民众文化由民间的风土人情、风俗习惯、思维方式和道德观念等等组成,不是可以随意改变的,也不是哪个人能够改变的,它具有相对的独立性和自在性。

相对作家文学而言,民间文学具有更为普遍的和永恒的艺术魅力。马克思在《〈政治经济学批判〉导言》和其他文章中,论述了希腊古代神话与史诗以及德国的政治民歌,提出文学艺术在社会发展的早期就曾经达到了一个很高的高度,而这个高度的标志,却不是文人作品,而是属于民间文学范畴的希腊古代神话与史诗。他说:"困难不在于理解希腊艺术和史诗同一定社会发展形式结合在一起。困难的是,它们何以仍然能够给我们以艺术享受,而且就某方面说还是一种规范和高不可及的范本。"马克思接着阐明了它们何以能成为"一种规范和高不可及的范本":"一个成人不能再变成儿童,否则就变得稚气了。但是,儿童的天真不使成人感到愉快吗?他自己不该努力在一个更高的阶梯上把儿童的真实再现出来吗?在每一个时代,它固有的性格不是以其纯真性又活跃在儿童的天性中吗?为什么历史上的人类童年时代,在它发展得最完美的地方,不该作为永不复返的阶段而显示出永久的魅力呢?有粗野的儿童和早熟的儿童。古代民族中有许多是属于这一类的。希腊人是正常的儿童。他们的艺术对我们所产生的魅力,同这种艺术在其中生长的那个不发达的社会阶段并不矛盾。这种艺术倒是这个社会阶段的结果,并且是同这种艺术在其中产生而且只能在其中产生的那些未成熟的社会条件永远不能复返这一点分不开的。"③事实上,在任何一个时代,都会产生许多令作家文学难以企及的民间文学范本。

---

① 季羡林:《比较文学与民间文学研究相得益彰》,《比较文学与民间文学》,北京大学出版社1991年版,第166页。

② 周作人:《拜脚商兑》,钟叔河编订《周作人散文全集》第4卷,广西师范大学出版社2009年版,第118页。

③ 《马克思恩格斯选集》第2卷,人民出版社1995年版,第29—30页。

这些范本与其他类型的文化遗产共同构筑了民族的文化传统,成为一种绵绵不绝的文化原型。这种文化原型只会不断被"当代人"所继承和丰富,而不可能被超越和摒除。

三、民间文学是民众狂欢的形式

在民众广泛参与的各种活动中,必然会涌现民间文学;民间文学成为民众在一些特别的场合抒发情感和表达思想的不可缺少的形式。

依据俄罗斯著名文艺理论家巴赫金(M. M. Bakhtin)的狂欢化诗学理论,民间文学集中展演的时节、场合,就是民间的狂欢节。狂欢节的主要特点表现为:(1)无等级性。每个人不论地位如何,不分高低贵贱,都可以以平等身份参加。(2)宣泄性。狂欢节期间,人们可以纵情欢悦,摆脱种种现实心理重负。(3)颠覆性。狂欢节中,没有权威,没有管束,甚至没有政府,人们可以无拘无束地颠覆现存的一切,重新构造和设计自己的理想。(4)大众性。狂欢节所有人都可参与,是适合民众口味、与上层文化相对的一种文化活动。狂欢节中,人们暂时取消了一切等级关系、特权、规范和禁令,完全沉浸在自由的欢乐之中。民众需要这种狂欢和诙谐,在狂欢中获得各种满足和精神的愉悦。

在民间文学得到集中展演的场合,一定程度上,上层与民间、统治者与民众的边界被消解。譬如在节日期间,统治者只有"转化"为平民,才能真正与民同乐,享受节日特有的欢快。这是时间上的"阈限"(threshold)阶段,许多方面处于反结构的状态。在民间文学演唱活动中,人们的身份会发生明显改变:一方面领导者在努力去除自己的权威,包括说话的口吻、语气、内容等;另一方面,当地民众是主角,他们的演技得到充分展示,所有的人为他们喝彩。如果领导者仍为主角,展演活动就会被异化,失去其本真。领导者融入表演的气氛,甚至参与其中,也满足了当权者与民狂欢的需求。在这样的场合,这并不会损害领导者的形象,反而有助于其形象的塑造。这是民间给予领导者的话语自由。因此,民间文学表演的狂欢是社会的需求,是上层和下层交流、融合的最好场合,可以化解对立和矛盾;同时,又是民间所定义的正义的张扬:民间节日场合涌现的民间文学常常表现为对统治者、权势者、上层阶级的讽刺挖苦和作弄,包含有较强的阶级正义和伦理正义色彩。巴赫金指出:"其实在上千年里人民一直在利用节日诙谐形象的权利和自由,去表达自己深刻的批判态度,自己对官方真理的不信任和自己更好的愿望跟意向。可以说,自由与其说是这些形象的外在权利,不如说是它们的内在内容。这些大无畏的话语是关于世界、关于权利的无懈可击的、毫无保留的话语,在几千年里形成的语言。很清楚,这种无畏的、自由的形象语言给予了新世界观以最为丰富的积极内容。"①需要特别指出的是,中国的节庆与狂欢节不可同日而语,它的特点是"与民同乐",具有"泛民间化"的倾向。

当反映主旋律的作家文学在官方的上层社会和思想界里,正实现语言和思想在文化、民族、政治上的集中化任务时,在民间、在乡村的公共空间、在游艺场和集市的戏台上,狂欢着的人们却用杂语说着笑话,用地方传统的方式和语言演述着故事诗、笑话、故事、街头歌谣、民间小戏、谚语、趣闻等等。1925年,周作人就曾登文征集过猥亵歌谣,这些歌谣中包含大量的诙谐成分。"民谣的颠覆性、不妥协性、讽刺性决定了它与主流意识形态之间永远保持着相当的距离,发挥其独特的舆论功能。"②民谣是对话化了的杂语。而"沿着语言生活里集中倾向的轨迹发展而诞生与形成的语言哲学、语言学和修辞学,忽视体现着语言生活离心力的这一对话化了的杂语。因此它们也就不可能理解语言的这样一种对话性……不妨直接地说,语言的对话因素及与之相关的一切现象,直到现在仍然处于语言学的视野之外"③。共时性的交流、同欢、情感传递是民间文学的审美特质。

巴赫金强调,由这些俚俗体裁组织起来的杂语,不仅仅不同于公认的规范语(连同其所有的体裁)以及承载主流思想的语言,更有甚者,它是有意识地与之相对立。它讽刺性地模拟当代各种官方的语言,并与之针锋相对。现代山西秧歌、东北二人转以及餐桌上的冷嘲热讽就颇为典型。美国学者欧达伟(R. David Arkush)在《中国民众思想史论——20世纪初期—1949年华北地区的民间文献及其思想观念研究》一书中,认为定县秧歌戏的内容包含"令人神往而又有危险性的思想、愿望、性冲动、道德怀疑和造反空想,以及诸如此类的颠覆、或威胁乡村社区的意念等"④。赣南地区的地方小戏——采茶戏充斥的"黄色小调",是该剧种必不可少的"调料"。"黄色小

---

① 〔苏〕巴赫金:《弗朗索瓦·拉伯雷的创作与中世纪和文艺复兴时期的民间文化》,钱中文主编《巴赫金全集》第6卷,李兆林、夏忠宪等译,河北教育出版社1998年版,第312—313页。着重号为原文所有。
② 刘晓春:《当下民谣的意识形态》,《新东方》2002年第3期。
③ 〔苏〕巴赫金:《长篇小说的话语》,钱中文编《巴赫金全集》第3卷,白春仁、晓河译,河北教育出版社1998年版,第52页。
④ 〔美〕欧达伟:《中国民众思想史论——20世纪初期—1949年华北地区的民间文献及其思想观念研究》,董晓萍译,中央民族大学出版社1995年版,第2页。

调"的表现形式有多种:有如"阿哥阿妹"类的隐晦情歌,有如"姐儿长得漂漂的,两个奶子翘翘的;有心上去摸一把,心里有点跳跳的"之类的打油小诗,也有"黄色笑话"和"黄色谜语"等。"黄色小调"是在国家权力控制相对薄弱的地域产生的,保持了相对自由活泼的形式,客观地说,比较真实地表现出当地民间社会生活的面貌和下层人民情绪世界的诙谐层面。[①]

诙谐的源泉是上古初民娱神的仪式,当神圣的表层随着神的死亡而不断脱落,剩下的便是纯粹的诙谐式欢乐,故而诙谐是民间文化的基本特征之一,它存在于民间生活空间的各种灰色地带。人们并不是因受压抑才诙谐,诙谐是本能的宣泄,因而民间既不存在压抑也不存在升华或替换,民间就是民间,它不需要外在的拯救。诙谐是民间人生中重要的精神现象,决不能将之当作休息时的消遣、无足轻重的游戏。

在民间,在现实生活中,所有的民间文学活动都是在自然、自由、自在的状态下进行的,狂欢中的诙谐、诙谐中的狂欢,是活动的主要基调,与官方活动所谓的严肃性、正统性形成鲜明的对照。巴赫金认为,狂欢式的诙谐"具有深刻的世界观意义,这是关于整体世界、关于历史、关于人的真理的最重要的形式之一,这是一种特殊的、包罗万象的看待世界的观点,以另一种方式看世界,其重要程度比起严肃性来,(如果不超过)那也毫不逊色……世界的某些非常重要的方面只有诙谐才力所能及"[②]。在巴赫金看来,民间诙谐同样也是神圣的,体现出"一种特别的最为深刻的(在一定程度上也最为自由的)非官方严肃性"[③]。诙谐是广大民众喜闻乐见的形式。巴赫金强调,"只有用非官方的诙谐的本能武装起来,才能够贴近对一切严肃性持怀疑态度并习惯于把坦率、自由的真理与诙谐联系在一起的人民大众"[④]。民间文学生活本身就隐含批判性意义。

关键词:

主流话语　文化权力　社会底层　狂欢　诙谐　文化原型　口传文化

[①] 参见钟俊昆:《客家文化与文学》,南方出版社2004年版,第118页。
[②] 〔苏〕巴赫金:《弗朗索瓦·拉伯雷的创作与中世纪和文艺复兴时期的民间文化》,钱中文主编《巴赫金全集》第6卷,李兆林、夏忠宪等译,河北教育出版社1998年版,第77页。
[③] 同上书,第554页。
[④] 同上书,第115页。

思考题：

1. 当下社会民间文学的时代特色是什么？
2. 当下社会民间文学的生存环境如何？
3. 为什么说民间文学具有诙谐的特性？
4. 为什么民间文学会被视为不登大雅之堂的、粗俗的和浅陋的东西？
5. 为什么民间文学及民间文学学科没有得到学界应有的关注？
6. 民间文学在传统文化中的地位。
7. "非物质文化遗产"的一个重要内容，是"口头传统以及作为文化表达手段的语言"，实际主要为民间口头文学。在保护"口头与非物质文化遗产"的口号下，如何提升民间文学的地位？

第一讲
民间文学的历史与现状

中国现代民间文学学科已走过了百年的历程,演进的脉络清晰而又辉煌,涌现出一大批民间文学学者,学术成果累累,足以和其他人文社会科学相媲美。与其他人文社会学科相较,民间文学更富有民族的和传统的特色,尽管一起步就注意吸纳西方的理论,但其研究的路径和范式表现出鲜明的历史延续性和本土化趋势。

第一节 民间文学学科与知识体系

民间文学作为一门独立的学科,当然有自己独立的学科体系和知识图式。这种体系的形成和构建是一个不断发展的过程;同时,又和其他相关学科有着千丝万缕的联系。民间文学必须开拓不同于作家文学批评和民俗学学科的属于自己的专业领域,再也不要把自己视为一棵大树上的枝丫,如同文艺民俗学或口承民俗学一样。

目前,国内许多著名的高校,不仅没有民间文学学科点,而且也没有开设民间文学方面的课程。有的高校民间文学学科点被边缘化,陷入苦苦挣扎的逆境。在近三十年高校学科建设中,经济学、工商管理科学以及其他应用性学科得到飞速发展,而传统人文学科则日趋萎缩,有些也只好另谋出路,增加一些应用性专业,诸如旅游、文秘、编辑、社区行政管理等"有用"的专业。训练与传授生产、操作、经营技能成为一些高校教育追求的终极目标,这大概也是许多高校一直没有把民间文学学科建设纳入议事日程的主要原因。

民间文学学科的身份危机主要应该通过发展独特的专门知识体系来解决。独立的学科知识体系是享有独立学科资格和话语权的前提条件。

一、民间文学的学科体系

钟敬文曾阐述了这门学科的建构体系,并大声疾呼加强这门学科的建设,他认为民间文学作为一种学术体系和学科体系,应该包含:

一、民间文学理论(包括民间文学概论、民间文艺学等)

二、民间文学史(包括神话史、歌谣史、谚语史、民间小戏史等分支学科)

三、民间文学研究史(包括民间文学各种体裁的研究史等分支学科)

四、民间文学作品选读

五、民间文学方法论及资料学

现在各大学或师范院校一般开设的是"民间文学概论",也有的并开设"民间文学作品选读","民间文学史"(少数民族地区民族师范院校多有开设此等科目,并于科目名称上加上"某某民族"等字样),还有的兼开"神话学""歌谣学"等分支学科的选修课。至于硕士研究生或博士研究生,则视各校教师学养情况,分别开设四方面中的大部分(包括所属分支学科)。①

在中国,相对于民俗学而言,民间文学的发展更为坚实、完备,理论体系的大厦已初具规模。上面列举的民间文学学科体系的五个方面,均已产生众多标志性的研究成果。仅"概论"方面的著作就有十余种:乌丙安的《民间文学概论》,钟敬文主编的《民间文学概论》,张紫晨的《民间文艺学原理》,段宝林的《中国民间文学概要》,叶春生的《简明民间文艺学教程》,朱宜初、李子贤主编的《少数民族民间文学概论》,陶立璠的《民族民间文学理论基础》,高国藩的《中国民间文学新论》,李惠芳的《中国民间文学》,刘守华、巫瑞书的《民间文学导论》,刘守华、陈建宪主编的《民间文学教程》,黄涛编著的《中国民间文学概论》等。关于民间文学体裁建设方面有袁珂的《神话论文集》,潜明兹的《神话学的历程》《史诗探幽》,刘城淮的《中国上古神话》,刘守华的《故事学纲要》《中国民间童话概说》,天鹰的《中国民间故事初探》,程蔷的《中国民间传说》,贺学君的《中国四大传说》《中国民间

---

① 钟敬文:《谈谈民间文学在大学中文系课程中的位置》,《北京师范大学学报(社会科学版)》1996年第6期。

叙事诗史》、吴超的《中国民歌》、张紫晨的《中国民间小戏》等几十种著作。这些著作前后横跨三十余年,从一个侧面反映了民间文学界对本学科体系认识的轨迹。正如刘锡诚所言:"中国民间文艺源远流长,以民间文学三套集成计划以及围绕着集成而开展的全国民间文学普查为标志,进入了'后集成'时期,因此推动了神话学、史诗学、民间文艺学等领域的学科建设,前景看好。"①

当然,建立真正意义上的民间文学学科体系,还有很长的路要走。就民间文学的体裁而言,至今仍是以作家文学的标准进行认定的,其实,民间文学的体裁存在于民间,民众对属于自己的文学样式有自己的把握和表述。民间文学体裁的划分与确立,应该以此为基本依据。

二、民间文学的知识体系

民间文学学科已形成了自己独特的学术话语,众多的学术术语足以构建有别于其他学科的话语体系,诸如"神话""史诗""歌谣""传说""故事""谚语""民间""口头""口头语言""类型""母题""母题素""文本""话语""语境""功能"(普罗普语)、"程式""表演""田野作业""采风""主题""异文""结构""原型""传说圈""神话素""情节""形象""情节单元""素材""叙事"(叙述)、"叙述人"(艺人)、"角色""人物""歌式""旋律""叙述节奏"等等。

对民间叙事文学的研究,可能就涉及西方叙事学(narratology)的一些核心概念。荷兰文艺理论学家米克·巴尔(Mieke Bal)所著的《叙述学:叙事理论导论》(1985)一书被认为是当代最重要的关于叙事研究的著作之一。在此书的序言中,米克·巴尔对一些主要的概念作了简要概括,给出了简短的定义。这些概念大多在本书后面的章节中会提到。她说:"本文(text)指的是由语言符号组成的一个有限的、有结构的整体。叙述本文(narrative text)是叙述人在其中进行叙述的本文。故事(story)是以某种方式对于素材的描述。素材(fabula)是按逻辑和时间先后顺序串联起来的一系列由行为者所引起或经历的事件。事件(event)是从一种状况到另一种状况的转变。行动者(actors)是履行行为动作的行为者。他们并不一定是人。行动(act)在这里界定为引起或经历一个事件。叙述本文是故事在其中被讲述

---

① 刘锡诚:《关于当前民间文艺的几点思考》,《东南大学学报(哲学社会科学版)》2001年第4期。

的本文这一主张表明本文并不是故事。"①这是针对文本叙事所作的解释。在一个文本里,故事和情节为相对概念,容易混淆。E. M. 福斯特(Forster)在《小说面面观》一书中说:"我们曾给故事下过这样的定义:它是按照时间顺序来叙述事件的。情节同样要叙述事件,只不过特别强调因果关系罢了。如'国王死了,不久王后也死去'便是故事;而'国王死了,不久王后也因伤心而死'则是情节。虽然情节中也有时间顺序,但却被因果关系所掩盖。……对于王后已死这件事,如果我们再问:'以后呢?'便是故事,要是问:'什么原因?'则是情节。"②亚里士多德特别强调因果关系的重要,他将由一系列缺乏因果关系的事件组成的情节(episodic plot)称为最差的情节。③

民间叙事文学活动一般也围绕素材、故事和文本三个层次进行。"素材"是按实际顺序发生的事件,包括事件、行为者、具体行动、时间、场所等基本要素;"故事"是对素材的艺术处理,即把生活中的事件表演出来的全部内容,包括口头语言的和非口语化的东西;"文本"是对表演的内容所作的部分记录,是读者可以直接进入的部分。同一种素材可以运用不同的方式来表演,即变成不同的故事;同一个故事可以获得不同的记录,即变成不同的文本。这三个层次有差别,又是相互联系的。在实际生活中,民间文学存在于第二个层次,但用"故事"来表述显然不妥帖,容易产生歧义,所以才出现了"表演"(performance)的概念。

对不同民间文学种类的研究,也都有一些各自相对独立的方法和流派。陈建宪在《略论民间文学研究中的几个关系——"走向田野,回归文本"再思考》一文中,曾对神话学的知识体系作了阐述:

> 世界上各种涉及神话研究的理论体系,已经产生了不少理论术语与范畴,如历史地理学派的母题、类型、亚型、地区变体、异文、原型;口头程式理论的程式、场景、故事类型;人类学派的仪式、展演、万物有灵、文化遗留;社会学派的集体意识、集体表象、互渗、功能;心理分析学的自恋、他恋、情结、集体无意识、原型;结构主义的结构、转换;还有文艺学的文本、主题、意象、语境、象征;语言学的话语、能指、所指等等。我们可以而且也只有对各领域和学派所创造的各种范畴,进行系统缜密

---

① 〔荷〕米克·巴尔:《叙述学:叙事理论导论》,谭君强译,中国社会科学出版社1995年版,第3页。着重号为原文所有。
② 〔英〕爱·摩·福斯特:《小说面面观》,苏炳文译,花城出版社1984年版,第75—76页。
③ 〔古希腊〕亚里士多德:《诗学》,陈中梅译注,商务印书馆1996年版,第561页。

的"知识考古",从中剥离出最切近神话本质者进行整合,才能全面继承学术界已有的思想成果,建立起中国神话学的科学体系。①

神话学的情况如此,歌谣学、史诗学、传说学、故事学、说唱学等也是如此。就故事学而言,就有类型学故事学、故事学理论、比较故事学、故事演变史、故事讲述家研究、文化人类学故事学、民间故事原型批评、母题(主题)学故事学、表演理论的故事学等,各方面都有一系列成果。这些研究包含了表演场景、活动过程、记录文本(内容、体裁、风格、形式、思想情感)、互动关系、生活意义等故事讲述活动的各种因素的考察,将故事学研究引入了一个更为广阔的天地。中国故事学的确是多种研究方法并存,已成为较完整的学科分支。

第二节　民间文学研究的主要流派

中国民间文学学科兴起于20世纪初期,当时,学者们大力提倡研究民间文学,开展歌谣、俚语、传说、童话等的征集活动。一个多世纪以来,国内外都很注重对民间文学的研究,不仅民间文艺学家如此,人类学家、心理学家、语言学家、哲学家、历史学家、符号学家也是如此,产生了众多的民间文学批评流派。

在民间文学的所有类别中,对神话的研究最为深入。美国汉学家浦安迪(Andrew H. Plaks)在北京大学作学术报告时说:"神话在近世的西方,是一门显学。无论人类学家、心理学家、社会学家、历史学家、文学家,还是语言学家,都从各自的专业出发,深入神话研究的王国,企图发现人类文化最基本的思维模式和表现方式,亦即文化的原型。他们往往会从某个民族的神话入手,来解释该文化最基本的观念系统从何处开始,又如何演变。"②神话学史上第一个流派是以古希腊学者色诺芬尼(Xenophanes)为代表的隐喻学派。他们认为神话叙事包含隐喻,如希腊神话中吞噬子女的克洛诺斯,其本义就是时间,他吞噬子女是隐喻宇宙万物都在时间的过往中消逝。后来,古希腊又出现了以攸痕麦拉斯(Euhemerus)为代表的历史学派,这派认为,神是古时的人,只是他们的事迹被神秘化后,逐渐变成了"神",为后人所崇

---

① 陈建宪:《略论民间文学研究中的几个关系——"走向田野,回归文本"再思考》,《民族文学研究》2004年第3期。
② 〔美〕浦安迪讲演:《中国叙事学》,北京大学出版社1996年版,第34页。

拜(孔子也有近似观点)。

20世纪是人类热衷于神话探求的世纪,列维-斯特劳斯(Lévi-Strauss)、卡尔·荣格(Carl Jung)、恩斯特·卡西尔(Ernst Cassirer)、马林诺夫斯基(Malinnowski)等都曾以神话为考察对象,使得神话学成为一门领先的、为其他学科领域提供研究范式的独立学科。

一、神话学派

在众多的不同学科专家的努力下,神话批评成就突出。神话学派成为世界民间文艺史上第一个产生了深远影响的流派。它起源于德国,创建者是格林兄弟:雅各布·格林(Jacob Grimm)和威廉·格林(Wilhelm Grimm)。他们是德国语言学家、民间文艺学家,柏林大学教授、普鲁士科学院院士。格林兄弟的《儿童与家庭故事集》(即通常所称的《格林童话集》,1812—1814)、《德意志传说故事集》(1816—1818)以及雅各布·格林的《德意志神话》(1835),第一次把学术研究的视野集中于民间文学,并将比较语言学的方法运用到民间文学的研究中。在语言学中,他们致力于构拟"原始共同语",认为属于印欧语系的各民族,在遥远的史前期是由一个民族分支出来的。这一民族就是住在伊朗与印度接壤处的北印度高原的雅利安民族。雅利安民族的祖先们从北印度高原分别走向西亚、南亚与欧洲各地。在漫长的历史时期,这些处于不同地域的民族保存了一些同根的语言、同根的神话与相似的宗教信仰。因此,在民间文学领域,同样存在所谓的原始共同神话。如印度的梵天、希腊的宙斯、罗马的丘比特、北欧的托尔,其共同的原始含义都是"天空"。格林兄弟还建立了关于口头文学起源及发展的严整而系统的学说,第一次权威性地宣称必须出版真正的民间口头作品。雅各布·格林在其1808年发表于《隐士报》的著名论文中,不仅认为民间文学是匿名的、无个性的和集体的,而且确信它们起源于神。他们指出,民间文学的"语言"也同与之有联系的神话一样,起源于神。他们从神话和历史的相互渗透中看到了史诗的本质,认为史诗中结合着神性和人性,神性使它高于历史,人性又使它靠近历史。格林兄弟才气横溢,恩格斯写道:"我只知道有两个作者,他们具有充分批判的敏锐眼光和正确选择的鉴赏能力,他们在叙述上具有驾驭旧式文体的本领,——这便是格林兄弟……"[①]

---

① 〔德〕恩格斯:《德国的民间故事书》,见《马克思恩格斯论艺术》,人民文学出版社1966年版,第411—412页。

神话学派在英国的代表是麦克斯·缪勒(Max Müller),一位英国著名的语言学家、民间文艺学家和宗教学家。他对印度及其他民族的神话和宗教观念产生兴趣,肇始于对古印度原文作品的注释。其主要著作包括注释《梨俱吠陀》六卷(1849—1874),及主编《东方经典》五十卷(1879—1910)。《比较神话学》(1856)是他在民间文学研究方面的代表性专著。在这部影响深远的著作中,缪勒提出了一个著名的观点:神话是语言的疾病。也就是说,由于试图解释最初鲜明、后来遗忘了的比喻语言的意义,产生了神话。在语言发展的过程中很可能出现神话。缪勒把语言史分为四个时期:(1)形成根词和最原始的语法形态的时期;(2)形成方言的时期,语言在发展过程中不断分化,逐渐演变为一些相对独立的语系;(3)形成神话的时期,此期间印欧民族或称雅利安民族还没有分化,使得现代的印欧语系各民族的民间传说和故事彼此非常相似;(4)形成民族语言的时期。关于神话期,缪勒解释道:

> 在创造神话的那个时代,每个词,无论是名词,还是动词,都有充分的原生功用,每个词都是笨重和复杂的,它们的内涵非常丰富,远远超出它们所应所说的东西。所以,我们对于神话学语言中的千奇百怪,只能理解为会话的自然成长过程。在我们的谈话里是东方破晓,朝阳升起,而古代的诗人却只能这样想和这样说:太阳爱着黎明,拥抱着黎明。在我们看来是日落,而在古人看来却是太阳老了,衰竭或死了。①

缪勒认为原始人的语言是明确而单纯的,只是后来由于原始符号意义出现混乱即"语言的疾病",才产生了神话。他说:"一定的词汇,首先要失掉他的本意,然后才能成为神话词汇。"因此,要分析神话,就必须剔除后来不断附加的种种艺术修饰,暴露其原始的本意,这就要运用历史语言学的研究了。

缪勒还提出了著名的太阳神话理论,主要是通过同一语系内(印欧语系)语言之间的比较来探讨神话的起源及含义。缪勒通过对印度《吠陀》中神的名字与欧洲各神话中神的名字的比较得出了这样的结论,即印欧语系中的神话来源于古代印度,而且这些神话都是在描述太阳、月亮的运行规律等自然现象。神话只不过是人们对描述这些现象的古代词汇错误理解的结果。例如,神话故事中常见的"死而复生"的母题便是对太阳东升西落、循环往复自然现象的注释。

---

① 〔英〕麦克斯·缪勒:《比较神话学》,金泽译,上海文艺出版社1989年版,第68页。

在神话学派及其他学派的影响下，20世纪30年代还出现了作为古典神话学派遗续的"仪式神话学派"。这个学派将神话看作对宗教仪式行为的解释和语言的表达，认为仪式在先，神话在后，仪式对于神话的产生具有决定性意义。

二、人类学派

继神话学派之后，人类学派引起人们的较大关注。人类学产生于19世纪初，首先出现的是进化论学派，代表人物有 L. H. 摩尔根（L. H. Morgan）、E. B. 泰勒（E. B. Tylor）、安德鲁·兰（Andrew Lang）等人，主要研究人类社会文化的起源和演变，他们利用进化论学说来说明人类是怎样从原始时代进入19世纪文明的。1871年，泰勒的《原始文化》出版，标志着进化论学派人类学的创立。这一学派认为人类文化的发展是按照从野蛮时期、半开化时期，再到文明时期的过程进化的。这种进化的过程实际上反映了神话的退化过程，即由野蛮时期的神话退化为半开化时期的民间故事和传说。民间故事和传说是一种"残余物"。进化论学派认为文化的发展都会按照同一条直线进化，虽然进化的程度不同，但有先进与落后之分。按照人类学派的观点，从神话故事这些古代"残余物"中，我们可以重构人类文化及历史的发展阶段。因为神话故事是在特定的社会环境中产生的，不免会刻上历史的痕迹。

人类学派神话学家运用进化论的观点来解释神话的各种现象，认为神话与原始人的生活及思想有密切的关系。安德鲁·兰指出："有一种研究民俗的方法，就是搜集和比较各古代民族之间类似的、非物质的遗俗、残留的迷信和故事以及迄今犹存的那些并不属于我们时代的思想。因此，民俗学者们被导向研究原始社会的习惯、神话和观念。凡此种种，在欧洲农民中依然保留着原始的状况。"①

早期人类学派的神话学研究的缺陷非常明显。后来，人类学派的研究方法有了很大改进，广泛吸纳相关学派的研究方法，以从事长期的田野工作作为自己的看家本领，注意发掘和研究未开化民族中仍在口头流传的神话。人类学家的神话研究与文艺理论家的不同。一般说来，文艺理论家的神话研究较注重于其文学的、艺术的、美学的意义，而人类学家的神话研究则热

---

① 转引自〔美〕R. M. 多尔森《传统的观念》，吴绵译，见中国民间文艺研究会研究部编《民间文学理论译丛》（第1集），中国民间文艺出版社1986年版，第250—251页。

衷于其文化意义和传播功能的探讨。

人类学派神话学对中国的影响极其深远。1913—1914年,周作人用文言文写的《童话略论》《童话研究》等文章①,对安德鲁·兰的神话观点作了相当详细的阐述,是中国最早直接介绍人类学派神话学,并运用它来研究神话问题的重要论文。② 茅盾在为他半个世纪以前的著作《中国神话研究初探》一书再版所写的前言中说:

> 这一派神话学者被称为人类学派的神话学者,在当时颇为流行,而且被公认为神话学的权威。当一九二五年我开始研究中国神话时,使用的观点就是这种观点。……当时我确实不知道马克思的《〈政治经济学批判〉导言》中有关神话何以发生及消失的一小段话……当后来知有此一段话时,我取以核查"人类学派神话学"的观点,觉得"人类学派神话学"对神话的发生与消失的解释,尚不算十分背谬。③

人类学派的神话研究对中国的影响贯穿整个20世纪。中国神话学家们依循人类学研究的路子,直接从民众中搜集第一手材料,强调正在流传的神话材料的重要意义,并将文献材料和"田野"材料进行比较处理,经过分类分析,揭示神话的历史根源、文化意蕴、社会功能和结构范式。

三、功能学派

到了19世纪末,以英国人类学家马林诺夫斯基为代表的功能学派摒弃了早期人类学派囿于图书馆安乐椅上的研究方法,开始走向社会,通过田野调查来获得第一手资料。马林诺夫斯基在南太平洋群岛的特洛布里恩(Trobriand)岛工作了两年时间,与当地人同吃同住,学会了当地的语言,运用"参与观察法"收集了研究所需的资料,开创了田野作业的崭新模式。此岛也从此成为人类学发展史上的"圣地"。马林诺夫斯基的《西太平洋的航海者》出版之后,田野作业成为诸多学科研究的基础。

在文化人类学的研究方法问题上,马林诺夫斯基提出了一套与以往完全不同的研究方法——整体性的田野工作方法(holistic fieldwork method)。他说:"民族志田野工作的首要基本理想,就是刻画出社会组成明晰的轮

---

① 参见周作人:《儿童文学小论》,上海儿童书局1932年版。
② 马昌仪:《人类学派与中国近代神话学》,《民间文艺集刊》第1辑,上海文艺出版社1981年版。
③ 茅盾:《茅盾评论文集》(上),人民文学出版社1978年版,导言第3—4页。

廓,将一切文化现象的规则、法则与不切题的现象区别开来。首先得确立部落生活的坚实骨架。这个理想的第一个基本任务,就是提出文化现象的完整概观,而不是单单挑出煽情的、非凡的部分,或更等而下之的可笑的、古怪的现象。我们能忍受用歪曲的、幼稚的讽刺画来刻画土人的时代已经过去了。这种图像是错误的,它就跟许多其他错误一样,已经被科学封杀了。田野民族志工作者必须严肃冷静地涵盖该现象的全部范围,并顾及所研究部落文化的各个方面,无论单调寻常的也好,惊人不凡的也好,都得一视同仁。同时,研究时必须巨细靡遗地详究部落文化的每一面。每个面可见的一贯性或法则和秩序也促使诸面相合成一个融合的整体。"①

人们已经不满足于人类学派在非常有限的材料的基础之上,对各种文化发展变化的共同规律进行推测和臆想,从而忽视了文化的特殊性。"除非在我们对于各种文化现象的性质充分了解,及我们能一一规定它们的功能及描写它们的方式之后,猜度它们的起源及发展阶段是没有意思的。'起源''阶段''发展法则''文化生长'等概念,一直到如今,仍是模糊不明,而且是不能用经验来了解的。进化学派的方法最重要的是出于'遗俗'的概念,靠了这概念他们可以从现有的情状中去重构过去的'阶段'。但是,遗俗的概念是包涵有'文化的安排可以在失去了功能之后继续生存'的意义。"②功能学派在民俗学领域里掀起了一场革命。他们通过长时间的田野调查,收集"活"着的神话材料,把研究的重点放在神话故事为什么能在民间广泛流传、神话故事与文化的关系等方面。在功能学派看来,神话故事无论是在强化传统、信仰和文化,还是在树立道德、伦理、善恶观等方面都具有一定的社会功能。

四、神话-原型批评流派

神话-原型批评流派兴起于20世纪二三十年代,其代表是加拿大学者诺思洛普·弗莱(Northrop Frye)。他在1957年出版了誉满欧美的《批评的解剖》(Anatomy of Criticism)一书,标志该流派达到了一个高峰。所谓原型(archetype),"是无数同类经验的心理凝结物"③。弗莱认为,"原型是一些联想群(associative clusters)",是指"那种在文学中反复使用,并因此而具有

---

① 〔英〕马林诺夫斯基:《南海船人》,于嘉云译,台北远流出版公司1991年版,第23页。
② 〔英〕马林诺夫斯基:《文化论》,费孝通等译,中国民间文艺出版社1987年版,第12页。
③ 叶舒宪选编:《神话—原型批评》,陕西师范大学出版社1987年版,第100页。

了约定性的文学象征或象征群"。① "某些原型深深地植根于传统的联想之中,几乎无法使它们与那些联想分开。"② 在弗莱看来,传统必然归原于神话—仪典—原型,三者透过情节、隐喻和象征得以"显现"。在人类文化意识的历史长河中,神话以原生态的文化意识团为核心,构成了人类文化意识的意象原型,反复出现,奠定了人类文化意识的理性基调和现实倾向性。具体说来,文学的内容可能因时代变迁而不同,但其形式却是恒常不变的,各种程式、原型可以一直追溯到远古的神话和仪式。许多原型性质的主题、意象、情节虽历久而常新,在文学作品中反复出现。这种原型批评把神话、仪典、原型与文学联系起来,特别是把它们作为象征体系,为文学研究开辟了新的天地。

这个流派的形成主要源自瑞士心理学家荣格的集体无意识理论和英国人类学家詹姆斯·弗雷泽(James Frazer)等的人类学研究成果,它们构成了神话-原型批评的理论基础。荣格的集体无意识理论正是他深入研究神话传说、民间故事等民间文学作品的结果。

20世纪初,西格蒙德·弗洛伊德(Sigmund Freud)的精神分析理论为民间文学的研究开辟了新路。人们不再局限于只研究神话的社会功能,而开始着眼于神话故事与人类心理之间的关系。弗洛伊德最伟大的贡献之一在于对无意识的发现。他认为,神话故事的内容和形式只不过是人们用来表现无意识欲望的一种工具。我们对神话的理解不能只停留在表层上,而应更深入地挖掘神话的内在含义,即人类的无意识是怎样得到宣泄和满足的。弗洛伊德的精神分析学把人的心理意识分为两大层次,即意识和无意识(潜意识),认为无意识层次作为人的深层心理,构成人格的基础,其主要内容则是被压抑了的性本能。这种被压抑的性本能,在男孩身上就形成恋母仇父情结,即所谓"俄狄浦斯"情结,在女孩身上则形成恋父仇母情结。这些情结常常借艺术作品宣泄出来,即所谓"升华"。他揭示出无意识在人们心理生活中的作用是有科学价值的,但他将无意识因素特别是性本能作为支配人的整个活动乃至决定人类社会发展进程的心理动力来看待,形成泛性论,这就陷入谬误了。③

荣格是弗洛伊德的弟子,但他对老师的理论进行了反叛。荣格并不否

---

① 叶舒宪选编:《神话—原型批评》,陕西师范大学出版社1987年版,第16页。
② 同上书,第155页。
③ 唐钺:《西方心理学史大纲》,北京大学出版社1982年版,第253—257页。

认无意识的存在,只是认为无意识的内容并不都带有性的色彩。在他看来,无意识可分为"个体无意识"和"群体(集体)无意识"两个层次。个体无意识是紧接在意识下面的一个心理层次,它主要由个人的后天经验中被压抑、被遗忘了的内容所积聚而成;但这还不是人的心理结构最深、最隐秘的部分,在它之下还潜存着群体无意识,这是任何个体都无法意识到的。荣格指出,群体无意识主要由"原型"所组成,而个体无意识的绝大部分由"情结"(complexes)所组成。他把情结理解为个体一组一组的心理内容聚集在一起所形成的一簇簇心理群。个体无意识的内容,主要是由具有情绪色彩的情结构成,它们构成了心理生活的个体的、私人的方面。也就是这种个体的、私人的和无意识的情结左右和制约了人们的思想和观念。

　　从集体无意识的角度,我们可以把神话理解为一个民族的原始意象或深层的心理结构,是民族存在的不可缺少的"话语"。因为"神话是那样一种'言语',它把人们召唤在一起,冲破黑暗。它既不是寓言,也不是小说,而是外形和声音、模式和俗谚,是呼唤,是幻象,是真谛,一言以蔽之,是'言语'"①。

　　群体无意识积聚着几乎自人类有史以来的所有传统和情感能量的深层心理层次,存在于每个人的心理深处,当然,它永远也不会进入人的意识领域。那么,人们又何以证实它的存在呢?荣格认为它的存在只能从一些迹象去推测,例如在民间文学中,主要在神话、童话、民间故事以及梦境中,就往往反复地以"原始意型"(primodial images)的形式频繁出现"原始意象"。荣格曾就"原型"的"原"作过历时性的注释:"Archaic 这个词的意思是原始的,根本的……但事实上,我们已将我们的主题扩大了,因为并不只有原始人的心灵运行程序才能称为古代的。今天的文明人也同样有这种特性。而且,这些特性的出现也不仅仅是间歇性的'返祖现象'。相反,每个文明人,不管他的意识的进展如何,在他心灵深处仍然保持着古代人的特性。"②比如中国有许多有关太阳的神话、传说和故事,显示出中国汉族民众自古就有崇拜太阳的思想意识。"太阳"为一种原型,对太阳的崇拜就沉淀为一种"集体无意识"。

　　深受荣格影响的美国当代比较神话学大师约瑟夫·坎贝尔(Joseph

---

① 〔美〕阿兰·邓迪斯编:《西方神话学论文选》,朝戈金、尹伊、金泽、蒙梓译,上海文艺出版社 1994 年版,第 309 页。
② 〔瑞士〕C. 荣格:《探索心灵奥秘的现代人》,黄奇铭译,社会科学文献出版社 1987 年版,第 118—119 页。

Campbell)在其经典著作《千面英雄》中,充分吸收了荣格关于梦和原始意象的论点,他认为"恰恰正是这些需要去发现并同化的原始意象在整个人类文化史中激发了宗教仪式、神话和幻想中的基本形象(basic images)。不要把这些'梦中的永存者'和出现于仍然在受折磨者的恶梦中或疯狂状态中的、让个人改变了的象征符号混为一谈。梦是个人化了的神话,神话是消除了个人因素的梦;在相同的一般情况下,神话和梦都是心灵动力的象征"①。这本书可以视为神话心理学分析的延续。书名的意思是英雄的面孔纵然千差万别,然而这些面孔只不过是一个单一的英雄在不同时代、不同民族的神话中的不同表现而已。他用大量的例子证明了世界各民族的英雄神话都是类似的,是一个"统一体",有一个完全相同的模式。"英雄从日常生活的世界出发,冒种种危险,进入一个超自然的神奇领域;在那神奇的领域中,和各种难以置信的有威力的超自然体相遭遇,并且取得决定性的胜利;于是英雄完成那神秘的冒险,带着能够为他的同类造福的力量归来。""神话中英雄冒险的标准道路是成年式所代表的公式的扩大,即:分离——传授奥秘——归来;这种公式可以称之为单一神话的核心单元。"②

　　神话-原型批评具有系统性、宏观性和整体性的优势,体现出跨历史、跨文化的宏阔视野和恢宏气度。在西方文论界,原型批评曾与马克思主义批评和精神分析批评三足鼎立。但原型批评忽视文本审美价值和作家的个性,其跨文化研究也是不彻底的。

　　民间文学研究的主要流派,除了上面简约介绍的以神话为研究对象的神话学派(包括语言学派)、功能学派、人类学派、心理分析学派和原型批评学派之外,还有历史学派③、以赫德尔(Johann Gottfried Herder)为代表的浪漫主义的民族主义学派④、由本菲(T. Benfey)奠基的流传学派⑤、以列维-斯

---

① 〔美〕约瑟夫·坎贝尔:《千面英雄》,张承谟译,上海文艺出版社2000年版,第14页。
② 同上书,第23—24页。
③ 此学派对神话进行历史学阐释,认为神话就是真实的历史人物和历史事件,在原始社会则是历史的全部。
④ 此学派认为民间文学是一个民族传统文化精髓的集中体现,凝聚和展示着民族的精神力量,能够激发全民族民众的民族自豪感和民族斗志。
⑤ 此学派以本菲的《五卷书》(印度古代梵文童话和寓言故事集)为建立的标志。在相当长的时间里,这个学派认为世界民间故事的共同故乡是印度,故而世界各地的故事会有相似的内容情节。到20世纪初,流传学派又衍生出以安蒂·阿尔奈(Antti Arne)和斯蒂斯·汤普森(Stith Thompson)为代表的芬兰"历史地理学派"。他们运用"历史地理比较研究法",试图描绘出民间故事类型在不同地域流传演变的轨迹。

特劳斯和英国人类学家利奇(Edmund Leach)为代表的结构主义学派①、20世纪后期蓬勃兴起的女权主义学派②等等。它们共同构建了民间文学学科的历史和现状,从一个方面展示了这一学科的文化和学术魅力。

第三节 民间文学是作家创作的范式

民间文学不仅有极高的文化价值,同样具有极强的审美价值和生活价值。一些经典的民间文学文本,有着悠久的历史,至今还为人们津津乐道,这种流传本身就说明民间文学具有强烈的艺术属性和生活属性。在国外,这门学问建立很早,19世纪上半叶,德国的著名童话家格林兄弟就创立了神话学派,以后学派林立,如流传学派、人类学派、民俗学派、历史学派、历史地理学派等等。现今文学研究上的许多方法,也是从民间文学领域里肇始的,如比较研究方法、主题学、符号学、叙事学、结构主义、原型批评方法等等。季羡林曾阐述过比较文学与民间文学的关系:"现在在我们国内,对民间文学研究的提倡,正在方兴未艾。同时,比较文学的研究也引起了广泛的兴趣。这二者其实是密切相关的。至少对目前的中国来说是这样。没有比较文学,则民间文学的研究将流于表面,趋于片面。没有民间文学,则比较文学研究内容也将受到限制。如果把二者结合起来,再加上我们丰富的古典文学和少数民族文学,这两方面的研究成果必将光辉灿烂,开辟一个新的天地。"③

从中国古代文学史看,民间文学和作家文学是相互影响的,但民间文学对作家文学的促进作用引起人们更多的关注。当然,这种认识或多或少包含作家文学中心主义的思想。

一、作家对民间文学的再写

中国是一个诗的国度,但中国古典诗词很少回归民间。这方面的情况

---

① 此学派不在乎单个神话意蕴的解读,而是要揭示神话中存在的普遍的结构规律,二元对立的模式是其主要的分析方法。

② 此学派侧重从女性主义的角度解读神话,她们批判男权社会炮制出来的神话,恢复被歪曲了的远古女神话的真相。美国当代文化人类学家理安·艾斯勒(Riane Eisler)的《圣杯与剑》(The Chalice and The Blade,1987)是这方面的代表著作。

③ 季羡林:《比较文学与民间文学研究相得益彰》,《比较文学与民间文学》,北京大学出版社1991年版,第166页。

与西方迥异,西方诗人的作品可以在民间流传并演化为民歌,与民歌一道流传;因语言的差异,中国古典诗词很难为广大民众所接受,变成民歌则更难。相反,中国几乎所有作家文学的形式都是从民间文学起源的:《诗经》时代的四言体诗,楚辞中的所谓骚体,汉魏以来的五言和七言诗,以及六朝小说、唐代以后的传奇小说、明清时期的章回小说、宋元的词曲,还有古典戏曲等莫不发源于民间。

  关于这一方面,许多著名的学者和作家都有一致见解。鲁迅在致姚克的信中曾经说过"歌,诗,词,曲,我以为原是民间物"[1],又说民间文学"偶有一点为文人所见,往往倒吃惊,吸入自己的作品中,作为新的养料。旧文学衰颓时,因为摄取民间文学或外国文学而起一个新的转变,这例子是常见于文学史上的"[2]。胡适也认为《三百篇》是关于"民间半宗教半记事的哀怨之歌",汉朝乐府歌词是来自民间的无名氏之歌,"又如诗词、小说、戏曲,皆民间故事之重演"[3]。至于"纯粹故事诗的产生不在于文人阶级而在于爱听故事又爱说故事的民间"[4],民间是说故事的环境,是弹唱故事诗的环境。由此认定"中国三千年的文学史上,那一样新文学不是从民间来的"[5]。他在认真考察了中国文学史的实际后,断言人们"所公认的正统文学也往往是从草野田间爬上来的。《三百篇》中的《国风》,《楚辞》中的《九歌》,自然是最明显的例"[6]。他纵览中古文学史,描述了《孤儿行》《陌上桑》等一类的诗歌和南北朝的民歌——乐府歌辞怎样由民间文学一跃而升为正统文学的演变过程。在确立新文学的来路时,他首推民间文学,因为民间文学在中国文学史上占了一个重要的位置,"中国文学史没有生气则已,稍有生气者皆自民间文学而来",所以,"现今大规模的搜集民间歌谣等;帮助新文学的开拓,实非浅鲜"[7]。

---

[1] 鲁迅:《340220 致姚克》,《鲁迅全集》第13卷,人民文学出版社2005年版,第28页。
[2] 鲁迅:《门外文谈》,《鲁迅全集》第6卷,人民文学出版社2005年版,第97页。
[3] 胡适:《中国文学过去与来路》,欧阳哲生编《胡适文集》第12卷,北京大学出版社1998年版,第29页。
[4] 胡适:《白化文学史》,欧阳哲生编《胡适文集》第8卷,北京大学出版社1998年版,第189页。
[5] 同上书,第160页。
[6] 胡适:《〈中古文学概论〉序》,欧阳哲生编《胡适文集》第3卷,北京大学出版社1998年版,第610页。
[7] 胡适:《中国文学过去与来路》,欧阳哲生编《胡适文集》第12卷,北京大学出版社1998年版,第30、31页。

再以竹枝词为例,它本是四川一带的歌谣,又称"巴渝辞"。巴渝风俗崇尚巫鬼,民众喜用竹枝鼓吹,以节歌唱,末尾有和声。民间歌唱"竹枝"者,尤以一般下层妇女特别是四川夔州一带的劳动妇女为多。中唐诗人于鹄在记三峡风情的《巴女谣》中有云:"巴女骑牛唱竹枝,藕丝菱叶傍江时。不愁日暮还家错,记得芭蕉出槿篱。"牧牛女唱"竹枝"竟唱到日暮西坠,忘记了回家。南宋诗人范成大《夔州竹枝词》之九也有类似记载:"当筵女儿歌竹枝,一声三叠客忘归。"劝酒的女子唱"竹枝",其音哀婉凄楚,竟使得客人动了真情。《巫山志》亦云:"(三峡)琵琶峰下女子,皆善吹,嫁时群女子治具,吹笛唱竹枝送之。""诗圣"杜甫首先将民间竹枝引入绝句,又化绝句为竹枝,实际上已建立起竹枝体绝句的雏形,从而不仅为民间竹枝,而且也为中国诗坛开辟出一个新境界。杜甫之后,刘禹锡、白居易、苏轼、苏辙、黄庭坚、范成大、杨万里等大诗人纷纷仿效,争作竹枝词,或有竹枝风韵的七言绝句。尤其是刘禹锡在唐宪宗李纯时,被贬为朗州司马,朗州地接夜郎、巴渝,他耳濡目染竹枝歌谣,遂改有"竹枝词"十首,用以宣泄个人情绪。自此,"竹枝"这种发于畎田之中的鄙词俚调,几经洗礼,进入高雅文人的诗歌殿堂,至元、明、清而大盛,成为民歌体诗的代称。

韵文类古典文学的诸多样式来自民间文学,古典小说的兴起同样得益于民间文学。鲁迅论述小说的起源时说:"人在劳动时,既用歌吟以自娱,借它忘却劳苦了,则到休息时,亦必要寻一种事情以消遣闲暇。这种事情,就是彼此谈论故事,而这谈论故事,正就是小说的起源。"①赵景深则说得更为具体:"在宋以前,六朝志怪和唐人传奇虽然也隶属小说的范畴,而由于是文言写的,不免在各方面都要受到条件的制约。宋人用白话讲唱,对文学说来乃是一大解放。由于白话更接近自然地表现生活,有条件充分地表情达意,在篇幅上也冲破了文言的藩篱,可以自由自在、淋漓尽致地运用活的语言刻划人物、摹写事件、抒发感慨、表现景物、描绘声态。而这种细致讲唱表演在时间上的延续,导致了章回小说的形成。后来小说中套用的'欲知后事如何,且听下回分解',就是从白话讲唱脱胎而来的。"②小说原本就是民间文学的一支,在民间最初是由民众据生活现象演绎民间故事,经后人口

---

① 鲁迅:《中国小说的历史的变迁》,《鲁迅全集》第9卷,人民文学出版社2005年版,第313页。

② 赵景深:《民间文学在文学史上的地位》,《民间文学丛谈》,湖南人民出版社1982年版,第13—14页。

口相传并不断加工之后逐渐定型,最后才由小说家写定完成。

世界上第一流作家大都受益于民间文学,他们的名著大都受到民间文学的深刻影响。巴赫金强调,在文艺学中"真正确定作家创作的文化的强有力深层潮流(尤其是底层的、民间的潮流)迄今尚未被揭示,有时甚至是研究者根本就不知晓的",而"固守这种态度是不可能洞察伟大作品的深层内涵的,文学本身也会由此而显得只是某种渺小的、不严肃的事业"。① 在巴赫金看来,文学创作的根基深植于民间文化的沃土中,民间文化、民间文学中各种各样的因素为作家文学的出现作了充分的准备。在很大程度上,作家创作仅仅是对民间文学范式(paradigms)的转换。因此,只有揭示伟大作家的创作与深层的民间文化潮流的内在联系,才能洞察和把握伟大作品的深层内涵。

二、民间文学孕育了文学

按互文性(intertextuality)理论的观点,文学主要的参照范畴是文学自身,文学把自身看成临摹的对象。相对作家文学而言,民间文学更容易成为模仿的对象。关于这一点,作家文学的研究者可能比民间文学研究者看得更清楚。法国学者蒂费纳·萨莫瓦约(Tiphaine Samoyault)就说:

> 从这一角度观察文学史,我们会发现有些类别相对来说尤其具有互文性,比如悲剧(传统上的口述神话~欧里庇得斯~拉辛)、寓言(口头故事~伊索~拉封丹~弗罗量Florian)、道德偶像剧(民间智慧~特奥克里特Théocrite~拉布吕耶尔La Bruyère)……原因有二:首先是历史的原因,这种文学类别的诞生归因于那个时代,那个时候,"个性"和"作者"的概念在文学创作中尚未占上风;而现代小说则相反,在它出现的时代,作者的个性和文学产权都得到了张扬。第二个原因来自于这些类别的取材和目的:悲剧和道德剧以集体素材、原始神话和民族智慧为蓝本,表现和阐述的是不变的道理,因为文学是一种传递,同时也正因为它需要重复,需要把同样的事改编给不同的人群。正如新欢唤起对旧爱的回忆,新文学使得我们对文学的记忆油然而生。②

---

① 〔俄〕巴赫金:《话语创作美学》,(莫斯科)艺术出版社1986年俄文版,第349页。
② 〔法〕蒂费纳·萨莫瓦约:《互文性研究》,邵炜译,天津人民出版社2003年版,第65—66页。

有人曾对"文学民间源头论"提出了批评。① 民间文学是文学的源头，这是不可辩驳的事实。在任何一个时代，大多数民间文学都是属于"古典的"，是先于当时的文学创作而存在的。"'古典的'一词表达了对某种持续存在物的意识；感觉到一个文本直接向后世说话的持久力量是无限的；对于我们来说也是如此，'古典的'一词包含了这个意思的遗绪。"②于是，民间文学作为古老的文本原生态的表现形式，便成为典范(paradigm)，是文学活动模仿和摹写的目标。从更高的层次讲，民间口头传统是鲜活的、自由的，给予作家创作的活力、灵感和激情。试想，如果没有唱伎演唱和演绎，没有酒楼瓦肆的民间表演空间，唐诗、宋词不可能如此盛行，不可能得到如此广泛的传播。

"口承文化是各民族无文字时期的文明渊薮，堪称未成文的百科全书，正是他们各自的传统智知及精神活动在历史上的唯一理论概括形式。从内涵来看，口承文化即是以口头语言方式传承下来的整个精神文化的理论形式和全部物质文化的经验总结的总和；从外延来说，口承文化即是以口头语言方式传承下来的全部定型作品和各种民间说道的总和。"③民间文学作为口承文化的主要部分，是崇高的、标准性的经典。对一些具有悠久历史的民间文学，现代作家或文人只有模仿和学习的责任，而没有批评的资格。马克思曾称道古希腊史诗是"高不可及的范本"，拥有"永久的魅力"。难以想象，我们在经历了长期历史"洗礼"的民间文学面前，会一本正经板起面孔，对宙斯进行精神分析，将其斥为性变态者；因为耶和华神随意处置人类，就指控他是杀人犯；或者怀着人道主义同情，给伊娥、欧罗巴这些被强迫的少女打抱不平。这多么荒谬！那是一个与今日文明全无干系的世界，一个崇尚"凭劫掠带来气概和勇气的名声"的时代。④

当然，在理解民间文学是作家创作源泉的时候，应该摆正民间文学的位置，不能简单化，不能作单向性的狭隘判断。正如陶阳所说："大型英雄史诗《格萨尔》，文人创作不出来，长篇小说《红楼梦》，也不是劳动者能用口头创作的。作家学习口头文学，因而插起飞翔的翅膀，口头文学又因作家的加

---

① 王锺陵：《"文学民间源头论"的形成及其失误》，《学术研究》2002年第12期。
② 〔美〕保罗·康纳顿：《社会如何记忆》，纳日碧力戈译，上海人民出版社2000年版，第122—123页。
③ 王亚南：《口承文化：文明的渊薮》，《民族文学研究》2001年第1期。
④ 〔美〕伊恩·P. 瓦特：《小说的兴起：笛福、理查逊、菲尔丁研究》，高原、董红钧译，生活·读书·新知三联书店1992年版，第281页。

工而流传百世,二者绝不互相排斥。把优秀的口头文学和优秀的作家文学汇合起来,才是中国文学史的正宗与主流。"①早在1927年,鲁迅在《革命时代的文学》中,就说到"不识字的作家"受到古书及乡绅的影响:"平民所唱的山歌野曲,现在也有人写下来,以为是平民之音了,因为是老百姓所唱。但他们间接受古书的影响很大,他们对于乡下的绅士有田三千亩,佩服得不了,每每拿绅士的思想,做自己的思想,绅士们惯吟五言诗,七言诗;因此他们所唱的山歌野曲,大半也是五言或七言。这是就格律而言,还有构思取意,也是很陈腐的,不能称为真正的平民文学。"②这一段话说明了乡绅文化对于民间文学的侵入。其实,在任何一个时代,占统治地位的权力话语对民间文学都有渗透。

第四节 俗文学与民间文学

"五四"新文学运动的一个根本任务是破除旧文学,开创新文学。如何建立新文学,其途径不外两方面:一是向西方学习,一是把不登大雅之堂而又为广大平民喜闻乐见的文学奉至正统文学的地位,从这类文学中汲取营养并为其正名。于是大量搜集民间作品、在创作中有意模仿民间文学,就成为20世纪二三十年代强大的文艺思潮。正是在这一文学背景中,"俗文学"的概念应运而生。最初提出此概念的应是日本学者狩野直喜,他在搜集英法两国馆藏敦煌俗文学资料的基础上,于1916年在《艺文》第7卷第1、3期上发表了《中国俗文学史研究的材料》一文。

一、对俗文学的提倡和研究

在中国现代文学史上,对俗文学大力提倡并用心研究者,郑振铎无疑是最突出的一位。1938年,商务印书馆出版了郑振铎的《中国俗文学史》,正式建立了中国"俗文学"学科。"俗文学"学科的建立,是文学运动发展规律的产物。随着民众意识的觉醒,"庙堂文学"独霸文坛的"专制"状况必然会首先受到冲击。民众需要自己的文学,那些受到"五四"民主思想影响的知识分子的目光自然便投向平民文学,平民文学或类似于平民文学的文学纷纷变成铅字,出现于报纸杂志,为整个社会群体所认可。然而,要展示俗文

---

① 陶阳:《民间文学理论研究的曲折道路》,《西北民族研究》2002年第2期。
② 鲁迅:《革命时代的文学》,《鲁迅全集》第3卷,人民文学出版社2005年版,第441页。

学的实力,必须要有一部俗文学史,郑振铎主动承担并完成了这一任务。《中国俗文学史》的诞生,标志着俗文学对"庙堂文学"的漫长斗争取得了划时代的决定性胜利。这部上下两册的巨著,是当时任何一部正统文学史都无法匹敌的。无怪乎郑振铎无比自豪地说:"'俗文学'不仅成了中国文学史主要的成分,且也成了中国文学的中心。"①

郑振铎之所以能将俗文学展示得如此宏阔,一方面,是与他对俗文学的酷爱和正确认识分不开的。他在《插图本中国文学史》序言中说:"难道中国文学史的园地,便永远被一般喊着'主上圣明,臣罪当诛'的奴性的士大夫们占领着了么?难道几篇无灵魂的随笔写作的诗与散文,不妨涂抹了文学史上的好几十页的白纸,而那许多曾经打动了无量数平民的内心,使之歌,使之泣,使之称心的笑乐的真实的名著,反不得与之争数十百行的篇页么?"②这种对俗文学优越性的认识极为深刻,道出了两种不同性质的文学的实质区别。另一方面,也与他对俗文学的深入发掘分不开。郑振铎是现代文坛最早全面搜集、整理俗文学的人之一。诸如佛曲、弹词及鼓词之类,一直未引起文人的注意,郑振铎首先将其纳入俗文学,并予以高度评价。他在《西谛所藏弹词目录》一文开头说:"为弹词作目录,恐将以此为第一次。弹词的重要,决不下于小说与戏曲,其中几部著名的作品也可与小说戏曲中之最好者相提并举。"③郑振铎对俗文学许多领域的研究都具有开拓之功。

在俗文学领域,郑振铎的贡献不仅在于以俗文学的"实力"为其在整个文坛争取了一席之地,还在于他对俗文学内部因素的认识。他说:"原来民间文学这个东西,是切合于民间的生活的。"④郑振铎在20世纪30年代初期就已看准了俗文学与其他文学的根本区别,抓住了俗文学最为本质的特征,即俗文学是切合民间生活的,与广大民众的生产活动和日常生活紧密相连。在后来的《中国俗文学史》中,郑振铎又把"大众的"视为俗文学的第一大特征。他说:"她是出生于民间,为民众所写作,且为民众而生存的。她是民众所嗜好,所喜悦的;她是投合了最大多数的民众之口味的。故亦谓之平民文学。其内容,不歌颂皇室,不抒写文人学士们的谈穷诉苦的心绪,不讲论国制朝章,她所讲的是民间的英雄,是民间少男少女的恋情,是民众所

---

① 郑振铎:《中国俗文学史》(上),商务印书馆2010年版,第1页。
② 郑振铎:《插图本中国文学史》,人民文学出版社1957年版,第2页。
③ 郑振铎:《西谛所藏弹词目录》,《中国文学论集》,岳麓书社2011年版,第519页。
④ 郑振铎:《插图本中国文学史》,人民文学出版社1957年版,第11页。

喜听的故事,是民间的大多数人的心情所寄托的。"①在郑振铎当时的学术话语中,"俗文学"和"民间文学"为同一语。这种对俗文学内容方面特征的理解,即使现在看来,也是极为精确而深刻的。

郑振铎还致力于俗文学本体论研究,对俗文学的外部特征有精辟论述,表明他对俗文学的范围已有了清晰的界定。在《中国俗文学史》第一章,他说俗文学"是无名的集体的创作。我们不知道其作家是什么人。他们是从这一个人传到那一个人;从这一个地方传到那一个地方。有的人加进了一点,有的人润改了一点。我们永远不会知道其真正的创作者与其正确的产生的年月的。也许是流传得很久了;也许是已经经过了无数人的传述与修改了。到了学士大夫们注意到她的时候,大约已经必是流布得很久很广的了"。在这里,郑振铎阐明了俗文学创作方式的集体性及匿名性特征,肯定了俗文学由集体创作,集体流传,为集体服务,并为广大民众所共有,广大民众既是俗文学的作者,又是传播者和享受者。紧接着,郑振铎又说:俗文学"是口传的","她从这个人的口里,传到那个人的口里,她不曾被写了下来。所以,她是流动性的;随时可以被修正,被改样"。②这就道明了俗文学的两个基本特征,即口头性和变异性。关于变异性,郑振铎在另一处也有说明:"随了时代的进展,他们(俗文学)便也时时刻刻的在进展着。他们的形式,便也是时时刻刻在变动着,永远不能有一个一成不变后永久固定的定型。而民众的生活又是随了地域的不同而不同的,所以这种文学便也随了地域的不同而各有不同的式样与风格。"③郑振铎的这些观点与如今我们对民间文学特征的认识是大体一致的。在20世纪30年代,还没有哪位作家和学者对俗文学的特征阐述得如此系统、明确和有深度。无疑,如今对民间文学的认识和界定,很大程度上是建立在此基础上的。

1929年郑振铎在《小说月报》第20卷第5号上发表了《老虎婆婆》一文,他说:"《小红冠》式的猛兽,变了人——常常是老太婆——去吃小孩子的故事,是世界各处都有存在着的。中国式的《小红冠》故事,与欧洲式的《小红冠》故事其间区别得很少。不过欧洲式带些后来附加上去的教训意味,中国式则无之,而欧洲式的小孩子为一人,中国式的小孩子常为二人而已。"作者不仅比较了中外"狼外婆"故事的异同,还稍微梳理了此种故事的

---

① 郑振铎:《中国俗文学史》(上),商务印书馆2010年版,第4页。
② 同上书,第4—5页。
③ 郑振铎:《插图本中国文学史》,人民文学出版社1957年版,第7页。

演变脉络。郑振铎的这类论文,开创了中国民间文学比较研究法的先河,也为"AT 分类法"的产生提供了中国的例证。在 1924 年发表于《文学周刊》第 137 期的《孟姜女》一文中,郑振铎通过考察万喜良姓名的来历,总结了民间传说演变过程中的一个常见现象:"如果我们肯费了一番工夫,去搜寻各地的民间传说,一定更可以得到无数的由古书中所叙的短故事蜕化出来的传说。(这个工作我觉得是很有趣味的。不知各地有人高兴去做否?)由此可知,民间传说的一部分,固然常被文人采取而写在纸上,却同时也有许多书籍上的故事,被民间所流传,辗转重述,而成为传说的一部分。"可惜我们现在很少有人继续从事这方面的研究。

二、俗文学与民间文学的差异

现代学者对俗文学的研究,20 世纪二三十年代是第一个高峰期。由于时代的局限,其俗文学的理论难免有不足之处。在当时的文坛,俗文学、平民文学、民间文学、大众文学、通俗文学及"野草"文学等等之间并无明确界定,混为一谈。出于政治的需要,这类文学被当作反抗正统文学的工具,为壮大其声势,人们也无意去辨识它们之间的微妙区别。正如郑振铎在《中国俗文学史》第一章所说的:"中国的'俗文化',包括的范围很广。因为正统的文学的范围太狭小了,于是'俗文学'的地盘便愈显其大。差不多除诗与散文之外,凡重要的文体,像小说、戏曲、变文、弹词之类,都要归到'俗文学'的范围里去。"①郑振铎从文体上把"俗文学"分成五大类:(1)诗歌(包括民歌、民谣、初期的词曲等等);(2)小说(指"话本",即用白话写成的小说);(3)戏曲(戏文、杂剧、地方戏);(4)讲唱文学(也就是现在所说的说唱文学,包括变文、诸宫调、宝卷、弹词、鼓词等);(5)游戏文章。②

按现在的观点,这一框定显然太宽泛,把俗文学和通俗文学等同起来了,甚至认为士大夫阶级、上层贵族创作的带有民歌风味和以白话写成的志怪、志人小说及游戏文章也包括在内。这样尽管壮大了"俗文学"的队伍,但也给研究带来了困难。郑振铎对俗文学下了这样的定义:"'俗文学'就是通俗的文学,就是民间的文学,也就是大众的文学。"③只要是通俗的、下里巴人的,皆可纳入俗文学。但他将神话排除于俗文学领域之外。单凭

---

① 郑振铎:《中国俗文学史》(上),商务印书馆 2010 年版,第 1 页。
② 同上书,第 5—9 页。
③ 同上书,第 1 页。

"通俗"来确定一个学科的内容和范围是不够的,况且"通俗"本来是一个软性指标。譬如神话,在滋生神话的原始时代必然是通俗的,现在却艰涩难解。再如地方戏,其通俗性也只能就地域而言。

任何一门学科,如果没有比较明确的范围,也就模糊了其存在的基础,不可能得到发展。这就是通俗文学学科研究一直停滞不前的原因。事实上,"俗文学"这一概念并未获得普遍接受和运用,郑振铎自己在以后的文章中也很少提及。相反,由于"民间文学"这一名词的使用频率极高,其内涵及外延愈来愈明确,便逐渐淹没了俗文学的影响,成为一门独放异彩的学科。

1983年全国俗文学学会成立后,俗文学研究工作有了一定进展。但仍有不少学者认为俗文学从属于民间文学,是民间文学的一个分支,这实际上是在重蹈郑振铎等前辈的覆辙,取消俗文学作为一门独立学科的价值。半个多世纪前,郑振铎受到当时社会条件和学术状况的种种限制,尤其是民间文学的研究还处于初期阶段,他只能给俗文学下一个广义的定义。毋庸讳言,我们现在对俗文学、民间文学及通俗文学的界定也是不明晰的,这说明它们之间确有许多相通之处。然而毕竟现在学科设置越来越趋于精密,民间文学作为一门独立学科的地位早已确立,俗文学应是与其并存的一个学科。

事实上,在与正统文学并立的为广大人民喜闻乐见的文学中,除了那些集体创作并口耳相传的民间文学外,还有许多是作家创作或改编的书面文学。如明清时代的"三言""二拍"《挂枝儿》《山歌》《聊斋弹词》等。这类通俗易懂、主要供广大百姓消遣的文学,就应属于俗文学。《今古传奇》《传奇故事》《章回小说》《通俗小说选》等刊物登载的作品即为此类。除小说以外,还包括各地民间的演唱形式、通俗歌曲及相声、小品的脚本等等。俗文学之"俗",除了通俗外,还含世俗、俗气之义。俗气者,小市民也,故而俗文学的绝大部分读者是市民阶层。他们与"土"文学——民间文学的读者群一起构成了我国最大的文学创作与接受群体。

关键词:

学科体系　民间文学流派　民间文学　俗文学　原型　民间叙事　民间文学方法论

思考题:

1. 谈谈民间文学研究流派各自的特点。

2. 什么是民间文学的文本概念？谈谈你的认识。
3. 民间文学对作家文学有哪些重要的影响？
4. 民间文学与俗文学有哪些联系与区别？
5. 叙述民间文学的知识谱系，如何认识民间文学的学科地位？
6. 阐述当下中国民间文学研究的亮点。

第二讲
民间文学的界定及生存状况

"民间文学"属于民间文艺学的整个体系的一部分,也就涉及民间文艺学的一般理论。1935年,钟敬文在《民间文艺学的建设》一文中,首次提出了"民间文艺学"的学科名称,指出民间文艺学的学科内容,"就是关于民间文学的一般特点、起源、发展以及功能等重要方面的叙述与说明"①。民间文艺学的主体是由属于民间文学的各个门类的不同体系组成的,在民间文艺学下面,还有神话学、史诗学、传说学、故事学、歌谣学以及谚语学、谜语学等,它们是民间文艺学这个大系统中的组成部分,同时本身又是一个个相对独立的、完整的门类。

第一节 什么是民间文学

"民间文学"既是一个学科或学术话语意义上的名称,也指这个学科研究的对象。民间文学是一门地域性学科,真正的民间文学学者应该从事的是某一地域的民间文学的研究,而不是只笼统地声称自己研究的是传说还是民间小戏。

一般来说,我们对一门学科下定义是比较容易的,给这门学科研究的对象下定义就比较困难。比如研究美学的学者,可以告诉你什么是美学,至于说到什么是美,他就不一定能回答,至少不可能很圆满地回答。同样,民间文艺学大致是研究民间文学的起源、流传的一般规律及社会功能的科学。而要追问什么是民间文学,大家的意见可能就不一致。

"什么是民间文学",似乎是早已解决了的问题。"民间文学是劳动人民的口头创作,它在广大人民群众当中流传,主要反映人民大众的生活和思

---

① 钟敬文:《民间文艺学的建设》,《艺文》1935年第4卷第1期。

想感情,表现他们的审美观念和艺术情趣,具有自己的艺术特色。"①这是四十多年前的权威性定义。进入 21 世纪,关于什么是民间文学的认定并没有发生多大变化,学者们依旧认为"民间文学是一个民族集体创作、口耳相传的语言艺术。它既是该民族人民的生活、思想与感情的自发表露;又是他们关于历史、科学、宗教及其他人生知识的总结;也是他们的审美观念和艺术情趣的表现形式"②。这种对民间文学的理解、界定显然是纯文学化的,即仅仅把民间文学看作与作家文学并行的一门独特的语言艺术。这样理解并不全面,而且极大地限制了民间文学学科的发展空间。

一、"民间文学"概念的提出

"民间"包含二义:一是生活于底层社会空间的"民众",二是民众的生活领域及精神世界。民间不是由文人建构的虚拟空间,而是一个永远存在的社会实体。由民间滋生的民间文学是一种完全独立的文学,对此,钟敬文有比较明确的阐述:"文艺学主要是从专业作家作品中抽象出一般的理论。但我觉得,从一个民族文化的整体来看,专业作家作品终究只占一部分,而一个民族的文学是全民族上、中、下层文学的综合体。具体一点讲,中华民族除了上层文学或精英文学外,还有别的文学,如有大量的通俗文学,即城市市民享用的一种文学。此外,中国是一个古老的农业国家,所以在上层文学和通俗文学之外,还有一种被更广泛地创作和传播的文学,即农民文学、口头文学。这三层文学都是中华民族的文学财富。"③尽管民间文学处于文学的"下层",但与所谓的上层文学绝不是从属关系。

1. "民间文学"概念的输入

"民间文学"这个学术名称是从英文术语 Folklore 发展来的。Folklore 的原意是民众的智慧、民众的知识。到了 19 世纪 70 年代,这个术语被西欧学者广泛使用,并确定为"民俗学"(即关于民众智慧的科学)的含义。在当时,这一概念显然是广义的,凡是民间生活中的一切事物,如村制、族制、婚姻、丧葬、产育、社交、节日、信仰、祭仪、居住、饮食、服饰、农耕、技艺以及民间文艺、民间谚语等等,都属于民俗学研究的具体内容。在民俗学的发展过程中,随之又出现了 Folklore 的狭义的概念,即专指民间文学创作。"五四"

---

① 钟敬文主编:《民间文学概论》,上海文艺出版社 1980 年版,第 1 页。
② 刘守华、陈建宪主编:《民间文学教程》,华中师范大学出版社 2002 年版,第 5 页。
③ 钟敬文:《民俗学对文艺学发展的作用》,《文艺研究》2001 年第 1 期。

时期,中国学者将这个名词解释成"民俗学",同时又具体地译为"民间文学",即专指"民俗学"当中的口头艺术部分。最早使用"民间文学"概念的中国学者是梅光迪。1916年3月19日,梅光迪致信胡适:

> 来书论宋元文学,甚启聋聩。文学革命自当从"民间文学"(Folklore,Popular poetry, Spoken language, etc.)入手,此无待言。惟非经一番大战争不可。骤言俚俗文学,必为旧派文家所讪笑攻击。但我辈正欢迎其讪笑攻击耳。①

梅光迪使用"民间文学",显然是受"Folklore"概念的启发。"Folklore"是民间文学的国际术语,由英国考古学家汤姆斯(William Thoms)于1846年首先提出,后来发展成新兴民间文学学科的正式名称。"如果要寻找具体的代表人物和事件作为标志,在汤姆斯之前并且启发他提出'folk-lore'这个词的格林兄弟对德国民间故事和童话的收集整理,才称得上是欧洲民俗学和民间文学研究的真正发端。因为他们的研究在整个欧洲产生了迅速而持久的启蒙和示范作用。"②直到现在,我们仍然根据这一国际称谓,沿用"民间文学"一词。因此,Folklore也可被视作民间文学的同义语,人们在讨论民间文学时,不一定要严格地使用folk literature(民间文学)或popular literature(大众或流行文学)等短语特指。③ 而且,在中国现代民俗学发生的初始阶段,从事民俗学活动的主要不是文学或者说文艺学工作者,顾颉刚、容肇祖、黄石、江绍原、杨成志、林惠祥、常惠等学者均来自史学、哲学、宗教学等领域。正如钟敬文所说:"我国早期致力于民俗学的学者,他们原来的所从事的专业,基本上是各不相同的。有的是搞文学的,有的是搞语言文字学的,有的是搞社会学的。自然,也有人一开始就搞民俗学的,但那只是众多学者中的少数人而已。"④

2. 民间文学不完全隶属"文学"

民间文学并不是以作家文学为对应的一种文学,这一现代学科概念也不是以作家文学为参照提出来的。"民间文学"作为一门相对独立的学科和这门学科研究的对象,都不是由"文学"分化出来的,它有着完全独立的

---

① 姜义华主编:《胡适学术文集·新文学运动》,中华书局1993年版,第201页。
② 户晓辉:《论欧美现代民间文学话语中的"民"》,《民间文化论坛》2004年创刊号。
③ 祁连休、程蔷主编:《中华民间文学史》,河北教育出版社1999年版,前言第8页。
④ 钟敬文:《从事民俗学研究的反思与体会》,《北京师范大学学报(社会科学版)》1998年第6期。

形成和演进轨迹,并不完全属于文学的范畴。美国当代叙事学学者华莱士·马丁(Wallace Martin)比较了口头故事和作家文学之后,指出以口头叙事为研究对象的人类学和文学批评之间存在一些根本性的差异:

> 人类学家碰到的不是原创的、写实的、印刷出来的故事,而是一大堆口头故事,其中许多彼此之间仅有细微的差异。这些口头故事经常包含一些神魔事件,而这些事件与它们在其中被讲述的那些社会的"现实"没有任何明显的关系。几乎在所有的方面,人类学家必须回答的问题都与文学批评家提出的那些问题相反:不是"为什么这个故事是独特的?",而是"它如何以及为什么与其他故事如此相似?";不是"这个(可确认的)作者意味着什么?"而是"当这一(无署名的)集体神话在某些场合被重述时,它发挥什么作用?"对于批评家来说,单独的作品是意义的所在地;而人类学家却至少也要处理一个故事的一系列变体。叙事与日常现实的关系在一种情况中是明显的,在另一种情况中则是隐晦的。视点,人物塑造,描写和文体这类对于文学批评家如此重要的特性在口头故事中几乎是不存在的。批评家的精密的解释方法对于人类学家则几乎毫无裨益。①

文学理论不能涵盖民间文学,解决了什么是文学的问题,并不能解决什么是民间文学的问题。事实上,文学理论很少也无力顾及民间文学。譬如,苏珊·朗格和伊瑟力的接受美学、英伽登的读者反应批评、伽达默尔的阐释学等理论,强调文学接受者的主体地位,但他们的立场指向文本阅读的读者,民间口头文学的接受主体却在其关注之外。

另外,民间文学的"民间",是一个独立于上层社会的底层社会,过去主要指农村宗法社会,是现实的乡村民间。在这一民间,完全可以自己生产"文学",并且以独有的方式在民间进行传播。民间文学的"民间"始终是自在和自为的,不是由知识分子拟构出来的。在作家文学领域,民间是指"中国文学创作中的一种文学形态和价值取向","指一种非权力形态也非知识分子精英文化形态的文化视界和空间,渗透在作家的写作立场、价值取向、审美风格等方面"②,这是知识分子的民间、意识形态的民间,而不是民间文学的民间。民间文学和作家文学可以建立互动的关系,却都是相对独立的

---

① 〔美〕华莱士·马丁:《当代叙事学》,伍晓明译,北京大学出版社2005年版,第9—10页。
② 陈思和、何清:《理想主义与民间立场》,《中山大学学报(社会科学版)》1999年第5期。

话语体系。

民间文学是和作家文学并行的一种文学,但两者的呈现方式并不完全一致。作家文学等于文学作品,而民间文学不是文学作品。在民间文学演进的过程中,它和作家文学的确构成了互动的关系,而且各自的研究方法也在相互影响和借鉴,但两者的异质性非常明显。

3. 民间文学的范围

根据民间文学的学科概念,我们对民间文学的范围可以有严格的划定。一般说来,从过去时代一直传承下来的民间文学,包括神话、民间传说、民间故事、民间诗歌(即歌谣)、民间说唱、民间小戏、谚语和谜语等口头文学诸形式。新时代的口头创作主要包括新传说、新故事、新说唱以及逐渐形成或产生的新谚语、新歌谣、新的民间小戏等等。近些年,国际民间文学领域有新的拓展,把个人叙事(personal narrative)、都市传说(urban legend)、地方奇闻逸事(anecdote)也纳入研究视野。另外,借助大众传媒传播的网络笑话、手机短信等也逐渐受到关注。

其中神话、传说、故事、寓言、童话、笑话为散文类作品,采用讲述或演说的语言形式。美国学者威廉·R.巴斯科姆(William R. Bascom)认为神话、传说和故事都是"散文叙述样式":"我建议将散文叙事这一专门术语用来指包括神话、传说和民间故事在内的口头文艺这一广泛传播而又十分重要的文学形式。神话、传说和民间故事三者相互关联,因为它们都属叙事,而这一点就使它们在形式特征上与格言、谜语、民谣、诗歌、绕口令及其他形式的口头文艺区别开来。"[①]民歌、民谣、谚语、民间长诗、谜语等为韵文类作品,采用吟唱或押韵的语言形式。民间小戏、评书、快板、相声等为说唱类作品,采用演唱的语言形式。

目前中国民间文学学科体系,是由村落民间文学建构起来的,基本没有都市民间文学的内容,这是严重的不足。现有的民间文学理论不足以支撑和指导都市民间文学(包括新媒介文学)的研究。人们都承认,都市有民间文学,也有民间文学传统,而都市空间里的民间文学与我们习惯考察的村落民间文学显然不同。一般而言,村落空间是均质的,都市空间的差异性则十分明显。都市民间文学如何界定,从什么角度审视,可以运用哪些方法进行调查和研究等等问题,都是中国民间文学学科必须面对和解决的。

---

① 〔美〕威廉·R.巴斯科姆:《民间文学的体裁:散文叙事》,杨蓉译,《民间文学论坛》1991年第2期。

4. 对"民间文学"的认识

民间文学是一个区域内广大民众群体创作和传播口头文学的活动,它以口头表演的方式存在,是一个表演的过程,属于带有审美特性的生活形态。瑞士语言学家索绪尔(Ferdinand De Saussure)提出了"语言"(langue)和"言语"(parole)两个相互关联的概念。前者属于社会性的存在,包括词汇、语法、惯用法等个人不能任意改变的资料和规则的结合;后者则是具体的用任何一种物质方式(书面的、口头的)表现的语言行为,属于个人的选择和实践。两者是同一系统互为表里的两层。索绪尔自己的类比是:犹如称为"象棋"的那套抽象的规则和惯例与真实世界中人们实际所玩的一盘盘象棋游戏这两者之间的不同。与其说民间文学是"语言"的,不如说是"言语"的,即具体的语言行为的。

民间文学不是一般意义上的文学,不仅仅指民间文学作品。民间文学作品是采风的成果,是对民间文学部分的记录。现有的民间文学作品都没有也不可能涵盖民间文学的全部。"说唱的文本始终仅仅存在于说唱演出的时间中。作为声音使空气发生振动而出现的文本随着声音的沉寂而销声匿迹。然而我们所收集记录下来的文字文本却一直在桌子上纹丝不动,其存在与时间无关。我们没有留意到那些由于对文本作收集记录而丢失了的东西,而一直认为通过文字化的工作即可使文本变为分析的对象。"[①]真正的民间文学存在于生活当中,其中的许多部分很难被"采风",并用文字描述出来。按法国解构理论大师德里达(Jacques Derrida)的理解,"文本"(text)有广狭两义。狭义的"文本"是我们通常意义上所说的一种用文字写成的有一个主题、有一定长度的符号形式,是形诸文字的文学作品;广义的"文本"指的是某个包含一定意义的微型的符号形式,如一个仪式、一种表情、一段音乐、一个范畴、一个词语等等,它可以是文字的,也可以是非文字的。[②] 真正的民间文学文本是一个表演的过程,它由声音、表情、动作以及现场的其他符号形式共同构成。此种意义上的"文本"相当于人们常说的"话语"(discourse),是人们组织现实表演的最基本的符号形式。德里达所说的"文本之外无物"(There is nothing outside of the text)中的"文本"就属于此类。

记录下来的书面文本不可能是民间文学的最初样式,因为此前这一文

---

① 〔日〕井口淳子:《中国北方农村的口传文化——说唱的书、文本、表演》,林琦译,厦门大学出版社2003年版,第10—11页。

② 〔法〕德里达:《文学行动》,赵兴国等译,中国社会科学出版社1998年版,第85—96页。

本已流传了很长时间;也不可能是最后的样式,因为此文本还会继续流传下去。口头文本从来就没有一个"最后的定稿"或文本"原型"。文本和演说情境是不可分离的。脱离了演说情境,文本就可能被误读。文本是由演说者和听众或观众共同建构起来的,要通过语境才能被充分理解。民间文学的创作和传播过程,实际上就是在特定场域中发生的言语和情感的交流行为。严格说,只有进入这一演说场域,才能真正接受和享用被演说的民间文学。

一个令人啼笑皆非的常见现象是,我们一提到民间文学,就会列举许多作品,并用书名号将作品的名称标识出来(这些名称多为记录者所加)。在呈现形态上,民间文学与作家文学没有区别。而且,一旦写定一篇作品,这一作品便成为经典,被反复引用,学者们反而对还在口耳相传的这一作品的生活形态置之不理。

某一民间文学作品处于真正的口传阶段,任何后续的部分都可能纳入经典演说的文本。口传中的《摩诃婆罗多》《格萨尔王传》《白蛇传》《田螺精》等在传播的过程中,不断发生变异。"不是任何信息都值得记录,而同时,凡被记录的,都获得特殊的文化意义,成为文本[比较:术语'圣经'以及中世纪俄国文献里常见的套语'有记载''据圣经说'。这些套语表明文字的固定性和神圣性被认为是同一的]。"①因此,当这些演说,特别是与一个民族的宗教信仰有关的演说被记载下来,由于文字所具有的"圣言"性质,书写比口传代表了更权威的文化形态,也由于文字的确定性,这些文本的更进一步的扩展就终止了。即使有后续的口传部分也会被排斥在经典结构之外,以便限定经典文本的含义,而不是任由其产生多义性和歧义性的蔓延。也许这正是以口传为基础的民间文学和书面形式民间文学之间的不同,以及它们对后世影响上的差别。口传似乎不如书写那样具有权威性,比如,口传史诗的演说人是一个浪迹民间的行吟诗人,史诗的笔录者和书写者则身居庙堂之上。口头民间文学是可以在口传中随时添加的,书面民间文学则处在被反复"引用"的权威地位。

口头传统的记录文本不可能有最好的,于是,学者们就有理由为同一口头文学制造出不同的记录文本,甚至借助不同的传播媒体提供不同形式的文本,以寻求和展示所谓的民间口头传统的"本真性"。这些不同内容和形

---

① 〔俄〕Ю. М. 洛特曼、А. М. 皮亚季戈尔斯基:《文本与功能》,沈治译,见赵毅衡编选《符号学文学论文集》,百花文艺出版社2004年版,第153页。

式的文本,给学者们提供了比较、鉴别和解读的机会。在这种情况下,书面文本同样不可避免地走向了多义性和歧义性的迷途。而当这些不同的记录文本返回到其口传的故乡,得到广泛阅读的时候,原本处于自然状态下的口头传统必然遭遇破坏。

5. "谁"拥有民间文学

首先提出 Folklore 的汤姆斯认为,掌握了旧时的风俗、行为方式、口头文学的人就是 Folk,即民间文学的创作者和传播者。具体说,民间文学的"民"是以乡民为主的国民,他们处于社会的底层,属于后进阶级。这一观点对后世产生了很大影响。

正当汤姆斯提出 Folklore 这一术语的时候,世界民间文学史上第一个重要流派——神话学派诞生了。麦克斯·缪勒把那些拥有神话的人视为"民","民"是一个种族,而不仅是某一阶级或阶层。

继缪勒之后,爱德华·泰勒开启了人类学派的民间文学研究。他认为原始人的思想观念存在于古代流传下来的民间口头文学之中。这种遗传被称为"遗留物"(survival)。从现在保存下来的民间口头文学可以追溯原始社会的文化形态。在当代的一些原始部落,民间文学的保存最为完善。因此,Folk 是指那些至今仍生活在非文明的环境当中的人,即野蛮人和半开化的人。

苏格兰的安德鲁·兰首先使用人类学方法来专门研究民间文学。他1884年出版了《风俗与神话》一书,认为 Folk 是那些极少受到教育改造、极少取得文明进步的人群,他们是进化途中的落伍者,即现代的野蛮人。另外,先进民族中的落后阶级也可以是 Folk。同样属于人类学派的阿尔弗雷德·纳特(Alfred Nutt)信奉"遗留物"的学说,于1899年出版了《田野与民俗》一书,指出 Folk 是没有学问的落后人群,在欧洲社会就是农民。这是首次提出民间文学的"民"指农民的看法。受纳特影响的美国人类学家罗伯特·雷德菲尔德(Robert Redfield)是研究农民阶层的代表人物,他建构了"大传统"和"小传统"的理论模式,同时也建构了一个乡民社会。他认为乡民只用口头语言交流,可以看成文明地区的"部落单元",在文化上属于"小传统",而与都市文明的大传统相对立。

印第安纳大学的理查德·M. 多尔逊(Richard M. Dorson)于1971年在《美国民俗学杂志》上发表了《城市有民俗之民吗?》一文,指出 Folk 不一定限于乡下人(country folk),而是意味着趋向传统的匿名大众(anonymous masses of tradition-oriented people)。他把那些表现出丰富的传统民俗的人纳入"民"的范畴,认为"民"包括乡民和部分有乡土传统的城里人,城市同样存在民俗。其巨大贡献在于消除了"城市""文明""工业"与民俗的对立。

加利福尼亚大学的阿兰·邓迪斯(Alan Dundes)在1965年出版的《民俗研究》(*The Study of Folklore*,中译本为《世界民俗学》)一书中,首次对民间文学的"民"重新加以界定,认为将"民"框定在乡民或落后人群的观念是不对的。他说:

> "民众"这个词,可以指"任何民众中的某一个集团",这个集团中的人,至少都有某种共同的因素。无论它是什么样的连结因素,或许是一种共同的职务、语言、或宗教,都没有关系,重要的是,这个不管因何种原因组成的集团,都有一些它们自己的传统。在理论上,一个集团必须至少由两人以上组成,但一般来说,大多数集团是由许多人组成的。集团中的某一个成员,不一定认识所有其他成员,但是他会懂得属于这个集团的共同核心传统,这些传统使该集团有一种集体一致的感觉。①

1977年,邓迪斯又发表了《谁是民俗之民》("Who are the Folk")的著名论文。他说,把"民"等同于乡民或农民群体的观点是不对的,倘若这个定义成立的话,城市居民就不属于Folk,他们也没有属于自己的民俗;另一方面,民俗也不仅是"遗留物",倘若这个定义成立的话,现代人就不能创造新的民俗,而且"遗留物"也会越来越少,可能不久的将来会荡然无存。从这两方面看,以往关于"民"的看法,实际上宣告了民俗学的岌岌可危。因此,邓迪斯对"民"提出了划时代的定义。"民"的概念几乎与"群体"(the group)同义。20世纪70年代,日本学者大藤时彦在《民俗学及民俗学的领域》一文中也明确指出,把民众限制在未受教育、无文化的"田夫野人",已不合时宜了。"在今天的民俗学上,很难把国民严格地区分为庶民层与非庶民层。由于在知识阶层中,也残存着与庶民层同样的古老风习,一方面,庶民层也不断受到近代文明的洗礼,不过把保持着较多古老风习的阶层称为庶民而已。""文明人的风俗,在它的起源上,与其说是国民的,不如说是人类的。"②从而将民俗归属于整个人类群体。既然民间文学是民众的一种生活样式,将民间文学的"民"与民众等同起来也是合乎情理的。

---

① 〔美〕阿兰·邓迪斯编:《世界民俗学》,陈建宪、彭海斌译,上海文艺出版社1990年版,第3页。
② 〔日〕大藤时彦:《民俗学与民俗学的领域》,见〔日〕后藤兴善等《民俗学入门》,王汝澜译,中国民间文艺出版社1984年版,第93—95页。

民俗学和民间文学界一直讨论"民"①,可以说贯穿了整个民间文学学术史。不论民间文学的"民"是否被言说,它都早已存在于现实生活之中,而且一直会存在下去。参与讨论的"我们"——知识界只是在建立"雅—俗"和"文—野"并举对立的叙述模式。由于"民"只是作为被关注的"他者"和变动着的"第三人称"存在于"我们"的各种论说里,也就意味着它不断地被制造和被转述,成为民间文学界"知识言说"中的一个恒常话题。

讨论的目的不在于"民"是谁,而在于为什么要讨论"民",意义存在于讨论过程本身。这是民间文学学科本身的一个话题,一方面表明民间文学学者对此学科的坚守,另一方面也反映了学者对此学科边缘性质的忧虑。"民"作为一个想象的文化共同体,对其边界的确立并不是问题的实质。实质是要给正统、官方、精英和上层树立一个对立面,在与正统、官方、精英、上层和中心的对立中确定民间文学学科的位置。理查德·多尔逊在《现代世界中的民俗》一文中指出,民俗以及拥有民俗的人或者被认为是迷信的、无文字的、落后的、原始的,或者被看作单纯的、一尘不染的、田园式的、亲近自然的,无论是受到羡慕还是受到鄙视,"民"都代表了不同于大都市的权力、财富、进步、产业、思想和政治活动的中心的一个世界。② 关于"民"这一概念的讨论,或者说"民"本身就显示出与正统、官方、精英和上层的对立性。因此,讨论的意义主要不在于讨论的结果,而在于始终坚守一直被"边缘化"了的"民"的学术立场。

二、民间文学的优越性

民间文学的优越性可以从不同的角度进行阐述。在后现代主义(postmodernism)看来,文本并非作品,而是语言活动的领域,但文本并不以所指(signified)为中心,反而是以能指(signifier)为中心。文本无意将词与事物一一对等起来,它只重视言说行为本身,不太注重所表达的意义。民间文学本身就是一个言说(演说)的过程,恰好可以满足后现代主义的研究路径,而不需要刻意以文本取代作品。民间文学的创作和流传的形态反映了文学之所以成为文学的真谛。

---

① 我国民间文学和民俗学界也没有停止过对"民"的探讨,代表性的成果可参见:高丙中《民俗文化与民俗生活》,中国社会科学出版社 1994 年版;户晓辉《现代性与民间文学》,社会科学文献出版社 2004 年版。

② Richard M. Dorson(ed.), *Folklore in Modern World*, Mouton Publishers, 1978, pp.11-12. 转引自户晓辉《现代性与民间文学》,社会科学文献出版社 2004 年版,第 74 页。

1. 诉诸天赋的文学

自然形态的民间文学,一般不求诸文字或其他符号呈现,人们对它的传播,只凭借口语和行为等人身天赋的一些本能。可以说,本能的情感宣泄就是民间文学。日本的柳田国男曾对以"声音"来传播民间传统的时代表现出热情的追恋:

> 再以《保元物语》为例,只要是考虑过此种文艺的起源的人就谁也不会否认,从一开始就有默着背诵、嘴上说着、手舞足蹈着的类型和将文字记载的东西用眼睛看着读念给大家听的两种不同类型。不言而喻,前者多且属主要,据说,《平家物语》是为盲人而写作的,朗朗上口,从耳可以接受是其特点,至于游方的女子,大约也多属文盲吧。从绘图册上的风俗画可以看出,将谱台、书架等摆在身前的连一例也没有。即便是女说书家在书桌上放了一本"书",也是仅作为道具,如果她不靠提词就讲不下去,便根本无法登台。这一"暗诵"的技能,没有传到冲绳,只有八丈岛局部地区有些传来的痕迹。[①]

在过去,声音比书面文字更能占据民间传承的主导地位。因为口头创作有两个方面是书面文本所没有的:固定的范本以及存在的时间问题。"我们必须记住口头诗人并没有要遵循固定的范本。歌手拥有足够的模式,但这些模式并不是固定的,他也并未意识到要记住这些固定的形式。一部史诗的每一次演唱在他听来都是不同的。第二,还有一个时间问题。书面诗人可以按照自己喜欢的速度悠闲地去写作。而口头诗人需要一直不停地唱下去,他的创作就其本质来说必须是很快的,具体到每一个歌手的创作速度可以有些差异,但是这是有限定的,因为观众等着要听故事。"[②]听众的参与在很大程度上影响了歌手的表演,同时也就影响了他的"这一次"创作。

民间文学具有作家书面文学无可比拟的优势,对此,李亦园有过十分具体的论述:

> 书写的文学作品大致都是一个作者的作品,而口语文学作品则经常是集体的创作。一个人的创作在某种情形下通常都不如集体创作那样能适合大众的需要。而且书写文学一旦印刷出版,就完全定型而不

---

① 〔日〕柳田国男:《传说论》,连湘译,中国民间文艺出版社1985年版,第110页。
② 〔美〕阿尔伯特·贝茨·洛德:《故事的歌手》,尹虎彬译,中华书局2004年版,第29页。

易有所变化了。口语文学的作品,即使是一个人的创作,一旦经过不同人的传诵,就会因为个人的身份地位以及传诵的情境而有所改变,这样因时因地的改变正好是发挥文学功效最好的方法,所以说口头文学最能适合大众的需要。……

口语文学与书写文学另一重要不同点在于听者与读者之别。口语文学是传诵的,所以对象是听者,书写文学是看与读的,所以对象是读者。听者与读者之差别,在于听者是出现于作者之前(或者传诵者之前),读者则与作者不会碰面的。假如我们用传播的模式来说明二者的差别,也许就更清楚一点。书写文学可以说是一种单线交通(one way communication),作者很不易得到读者的反应,即使有亦不能把内容改变了。口语文学则可说是双线的交通(two ways communication),作者或传诵者不但可以随时感到听者的反应,而且可以借这些反应而改变传诵方式与内容。爱斯基摩人的传说讲述者,经常会在讲述过程中受到听众的抗议,而不得不改变内容以适合当时的需要。台湾高山族中若干族群有时也有类似的现象出现。口语文学的这种应变能力,确比书写文学更能发挥"文学"的作用。①

除了表述和流传方式方面的优势之外,民间文学在创造层面更为活泼、自由。闻一多说得好:"故事本是民间的产物,不用讳言,它的本质是低级的。(便在小说戏剧里,过多的故事成分不也当悬为戒条吗?)正如从故事发展出来的小说戏剧,其本质是平民的,诗的本质是贵族的。"②作为民众集体艺术智慧结晶的民间口头文学,尽管没有像作家文学那样刻意追求个性,但由于没有经史文学那种强大而又顽强的传统力量(诸如文以载道等)的压力,反而能够轻松地舒展开想象的翅膀。

2. 再生产的文本

作家文本是一个单数,而任何民间文学的文本都是复数。当一个民间文学"文本"成为相对独立的演述形式时,它四周已是一片无形的文本海洋。每一个文本都从流传的语境中提取已被聆听过、演述过的段落、片段和词语,所以,对民间文学而言,从来没有什么"原初的"文本,每个文本中的

---

① 李亦园:《从文化看文学》,见叶舒宪主编《文化与文本》,中央编译出版社1998年版,第3—4页。

② 闻一多:《文学的历史动向》,《闻一多选集》第1卷,四川文艺出版社1987年版,第365—366页。

一切成分都是已经演述过的，都是由其他文本的碎片组成的。民间文学中的文本之间不断转移、渗透、自相矛盾甚至颠覆。文本的这种"复数"的特点取消了一切中心和同一性，有的只是各种相互关联的文本在流转、扩散、变换和增殖。

民间文学的表演是习惯性的，是一个被反复执行的行为，循环往复使这样的行为更加深刻地根深蒂固。民间文学演唱行为的循环往复铸就了演唱习俗，习俗为演唱行为的进一步循环往复给定了一种趋势。这种民间表演是潜在的"集团行为参照系"（reference group behaviour），成为不断被模仿的样板。表演者和观众一般不以好坏、新旧等标准进行评判。在一个村落或小镇，人们倾向于坚持那些祖祖辈辈传下来的口头传统，倾向于坚持那些已经熟悉的且已建立起来的演唱方式。民间文学是一个反复生产的过程，人们在顺从口头传统的同时，完成了一个个具体的表演。

另一方面，民间文学的生产又是相对自由的，民众在享受民间文学的同时也被激发再生产的欲望，这种欲望的实现并不受生产本身的限制。对于作家文学而言，"其特征是文本的生产者和使用者之间、文本的所有者和顾客之间、文本的作者和读者之间的无情分离，而这种分离正是文学的体制所藉以维持的。读者被迫进入一种懒惰状态，他成了不及物的。简言之，他是严肃的。他不是主动加入，他无法走近能指的魅力，或写作的快乐，他只是分享接受或摒弃这文本的一点可怜自由：阅读不过是投一票罢了"①。民间文学则可以任意改写，是最为理想的文本和文本的生产方式。对于作家文学来说，读者是被动的消费者，而民间文学的听众都有可能成为积极的生产者。民间文学文本生产的场域存在着许多平行互动的因素，各因素之间并无等级之差。每一次表演就是一个"文本"，在同一场域，可以反复生产出无数的文本。

因此，民间文学的文本层出不穷，处于不断变动之中。"变异的模式包括细节的精雕细刻、删繁就简、某一序列中次序的改变或颠倒、材料的添加或省略、主题的置换更替，以及常常出现的不同的结尾方式等等。"②而且，民间文学演说者的每次实践活动，都是创造性的即兴表演，是特定情境中的

---

① 〔法〕罗兰·巴尔特：《S/Z》，周海珍译，见赵毅衡编选《符号学文学论文集》，百花文艺出版社 2004 年版，第 552—553 页。
② 〔美〕约翰·迈尔斯·弗里：《口头诗学：帕里-洛德理论》，朝戈金译，社会科学文献出版社 2000 年版，第 101 页。

特定的文学交流。即便同一表演者表演同一作品,每次也都是有差异的。对于听众(观众)和表演者而言,一次表演活动就是一次生活经历,而生活具有不可重复性,以后不可能被复制和得到完全追忆。民间文学的变动既来自表演环境的改变,也是由表演本身造成的,任何表演都不可能是简单的重复,而是创造性的发挥。因此,对民间文学的再生产,需要在民间文学表演的过程中加以把握和认识。

三、"人民性":民间文学的核心所在

习近平同志"以人民为中心"的重要论述完成了两方面的超越:一是涵盖了为人民服务的文艺宗旨,又在文艺生存的逻辑层面将其起点和归属凝结了起来。人民不只是文艺服务对象的存在,而且是本体论的存在,突显了人民在文艺创作、享用及评论各环节的主体地位。二是越过了人民与文艺关系的学术表达。"人民的文艺"的命题之所以能够成立,是立足于人民当家作主这一基本事实;将人民与文艺的关系置于民族伟大复兴的宏大叙事的语境当中,极具现实和理论的张力。基于两方面的超越,对民间文学"人民性"的把握,不能止步于"深入民间",而应该突破以"我"为中心的民间文学范式,重新认定当地民众在民间文学活动中的主体地位,给予他们在民间文学研究各个环节充分的话语权。

1. 人民本体论的文艺思想定位

2014年,习近平同志在文艺工作座谈会上的讲话中,"人民"是出现频率最多的词汇之一。他指出:"文艺创作方法有一百条、一千条,但最根本、最关键、最牢靠的办法是扎根人民、扎根生活。"[①]文艺脱离了人民,也就失去了社会主义属性。就文艺活动实践状况而言,习近平强调,人民是文艺创作的源头活水,一旦离开人民,文艺就会变成无根的浮萍、无病的呻吟、无魂的躯壳。"人民的需要是文艺存在的根本价值所在。"[②]人民是文艺理论、文艺批评和文艺创作的基本价值追寻,文艺过程的每一个环节都是以是否满足了人民的需要为评判准绳的。强调人民在文艺生成的过程中具有生活本源的意义,这归还了人民在文艺活动中不可或缺的身份和地位。《在中国共产党第十九次全国代表大会上的报告》中,习近平进一步倡导:"繁荣发展社会主义文艺。社会主义文艺是人民的文艺,必须坚持以人民为中心的

---

① 习近平:《在文艺工作座谈会上的讲话》,《人民日报》2015年10月15日。
② 同上。

创作导向,在深入生活、扎根人民中进行无愧于时代的文艺创造。"①"人民的文艺"这一命题,可以理解为社会主义文艺性质的全称判断;而"以人民为中心的创作导向"的立场旨归,从民间文学的角度切入,则不仅体现了文学要表达人民的心声,为人民服务、为社会主义服务的价值诉求,超越了将人民定位为文学服务和书写、表达、反映的对象的判断,而且给予了人民在文学实践中明确的主体地位。"以人民为中心"与"为人民服务"的表述差异,就在于后者还只是将人民的价值定位于对象存在,而前者则显然定位于本体存在。②

人民本体论的前提是:人民已然当家作主,自然也是拥有文艺的主人。值得深思的关键点在于,习近平同志是在中华民族伟大复兴的宏大叙事中定义"人民的文艺",人民充分地享受和拥有自己的文艺是伟大复兴的有机组成部分。正是在这一庄严的语境里,人民本体论的文艺思想应运而生,并且嵌位于治国理政的整个体系当中。

民间文学植根于广袤的底层社会,产生、流传于民众当中,其所禀赋的人民性是与生俱来的。因此,从民间文艺学的角度领会习近平文艺思想中的"人民性",同样可以进入本体论建构的体系当中,为"人民性"的阐释提供特有的民间话语和民间立场。

2. 民间文学"人民性"的向度

民间文学活动本身就是人民的审美生活,是人民不可缺少的生活样式。民间文学的人民本体是客观存在的,无需刻意为之。民间文学的人民本体既是既定的,也是全方位的,表现为人民创作、人民传播和人民享受。民间文学调查和研究的对象是一个区域内广大人民的口头文学活动,它是以口头表演的方式存在的,是一种表演的过程和形式。口头文学属于人民自己的知识和意识形态,是人民对于自己的思想、观念和感情的展演。毛泽东同志早就指出:"人民生活中本来存在着文学艺术原料的矿藏,这是自然形态的东西,是粗糙的东西,但也是最生动、最丰富、最基本的东西;在这点上说,它们使一切文学艺术相形见绌,它们是一切文学艺术的取之不尽、用之不竭

---

① 习近平:《决胜全面建成小康社会 夺取新时代中国特色社会主义伟大胜利——在中国共产党第十九次全国代表大会上的报告》,《人民日报》2017年10月28日。
② 王列生:《文艺"以人民为中心"的本体论建构——习近平新时代中国特色社会主义文艺思想研究》,《文艺研究》2018年第4期。

的唯一的源泉。"①在现代文艺的体系中,民间文学与作家文学、外国文学并列,这三种文学形态在精神特质上也各有特点和功用,具有不可替代的价值。就民间文学而言,它具有鲜明的人民特性。民间文艺存在于人民生活中,属于人民群众带有审美色彩的生活方式,并非仅仅作为一种文学样式,还作为一种意识形态的综合体存在并产生影响,是以文学的形式展现民间社会的各种思想沉淀和生活现象。

认定民间文学的人民本体特质,取决于民间文学无功利、无利害的生存状态。这正好迎合了康德提出的"审美无利害"的美学指向。"每个人必须承认,一个关于美的判断,只要夹杂着极少的利害感在里面,就会有偏爱而不是纯粹的欣赏判断了。人必须完全不对这事物的存在存有偏爱,而是在这方面纯然淡漠,以便在欣赏中,能够做个评判者。"②与康德不同,习近平如是说:"要把满足人民精神文化需求作为文艺和文艺工作的出发点和落脚点,把人民作为文艺表现的主体,把人民作为文艺审美的鉴赏家和评判者,把为人民服务作为文艺工作者的天职。"③随着消费主义和民俗主义的盛行,功利主义和利害关系也进入民间文学领域,一些民间文学步入市场化。倘若按照康德"审美无利害"的审美法则,审美便不复存在,这是审美实践当中的一个悖论。习近平同志站在更高层次论述人民与文艺审美的关系,为理解这一问题确定了方向性维度。他把人民作为文艺审美的鉴赏家和评判者,这既是美学原则的创新,也是对人民主体性的全方位判定。对"人民"而言,无所谓利害还是无利害,因为人民是文学艺术及文艺审美的绝对主体。

与精英文学不同,所有的民间文学都不是个体的,而是群体的,但又是通过个体的审美实践展开的,审美体验都是个体的。以往学术研究都在强调个体的文学经验和表现,倾向于个体与文学关系的个案分析和把握。然而,任何个体都不能构成"人民"。人民与民族、国家相并列,是一个蕴含主人翁精神的神圣概念,代表历史发展的方向。关注人民主体本位,说明习近平的文艺思想超越了单纯的学术层次,把文艺纳入中华民族伟大复兴的政治诉求的框架里。正是基于宏伟的民族理想,习近平同志高度重视文艺创

---

① 毛泽东:《在延安文艺座谈会上的讲话》,《毛泽东选集》第3卷,人民出版社1991年版,第860页。
② 康德:《判断力批判》上卷,宗白华译,商务印书馆1964年版,第41页。
③ 中共中央宣传部:《习近平同志系列重要讲话读本》,学习出版社、人民出版社2016年版,第198页。

作和文艺评论。在《在中国文联十大、中国作协九大开幕式上的讲话》中,习近平同志明确指出:"党对文艺工作历来高度重视,这是因为,文艺事业是党和人民的重要事业,文艺战线是党和人民的重要战线。"①高扬社会主义人民至上的艺术价值取向是文艺事业的主旋律,而具有直接人民性的民间文学,在民族伟大复兴的征程上更是责无旁贷。

民间文学研究的学术价值,主要体现为在当前中华民族伟大复兴的实践过程中,不断增强中华民族对于自己历史文化传统的记忆,为培育和践行社会主义核心价值观、建设和谐社会提供必要的历史文化依据和广大人民情感、立场的支撑,同时巩固人民在文艺事业中的主体地位,高举"人民的文艺"这面大旗。

第二节 民间文学的生存状况

民间文学的创作和流传过程是民众重要的生活方式之一,和民众其他的生活方式融为一体,并非一个单纯的创作和审美过程。民间文学是文学,但又确实是"非"文学的。首先,文学是一种写作,而民间文学显然不是写作出来的;其次,"文学是一定社会生活在人们头脑中的反映的产物"②,民间文学与社会生活的关系显然不完全是反映与被反映的关系,两者之间并没有距离;最后,文学或审美的属性不能涵盖民间文学的所有特征。

一、从口头到书写

民间文学可以表现为口头和书面两种形态,书面是对口头的记录。即便是直接面对口头发出的"声音",要让"声音"进入思辨的境界,同样也必然借助于书面语言。从口头到书写已成为当今民间文学界普遍反思的一个话题。

1. 书写时代的到来

苏格拉底向他的对话者斐德若讲述了一个故事:埃及一个名叫图提的古神发明了文字,他将这一发明献给埃及国王塔穆斯,不料塔穆斯并未表示赞赏。

图提说:"大王,这件发明可以使埃及人受更多的教育,有更好的

---

① 习近平:《在中国文联十大、中国作协九大开幕式上的讲话》,《人民日报》2016年12月1日。

② 《辞海》(文学分册),上海辞书出版社1979年版,第1页。

记忆力,它是医治教育和记忆力的良药!"国王回答说:"多才多艺的图提,能发明一种技术是一个人,能权衡应用那种技术利弊的是另一个人。现在你是文字的父亲,由于笃爱儿子的缘故,把文字的功能恰恰说反了!你这个发明结果会使学会文字的人们善忘,因为他们就不再努力记忆了。他们就信任书文,只凭外在的符号再认,并非凭内在的脑力回忆。……至于教育,你所拿给你的学生们的东西只是真实界的形似,而不是真实界的本身。因为借文字的帮助,他们可无须教练就可以吞下许多知识,好像无所不知,而实际上却一无所知。还不仅此,他们会讨人厌,因为自以为聪明而实在是不聪明。"①

对书写(阅读)行为的反思一直持续不断,法国结构人类学家克劳德·列维-斯特劳斯在《结构人类学》一书中,竟然发表了和国王相似的言论:

>我们之间的相互关系现在仅仅偶尔地、零碎地建立在整体的经验即一个人对另一个人的具体的"理解"之上。这些关系大都是一种间接的重新构造的过程的结果,依靠于文献记载。我们不再依赖口头传说和我们的过去相联系,口头传说意味着和其他人(讲故事者、牧师、智者或长者)的直接接触,而是依赖图书馆里大量的图书。借助书本,我们试图——极其困难地——了解这些书的作者。我们借助各种各样的媒介——文献或行政机构——和我们同时代的绝大部分人进行交往。这无疑极大地扩展了我们的接触范围,但同时又使那些接触显得多少有点"不可信"。这已成了市民和政府当局之间的典型关系。
>
>我们应该避免用否定的态度描述因书写的发明而引起的巨大革命。但是必须认识到,当书写造福于人类的同时,也从人类身上夺去了某种最基本的东西。②

尽管国王和列维-斯特劳斯所言有些道理,但文字毕竟是人类智慧的结晶,强化了人类哲学思辨的能力。尤其是文字能够被印刷之后,其优越性更为明显。文字较之于口语,更加强调叙述的逻辑性和简洁的特质。而且,在德里达看来,把声音作为主要的交流工具的传统观念是不现实的,我们不可能脱离书面符号而"一劳永逸地同客观事物面对面地相遇",因为并不存在

---

① 〔古希腊〕柏拉图:《柏拉图文艺对话集》,朱光潜译,安徽教育出版社2007年版,第159页。
② 转引自〔英〕特伦斯·霍克斯《结构主义和符号学》,瞿铁鹏译,上海译文出版社1987年版,第46—47页。

某种终极的、客观的、不需要媒介的"现实世界"。①

"书写时代"到来之后的许多个世纪里,书写主要还是口传表演的记录、加工与整理。六朝志怪小说、唐代及宋明清传奇小说,其中的故事,无论是有历史依据的还是想象的,最初都被民间说书人在勾栏瓦舍宣讲、说唱。即便是重在说理的《论语》,也是口头言说的书面形态。而历代的文人和民间艺人从事口头创作、编写、收集、抄写故事,只是为了谋生,而且限于口头讲述、说唱,父死子传,子死孙继。直到印刷术在市井流传开后,才照原来的手抄本印行。

一般说来,《搜神记》《聊斋志异》《清平山堂话本》《三国演义》等中的每个故事都各有其作者以及无数的传抄者和讲述者。书写形式的宋元话本,仍保持了"说书人"口头表演的风格。明清章回小说也常常以说书人的讲述套路写成。这是一种尚未与口传文学及其口头传统相脱离的书写活动。在当时,评判那些用纸笔录下的故事的标准,就是记录下来的东西同众多无名的讲故事的人口头表述的区别大小,越小就越是好的、受欢迎的。对文人的笔记小说的评判也是如此。这类记录文本,以文字的形式呈现出来,却可用之于口头的演说,是表演中的脚本,可以谓之"'源于口头的文本(Oral-Derived Text)';又称'与口传有关的文本(Oral-Connected/Oral-Related Text)'。它们是指某一社区中那些跟口头传统有密切关联的书面文本"②。

2. 记录文本的状况

一旦对民间口头文学的记录成为一种源于学术的"采风"活动,记录就不是出于记忆的需要,记录的文本就不是可供演说的"脚本",而是为了民间文学研究的需要,或者出于固存口头文化传统的目的。因此,所谓的"田野作业"的学者们在从事从口头到书面的工作时,很少有努力使记录接近于口头传统的意识。记录下来的东西难以再诉诸口头,或者说,根本不能用当地的口头语言来表达;相反,为使记录文本具有广泛的读者面,记录时基本抹去了口头文本最重要的地域特色。一个明显的表征是,民间文学的书面文本最需要说明,而我们现有的民间文学作品基本没有注释。一个符合当地口头传统的记录文本,必须有注释,否则局外人难以读懂,因为局外人

---

① 〔英〕特伦斯·霍克斯:《结构主义和符号学》,瞿铁鹏译,上海译文出版社1987年版,第151页。
② 〔美〕马克·本德尔:《怎样看〈梅葛〉:"以传统为取向"的楚雄彝族文学文本》,付卫译,《民俗研究》2002年第4期。

根本不了解当地的方言和口头传统。

我们一贯强调"忠实记录",这主要指不能篡改演说的内容,即对所记的内容要做到忠实,至于如何记、记什么则没有提出忠实的要求。现已出版的中国民间文学三套集成(《中国民间故事集成》《中国歌谣集成》《中国谚语集成》),是人人都能读懂的文本,它们与一般通俗文学的区别似乎只是"来自"民间。而且,不同地区的记录文本似乎也不存在根本差异。对此,刘魁立也感叹道:"口头语言是民间叙事交流的一个根本手段,如果连语言部分也未完全保留,被我们部分地弄丢了或者改造了的话,那我们接触到的这个具体文本就已经不是原来的文本,而是另外一个文本了。用我们现在常用的话说,实际上就是一个格式化了之后的文本。"[1]经过那些语言功底过硬的人的加工、润饰,大部分文本似乎来自同一口头传统,甚至根本就看不出来自哪个口头传统。

我们很留恋20世纪初一大批民间文学的记录文本,毋庸讳言,它们的确更接近口头,更接近当地的口头传统。当然,作为民间文学的关注者,我们更留恋口传传统风行的时代,但是,文化的主要传播方式从口传让位于书写的时代毕竟早已到来了。不论多么"接近","说"与"写"的经验之间始终存在着根本的差异。一方面,"表演本身包含着许多文字以外的因素。有经验的歌手就会充分地利用这种与听众面对面地交流所带来的便利,他的眼神、表情、手势、身体动作、嗓音变化、乐器技巧等等,都会帮助他传达某些含义。这些却不能体现在文本之中。通过文本阅读来欣赏史诗的人,也无从去体会那些话语以外的信息"[2]。另一方面,民间文学的演说者在演唱或讲故事时极为自然地把说变为一种表演、一种戏剧化的形式。演说者不仅是一个故事的叙述人,他还分身术似的模拟故事中不同人物的口吻、音容、举止,以有声有色的方式富有临场感地叙述民间故事或英雄史诗的场面。当采风者试图写下这些故事时,口头语言的千变万化的色调、神韵与情趣便随着听众的缺席而减少了临场感。民间文学的书面记录和书写活动如同被统一、被规范了的汉字一样,变得统一和规范起来,成为人人都可以随意使用的廉价的浅陋读物了。此外,口头文学与书面文学的呈现要求也存在明显不同。譬如,史诗"在描写人物、骏马、戎装、武器和战斗场面时,已

---

[1] 刘魁立:《民间叙事机理谫论》,《民俗研究》2004年第3期。
[2] 朝戈金:《口传史诗诗学:冉皮勒〈江格尔〉程式句法研究》,广西人民出版社2000年版,第236页。

形成了一套程式化的描写,这也是民间说唱艺术的特点。因为必要的程式,甚至雷同,便于加强记忆,深化感情,渲染气氛,这是符合说唱艺术的传统和听众的欣赏习惯的。但作为书面文学去阅读,就感到这种程式化的描写雷同,过多地重复……因此,在译文中把过多雷同的描写删掉了一些,目的是为了紧凑些;必要的地方也都保留下来,保留它原来的风格"①。口头表演宽容了重复,而在书面语言当中是不允许重复的。

记录也有可能是不真实或拙劣的。"某一口头文学传统事象在被文本化的过程中,经过搜集、整理、翻译、出版的一系列工作流程,出现了以参与者主观价值评判和解析观照为主导倾向的文本制作格式,因而在从演述到文字的转换过程中,民间真实的、鲜活的口头文学传统在非本土化或去本土化的过程中发生了种种游离本土口头传统的偏颇,被固定为一个既不符合其历史文化语境与口头艺术本真,又不符合学科所要求的'忠实记录'原则的书面化文本。而这样的格式化文本,由于接受了民间叙事传统之外并违背了口承传统法则的一系列'指令',所以掺杂了参与者大量的移植、改编、删减、拼接、错置等并不妥当的操作手段,致使后来的学术阐释,发生了更深程度的误读。"②

有一个非常明显的例证,可以说明一些民间文学书面文本与生活文本之间的差异。"田野调查资料表明,'梅葛'本身也有多种曲调,或悲楚、忧伤、低沉,或婉转、抒情、明快。歌手(或多西/毕摩)往往在不同的语境中表演不同的梅葛曲调,比如有情歌、儿歌、风俗歌、丧葬歌、创世歌,等等。只是在以汉文整理、出版的《梅葛》中,才将不同的'梅葛'内容汇编到一起,虽较为完整地展现了'梅葛'这一地方口头传承,但与实际表演语境中的'梅葛'歌调是不同的,因为当地歌手往往不会在一时一地演唱不同的'梅葛'。"③可见,民间文学记录文本的不足是难以消除的,记录者和研究者都应重视这一点。

3. 对待记录文本的态度

当然,许多记录文本都具有旺盛的生命力,甚至某些经过重新创编的民间文学反而更被民众广泛接受,格林童话就是一个典型的例子。"显然,格

---

① 《江格尔》,色道尔吉译,人民文学出版社 1983 年版,第 528 页。
② 巴莫曲布嫫:《"民间叙事传统格式化"之批评》(下),《民族艺术》2004 年第 2 期。
③ 〔美〕马克·本德尔:《怎样看〈梅葛〉:"以传统为取向"的楚雄彝族文学文本》,付卫译,《民俗研究》2002 年第 4 期。

林兄弟并不照猫画虎似地复述他们所听到的那些童话。他们精心雕琢,使之富有诗意并具有教育意义。他们常常将同一个童话的数种异文加以比较,从中挑选出他们认为最美丽动人的一个。当然他们也还考虑到他们当时所处的浪漫派和毕德迈耶尔派时期(按:指 1814—1848 德国的一种文化艺术流派)人们的趣味和爱好。"① 如果我们否定这些记录文本是民间文学,那么我们的研究就无所适从了。

芬兰学者劳里·航柯(Lauri Honko)认为,即便是根据民族传统中大量的口头文本进行修改、加工、整理而成的芬兰民族史诗《卡勒瓦拉》(*Kalevala*)②,也有其独特的学术价值。他提出了"以传统为取向的文本"(Tradition-Oriented Text)的概念,"这类文本是由编辑者根据某一传统中的口传文本或与口传有关的文本进行汇编后创作出来的。通常所见的情形是,将若干文本中的组成部分或主题内容汇集在一起。经过编辑、加工和修改,以呈现这种传统的某些方面,常常带有民族性或国家主义取向"③。这类文本属于航柯所说的"民俗学过程"(folklore process)的产物,"至少对探讨在'民俗学过程'中形成的搜集和改编等文化翻译(cultural translation)环节上为我们和后人提供了不无裨益的例证。除此之外,这类文本的产生和形成,也反映了一个时代的要求,反映了一种历史的经历"④。这才是科学的学术态度,我们不能一味地否定那些有问题的记录文本,而应该通过比较,在具体的语境中分析这些文本,对其加以充分利用。

我们可以把民间文学的记录文本看作一种社会记忆。对民间文学三套集成,不能一味揭露它有什么不足,不能反复衡量它的科学性或可信度到底有多高,否则,就可能成为"文献考据"。它是在一种"情境"(context)下产生的,可以讨论它如何被制造,在什么规范下被制造,如何被操弄,又是如何被使用的,努力发掘其背后的规律和结构。也就是说,我们应追问的是"如何",即"How",而不是"为什么",即"Why"。三套集成的制造过程和使用过程是非常有意思的现象,值得深入研究。

口传方式向书写方式的变迁伴以生活方式的变迁、口传经验的丧失、集

---

① 〔瑞士〕麦克斯·吕蒂:《童话的魅力》,张田英译,社会科学文献出版社 1995 年版,第 7 页。
② 《卡列瓦拉》,孙用译,人民文学出版社 1985 年版。
③ 〔美〕马克·本德尔:《怎样看〈梅葛〉:"以传统为取向"的楚雄彝族文学文本》,付卫译,《民俗研究》2002 年第 4 期。
④ 同上。

体经验或史诗经验的衰落、经济个人主义与私人生活空间的出现,叙事艺术开始逐步地进入孤立的个人化处境,即进入了强调个人独创性的时代。与口头语言相比,书写语言从公开表达偏向了具有独白性质的思维。然而,民间文学的记录文本应该游离于这种时代的趋势,努力保存其应有的口传经验和集体经验,这是民间文学工作者的神圣使命。

二、民间文学的生活属性

民间文学的基本定位是文学,它与其他文学一样具有审美的特质,这是不言而喻的。但是,它之所以能够独立存在,还在于有着独具的特殊本质。这种本质是其他文学形式不具有的,是一个多层结构的复杂系统,每一层次都蕴含着新的理论生机。[1]

英国大众文化理论家威廉斯在《文化分析》一文中分析了"文化"的三种定义:一是指"人类完善的一种状态或过程",二是指"知性和想象作品的整体,这些作品以不同的方式详细地记录了人类的思想和经验",三是指"对一种特殊生活方式的描述,这种描述不仅表现艺术和学问中的某些价值和意义,而且也表现制度和日常行为中的某些意义和价值"。[2] 他认为这三种定义从不同方面诠释了"文化"的部分内涵,但均有不足。民间文学实际为上面三种定义的集合,考察民间文学应把三者结合起来,视民间文学过程为一个整体,将特殊研究与实际和复杂组织联系起来,对民间文学生活方式中各种因素之间的关系进行研究。

1. 和生活融为一体的文学

民间文学具有浓厚的生活属性,民众在表演和传播民间文学时,是在经历一种独特的生活,一般不会意识到自己在从事文学活动。民众的创作活动基本上是一种无意识或下意识的。这即是说,民众在创作和演述民间文学时,并不把它当作艺术创作来对待,民间创作活动常常是伴随着物质生产或生活一道进行的。另外,民间文学是一个民族的历史、宗教、信仰、伦理、民俗等等留有先民的心理痕迹和经验残余的语言符号,是一个区域民众的心理生活和现实生活在历史的进程中不断演化的表达。这些均与作家文学和其他文学形式有很大的区别。

---

[1] 贺学君:《从书面到口头:关于民间文学研究的反思》,《民间文化论坛》2004 年第 4 期。
[2] 〔英〕威廉斯:《文化分析》,罗钢、刘象愚译,见罗钢、刘象愚主编《文化研究读本》,中国社会科学出版社 2000 年版,第 125 页。

因此，在全方位的审视中，与其说民间文学是文学的，不如说它是生活的；与其说它是审美的，不如说它是文化的。民间文学是在一定的民众生活中产生的，离开了民众生活，民间文学就不是真正的民间文学，无从产生也无从理解。譬如，贵州各地关于鬼、山神洞神的故事很多，这与当地生存环境有密切关系。过去贵州"天无三日晴"，阴雨多，湿气大，疾病流行，南部被称为"瘴疠之乡"，加上缺医少药，病死率高，这就使人更相信命运鬼神。另外，气候多变，雾雨锁地，原始森林多，山啸林涛，狼嚎虎叫，沟深涧险，造成一种阴森恐怖的气氛，使人容易产生幻觉和对神灵的恐惧、崇拜心理。而这种环境，特别是坟山野地，容易出现鬼魂影像。要真正科学地破译这种影像，还有待于自然科学的发展，但这种影像确实存在，而且深刻地影响民间信仰和民间口头文学。① 在传统民间生活的诸多场合，都可能创造民间文学。我曾在一次享用野山羊肉的筵席上，听到猎手们兴高采烈地讲述猎杀这只野山羊的传奇过程，还有猎手们是如何依据各自贡献的大小分配这只野山羊的。作为美味的野山羊也成为筵席上编织故事的一个中心符号，通过故事讲述，猎手们适时地宣告了自己的勇敢、机智和自豪。

美国学者特里斯特拉姆·普·科芬（Tristram P. Coffin）在论及美国民间文学时说："民间文学好似树上的绿叶，海岸边的贝壳，把它从生长的自然环境中采撷来，它就会枯萎，失掉原来的美。只有在口耳相传的环境中，人们拿它交换着说和听，没有把它记录下来置于凝固不变的形式中时，民间文学才繁荣昌盛。"②学者和读者们往往对记录下来摆在图书馆里的一成不变的民间文学作品惊叹不已，却少有机会感受生活当中口头形态民间文学的无穷魅力，这实在是我们的悲哀。以民谣为例，当我们研究民谣的时候，"对下述事实必须心中有数：许多歌曲不是由作为行家里手的音乐表演家唱出来的，而是由挤奶姑娘、保姆和农夫唱出来的。当学者们客观地解析民谣的具体结构时，他们必须记住，是生动活泼的民谣在头头是道的理论之先，而不是相反。换句话说，对民谣的理论探讨首先是让它们本身说话（从具体的民谣出发），只有这样，才可能概括出具有普遍性的形式，以把握研究对象的全貌"③。对研究者而言，记录文本永远不能取代民间文学生活。

一些民间文学之所以具有神圣性质或神圣地位，在于它们进入到某一

---

① 潘定智：《论民间文艺生态系统》，《民间文学论坛》1990年第3期。
② 转引自潘定智《民间文学生态简论》，《思想战线》1989年第1期。
③ 〔美〕阿兰·鲍尔德：《民谣》，高丙中译，昆仑出版社1993年版，第4页。

仪式生活领域,是仪式过程不可缺少的部分,而且是主要部分。仪式场合集合了诸多象征符号,特定的时空、行为动作、食物、服饰、器物等,释放出只有当地人才能完全领会的象征意义。仪式本身的文化象征的丰富性,决定了同一时空中民间文学的多义和多功能:仪式时间、空间和程序的确定性、重复性、可模仿性等等,促使民间文学一直延续下来,具有和仪式同样的生命力;仪式生活让民间文学的表演成为有组织的、更为规范的、程式化的活动;在仪式神圣的氛围中,民间文学的表演一时间成为一群人关注的重心,更显权威性,洋溢着动人心魄的力量,这种效果是平时生活中没有的。

我们说民间文学是生活中的,一些民间文学则是属于仪式生活的。政府重要的报告可以印发和通过大众传媒传播开来,可为什么一定要开大会,由领导亲自宣读? 因为开会是官方精心安排的仪式,只有在宏大的仪式场合发出的声音才显得重要、合法和具有权威性。人们获得的信息不仅是报告的内容,而且包括神圣空间的场景和仪式展演的过程。同样,仪式生活中的民间文学融入仪式之中,其意义远远超乎民间文学本身。在某种意义上说,仪式生活中的民间文学更值得调查和研究。

2. 从生活属性理解民间文学

民间文学是民众宣讲故事、抒发情感、记忆过去、阐述观念的一种方式,这种方式不是来自某些人,而是由生活本身提供的。民间文学有自己的历史,却没有作者,这种出现的形式揭示了文学创作的本质。法国结构主义符号学家罗兰·巴尔特在其被誉为"将文学主体最终送入火葬场"的名著《作家之死》中指出:

> 作者纯粹是一种现代观念,是我们的社会的产物。
>
> 就语言学的角度而言,作者不外是写作的个例,正像我不外是说我的语言的个例:语言把握了"主体",而不是"个人"把握了语言。
>
> 对他(按:指作家马拉美),同时对我们来说,发言的是语言而不是作者:写作即是通过某种绝对的非个人性(请不要将这种非个人性与现实主义小说家的那种经过篡改的客观性混为一谈)完成的,在那里只有语言在起作用,在"写作",而不是我在写作。①

尽管民间文学没有"作者",只有演述者,但在这里,我们完全可以将作者置

---

① Roland Barthes, "The Death of the Author", in P. Rice & P. Waugh ed., *Modern Literature Theory: A Reader*, London: Edward Arnold, 1989, pp.114-118.

换为演述者。这种支配民间文学演述者的语言,具体到民间口头叙事文学中,就是一个地域内约定俗成、普遍统一的叙事模式和方法。这便是民间文学地域的"逻各斯"(逻辑)。演述故事的与其说是演述者,不如说是当地口头语言的传统。是当地语言塑造出民间文学演述者,而不是演述者创造了当地语言。我们对演述者(故事家)的考察,不应着眼于演述者(故事家)本人,重点应该是他们如何运用当地的口头传统。正是由于演述者用当地的口头传统演述,这些民间口头的文学不含未知、暧昧与歧义,它们是当地人都能领悟的。没有个性也许正是民间生活的一个温和的强制特性,民间生活传统注重观念的认同而非特异性。民间文学能够被反复演说正是基于民间生活的这种特质。

中外民间文学学者大多关注民间文学的文学属性,而没有认识到其生活属性或排斥其生活属性。民间文学学科的正规名称是"民间文艺学",是和作家文艺学相对的文艺学。这足以表明以往人们对民间文学的考察和研究主要是基于文艺学或文学的视角。民间文学被记录下来,变成了与作家文学同样的文学文本。民间文学研究的主要流派,有神话学派(包括语言学派)、功能学派、人类学派、心理分析学派、原型批评学派、流传学派、结构学派、符号学派等等。这些流派的研究对象一般也是民间文学的文学文本,而不是民间文学的生活文本。

因此,从民间文学生活属性的角度考察民间文学,可以更科学更全面地认识民间文学;将民间文学复归为原本的生活状态,从实际生活中考察其生存空间,才能真正理解什么是民间文学。同时,对民间文学现实意义的把握,也只能在现实生活的宽广纬度中进行,否则,这种把握就是不充分的、不全面的。

只有理解了民间文学的生活特征,才能真正认识民间文学的现实意义。以往对民间文学现实意义或价值的认识与作家文学区别不大。事实上,只有将民间文学置于其生存的环境中加以考察,才能凸显许多作家文学不具有的现实意义和价值。以传说为例,传说属于"社会叙事"(social narrative)。叙事就是"讲故事","讲故事"是"叙事"这种文化活动的一个核心功能。古往今来的不少批评家都注意到了讲故事作为人类生活中一项不可少的文化活动的意义,不讲故事则不成其为人。同样,没有传说的村落也是不存在的。如果一个传说为全村落所共享,那么,它便成为村落记忆。在村落内,叙事和记忆相互支撑,共同创造了村落的口述史。

传说、记忆和口述史往往三者合一,成为具体时空中人们共同拥有的传统。那么,在一个村落里,哪些历史事件能够演化为传说,或者说传说是如何被建构的？建构传说具有哪些社会功能呢？要解决这些问题，仅仅依赖传说的记录文本是远远不够的，必须进入传说生存的具体环境之中。

每个演述者都声称是由于听到过某个传说才具有了演述它的能力。每个听众都能够以这种方式获得演述它的权威。演述被宣布为完全是"转述"的，而且历来都是转述的。结论显然是：传说里的主人公本人一定是这个传说的最早的演述者。利奥塔写道：这形成了"固结的时间，即描述的行为发生的时间，和描述这一行为的实际叙事发生的时间，不受干扰地交流着。两个措施保证了这样一种泛时性：名字的永久性（名字的数量是有限的，并通过一个独立于时间的系统被授予个人），和被指名的个人在三个叙事实例（叙述者、听者、故事主人公）之间的可互换性，这种可互换性在所有场合都是由仪式支配的"[①]。演述的传说内容似乎属于过去，但事实上和这个行为永远是同时的。传说的一个基本功能是使传说的内容合法化和富有权威性。

三、口头语言的表现范式

"发音"的呈现方式是民间文学与其他文学的根本区别，民间文学的魅力和多样性都取决于发音。发音（方言）使得民间文学不需要刻意抒情就富有情感，成为民间文学最鲜明的地域表征和各地主要的文化传统。

1. "发音"的呈现方式

运用口头语言是民间文学生活属性最重要的范式，口头语言即生活语言，亦即说唱。理解和研究民间文学，关键是理解和研究各地民间文学的话语形式。我们之所以谓之"民间文学"，就是因为它是诉诸口头语言的。民间文学即口头文学，引起我们兴趣的不主要是"文学"，而是"口头"。民间文学的呈现方式是"发音"，而不是别的。

对于民间文学而言，口头语言绝不仅仅是交流的工具或者说载体，而是民间文学本身，是声音构建了民间文学本身及其文化场域。西方马克思主义文论家特里·伊格尔顿在评论结构主义时说："因为语言先于个人的存在，与其说它是某人某人的产物，不如说某人某人是语言的产物"；"人们能明确表达什么意义首先取决于人们所掌握的文字或言语"；"现实不是通过

[①] 〔法〕让-弗朗索瓦·利奥塔尔：《后现代性与公正游戏——利奥塔访谈、书信录》，谈瀛洲译，上海人民出版社2018年版，第150页。

语言来反映,而是由语言产生的"。① 索绪尔将语言符号分为口头语(或言语言)和书面语(或言书写)两种系统,认为前者是一种独立体,后者只是前者的记载工具,是派生的。他提出:"语言的确具有……口语传统,它独立于书写","语言和书写是两种完全不同的符号系统;后者存在的唯一目的就是再现前者";口语、声音是第一性的,是语言的根本或者说是语言本身,而书写则是第二性的,是声音的容器和"衣装"。② 马林诺夫斯基也认为:"语言是常被视作人类特具的机能,和人的物质设备及其他的风俗体系相分开的。……但是在研究实际应用中的语言时,却显示了一字的意义,并不是神秘地包涵在一字的本身之内,而只是包涵在一种情境的局面中(Context of situation),由发音所引起的效果。""语言知识的成熟实就等于他在社会中及文化中地位的成熟。于是,语言是文化整体中的一部分,但是它并不是一个工具的体系,而是一套发音的风俗及精神文化的一部分。"③进入民间文学的发音世界,是民间文学研究的主要目标和路径。

各地不同的方言导致了民间文学的发音世界的差异,同时,也使民间文学完全融入当地的社会生活和文化之中。民间文学最突出的地域性表征就是方言,换句话说,方言为民间文学涂上了鲜明的地域色彩,是"地方性知识"(local knowledge)最突出的表征。与其说是某种民间文学构成了流传圈,诸如故事圈、传说圈、歌谣圈、史诗圈等,不如说这种圈是由方言所决定的。譬如,河北"乐亭地区有说唱'乐亭大鼓'、影戏'乐亭影戏'、地方戏'评剧'这三种具有代表性的民间艺术体裁。这些体裁的演出范围大致限制在一个具有共同方言与农业周期的区域内(例外的是评剧原来是以该地区为摇篮地的,但现已扩展到整个华北地区)。就是说,与语言语音关系密切的说唱,唱腔(曲调)以语音为基础的影戏一旦走出乐亭地区这个方言圈就不能被接受,因此自然只能在这个圈内演出"④。

民间口传话语与当地口传传统融为一体,丰富而鲜活,但民间口头话语的表达又自相矛盾地呈现为模式化与重复。对某一作品的反复演述使之成为老生常谈,因其为当地人耳熟能详而显得贫乏。就高度生活化、具象化而

---

① 〔英〕特里·伊格尔顿:《文学原理引论》,文化艺术出版社1987年版,第128—129页。
② 转引自肖锦龙《德里达的结构理论思想性质论》,中国社会科学出版社2004年版,第131页。
③ 〔英〕马林诺夫斯基:《文化论》,费孝通等译,中国民间文艺出版社1987年版,第6—7页。
④ 〔日〕井口淳子:《中国北方农村的口传文化——说唱的书、文本、表演》,林琦译,厦门大学出版社2003年版,第52页。

言,民间口头话语的确是形象而又生动的表达。篇幅短小的民间表达,已形成俗话、格言、谚语、谜语和歇后语。只有重述才能使一句话成为格言、谚语,它被创造出来正是为了被重述,正像一个故事或一个传说。其他篇幅较长的民间表达也是如此,它们无一例外都是模式化与重复的。神话、传说、故事、歌谣、俗话、格言、谚语等是非个人化的、集体生活的隐喻。

民间文学是以某一地域共同体为前提的,并诉诸这一区域公众面对面的交流;同时,它通过当地人都能听懂的方言,隐去说话人的个性,从而使说话人成为一个融合于话语共同体的成员。从某种意义上说,是方言在替当地人说话(而不是当地人在说方言),方言为讲述者提供了一套特定的地方术语,让讲述者用来表达自身经历的意义。

对于民间文学工作者来说,除了在田野作业中要面对一个个具体的故事讲述者,还要面对一个"共同体叙事"。这个"共同体叙事"完全是用当地口头语言建构起来的。在"共同体叙事"面前,分散的个人显得无足轻重,他们总躲藏在"一片由许多无名无个性的面孔组成的大墙背后"[①]。

2. "声音的再发现"

确立了民间文学的生活属性,就为我们研究民间文学提出了理想的目标,这就是摈弃记录文本而直接对处于"声音"和演说状态的民间文学进行研究。美国民族志诗学的主要代表人物邓尼斯·泰得洛克(Dennes Tedlock)曾调查祖尼印第安人的口传诗歌,描述当地诗歌演唱的"声音"状态,诸如音调、旋律、停顿、音量、节奏等等,面对的是"声音",记录下来的也是"声音",而不是以往被切割了的"内容"。他的这种研究被称为"声音的再发现"。

结构主义语言观认为,语言符号是由能指和所指组成的。能指就是音响形象,所指就是概念。一棵树的概念(即所指)和由词"树"(即能指)形成的音响–形象之间的结构关系就构成一个语言符号。法国符号学大师罗兰·巴特举一束玫瑰花为例:我们可以用它来表示激情。这样,一束玫瑰花就是能指,激情就是所指。两者的关系(联想式的整体)产生第三个术语,这束玫瑰成了一个符号。我们必须注意,作为符号,这束玫瑰不同于作为能指的那束玫瑰;这就是说,它不同于作为园艺实体的一束玫瑰花。作为能指,一束玫瑰是空洞无物的;而作为符号,它是充实的。[②]

---

① 〔法〕米盖尔·杜夫海纳主编:《美学文艺学方法论》,朱立元、程未介编译,中国文联出版公司1992年版,第120—122页。

② 〔法〕罗兰·巴特:《神话学》,许蔷蔷、许绮玲译,台湾桂冠图书公司1997年版,第173页。

索绪尔说:"语言符号连结的不是事物和名称,而是概念和音响形象。"①这句话告诉我们,言语中词语的读音是与该词表达的概念相联系,而不是与具体的事物相联系的,概念与音响形象之间的联系是任意的。在"声音"和动作的层面把握民间文学的演说规律和结构功能,那么,所得出的"类型""程式""结构"等可能与现在的结论南辕北辙,但如此"口头程式理论"才有可能名副其实。在史诗的创编中,阿尔伯特·贝茨·洛德(Albert Bates Lord)认为:"声音范型(sound-patterning)——句法平行式、头韵、元音押韵在诗人调遣程式时起着引导的作用。他特别强调了传统叙事诗的口头—听觉的本质,强调口传史诗的诗歌语法是建立在程式的基础之上的。"②

在"听"和"说"的情境中考察民间文学是可能的,这对研究者提出了更高的知识和能力的要求,最主要的是应熟悉当地的方言和文化传统。我们呼唤这种生活状态的民间文学研究成果的诞生,它们可能会全面颠覆现有的民间文学的理论方法和观点。

四、表演中的创作

民间文学作为口头的文学,其传播是和表演的特点结合在一起的。美国学者米尔曼·帕里(Milman Parry)和阿尔伯特·贝茨·洛德认为,口传的艺术(verbal art)与其说是记忆的复现,不如说是演说者同参与的听众一起进行表演的一个过程。③

1. 对表演理论的理解

民间文学的表演和创作是同一个过程,创作是以表演的形式来完成的,表演的那一刻伴随着创作。④

口传的内容、形式、特定的时空,口传活动的参与者(包括讲者和听者、研究者)与社会文化背景,共同构成一个特定的演说舞台,文学的过程远远超越了文学的意义而表现为以文学为纽带的个人与个人、个人与社会的多

---

① 〔瑞士〕索绪尔:《普通语言学教程》,高名凯译,商务印书馆1999年版,第101页。这部经典著作是索绪尔于1906年至1911年在日内瓦大学授课的讲稿,去世后由他的学生整理而成,1915年以法文出版,英译本1959年面世。
② 转引自朝戈金:《"口头程式理论"与史诗"创编"问题》,《中国民俗学年刊》(1999),上海文艺出版社1999年版,第185页。
③ 叶舒宪主编:《文化与文本》,中央编译出版社1998年版,第153页。
④ 〔美〕阿尔伯特·贝茨·洛德:《故事的歌手》,尹虎彬译,中华书局2004年版,第17页。

向互动,这种互动表达了种种情境、种种社会关系和文化历史脉络。

美国学者理查德·鲍曼(Richard Bauman)主张,应关注口承文艺表演的过程、行为(action),以及叙述的文本与叙述的环境之间的联系,具体主要落实于演说时的情境(context):

(1)演说者的个人特性、身份背景、角色以及其承袭的文化传统;演说时的语速、腔调、韵律、修辞、戏剧性和一般性表演技巧等;所有演说技艺所含的意义。

(2)所有在场者,包括"作者"、演说者、听众、观众等,及其所有的参与行为;在场者与研究者之间的各种互动关系。

(3)其他各种非口语(non-verbal)的因素,包括表演动因、情感气氛、形体姿态,甚至于演说的时间、地点、环境,包括音乐、布景、服装、颜色、舞蹈、非口语的声音等等。①

民间文学并不仅仅是具有表演性,它本身就是表演的。民间文学诉诸表演,这是民间文学不仅仅是"文学"的一个重要因由。民间文学的艺术魅力往往是通过表演传达出来的。表演者的一个"眼神"就能使在场者心领神会。例如,江西省赣南地区的地方小戏《老少配》中的高潮部分:正待过门成亲的大宝和三妹子面对不能与亲人住在一起的情况,大胆提出两家老少四人一块生活的建议,这一点子恰好说到俩老人的心坎上去了,但碍于传统观念和儿女之面不好启齿,于是一场"眼神大战"拉开了帷幕。三妹子她娘红着个脸像个未出阁的闺女似的说道:"那怎么成哦!还不会让人笑掉大牙哟!"其实这边却暗地里用眼深情地瞟大宝他爹:行是行,不过我一个女人家的,羞于说出口,得你来说!大宝他爹当然理解这种眼神的深意,口头上说不行,暗地里也用眼神偷偷地告诉三妹子她娘:一切包在我身上啦!只是也得先扭捏一阵子,要不我这张老脸可怎么摆呀!两人眉来眼去的,更显"黄昏之恋"的韵味。表演效果在这暗送秋波中旋即达到高潮。② 没有表演,生活中就没有民间文学,只有在表演中才能真正展示民众的文学才能。

鲍曼是位语言学家,表演理论的兴起显然受语言学尤其是结构语言学的影响。因此,理解结构主义语言学的某些观点有助于理解表演理论。罗曼·雅各布森(Roman Jakobson)是结构主义语言学布拉格(或称"功能")

---

① See Ruth Finnegan, *Oral Traditions and the Verbal Arts: A Guide to Research Practices*, London: Routledge, 1992.

② 钟俊昆:《客家文化与文学》,南方出版社2004年版,第117—118页。

学派的代表人物。在其经典著作《结束语:语言学和诗学》一书中,有一张图表:

语境
信息
说话者……………………………………受话者
接触
代码

任何交流都是由说话者所引起的信息构成的,它的终点是受话者。但是这个过程并不那么简单。信息需要说话者和受话者之间的接触,接触可以是口头的、视觉的、电子或其他形式。接触必须以代码作为形式:言语、数字、书写、音响构成物等等。信息必须涉及说话者和受话者都能理解的语境,因为语境使信息"具有意义",正如(我们希望)现在我们进行讨论的语境使单独的词句变得有意义,而在其他语境(例如对足球赛说这样的话),它们不会有意义。①

在这里,雅各布森提出了"信息"的意义存在于交流的语境之中的论断。意义有相当部分来自语境、代码和接触手段,即存在于全部交流行为中,而不只是说话者发出的信息本身。在对"意义"的理解中,语言学对语境和交流的实际状况的强调,无疑给予表演理论以直接的启示。

2. 表演理论的意义

我们在考察叙述的文本与表演之间的联系时,不能将两者割裂开来,即分别对待。否则,"表演只能作为分析文本时的背景,从某种意义上来说,还只是被作为附带性的东西来看待的。如果文本就只是文本,演出的状况,或社会、文化脉络就只是作为文本的脉络来加以并列地记述的话,那么,即使记述的范围扩大了,也谈不上是什么方法论上的革新了"②。

表演理论的一个重要贡献是将上面三种因素看成一个整体,不是以文本为中心,或者说其他因素不只是文本产生的情境或解释的上下文,而是各种因素呈现为"互为话语"(interdiscourse)的关系。表演的意义和效果是由现场的各种因素共同构筑起来的,各种因素之间表现为互动关系,可谓之民

---

① 〔英〕特伦斯·霍克斯:《结构主义和符号学》,瞿铁鹏译,上海译文出版社1987年版,第83页。

② 〔日〕井口淳子:《中国北方农村的口传文化——说唱的书、文本、表演》,林琦译,厦门大学出版社2003年版,第114页。

间文学表演文本的"互文性"(intertextuality)。①"互文性"一词指的是一个(或多个)信号系统被移至另一系统中,就文本而言,就是每一篇文本都联系着若干篇文本,并且对这些文本起着复读、强调、浓缩、转移和深化的作用。民间文学的"互文性"表现为两个轴:横向轴为表演者-观众,纵向轴为文本-情境。依据巴赫金的复调理论,这两个轴代表"对话"(dialogue)。在场的各种因素都在陈述,正如法国著名思想家米歇尔·福柯所言:"没有一个陈述不是以其他陈述为前提的;没有一个陈述的周围没有一个共在的范围、序列和连续的效果、功能和作用的分配。"②比如民间文学表演中的舞蹈,脱离了表演是没有意义的,是表演过程中的诸多因素"给予"了舞蹈表达。所以,在表演没有正式展开之前,舞蹈就不能成为表演的存在。其他因素包括说、唱都是如此。由民间文学表演现场发出的所有声音,让在场者只注意了"现在",而隐含了"对话主义"(dialogism)。所有的在场者与当地口头传统之间进行着对话,而人们从表演的自始至终都能够感受到这种对话。

所有民间文学的创作和传播,都是一个表演的过程。在上面引述文字里,柳田国男就描述了"暗诵"者如何借助手舞足蹈的表演方式来说书。当然,在歌谣和戏曲这类口头传承形式中,信息交流的语境因素很显著,表情和意动功能也很突出,因此,表演色彩浓厚,表演行为的语义具有至关重要的理解价值。民歌的文学成分——歌词,与它的音乐成分——曲调密不可分,有的还结合着舞蹈动作、歌舞表情。民间故事和曲艺也有表演或表情的成分。民间文学的讲述是一个表演过程,是带有综合性的立体艺术。这与单纯文学性的作家创作大不相同。作家可以创作供人读的诗,而民间文学中则没有这种"诗",即便是史诗,也是由歌手演唱出来的。如果忽视这种立体性特点,只孤立地看它的歌词,往往不能对作品有全面的了解,这对欣赏与研究都不利。

五、异文的存在和认定

异文是民间文学在流传过程中必然出现的现象,即同一母题在不同时空流转之下会产生诸多变体。《中国民间文学大辞典》对"异文"一词作了解释:由于民间文学自身存在的口头性和变动性特点,同一作品流传于不同

---

① 〔美〕诺曼·费尔克拉夫:《话语与社会变迁》,殷晓蓉译,华夏出版社2003年版,第44页。
② 〔法〕米歇尔·福柯:《知识考古学》,谢强、马月译,生活·读书·新知三联书店2003年版,第108页。

的国家、民族、地区,会产生这样或那样的变化,形成差异,从而导致一个作品同时以几种不同的形态存在。它们互有差异,各自相对独立,却又是同一作品,因而称之为"异文"。① 1991 年,中国民间文学集成总编委会印发了《中国民间故事集成编选工作会议纪要》,从集成作品选取的角度,对"异文"也有明确解释:

> 异文是指主题和基本情节相同的同一个故事,在细节上有不同的说法,或不同讲述者的讲述。在一个故事的若干异文中一般选取思想艺术水平最高的一篇作为正文排印,其他各篇中如有水平与正文不相上下,也比较重要而且在某些方面较有特色者,可以作为异文排列在正文之后。
>
> 这里要严格掌握方法,必须是同一故事的不同讲法才能作为异文处理;作品关联的对象物(地方风物、地方特产等)相同而故事情节要素根本不同,不属于异文范围。

不同民间文学类型的异文表现形态并不一致。就民间口头叙事文本而言,有两种构成因素:一是"故事"或事件(story/fabula/histoire),也就是被叙述的对象,是构成情节的基本素材。它自身是受时间的先后顺序与逻辑顺序制约、与实际发生的状况相类似的,因而独立于叙述话语。二是情节或话语(plot/discourse/subject),也就是语言对事件的叙述,属于将"故事"结合进其中的叙述组合和结构。"故事"(récit)与话语(discourse)是一对由法国结构主义首先采用并为结构主义者广泛接受的概念。前者为内容,后者是形式。听者所听到的民间故事不再是按顺序出现的事件本身,而是从演述者的角度对它们所作的讲述。以往对异文的考察主要着眼于内容,即叙述什么的问题,其实,如何叙述的问题更为重要。民间口头叙事取决于叙事的形式。结构主义叙事学家罗兰·巴特指出:"叙写不再指代某种记录、指称、表达、'描绘'式的文学活动(像古典批评所说);相反正如语言学家借用牛津哲学思想家所宣称的那样,它指代的是语言的运作、纯粹的语言形式活动。"②异文的产生在于不同的方言或口头传统对同一母题有不同的叙述形式。

俄国民间文艺学家、结构主义叙事学大师普罗普通过细致研究俄国民间幻想故事,总结出类似于"毒龙拐走了国王的女儿,英雄拯救了她"这样

---

① 姜彬主编:《中国民间文学大辞典》,上海文艺出版社 1992 年版,第 26 页。
② Roland Barthes, "The Death of the Author", in P. Rice & P. Waugh ed., *Modern Literature Theory: A Reader*, London: Edward Arnold, 1989, pp.114-118.

的情节模式,找出了一个由角色和功能构成的基本故事。他认为现存的一切幻想故事都不过是这一基本故事的变体或显现。就中国民间故事而言,诸如这类程式故事得到不断的复制和变异:从前有座山,山里面有座庙,庙里面有位老和尚在讲故事。讲的是什么呢?从前有座山,山里面有座庙,庙里面有位老和尚在讲故事。故事是"前"于老和尚而存在的,老和尚仅仅是故事不断讲述过程中的一个讲述者。说到底,民间故事是一个故事对另一个故事的模仿,其本质在于"文本性":是一种话语文本对另一话语文本的模仿,是对模仿对象的重复和变异。模仿和被模仿之间既同又异,它们有先后之别,却无高下之分,构成了一种平等的位移(dislocation)关系。

其实,所有的民间故事都是异文,只不过为了学术的需要,学者们作了进一步归纳和分类工作,将民间故事划分为不同的异文类型,一个类型被给予了一个特定的指称。刘魁立在讲到编制亚洲有关民族民间故事的比较索引时说:"我们对一个民族的某一民间故事的异文把握得越全面,对这些异文所反映的民族传统体会越深刻,我们在一个民族、一个国家的范围内所概括出来的类型也就越全面、越完整、越体现出它的'独立性',越有其科学的生命力。"①早期的结构主义叙事学家致力于寻找民间故事普遍的统一的结构形态,而后结构主义叙事学则强调一个故事文本只会出现一次,致力于探询一个具体的故事文本是如何不断衍生出它的异文的。

第三节 中国民间文学的存续

一方面,民间文学从古至今得到大量的记录,这些文字记录成为保存民间文学的珍贵资料。另一方面,这些记录是人们依据书面语言的语法规则生产出来的,使得我们有可能远离民间文学的口传形态而讨论民间文学,同时在阅读习惯的支配下渐渐失去了演述民间文学的能力。

一、古代民间文学的搜集和整理

中国民间文学有着悠久的搜集和整理的历史,这既是民间文学的发展史,也是民间文学的学术史。这方面的成果,直接保留了大量的民间文学传

---

① 刘魁立:《关于中国民间故事研究》,系作者提交给1994年3月召开的"亚洲民间叙事文学学会第一届国际学术研讨会"的论文,见《刘魁立民俗学论集》,上海文艺出版社1998年版,第132页。

统,表明民众千百年来创造的民间文学艺术异常丰富。

每一个时代都有民间文学的遗失和消亡,也会不断产生新的民间文学。任何时代对民间文学的记录只能是部分的、局部的,散失掉的口头创作自然无法估算。但是,从上古以来的许多著述和辑录中,也可以窥测中国民间文学遗产的丰富程度。相对而言,现代辑录的民间文学作品数量自然远远超过古代。尤其是印刷技术普及之后,出版了大量的民间文学作品专辑。

1984年,文化部、国家民委、中国民协三部委组织了民间文学三套集成(《中国歌谣集成》《中国民间故事集成》《中国谚语集成》)的编撰工作。这是我国有史以来最大规模的民间口头故事文字化、书面化的运动,被称为"建设中国民间文化的万里长城",为此制定了"科学性、全面性、代表性"三原则。截至1990年,共搜集歌谣320万首,民间故事183万篇,谚语784万条,总字数达40亿。有县级卷、地区级卷和省级卷本。省级卷本由指定出版社正式出版。这一功在千秋的伟业既保存了民间文化,又为日后的民间文学研究奠定了基础。可以说现在已进入研究民间文学条件最好的时期,难以胜数的民间文学作品足以满足研究者们各方面的需求。

最早全面记录古代民众口头诗歌的活动发生在2500多年前,当时已出现了民间歌谣的专辑。《诗经》"国风"中的绝大部分诗歌和《小雅》中的少数诗歌均采自民间,经文人修改后,升格为雅文学,成为多少世纪以来为国内外学者所称誉的经典诗篇。先秦两汉时期所产生的史书、杂记和许多著述中,也保存有很多古代神话、古老传说和谣、谚等。《左传》《史记》《汉书》《列子》《韩非子》《淮南子》《山海经》《说苑》等著名典籍都大量载录了当时的口头文学。公元2世纪时,中国就出现了古代民间笑话专辑,即魏邯郸淳的《笑林》。3世纪中的晋代,有许多专辑编录了大量的古代神话与传说,如干宝的《搜神记》、南朝梁任昉的《述异记》等。《搜神记》是六朝志怪的代表著作,取材广泛,多记神怪灵异之事,也有历史神话故事和民间传说。今存20卷,有460多个故事,其中"董永""何伯婿""宋定伯捉鬼""干将莫邪""神犬盘瓠""毛衣女""紫玉""斑狐书生""李寄斩蛇"等都是流传很广的志怪故事。魏晋南北朝其他有代表性的著述在记述历史神话故事和民间传说的同时,多记神怪灵异之事。王嘉的《拾遗记》共有10卷,前9卷从伏羲、神农讲起,直到东晋,记载了许多神话,以及帝王的传说、名人逸事;第10卷记昆仑等九座仙山。吴均的《续齐谐记》所记多怪异之事,也包括一些民间传说和风俗民情。

《诗经》是中国古代民歌采集的第一个高峰,汉魏六朝时,民歌采集进入到第二个高峰。汉武帝时,沿袭周天子"采诗"遗风,通过乐府机关采集民歌,"以观民风"(《礼记·王制》)。仅就被收入乐府的民歌来说,就有不少诗篇至今都不失为典范作品,如《孔雀东南飞》《木兰辞》等等。隋唐宋元几代中,少见载有民歌的典籍,宋人郭茂倩编辑《乐府诗集》,搜集了大量先秦歌谣、汉魏乐府和唐五代的民歌,内容十分丰富。汉魏以来散文愈益发达,佛经的翻译工作渐盛,经中多用譬喻,《百喻经》中多寓言和笑话。当时辑录的民间传说、故事等作品比较多,其中有不少被编入宋代官府监修的《太平广记》中。宋代洪迈的《夷坚志》,明代陈士元的《江汉丛谈》、徐应秋的《玉芝堂谈荟》,清代王士禛的《池北偶谈》、袁枚的《子不语》等,都记述了许多神奇的传说和民间鬼怪故事,如山魈、叫人蛇、秃尾巴老李以及各种鬼狐故事等。

明清两代,保存和辑录民间作品的专集的数量大大超过前代。明清两代比较重要的民间文学作品专集有:明人杨慎的《风雅逸篇》《古今风谚》和《古今谚》、冯梦龙的《山歌》《挂枝儿》《笑府》、赵南星的《笑赞》,清人陈皋谟的《笑倒》、石成金的《笑得好》、李调元的《粤风》、杜文澜的《古谣谚》、郑旭旦的《天籁集》、范寅的《越谚》等。之所以载录民间文学成为风气,在于民间文学受到市民阶层的欢迎。以民歌小调为例,沈德符《万历野获编》说:"嘉、隆间,乃兴《闹五更》《寄生草》《罗江怨》《哭皇天》……比年以来,又有《打枣竿》《挂枝儿》二曲,其腔调约略相似,则不问南北,不问男女,不问老幼良贱,人人习之,亦人人喜听之,以至刊布成帙,举世传诵,沁人心腑。"

中国古代丰富的民间文学遗产,主要指上述的文献记录。其中不少作品对于民间文学的研究具有世界性的意义。像"天鹅处女型"故事,是世界上许多民族都有的优秀民间故事类型之一,最早的记录却是中国古代的《搜神记》第十八卷《豫章新喻县男子》,距今1500余年。在后来的《田昆仑》(勾道兴本《搜神记》)中,其情节又有很大发展。"灰姑娘"类型的故事也是世界范围内广为流布的故事之一。对这个故事,西方学者作了专门的搜集研究,并断定它的最早记录在公元16世纪。但是,中国学者经研究认为这个故事最早的记录是在9世纪的中国,唐代段成式的笔记小说《酉阳杂俎》一书中,有一篇叫《叶限》,是"灰姑娘"型故事完整的记述[①],比法国贝洛的《灰姑娘》早出现近800年。《旁迻》则是最早的"两兄弟型"故事。

---

① 钟敬文:《中国的天鹅处女故事》,《钟敬文民间文学论集》(下),上海文艺出版社1985年版,第36页。

二、民间叙事的衰落

在中国,发达的是以抒情行为及其产品为主要研究对象的诗学。直到 20 世纪 70 年代末以后,西方建立在结构主义和现代语言学基础上的叙事学才传入中国。在民间文学中,除了抒情性的歌谣等文体外,绝大多数作品都在叙事。"叙事"又称"叙述",英文为 narrative 一词。叙事问题是当代人文学科中最具争论性问题的核心。

1. 民间叙事的魅力

叙事是人类最古老且最基本的话语(discoure)方式,所承载的是事(或事件),神话、寓言、故事(历史)乃至街谈巷议本质上均是叙事。

叙事从根本上说就是"讲故事",即以时间为基本顺序对某一或一组事件加以编排、描述,"包含一个具有稳定连续结构的情节,以亚里士多德所说的开头、中间和结尾为标志"①,从而"提供一种完形理解力,藉此使得记叙文中所发生的每一事件构成有意义整体的组成部分"。"'讲故事'是'叙事'这种文化活动的一个核心功能,是一个区域最普通的讲述行为,几乎所有的内容都可以进入故事之中。叙述与故事乃一体两面的共在关系,故事是叙述所述之事,而叙述则是说故事。"②

民间叙事者不是社会学家和心理学家,民间叙事不掺杂心理分析,也没有其他学者式的解释,只是融合了叙述者自己的生活经验和想象力,为"纯净"的叙事。"讲故事的艺术越是排除了分析与解释,就越能够持久地留在听众的记忆里,故事就越能彻底地融入听众自己的经验中,就越想把它转述给别人。"③这便是民间叙事深具魅力和源远流长的重要原因。

在一个特定区域内,一个故事并不专属于某种民间艺术形式,各种民间艺术形式可能表演同一个民间故事。因此,故事是超越民间体裁的。各种民间艺术形式在同一空间里可能建构同一故事的共同体。"尤其在说唱艺人在自编故事文本的同时一边演唱的场合,他们幼时听来的讲故事的叙述方法就成了其'说'的基础。因此,可以说讲故事实际上是维系说唱曲艺传

---

① 〔英〕杰克·古迪:《从口头到书面:故事讲述中的人类学突破》,户晓辉译,《民族文学研究》2002 年第 3 期。

② 参见尼古拉·布宁、余纪元编著《西方哲学英汉对照辞典》"叙述"词项,人民出版社 2001 年版,第 651 页。

③ 耿占春:《叙事美学——探索一种百科全书式的小说》,郑州大学出版社 2002 年版,第 24 页。

承的基础体裁。"①德国梵文学者温特尼茨(M. Winternitz)说:

> 但是,正是这一种人类普遍的讲荒诞不经的故事的爱好,促成了这样一种情况,所有的民族、所有的人都乐意连异域的故事都有兴致去迅速据为己有,听人讲这些故事,而且去传播。更何况是,毫无疑义,人们创造故事的本领与听故事和讲故事的兴致,不成比例。在这方面,人类创造的天赋是有限的,也不是所有的民族天赋都是平等的,而讲故事的喜悦则是无限的。因此,一个只讲过一次的好故事,竟能有这样的生命力,几个世纪几个世纪地一而再再而三地被讲述,地理范围越来越扩大。②

古往今来的不少批评家都注意到了讲故事作为人类生活中一项不可少的文化活动的意义,"不讲故事则不成其为人"③。民间故事中存在一个重大的母题:为什么要讲故事?早期的框架故事往往有一个楔子来交代故事的由来,它同时也表明了故事的作用和价值。《五卷书》的78个故事的由来是由总领全书的"楔子"加以交代的。国王面临的困境是三个太子非常愚蠢,无法指望他们来治理国家、统治人民。宫廷之内,满朝文武没有任何人能够解决这个问题。结果是由一个80高龄的婆罗门通过讲故事来解决如此重大的难题。事关国家大事、皇室兴衰,万般无奈,唯有故事显能,可见故事力量之神奇。正像世人皆知的《一千零一夜》所喻指的:从人最终的命运来看,"叙事等于生命,没有叙事便是死亡"。这本故事集的起因是暴虐的国王山鲁亚尔每天娶一个王后,第二天即杀死。宰相聪明的女儿山鲁佐德为使其他女子免遭厄运,自愿嫁给国王。第一夜她为国王讲故事,引国王发生兴趣,没有杀害她。此后她夜夜给国王讲故事,一直讲了一千零一夜。最后国王悔悟,和山鲁佐德白头偕老。《一千零一夜》除了山鲁佐德讲故事这一线索贯穿始终外,故事中的一些人物也讲故事,形成了大故事套小故事的结构。它用无穷无尽的故事赞美了故事本身,赞美了讲故事的人。将这部百科全书般的故事集译成中文的纳训在"译后记"中提到,伏尔泰说,读了《一千零一夜》四遍以后,算是尝到了故事体文学作品的滋味。

谁也不会否认,我们是一个喜好讲故事和听故事的民族。古代上层文

---

① 〔日〕井口淳子:《中国北方农村的口传文化——说唱的书、文本、表演》,林琦译,厦门大学出版社2003年版,第57页。
② 转引自季羡林《比较文学与民间文学》,北京大学出版社1991版,第352页。
③ 〔美〕浦安迪讲演:《中国叙事学》,北京大学出版社1996年版,第5页。

人为了获取文人的头衔,将散文叙事文学一概撇开,而专注于诗意的寻觅和营构。但这些浩如烟海的诗篇并不能真正进入民间,乡民们仍旧我行我素,讲故事和听故事。民间叙事文学只是一味地滞留于口耳,随着时代的发展及文学自身的"新陈代谢"规律,势必导致大量作品的佚失和"过期"。好在各朝代都有有识之士热衷于民间街谈巷语及乡野传说的收集、整理和利用,大量的民间口耳叙事文本完成了向书面文本的转化,并为不同时期的"当代人"所阅读和复制。

2. 我们远离了叙事

叙事来自民间,可是我们这些所谓有知识的人却远离了民间,远离了叙事。所以现在需要回过头去讨论民间,讨论民间叙事。

借助大众传媒,各色各样的新闻报道充塞了我们的大脑,将故事遣回到故事的家乡。其实"新闻报道的价值无法超越新闻之所以为新闻的那一刻。它只存在于那一刻,即刻向它证明自己的存在价值。故事就不同了。它是耗不尽的。它保留集中起自己的力量,即使在漫长的时间之后还能够释放出来"①。故事在延续传统和记忆,而新闻报道则加速了人们的遗忘。

事实是,人们不再对故事津津乐道了。"在今天的欧洲,正如第二次世界大战以前,由梅克奥·叟达在偏僻的哈斯利河谷所采录的若干民间童话所表明,故事文化已衰退。适合今天讲述人的解释,未必毫无条件地适合那些曾经生活在成年人相互讲故事的社会中的讲述人。……再说,过去普遍存在的口承文化,产生了比今天更多更有才华的讲述人。所以,我们总是依靠那些至少就部分而言显示出高度责任感的 19 世纪的记录。……威赫姆·格林创造了完全'被印刷的民间童话'。这也可以说是一种高级的民间童话,它明确地区别于那些自由撰写空想故事的'艺术童话'。这高级的民间童话,承担着一个很重要的功能。那便是填埋因口头传承的断绝而产生的间隙,成为儿童和成年人活态的所有物。"②现代人再也不能像先辈们那样热心地讲述传统的故事,只能通过一些印刷品,品味传统的故事,追忆过去讲述活动的美好情境。

---

① 〔德〕瓦尔特·本雅明:《讲故事的人》,陈永国、马海良编《本雅明文选》,中国社会科学出版社 1999 年版,第 297—298 页。
② 〔瑞士〕麦克斯·吕蒂:《欧洲童话——形式与本质》日文版,小泽俊夫译,岩崎美术社 2000 年版,第 195—196 页。转引自西村真志叶硕士学位论文《中国民间幻想故事的文体特征研究》,附录 1"麦克斯·吕蒂'民间童话样式理论'简介"。

在现代背景下,叙事与以人工符号语言及分析、论证为特征的科学论说方式形成对照,"科学在起源时便与叙事发生冲突"①。另一方面,"自从世界大踏步地实现了工业化和技术化以来,个人的事情不再是社会生活中的主要现象,代之而起的是技术的和集体的事情。个人之间发生的事情变成了纯粹的私事,也就是说,它们在艺术上再也不能代表和象征时代的根本问题了"②。显然,较之于个人的事情,技术和集体的事情更难进入叙事或变成故事。

任何口头文学的叙述活动都不是个体的,而是集体的,具有强烈的展示性。现代流行的书写语言和书写活动则变成"私语",带上了鲜明的个人色彩和私人经验。如今的我们都热衷于个人的独创,养成了具有独白性质的思维习惯。我们再也不会重复传统了,再也不擅长在公共场合集体叙述同一个故事。我们已经进入到个人化写作的时代,强调一种创造性的书写行为,讲述原本就有的故事不再为我们所能和所愿。

不论是真实的还是虚构的,也不论是发生的还是未发生的事情,只要用叙述的方式表达出来,既意味着对所说的事物进行虚构,也意味着对说话人的身份进行虚构,使自己变成另一群人或另一种声音。民间口头文学的叙述人不是一般的说话人,即不是正在"说话"的人本身,而是一个秉承了某一地方传统并在传播和演绎传统的人物。一个人一旦进入叙事,他就必须改变自己的身份、角色和角度。叙述人是说话人所创造、所想象、所虚构的角色。他可以根据需要,用不同的声音和方式进行叙述,并伴以各种形体和表情动作。我们已经很难成为民间口头文学的叙述人,我们的兴趣越来越趋于国际化和公共信息,特定地方的传统不再为我们所拥有。尽管我们也都生活在某一区域,但我们已不再是地地道道的"区域人",不可能像"区域人"那样拥有和享受当地的口头传统。

信息的密集和更替的加速,促使我们需要直接而快捷地领会其精髓,于是不得不抛弃叙事、远离情节,神话、传说和故事等逐渐成为古老的传统,成为可供解释的符号。寓言故事中的情节早已被遗忘,凝练为意义深刻而又固定的成语。叙事形式成了累赘,或者成了一种我们无法在现实生活中享

---

① 〔法〕让-弗朗索瓦·利奥塔尔:《后现代状况——关于知识的报告》,车槿山译,生活·读书·新知三联书店1997年版,第1页。
② 王泰来:《新评论》,1953年,转引自王泰来等编译《叙事美学》,重庆出版社1987年版,第105页。

用的奢侈的叙事佳肴。

三、可持续的民间文学生活

如今,在大部分城乡,人们已听不到市民和村民演述传统时代的各种口头文学了。民间文学作品难以寻觅,而民间文学生活仍在持续,并方兴未艾,传统的民间文学的命运大体如是。

1. 新的民间文学观

基于民间文学存在状况,中国民间文学三套集成式的田野作业已变得不太可能,后"集成"时代的显著标志就是单纯以搜集作品为目的的田野作业已一去不复返了。20世纪七八十年代流行的"采风"的概念已极少有人使用,"采风"成为过时的田野作业。民间文学的现实境遇让民间文学研究遭遇前所未有的挑战,即城乡一体化进程迅速地导致民间文学口传文本的枯竭,民间文学研究不再可能从田野中获得源源不断的文本资源。这就迫使我们改变原有的民间文学即民间文学作品的立场,在生活世界的层面树立崭新的民间文学观。一味沉溺于民间文学作品分析的研究不可能重现辉煌。挑战总是与机遇并存。民间文学学科的发展应该正视现实,与时俱进,谋求适应新时代要求的更为广阔的发展空间。民间文学生活的提出正是这一背景下的突破性呼吁。

随着被发明的"传统"的流行,人们对民间文学的演述已不再是为了延续祖先的记忆或是传承口头传统,而是为了满足广大游客对异域说唱方式的体验欲望,游客总是在追寻天然的、本土的民间说唱和演述。民间文学演述的场景已不再是一个村落、一个寨中熟人的聚集,还有游客的参与,故而民俗主义的视角必然张开。民间文学变成向游客们兜售经过包装并且易于吸引消费的展示资源。在这种市场经济和地方政府政绩观的直接支配之下,演述了什么便显得无足轻重。因为为了适应游客的口味,演述的内容被大肆加工,甚至篡改,已远离了原本状态。民间文学本身拥有的"固有"品质只存在于当地人的记忆中。民间文学的演述被演绎为取悦游客的人文场景的呈现。民间文学已然上升为文化产品,甚至有人对演述进行专门设计,有的演述模式是某些文化精英的得意之作。这种改变深深地影响到对民间文学的理解和体认。如此景况下,单纯地记录演述的内容便失去了学术意义,重要的是如何演述和为什么演述。

长期以来,民间文学研究形成了一种顽固的路径,就是执着于作品的分析。对民间文学作品的迷恋,原因有二:一是受到作家文学作品批评的影响。相当一批卓有成就的民间文学学者的学术背景是文学理论,老一辈以周作人、闻一多、茅盾、郑振铎、钟敬文等为代表,继之者以乌丙安、刘魁立、刘锡诚、段宝林、陶阳等为代表。依据他们的理解,民间文学即是民间文学作品。各类民间文学作品集充塞他们的书架,成为他们经常翻阅和研究的主要文本。二是延续了神话研究的范式。神话是文学的母胎,神话研究似乎也成为民间文学学科的母胎。尽管神话研究专注于文献文本,但却获得了令人喜悦的成就,形成了诸多流派,如语言学派、心理学派、历史学派、人类学派、结构主义学派及女性主义学派等。民间文学学者奢望在口承文学的其他领域复制神话研究的辉煌。殊不知,民间文学的当下性和生活样态为民间文学研究提供了更为广阔的视域。

对民间文学文本批评的全面反思兴起于表演理论的引入。表演理论之于中国民间文学研究的主要贡献不是研究方法,而是研究观念。民间文学演述的过程、行为,以及叙述的文本与叙述环境之间的关系成为学者们讨论的主要问题。然而,尽管学界对表演、语境、互文性等概念有了比较深刻的认识,但真正意义上对民间文学的书写一直没有出现。

2. 民间文学生活文本

民间文学学者绝对不会将自己归入文学批评者的行列。但民间文学研究一直没有摆脱文学批评的藩篱,原因在于没有建立民间文学生活的观念。

民间文学学科的发展面临前所未有的瓶颈,似乎路径越来越逼仄,难以寻觅到新的学科生长点。学术方式表现为极端的重复和单调,根源在于对民间文学学科研究对象的理解和把握缺乏开放意识。如果把民间文学视为可供阅读的记录文本,而对演述的实际状况和生动的过程视而不见,民间文学只能沦落为被拆分的词语(符号)、结构、情节单元、人物和母题,与作家文学只不过是下层与上层的区别。在民间文学界,如今最前沿的研究是立足于表演中的民间文学文本,强调文本与语境的结合,这种仍以文本(表演了什么)为中心的文学思维范式并没有开辟民间文学学科新局面。倘若我们采纳广义的文本概念,将具有娱乐或审美性的民间文学生活当作完整的文本,即民间文学生活文本,就为研究开掘出蕴含多种可能性的开放的文本资源。这一认定必然赋予民间文学广阔的自由空间和充满活力的生活样态,让我们不再因传统的口头文学的失传而感到失落,因为民间文学生活总是秉承开辟自己生存空间和领域的内在机制。

民间文学生活是所有生活中最充满魅力的生活,喜庆、愉悦、狂欢让各族人民在这种生活中乐此不疲。当然,这也是最能引发学术兴趣和想象力的生活方式,学者们在田野中可以从不同角度对演述的生活文本进行富有创见的解读和建构。运用相关学科诸如历史学、宗教学、人类学、民族学乃至社会学的方法也变得理所当然起来,并且终于可以跳出文学思维范式的传统套路,打开最为开阔的研究视角。

现今,民间文学大都不是单独的文学活动,政治权利、国家在场、演述资本、精英利益、游客趣向等等都直接在干预民间文学活动。尤其是非物质文化遗产成为政府重视的领域之后,民间文学的演述便备受政治利益和经济利益的驱动,演变为以展演为目的的行为方式。在各种力量的合力之下,民间文学文本被肢解或符号化。于是,采集传统的民间文学记录文本变得异常艰难。然而,围绕民间文学所呈现的各种关联因素和利益指向却可进入民间文学书写的策略当中。民间文学生活的学术指向关注的是民间文学生活的事实,至于文本是否属于传统、是否口口相传已微不足道。

母题(主题)、类型、异文、原型、流变和结构形态等这些经常出现的关键词已经仅仅适用于以往的研究范式。民间文学学科之所以在教育部的学科目录上没有独立的位置,与陈旧的学术范式休戚相关。一些原本从事民间文学的学者纷纷倒戈民俗学,缘由也在于民间文学学科的不景气。回归民间文学生活是重振民间文学学科雄风的有效途径,可以为多学科交叉研究提供诸多可能性。

关键词:

民间文艺学　都市民间文学　民间　口头表演　民间文学生活　文本　民间叙事　口头传统　表演理论　异文

思考题:

1. 什么样的文本才是"忠实记录"的文本?如何做到"忠实记录"?
2. 怎样理解民间文学的生活属性?
3. 谈谈口头语言表现范式的主要特征。
4. 简要评述鲍曼的表演理论。
5. 比较口头语言与书面语言的不同特点。
6. 如何理解民间文学不是由"文学"分化出来的,而是有着完全独立的形成和演进轨迹?
7. 谈谈传统民间叙事的当下境况。
8. 如何界定都市民间文学?如何开展对都市民间文学的调查与研究?

第三讲
民间文学的本体特征

民间文学是用传统的民间形式创作和传承的文学样式,它诉诸口头语言系统,其创作和流传都是由一个特定的群体共同完成的,是一种活态的文学,流传中有变动,变动时有流传。这是界定民间文学范围的显著的外部标记,也是民间文学在创作和流传方式上的特征。我们现在确定民间文学的基本特征时,都以口头性、集体性、传承性和变异性作为界定的标准。这四个基本特征是二十多年前确立的。随着对民间文学认识的不断深化,对这四个基本特征的把握应该更加科学和全面。

第一节 口头性:一种表演的模式

口头交流是民间文学的存在形式。在中国古代,民间文学很少得到研究,古代文学家们理所当然地认为,"文学"本身就含有文字书写的要求,不成"文"的东西不能算是文学。因此,历代都有一些文人将当时的民间口头文学书写为书面文学,并自视为一种升格的行为。至今,仍有许多民间文学工作者在从事这一转化的工作。诚然,在过去,广大民众不识字,不能运用文字进行交流和表达思想感情,他们从事的文学活动只能停留在口头语言的层面,民间文学只能口头创作、口头交流。民间文学的口头交流依靠的是记忆,而人的记忆力是有限的,时间长了便会遗忘。民间文学如果没有得到及时记录,许多文本就会像风一样消失,所以需要"采风",即及时搜集和记录民间文学演说的内容。

一、口头语言系统的必然存在

在文艺学中常常把区别于作家书面文学的民间文学称作"民众口头创作"或"口传文学",就因为它有诉诸口头语言系统这个明显的特征。当然,口头演说并不是民间文学独具的特征。因为在作家文学或作家文艺的传播和表演活动中,也都借助了口头语言系统,也有一定的"口头创作"。

作家书面文学作品本来也可以诉诸口头语言系统,但是,对于以文字写作为表达形式的作家创作来说,这种口头方式并不是必需的方式。例如诗词的吟诵、散文的朗读都是辅助性的、第二义的,文字写作才是必需的、第一义的方式。相反,民间文学也可以用书面文字记录下来,但是,对于广大民众来说,文字形式也不是必需的表达形式,它也只是对民间文学的流传起辅助性作用的第二义的方式。因此,民间文学的明显标志,正是呈现于民众口头上的语言艺术特色。民间文学是存在于民众口耳之间的活动着的文学。[①] "如果'民间文学'只能转换成文字的存在方式,那么可能变成另一种形态的'通俗文学',而非'民间文学'了。'民间文学'可以被采集,以'文字'方式出现,其真正的生命还是在'语言'上,惟有还原到'语言'的表达形式和情景,才能体会到民间文学的浓厚情感。"[②] 只有在民众中口耳相传的民间文学才能真正展示其艺术和生活的魅力。

民众不是专业作家,大多没有专门的时间学习文学创作和从事文学活动,不能离开生产和日常生活而专心伏案写作。而运用口头语言交流的能力是自然生成的,不需要进行专门的学习。因此,民众在创作和传播民间文学时,不需要纸和笔,一般也不需要腾出专门的时间和空间,也就是说,不会影响民众正常的生产和生活。

在过去,民众不可能使用文字,不可能拥有书写印刷的传播手段。在很长的历史阶段中,他们始终只能使用口头语言表达和传播自己的思想和感情,"口传心授"是民间文学生存和展现的必需的方式。"口传心授"即是面对面的交流,构成了一种彼此互动的具体情境。没有交流就没有民间文学,人们面对面的交流是民间文学最基本的生存状态。"口头讲述者却直接与听众发生接触,话语总是对话的和互动的。一位言说者总是会被打断。从某个角度来看,说者与听众之间没有严格的界限。谁都是说者,谁也都是(某一类)听众,始终存在着交谈,常常是不完整的句子,也几乎总是未完成的叙述。"[③] 鲍曼"所说的'表演',是交流实践的一种模式(one mode of com-

---

① 钟敬文主编:《民间文学概论》,上海文艺出版社1980年版,第33页。
② 郑志明:《民间文学的研究范畴及其展望》,《文学民俗与民俗文学》,台湾南华管理学院1999年版。
③ 〔英〕杰克·古迪:《从口头到书面:故事讲述中的人类学突破》,户晓辉译,《民族文学研究》2002年第3期。

municative practice）,是在别人面前对自己的技巧和能力的一种展示(display)"①。传统的村落就是一个口头交流的社会,社会生活完全诉诸口头交流,人们在不断的口头交流中形成了种种民间文学的范式。

二、口口相传的优越性

第一,这种口头交流都是通过方言进行的。因此,口头性突出表现为民间文学以地方方言为载体的特征。任何人都成长于某一方言区,其思维、表达、交流等必然受到方言的影响,也最习惯于使用自己的方言。在现实生活中,民间文学都是用方言演说(唱)的。即便普通话得以推广,各地也有难以消除的地方口音。方言是造就民间文学地域性特色的根本因素之一。任何民间文学作品,只有用其流传地的方言进行演说(唱),才能达到最佳的表演效果;而用普通话或其他地方方言演说(唱),必然减弱其原有的艺术魅力。

第二,口头交流使民间文学流传很广、很久。口头语言造就了民间文学,也传播了民间文学。没有口头语言,就不可能产生各个古老民族伟大的史诗、伟大的神话和伟大的口头传统,各民族悠久的历史便会黯然失色。"不能设想,如果在特洛伊战争时代有了发达的报纸业和同时性的电视转播,还会有荷马史诗的产生？传统的口口相传的传播方式,使一个事件的最初的讲述者达到千万里外或千百年后的听众或另一些讲述者那里时,早已变成了一个融入了千百万人自身的经验与想象的故事,变成了一个民族的神话或史诗,变成了一部民族生活的百科全书。而被报纸电视即刻报道的海湾战争或科索沃战争,只不过是一堆充满了各种解释的杂乱的信息。"②

第三,口口相传造就了民间文学的重复叙事,使得重复叙事成为口头叙事区别于书面叙事最显著的外部标志之一。朱维之在论述史诗的重复叙事时曾说:

> 典型的民间形式,和荷马史诗一样,不避重复。例如《伊利亚特》第九章,阿伽门农自己说送给阿喀琉斯的礼物,一一列举出来,并说明如何可贵;奥德修斯把礼物送到时,又一一列举出来,一字不漏地重复

---

① 杨利慧、安德明:《理查德·鲍曼及其表演理论——美国民俗学者系列访谈之一》,《民俗研究》2003 年第 1 期。
② 耿占春:《叙事美学——探索一种百科全书式的小说》,郑州大学出版社 2002 年版,第 24 页。

一遍。在约瑟的史诗中，雅各在《创世记》第四十二章里表示了不愿让便雅悯被带到埃及去，说了"要我白发苍苍、悲悲惨惨地进坟墓"的话；在第四十四章约瑟要留下便雅悯时，兄弟们又把雅各的话一字不差地重复一遍。这是民间口头文学的特点，有些在书面上不必重复的原话，在口头上却有必要重复一遍，这是为了听众能加深印象。①

第四，民间文学的口头性又是建立在其生活属性基础上的。民间文学是民众在生产和生活过程中产生和传播的，创作和传播民间文学本身就是民众不可缺少的生活样式，它和民众其他的生活样式共同构成了民间生活的有机整体。

三、口头文学是永恒的

需要特别指出的是，民间文学口头演说特征的形成和存在，不仅有上述社会历史的根源，同时也有口头语言本身的因素。口头语言是一种最灵便的交流工具，既便于传，又便于记，民众用口头语言反映生活异常及时、方便和生动。口头语言是全方位的交流方式，是具体场景的交流方式，而文字则是单向性的和脱离情景的。美国著名学者休斯顿·史密斯认为："说话是说话者生命的一部分，且由于如此而分享了说话者生命的活力。这给予它一种可以按照说者以及听者的意愿来剪裁的弹性。熟悉的话题可以通过新鲜的措辞而重新赋予生气。节奏可以引进来，配以抑扬、顿挫、重音，直到说话近乎吟诵，讲故事演变成了一种高深的艺术。"②口头语言即说话具有书面语言无可比拟的表现力。

有些人认为，口头创作是民众在未能掌握文字时不得不如此的一种表达方式，一旦广大民众掌握了文字，口头创作存在的可能性就消逝了。这种看法是错误的。口头语言表达的优越性使得广大民众在掌握了文字之后，仍会进行口头演说，只要口头语言存在，民间文学就不会消亡。其实，"口语文学远较书写文学更为普遍。普遍的意义是双层的：前面曾说过，书写的文学是仅限于有文字的民族，没有文字的民族是不可能有书写的文学的。可是口语文学不但流行于没有文字的民族，同时也流行于有文字的民族，与书写的文学并存。另一方面，书写的文学是属于知识阶级的人所有，而口语

---

① 朱维之：《圣经文学十二讲》，人民文学出版社1989年版，第150—151页。
② 〔美〕休斯顿·史密斯：《人的宗教》，刘安云译，海南出版社2001年版，第396页。

文学则不论识字或不识字的人都可以接触到它"①。

还有,民间文学是相对自由的文学,现实生活中的许多内容,诸如与现实社会主调格格不入的"黄色段子",带有政治讽喻性的笑话、歌谣,刺痛某些官方的"谣言"等,就不能进入当下社会的主流话语之中,也不能"白纸黑字"地公开诉诸文字或各种大众传媒。这类文本只能口耳交流,并在口耳相传中不断得到修改和完善。依据俄国思想大师巴赫金所言,充分利用民间口头文学形式和形象体系的权利和自由,对现实社会实行狂欢式的惩治,不失为一种机智的自我保护手段。民众尽管不能发号施令,却永远拥有"讲故事的权利"(the right to narrate)。而且,我们不应把民间口头文学形式和形象体系的运用,仅仅理解为对付书刊检查的外部的、机械的手段,迫不得已而为之的"伊索寓言"。须知,数千年来广大民众一直享有运用民间口头文学的权利和自由,并在这些形象身上体现自己最深刻的、对独白式的所谓"真理"的批判态度,显示自己最熟悉的宣泄方式和对美好愿望的追求。"自由与其说是这些形象的外在权利,不如说是它们的内在内容。这是大无畏的话语是关于世界、关于权力的无懈可击的、毫无保留的话语,在几千年里形成的语言。"②这是根植于广大民间和广大民众身上的一种狂欢意识。狂欢意识不绝,民间文学永存。

"黄色段子",带有政治讽喻性的笑话、歌谣,刺痛某些官方的"谣言"等,最通常出现的场合是在饭桌上,朋友间的宴饮是口头语言能够充分发挥的时机。在中国,吃饭喝酒形式是团团围坐,成为最民间化的活动,任何神圣都会被浸泡在酒水里,筵席形象是民间狂欢形象体系中最重要的形象之一。于是,大量的当代民间文学文本在餐桌上诞生并流传。巴赫金也非常关注筵席与口头语言的关系。在他看来,这是文化面对自然的最初表达。他在饮食与对话之间建立起了联系:"即使对筵席交谈古罗马的作者如柏拉图、色诺芬、普鲁塔克、阿费奈、马尔科比、卢奇安等人,话说与筵席之间的联系完全不是僵死的、残存的现象,而是经过他们能动地深思熟虑过的。"③对话性的筵席语言,亲昵、坦率、不拘形迹、亦庄亦谐、风趣幽默,有着一种民间特有的自由。酒肉的力量激活了语言。自由戏弄神圣的事物是狂欢酒宴

---

① 李亦园:《从文化看文学》,《中国比较文学》1998年第2期。
② 〔俄〕巴赫金:《弗朗索瓦·拉伯雷的创作与中世纪和文艺复兴时期的民间文化》,钟中文主编《巴赫金全集》第6卷,李兆林、夏忠宪译,河北教育出版社2009年版,第308页。
③ 同上书,第323页。

的基本内容,滑稽模拟是最常见的形式。只要存在官方、正统,这种口头语言能够自由运用的场合就永远存在。

从更本质的层面而言,民间文学的存在,保证了文学和文化形态的多样性,体现了多种叙事方式并存的良好态势。而且,民间文学特有的民族性和地域性更能够将意识形态展示得丰富多彩。"关注民间的或地方性记忆与叙事,既是对历史和当下文化的一种实证态度,也是希望在主流的声音之外能够听到民间的、地方性的、边缘的叙事。在任何情况下,都存在着对历史与现实的多种可能性和多种表述方式,有些表述可能只是以一种主流的姿态出现,代表着占统治地位的文化解释,另外一些则可能是作为主流叙事的对立面而存在。"①没有民间文学,民众就没有自己的文学,民间也就无从展示,多元的生存空间和文化空间便难以坚固,而这是不可想象的。

四、大众传媒的介入

当然,我们不能机械地理解和把握民间文学的口头特征,尽管面对面的口头交流仍为民间文学演说的主要状态,但随着大众传播媒介的无孔不入,导致一些民间文学的传播排斥面对面的口头交流。大众传媒的新的视听感觉,在某种程度上使现代社会返回到早期的部落团体——数百万人看同一个节目,为同一个喜剧而笑,崇拜同一个明星。大众传播媒介与口头传承之间的关系,可以从两个方面来理解。在较浅的层面,一方面,大众传媒在很大程度上取代了民间文学的口头交流;另一方面,它又帮助仍然存在的口头传承得以顺利完成。

在所有大众传媒中,网络对民间文学的介入最为全面和深入。一个重要原因,就是网络写作带有民间口语的书写特征,写者总是在努力保持"说话"或"聊"的在场效果。既然在"说话"和"聊",所写东西的内容和形式便"俗"起来。另外,网络写作和阅读具有民间讲故事所需要的现场气氛和听众群体,因此,非常类似于民间文学的讲述状态,重视如何把故事讲得有吸引力,而不是把文本复杂化、深奥化、陌生化。还有,网络写作接近于民间文学的面世,带有一定的匿名性。有人写了一个故事,总有人传,有人听,有人想提升它,便"加油添醋",让它更精彩,受众更多。说故事人关心的是听故事人的反应,他在其中得到"创造"的快乐,听的人也兴高采烈,加入再创作,也来一段,目的是"皆大欢喜"。下面提供的这个网络文本,与民间文学

---

① 刘晓春:《民族—国家与民间记忆》,《文艺争鸣》2001年第1期。

的记录文本没有任何区别(网上最喜欢用天津话编搞笑段子,也许,天津方言"哏"的天性,刺激了大众的幽默热情):

  仪个汽册暂销会,一位农村来的老大爷掏促两千块钱递到卖册的淆姐面前,淆姐问他:
  "腻喽甘嘛?"
  "甘嘛?埋汽册。"
  "埋嘛汽册?"
  "奏介个,奏行。"
  "钱够嘛?腻喽?"
  "赠好。"
  "腻喽至都介册多儿钱吗?"
  "至都,桑塔纳凉千。"(桑塔纳2000)
  "那腻喽甭买介个了,介册大贵,腻喽看内册了吗?内册便宜,腻喽买内个得了。"
  "内个多儿钱?"
  "奔驰六百。"(奔驰600)

  这是一段曾在网上和手机短信里疯传的段子。即便没去过天津,理解起来也没有太大难度。类似的还很多,多数体现了天津式的"打岔"幽默,原本简单的话他不明说,绕个圈子逗你玩。网络文学以一种类似于民间文学的方式树立其形象,力图打破文学精英对于话语权的垄断,让文学重返民间。这些地域色彩如此浓厚的网络文本,我们不妨称之为"新民间文学",是新技术进入民间空间后产生的新的民间文学现象。① 网络空间是一个公共话语空间,又是一个崭新的滋生民间文学的场域。

  另一种对传统书写形式产生强大冲击的是手机微信。手机微信是书写民间化进程中一个鲜明的注脚。大众,哪怕是再不起眼的一个打工仔或一个小学生,也可以随时随地拿起手机,发送一则微信,发给他或她想要发给的任何一个人,无须任何人的批准和审核,也无须排队等候,更无须像以前那样还要别人帮助排版印刷,只要用手指敲击几下就迅速完成了文字传播的功能。即使是以前风行的电报,其速度和覆盖面以及随心所欲也都无法和微信相比。

---

① 何学威、蓝爱国:《网络文学的民间视野》,中国文联出版公司2004年版,第278页。

在世俗的世界里,文字的霸权成为文化的一种象征,好像谁能在纸面上书写文字谁就有文化。虽然文人如今已经无法像商人一样有钱有势,却还矜持地拥有最后的自尊和清高,他们把持着文字,进行自己的文字狂欢,而把大众拒之"文"外。网络写作和手机微信的出现和盛行,颠覆了文字只属于少数人的高雅地位。文字作为语言的载体而形成的语言关系,从来都是社会关系的缩影,大众传媒迅速消弭了文字书写的神圣与权威,这无疑是一种对以往文字世界的陈胜吴广式的"造反",是一种新形式的语言资源的"均贫富",也是对日益没落的文字制造者所把持的死气沉沉的文字空间的一种补氧。

在较深的意义上对大众传媒和民间文学之间关系的探讨,需要回答海尔曼·鲍辛格(Hermann Bausinger)和威廉·坦普尔(William Templer)提出的问题。他们认为,民间文学研究最紧迫的问题之一是:"各种完全不同的媒介,例如电影、电视,尤其是今天比以往任何时候都有更多受众的某些阅读材料,是否满足了我们这个时代口头讲述的基本需要。"①

李扬曾作过一项随机调查,请一些青年学生讲述中国著名的四大传说之一的《白蛇传》,结果有不少学生的叙述是来自香港导演徐克的电影作品《青蛇》。在故事情节和人物形象方面,《白蛇传》与《青蛇》有许多不同。这种现象在现代民间文学的传播中具有相当的普遍性,说明民间文学"形成了新的传播通道,即口传——媒体——口传的往复循环"②。借助大众传媒无比强大的传播力量,可以迅速扩大民间文学的传播空间,同时产生了大量的当代异文。这类经过大众传媒过滤的民间文学,引发我们对其现代性的思考。民间文学大多产生于前工业时代,当下流行的文学或艺术主要为非民间文学。而在全球化的进程中,民间文学产生和流传的新的可能性是什么?全球大众传媒的统一和信息的一致性,导致民间文学走向何方?这些是民间文学工作者需要面对的问题。

有一点是明确的,大众传媒和书面记录一样,客观上在确立所记录版本的权威性和统一性,而消磨掉口头文本的地域性及多样性特征。大众传媒往往以对待作家文学的态度来录制播放民间文学文本,"当他们录制了某艺人某部故事之后,就坚决不再从其他艺人那里录制同一部故事的异文,由

---

① Hermann Bausinger and William Templer, "Folklore Research at the University of Tübingen: On the Activities of the Ludwig-Uhland-Institut", *Journal of the Folklore Institute*, Vol. 5, No. 2/3 (Aug.-Dec., 1968), p.131.

② 李扬:《当代民间传说三题》,《青岛海洋大学学报(社会科学版)》2002年第1期。

此这些故事被贴上电台'演唱权'的标签,成了其他艺人不可能再在电台录制的权威本。……可见,电台资料是一位艺人——一次文本——一种文本—标准本的堆积,而口头文学是没有这种'标准本'和'权威本'的"①。

第二节 集体性:演说者与观众的互动

集体性有两个含义:一指的是任何民间文学行为都是由一个特定的群体共同完成的;二指的是任何民间文学都为一个特定的群体所共有。这是民间文学在创作和流传方式上的本质特征。尽管作家作品也有相对固定的读者群,但这与民间文学的集体性有着根本性的区别。作家所创作的作品本身和整个创作过程终归属于个人,至少作家个人的成分大些,它们无论如何都应当被看作作家个人精神活动的产物。

一、集体性的表现形态

民间口头文学是广大民众群体所有的财富,它既不署某个作家的名字,也不为某个作家所私有,民众既是创造者、修改者,又是传播者、演唱者和听众。不管讲述的地位、形式或价值如何,也不管我们如何处理,民间文学的演述完全属于集体程序(group processes),是在没有作者的环境中展开的。于是这样一些问题在民间文学中并不存在:

> 谁是真正的作者?
> 我们有此文属于他或出自他手笔的证据吗?
> 在他的语言中,表露了他什么最深刻的个性?

匿名引发了民间文学自己的另一些问题:

> 这篇讲述存在的方式是什么?
> 它来自哪里?它怎样流传?谁控制流传?
> 如何安排可能的主体?
> 谁能完成主体的这些不同功能?②

"在民间文学的讲述和演唱活动中,讲者和听者经常处于互相转化之

---

① 纳钦:《胡仁·乌力格尔及其田野研究途径》,《民族文学研究》2005年第1期。
② 〔法〕米歇尔·福柯:《什么是作者?》,林泰译,见赵毅衡编选《符号学文学论文集》,百花文艺出版社2004年版,第523—524页。

中。此时此地的讲者,到彼时彼地,又可能是听者,而此时此地的听者到彼时彼地有可能是讲者。因此,听者、讲者是相对的。听者并不是永远处于被动地位。他不仅同时是保存者、传播者,而且也参与创造过程,成为集体创作的一员。当他由听者转为讲述者之后,他的创作活动便开始了。"①

民间文学是群体的创作,但创作的过程不是你一句我一句的拼凑和复加。在通常情况下,一则歌谣、一篇笑话、一个谜语可能先出自某人之口,然后逐渐在流传中得到加工。它们的流传过程和再创作过程同步,传播者自觉不自觉地改动口传的东西。英国民间音乐家塞西尔·夏普(Cecil Sharp)经过长期对民歌的田野调查,于1907年出版了《英国民歌:若干结论》一书,书中有如下结论:

> 民谣的每一行、每一词最初是从某个人(某个吟唱者、行吟诗人或农民)的头脑里冒出来的,正如一首民歌的每个音符、每个乐段当初都是从某一个歌唱者的嘴里发出来的一样。共同的活动从来不曾创造一歌一曲,也不可能创造一歌一曲。共同创作是不可思议的。毋庸置疑,集体发挥着作用,不过,那是在较后的阶段,是在个体的创作已经大功告成之后,而不是在此之前。在这个阶段,集体来衡量、筛选,也就是从大量个人创作中选取那些最准确地表达了流行的趣味和民众的理想的作品,而舍弃其余;然后,在集体不断的重复中产生更多的变异,如此一而再,再而三。这一过程持续不断,民谣也就生生不已。当然,如果有受过教育的歌唱者参与这一过程,使它纳入印刷品,这一过程就会受到影响。②

以往讨论民间文学的集体性特征,主要局限于创作的过程,其实,任何一个民间文学的表演场合,都是由群体组成的。群体中的听众(观众)不像读者或电视观众一样只是被动地接受,他们也是表演的积极参与者,构成了民间文学口头传统的有机组成部分。没有听众(观众),民间文学的表演就难以进行。正是在表演者与听众(观众)的互动关系中,表演才真正得以完成。

在创作、流传、演唱过程中形成的口头文学的群体共享状况,在形成过程中呈现出鲜明的历史特征。在不同的历史发展时期,民间文学的群体属性有不同的表现。

---

① 张紫晨:《民间文学的讲者和听者》,《张紫晨民间文艺学民俗学论文集》,北京师范大学出版社1993年版,第129页。

② 转引自〔美〕阿兰·鲍尔德《民谣》,高丙中译,昆仑出版社1993年版,第6—7页。

原始公社时期,人类社会的经济情况和文化发展都处在最低级阶段,任何个人都必须融入群体才能获得生存。这时的个人特性必然是从属于群体性的,这一点得到原始文化史和民间文学发展史的共同确认。任何民间文学活动都不是个体的,而是群体的,具有强烈的展示性。民间文学的传播表演及其力量的释放主要集中在神庙、祭祀场、竞技场等公共场所。人们常常在这些公共场所表演、祭祀、聚集、歌舞、庆贺等等,举行场面宏大的公共仪式,所有的人都是仪式的参加者,同时又是民间文学的传播者。其时,民间文学的能量在瞬间聚集、释放,人们在刹那间融为一体。

随着阶级的出现,整个文学的创作活动有了变化,出现了专门从事文学创作的个别人。这种现象的出现与集体性不但不矛盾,而且是统一的。民间文学的群体属性与独创性是辩证统一的两个方面。① 本来群体就是由个人组成的。创作者是群体,而演唱者却常常是个人,许多即兴的歌谣和故事常常是由个人触景生情创作出来的。我们在理解民间文学的集体性特征时,不要片面夸大群体性而忽视了民间文学的独创性和个体性。

我们说,民间文学是特定群体共同创造和流传的,但事实上,民间文学是特定群体中一小部分人创造和流传的,"个别人"的作用往往是至关重要的。以甘肃东南部洮河唱花儿的场景为例。洮河流域花儿会上的对唱,不是个人对个人,而是集体对集体。因此,双方都把对方视为最重要的听众。一个演唱小组,必然是在一位"花儿把式"(又叫"串把式"或"花儿行家")的率领下,由五六人组成。"花儿把式"这个重要角色,总是由那些具有丰富创作和对唱经验的歌手担任。他的主要任务,是应付对方的挑战,在极短的时间内编好歌词,并把这首歌词及时口述给自己小组的各位歌手,由大家一人一句轮流去唱。"花儿把式"是一个演唱小组的灵魂和主心骨,这个小组赛歌的成败,主要取决于这个核心人物的应变能力和创作才能。② "花儿把式"传承花儿的作用显然远远大于一般歌手,不是"花儿会"上所有人都能成为"花儿把式"。

民间文学其他体裁作品创作和流传的情况也是这样。瑞典学者卡尔·威廉·冯·赛多(Carl Wilhelm von Sydow)指出:民间故事"在很大程度上是以一种散漫的状态流传的,只有极少的有好记忆、生动的想象力和叙述能力

---

① 钟敬文主编:《民间文学概论》,上海文艺出版社 1980 年版,第 27—28 页。
② 柯杨:《听众的参与和民间歌手的才能——兼论洮岷花儿对唱中的环境因素》,《民俗研究》2001 年第 2 期。

的积极的传统携带者们才传播故事,仅仅是他们才向别人讲述故事,在他们的听众里,也只有极少的一部分人能够收集故事以便复述它。而实际上这样去做的人就更少了,那些听过故事并能记住它的大部分人保持着传统的消极携带者状态,他们对一个故事的连续生命力的重视程度主要取决于他们听一个故事然后再讲述它的兴趣"①。民间文学被演说时,在场的观众和听众中绝大多数人并不会成为传承的演说人,"积极的传统携带者"毕竟是少数,甚至是"个别人"。因此,应该辩证地把握民间文学创作和流传过程中群体和个人的关系。

二、集体叙述的力量

捷克的东方学家普实克认为,"在中国话本小说里,追求不同语言风格的可能性是不存在的。首先,职业说书人所说的故事或小说的概念,就与那种可能性相抵牾,因为它意味着应采取某种公认的风格"②。作为话本小说前身的民间文学更是如此。集体性除了上面直观或者说外显的表征之外,更应该理解为民间文学的所有演说活动都不可能超越当地的文化传统。格言、谚语、俗语、传说和故事等使民间话语倾向于成为一种隐去说话人个性的语言,它们使说话人成为一个融合于话语共同体的成员,语言的个性属于共同体(相对于另一话语共同体),而非个别的成员。当地人作为一个集体即共同体,拥有同样的方言及民间艺术的表现形式、表现空间和时间,乃至所要表现的内容,等等,一句话,拥有完全一致的口头传统。

一个区域民间文学演说风格的陈陈相因,主要是由口耳相传这一传播方式导致的。在并不强调个体意识、个人经验以及文化产品的署名权的口传文化领域,无论是一则寓言、一篇笑话、一个传说,还是一个部落或一个民族的神话与史诗,都是无数代无名无姓的成员共同参与口口相传这一传播链条的结果。故事的作者是匿名的,或者说一种话语共同体才是其恰当的作者。而每一个听众都可能是另一次讲述的合法的演说人。共同体成员在口耳相传中分享这一话语共同体所创造的集体经验、集体智慧与集体想象。

叙事的集体性还体现在叙述的内容方面。一个传统的种族集团的叙事

---

① 转引自〔美〕阿兰·邓迪斯编《世界民俗学》,陈建宪、彭海斌译,上海文艺出版社1990年版,第323页。

② 〔捷〕普实克:《薄伽丘及其同时代的中国话本作者》,江源译,见周发祥编《中外比较文学译文集》,中国文联出版公司1988年版,第234页。

素材,是由关于起源、迁徙的故事,即严格意义上的神话、传说、传奇以及其他故事所组成的。每个叙述者都声称是由于听到过这个故事,因而才具有了讲述它的能力。他们用第一人称的口吻叙述事情发展的经过,绘声绘色,手舞足蹈,似乎说的就是历史本身,叙述本身就是历史,俨然就是祖先历史的重现。每个听众都能够以这种方式获得讲述它的权威。集体叙事是建构历史记忆的基本行为。"在历史记忆里,个人并不是直接去回忆事件;只有通过阅读或听人讲述,或者在纪念活动和节日的场合中,人们聚在一块儿,共同回忆长期分离的群体成员的事迹和成就时,这种记忆才能被间接地激发出来。所以说,过去是由社会机制存储和解释的。"①

这种力量无比的集体性使得叙事具有让"历史"合法化的功能。按照米歇尔·福柯的现代权力观,知识与权力有关,在人文学科里,所有门类的知识的发展都与权力的实施密不可分。福柯把历史话语理解为"口述或书写的仪式",其传统功能就是"讲述权力的权利"。②

第三节 变异性:表演活动的不可复制

民间文学在时间上和空间上流传,在流传过程中发生变动。陈寅恪曾谈道:"夫说经多引故事,而故事一经演讲,不得不随其说者听者本身之程度及环境,而生变易,故有原为一故事,而歧为二者,亦有原为二故事,而混为一者。又在同一事之中,亦可以甲人代乙人,或在同一人之身,亦可易丙事为丁事。"③这段话将民间口头叙事文学流布过程中表层形态变异的状况表述得通俗而又准确。变异性是民间文学的生命和活力之所在。

一、每次表演都不一样

变异性存在的条件是演说者不受完全固定的文本的限制;当演说者依据固定文本演说,他们就成为复制者而非再创作者,相应地,被演说的作品再也不会出现真正的异文,因为文本已经固化和单一化了人们的记忆。

需要特别强调的是,民间文学的变动不仅表现在流传过程中,在演说的

---

① 〔法〕莫里斯·哈布瓦赫:《论集体记忆》,毕然、郭金华译,上海人民出版社2002年版,第43页。
② 〔法〕米歇尔·福柯:《权力的眼睛——福柯访谈录》,严锋译,上海人民出版社1997年版,第32页。
③ 陈寅恪:《陈寅恪文集》第3卷,上海古籍出版社1981年版,第192—193页。

情境中同样有突出的展示。阿兰·邓迪斯说:"史诗歌手的每次演唱都是与以往不同的重新创作,他们利用从传统程式中所抽取出的某个选择,来填充整个主题空间中每个转折当口的空位。"①史诗是这样,民间文学的其他体裁也是如此。民间文学演说者的每次实践活动,都是创造性的即兴表演,是特定情境中的特定的文学交流。即便同一表演者表演同一作品,每次也都是有差异的。"口头程式理论"(Oral Formulaic Theory)的大师阿尔伯特贝茨·洛德说:"每一次表演都是唯一的独一无二的,每一次表演都带有歌手的标记。"②在同一部书中他又指出:"每一次表演都是具体的歌,与此同时它又是一般的歌(generic song)。我们正在听的歌是'特定的歌'(the song);每一次表演又不限于表演本身;每一次表演都是一次再创造。"③对于听众(观众)和表演者而言,一次表演活动就是生活经历,而生活具有不可重复性,以后不可能被复制和得到完全追忆。民间文学的变动既来自表演环境的改变,也是由表演本身造成的,任何表演都不可能是简单的重复,而是创造性的发挥。

　　民间文学的每一次演说,就是一个相对独立的异文。演说者被允许有所遗漏和添加,当地的听众依据已掌握的口头传统,可以填补演说者的遗漏,或者有选择性地接受添加的部分。实际上,异文是研究者的发现,因为研究者可以获得从不同地区搜集到的同类型的作品。当地的民众一般不会意识到异文的存在,因为他们被演说的所有信息和情境所吸引,也能够理解和获得被演说的所有信息。研究者或局外人关注的主要是记录下来的文本,而变异恰恰主要表现在记录文本上,他们不可能像当地人那样理解和获得演说的所有信息。一个地方的口头传统是当地人所独有的,研究者或局外人不可能完全拥有,拥有口头传统的当地人是不会在意同一作品每次演说的差异的。

　　处于生活状态中的民间文学包括文本(text)、表演情境、特定的时间和地点、伴随事件(行为)、表演者和观众、表演功能等等,鲍曼将这些因素概括为三个层次:被叙述的事件、叙述的文本和叙述的事件;换句话说,就是演说过程中伴随发生的事件、文本和语境(context)。从民间文学角度来看,

---

　　① 转引自〔美〕约翰·迈尔斯·弗里《口头诗学:帕里-洛德理论》,朝戈金译,社会科学文献出版社2000年版,编者前言第35页。
　　② 〔美〕阿尔伯特·贝茨·洛德:《故事的歌手》,尹虎彬译,中华书局2004年版,第5页。
　　③ 同上书,第145页。

"文本指的是以物化的符号形式所呈现出来的民间文艺作品。一个民间文艺作品,常常是语言、音乐、动作等符号的集合,它既有相对稳定的组合形式,也有在创造者看来是明确的内涵,但其意义的生成却常常依赖于符号发送者与接受者的互动"①。情境是民间文学演述过程中所有对演述具有影响的环境。绝大部分民间文学的演述活动都不是预设的,"没有固定文本约束的个人的创作、个人的体验、个人的意志表达,每一个参与者包括讲述者、听者、研究者之间的理解与诠释都是个体行为,他们构成一个多向互动的关系丛,整个口传活动过程中的个人都有演释文化和自我的权力"②。

在每次表演中,上述因素都会发生不同程度的变化。我们以往讨论民间文学的变异,主要指文本的变异,其实,其他因素的变化同样值得关注,它们既对文本(text)的变异具有重大影响,又是文本不可分割的部分。

二、变异的力量

民间文学的变异是民间文学创作最具有积极意义的重要特性之一。它使得民间文学更为丰富多彩,呈现出历史性、地方性和创造性的特色。民间文学是活态的流动的文学,是处在不断运动之中的文学,充溢着永久的生命活力。

现在来看看民间文学变动的个体情形。例如,《月儿弯弯照九州》本是一首流传久远的江苏民歌,在南宋小说《冯玉梅团圆》中已有记载,一直流传到现在。歌词是这样的:

月儿弯弯照九州,几家欢乐几家愁。
几家夫妇同罗帐,几家飘散在他州。

这首歌,在不同时代、不同地区以及不同的演唱者演唱的过程中,有种种异文,有的只保留了第一句,其他三句都变了。解放战争时期,国民党军营里就流传有:

月儿弯弯照九州,当兵的苦闷何时休。
白天黑夜修工事,却把青春水里丢。③

---

① 陈建宪:《略论民间文学研究中的几个关系——"走向田野,回归文本"再思考》,《民族文学研究》2004年第3期。
② 黄向春:《自由交流与科学重建》,见叶舒宪主编《文化与文本》,中央编译出版社1998年版,第21页。
③ 《月儿弯弯照九州》,《广州日报》1957年9月14日。

但更多的异文是这首民歌的三、四句有变化,如"有人楼上吹着笛,有人楼下皱眉头","有钱的读书上高楼,无钱的流落在外头"。

变异作为民间文学的一个特征,是一个相当普遍的现象。变异不仅导致民间文学出现大量不同的版本,即异文,同时也引发许多文本上难以见到、唯有在讲述现场的互动情境中才能释放出的民间文学的附加意义。

民间文学另一种普遍的变异情况发生在不同的体裁之间,同样的故事为不同的体裁所表现,体裁之间的互动关系促进了变异的产生。譬如,"长期以来梁祝故事的传播是多种形态并存的:散文体的口头故事;韵文体的歌谣、俗曲;戏曲曲艺表演;年画、剪纸、雕塑等样式的播布,交相辉映;还有不少专业的作家、艺术家参与期间,进行着梁祝故事的改编和再创作。凡此种种,各种文艺形式都曾对梁祝故事的传播产生过不可低估的影响"①。民间叙事属于"元叙事",各种民间文学体裁都可对叙事素材各取所需的利用。同一民间文学素材不同的呈现方式本身就是变异的表征。

我们承认民间文学处于不断的变异之中,在考察和研究时,却往往无视这种变异,而是一味地追寻"原始""古朴""传统",千方百计构拟出一个"原始"的文本;另外,崇信民间文学的变异是自在自为的,一直是处于自然状态的,而不认为变异有时也是一个发明或创造的过程。民间文学作为口头文化传统,常常为当下人有意识地利用,流行歌曲、手机短信、网络文学、幻想小说、卡通片等等,其中相当部分都是由传统民间文学再现的文化时尚。出于教育和宣传的目的,有些民间文学被调整和改造,成为意识形态的组成部分。"传统的民歌中增加了那些以相同的风格写成的新歌曲(常常是由学校老师写的),并被加到其内容是爱国进步的('祖国,祖国,多么响亮的声音')合唱曲目之中,不过后者也包含了来自宗教赞美诗的强烈仪式成分。(这种尤其用于学校的新曲目的形成非常值得研究。)"②我们可以把这些形成于民间口头传统基础上的当代艺术样式,称为民间文学的新传统。

民间文学的变异既包括民间文学文本自身的延续和发展,也包括民间文学向非民间文学的演绎,后者充分显示了民间文学的变异力量,同样值得民间文学学者关注和研究。有关后者的研究成果更可能引起相关学科学者的共鸣,产生更广泛的社会影响。

---

① 顾希佳:《传说群:梁祝故事的传说学思考》,《民俗研究》2003 年第 2 期。
② 〔英〕E. 霍布斯鲍姆、T. 兰格:《传统的发明》,顾杭、庞冠群译,译林出版社 2004 年版,第 7 页。

三、导致变异的原因

民间文学的不断变异，一方面是由民间文学的群体口耳相传导致的；另一方面，民间文学能跨时空地传承，但是，由于社会客观环境诸种因素的变化及民间文学自身的特点，它们在传承中要原封不动地流传下来，在实际中是罕见的，一般或多或少要发生变动，这是民间文学传播中的一个重要状况。"民间文学的一个本质性的创作机制，在于它不是一次完成、一劳永逸的过程。它似乎永远没有绝对的定本。在历史的长河中，在流传过程中，它在不断更新，不断变异。"①

民间口头创作的变异不仅由群体的口头创作与流传所造成，还有以下几种客观的外在原因：

（1）民间创作是依靠记忆保存的，而记忆往往不能做到像文字那样固定下来保持原状。因此，文本的基本内容比较容易保存，但在流传时不免要出现各种各样的"小异"。而且，民众对自己的口头文学并不要求固定化，相反永远要求它们活生生的。

（2）口头文学的创作没有创作权观念，演说者可以因时、因地、因人，对所记忆的民间文学文本进行词语、内容乃至主题方面的改动，不必顾忌任何责任。口头作品的传播者与创作者几乎没有任何区别，传播本身就是再创作活动。这样，口头文本的不断变化就自然形成了。口头传播的过程，就是文本不断被删改和加工的过程。

（3）不同地域的生活习惯、环境、风土人情也是造成民间文学创作必然变化的根源之一。同一个故事在乙地就不一定要讲得和甲地一样。比如，由于各地气候、种植作物的特点不同，就会出现不同内容的同类型的谚语。民间文学在横向传承中，糅入了民族性、地方性的变迁踪迹。

民间文学的地域性可以说是其变异性最明显的表征。变异不仅表现为产生了大量的异文，也表现为民间文学普遍具有鲜明的地域性特征。尽管我们应该摈弃地理环境决定论，但地理环境的确是导致变异性的重要因素。毛星曾以神话为例阐述了这一观点："各族神话的特色和差异来源于各族各有特点的民族生活。而在'人类童年时代'，不论文学的特色或民族生活的特色，都与所处的自然环境有着密切的巨大的关联。自然环境不仅给各

---

① 刘魁立：《民间文化事象的变异性和稳定性》，《刘魁立民俗学论集》，上海文艺出版社1998年版，第97页。

族古代的语言、语汇、由语言构成的形象等,打上了鲜明的印记,而且很大程度影响了神话、史诗等的内容。比如,几乎所有的民族都有洪水故事,但在珞巴族的一些氏族中却没有。这是由于这些氏族住在高山峡谷的半山腰,不存在洪水淹没的问题。又比如,雷公在好多民族的神话中是反面角色,是洪水灾难的罪魁祸首,但在黎族中,雷公却是正面人物。这是因为海南地区雷的威力特大,比起别的地区的人来,这里的人们对雷神怀有更大的敬畏。"①

(4)时代的演变使口头作品增添了或改换了内容,社会生活的巨大变革往往使民间创作发生本质的变化。民间口头创作在代代相传中,不断地以当代的生活内容补充或改换原作的内容,这完全是自然的事。民间文学的纵向传承变动是研究同一类型民间文学文本过去和未来的一把钥匙。这对了解民间文学的源起和社会诸因素的关系以及预测其将来的发展趋势都是必不可少的。

导致变异的原因其实非常复杂,除了这些常识性的因素外,许多偶然的事件也会改变民间文学的现状。美国人类学家斯蒂文·郝瑞(Stevan Harrell)在中国西南彝族社区作过长年考察,记录了这样一个在其他地区也会出现的歌唱现象:四川凉山曾有一支诺苏摇滚演唱小组,这个小组由三个年轻人组成。小组的彝语名称是"Guho Jjoxnuop",汉语意思是"山鹰"。到1994年,山鹰演唱组已经出版了两盘录音磁带。这些磁带在西昌的任何一家音像商店都能买到。第一盘歌带的曲调带有流行音乐的风格,名为《我爱我的家乡》,来源于其中一首歌曲的歌名"Ngat Muddix Nga Cyx Mgu"。歌曲还有"Lathle Tego lexssa bo"(即《别在金秋》)和从祝酒歌改编而来的"Nry Ndo"(即《同饮》)。第二盘歌带名为《凉山摇滚》,带有摇滚歌曲的风格。这盘带子作了一些跨文化的努力,除了用彝语演唱外,有的也用汉语来演唱。1994年,这两盒歌带格外畅销和流行,开车的每一位司机都有,在当地旅行总有"山鹰"的歌声相伴。"山鹰"、"山鹰"的歌以及"山鹰"的演唱内容成了都市诺苏人茶余饭后的热门话题,对当地的歌唱传统产生了一定的影响,促进了诺苏传统音乐的现代化。②

---

① 毛星:《中国社会科学院学者文选·毛星集》,中国社会科学出版社2002年版,第361—362页。

② 〔美〕斯蒂文·郝瑞:《田野中的族群关系与民族认同——中国西南彝族社区考察研究》,巴莫阿依、曲木铁西译,广西人民出版社2000年版,第279—280页。

从根本上讲,变异本身就是变异的原因,变异也是民间文学的存在,有变异才有传承。任何民间文学总是被一再地重申和无尽地使用。就神话而言,"重写神话绝不是对神话故事的简单重复;它还叙述故事自己的故事,这也是互文性的功能之一:在激活一段典故之余,还让故事在人类的记忆中得到延续。对故事作一些修改,这恰恰保证了神话故事得以留存和延续"①。口头传统不断被发明、创编,这也是变异的一种形态。在现代传媒的操控之下,口头传统被重新包装更是司空见惯。

第四节 传承性:演说模式的相对稳定

一部民间文学作品往往会不断得到演说。民间文学的变异与传承是相辅相成的,它只能在口头传统模式的基础上发生变化。民间文学在流传过程中,一方面不断增多异文,另一方面又趋于模式化。

一、再创作不能超越传统模式

"在口头传统中存在着某种叙事的模式,围绕着这种核心模式的故事会千变万化,但是这种模式仍具有伟大的生命力。它在口头故事的文本的创作和传递过程中起到组织的功能。"②民间文学的结构、程式在表演的过程中起着至关重要的作用,这是不言而喻的。在民间口头叙事中,经常使用各类不同的重复语词来描绘女性、英雄人物以及服饰、骏马、武器、决斗等。同一文本或不同文本中都存在程式,譬如,说唱艺人的开场白和结语"自从盘古开天地,三皇五帝夏商周""劝君莫做亏心事,古往今来放过谁"等。正因为程式的普遍存在,使得它可以成为区分文人叙事和民间叙事的一个重要的标准。③ 因为一个民间文学的演说者离开演述程式就无法演说,这跟一个人不懂象棋规则就无法下象棋是一个道理。任何一次民间文学的演说,都是依循一定的模式进行的,也就是说存在一个隐在的演述人。

隐在的演述人在给每一次的叙事定调;对于这个定调的人,我们既

---

① 〔法〕蒂费纳·萨莫瓦约:《互文性研究》,邵炜译,天津人民出版社 2003 年版,第 108 页。
② 〔法〕让-弗朗索瓦·利奥塔:《后现代性与公正游戏——利奥塔访谈、书信录》,谈瀛洲译,上海人民出版社 1997 年版,第 168 页。
③ 王丽娟:《论文人叙事与民间叙事——以"连环计"故事为例》,《文学遗产》2004 年第 4 期。

听不见也看不见,我们所能听到的叙事文本仿佛不是发自真实的讲述人;而是发自另外一个人,一个被隐藏在演述人背后、为他的讲述定调的人。所以我们说,在真实的演述人的背后,在不同的叙事演述中都有一个隐在的演述人无形地控制着或操纵着每一次的演述。好像是看傀儡戏、看皮影戏,我们看到的是小舞台上的人形、布幕上晃动的皮影,它们在演述故事,可是真正表演这些虚拟的场景和故事的,却是后面艺人的两只手。我们在幕前是看不见这两只手的,我就把讲述中的这"两只手"叫做"隐在的演述人"。真实的演述人和隐在的演述人之间是有差异的。①

变异并非随意的改变,事实上,演说者总是努力保持演说作品传统的一贯性,同一作品类型的核心情节和基本母题总是不断地被重复讲述。"即使是从同一歌手的角度看,每一次演唱之间的稳定性,并不在于文本的词语层面上,而是在主题和故事类型的层面上。"②每一次演说都是一次再创作,但这种再创作不是对传统规范的超越,因为听众或观众对演说模式耳熟能详,已经习惯于接受这种模式,一旦演说脱离了演说模式,听众或观众便难以接受,演说也难以进行。任何民间文学都具有一定的模式,假如一位演说人完全不顾模式而演说某一叙事文本,那么听众很可能觉得这位演说人不会演说。民众享受当地的民间文学的习惯与儿童爱听重复的故事是一样的。"我们从孩子那里知道,他总是愿意听同样的故事,别人必须用同样的话语向他叙述同一个故事。倘若变换词句,他就反对。孩子们恰恰是在听那些熟悉的故事时才全神贯注、聚精会神。"③河北乐亭大鼓长篇"大书"鼓词的演唱实践就是一个很好的例证:

> 所有大书书词都被艺人分为"死词"或"淌水"两个类别。如字义所示,死词即不变之词,指已有的固定书词,也称为"相口""实词实口"。淌水的本意是"流动的水",指在演出现场即兴编成的书词。艺人们在发言中异口同声地说:"没有或记不住'死词'的时候,不得以才用'淌水'。"死词,即依照已有书词的、可变性很小的书词,其价值被认为远比淌水高。所以,也有一些艺人觉得自己说唱的书词被人看成淌

---

① 刘魁立:《民间叙事机理谫论》,《民俗研究》2004年第3期。
② 尹虎彬:《古代经典与口头传统》,中国社会科学出版社2002年版,第157页。
③ 〔瑞士〕麦克斯·吕蒂:《童话的魅力》,张田英译,社会科学文献出版社1995年版,第114页。

水是一种不光彩的事。但在实际上,完全用死词来进行大书的演唱几乎是不可能的。例如:据说艺人李恩科只传给弟子六个晚上的大书书词。六个晚上的书词恐怕已是必须竭尽全力来记忆的分量了吧。弟子们回忆说,他们就是以这六个晚上的书词为基础,再尽可能地加以扩充来延长故事的演出时间的。①

相对稳定的模式,对听众而言是一种"预期",对演说人而言是"依据和标准"。任何一次演说,演说者都有意无意因循着传统模式。民间文学的传承性,实际上指的就是演说模式的相对稳定。落实到文本,就是"叙事范型"或"故事范型"(story pattern)的相对稳定,"在口头传统中存在着诸多叙事范型,无论围绕着它们而建构的故事有着多大程度的变化,它们作为具有重要功能并充满着巨大活力的组织要素,存在于口头故事文本的创作和传播之中"②。从结构上讲,表演者的表演与他不知看过多少次的同类表演是一致的,表演的有效性和释放的意义也是一致的。

民间文学的变异主要表现在内容上,在艺术形式上则不会有突然的巨变。民间文学的艺术传统有很大的稳固性,如果脱离了传统,就不可能被民众所接受,当然也就不成其为民间文学了。"民间文化事象的雷同性、重复性和不断再现性,是以这些事象的稳定性,或者说传统性、以及它们的变动性为前提的。如果没有前者,就不存在所谓不断重现的特点。如果没有后者,一切比较研究,也就变得毫无意义、毫无价值了。"③

二、传承性存在于反复表演的过程

民间文学文本在生活中一旦形成,就可以自我调节演进的方向,并以相对的稳定性陈陈相因,延续承袭。只要适合这一民俗事象的主客观条件不消失,传承的步伐就不会中止。民间文学和一般静态的文学模式如作家文学不一样,它是动态的文化模式。这种动态,也不像电影画面一类艺术的机械光电流动,它是一种自然的流动,如同风一样,或者说像"流感"式的,无阻碍地口耳相传、流传感染。民间文学的这种"动势"是其本性的一部分,

---

① 〔日〕井口淳子:《中国北方农村的口传文化——说唱的书、文本、表演》,林琦译,厦门大学出版社2003年版,第96—97页。

② 〔美〕约翰·迈尔斯·弗里:《口头诗学:帕里-洛德理论》,朝戈金译,社会科学文献出版社2000年版,第109页。

③ 刘魁立:《历史比较研究法和历史类型学研究》,《刘魁立民俗学论集》,上海文艺出版社1998年版,第96页。

它在民间文学形成时,就被组合进去了。此外,任何一个被冠名为民间文学的文本,都不是一蹴而就的,它本身也是一种动态积累的产物。

民间文学作为一种重要的口头传统,在流传的层面上与书面传统有一明显的区别:前者必须得到反复复制(表演)才能延续下来,某种民间文学文本一旦停止了演说,也就失去了生命力。道理很简单,民间文学是"表演中的创作"(composition in performance),只有在表演中才能显示其真正的社会价值和文化魅力;如果某种民间文学文本长期没有被表演,人们便会逐渐失去对它的记忆。而书面传统则可以借助文字确保其永久的存在。真正的口头传统是不能完全诉诸书面的,文字只能记录口头传统的一部分内容。而且,一部作品在被确定为民间文学之前,也经历了反复表演的过程。任何民间文学类型都有相对固定的模式,模式普遍存在于各种民间文学样式之中,所以,普罗普才能建立"故事形态学",帕里和洛德才能创设"口头程式理论"。幻想故事和史诗是这样,民间文学的其他样式也是这样。显而易见,民间文学的传统模式不是一次性就能被建构出来的,它必须在不断的演说中才能形成。

那么,民间文学是如何传承的呢？第一,民间文学的传承是一个授、受的互动过程,表演者和观众共同的传承需求促进了一次又一次的传承。就民间故事而言,"故事话语活动可被理解为'讲''听'双方共同参与,以故事为中介的交流活动,它时刻发生在当下,而故事由讲至听的过程决定了在时间向度上'讲'者在先、是已知者,听者在后、是未知者。因此故事话语是已知者与未知者发生在当下的对话。这一对话关系与故事活动的动机密切关联,也制约着故事的意义和特点。'讲''听'双方共通的内在需求决定着故事活动的持久生命"①。

第二,在传统农业社会,在学校教育全面取代家庭教育之前,对年幼小孩的思想和情感的灌输主要由年老的一代承担。因为繁重的户外劳动使父母几乎整天不在家,小孩主要由他们的祖父母带大(在现代中国城市,这种情况也较普遍);于是,最渴望获得知识的心灵和最传统的心灵,越过了正在进取的孩子父母,有了最为亲密的沟通。老人们拥有非常丰富的民间口头文学知识,他们传输的主要内容之一便是这方面的。"古希腊人把故事叫做'geroia'(老妇),西塞罗把它们叫做'fabulae aniles'(老妇的故事),佩罗(Perault)的《故事》中的插图描绘一个老妇人给围成圈的孩子讲故事,这

---

① 孔建平:《时间与故事话语活动》,《东南大学学报(哲学社会科学版)》2001年第5期。

些都表现了祖母负责群体内讲述活动的程度。"①民间文学通过最老年的成员,传给了幼小的一代。民间文学作为一个地方的文化传统,在家庭的范围内获得代际延续。

第三,民间文学的传承性也表现在从口头文本向书面文本的演化过程之中。在一个文本真正的口传阶段,任何后续的部分都可能纳入记录文本之中,如《摩诃婆罗多》和《格萨尔王传》在传播的过程中,像滚雪球一样扩展着自身。但当口头叙述被记载下来,由于文字所具有的"圣言"性质,也由于文字的确定性,口头文本更进一步的扩展就终止了。即使有后续的部分也会被排斥在记录文本之外,以便限定记录亦即权威文本的含义,而不是使它陷入多义性和歧义性的蔓延。没有被记录的口头文学一直处于流变之中,口述内容一旦被文字记录下来,这种流动特性就凝固了,作为文献记录的口述便将"古""今"作了技术性的切分。②"从口头文化到书面文化的过渡,是从体化实践(incorporating practices)到刻写实践(inscribing practices)的过渡。文字的影响取决于这样一个事实:用刻写传递的任何记述,被不可改变地固定下来,其撰写过程就此截止。标准的版本和正规的作品,是这种状况的象征。"③相较而言,口传似乎不如书写那样具有权威性,口传文本的演说者是寻常百姓或演唱艺人,而笔录者和书写者则身居庙堂之上。口传文本是可以在口传中随时添加的,记录文本则处在被反复"引用"的权威地位。

第四,不同样式的民间文学有着相异的传承形态,对不同的文本类型应该从不同的角度加以分析。关于传说、故事发生和流传的情况,"可分别为三类。其一为继承论,认为故事、传说发生于该民族集团所共有的精神的领域,即发生于神话与古老信仰。其二为移动论(传播论),认为故事、传说的梗概是超越空间而移动、传播的。其三为多元的发生论,认为类似的故事、传说是从人类共通的灵感、精神的才智发生的"④。

---

① 〔美〕保罗·康纳顿:《社会如何记忆》,纳日碧力戈译,上海人民出版社2000年版,第39页。
② 胡鸿保、定宜庄:《口述史与文献的融通:满族研究新体验——和定宜庄博士对话》,《黑龙江民族丛刊》1999年第3期。
③ 〔美〕保罗·康纳顿:《社会如何记忆》,纳日碧力戈译,上海人民出版社2000年版,第94页。
④ 〔日〕伊藤清司:《故事、传说的源流——东亚的比较故事、传说学代序》,王汝澜、夏宇继译,《民间文学论坛》1992年第1期。

关键词：

口头性　口头语言　大众传媒　集体性　创编　话语共同体　变异性　记忆　传承性　叙事模式

思考题：

1. 随着各种现代传媒向民众生活空间的渗透，民间口头叙事会终结吗？

2. 1996年6月，在日本口承文艺学会创立二十周年的大会上，日本神话学者大林太良作了题为《人类文化史中的口承文艺》的讲演。其主要观点如下：

> 客观地说，口承文艺已经结束它的历史上的使命了。口承文艺的时代是已经结束了或者正在结束着。这是不是事实？此原因，首先是一直承担口承文艺种种体裁的社会集团或所谓的社会里的阶层，已经消灭或很大程度地变质了。其次是大家都开始用文字了。这样的情况下，比如世间话等的体裁不会失掉而保持它的生产性。但是在故事、传说、神话、英雄史诗等，一直被看作重要的体裁上，今后产出杰作或名篇的可能性是很少的。

你同意大林太良的说法吗？请对他的观点进行评述。

3. 什么是民间文学的口头性？为什么说口头文学是永恒的？

4. 民间文学的变异性与传承性之间有什么内在的联系？

5. 民间文学既然是广大民众创作与传播的，那么它是不是带有阶级性？

6. 为什么说民间文学表演具有不可重复性，每次表演都是"这一次"？

7. 大众文化理论家麦克唐纳（D. MacDonald）在《大众文化理论》（*A Theory of Mass Culture*, 1957）一书中说：

> 民间艺术从下面成长起来。它是民众自发的、原生的表现，由他们自己塑造，几乎没有受到高雅文化的恩惠，适合他们自己的需要。大众文化则是从上面强加的。它是由商人们雇佣的艺人制作的；它的受众是被动的消费者，他们的参与限于在购买和不购买之间进行选择……民间艺术是民众自己的公共机构，他们的私人小花园用围墙与其主人"高雅文化"整齐的大花园隔开了。但是，大众文化打破了这堵围墙，把大众

与高雅文化贬了值的形式相结合,因而成了政治统治的一种工具。

根据这段话,谈谈民间文学和大众文学的区别。

8. 网络语言是一种特色语言,许多意义用字母、数字或其他词语来表达,诸如 jj(姐姐)、sjb(神经病)、mm(妹妹)、gg(哥哥)、sigh(叹息)、5211314(我爱你一生一世)、9494(就是就是)、748(去死吧)、5555(哭)、847(别生气),稀饭(喜欢)、恐龙(长得难看的 mm)、粉(很、非常)、木油(没有),:〉(开玩笑)、:-〈(苦笑),等等。这种语言形式与民间文学的口头性有何关联?网络流传着许多民间文学文本,如何看待这种新的民间文学创作和传播方式?

第四讲
民间文学的价值及审美特征

民间文学的价值,是指作为一种生活文化现象的民间文学,在一个民族的文化体系和实际生活中所发挥的效用。我们知道,人类为了生存需要而创造文化,文化是一个有机整体,由各个互相联系的文化要素所构成,其中每一个要素都起着一定的作用,具有自己的价值。民间文学广泛地存在于社会生活之中,涉及民众生活的方方面面。因此,民间文学的社会功能具有多形态、多层次性,民间文学不仅是一种文学,更是一种文化和生活。

第一节 民间文学的价值

民间文学的价值,应该置于其流传的地域加以考察。其价值包含在当地人的思想、历史、道德、审美等一切意识形态里面,也伴随着当地人的一切物质活动,远远超越了单纯的审美属性。民间文学延续了当地的文化传统,深深地影响着当地人的一切生活。民间文学的社会功能主要包括下面几方面的内容:生活的价值、认同的价值、学术研究的价值。

一、生活中的文学活动

民间文学活动本身就是民众的生活,是民众不可缺少的生活样式。自古以来,民间文学的表演往往不是单独进行,而是和民众的日常生活、生产和斗争,以及各种仪式活动紧密结合,有着很大的实用价值。它是民众进行生产和娱乐的方式,是民间文学生活。

1. 在集体劳作中的作用

集体劳作是民间最基本的生产方式,也是民间文学得以产生的基本"语境"。凡是集体劳作的场合,必须要有某种"声音"协调和统一大家的动作。这种"声音"一般音节拖得较长,而且是由许多人同时发出的。劳动强度越大,就越需要这种"声音"。这便是最古老而且至今还在传唱的歌谣之一。

《淮南子·道应训》曰:"今夫举大木者,前呼'邪许',后亦应之,此举重劝力之歌也。"说明古人很早就认识到民间文学在这方面的生活意义。俄国文学理论家普列汉诺夫说:"原始人在劳动时总是伴着歌唱。音调和歌词完全是次要的。主要的是节奏。歌的节奏恰恰再现着工作的节奏,——音乐起源于劳动。"[1]现在仍存在的劳动号子、夯歌、拉纤歌等仍发挥着这个作用。譬如,在港口码头,把货物提放在运者肩上时唱《搭肩号子》,肩负货物边走边呼喊《肩运号子》,指挥堆放货物时唱《堆装号子》,用扛棒抬运货物唱《扛棒号子》,其他还有《起重号子》《摇车号子》等搬运号子。[2] 在群体劳作的场合,常有歌声飘荡。节奏短促的号子是从汗水里迸发出来的最简单的歌谣。

这种众人一齐发出的"声音",除了能够统一劳作节奏外,还是劳作者一定要完成劳作的信念的宣泄。从神话开始,祖祖辈辈都在借用各种民间口头文学来积蓄征服的力量。例如,在江西省某村,曾有一位产妇分娩时,接生婆穷尽了她能够知道的办法,仍不能使胎儿从母腹中出来,这时的产妇脸色憔悴,没有一丝血色。无可奈何之下,接生婆吩咐产妇的丈夫,要他召集村中的男女老少,在产房门口拼命喊叫:"着——力!着——力!"于是,产妇的丈夫指挥上百号村人,齐声高喝,发出的声音响彻云霄。产妇在这种声音的鼓励下,精神为之一振,仿佛众人的力量全部涌入自己的体内,顿时有了无穷的气力,一使劲儿,婴儿便顺利出生了。这种原始的民间文学形态一直延续至今。

这种"声音"还可以减轻劳作强度,提高劳作效率和劳作热情。"从广泛的意义上说,一切艺术都可以给人以鼓舞、给人以愉悦,但劳动歌不同于其它艺术的地方在于,它是在劳动的时候唱出的,是为了激发劳动热情,减轻疲劳,所以它是直接为生产劳动服务的。"[3]中国自古就崇尚"游戏中有生产,生产中有游戏"的生活方式,生产中往往伴随着民间文学活动,即便是在"大跃进"的年月,在热火朝天的建设工地上,歌声也是此起彼伏。凡是有人聚集的劳动场合,都成为民间文学广泛传播和表演的空间。

---

[1] 〔俄〕普列汉诺夫:《普列汉诺夫哲学著作选集》第2卷,生活·读书·新知三联书店1961年版,第755页。
[2] 田沛泽:《上海民间歌曲初探》,《中国民间文化》1995年第1期。
[3] 刘铁梁:《劳动歌与劳动生活》,见钟敬文主编《民间文艺学文丛》,北京师范大学出版社1982年版,第137页。

许许多多生产劳动经验、劳动知识和生活技能,也是通过民间文学得到传播的。民间文学可以将劳作知识和经验凝固化和模式化,演绎得通俗易懂,令人喜闻乐见。譬如,寓言中有不少作品是劳动知识的艺术概括。"刻舟求剑""拔苗助长""守株待兔"等寓言,最初都是从劳动和生活经验中体悟出来,并逐渐凝练为思辨叙事。以民间文学的形式承载劳动知识,既便于传,也便于记,而且能够激发当地民众代代复制和不断建构的兴致。

2. 在日常生活中的作用

过去,民众不可能掌握所谓的"正统文学",他们社会地位低下,常常受到上层阶级的歧视,便时常运用民间文学来记录抗争的过程和表达反抗的心情,以民众(弱者)的最后胜利来获取讲述或演唱的快感。

有则《讨吉利》的笑话是这样的:

> 一财主盖了新房,为讨吉利,他让仆人请几个人来贺新居,说几句吉利话。来了四个人,一个姓赵,财主问:"莫非是'吉星高照'的照吗?""不是,是消灭的消字去了三点,再加上一个逃走的走字。"第二个姓常,"可是'源远流长'的长吗?""不是,是当铺的当字头,下边加个吊死鬼的吊字。"第三个姓屈,"先生可是'高歌一曲颂太平'的曲吗?""不是,我是尸字底下加一个出殡的出字。"第四个姓姜,"莫非是'万寿无疆'的疆吗?""不对,我姓姜是王八两字倒着写,底下再加个男盗女娼的女字。"财主大骂仆人不该请这些人来,仆人却火上加油,撇着嘴说:"他们一个个都像死了爹娘奔丧一样,我挡得住吗?"

在这则笑话里,由于讽刺的是迷信"讨口彩"的财主,并非对"讨口彩"习俗的否定,而是表达了阶级的憎恨感情。故事中,财主以"反角"(villian)身份出场,那么其所竭力维护的"讨口彩"自然也有陋俗之嫌。而且他们维护得越努力,百姓对此"讨口彩"的逆反心理就越强烈。其实,"讨口彩"的心态在民间尤其是逢年过节等特殊场合,仍十分流行。而故事中享受"讨口彩"者却被锁定为少数"极端"分子,这是故事叙述的艺术策略。被注入了讽刺意味的故事,会给传播者带来颠覆权威(社会的特殊人物)和传统的快感。①

相对作家文学而言,民间口头文学在颠覆权威方面更便利、快捷、广泛和安全。口头语言系统本身固有的民间色彩,构成了官方、权威、统治等的

---

① 万建中:《禁忌民俗的式微——以民间叙事文学为考察对象》,《北京师范大学学报(人文社会科学版)》2001年第6期。

对立面,民众进行"犯上"的口头表演,既生动、形象,又不会留下实实在在的痕迹。民众的反抗意识常常主要是通过民间文学的形式得以表现和传播的。

民间文学还可以融洽人与人之间的关系,提高生活情趣。"据说,不论在什么时候,只要开始讲故事,夜幕就会降临。带着特定的意图,用特定的方式讲述某种特定的故事,可以召唤出那繁星点缀的夜空,还会有皎洁的月亮从黄昏或从天边升起,悬挂在听故事的人们的头顶上方。"①在夜间讲故事是民间一种十分普遍的生活现象,有些著名故事集的名称就反映了这种情况。如意大利16世纪中叶斯特拉佩鲁勒收集的一个故事集叫作《愉快的夜晚》;日本故事学家关敬吾说他开始研究民间故事时,阅读的是一位老大娘讲述的《加无波良夜谭》。夜谈很多是在家庭里进行,由家中的人或邻里参加;也常在外出的"行人"住宿的客店里进行,著名故事家刘德培的很多故事就是在这种场合下获得和讲述的。夜谈不限于室内,夏季夜晚在室外乘凉,秋收季节夜晚在月光下剥玉米、绩麻,这种轻体力劳动都不妨碍讲故事。② 在故事讲述和接受的过程中,人们的生活变得更充实,更有情趣。

民间文学每个作品的具体内容各不相同,但其所体现的情绪、思想倾向、生活理想有一定共同性。因此,在演说活动中,文本本身这种共同性经过演说者的发挥,很容易和听众(观众)发生心理共鸣,被听众(观众)接受,使"个体知觉变成集体知觉",成为人们的共识和共有的精神趋同。关敬吾在描写故事讲述活动中的这种情形时说:"随着故事进展,讲述者、听众、故事的主人公,不管这主人公是人还是动物,是天狗还是山姥,三者渐成一体,构成一个可称之为'昔话集团'的精神群体。"③演说活动这种现场效果无疑起着联结人们、创造生活的作用,并有益于克服个体的孤立性和个体精神世界的闭锁性。

二、民间教育和娱乐的资源

在传统社会里,民间教育大多是通过民间文学的形式实施的,教育过程也就是民间文学的传播过程。寓教于乐是民间文学教育的优势和特点。人

---

① 〔美〕麦地娜·萨丽芭:《故事语言:一种神圣的治疗空间》,叶舒宪、黄悦译,《广西民族学院学报(哲学社会科学版)》2003年第5期。
② 许钰:《作为民俗学对象的民间故事》,见钟敬文主编《民间文化讲演集》,广西民族出版社1998年版,第184页。
③ 〔日〕关敬吾编著:《日本昔话》(下),北京联合出版公司2021年版,第112页。

们可能抵触其他形式的说教和教化,但不会拒绝民间文学,因为民间文学生动而富有吸引力。

1. 讲述者的魅力

德国哲学家瓦尔特·本雅明(Walter Benjamin)在《讲故事的人》(1936)一文中说:"童话因为曾经是人类的第一位导师,所以直至今日依旧是孩子们的第一位导师。""无论何时,童话总能给我们提供好的忠告;无论在何种情况,童话的忠告都是极有助益的。"[①]在这篇著名的文章中,本雅明解释了民间文学教育作用的来源:故事讲述者拥有丰富的生活经验。他们通常包括两种人,一是远游者,讲故事的人大多是从远方归来的人,"远行者必会讲故事"。这种人见多识广,比当地其他人有着更为广泛的社会阅历,在崭新的生活道路上行进又不陷入其间。《一千零一夜》中的故事大多来自从遥远地方归来的商人和商船上的水手;中国上古神话中有大量关于远国异人的描绘,《禹贡》《山海经》等都是有关殊方绝域、远国异人的故事。远游者的讲述魅力在于空间方面,在于他们与另一空间的联系和有关的知识。人们总想知道山外的世界,远游者拓展了人们的生活空间,这是神秘的、异质的、充满悬念的、可以引发人们不断追问的生活空间。于是,从此人们的生活增添了一种崭新的空间上的联系、比较和向往。

故事讲述者的另一种类型是当地德高望重者,他们是一群了解本地掌故传说的人。他们同样见多识广,比当地其他人有着更为深刻的社会阅历,在传统的生活道路上行进又在延续传统。他们是深刻了解时间的人,是当地历史记忆的代表和讲述者,其行为是在积极延续当地的口头传统,其故事和知识来自对历史和传统的掌握。讲述的魅力在于将过去与现在联系在一起,通过聆听故事,人们知道了现在的生活是对过去的延续,更加理解当下生活的意义和合理性。

两种故事讲述人"代表着人们生活和精神世界在空间和时间两个维度上的联系的维持与拓展"[②]。因此,这种讲述活动的教育意义是全方位的,不仅是知识、道德及宗教信息的传输,而且让一个地方的文化传统在代与代之间得到不断传承,使当地人从故事中获得生活时空坐标上的恰当认定。

---

① 〔德〕瓦尔特·本雅明:《本雅明文选》,陈永国、马海良编,中国社会科学出版社1999年版,第309页。

② 耿占春:《叙事美学——探索一种百科全书式的小说》,郑州大学出版社2002年版,第21页。

法国著名藏学家石泰安(R. A. Stein)在《西藏史诗与说唱艺人的研究》①一书中,强调故事讲述者是当地传统文化和历史的保护者,是一个民族或族群记忆的保持者。因为民间故事属于"过去"或历史,是对过去记忆的意识的母体。讲述者神圣的责任和目的就是让传下来的意识母体再传下去。

2. 传统道德教育的功能

民众运用民间文学进行传统的道德教育,这对于中国民族品格的形成产生了良好的影响。我国传统的道德思想,相当部分存在于民间文学之中,并借助民间文学得以传播。在民间,传统道德教育主要是通过民间文学的形式得以实施的。

下面以地陷型传说为例,说明民间文学的道德教育功能。地陷型传说属于中国洪水神话的一个亚型。举一个故事文本的例子:

> 从前东京城里有个孝子,有老母在堂,他非常孝顺她。有一晚,他梦见一个仙人对他说:"这个城快要沉没了!你如果见到城隍庙前石狮子的眼睛出了血,此城马上沉没,赶快驮了你的母亲逃走!"那孝子信以为真,每日在天未亮之前先到城隍庙前看石狮子眼睛有没有出血。一连好几天,天天碰到杀猪摊的。杀猪的奇怪他的行为,盘问明白那孝子的原委。于是在第二天大清早,杀猪的把手上的鲜血预先涂抹了狮子的眼睛。等到孝子一到,看见石狮子的眼睛果真出了血,马上回家驮了老母就逃。他的前足跨出,后脚已沦为湖了。于是那东京城就沉没而为湖,崇明岛却渐渐地余了起来。②

此型传说又可归为地方传说(Place Legend)类。此传说含有一个禁忌主题,就是不能为恶,为恶者必有报应。禁忌主题附丽于具体、直观的地方景点(诸如崇明岛),则平添了几分真实和可信。尤其是将毁灭性的自然灾害与人的善恶行为连接为直接的因果关系,令禁忌主题更具有振聋发聩的威慑效果。使人与动物相区别的不是死的意识,而是对死的逃避。按美国学者诺尔曼·O. 布朗(Norman O. Brown)在《生与死的对抗》一书中的说法,死是生固有的一个组成部分,但人们却可以努力地延长两者之间的距离。③此型禁忌主题告诫我们,"延长"唯一有效的方法是精神修炼,而非身体的

---

① 〔法〕石泰安:《西藏史诗与说唱艺人的研究》,耿昇译,西藏人民出版社1993年版。
② 陈志良:《沉城的故事》,《风土什志》(成都)1940年第1卷第3期。
③ 〔美〕诺尔曼·布朗:《生与死的对抗》,冯川、伍厚恺译,贵州人民出版社1994年版,第109页。

营养(杀猪的自然可食足够的肉)。道德说教一旦融入生与死可供选择的对照之中,即会激起乐生惧死的中国民众强烈的共鸣和颤栗。①

道德力量的释放往往是在故事的讲述中完成的,讲述者和听众共同营造了神秘的训诫和警示的氛围。"故事中的事件被看作他们生活的一部分,而不是与他们分离的或者是发生在别人身上的。我们每个人的身上都存在善和恶的潜能,因此每个角色体现了一个完整的人的某一部分。"②故事戏剧性地表现了这些部分,用形象来提醒人们:应该如何行为举止,可能在哪里误入歧途。故事讲述完后,在场的人会有一番交流和讨论,这种讲述空间、故事和故事之后的讨论都是一个完整过程中的要素。在这个过程中人们(尤其是年轻人)认识到道德的生命意义,从而使人们的行为都符合道德规范。

民间文学对青少年的教育作用更为明显。儿歌、童谣、童话等迎合了儿童的审美趣味和接受习惯,在相互传唱或传说过程中,儿童们自然而然受到传统道德观念的熏陶。童话中往往出现魔物母题,如何使用魔物,既是故事情节发展的重心,也是两种道德观念交锋的焦点。魔物实际上是诱使矛盾对立的双方充分表现各自品格和品性的道具。在使用魔物的过程中,善与恶、无私与自私、正义与邪恶、高尚与卑鄙相互对照和衬托,前者建设力的高扬和后者破坏力的放纵泾渭分明。这是借用神灵的手笔摹写人世间善良、憎恶及贪婪的剧本。魔物母题故事非常巧妙地制造了谁也难以摆脱诱惑的魔物道具,让把玩它的人不得不暴露自己的道德景况。当正义最终战胜了邪恶,在儿童欢快的心理之中也就注入了高尚的情愫。

儿歌因具有教育作用而为文人所关注。中国第一部个人收集整理的儿歌集《演小儿语》成书于1593年,是明代吕坤(1536—1618)根据他在豫、冀、陕、晋等地任地方官时所收集的民间儿歌改编的。前后的序跋,对儿歌的流传特点、教育功能作了精辟阐释,是中国最早的有关儿歌的论文。到了清代,一大批具有先进教育思想的知识分子专门收集歌谣,编辑发行,极力推广儿歌,使儿童在演唱的过程中获得良好的习惯和道德情操。著名的儿歌专集有清代郑旭旦编的《天籁集》、悟痴生编的《广天籁集》、别梦堂钞本

---

① 万建中:《地陷型传说中禁忌母题的历史流程及其道德话语》,《广西民族学院学报(哲学社会科学版)》2001年第2期。
② 〔美〕麦地娜·萨丽芭:《故事语言:一种神圣的治疗空间》,叶舒宪、黄悦译,《广西民族学院学报(哲学社会科学版)》2003年第5期。

《北京儿歌》以及美国人何德兰编的《孺子歌图》等等。

3. 历史教育的工具

民间文学是进行历史教育的工具。在文字产生之前,历史主要是靠口头文学来记忆和记载的。在很多少数民族地区,这些口头文学还没有用文字记录下来,当地的历史传统主要通过口述得以延续,民间文学是传授历史知识的唯一媒介。正如钟敬文所说:"民间文学,在现在我们的眼里看来,不过是一种艺术作品,但在人类的初期或现在的野蛮人和文化国里的不文民众(后者例如我国的大部分的农民),它差不多是他们立身处世一切行为所取则的经典! 一则神话,可以坚固全团体的协同心,一首歌谣,能唤起大部分人的美感,一句谚语,能阻止许多成员的犯罪行为。在文化未开或半开的民众当中,民间文学所尽的社会教育之功能,是使人惊异的!"[①]即便在民众基本上具有书写能力和普遍使用文字的地区,民间口头文学同样是历史的承载者,历史同样需要借助民间文学获得记忆和延续。正是基于这种客观事实,当代史学以历史重构为目的,关注口述历史和口头传统,"当'口述'与'历史'两个概念组合在一起时,它便产生了颠覆的意义"[②]。在某种程度上,民间文学就是历史,演唱民间文学其实是一种历史教育活动。

有一个被人们普遍关注的现象,山西洪洞古大槐树成为闻名海内外的明代移民遗址,是海内外数以亿计的大槐树移民后裔寻根祭祖的圣地。数百年来"问我祖先何处? 山西洪洞大槐树。祖先故居叫什么? 大槐树下老鹳窝""谁是古槐迁入人,脱履小趾验甲形"等民谣和相关的传说在我国广大地区祖辈相传,妇孺皆知。在这些民间口头文学的推波助澜之下,洪洞大槐树被构拟为认祖归宗的符号和象征,被当作"家",被称为"根",成为亿万人心目中神圣的故乡。"特别是地方风物传说,它可以帮助我们了解历史,充实当地的历史,某种意义上说,一本地方风物传说,就是一本乡土教材,它是没有写进历史书的历史,它反映了当时那个时代的风貌。"[③]

4. 娱乐生活的方式

民间文学可以发挥美育的功能,是各民族、各地区民众将生活诗意化的

---

① 钟敬文:《民间文学和民众教育》,《民众教育季刊》1933 年第 3 卷第 1 期。
② 江文瑜:《口述史法》,见胡幼慧编著《质性研究——理论、方法及本土女性研究实例》,台北巨流图书公司 2005 年版,第 249 页。
③ 金天麟:《风物传说独特的时代价值》,见中国民间文艺研究会理论研究部编《中国民间传说论文集》,中国民间文艺出版社 1986 年版,第 59 页。

产物。因而,其中也深刻地凝聚着各民族、各地区民众的审美理想、审美观念与审美情趣。

一个民间文学口承文本的最终形成,总是有同一实践(演说)的反复刺激,在一群人的心底留下同一个感受,即"共同感",或称"我们感";再在此相同的感受与实践反复的双向交融中,形成一定的表现程式。同时,民间文学又是民众最熟悉最喜爱的文艺形式,是最普及最方便的娱乐工具。因此,民间文学的演说或演唱,能使一个特定的空间充溢欢快、热烈的气氛,能使民众在繁重的工作之后得到健康的娱乐和休息,得到精神上的愉悦和满足。

说故事、听笑话、猜谜语、唱山歌等民间文学活动本身就给人带来身心的欢娱。现实生活中的民间文学表演,喜剧的成分远远多于悲剧成分。《中国地方戏曲集成》中绝大部分是喜剧作品。江苏卷34出戏中,喜剧有13出;湖北卷30出戏中,喜剧有14出;安徽卷40出戏中,喜剧占了一半。①一些比较严肃甚至神圣的民间表演过程,也总会融入一些插科打诨的形式。赣南地方小戏采茶戏有一种舞蹈动作叫"矮子步",幽默、诙谐,让观众感官得到满足。"矮子步"模拟并夸张地表现了采茶负重等姿态,老虎头鲤鱼腰,双手柔如月,腕、手、腿、脚、头具有几种不同的节奏,演员根据情感表达的需要可随时调整。整个舞蹈动作融汇在完整的、统一的音乐之中,表现出气氛的欢快活跃、人物心情的舒爽轻松。小孩观看倍感亲切,大人欣赏之后如回到童年,有一种返璞归真的舒畅。因为"矮子步"是一种不带任何忧伤,没有一点深沉甚至没有一丝牵挂的"童年步子",人们通常会为这种童贞所感化,从而驱除一日的劳累,忘却身心的疲惫。② 民间文学表演中机智、调侃的语言,伴随的"黄色小调",夸张的形体动作,惟妙惟肖的表情,表演者与观众奇妙的互动等等,都可引发现场哄堂的欢笑。这是民间文学特有的魅力。

恩格斯在《德国民间故事书》中说:"民间故事书的使命是使农民在一天繁重的劳动之余,傍晚疲惫地回到家里时消遣解闷,恢复精神,得到欢娱,使他忘却劳累,把他那块贫瘠的田地变成芳香馥郁的玫瑰园……"③民众的生活是离不开民间文学的。就民歌而言,歌声可以排解痛苦,可以增添和传

---

① 李惠芳:《中国民间文学》,武汉大学出版社1996年版,第286页。
② 钟俊昆:《客家文化与文学》,南方出版社2004年版,第117页。
③ 〔德〕恩格斯:《德国民间故事书》,见《马克思恩格斯全集》第2卷,人民出版社2005年版,第84页。

播快乐。梅州客家人好唱山歌,在田间地头、河畔山林,时常有不绝如缕的山歌对唱:

> 梅水悠悠歌悠悠,古今不歇唱风流;
> 有情有景有趣味,少年唱到白了头。

民间文学将民众生活与艺术融为一体,艺术化了民众的生活,使得社会底层的人们生活得有情感、有意义,深深地感受到生活是美好的。

三、关于祖先的历史记忆

下面一则传说,名为《仫佬族吴姓不食狗肉》,诠释了一种禁忌习俗的历史,情节如下:

(1)仫佬族吴姓始祖有个独生仔,名叫勒殿,生下来刚刚三个月就死了娘,吃着一只狗的奶一天天长大。

(2)勒殿上街喝醉了酒,回来半路上,躺在山岭上睡着了。山岭起火,眼看大火就要烧到勒殿的身边。

(3)那只狗跳进水塘,裹上一身烂泥,回来把勒殿身边四周的草地打湿,不让火烧着他。

(4)老母狗累病死了。为了报答它的救命之恩,勒殿给那只狗做了一座坟墓,并传言子孙后代,从此以后不吃狗肉。①

这则传说神圣化了一种禁忌习俗的肇因,禁忌习俗的产生和得以实施是为了后人不至忘却当地发生的一起重大的历史事件。这与现代许多节日的形成如出一辙。历史的"真实"显然夯实了禁忌的虚妄,人们恪守禁忌在很大程度上不是惧怕某种惩罚,而是因为有一段可歌可泣的历史。而这段历史是传说提供的,似乎是先有历史事件,才引发出禁忌风俗,至少当地民众这样认为。当问起这种禁忌风俗的来历时,当地人肯定会讲述传说。传说是相应风俗最直接的也是唯一的注脚。它之所以具有如此强大的记忆和认同功能,主要是因为"在口头社会中,分析和质疑是不被鼓励的……因此,人们依赖传统和权威——它们通过谚语、民间故事、仪式化成规等等手段被保存下来——来指导他们如何生活。他们对这些文化宝藏的有效性的态度是肯定和信仰的态度。由于整个族群都被联合在同一种信仰或世界图景之

---

① 见包玉堂等编《仫佬族民间故事选》,上海文艺出版社1988年版。

中,其特征是一种团结一致的感觉,个人沉浸在一个更大的整体中而不是希望他们主要依赖于自己"[1]。

为某一禁忌习俗提供证言的传说,恰恰是一个群体(并不一定具有血缘关系)对相似性认同的一种主观的信念(subjective belief),一种在特定的社区范围内的"共同的记忆"(shared memories)。当然,这种"共同的记忆"并不是关于"殖民和移民的历史",但却是与村落祖先和英雄生死攸关的一个历史事件(当然并不一定就是历史事实)。而且"共同的记忆"并非永远滞留于记忆的形式,它还为族群构建了一个外显的极易辨认的文化符号,诸如不食狗肉等等。传说同所宣扬的禁忌事象一道,共同使一族群与其他族群判然有别。可以说,这类传说是族群在认同过程中找到的最佳的族史表现方式之一,它最大的作用就是支持对于族群的认定。显而易见,传说的讲述已不仅是一种文学行为,更是族群的社会行为;在这里,文学的审美价值似乎微不足道,人们在共同坚固一种带有宗教性的历史信念,构筑一道有别于其他族群或村落的文化边界。这些被阻截的行为与其他民俗行为不同,一般不会得到"外传"。因为局外人(outsides)在仿效禁忌行为的同时,还必须接受和认同另一族群祖先的一段"历史",而这是难以做到的,认同毕竟是双方的事情。

中国百姓历来以知恩图报为基本的行为准则。人们坚信恩将仇报者总有一天会遭天谴。叙述以动物为禁忌对象的传说尽管不能像神话那样在人类的身上注入动物的血缘,崇奉动物为部族的始祖,但也多把动物塑造为全部族人再生父母的形象。这大概是原始人对于自然的依赖性的一种延续。因报动物救命之恩,才形成了禁食习俗,这显然不属于图腾崇拜。当然,两者也可能有着渊源关系。当图腾观念消淡之后,由图腾观念派生出的一些风俗事象依托传说的力量得以延续下来。只要传说仍为族群津津乐道,"共同的记忆"犹存,对狗的信仰在每个人心中根深蒂固,谁也不敢率先破坏先人们共同遵守的规矩。而且,传说和习俗还承担了原本属于图腾的职责。在部族与部族、村落与村落之间,存在着明显的地理分割。除此之外,还需要意识的割裂。这就是宗教信仰方面的趋同与求异。不食某种动物或禁忌对某物的侵扰,实际上是图腾作用的一种转换和替代。失去了图腾的信仰符号,族群成员必然会寻求其他把大家统一为整体的途径。这就是要

---

[1] 〔美〕埃伦·迪萨纳亚克:《口头、书面与后现代心理》,户晓辉译,《民族文学研究》2004年第3期。

建构一些既能为族群内成员遵循和认同,又能为族群外识别的文化模式。上述不食狗肉的传说和禁忌即为一些少数民族共有的文化模式之一。

四、承载和认识文化传统的文本

民间文学出现于无文字的原始社会,而且一直伴随着民众现实生活的发展而演变。这一事实决定了这种以口头语言形式创作和传播的民间文学具有其他文学,尤其是作家文学所不具有的特性和功能,那就是将知识传授作为自己存在的一种重要方式。

1. 传递文化和生活知识

民众获得的大量历史事实或历史人物的知识,并不依靠传统的典籍,而是通过口耳相传的传说故事和通俗的讲唱文学。虽然这种知识可能在一定程度上与典籍记载不同或有出入,但民众却认同它,并将它广为传播。

即使民间故事这种已经被学术界认为是虚构的艺术创作形式,民众依然会将它作为一种知识系统加以认可和传播。在民间,所有的需要传播的知识都可以用故事的形式表述出来。本来,"同房"和"怀孕"方面的事情是只可意会不能言传的,但在民间广泛流传关于性意识和性知识的荤故事、荤歌谣。有一则故事讲,有个媳妇已经过门三年了,却一直没有开怀,媳妇的婆婆为此十分焦急。有一次,婆婆找来一把青杏拿给媳妇,想试试媳妇口味的变化,结果仍未发现有怀孕的迹象。于是婆婆想给媳妇传授怀孕方面的知识,她们的对话由此展开:

> 张婆一听,心里凉了半截。媳妇既不喜酸,又不贪馋,说明肚子里真的"没有"。她想说什么,又觉得实难开口。最后,终于又忍不住紧挨媳妇坐下,压低声,用惟有母亲对亲生女儿才有的口气问:"伢俩……嗯……敢就——'不'呀?"
>
> 尽管她问得磕磕巴巴不成句,但媳妇还是完全听懂了,脸不由"忽"地红到耳根,嗫嚅了半天,才低头轻声说:"那咋能——'不'呢!"
>
> 张婆见媳妇直入话题开了口,不禁胆壮了,又往跟前偎了偎,急不可耐地问:"既然伢'不'哩么,可你咋还'不'呢?敢是伢不常'不'呀?"
>
> 媳妇一听急忙说:"好我的妈哩,'不'咧'不'咧还'不'哩,还敢不常'不'呀?要是不常'不'了,那不是就更不会'不'啦!"①

---

① 见《民间文学》1986 年第 9 期。

对于任何知识,民间总有自己的传播渠道和方式。民间文学是民间知识的恒常储备,当知识需要得到生动而又有说服力的表述的时候,民间文学便跳出人们的记忆,及时被展演。由于民间文学最真实、最全面地反映了民众的生活状况,最直接、最深切地表现了民众的思想感情和要求,记载着民众自己的历史,总结了劳动斗争的丰富经验,是民众自己的"百科全书",因此它为社会科学乃至某些科学的研究提供了珍贵的资料。

2. 古代思想观念的重要载体

任何一种民间口头传统的产生,尤其是持续下去,必定需要民众有共同的接受心理,或以远古宗教观或以伦理道德观念为依据。由于流传历史的久远,古代人的一些思想观念会在一些民间文学作品中积淀下来,这些民间文学作品成为人们对古代人思想观念的共同记忆,民间思想观念的历史文本。

广西壮族民间俗信"寡母婆嘴巴毒,气味毒,凡是好事撞到都要倒霉",一直到中华人民共和国成立前人们还这样认为。① 这一观念在当地流传的赶山鞭传说中同样得到寄寓和传扬。河池、南丹一带的《莫一大王》说:

> 山区缺盐,怎么办呢?大家说:盐是用海水制的,那就要造个大海才得。于是大家就共同搬山造海。
>
> 这些山那么多,你一锄我一锹的怎么行。莫一大王还是用他那把伞,用伞的尖尖来戳山,然后就把山连伞把一起移到背上。现在许多山都有山洞就是那时候被他的伞把尖尖戳通的。
>
> 莫一大王嫌背山太慢,就改用伞把当作放牛鞭,把一座山一座山当作猪羊马一样赶。
>
> 正在这个时候,坏在他那守寡的妈妈身上。
>
> 原来他妈妈那天在路边放牛,只见这些石山像牛帮马队滚滚而来,要把她的牛群压死了,便叫喊起来:你们这些背时的石山,要把我养的牛群压死了。这些石山一听寡母婆的话,便不再滚动了。所以壮族地区,到处石山多,都挤到一块来了。

很明显,此传说包含父权思想。恩格斯指出:"母权制的颠覆,乃是女性所遭受的具有全世界历史意义的失败。"②禁忌风俗中,有相当一部分是针对

---

① 兰鸿恩:《广西民间文学散论》,广西人民出版社1981年版,第222页。
② 《马克思恩格斯文选》第2卷,外国文书籍出版局1955年版,第215页。

妇女的。尤其是在只有成年男子参加的大型活动中,诸如大规模的生产、狩猎活动、战争、祭祀礼仪等,往往禁止妇女在场。俗信妇女为不祥,恐败大事。云南彝族地区,现在仍有不许妇女多说话、管闲事的风俗,恐怕她们的言论会误了大事。就连侗族妇女别具神韵的偏在一边的发髻,也被说成与此禁忌主题有关:传说这是吴勉赶山途中,一个姑娘见石头走路,道破,却无意中破了赶山法。吴勉愤而一掌,姑娘将头一偏躲过,位于正中的发髻却被打偏了。① 传说包含着强烈的谴责妇女多嘴的意味。吴勉这一"掌","打"出了男性严重的歧视女性的思想倾向。

"人类学家得出结论:要探寻最终的根源,不论是用文化进化论者探索的方法,或时代—地域观念,全都无望。因为缺少历史文献的考古证据。考古学对民俗学几乎无用武之地。而文献也不能对民俗学直接提供答案。要想在更加严格的范围内在民俗中重建历史,只能得出可能的结果,而不能按证实了的事实来产生结果,并且有经常被引诱到纯推测领域中去的危险,谁也从来不能指望发现有人会支持纯推测的证据。"同样,人们也不能仅从口承文学的内容来确定民俗事象的根源,因为无法得知这一口承文学的内容是历史事实还是虚构的。"可是若没有这些故事内容,人们就只能推想民俗的性质及其全部含义了。"② 可以肯定,民间文学学者们所能提供的任何口头的依据都是推测的。但是,在文献和其他实物缺乏的情况下,唯一可以把我们从解释古代思想观念的绝境中拯救出来的就是民间口头文学。

五、为学术研究提供多种可能

民间文学不仅是艺术的、情感的、鉴赏和审美的,更是历史的、社会的、民族的和传统的,研究作家文学的方法、视角、观点及理论等均可纳入文艺学学科,而对民间文学的研究则是民间文艺学难以单独胜任的。民间文学本身的特质远远超越了文学本身,它为各种人文社会科学的研究提供了可能。

日本民俗学家关敬吾在其整理编写的《日本昔话》中,就如何研究民间故事归纳出四种立场,其中第一种立场是"民族学·民俗学的立场。在这个立场上,首先要按照民族·文化的特质,把传统故事分类,即根据民族的

---

① 过伟:《侗族吴勉传说、林宽传说与刑天精神》,见农冠品等主编《岭南文化与百越民风——广西民间文学论文选》,广西教育出版社1992年版,第147页。
② 〔美〕威廉·R. 巴斯科姆:《民俗学与人类学》,《美国民俗学杂志》1953年第66卷,转引自〔美〕阿兰·邓迪斯编《世界民俗学》,陈建宪、彭海斌译,上海文艺出版社1990年版,第46、48页。

迁徙、混杂和文化的传播对其过去或现在的分布状态进行分类,阐明传统故事发生的意义、时代和场所。从这种立场看,可以说传统故事的历史意义是主要的关心点"①。就这种立场即史学研究而言,从神话和史诗中发展而来的民间叙事结构,既意味着对一系列历史事件的口头语言的讲述,也意味着一种虚构话语的力量。作为对历史事件的叙述——尽管其中包含着叙事话语所特有的虚构因素——叙事是对历史人物及其行为的模仿,但由于其口头叙述的特性,实际已洞穿了文学和历史的边界,否则,民间便没有真正属于自己的历史了。在本质的层面,民间文学与典籍史料有着同等意义的学术价值。对此,作为史学家的郭沫若很早就有明确的阐述:"民间文艺给历史家提供了最正确的社会史料。过去的读书人只读一部二十四史,只读一些官家或准官家的史料。但我们知道民间文艺才是研究历史的最真实、最可贵的第一手的材料。因此要站在研究社会发展史、研究历史的立场来加以好好利用。"②这段话尽管带有浪漫主义的味道,但对民间文学的史学价值作了充分肯定。

而且,民间文学可以提供其他任何渠道都无法提供的史料。历史学家阿兰·奈文斯在其《历史入门》(1938)一书中写道:"在我们的近代史上,那些关于最早拓荒定居者、矿工营地、伐木工人以及西部牛仔们的传说,无论是在散文故事还是民谣中,都或多或少地遗留下一些有助于我们更清楚地认识当时社会和文化历史的东西。"③在缺乏文字记录的情况下,民间口头文学更是被当作珍贵的史料加以利用。

民间文学无疑属于口头传统或口述传统。路丝·芬尼甘(Luth Finnegan)在《文化人类学百科词典》(1996)中,对人类学家研究口述传统可能涉及的主要问题进行了探询:

> 人类学家也对口述传统的种种功能和过程(不仅仅是产品)感兴趣,并进入其文化语境之中去观看这些功能和过程。就像把口述传统作为当地"信息系统"的组成部分去分析一样,人类学家和其他学者已经把注意力集中于这样一些过程,"传统"是如何通过这些过程得以创造、明确

---

① 转引自张士闪、清水静子译《关敬吾论日本传统故事的类型与结构》,《西北民族研究》2003年第3期。
② 郭沫若:《我们研究民间文学的目的》,《雄鸡集》,北京出版社1959年版,第73页。
③ 转引自〔美〕林沃德·蒙特尔、巴巴拉·艾伦《民俗学家和历史:三种态度》,柯杨、张友平译,《民俗研究》1992年第4期。

和维持的,或者它们是如何在特定的历史条件下适合特殊的兴趣和价值的。……人类学家如今都转向研究以下问题:非书面的传统实际上是怎样被激活、被创造乃至再创造的,稳定和变化之间的关系,这些问题与诸如政治操纵之类的主题之间的关联,对于谁对传统的要求应该被表现的争论的可能性,以及影响现状的社会记忆过程和社会忘却过程。①

美国学者 E. 希尔斯曾对"传统"作了这样的界定:"就其最明显最基本的意义来看,它的涵义仅只是世代相传的东西,即任何从过去延传至今的东西。……决定性的标准是,它是人类行为、思想和想象的产物,并且被代代相传。"②民间文学是集体记忆,法国学者莫里斯·哈布瓦赫的名著《论集体记忆》的导论中,引用施瓦茨的话认为"集体记忆既可以看作是对过去的一种累积性的建构,也可以看作是对过去的一种穿插式(episodic)建构"③。传统是现代社会重构的产物,民间文学这一称谓或者说其文学属性,恰恰揭示了其重构传统的本质。对民间文学的研究,肯定可以回答诸如此类的问题:"人们究竟记住了什么,又忘却了什么?底层记忆和表述与大的社会历史变迁、与支配和治理有着怎样的关系?"④当然,回答这些问题仅靠民间文艺学是做不到的。

第二节 社会主义核心价值观的传统载体

培育和践行社会主义核心价值观,首先在于宣传和普及,使人们都能够记住和体悟12个词汇。那么,如何使这24个字家喻户晓、妇孺皆知呢?这就需要寻求简易、方便,又行之有效的方式。民间文学作为在民众流行最为广泛的文学活动样式,一直秉承民众思想道德教育的职能,最有利于核心价值观的传播和培育。

一、民间文学蕴含核心价值观

民间文学作为历史文化传统,本身就蕴含着中华民族的精神实质,其中

---

① 转引自许斌、胡鸿保《对口述传统的纵横思考》,《思想战线》2004年第6期。
② 〔美〕E. 希尔斯:《论传统》,傅铿、吕乐译,上海人民出版社1991年版,第15页。
③ 〔法〕莫里斯·哈布瓦赫:《论集体记忆》,毕然、郭金华译,上海人民出版社2002年版,第53页。
④ 郭于华:《口述历史——有关忘却与记忆》,《读书》2003年第10期。

就包括社会主义核心价值观。民间文学作为流传最为广泛的文化现象和活动,必然与同样最为深入人心的社会主义核心价值观相契合,才能形成助推社会发展的良好风气和生活习惯,成为实现伟大中国梦的强大的社会动力。在传承民族民间文学传统的同时,核心价值观也得到了弘扬。为此,民间文学学者应该肩负起学术义务和责任,充分运用民间文学遗产,发挥民间文学独有的文体优势,有针对性地、富有成效地宣扬社会主义核心价值观。

培育和践行社会主义核心价值观需要优秀的民族民间文学传统。社会主义核心价值观,立足于民族民间优秀文化传统,它是从历史文化遗产包括民间文学中凝聚提炼出来的分别指向国家、社会和公民个人的价值目标、价值取向和价值准则,而这种公民个人的价值准则在不断规范人的成长,浇铸人的品格。尽管核心价值观的12个词汇不是直接从民间文学中生发出来的,但已然表现为许多民间文学的主题或母题。诚然,核心价值观都是面向当下和未来的,但也是对中国传统文化包括民间文学概括和升华的结晶,具有鲜明的历时性向度。

民间文学作为中华民族先祖们的口传遗留物,是传播于广大底层民众当中的华彩乐章,是各族人民所创作、鉴赏和世代享用的视听盛宴以及认知表达、情感抒发的普遍样态。流行于现实生活当中的活态的民间文学,虽然存在巨大的民族和地域差异,表现形式迥然有别,五彩缤纷,但基于中华民族血脉相连的大一统的思想基础,毫无例外地宣扬了中华各族人民共同的精神境界和美好的"中国梦",激荡着亘古以来连绵不绝的社会底层民众淳朴的道德情怀和精神意识流,并由此构成了培育和践行社会主义核心价值观的基础之一,在历史的民族的层面奠定了培育和践行社会主义核心价值观的理性和情感的基调。

民间文学作为民族民间文化传统,可以在流传过程中不断调整自己的流传方式和内容,并注入当代性的思想意识,在核心价值观的培育过程中再现富有时代特征的生命活力。传统是依据过去而面向当今社会重构的产物,其实,民间文学的表现形式已然发生了诸多变化,其内涵也在不断偏向社会主义的思想需求。从民间文学中凝练社会主义核心价值观,既是传承本身的累积性建构,也是基于当今社会思想建设的穿插式(episodic)建构。结合社会主义核心价值观,开展民间文学推荐和讲述活动,让传统口头文学焕发出时代意义,恰恰揭示了其重构传统的本质。

二、民间文学传衍核心价值观

民间文学肇始于没有读写的原始社会,而且一直伴随着社会文明的进程而演变,出于寓教于乐的需要,道德规范的元素便不断注入文本之中。这一动态的文学特征使民间文学具有其他文学形态,尤其是作家文学所不具有的优势和职能,那就是将贯彻国家层面的价值目标、社会层面的价值取向和公民个人层面的价值准则作为自己传承的一种重要指向。任何一种民间口头传统的产生、传承,必然诉诸民众共同的接受心理,或以远古信仰观、伦理道德原则为前提。由于流传历史的久远,古代人的一些思想意识逐渐在一些民间文学文本中积淀下来,这些民间文学文本成为人们对古代人思想观念的共同记忆,是民间思想意识的历史载体。这些思想意识尽管不能等同于社会主义核心价值观,但孕育了社会主义核心价值观的基本元素,最为广泛和生动地阐发了核心价值观的具体指向。

社会主义核心价值观延续着民族精神,承载着民族精神的民间文学在培育和践行社会主义核心价值观中的作用便举足轻重。我国源远流长的民间文学,一直以来都是民众传承自己的历史和生产生活知识及为人处世之道的主要途径,抒发了广大民众基本的情感态度,张扬了中华民族基本的思想道德准绳,从根本上使社会主义核心价值观与广大民众的理想追求相吻合,并且迎合了社会发展的进程。

社会主义核心价值观包含于民间文学文本之中,演述民间文学作为一种常见的审美活动,其实就是社会主义核心价值观的培育和践行的过程。核心价值观由12个概念组成,本无所谓形象和生动,然而,一旦进入民间文学的审美范式,便成为一个传说、一则故事、一篇说唱、一折民间小戏,甚至是一句谚语,裹上了为人们喜闻乐见的文学外衣。民间文学作为一种不可或缺的生活样式,历来就不是一种单纯的以娱乐为目的的审美活动,而是沿袭了一种与历代人民的基本生活和文化传统浑然交合的发展趋向,并且连续性地自我完善,这种完善自然也包括中华民族基本价值观的强化和显现。我们的祖祖辈辈用民间文学这种古朴又易于接受和享乐的审美方式,传衍着富有中华民族特征的价值观念。也正是由于价值观渗入民间文学文本及演述当中,才显示出民间文学审美的正当性、合理性及持续发展的内在动力。

在新时期的民间文学中,社会主义核心价值观已然被内涵化和内在化,从核心价值观的立场展开释听和释读,可以避免价值观宣传中可能产生的空洞与教条。民间文学通过说唱、表演和叙述等途径,将缺乏语境的核心价值观念演绎得真实可感,引人入胜,使社会主义核心价值观与民间及民族传统和日常生活紧密联系在一起。利用民间文学开展培育和践行社会主义核心价值观活动,可以在民间、民族和传统情怀的语境中,引导核心价值观进入人们的生活世界,并且在潜移默化和循循诱导中深入人心。

第三节　民间文学的审美特征

民间文学存在的价值,首先在于它是美的。人们之所以热衷传播,也主要在于可以获得审美享受。我们在强调民间文学一些特殊价值的时候,不能忽视其作为文学的审美特征。美国民间故事学家珍妮·约伦(Jane Yolen)指出:"无论是口头流传的故事还是写在书上的故事——是个好故事,这才是最要紧的。在书面故事这张广阔的锦缎上,同时也织入了口头与记录的故事传统。梭子来回编织,将各种丝线混合在一起,现在,只有最孜孜不倦的学者才能追溯出哪一条丝线源自何处。然而在这样做的过程中,这些分析家和考证家们经常忽视了整匹锦缎的美。"[①]民间文学研究真正的不足,在于其审美特质还没有完全被揭示。

一、审美主体与客体的一致

作家文学成为一种相对专门和独立的美学活动,是社会分化的结果。作家文学中的精英主义的意义在于它表达了人类精神升华的理想。但是,我们同时也要认识到其视野的盲区,它遮蔽了民间的审美生活。文学艺术是人类的基本需求,民间的审美生活始终真切地存在着。民间文学作为生活的一部分,从未从民众的现实生活中分化出来,它保存了一种与古代生活和原始文化一脉相承的浑融性质,并且持续地自我发展。民间文学和作家文学实际上是两个完全不同的平行的发展系统。

在创作主体与审美客体的关系上,所有的文学本身就是主客体在实践的基础上互相交融的产物,但作家文学与民间文学存在着很大的不同。一个作家无论对某地某方面的生活多么熟悉,也只是"熟悉"而已,他不可能是一个真正的当地人,不可能完全和当地人一样去生活、思想。正因为如

---

① 〔美〕珍妮·约伦编:《世界著名民间故事大观》,潘国庆等译,上海文艺出版社1991年版,第9—10页。

此,作家需要花专门的时间去观察、熟悉、感受和认识他要表现的社会生活,这一社会生活成为他在一段时间内专心观照的对象。作家文学与社会生活总是相对而存在,保持一定距离。作家要写好一部作品,有些困难,这困难来自作者本身,如果作者的思想水平、认识世界的能力和审美趣味等达不到一定境界的话,创作就会进入困境。而民间文学的创作者是民众自己。一个地区的民众拥有当地生活知识的产权,这是毫无疑义的;他们对这些生活现象背后的意义有自己的理解,这也是毫无疑义的。因此,民间文学活动完全可以在自然的社会生活状态下进行,民间文学与社会生活水乳交融,混同一体。

民间文学从一个角度看,是一种文学创作,从另一个角度看,又是社会生活的一部分。我们可以说,民间文学具有文学与生活的双重属性。民众的创作活动,基本上是无意识或下意识的。这是说,民众在创作民间文学作品时,并不把它当作艺术创作来对待,民间创作活动常常是伴随着物质生产或生活一道进行的。"民间文学是'我口唱我心','心之忧矣,我歌且谣','饥者歌其食,劳者歌其事'。与其说它是一种客观写照,不如说它是一种情感的主观抒发。其创作的冲动,并不在于反映的愿望,而在于发抒的欲求。在这种特殊的创作活动中,创作的主体,常常又是对象本身,主、客体之间几乎相融无间。"[①]与作家文学相比,民间文学具有明显的审美意识和生活特征交融的双重性。民间文学的创作和传播过程,是民众的一种生活方式,但又不是一般的生活方式。将民间文学归属于一般的生活方式,如同将它上升为纯审美意识,同样不符合民间文学口承传统的特质。民间文学以内涵的审美意识和外表的生活方式形成它的双重复合,这是一种审美型的生活、生活化的文学活动。

民间文学创作排除了一些狭隘审美功利的束缚,创作主体和审美客体往往难以分离。尽管不能说民间生活本身等于民间文学过程,但两者是高度融合为一体的。民间文学作为一种文学化的呈现,其文学性又是针对这种生活功能的存在而展开的。如果将民间文学的文学性与其生活功能属性分离,抛开民间文学的生活功能去空谈它的美,换句话说,去进行无功利性的审美,那么,民间文学便被生硬地从生活中抽离出来,丧失其活泼泼的生活相,这样,它作为一个特殊的审美对象,实际上已经完全失落了。

---

① 李惠芳:《中国民间文学》,武汉大学出版社1996年版,第25页。

二、在场情境的审美方式

民间文学是民众的精神产品,其生产方式与作家的艺术生产不一样。作家的创作主要以个体的方式进行,而民间创作则是一种群体性的在场情境的审美活动。民间文学在民众中产生、流行,并不是和一切民众有缘,大多只与一定的民众群体相适应,一定的民众群体中总是流行具有自己风格的民间文学。这种民众群体,大一点,便是民族,小一些,即是区域民众。所以,民间文学在流行中带有鲜明的民族性与区域性的特色。

作家文学强调独创性或个人风格,没有创作个性的作家不是好作家。因此,作家个人的文学修养、审美趣味、对历史或现实社会的认识在创作中起着举足轻重的作用。民间文学的审美体验是在表演现场实现的,尽管也强调表演者的表演个性,但他们必须遵循当地传统的表演范式,表演的效果取决于在场情境。我们都知道民间文学是由群体创作出来的,实际上,这种群体性的审美特征不仅表现于创作上,更表现于审美是在群体在场的情境中实现的。表演结束,在场情境便不存在,审美体验也告一段落。如果没有记录,每次表演只能保存在人们的记忆里面。在场情境的审美方式还表现在民间文学的审美融入了生活过程本身。生活情境和民间文学的审美在场往往是合而为一的,群体的日常生活、祭祀仪式、歌舞活动、聚会议事等等,都可能伴随着民间文学的审美享受。

自从有了社会分工以后,一些所谓的艺术家们开始专门生产艺术品,文学创作活动也成为纯粹的个人行为,艺术作品和文学作品脱离了生活的存在而进入专门的殿堂。"我们现存的美的艺术品被移入和储存于其中的博物馆和美术馆,说明了实行艺术隔离,而不是发现它作为寺庙、广场的附属物和与生活发生关系的其他形式的部分原因","而它们与普通生活的隔离,反映出它们不是本地的和自发的文化中的一部分"。因而,我们就有了"日常经验和审美经验之间的裂隙,就有了在真实世界中积极实践的生活与从那个世界中逃进博物馆、剧院或音乐厅的沉思的艺术之间的鸿沟"。① 而民间文学始终不存在这种鸿沟,原因就在于它永远是属于一个特定群体的。民间文学流传于群体场合和群体生活之中。工业化之前的艺术存在,即作为群体在场的寺庙、广场的附属物并与生活发生关联的艺术的存在方式,以及其中内含的自发性和在地化,正是民间文学作为生活相的美学形态

---

① 〔美〕理查德·舒斯特曼:《实用主义美学》,彭锋译,商务印书馆2002年版,第41—43页。

特征。并且,这种生活存在和美学存在的有机整合,始终是民间文学自足的本体特征而不是其阶段性的特征。民间文学将生活呈现出来并使生活成为审美的现场。

三、重复经历的审美体验

一个听众接受当地某一传统民间文学文本可能会有第一次,但这一文本在当地肯定被表演过无数次。当地人可能已经经历了某一文本的表演,或者已经了解文本所要讲述的内容,但他们仍然乐意再次出现在这一文本表演的现场,享受对熟悉表演再重复的乐趣,享受发现新的表演成分的乐趣。这种多次经历的审美体验,在作家文学阅读和欣赏过程中是不多见的。

一个区域内的各种民间文学样式之间都有内在联系或共同之处,至少是用同一种"乡音"演唱的。因此,一个人成长的过程,也就是系统地接受当地口头传统的过程。只要他是一个地地道道的当地人,他对当地的民间文学就有着外地人所不具备的理解、亲切和感悟。从这一点而言,民间文学的审美体验一般也不是全新的,而是不断重复的。享受民间文学的审美体验一般也不重在新奇、标新立异,不在于听觉和视觉新鲜感的刺激,而在于对自己熟悉的口头传统的记忆。

从听众的角度而言,在接受当地民间文学的过程中,对当地的口头传统必然有着"前理解"。"前理解"是德国著名哲学家海德格尔在《存在与时间》中提出的一个哲学释义学概念。后来,伽达默尔在《真理与方法》中吸收并发展了海德格尔的思想,提出了"合法的偏见"和"视界"的观念:理解一开始,理解者的视界就进入了它要理解的那个视界。听众在进入表演场域之前,主体已形成具有某种心理定势的接受趋向,这种趋向一旦与具体表演相碰撞,便会形成特定的"期待视界"。当地的口头传统不知不觉已作为民间文学接受前的准备存储于"期待视界"中。"这种富于指向性的心理定势一旦与具体的民间文学作品相遇,触发了他曾经经历过的、产生过共鸣的某种审美体验,唤醒了他内心最深处的民族集体无意识的记忆,于是形成了类似于书面文学那样的'审美期待视界'。"①

审美期待视界的确立,主要是基于民间文学特有的区域情感。民间的审美趣味和取向总是导向于对自己传统的眷恋。"我们深深地需要一种附

---

① 黄原:《论接受者的文化心理结构》,《民间文学论坛》1989 年第 4 期。

属感,要有一种属于我们的文化和我们的社会的感觉,感到在我们的周围环境和生活方式中有一定程度的稳定和亲近。"①由于具体的民间文学大多在一个特定的区域内流传,为一个区域民众所享用,民间文学表演活动就渗入了强烈的地方意识和认同感、亲近感,审美期待视界自然更为突出。

当然,由于民间文学的审美活动并没有与其他社会生活形态完全分离开来,大多不是一种纯粹的审美活动,其审美期待视界往往不甚清晰,时常显示出隐隐约约的"预感"。从民间文学表演的具体情形看,从民间文学的生活属性看,审美期待视界恰恰并非以专一而又明确的审美追求为基本内容;作为一种文学,没有有意识地在生活形态的层面进行抽象和提升,没有展现理性的和逻辑的因素。它"呈现为一种直觉、感受、情感、潜意识、欲望等心理因素的模糊胶合状态,但又隐隐指向某种理解和概念"②。民间文学的审美期待视界之所以能够进入民间日常和仪式生活,主要原因在于民间文学的审美体验是不断重复的,是有规律地反复出现的。民间文学内容和形式的不断延伸,使得其审美期待视界成为永恒。

四、日常生活审美化

"日常生活审美化"这一命题最早由英国诺丁汉特伦特大学教授迈克·费瑟斯通(Mike Featherstong)提出,指的是审美活动超出所谓纯艺术、文学的范围,渗透到大众的日常生活中的一种文化现象。一方面"生活转换成艺术",另一方面"艺术转换成生活"。由此可见,在现代文艺学研究领域中,"日常生活"一直游离于美学之外,似乎有一道屏障使两者处于隔离状态。显然,在城市中产阶级社会实践中,艺术和日常生活边界相对清晰。但这种边界在民间生活世界里似乎并不存在。即便是日常交流语言,也夹杂着俗语、俚语、谚语、歇后语等,文学的成分无所不在。由于缺少专门的剧场、舞台等,日常生活空间和文学艺术场域重叠在一起。倘若"日常生活审美化"仅限于民间社会,所要讨论便不是现实与想象的抵牾,而是审美化实践过程的考察。

"日常生活"是民众的生活,体现在大众日常化的社会空间、精神领域

---

① 〔美〕威尔伯·施拉姆、威廉·波特:《传播学概论》,陈亮、周立方、李启译,新华出版社1984年版,第34页。
② 〔波兰〕罗曼·英伽登:《艺术的和审美的价值》,朱立元译,《文艺理论研究》1985年第3期。

与生存方式中,个人依循传统重复性地实践交往活动、观念活动、消费活动等等,体现了观念、习惯、经验等文化因素,而这些活动的完成依靠的是个体自觉的参与。这一"日常生活"的定义洞穿了城乡二元的藩篱,将"民间"延伸至都市中的底层社会,给予民间文学现代化的处理和演绎。同时,超越了以往对于民间文学集体性的强调,偏重民间文学实践活动中的个体经验。个体审美感受的差异性将极大地丰富民间文学学术话语的多向度表达。

颠覆了作品中心主义的民间文学还是民间文学吗？民间文学置换为日常生活的审美形态的表述,旨在把民间文学作品遣回到其原本的语境当中,放弃民间文学作品的学术独立性,而寻求日常生活世界的文学基因和表现。然而,日常生活的审美化毕竟不能替代民间文学学科,民间文学学科的发展既不能退回到民间文学唯作品论的时代,也不能脱离民间文学自身的理论体系转而依附"日常生活审美化"。现今学界充满各种所谓前沿话语的诱惑,保持民间文学的自主性定力,才能让民间文学回归民间,否则,民间文学很可能失去自我。

作为底层社会集体的口头文学活动,与日常生活和现实社会融为一体,展示了与上层社会不同的审美意识。民间文学诉诸口头语言和行为动作,属于身体表演。这种生存方式使得表演者无须专门的训练和专业素养,面向所有人开放。随着民间文学群体进入到作家文学领域,书面语言广泛运用于民间,单纯以口头语言标识民间文学已不合时宜。不然的话,新时代的民间文学便溢出了民间和学界的视界。但是,民间与日常生活世界之间所构筑的边界并不能抹去。在口头性逐渐失去限度之后,集体性的维度便突显了出来。日常生活世界的集体审美活动成为当下民间文学认定的准则。

以往对民间文学的理解偏重演述了什么和怎么演述；前者生产出来大量的作品；后者归纳出歌谣、史诗、民间故事、民间说唱和民间小戏等不同文体。在当今的日常生活世界,演述了什么和怎么演述已难以给予民间文学定义,唯有谁在演述可以在上层与民间之间划出一道界线。民间文学的各种体裁是基于乡村口头传统的实际,这些民间体裁早已不适应日常生活世界的审美行为和方式,不能涵盖诸多新兴的民间文学形式。关注谁在演述,方可将以往的民间文学理论与当下的日常生活世界勾连起来。"日常生活审美化"其实是向传统生活的回归。在传统社会,各种演述形式共存于同一时空,各种体裁的边界被完全消解；演述活动很少单独进行,往往伴随生产生活一并展开。如今的社会也是如此,审美融入日常生活的方方面面,体裁的概念不复存在,审美完全生活化了。

首先民间文学内化于当地人的身体,当地人的日常生活资料获取与消费活动中便蕴含着文学艺术的情愫,涌动着身体文学的活力;其次,民众在"杂谈闲聊"中维系着"血缘关系"和"天然感情",这是民众开展"日常交往活动"的主要方式;再次,民间文学本身就是非创造性、重复性的日常观念活动,对当地人而言,没有比民间文学更具有观念性质的活动形式了,那些仪式上的祭辞即为一种文学表达。就生存最基本的层面来说,一方面,传统的民间文学已不在口头流传,演变为导游词、动漫、网络小说、街道名、城市景观等,成为随处可见的文化符号;另一方面,一旦电脑、手机成为身体的一部分,身体的集体交流骤然频繁起来,人们在不同的朋友圈中实施身体的狂欢,围绕一个画面、一段个体经历、一条趣闻、一个人物等发表言论,宣泄情绪,文学性的审美活动由此展开。表面上,手机、电脑隔断了面对面的沟通,却激发了所有人参与表达和抒发的热情;原本处于独白的、私密的个体言说纷纷进入公共空间,演绎出一个个鲜活的"段子"或视频笑话。而生活节奏的急促和工作压力的增大,使得人们迫切需要放松心情,于是,广场舞、公园集会、结伴出游、聚餐会饮十分流行,凡是人多的活动场所就有民间文学的传播。

　　下面各讲所要讲述的神话、史诗、传说、故事、歌谣、民间小戏等民间文学体裁形式,尽管都是由学者建构和定义的,但的确是民间自古就有的恒常的"说"和"唱"的方式。在民间,"故事"可能不叫故事,但绝不会和歌谣相混;在出嫁仪式上,新娘可能唱哭嫁歌,但绝不会讲嘲讽笑话。民众对自己拥有的民间文学,有比较清晰的文体意识。民间文学各种体裁的界定之所以比较明确,在于民间"说"和"唱"等各种不同方式的审美期待视界是相对稳固的。

关键词:

　　讲述者　共同感　口述历史　审美主体　审美体验　前理解
日常生活审美化

思考题:

　　1. 为什么民众在生产和生活中需要民间文学?

　　2. 在培育和践行社会主义核心价值观的过程中,怎样充分发挥民间文学的作用?

　　3. 民间文学具有哪些不同于作家文学的审美特征?请谈谈你的看法。

4. 为什么说演唱和讲述民间文学就是在传承文化传统？

5. "民间文学将生活呈现出来并使生活成为审美的现场"，请对这句话展开论述。

6. 民间文学演唱活动和记录文本的价值有何不同？

第五讲
神话：神圣的叙事

"神话"一词包括两方面的含义：一是指神秘的、不可企及的事物；一是指一种距离我们遥远的关于神的故事文本。"神话"是近代才引入中国的一个概念。它源于希腊文 mythos，其词根是 mu，意为"咕哝"，即用嘴发出声音之意。专门调查和研究这种故事文本的学问就是神话学。在中国，"神话"一词是从日本引入的，大概最早出现在 1903 年《新民丛报·谈丛》（第 36 号）上蒋观云写的《神话历史养成之人物》一文中。

神话学肇始于欧洲，历史非常古老，在公元前 600 年，德亚更（Theagenes）就提出了拟人说的观点，至今已有两千五百多年的历史，到 19 世纪末 20 世纪初发展到了鼎盛时期。"神话学"（Mythology）这一名称，大约是在 20 世纪 20 年代初，由日本输入到中国来的。从世界范围来看，中国神话成为科学研究的对象，在一个多世纪以前就已经开始了。世界上第一部研究中国神话的专著，是俄国圣彼得堡大学 C. M. 格奥尔吉耶夫斯基的《中国人的神话观与神话》（圣彼得堡 1892 年版）。这本书最早提出了"中国神话"的概念，对中国神话的产生、演变和分类，以及中国神话与五行观念、道家、儒家、民间信仰、文人创作的关系等一系列神话理论问题，进行了探讨。[①] 鲁迅在《中国小说史略》（1923）和《中国小说的历史的变迁》（1925）中，第一次将中国上古神话纳入文学史的框架里，对其展开了全面论述。黄石于 1927 年出版的《神话研究》和谢六逸于 1928 年出版的《神话学 ABC》是比较早的研究神话的专著。

---

① 马昌仪：《中国神话学发展的一个轮廓》，《民间文学论坛》1992 年第 6 期。

第一节　神话的产生

原始神话产生于人类的童年时期,与民间文学中的其他散文叙事文体不同。马林诺夫斯基认为故事(tale)是用来娱乐的;传说(legend)作为被当作真事的叙述,是满足社会的功名心理的;而神话(myth)不只被看作真实的,而且被视为神圣并应受人们敬畏的东西。故事是应季节而表演的一种社交活动;传说是因接触奇异的现实而产生的,表示对历史的回忆;而神话只是在祭祀、仪式、社会或道德规范要求保障其正当的权威性和传统性,或者要求其真实性和神圣性的时候,才发挥它的作用。①

一、定义神话

神话是文学创作中一种最古老的口头艺术形式之一。过去各民族的口头文学研究者,特别是西方学者,曾经给神话下过各种各样的定义,大概不下一百几十种。马克思在《〈政治经济学批判〉导言》中说:"任何神话都是用想象和借助想象以征服自然力,支配自然力,把自然力加以形象化;因而,随着这些自然力之实际上被支配,神话也就消失了。"紧接着他又说神话"就是已经通过人民的幻想用一种不自觉的艺术方式加工过的自然和社会形式本身"。② 这一关于神话的定义,被我国神话研究者奉为经典,反复引用。

马克思仅仅从文艺学的视角审视神话,而且对象是原始神话,没有涉及神话的一些基本问题。至于说到了阶级社会"神话也就消失了"的判断,也不符合实际情况,许多民族至今仍在口头传承神话。

关于神话的不同定义,"是由解释者各自的观点所决定的。因为,如果不是根据神话本身,而是根据神话的功能,根据神话过去曾如何为人类服务、现在又能如何为人类服务来进行考察,那么神话就会像生活本身一样,是顺从于个人、种族、时代的妄想和需要的"③。譬如,苏联 M. H. 鲍特文尼克等学者编著的《神话辞典》中,运用历史学的视角,以古希腊神话为文本,

---

① 〔英〕马林诺夫斯基:《巫术科学宗教与神话》,李安宅编译,上海文艺出版社 1987 年版,第 123—137 页。

② 〔德〕马克思:《〈政治经济学批判〉导言》,《马克思恩格斯选集》第 2 卷,人民出版社 1995 年版,第 29 页。

③ 〔美〕约瑟夫·坎贝尔:《千面英雄》,张承谟译,上海文艺出版社 2000 年版,第 392 页。

强调古希腊神话反映了群婚制、母权制、血亲复仇、父权同母权斗争的许多遗迹;同时,在神话里也保存了许多神话了的历史事件,诸如特洛伊战争、七雄攻忒拜、赫拉克勒斯族的战争等都有史实的依据,是有价值的历史材料。① 马林诺夫斯基则从功能主义的立场出发,认为神话的功能在于强化传统,将传统演绎得比原本的叙述更高、更美、更超自然,成为一切文化不可缺少的、不断更新的要素和力量。神话是一种超现实的力量对现实的强加。这种力量超自然而又超人间,是一种神力,当这种力量对现实生活施加影响时,它就是神话。用心理学审视神话,神话的意义不在于具体的形象,而在于其深刻的隐喻和象征;神话就是人类的灵魂,作用于我们的精神领地。

从原始神话文本的实际情况出发,下面的定义应该是比较全面的:神话是借助幻想和神化的手法,采用叙事的形式——诗歌或散文——表达出来的原始时代的人们对自然的奥秘、社会人文情况、人类本身以及人们在生产生活中的原始知识的一种积累和解答。其思想是建立在原始仿生观念、原始宗教观念和原始哲学观念的基础上的。神话所探讨的:一是"起源",如宇宙的起源、自然界的起源、人类的起源,以及各种知识的起源;二是"原始状态",如宇宙的原始状态、自然界的原始状态以及人类社会的原始状态等。②

二、神话的历史根源

马克思上述两段话,清楚地指明了神话起源于人类企图认识自然、征服自然力的强烈愿望和要求,这便是神话产生的原动力。

1. 原始生存状况的必然产物

神话大概最早产生于 1 万年至 5 万年以前,即旧石器时代晚期,也就是晚期智人时代。在这一阶段,人类与自然经历着一种特殊的互动关系。普列汉诺夫说:"希腊语 Миθ(神话)就是故事的意思。人们对某种现象——不论真实的或虚幻的现象——感到惊异,就力求弄清楚这种现象是如何发生的。这样就产生神话。"③神话是回答为什么和怎么样这两个问题的故事。

---

① 〔苏联〕M. H. 鲍特文尼克、M. A. 科甘、M. Б. 帕宾诺维奇等编著:《神话辞典》,商务印书馆 1985 年版,第 268—269 页。

② 杨堃、罗致平、萧家成:《神话及神话学的几个理论与方法问题》,《民间文学论坛》1995 年第 1 期。

③ 〔俄〕普列汉诺夫:《论宗教》,《普列汉诺夫哲学著作选集》第 3 卷,生活·读书·新知三联书店 1962 年版,第 363 页。

人类从诞生起,就开始了同自然界的斗争。然而,人在这个社会中没有被赋予突出的地位。人是这个社会的一部分,但他在任何方面都不比其他任何成员更高级。人与动物、动物与植物全部处于同一个层次上。因此,在这种斗争中,摆在人类面前的各种残酷的威力是异常强大的。当时的人类对此的态度却存在着极大的矛盾,他们一方面感到自己无力,另一方面又竭力要宣泄征服自然界的欲望。这种矛盾导致人类既恐惧自然力,又要求认识自然力并找到征服自然力的方法。于是在远古人的意识中,把自然力加以形象化,并且在想象中征服了自然力,进而借助这种想象,鼓舞人类在实践活动中去改造自然、描绘自然。正如马克思所指出的,原始人类是"借助想象",通过"把自然力加以形象化"的方式创造神话的。这是神话叙事构思的核心。

原始人尝试解释两个生命之谜:一是什么构成了生和死的肉体之间的差别,什么引起清醒、梦、失神、疾病和死亡? 二是为何人的形象出现在梦幻之中?[①] 面对这些几乎每天都会出现的生理现象,还处于蒙昧时代的人们便以为每个人身上存在某种灵魂。灵魂暂时离开身体,就会造成梦境、疾病;如果永远离开,就是人的死亡。关于这一点,对神话的实地调查也得到证实:

> 景颇族的祖先由于对做梦这一生理现象不理解,他们只看到做梦时,人的肉体并没有投入到梦境中去活动,那在梦中活动的是什么呢? 他们认为是有一种可以离开人体单独活动的特殊的东西——"斯表"(景颇语,意为灵魂)。人之所以活着,是"斯表"寄居在人身上,给人以影响的结果。人做梦是"斯表"短期离开了躯体,而人死亡则是"斯表"永远离开了人体单独去活动的结果。这就是景颇族早期的灵魂观念。他们至今仍把做梦看得非常神圣,如果你突然把他从睡梦中喊醒,他们认为就会重病或死亡,因为梦者的灵魂未及归还你就把他叫醒了。遇到此事,轻者你要宰牛为他"叫魂",重则需用你的血来为他祭祀,招他的灵魂回到他的肉体来。随着灵魂观念的发展,逐渐地趋于成熟,他们又以人的灵魂作为底本,去推断宇宙间的自然物和自然现象,认为它们也都有(按:疑为衍文)和人一样的有"斯表"。[②]

当人们对一些生理现象和自然景观无法作出正确的解释时,便会产生

---

① 〔英〕爱德华·泰勒:《原始文化》,连树声译,上海文艺出版社1992年版,第416页。
② 兰克:《原始的宗教和神话》,《民间文艺集刊》第4集,上海文艺出版社1983年版,第20页。

灵魂和神灵观念,并借助于这类超自然力完成美妙的想象。

2. **万物有灵论**(animism)

神话产生于野蛮时期的低级阶段。恩格斯说:"在远古时代,人们还完全不知道自己身体的构造,并且受梦中景象的影响,于是就产生一种观念:他们的思维和感觉不是他们身体的活动,而是一种独特的、寓于这个身体之中而在人死亡时就离开身体的灵魂的活动。从这个时候起,人们不得不思考这种灵魂对外部世界的关系。"①于是原始人类便以自身为参照,以想象的方式类化天地万物,以为它们和人一样是有生命、有意识、有灵魂的;他们将各种自然物、自然现象与自己完全等同起来,赋予它们形体、意识和生命,把它们"形象化""人格化"。

在理解自然万物的运作逻辑方面,原始人类同样以自身为参照,以为有一个能够超越自身并且操控着自然界一切的更大的灵魂——神的存在,这样又将自然物神化,即学者们所谓原始初民的"自然崇拜"(nature worship),也叫"万物有灵论"(animism)。这是初民的世界观,也是神话创作的哲学基础。"是"是思想和语言的逻辑界限,"自然物'是'有灵"这一伟大的判断建立以后,原始人便进入神话思维的阶段。在这个界限内,原始人的语言和思想就是有逻辑的,就是能够清楚明白的;在这个界限以外,语言和思想就是没有逻辑的,就不能够清楚明白。

原始人在"万物有灵论"的指引下,展开了他们可以理解的神话思维,开始了我们不得不视为"另类"的语言和思想的旅程(想象),以一种我们只能猜想的逻辑形式建构出令我们永远想象的神话。在原始人心目中,实际的事件和想象的建构是混为一体的,想象出来的神话被当作已有的事实。而现代人却在自以为是地将两者分得一清二楚。英国文化人类学大师泰勒就明确指出:"日常经验的事实变为神话的最初和主要的原因,是对万物有灵的信仰,而这种信仰达到了把自然拟人化的最高点。"②这种思维或称"原始思维",或称"野性的思维",神话即是在这一特殊思维制约下对自然、社会的反映。

原始初民是按照自己能够感知到的具体形象去理解自然界的,具体地说,原始初民以为自然界的一切都和人一样有意志、思想,还有人的形象,于

---

① 〔德〕恩格斯:《路德维希·费尔巴哈和德国古典哲学的终结》,《马克思恩格斯选集》第4卷,人民出版社1995年版,第223—224页。
② 〔英〕爱德华·泰勒:《原始文化》,连树声译,上海文艺出版社1992年版,第285页。

是原始初民就用人格化的方式去同化自然力。所以神话中的神的形象,其实就是人类按照自然界和人类自身的模子塑造出来的。诸如中国神话中的神,几乎没有一个真正的人形:人类始祖女娲、伏羲,是人首蛇身;水神共工这样的大神,是九首蛇身;居住在昆仑山上的西王母,是个豹尾虎齿的半人半兽;禹为了治水,曾变成一个大熊……这类"人神异形"的神,正是原始初民用人格化的方式同化自然力的结果。而且,也说明了这是原始社会最早的神。在太初原人看来,人与动物可以互相通婚,可以互相变形,可以互相演化。[①]

第二节 神话的本质

神话对于"自然和社会形式本身"的"加工",是一种"不自觉的艺术加工"。正如意大利学者维柯(G. B. Vico)所言:"神话故事在起源时都是些真实而严肃的叙述,因此mythos(神话故事)的定义就是'真实的叙述'。"[②]在原始人的观念中,神并不是幻想的东西,而是现实中实实在在存有的;人们凭借着这些神的威权,在幻想中去实现认识自然、征服自然力的愿望。下面我们从功能主义和历史主义两个角度理解神话的本质。

一、真实又神圣的叙述

在原始民族中,神话并不像我们理解的那样,只是一种古老的故事。在他们看来,神话包含的不仅是古老的故事(且多看成历史故事),而且包括有关事物起源的道理、不可动摇的信念及言行的规矩等等。

马林诺夫斯基说,神话"乃是合乎实际活动的保状、证书,而且常是向导。另一方面,仪式、风俗、社会组织等有时直接引证神话,以为是神话事故产生的结果。文化事实是纪念碑,神话便在碑里得到具体表现;神话也是产生道德规律,社会组合、仪式或风俗的真正原因"[③]。例如,景颇族就不知道什么是神话,尽管在他们当中同样流传着许多我们称之为"神话"的东西。景颇族称神话为"我们景颇的通德拉(意为道理、法律、规矩、信念)"。谁要是违背这些"通德拉",神祖就会降灾难给全部族,使庄稼歉收、牲畜瘟病、

---

① 李惠芳:《民间文学的艺术美》,武汉大学出版社1986年版,第18页。
② 〔意〕维柯:《新科学》(下),朱光潜译,《朱光潜全集》第19卷,安徽教育出版社1992年版,第141页。
③ 〔英〕马林诺夫斯基:《巫术科学宗教与神话》,李安宅编译,上海文艺出版社1987年版,第132页。

人口遭灾。马林诺夫斯基认为，神话不是哲学上的"冥想"、自然界中的"思辨结果"及自然规律的"表象"，而是一种"历史陈述"，荒古奇迹的"叙述"。"社会的神话，特别是在原始文化的社会，则常与解说巫术力量底根源的传说混在一起……神话底作用，不在解说，而在证实；不在满足好奇心，而在使人相信巫术底力量；不在闲话故事，而在证明信仰底真实。"①

马林诺夫斯基的观点得到当代学者进一步升华：神话不仅是真实的，而且是神圣的叙事，唯其真实，才显神圣，唯其神圣，才有真实。神话的发展和延续，实际上是不断被真实和神圣化的过程。阿兰·邓迪斯说：

> 神话是关于世界和人怎样产生并成为今天这个样子的神圣的叙事性解释。……其中决定性的形容词"神圣的"把神话与其他叙事性形式，如民间故事这一通常是世俗的和虚构的形式区别开来。……术语神话(Mythos)原意是词语或故事。只有在现代用法里，神话这一字眼才具有"荒诞"这一否定性含义(尽管柏拉图曾因感到神话会引人步入歧途而反对它是确有其事的)。
>
> 照通常说法，神话这个字眼常被当作荒诞或谬论的同义词。你可以指责一个陈述或说法不真实而说"那只是一个神话！"(名词"民间传说"和"迷信"可能产生相同效果。)但是……不真实的陈述并非是神话合适的涵义。而且神话也不是非真实陈述，因为神话可以构成真实的最高形式，虽然是伪装在隐喻之中。②

正是由于神话是一种真实而又神圣的叙事，因而具有其他文体难以比拟的价值。首先，随着"自然力的实际上被支配"，人们便不会也不可能再用这种"不自觉的艺术方式"来反映自然和社会、表达自己的愿望了。在后世，原始神话只是不断地被解读，而不能被复制。其次，原始神话不能再产生，却又是永恒的、至上的、无与伦比的，它超越了民族、国家和一切的地域文化。"不论人们对神话得以产生的那个民族的语言或文化多么无知，神话在世界上任何地方的任何一个读者看来仍然是神话。"③神话早已超越了

---

① 〔英〕马林诺夫斯基：《巫术科学宗教与神话》，李安宅编译，上海文艺出版社1987年版，第105页。

② 〔美〕阿兰·邓迪斯编：《西方神话学论文选》，朝戈金、尹伊、金泽、蒙梓译，上海文艺出版社1994年版，导言第1页。

③ 〔法〕克洛德·莱维-斯特劳斯：《结构人类学》，谢维扬、俞宣孟译，上海译文出版社1995年版，第225—226页。

神话本身,而成为可供所有人言说的永恒的"言说"。

二、遥远的历史

神话是人类必然要经历的思维方式和层次,反映出早期人类认识世界的真实水平。神话是人类历史谱系中最初的形态,属于人类最初的认知方式和叙述模式,是一段不可跨越的历史,一种遥远的不可缺少的呈现,为历史的演进奠定了基础。

神话是"神话思维"时代唯一的遗存和表达方式。历史其实是对神话的延续,是延续的神话。正如汤因比所说:"历史同戏剧和小说一样是从神话中生长起来的,神话是一种原始的认识和表现形式——象儿童们听到的童话和已懂事的成年人所作的梦似的——在其中的事实和虚构之间并没有清晰的界限。举一个例子来说明,有人说对于《伊里亚特》,如果你拿它当历史来读,你会发现其中充满了虚构,如果你拿它当虚构的故事来读,你又会发现其中充满了历史。所有的历史都同《伊里亚特》相似到这种程度,它们不能完全没有虚构的成分。"[①]神话,与其说是民族历史事件的真实记录,不如说是民族历史观念的真实写照,是先民真实的关于历史的观念。

站在现代人的立场上,神话不仅是遥远的故事,也是遥远的历史。"故事"(story)指的就是过去的事情,而历史(history)则是"他的故事"(his-story),"他的"即指遥远的祖先。这说明故事和历史有着一致性,只不过历史是附带着人(his)的叙事,或者说加入了人的主观因素。既然如此,以为神话是遥远的历史,并没有曲解历史。神话是什么,不在于神话本身,而在于对待神话的立场和方法。在印度,历史文献少有遗留,按中国史学认定的历史文献几乎阙如;一般认为,印度在10世纪以后才出现信史。因此,他们构建历史只能主要依赖神话传说,一些神话传说被当作历史,最明显的例子就是《摩诃婆罗多》一直被视为"历史传说"。

"故事"和历史之间本质上是相通的。神话和历史都是被重复的叙事,两者之间的重合之处在于,只有经过人的主观分析和判断,所谓的历史事实才有意义,说明神话的虚拟性正好构成历史不可缺少的元素。另外,世世代代讲述神话的行为也是一种事件和事实,神话叙事不断重复本身就构成了历史再生产的一部分。人们常说神话反映了某些历史的真实,其实,神话就是一种重要的社会事实和文化事实,其建构的过程也是事实,而不仅仅是某

[①] 〔英〕汤因比:《历史研究》(上),曹未风等译,上海人民出版社1997年版,第55页。

些历史的载体。我们可以说神话中的"神"是虚幻的,但创造"神"的过程和结果则是历史事实。

历史的建构与神话的建构并没有本质的区别,神话和历史本来就是互通的。美国历史学家海登·怀特(Hayden White)指出,不论我们把世界看成真实的还是想象的,解释世界的方式都是一样的。在希罗多德的巨著《历史》中,充斥着大量的神话内容。然而,"我国的正经正史不仅不入神话,甚至连天皇地皇人皇都不载。原始传说中的汉高祖母亲梦见神龙附其身遂生高祖,太史公便不录。中国的历史章法因'匪夷所思'而不纳,今天看来倒真令人匪夷所思。西方则不同,希罗多德的《历史》从一开始就引入了一个永远无法证实的'迷思'(myth):关于海伦被掳和希腊人报复的故事。此不独为人类学研究范畴中某种婚姻形态的历史演展,更是一个标准的'迷思'——神话叙述经典范式。而且,他还带出了不同地区和族群对待同一个故事的不同讲述——口述历史'人言言殊'的多样性质"①。神话丰富了历史,强化了历史的意义。

第三节　中国神话没有得到充分发育

袁珂在《中国古代神话》一书中说:"中国的神话,原先虽然不能说不丰富,可惜中间经过散失,只剩下一些零星的片断,东一处西一处地分散在古人的著作里,毫无系统条理,不能和希腊各民族的神话媲美,是非常抱憾的。"②何以中国古代神话遭遇如此境遇,没有得到充分发育,早已成为中国神话学者们共同探讨的一个命题。

一、正统文化疏离神话

记载中国早期神话的文献主要有《山海经》《淮南子》《列子》等,在占正宗地位的文献《诗》《书》《礼》《易》《乐》《春秋》等中,我们几乎寻觅不到神话的踪影。

从《山海经》《淮南子》《列子》等成书的年代看,都是晚于先秦(至少是春秋)的典籍。也就是说,流传于民间的神话在相当长的一个时段内没有得到搜集和整理。而作为叙事形态的神话在《山海经》等典籍中又显得颇为简陋、

---

① 叶舒宪、彭兆荣、纳日碧力戈:《人类学关键词》,广西师范大学出版社2004年版,第83页。
② 袁珂:《中国古代神话》,中华书局1960年版,第17页。

零散和荒诞。从叙事艺术角度看,情节不曲折,角色的个性不丰富,故事的结构也过于简单,其精致的程度不仅不能与几乎同时期的抒情文体,如华丽精美的诗和雕琢的汉赋相比,也无法同生动的叙事文体如司马迁的《史记》和乐府所收的《孔雀东南飞》《木兰辞》等叙事长诗相媲美。原因似乎是简单的,即神话叙事一直为文人所轻视,神话话语难以进入他们所钟爱的文体。

神话的生存是和叙事诗联系在一起的。古希腊神话主要保存在《伊利亚特》和《奥德赛》两部伟大史诗之中,其他国家的神话也往往通过史诗得以保存。闻一多就出版过著名专著《神话与诗》。

从现有的神话资料,可以判断上古神话可能曾经有过一个繁荣期,但由于华夏早期的神话叙事被疏离于诗歌传统之外,它失去了生长的土壤,只能默默湮灭。为何汉族神话没有进入长篇歌唱呢?有学者从汉语声调特点的角度,探讨了上古汉族讲唱艺术不发达的原因:

> 汉语每一个音节都有四种可能的声调(平、上、去、入),这些声调是区别词义的重要因素,如果声调变化,语义随之会发生变化;同时还具有重要的语法作用。所以,声调对理解语义具有决定性的影响。"题材"和"体裁"、"练习"和"联系"的差别,主要就是靠声调来区别的。然而,语言一旦入乐,必然不能保持原有的声调而要符合乐曲本身的音调,这样,就给听众理解乐曲的歌词带来了相当的困难。①

现代人听昆曲、京戏或其他地方戏,如果对戏中的故事不熟悉,没有字幕是很难听懂唱词的,这是汉语作为声调语言的特点所决定的。汉语只适合吟诵而不适合歌唱,尤其是叙事体的长篇歌唱。

在《神话与诗》中,闻一多从另一个角度指出了神话叙事没有进入诗歌的原因。他比较了中国、印度、以色列和希腊的源头文化后说道:"中国和其余那三个民族一样,在他开宗第一声歌里,便预告了他以后数千年间文学发展的路线。《三百篇》的时代,确乎是一个伟大的时代,我们的文化大体上是从这一刚开端的时期就定型了。文化定型了,文学也定型了,从此以后二千年间,诗——抒情诗,始终是我国文学的正统的类型,甚至除散文外,它是惟一的类型。赋、词、曲,是诗的支流,一部分散文,如赠序、碑志等,是诗的副产品,而小说和戏剧又往往以各自不同的方式夹杂些诗。诗,不但支配了整个文学

---

① 王青:《上古汉族讲唱艺术不发达原因新探——论声调语言对叙事长诗的制约》,《民族文学研究》2005 年第 2 期。

领域,还影响了造型艺术,它同化了绘画,又装饰了建筑(如楹联、春帖等)和许多工艺美术品。"①中国是诗的国度,严格说是抒情诗的国度。或许是汉民族书面叙事的早熟、内倾的性格、朴实的气质以及偏于形象思维等,决定了汉族的诗歌朝着抒情的方向发展,以至这一方向成为中国文学的主流。

"文以载道",中国古代诗歌同样负担着许多现实社会功能,也致使神话无法渗透其间,因为神话的荒诞与现实之间具有难以弥合的距离。

二、"想象力"的问题

讨论到中国的神话为什么不发达时,流行这样一种观点,即认为这是华夏民族缺乏想象力所致。例如,胡适在其《白话文学史》中称,中国人之所以没有写出神话"故事诗"来,是因为"古代的中国民族是一种朴实而不富于想象力的民族。他们生在温带与寒带之间,天然的供给远没有南方民族的丰厚,他们须时时对天然奋斗,不能像热带民族那样懒洋洋地睡在棕榈树下白日见鬼、白昼做梦。所以《三百篇》里竟没有神话的遗迹"②。

鲁迅也注意到这种观点,在《中国小说史略》中说道:"中国神话之所以仅存零星者,说者谓有二故:一者华土之民,先居黄河流域,颇乏天惠,其生也勤,故重实际而黜玄想,更不能集古传以成大文。二者孔子出,以修身齐家治国平天下等实用为教,不欲言鬼神,太古荒唐之说,俱为儒者所不道,故其后不特无所光大,而又有散亡。"③

将中国神话的命运归咎于整个民族的不善玄想或缺乏想象力,归咎于作为传统主体思想代表的儒者之讳言怪力乱神,可能并不符合历史事实。就保留下来的上古神话看,在想象力的奇诡和构思的浪漫上比西方有过之而无不及。如神话中的盘古神"气成风云,声为雷霆,左眼为日,右眼为月,四肢五体为四极五岳,血液为江河,筋脉为地里,肌肉为田土……"(《山海经》),还有"伏羲鳞身,女娲蛇躯"(王延寿《鲁灵光殿赋》),"一日七十化"(王逸注《楚辞·天问》),多么富有想象力。至于女娲补天、羿射九日、精卫填海、夸父逐日等等足以证明远古祖先的想象力之丰富和精神活动之自由。尽管儒家学派和墨子等远离鬼神,但在庄子和列子的著作里都保存着不少神话因子和相关的传说。

---

① 闻一多:《神话与诗》,北京联合出版社2014年版,第186页。
② 胡适:《白话文学史》,武汉大学出版社2014年版,第61页。
③ 鲁迅:《中国小说史略》,《鲁迅全集》第9卷,人民文学出版社2005年版,第23—24页。

中国神话的发育不仅不是少有民族想象力，而且很可能是因为初期过于"玄想"的缘故，神性几乎完全排斥了人性，脱离了人间烟火，难以为世俗所引用，致使后来者无法依据生活事象来补缀、加工、改造成一个自我独立的神话系统。由于不能构成自足的系统，神话在流传过程中即使失落了，也无处寻觅。或许正是由于上古神话之想象过于奇诡，才没有进入诗歌领域，给中国诗歌以深刻影响。

三、神话的历史化

依照一些学者和历史学家的看法，中国的上古历史基本上是神话的演绎。神话的历史化是指对神话采取一种基于历史意识的理解，也就是说将神话当作历史材料利用，神话本身被转化为古史传说。把神话这种不自觉的幻想的产物，看成一种史实，就破坏了神话本身的发展，使神话变为历史传说，这也导致了中国古代神话没有得到充分发育。

关于神话的历史化问题，最早是由顾颉刚、茅盾等率先提出的。茅盾对胡适所说的中华民族不富有想象力的说法表示质疑，并认为中国古代（北方）民族曾有丰富的神话，大概是无疑的。"问题是这些神话何以到战国时就好象歇灭了"，他在《中国神话研究 ABC》中论证道："'颇乏天惠，其生也勤'，不是神话销歇的原因，已经从北欧神话可得一证明；而孔子的'实用为教'，在战国时亦未有绝对的权威，则又已不象是北方神话的致命伤。所以中国北部神话之早就销歇，一定另有其原因。据我个人的意见，原因有二：一为神话的历史化，二为当时社会上没有激动全民族心灵的大事件以诱引'神代诗人'的产生。"①

神话的历史化的确是显见的事实。在被称为我国第一部"正史"的《史记》中，开首赫然就列载着《五帝本纪》，而五帝之首就是黄帝。据司马迁记载，这位"名曰轩辕"的黄帝有了不得的本领，不仅"生而神灵，弱而能言，幼而徇齐，长而敦敏，成而聪明"，而且还能"修德振兵，治五气，艺五种，抚万民，度四方……禽杀蚩尤"。显然，黄帝是神话的造物，是一位功能齐备的"神"，却堂而皇之进入到正史里面。

当然，司马迁并不是神话历史化的始作俑者。他写黄帝，弃神话资料不用，选择的是《大戴礼》中《五帝德》《帝系姓》所记的已历史化了的古史传说。《山海经》中载有鲧、禹的故事，《史记·夏本纪》亦不用，而取材于已将

---

① 马昌仪编：《中国神话学文论选萃》（上），中国广播电视出版社1994年版，第130页。

神话历史化了的《尚书》之《尧典》《舜典》。按照茅盾的研究,神话历史化的过程早就开始,而且大约在商周之间已经完成,到春秋战国时期,已经远离了神话时代。因为"当时的战乱,又迫人'重实际而黜玄想',以此北方诸子争鸣,而皆不言及神话。然而被历史化了的一部分神话,到底还保存着。直到西汉儒术大盛以后,民间的口头的神话之和古代有关者,尚被文人采录了去,成为现在我们所见的关于女娲氏及蚩尤的神话的断片了"①。

如果说,茅盾是从探讨中国古代神话没有充分发育的原因来谈论神话的历史化,那么顾颉刚则张开史学家的视野,从对古代史的辨伪入手,来论证神话的历史化现象。

顾颉刚在其《古史辨》第一册自序中阐述了一个独到的观点:中国的古史是"层累地造成的","所谓"层累地造成"是指中国古代史是一代又一代的写史者后添加上去的,"时代愈后,传说的古史期愈长"。为了清晰地表述这一见解,他"排除与古史系统远近无关的识见和繁简,而单纯以古帝神话传说发生时代的先后次序和古书中所讲的古史系统排列先后来比较,从而得出两者先后恰恰相反的规律",也就是说"战国、秦、汉以来的古书中所讲的古史系统,是由先后不同时代的神话传说一层一层积累起来造成的,古代神话传说发生时代的先后次序和古书中所讲的古史系统排列先后恰恰相反"。②而且,越早历史化的神,地位就越低;越晚进入历史系列的神,则以更大的神秘性后来居上。

中国"三代"以上的古史系统并不是来自前人留存的史料,而是在吸纳民间各种神话资料以后才逐步成形的。如以大禹为例,许多学者认为禹首先是一个历史人物,而后在各种民间传说中被一步一步地拔高和神化;而顾颉刚则相反,认为禹是由神一步一步变成人的,因为有关大禹的神话传说史料要早于将其描述为历史人物的史料。

中国神话历史化实际上是神话叙事受制于封建主流文化话语霸权的过程。经过历史化改造的神话是古代神话的主要形式。历史化了的神话,是与农耕文明相适应的唯道德理性的现世主义思维方式支配的结果,其依附于道德政治之上,充当道德政治的图解。具体说,是出于神化帝王及建立帝王谱系的需要。中国文学的功利主义品格,起初是在神话历史化的进程中确定下来的。

---

① 马昌仪编:《中国神话学文论选萃》(上),中国广播电视出版社1994年版,第130—131页。
② 顾颉刚:《秦汉的方士与儒生》,上海古籍出版社1998年版,第12页。

第四节　中国神话的民族特征

各民族的神话都有各自的民族特点。对中西神话宏观上的比较研究，两者的"分水岭在于希腊神话可归入'叙述性'的原型，而中国神话则属于'非叙述性'的原型。前者以时间性（temporal）为架构的原则，后者以空间化（spatial）为经营的中心，旨趣有很大的不同"。"如果我们肯定神话具有保留'前文字记载时代'的传说（pre-literary lore）的功能；那么，西方神话注重保留的是这些传说中的具体细节，而中国神话注重保留的却只是它的骨架和神韵，缺乏对于人物个性和事件细节的描绘。我们在先秦两汉的古籍中，几乎找不到对任何神话人物事迹的完整叙述。"①具体而言，中国神话的民族特点主要表现在以下几个方面：

一、历史化了的古史传说系统

神话的历史化，促使神话向着另一个方向发展，导致上古神话的"众神"转变为"众帝"，构建为可以与神话体系媲美的古史传说系统。

汉朝建立后，加速了神话历史化的进程。汉武帝采纳了董仲舒的建议，"罢黜百家，独尊儒术"，开启了儒家经学占统治地位的"经学时代"。儒学关注"人"的问题，对待上古神话的态度自然也是出于"人本位"的考量，即对上古神话作充分的历史化处理。如此，上古神话裂分为古史传说系统和原始神话材料两个部分。如围绕着以黄帝、颛顼、帝喾、尧、舜为中心的"五帝"以及以伏羲、女娲、神农等为中心的"三皇"体系，就具有鲜明的民族特征。在其演进的过程中，越来越偏离神话原先的轨道，古帝王取代了神的位置。"三皇五帝"构成了中国式的"帝系"，取替了本应得到发展的上古神话中的"神系"。这种历史化的古代神话，被重新组合为古史传说系统，形成了有中华民族特色的、以历史意识为主导线索的神话传说系列。这一系列，与欧洲式的"体系神话"大相径庭。

二、农耕民族色彩浓郁

农业生产在中国一直占有举足轻重的地位，农业神自然也得到最高的礼遇。故而晋代干宝的《搜神记》的首篇为"神农"。神农即炎帝，被奉为中

---

① 〔美〕浦安迪讲演：《中国叙事学》，北京大学出版社1996年版，第39、41页。

国华夏族的农业始祖神。在上古神话中,许多神的史迹都和农业生产有关。

现在保存下来的一些优秀的神话,如女娲补天、羿射九日、鲧禹治水、夸父逐日、黄帝与蚩尤的战争等都或多或少地与太阳、水、雨、旱等农业生产最主要的自然条件和灾害有关。神话中的神和英雄勇士,许多也和农业生产有联系。如盘古开天辟地,以"肌肉为田土";黄帝的助手应龙和女魃(黄帝之女)是雨神和旱神;帝俊派羿下到人世为民消除灾难,除去九日;鲧、禹治水;鲧从天帝那里窃取息壤;后稷教民耕稼;舜亲自在历山种田、在雷泽捕鱼、在河滨制陶器;等等。

当然,中国上古神话反映早期人类社会生活是多方面的,但从现有的中国上古神话文本来看,确实有较浓厚的农业经济色彩。

三、不同神话体系的融合和多样化

远在原始社会,生活在中国土地的氏族、部族就已经有了许多交流。而神话的产生、流传及神的系统,开始都是以氏族、部族为基本单位的。譬如,在西北、华北生活着许多狩猎、畜牧业发达的氏族,他们的图腾一般是牛、羊、豕、犬、熊、虎、鹿、猿以及鱼、龟、蛙等,这些氏族的神话可归纳为"炎黄系统";生活在东部的氏族主要以日、月、星和鸟为图腾,其神话可称为"帝俊系统";南方气候条件和地理环境适宜蛇等爬行动物繁衍,其部落民多以之为图腾,神话系统属"羲娲系统"。随着氏族、部族之间的征战、联合或融合统一,他们各自的神也在相互"征战、联合或融合统一"。春秋时的华夏族,就是以黄帝族、炎帝族、东夷族等部族联盟为主体,并吸收了苗、黎、狄、羌族的部分成员逐渐融合形成的。随着各部族的融合,他们的神也在融合,各部族的神也都进入了中国上古神话体系之中,形成了中国古代神话多样化的特点。

其一,中国古代神话不成系统,主要指神的谱系不完备,不像希腊、罗马、埃及、巴比伦、北欧以及非洲一些民族的神话那样,有一个比较完整的系统。这些民族的神话都有一两个占统治地位的主神。如希腊神话的万神之父宙斯,北欧神话的众神领袖奥丁,巴比伦神话中统治全宇宙的三位最高的神安(天神)、基(地神)和恩利尔(空界神),等等。而中国古代神话可以很明显地看出是几个神话体系的融合,未能建构一个主神统帅众神的完整谱系。黄帝、炎帝、女娲、伏羲、帝俊、颛顼等"帝"都是并驾齐驱的,形成了"众帝""群帝"共存的局面。虽然崇拜黄帝的周民族在春秋时统治着中原,黄帝在"众帝"中的地位明显升高,但仍没有达到在众神中至高无上的地位。

其二,中国上古神话是多个部族神话体系的融合,在内容上自然呈现五光十色的特点,往往同类型同内容的神话有着不同的说法。譬如,世界其他民族的神话,太阳神多为一个,但中国却有许多,东方帝俊族的太阳神是女神羲和,太阳是她生的儿子;中原炎帝族的太阳神则是"牛首人身"炎帝;南方苗、瑶族的神话则说太阳是盘古的左眼。盘古的形貌说法不一,《广博物志》卷九引《五运历年纪》说:"盘古之君,龙首蛇身。"《路史·前纪一》注引《地理坤鉴》说:"盘古龙首人身。"弓箭的发明制造者,有的神话说是羿,有的说是般。许多同一类型的神话都有类似情况。

四、种类齐全

尽管中国古代神话没有被很好地保留下来,但仅从以文字保留下来的中国上古神话文本来看,内容仍是十分广泛的。世界各民族主要的神话类型,在中国古代神话中大多数都有,如开天辟地的神话、人类起源的神话、英雄勇士(包括制造某种工具、武器,开创某一技术,征服自然和反抗天帝)的神话、事物变幻的神话、死亡灵魂的神话、风俗神话、部族战争的神话、神怪神话等;学者们关注比较多的具体神话类型,还有洪水神话、天梯神话、射日神话、盘瓠神话、感生神话、图腾神话等。就种类的齐全和内容的广泛来看,和闻名世界的古希腊、古埃及及北欧等民族的神话相比,也毫不逊色。

中国古代神话提供了大量神的形象,留下神迹的神就有近百个。如女娲、伏羲、盘古、蛇龙、应龙、浊龙、炎帝、黄帝(皇帝)、蚩尤、颛顼、帝俊、祝融、共工、禺强、句芒、尧、舜、鲧、禹、启、西王母、后羿、夸父、刑天、精卫、嫘祖、常羲、羲和、嫦娥等等,每个神都有详略不同的神迹流传下来。这在世界各民族的神话中也是很可观的。

五、"怪异神人"众多

中国各民族的神话都塑造了大量"怪异神人"的形象,尤以西南地区的创世史诗中多有描绘。彝族创世史诗《梅葛》中说,天神撒下三把雪,落地变成三代人:第一代是独脚人,长一尺二寸独自一人不会走,这一代人,月下能生存,太阳一出就晒死。第二代是长一丈三尺巨人,穿树叶为衣,以山果为食,不愿做活,只想睡觉,一睡就是几百年,最终被淘汰了。第三代是两眼朝上的直眼人,后来得罪天神,被洪水淹没,只剩下好心的妹妹。妹妹用哥哥的洗澡水洗澡,怀孕生下怪葫芦,葫芦中生出现在的各族人。史诗《查姆》中说,最初出现的人类男子有八只眼、九个耳朵,女子有四双手、两条腿

(或六条),他们都从不眨眼。①

《山海经》载有"怪异神人"一百多个,所记殊方异国,包括三首国、三身国、一臂国、无肠国、大人国、小人国等。全书记述了将近一百个神话故事,神灵四百五十多个,他们能力强大,奇形怪状,有龙身鸟首、马身人面、人面蛇身、三头六臂、奇肱、一目等。这些"怪异神人"大多是虚构的或半实半虚构的。其"人"多狰狞诡异,并各有特征,如长臂人、厌火人(口中能吐火)、钉灵人(长着马蹄,善跑)、三身人(一人三个身子)、三首人(一人三个头)等等。这些"怪异神人"大都是人与动物的合体,表明人类还没有完全从自然界挣脱出来,身上带有浓重的动物属性和自然崇拜痕迹。还有一些"怪异神人",如不死民(死后120年能够复活)、无臂人、巨人等,则寄托了中国古代民众的美好理想和希望。另外,雕题人(刺面)、黑齿人(染齿)、玄股人(涂股)等反映了古代不同部族的各种社会习俗和不同装饰。"怪异神人"并非凶恶之人,而是具有奇智异能的人;记载对他们并无道德上的批判,只在强调他们的奇异。

"怪异神人"的神话繁多。根据其内容,应该说其中不少是原始社会(或奴隶社会前期)产生的。这些"怪异神人"神话的具体情况没有流传下来。现在古籍上所简要记载的,只不过是一些名目或其基本特征而已。这类神话,在世界其他民族中也或多或少地存在,但远远没有中国的丰富多彩。

六、多为自然神、氏族神和英雄勇士

古希腊和古罗马等民族神话中的神,一般都有明确的职务及所辖的范围,多为抽象的概念神。如阿芙洛狄忒(Aphrodite,希腊)为爱与美之神,赫柏(Hebe,希腊)为青春女神,德墨忒尔(Demeter,希腊)为丰收女神,福尔图娜(Fortuna,罗马)为幸运女神,厄里斯(Eris,希腊)为不和女神,拉托娜(Latona,希腊)为黑暗女神,等等。

中国古代神话中却只有吉神逢泰,生命之神大司年、少司年及春神句芒等极少几个概念神,而绝大多数都是自然神,诸如太阳神、月神、水神、火神、风神等,还有就是氏族神(尧、舜等)和英雄勇士。这些神的形象比较鲜明,并在神话中占有十分重要的地位。这种差异说明,古代中国人的思维方式偏重形象和感性,而西方人的思维方式偏重抽象和理性。一般来说,概念神的产生应是靠后的现象,而自然神更为古远。

---

① 郭思九、陶学良整理:《查姆》,云南人民出版社1981年版,第16页。

第五节　中国神话的分布及记载

一、地理分布格局

按茅盾的分法,中国上古神话大致流传于北部、中部、南部三个区域。分属于这三个不同地域的神话,以后逐渐合而为一,形成中华民族神话的系统。①

1. 北部神话

也就是指黄河流域的神话。在四五千年前,在黄土高原和中原地区活跃着以姬、姜二姓为主的炎黄部落联盟,后来称之为"华夏"或"诸夏"。从古籍中一些零散的记载可以看出,华夏集团创造过许多神话。他们的血缘谱系本身就是神话。在北方的先秦诸子散文中,很少言及神话,以至北部神话大部分风流云散。现仅在秦以后的《淮南子》《列子》等书籍中保留了一些零散片断。也就是说,北部神话在相当长的一段时间内,没有得到搜集和整理。保留下来的一些神话,有的由于被历史化了,成为地方风物传说,如《列子·汤问》中的《愚公移山》。

2. 中部神话

主要指长江流域的神话。这一地区的古代部族集团,曾被称作"蛮",有时又叫"苗",称"苗蛮"集团。苗蛮的巫祀文化发达,楚地人信巫鬼,好祀神,盛产神话。在这样的土壤上,生长出了与北方的《诗经》大为不同的《楚辞》。中部诗人屈原在《天问》中已提出"女娲有体,孰制匠之"的疑问,可见中部地区当时已流行着女娲的神话。楚地盛行巫风,祭祀活动中大量表演神话故事,如屈原《九歌》中的《云中君》等篇,便是楚人祭祀东皇太一(日神)时举行歌舞大会使用的歌词;屈原《离骚》为我们展示了一个神话世界:在"百神翳其备降兮,九疑缤其并迎"的众神中,风神飞廉、雷神丰隆和月御望舒等的形象都栩栩如生。然而,在中国"重实际而黜玄想"的中原文明占据了中国文化的正统地位,而"好巫信鬼"的楚文化只是侧系旁支,故而古神话传说在中国未能像在古希腊、北欧、古埃及和古印度那样系统而丰富。

---

① 茅盾:《神话研究》,百花文艺出版社1981年版,第131—140页;冯天瑜:《上古神话纵横谈》,上海文艺出版社1983年版,第54—58页。

3. 南部神话

指广西、云南等地区的神话。这个地区的文化发展更晚一步。但南方神话也多姿多彩，这些神话大多保存在大量的创世史诗中，尤其有特色的是"创世神话"（creation myths）。关于这种神话，茅盾曾指出："原始人的思想虽然简单，却喜欢去攻击那些巨大的问题，例如天地缘何而始，人类从何而来，天地之外有何物，等等。他们对于这些问题的答案便是天地开辟的神话，便是他们的原始的哲学，他们的宇宙观。"[①]由于南方经济落后，神话一直未载入书籍，只是到了三国时期，孙吴的势力扩展到岭南，南部神话流传至长江流域，才有人记录下来。

中国神话按南北划分为三部分，这是茅盾对中国神话学的一大贡献。"我国古神话按地区分支之说，虽有个别问题可以再探讨，但这一理论本身的重要意义却是不可抹杀的。茅盾给中国上古神话的研究，提出了一个带有方向性的建议，使人们的思想大为活跃，视野大为开阔。"[②]

如果按东西划分，中国的神话又可区别为西部的昆仑神话系统和东部的蓬莱神话系统。顾颉刚认为，昆仑的神话"发源于西部高原地区，它那神奇瑰丽的故事流传到东方以后，又跟苍莽窈冥的大海这一自然条件结合起来，在燕、吴、齐、越沿海地区形成了蓬莱神话系统。此后，这两大神话系统各自在流传中发展。到了战国中后期，在新的历史条件下，又被人结合起来，形成了一个新的神话世界"[③]。昆仑神话具有浓厚的原始性质，神祇大都是人兽同体，保留了自然崇拜的痕迹。昆仑神山在中国神话世界中，如同希腊神话中奥林匹斯山、北欧神话中阿斯加尔山一样地位显赫、至关重要。古代神话中，如夸父逐日、共工触不周山、嫦娥奔月等故事，都来源于昆仑系统。但是，昆仑神话的神祇形象模糊，神祇之间关系不明确，很难成为一个以主神为中心的神话系统。

中国北方的鲲鹏神话，关于蓬莱、方丈、瀛洲这三座神山的传说，则来源于蓬莱系统。蓬莱仙话的核心内容是求仙长生。其实，昆仑也是一个不死的圣地，或许正是由于这一基本的共同点，两种神话系统最终融合为一体。

---

① 茅盾：《神话研究》，百花文艺出版社1981年版，第163页。
② 潜明兹：《神话学的历程》，北方文艺出版社1989年版，第203页。
③ 顾颉刚："'庄子'和'楚辞'中昆仑和蓬莱两个神话系统的融合"，《中华文史论丛》1979年第2辑。

二、载录古代神话的主要典籍

中国上古典籍中,没有可以称作神话的专门体裁,也没有一部可以从中发现记叙连贯和完整的神话的文学作品,更没有一部宗教经典或神话、传说的完整汇编,以形成比较系统的神界故事系列,我们只能看到一些偶然提及的片言只语,以及分散在各个时代、各种观念的文献中的诱人的断简残篇。

一般将古代典籍分为四类:"经"(儒家经典)、"史"(各种体裁的历史著作)、"子"(诸子百家著作及宗教著作)、"集"(作家的文集)。其中,经书几乎不见神话踪迹,史书载有少量已历史化的神话传说,子书中《庄子》《荀子》《韩非子》《吕氏春秋》《淮南子》等包含一定数量的神话内容,难以计数的集部则是发掘神话的"共生矿"。现存保存古代神话资料最多的著作是《山海经》《穆天子传》《楚辞》《淮南子》《列子》《庄子》等书;此外,在野史笔记、小说中也散见一些神话。这些典籍有两个共同特点:一是大多出自南方(长江流域)人的手笔,而南方恰恰是巫术文化盛行的地区,与古代中原重伦理、重人事的文化特点相去甚远。二是成书时代较晚,大多在理性时代到来之后。尽管其中包含着较古老的材料,但成书之前,已有大量世俗化的非宗教神话文献问世(从"五经"到诸子散文和历史散文,应有尽有),并被奉为中国上层文化的经典之作。这些中国式"圣书"的宗教神话色彩比其他民族淡薄得多。[①]

《山海经》全书由十八卷构成,原题为夏禹、伯益作,实际上是无名氏的作品,并且不是一时一人所作。此书成书时间争论颇多,大概是从夏代到汉代初年的楚国或楚地人所作。《山海经》原本有图有文,文是对图的解说词。晋代陶渊明有"流观山海图"的诗句,同时代的郭璞给《山海经》作注时,有"今图作赤鸟""在畏兽画中""图亦作牛形"等说明。可惜晋代还有流传的《山海经》图后来遗失了。

由《史记·大宛传》可知,司马迁读过《山海经》,并感叹"所有怪物,余不敢言之也";近人也多承认这部书是"语怪之祖""古之巫书"。清代乾隆年间编辑《四库全书》,把《山海经》从原先的地理类改放到小说类,认为它"侈谈神怪,百无一真,是小说之祖耳,入之史部,未为允也"。《山海经》应该是一部巫书,可能为不同时代的巫师所作。古代的巫师就是古代的知识分子——甚至可以说是"高级知识分子",一切文化知识都掌握在他们的手

---

① 谢选骏:《神话与民族精神》,山东文艺出版社1986年版,第187页。

里。鲁迅说"巫以记神事"①,巫书是适宜于保存神话传说材料的。袁珂表达了同样的观点,认为《山海经》图属于巫图:

> 《山海经》尤其是以图画为主的《海经》部分所记的各种神怪异人,大约就是古代巫师招魂之时所述的内容大概。其初或者只是一些图画,图画的解说全靠巫师在作法事时根据祖师传授、自己也临时编凑一些的歌词。歌词自然难免半杂土语方言,而且繁琐,记录为难。但是这些都是古代文化宝贵遗产,有识之士不难知道(屈原、宋玉等人即其例证)。于是有那好事的文人根据巫师歌词的大意将这些图画作了简单的解说,故《海经》的文字中,每有"两手各操一鱼"(《海外南经》)……这类的描述,见得确实是说图之词。②

《山海经》的《山经》,也称《五臧山经》。它列举了三百四十座山,并对这些山的名称、地理位置、山与山的距离、水的源流、草木鸟兽的形状和功用、金属和非金属矿藏、神话传说、历史故事,都有比较简明扼要的叙述。《海经》部分包括海外四经、海内四经、海内经和大荒四经等十三个部分。其中列举了许多古代比较著名的氏族或部落的名称及其情况。《山海经》所载神话众多,重要的神话形象多出于其中。但《山海经》流传久远,简札错乱,抄写失真,阙失及讹错之处甚多,内容也不成体系。其真正的价值,主要在于是"神怪之渊薮",是中国上古神话的百科全书。

《穆天子传》又名《周穆王游行记》,是晋太康时在汲郡战国魏襄王墓发现的,属于汲冢竹书之一,为我国第一部由文人有意识创作的神话小说。此书由荀勖、傅瓒等人核定,郭璞注后流行后世。书中载周穆王驾八骏西征的故事,带有强烈的神话色彩。在昆仑山接待周穆王的西王母,形象已与《山海经》中那个"豹尾虎齿"、性别不明的怪神大不相同。她与周穆王主宾相见,赋诗交欢,俨然是一位气度非凡、雍容华贵的"人王"。她向周穆王吟曰:"嘉命不迁,我惟帝女,彼何世民,又将去子。吹笙鼓簧,中心翱翔。"此后,在班固作的《汉武帝内传》里,西王母更成为一位"年三十许,修短得中,天姿掩霭,容颜绝世"的女神,并把三千年结果一次的仙桃四枚赐予汉武帝。由《山海经》到《穆天子传》再到《汉武帝内传》,西王母形象实现了从半人半兽、人兽合一、形貌狰狞、管瘟疫刑杀之神,到善歌的天帝之女,再到

---

① 鲁迅:《汉文学史纲要》,《鲁迅全集》第9卷,人民文学出版社2005年版,第355页。
② 袁珂:《袁珂神话论集》,四川大学出版社1996年版,第15页。

美丽华贵、带有仙气的女王的变异。从西王母形象的变迁中，可以看出神话由粗犷向精致发展的脉络。

《淮南子》今本 21 篇，由淮南王刘安组织宾客编撰，属于道家作品。所记多为周朝之事，其中包含一些重要的神话材料。如《览冥训》中的"女娲炼五色石以补苍天""羿请不死之药于西王母，姮娥窃以奔月。怅然有丧，无以续之"，《天文训》中的"共工怒触不周山"，以及太昊（伏羲）做东方天帝，木神句芒辅佐其治理东方 12000 里地面，句芒宣告春天来临，《本经训》中的"羿射九日、杀凶兽"等，都在中国神话系统中占有重要地位。

相传，《列子》是东晋人所写的哲学著作，其哲学价值远不如其他子书，但却保存了一些著名的神话篇章。其中比较重要的有《汤问篇》中的"昔者女娲炼五色石以补（天）阙……其后，共工氏与颛顼争为帝，怒触不周之山""归墟五神山和龙伯大人""愚公移山"，《黄帝篇》中的"黄帝与炎帝战于阪泉之野"。不过，这些故事清楚地显现出神话向历史传说或寓言转化的痕迹。

另外，历朝的野史及各种笔记、小说，在记载、改造神话方面也有重要贡献。如《搜神记》《神仙传》一类书，旨在"发明神道之不诬"，既有浓郁的"仙话"意味，也记叙了若干古朴悠远的神话。值得注意的还有北宋李昉等编撰的《太平广记》和《太平御览》。李昉博览群书，富于著述，与扈蒙、李穆、汤顺等 12 人，于太平兴国二年（977）三月奉诏编撰《太平广记》，三年后书成刊行。此书共 500 卷，分神仙、女仙、道术、贡举、职官等 55 类，征用书籍 475 种，辑录了 6970 余则故事。唐以前不传之秘籍，赖此书尚存什一。《太平御览》成书于太平兴国三年（978）。该书辑录"诸国图籍"1600 余种，内容庞杂，其中也有神话若干，大都采自野史、笔记小说。这些不入流的"闲书"后来大多绝版绝本，许多内容因《太平御览》得以幸存。如"盘古开天辟地"，原出自三国吴国道人徐整的《三五历纪》，现该书佚失，依靠《太平御览》保存了故事片断；"女娲造人"原载汉代应劭的《风俗通义》，此书传世后内容多已散失，《太平御览》保存了诸多细枝末节。此外，《太平御览》还引载了《龙女河图》中"黄帝与蚩尤战于涿鹿之野"的传说，以及《志林》（晋朝虞喜撰，原书已佚）一书中"黄帝仁义，不能禁止蚩尤，遂不敌"的故事。

记载古代神话的典籍，因非一人所为，产生年代悬隔久远，即便同一种神话亦有出入。如《归藏》记载鲧死化为黄龙，《左传·昭公七年》说"鲧死化为黄熊"。甚至在同一部书中，对同一神话角色的描述也前后矛盾，如《山海经·海外北经》说夸父追日途中"道渴而死"，《山海经·大荒北经》却记载夸父被应龙所杀；《大荒北经》和《大荒东经》对蚩尤的死，也作了完全不同的描述。

这种歧义现象表明,古代神话的建构还没有摆脱零乱的局限。要将极零碎的神话片断缀辑起来,从中清理出一条比较完整的脉络,是非常困难的事情。这是一个重构神话的问题,困难不完全在于资料的零碎和匮乏,而在于如何重构。

在重构中国神话的实践中,袁珂开辟了广义神话学的路径。1983年,他在《民间文学论坛》上发表了《从狭义的神话到广义的神话》一文,初步阐明了广义的神话思想;1984年和1985年,他又先后在《民间文学论坛》上发表了《再论广义神话》和《前万物有灵论时期的神话》两篇文章,进一步论证了广义神话观。"广义神话的中心思想,就是认为不仅最初产生神话的原始社会有神话,就是进入阶级社会以后的各个历史时期也有神话。旧有的神话在发展,在演变;新的神话也随着历史的进展在不断地产生。直到今天,旧的神话没有消失,新的神话还在产生。"①也有学者不同意袁珂的观点和做法,认为这样做模糊和扩大了神话的边界,反而不利于神话的研究。

第六节　神话的变形法则

德国文化哲学大师恩斯特·卡西尔(Ernst Cassirer)在论及神话结构特征时说:

> (原始社会时期)在不同的生命领域之间绝没有特别的差异。没有什么东西具有一种限定不变的静止形态:由于一种突如其来的变形,一切事物都可以转化为一切事物。如果神话世界有什么典型特点和突出特性的话,如果它有什么支配它的法则的话,那就是这种变形的法则。②

对中国上古神话作全面考察,便会发现许多神话包含一种基本情节——变形,即人兽互相蜕变转化。洪荒时代,神话被视为客观真实与信念的记录。它在描述及阐释这个世界的时候,展开幻想之翅膀,宣泄着创造的天真。而表现、传扬这创造的天真最淋漓尽致的,莫过于神话的变形情节。在变形中,人骤然变为动植物,动植物突化为人,整体可肢解为局部,局部可重新结合为整体,一切不关联的变得关联。如此充满神奇的变形世界,使得

---

① 袁珂:《中国神话史》,上海文艺出版社1988年版,序第1—2页。
② 〔德〕恩斯特·卡西尔:《人论》,甘阳译,上海译文出版社1985年版,第104页。

宇宙间的事物除了"变化"以外，似乎再也没有其他法则存在。

马克思在《德意志意识形态》一书中写道："当然，意识起初只是对直接的可感知的环境的一种意识，是对处于开始意识到自身的个人之外的其他人和其他物的狭隘联系的一种意识。"[1]在原始社会，每一现象都可能在初民们的心灵中唤起某种刺激与反应。周而复始的日、月，变幻无常的星云，随季节的更迭而荣枯盛衰的植物，以至卵化成虫，蛹蜕为蝶，蝌蚪衍进成青蛙，蛋中飞出小鸟，蛇蜕皮而不老……这些自然中的生息变化现象，反复映入原始初民应接不暇的眼帘，并令他们常常在这些事象与自身之间建立某种直观的类比联系，进而坚信宇宙万物的生成乃变化所致，即使生命亦是如此，是变化，绝不是生殖。现实中的客观性变形诱发了幻想中的变形，为创作变形神话作了示范。于是彝族有虎图腾，便说虎以骨撑天，左右膀变日月，眼变星星，肠胃变江河，皮毛变草木；哈尼族奉牛为图腾，认为牛死后左眼变太阳，右眼变月亮，牙变星星，肉变土地，舌变成虹；普米族崇拜鹿，神话中说鹿头变天，两眼变日月，齿变星星，血变海子，皮变大地，毛变草木，心变山，肺变湖，大肠变江河，小肠变道路。我国各民族皆有类似神话。原始初民把两个迥然不同的物象统贯为先后的一体，两种事物之间竟然无须任何共同点。原始初民正是如此仿效自然的创造，把物种之别、事理之隔一概泯除。

叙述变形的方式有两种：一是动态的，即以"变"或"化"这两个动词简陋而抽象地概括了变形的全过程；一是静态的。如果说动态的变形令人太感突然、迅速而不好把握的话，那么静态的变形则给我们提供了细细品味和思索的机会。

《山海经》给我们描绘了许多人兽同体互生的形象，或蛇身人面，或鸟首人身，不一而足。西王母是人形及虎齿豹尾，钟山神是人面蛇身，《帝王世纪》《列子》皆记伏羲是蛇身人面，女娲是蛇身人首。此类神话绝少动作上的叙述，不以某一动词来概述两种生命的互相更替，而是静态的形体展露，在静止的空间组合上，表现了人兽互动的渊源关系。这和"文身"（变形观念的物化）有着异曲同工的妙处——动物与人融为一体似乎是一种永恒的存在，让我们更为清晰地看到人类与兽类神秘的同化，看到两种生命形式互相转化的"现在进行式"。半人半兽实际上是不同生命相互转化的中间环节，是人类通过变形兽化自己的一种特殊形式。

---

[1] 〔德〕马克思：《德意志意识形态》，《马克思恩格斯选集》第1卷，人民出版社1995年版，第81页。

无论是变形,还是变形的特殊形式——半人半兽,都是原始初民在观念形态中满足内心一种极为强烈的欲望及渴求。原始人较之文明人更必须常去赤裸地面对严酷的现实,尤其是死亡。死亡是一种令人非常惊异而恐惧的特殊现象,人们对此必须付出极大的关注。人类大约从旧石器晚期便有了生命意识,求生之欲望已很强烈。可是那时缺乏对死亡的正确认识,原始初民只好在宗教信仰中祈求生命的延续和复归,表述这种信仰的语言形式便是变形神话。因此,变形也往往是原始人对死亡的解脱,或者说神话用变形来代替生命终结这一事实。在原始初民的心目中,死亡是灵魂的挪移和形象的迁化,至于永远寂灭无存的死去的事情,却是不真实的。以这个信念,原始初民在不自觉的虚构下装饰死亡,于是,死亡就只是一个变形的情节。他们把延续生命的希望寄托于变形,并以此战胜死亡给人的恐惧。

变形神话是典型的巫术艺术,对后世文学艺术有强大的、持久的影响力,并奠定了后世文学思维的定势。中国古典文学和其他的民间文学样式,几乎都程度不同地运用过变形;南美的魔幻现实主义,也大量吸收了神话变形的手法。中国古典文学作品和戏曲中的借尸还魂、死后化形的情节,显然继承了变形神话对生命的叙述模式,那就是这一生命不会消亡,仍将以另一种生命形态复活、再生,抒发了对主人公的美好愿望和感情。

第七节　神话与古代信仰

巫术信仰和图腾崇拜是原始宗教中涵盖文化最广的两种形式。两者的区别在于:图腾的表现倾向自发性和艺术性,如绘画、歌舞以及神话传说;而巫术则侧重熟稔的技术和抽象的概念,如医治疾病、观测天文、解释占卜等。巫术信仰和图腾崇拜的表现形态和内涵大多与神话有关,神话、巫术、图腾和原始宗教相互关联、缺一不可,它们共同组合为原始文化的主体。

一、神话与巫术

巫术是利用和操纵某种超人间力量,通过一定的仪式表演影响人类生活或自然现象,从而达到施术者目的的一种行为或技艺。这个定义本质上和神话差不多。神话是原始人借助想象以征服自然界,也就是想象出一种超自然神秘力量来征服自然界,神话中的神都是超自然力量的化身。不同的是,巫术主要体现了人与人、人与事的关系,而神话反映的主要是人与大自然的对立和统一。

古代女性施巫术者被称作"巫",男性被称作"觋",又称"巫祝"。民间行使巫术的人又统称"巫师"。在原始社会,巫师最初没有专业化,到原始社会末期,随着私有制和阶级的出现,巫师便是宗教领袖了,有的由部落首领兼任。巫师能沟通于人神之间,天上地下,无所不知,无所不晓,他们集各类知识于一身,有很高的威信。

巫术和神话的关系极为密切,它们都是原始思维活动的产物。不少神话以至传说、故事中,都有巫术活动的记录。反过来,对巫术活动的描写和解释,也可以形成一些神话。在巫术活动中所念的咒语,有的就是神话。从另一方面看,巫术信仰一旦诉诸行动,便是仪式行为。譬如,史诗的一些演唱就是在巫术的仪式场合进行的。"从某种意义上说,《奥德赛》不仅起始于某种祈祷,而且起源于某种仪式的诞生。"①如果说巫术是散落的珠子的话,神话就是一条线,将这些珠子连缀为有头有尾的整体。

在《山海经·大荒东经》中,有一则和模仿巫术有关的神话:"应龙处南极,杀蚩尤与夸父,不得复上。故下数旱,旱而为应龙之状,乃得大雨。"应龙原是想象中的动物。龙一般都司雨水,地上久旱不雨,人们向司水的神龙求雨,便模仿应龙造像而祈求应龙,希望应龙能降雨。一直到今天还在民间盛行的玩龙的风俗,其渊源可能出自原始巫术活动中模仿龙的形貌动作以求雨的古俗。只是随着社会的发展,这一带有浓厚巫术性的古俗,逐渐演变为群众性的娱乐活动。

又《大荒南经》记有:"东南海之外,甘水之间,有羲和之国。有女子名曰羲和,方浴日于甘渊。羲和者,帝俊之妻,生十日。"从文学的角度去理解,这是一则非常优美的神话。太阳之母,每天在甘渊为她的儿子洗澡,使太阳光洁明亮,照射人间。"帝俊之妻,生十日"之说可能是后来流传过程中增加进去的。羲和,作为太阳之母,无上崇高伟大,当是母系氏族的神话。后来羲和降为常俊三个妻子之一,地位大大下降,显然是父系社会以后的事。这则神话的核心"浴日于甘渊",实际上为一种巫术活动。给太阳洗澡的目的是原始初民企图操控太阳,祈求阳光明媚。"浴日于甘渊"就是这一理想与意图的象征。而这一神圣的使命,在原始氏族社会里,往往是由有威信的女巫来承担的。她按照太阳的形状造像,使所造之像在甘水中沐浴,在冥想之中达到让太阳听命于人们的目的。也就是说,"浴日于甘渊"是远古

---

① 〔美〕戴维·利明、埃德温·贝尔德:《神话学》,李培茱、何其敏、金泽译,上海人民出版社1990年版,第135页。

社会的初民企图用巫术来控制自然的写照。可见,这则神话叙说了一种巫术行为和仪式。

巫术的主要内容之一是咒语,巫术和神话的关系其实主要表现在咒语上。将巫术仪式上所念的咒语记录下来,就是神话。

二、神话与图腾观念

图腾信仰和氏族对氏族祖先的信仰很有关系。在许多神话中,讲述了本氏族祖先是某种动物或与该动物近缘,甚至出现了大量异物感生的祖先诞生神话,以解释古代对孕育的认识。确定了某种物种后,便形成了对这种"图腾"标记的信仰。所以,图腾信仰不能仅仅看作对某些现象的崇拜,更主要的是对氏族祖先的一种崇拜。族源神话,也就是探求自己氏族源头的神话,实际上就是一种特殊的图腾神话。

此类神话传说几乎在各少数民族都有。怒族蛇氏族传说:母女四人上山打柴,碰到一条大蛇,强迫与其中一个姑娘结为夫妻。三女儿为保全其母和其他姐妹性命,自愿嫁给蛇,生下许多后代,成为蛇氏族。① 白族勒墨人虎氏族传说:古时,某女子上山砍柴,路遇雄虎,被迫成亲,其后代即为虎氏族。鼠氏族则相传某家四姑娘与一只老鼠结合,其后代便是鼠氏族。② 以蛇为图腾的侗族传说:其始祖母与一条大花蛇婚配,后来生下一男一女,滋繁人丁,成为侗家祖先。③

这些人兽婚神话表明,"原始人不仅认为他们同某种动物之间的血缘关系是可能的,而且常常从这种动物引出自己的家谱,并把自己一些不大丰富的文化成就归功于它。"④ 弗雷泽亦写道:"图腾是野蛮人出于迷信而加以崇拜的物质客体。他们深信在图腾与氏族的所有成员中存在着一种直接和完全特殊的关系。……个体与图腾之间的联系是种互惠的联系,图腾保护人们,人们则以各种方式表示他们对图腾的敬意。"⑤

---

① 《民族问题五种丛书》云南省编辑委员会编:《怒族社会历史调查》,云南人民出版社 1981 年版,第 103 页。

② 《白族神话传说集成》,中国民间文艺出版社 1986 年版,第 37—40 页。

③ 陈维刚:《广西侗族的蛇图腾崇拜》,《广西民族学院学报(社会科学版)》1982 年第 4 期。

④ 〔俄〕普列汉诺夫:《论宗教》,《普列汉诺夫哲学著作选集》第 3 卷,生活·读书·新知三联书店 1962 年版,第 386 页。

⑤ 〔英〕弗雷泽:《图腾与外婚制》第 1 卷,伦敦 1910 年版,第 3 页,转引自朱狄《原始文化研究》,生活·读书·新知三联书店 1988 年版,第 77 页。

这些始祖诞生的神话,在神话学上又称为图腾感生神话。这些感生神话说明了一种古老的生殖观念:远古时代的初民,不知道生儿育女是男女交合的结果,而认为是由于接触到某种自然物所致,并将这些自然之物奉为图腾加以膜拜。这是母系氏族的时代,只知其母、不知有父的生殖状况。

上面的例子说明神话和图腾观念的联系很紧密,神话记载了图腾崇拜的观念,而图腾观念则成为原始感生神话的主要内容。

三、神话与原始宗教

原始宗教是指存在于人类社会中的最初的宗教意识形态,是以一种非人为的自然方式产生和存在的全民宗教,也称为"自然宗教"。它所崇拜的是被人们认为无法控制的自然力。哲学大师费尔巴哈很早就说过:"人的依赖感是宗教的基础,而这种依赖感的现象,这个为人所依赖、并且人也感觉到自己依赖的东西,本来无非就是自然。自然是宗教最初的、原始的对象,这一点是一切宗教、一切民族的历史充分证明了的。"①

关于原始宗教与神话孰先孰后的问题,众说纷纭。鲁迅主张神话先于宗教,他在1923年写的《中国小说史略》中说:"故神话不特为宗教之萌芽,美术所由起,且实为文章之渊源。"②而袁珂则认为"神话和宗教起源的问题,看来谁也不应该在谁的前面。我先前以为宗教在神话之前,那是受了万物有灵论的影响而产生的误解,以为既然是神话,就应该有我们概念中所谓的'神'作它的内容的中心。……应把神话与宗教的起源看作是同步,或者是一对孪生兄弟才对"③。泰勒分神话为"物态神话"(material myth)和"语态神话"(verbal myth),前者实际为宗教仪式,为原始的、基本的形态,后者是对前者的解释和描述。

人类在度过漫长的两三百万年的原始人群时代之后,才进入原始社会的发展阶段,这就是母系氏族时期,也是典型的原始共产制兴盛的时期。这是人的"完全形成期"。人类在进入氏族社会以后才有产生神话和原始宗教的可能。

由于人类社会是从母系制开始的,所以许多氏族还流传有生殖大神的

---

① 〔德〕费尔巴哈:《费尔巴哈哲学著作选读》(下),生活·读书·新知三联书店1962年版,第437页。
② 鲁迅:《中国小说史略》,《鲁迅全集》第9卷,人民文学出版社2005年版,第19页。
③ 袁珂:《中国神话通论》,巴蜀书社1993年版,第8页。

神话:殷氏族的祖先契,由其母亲简狄吞燕卵受孕而生;周人祖先后稷是其母姜嫄履巨人脚印受孕而生。《圣经·旧约》说夏娃吃了树上的果子生了该隐;希腊神话的生殖大神盖亚也有类似的生育经历。这些神话大都体现了人类在远古时期只知其母、不知其父的祖先崇拜观。

  这些例子,不但证明在神产生的初期,最受尊重的是女性神,而且证明女性神实际就是人们原始宗教信仰中祖先崇拜的对象。女性神话和生殖神话,都是母系社会生活的曲折反映,也是原始社会早期神话的重要部分;这些女性神和生殖神,也就是原始宗教中所信仰的对象。如果我们人为地把同一个原始的神,分裂为这部分是神话的,那部分是宗教的,或者说神话的神直接渊源于宗教的神,都是很难想象的,因为原始宗教和原始神话原本就是一个统一体,是不可分割的。

  当然,与原始宗教是一个统一体的神话,只限于原始神话。到了后世,神话的故事性愈来愈强,内容更加丰富多彩,逐渐远离了宗教的范畴。"同样不乏这样的宗教:神话范畴在其中居于微不足道的地位,甚至几乎无迹可寻(诸如儒教,即属此列)。"①现存的神话都是各个时期积淀起来的,是非常复杂的结合体。譬如,鲧禹治水神话源于母权制初期,父权制后变成歌颂男性英雄,后来又为封建意识所渗透。② 因此,我们在判定原始宗教和原始神话原本就是一个统一体的时候,不应该扩大化,需要进行历史的分析。

  从神话与一般宗教的区别而言,宗教的根本目的是在感化人们,说服人们相信神灵,服从神灵的意志和安排,但神话却不同,它是幻想利用神和神化了的力量,去和大自然作斗争;而且,神话随着自然力被支配程度的变化而不断变化,不会永远停留在一种模式上,其总的发展轨迹是神性逐渐淡化,人性不断强化,而宗教始终表现以神为主体的神人关系。

关键词:

  神话 图腾 原始宗教 巫术 万物有灵论 变形法则 神话学 神话思维

---

  ① 〔苏〕C. A. 托卡列夫:《宗教与神话》,魏庆征译,见《中国神话》第 1 集,中国民间文艺出版社 1987 年版,第 310—311 页。

  ② 程蔷:《鲧禹治水神话产生和演变》,见钟敬文主编《民间文艺学文丛》,北京师范大学出版社 1982 年版,第 54—72 页。

思考题：

1. 马克思在《〈政治经济学批判〉导言》中认为，神话"是在民众幻想中经过不自觉的艺术方式所加工过的自然和社会形式本身"。怎样理解这句话？

2. 中华民族多元一体格局对中国神话有什么影响？

3. 为什么说神话是原始思维的产物？今天所谓的"科学神话"是不是神话？

4. 格林兄弟认为：故事，是对神话的信仰丧失后娱乐化的产物；传说，是神话所具有的超自然（神）的色彩剥落后历史化的产物。请对这一观点进行评述。

5. 谈谈神话与历史的关系。

6. 谈谈上古神话叙事对后世历史和文学的影响。

第六讲
史诗:民族的口述史

史诗(epic)是一种古老而又宏伟的民间韵文叙事,主要内容是叙述民族的历史,同时又深刻地影响着一个民族的现实生活。"史诗与历史、与现实日常生活的双重关系清楚地强调了它的两个最重要的原始作用。它是编年史,一本'部落记事',是习惯与传统的最重要的记录,同时它又是带有一般娱乐性质的故事书。"①

第一节 史诗的一般特点

史诗,是集歌唱和叙事于一身的最宏大的文学,也是至今仍在口头演唱的最古老的文学。人类最本原的问题,民族中最重要的历史事件,民族文化知识,祖祖辈辈最不能忘却的记忆等,都包含在史诗演唱的歌词里面。"史诗"是人类文化体系中最耀眼的两个字。

一、古代知识和文体形式的总汇

史诗是古代人类特殊的知识总汇,这是史诗区别于其他艺术形式的显著特点。史诗有外层结构和内层结构,外层结构是史诗赖以生存的环境,包括一个民族的地理环境、经济状况和社会形态,以及语言和各种民间文化传统。这是史诗透露出来的外层的知识信息。内层结构指史诗文本本身的结构。史诗文本的容量巨大,从人类起源到创世,从早期生活到农耕生产,从迁徙到民族形成等人类社会最基本的"历史"尽在其中。史诗作为一个民族的"根谱",一直被奉为经典。

史诗在叙述事件的同时,包容了一个民族的生活信息和文化信息,汇聚

---

① 〔美〕保罗·麦线特:《史诗》,王星译,昆仑出版社1993年版,第2页。

着大量的氏族社会生活的真实图景,诸如议事、选举、征战、赛马、比箭、摔跤、选妃、抢婚以及服饰、饮食、丧葬、祭典等,从中我们可以找到古代历史、地理、军事、医学、天文、早期手工业、萌芽状态的农业,以及早期的体育、音乐等珍贵资料。所以,史诗把人类早期所有的经验化为叙述话语,把最丰富的生活世界化为一个个经典符号。史诗是历史,是珍贵的文化遗产,也是古代民众早期生活的百科全书(encyclopedic forms)。①

史诗博大的容量要求其形式也是百科全书式的,内容和形式共同扩展着其自身的结构。在体式上,结合散文体的叙事传统与韵文体的抒情和格律,构成宏大的综合性叙事形式。这种形式是建立在已有神话、传说等散文体文学体裁,已有祭词、祝词、赞词、歌谣、谚语等韵文体裁基础上的。它是神话、编年史、列王传、圣徒传、神谱和家族谱系、箴言律法、哀歌、颂诗、碑志、情歌、民间传说、宗教寓言、虚构故事、书信、预言、随感录、启示录等表现形式的汇编,体现着一种百科全书式的写作方式,是世界上可能有的最自由、最多样的写作形式的组合。一部史诗是属于一个或数个民族的,世世代代的族民不断追加史诗的内容和形式,使之愈来愈像百科全书。这种百科全书式叙述模式又坚固着以民族为单位的文化共同体。"处在这个文化共同体内的人们的生活,与这部百科全书之间是一种互文性关系。"②

二、"起源"的叙事及其社会功能

史诗产生于人类的早期阶段,那时所有的民众可以说都是诗人,文学本身也还不具备后来那种美学意义上的含义,而只是人们群体思维的一种特殊的表现形式而已。马克思在谈到史诗存在的历史条件时指出:"就某些艺术形式,例如史诗来说,甚至谁都承认:当艺术生产一旦作为艺术生产出现,它们就再不能以那种在世界史上划时代的、古典的形式创造出来……"③和神话一样,史诗也是一种不自觉的创造活动的结晶。

1. 构建祖先的谱系

史诗是"神话思维"的产物,别林斯基说,谁"要是认为古代史诗在我们

---

① 李惠芳:《中国民间文学》,武汉大学出版社1996年版,第191页。
② 耿占春:《叙事美学——探索一种百科全书式的小说》,郑州大学出版社2002年版,第64—65页。
③ 马克思:《〈政治经济学批判〉导言》,《马克思恩格斯选集》第2卷,人民出版社1972年版,第113页。

现代是可能产生的,那荒谬的程度就跟认为我们现代人类能由成年再变为儿童一样"①。既然如此,史诗为何又能得到不断的传唱呢?

一个族群集团绵绵不断的叙事素材,无一例外,都是关于起源的故事。在追溯人类社会或某一个族群历史起源的时候,也同时把世俗权威和世俗权力诞生的基础追溯到创世和初始时期,也就是"史诗"的最初阶段。把某个统治集团或家族世系追溯到上界,把家族的谱系追溯到诸神的谱系,史诗、神话和传说是这类历史叙事的主要类型。彝族史诗《勒俄特依》的标题的意思即为历史书。米歇尔·福柯把历史话语理解为"口述或书写的仪式,它必须在现实中为权力做辩护并巩固这个权力",从第一个罗马编年史家直至19世纪甚至以后的历史,其传统功能就是"讲述权力的权利"并为它们涂上绚丽的色彩。创世史诗、英雄史诗还有迁徙史诗这类种族的历史话语,一方面讲述掌权者胜利的历史,以便在这种表现之中把掌权者和权力合法地联系起来。史诗所传输的历史知识,是一种或一套有关特定现实的观念,它是一个民族的社会与政治建构的产物;另一方面,它也利用光荣、典范和功勋达到使人慑服的效果。福柯写道:"法律的桎梏和光荣的闪耀,我觉得正是通过这两个方面历史话语的目标,对准的就是巩固权力这个效果。作为仪式,作为加冕礼,作为葬礼,作为庆典,作为传奇叙事的历史是权力的操纵者和巩固者。"②在福柯看来,历史话语具有一种谱系学的任务:它必须讲述王国的古老、伟大的祖先及奠基帝国或王朝的英雄的丰功伟绩。

而且,这种似乎遥远的叙事却将每个时代联系在一起,利奥塔在谈到这种"叙述的语用学礼仪"时写道:"一个把叙事作为关键的能力形式的集体不需要回忆自己的过去。它不仅可以在叙事的意义中找到自己的社会关系,而且也可以在叙述行为中找到自己的社会关系。叙事的内容似乎属于过去,但事实上和这个行为永远是同时的。正是现在的行为一次次地展开这种在'我曾听过'和'你将听到'之间延伸的短暂的时间性。"③每次演唱史诗,都能激发出人们对祖先炽热的情感,并对史诗所叙述的历史产生由衷的认同。

---

① 〔俄〕别列金娜选辑:《别林斯基论文学》,梁真译,新文艺出版社1958年版,第195页。
② 〔法〕米歇尔·福柯:《必须保卫社会》,钱翰译,上海人民出版社1999年版,第60页。
③ 〔法〕让-弗朗索瓦·利奥塔尔:《后现代状态:关于知识的报告》,车槿山译,生活·读书·新知三联书店1997年版,第46页。

2. 权力话语的合法性

当然,谱系学的任务并不只是对谱系源头的追忆,史诗演唱艺人所讲述的宇宙起源论或一个家族下界到大地上的故事本身并不是目的。这类叙述故事,在节日或其他隆重的时刻上演,但并非只是起到娱乐的作用,而是深刻地影响到人们的生活和观念,也可以变成生活和思想的仪轨。

史诗作为一个民族的历史,其传播的一个重要目的是抬高以前所有的国王和君主的身价,以担保历朝历代权力的合法性。历史的这个权力的谱系学是"必需"的,以便给权力的继任者涂上光辉的油彩。史诗的情节发展脉络是从族群的诞生和起源到历史的延续,叙事不只是或主要不是叙述原初的开创或创世行为,而是阐述历史的合理性和当今权力归属的合法性。

大部分史诗现在仍在口头流传,这是一个极其漫长的传唱过程。传唱史诗的目的,不只是单纯地记忆所谓的历史,实际包含两个具体的又相互联系的社会功能:其一,国际著名史诗理论家劳里·航柯阐述了史诗的文化功能,认为史诗是表达认同的故事,正是由于有了这样的功能,它才作为文化群体自我辨识的寄托而成为超级故事。① 其二,无论史诗中的故事包含了怎样的虚构,毕竟是人们力图理解自己生存于其中的世界的一种方式,从混沌中建立了最初的人类社会的秩序。通过这些史诗可见,人们理解权威、神灵、人类社会秩序和宇宙秩序的方式和观点毕竟是一致的。

"任何神权统治都要通过对神圣起源的追溯,即通过神话叙事和史诗叙述使其现在的权威具有合法性。他们也通过把神话故事仪式化而强化故事神秘的威慑力量,以增加其魔力。无论在这些故事叙述还是在仪轨化的叙事中,'起源'都是一直持续到现在的。"② 民族-国家的认同需要建构神圣的历史,史诗是满足此种建构的最好的体裁文本,也就是说史诗是这一历史合适的样式。有了共同的历史,才有认同的基础,进而保障权威的合法性。从这一个方面理解史诗,也可以解释为何史诗演唱的是神话。

三、史诗承载着神话

史诗和神话是一对孪生姊妹,互为依存。史诗的内容就是神话,神话通过史诗获得"活"的地位,没有史诗,神话只能变成僵死的文字,供后人考

---

① 〔芬〕劳里·航柯:《史诗与认同表达》,孟慧英译,《民族文学研究》2001 年第 2 期。
② 耿占春:《叙事美学——探索一种百科全书式的美学》,郑州大学出版社 2002 年版,第 185 页。

据;神话则让史诗更为神圣和深邃。在上古时期,神话和史诗应该都是韵文形式,没有什么区别。

以往只把神话看成最古老的文学形式,其实史诗和神话一样悠远。只不过史诗现在仍以韵文的形式在口头流传,而神话只是典籍中晦涩的只言片语,人们才会产生如此认识。文学最初的形式为韵文体,而非散文体,神话由口头韵文形式变成书面的散文形式,这才是神话中断了发育的直接原因。兄弟民族之所以一直在歌唱神话,大概是文字启用比较晚近的缘故,有的根本就没有文字。尽管我们说一些史诗的传播借助了文字,但口头的形式一直占据着主导地位。一旦终结了口头流传,史诗很可能遭受神话同样的命运。

神话的演唱者早已铭刻为记录者,而史诗的演唱者却不断延续着民族的历史。他们不同于一般的民间艺人,而是一个民族或一个族群的记忆的保持者,又是"神界"的代言人。他们在讲述某些家族世系的历史时,经常在家族史的插曲中出现同样的史料。这些史料是有关家族起源,先祖自神山或天际下降、与敌对神灵进行斗争和降服妖魔等的详细故事。由于史诗承载着神话,史诗的演唱才具有非同寻常的意义。"以演唱艺人为中心的宗教仪式之任务就是设法使先祖下界到大山上的最早时刻重新出现,以请求他们帮助和保护出自他们的社会并确保这一社会的永久性。诵读有关起源的神话也具有一种恢复固有状态的意义,我们应把有关社会以及统治它的家族的力量之增长归于对起源的追述……根据作为天界、中界和人界之联系的仪轨所固有的作用,在一个日益被日常生活所损害的固体中,经常以仪轨来重复这些起源,因而它们需要时常被提起。"① 史诗的演唱者借助史诗中的神话,创造了让传统的仪轨不断延续的"神话"。

尽管如此,史诗和神话的思想倾向仍是不完全相同的。早期史诗所叙述的,多是人与自然的对话。在原始社会初期,自然界在初民们的心目中被神化了,人和自然也融为一体,在现实生活中和意识形态的层面,他们都无法从自然界挣脱出来。随着生产力日益发展,人类越来越清楚地意识到了自己的存在和力量。于是,在史诗的发展中,神的地位逐渐被人所取代,人成为史诗的主角,神的世界置换为人的世界。因此,越到后来,史诗的现实性越强,而神话色彩则逐渐消退了。史诗在神话世界观的基础上产生,而它

---

① 〔意〕图齐:《西藏的苯教》,金文昌译,《国外藏学研究译文集》第 4 辑,西藏人民出版社 1988 年版,第 172 页。

的发展最终又是对神话思想的一种否定,这就是史诗与神话的辩证关系。①史诗和神话毕竟分属两种不同的民间文学体裁,在宏阔的时代背景中,演绎着矛盾剧烈的故事情节,在情节发展中又充溢了细腻的细节描写,而细节的丰富正是组合大型史诗的基本手段。这也是在体式层面,史诗与神话的主要区别。

为何史诗在不断远离神话?因为在不同的时代,对统治合法性的证明和解释有不同的需求。按照哈贝马斯的说法,只有"在早期文明中,统治家族乃是借助于原始神话证明自身的正当性。这样,法老们首先把自己说成是神……在这个水平,只需有叙述性基础就足够了,这就是神话传说"②。随着社会的发展,建立在神话思维基础上的"造神",再也不能成为合法性证明的基础。只有不断充实现实的内容,史诗自身才能获得合理的地位而不断得到传唱。

四、史诗的神圣与崇高

史诗的神圣与崇高主要源自两个方面。一方面,史诗阐述的是世界本源问题,是一个民族形成的历史,民族英雄的颂歌凝聚了祖祖辈辈对祖先的追恋和敬仰;一个民族精神的、物质的、历史的、现在的,所有的一切,在史诗中都得到歌唱。史诗歌唱,是一个民族的宗教仪式和祖先的训诫。南方各民族在祭祖、祭天、祭家鬼、祭寨神、成年礼等重要仪式上吟唱民族原始性史诗,歌颂祖先的业绩,表演祖先的经历,主要目的(或最初目的)是娱神,呼唤祖先的灵魂,取悦祖先的心怀,以使他们保佑子孙后代幸福昌盛。这一类形态,大多是集古代图腾信仰、祖先崇拜等诸多观念于一身,熔词、曲、舞、乐等多种表现形式于一炉的多层积淀综合体。

此外,史诗有些内容和神灵有关,文本大多是宗庙乐歌或宴会乐歌的歌词,本身就是一些民族崇拜的对象。演唱史诗是一个神圣的过程,不能出现差错。蒙古族民间艺人们大多会说唱唐代的"五传"故事(即《全家福》《哭喜传》《荡妖传》《羌胡传》和《契僻传》),但很少有人去演唱《商国故事》(即《封神演义》),原因是其内容都是关于神的故事,而且神又特别多,如果演唱时漏掉一个神,那就将少活一年,漏唱多少个神,艺人就少活多少年;把神的故事唱错了,也会招来神的惩罚。演唱《钟国母》也受到类似说法的制

---

① 钟敬文主编:《民间文学概论》,上海文艺出版社1980年版,第284页。
② 〔德〕哈贝马斯:《交往与社会进化》,张博树译,重庆出版社1989年版,第189页。

约。在演唱莽古斯故事时也有不唱则已,一唱到底的信条。①

另一方面,史诗多在重大活动或隆重仪式祭典的场合演唱,演唱本身具有庄严性。"演唱常和祖先崇拜的祭扫仪式同在,常与音乐舞蹈并存。在仪式上弥漫的是先民一种庄严而肃穆的崇敬神化了的祖先的气氛,一种狂热的娱神乐鬼的情绪。"②首先,演唱歌手兼有巫师的身份。在我国,尤其是在我国南方少数民族史诗演唱者中,巫师兼史诗歌手的现象至今常见。如彝族史诗《勒俄特依》的演唱者是祭司"毕摩",一些纳西族史诗也是由祭司"东巴"来演唱,哈尼族的"贝玛"既是专职祭司又是歌手。云南阿昌族史诗《遮帕麻和遮米麻》的演唱者赵安贤,本人既是祭司,主持祭祀仪式、行巫术驱鬼治病,又是出色的史诗演唱者;《苗族古歌》演唱者杨勾炎,本人是巫师,既行巫术,又唱史诗。

史诗演唱实际为一个神圣的仪式过程。演唱史诗前,往往要举行庄严的仪式。藏族史诗歌手演唱《格萨尔》,先要设香案,摆挂格萨尔等英雄的画像,虔诚地焚香祭拜。在新疆温泉县,江格尔奇演唱《江格尔》前,要把蒙古包的天窗和门关严,专心地焚香、祈祷。有些地方为了纯洁演唱圣地,还要举行鸣枪驱鬼仪式。纳西族在演唱史诗《祭天古歌》的时候,先由主祭东巴邀天神降临,一边走一边高声祝颂,配有规定的调子,加上脚步声相配合,自成一种特殊的节奏和韵律,对整个参祭者的队伍自然起着一种指挥、规整划一的作用;祝颂声高亢、雄浑,回荡在清晨的天宇、群山、旷野间,气氛肃穆、隆重、神秘,增添了威严、神圣的格调。

从时空上来说,史诗的神圣与崇高主要来自史诗与我们的遥远距离。首先,史诗把故事发生的时间定在"完成过去时",与叙述者(或讲故事人)及其听众的时间没有联系的过去时。其次,这个绝对过去时仅仅通过民族传统才与咏诵的时间相连。最后,传统尤其把史诗世界及其英雄化的人物,与今日集体和个人的经验领域隔离开来。③ 史诗时代是一去不复返的时代,其塑造的英雄及叙述的事件之伟大,似乎是我们的时代无法超越的。

当然,在后世的传唱中,这种庄严性越来越弱,人们已经不再把它看得那么神圣了,但是,文本本身的格调依然是庄严的。后来的民间文学诸种形

---

① 斯钦巴图:《〈江格尔〉与蒙古族宗教文化》,内蒙古大学出版社 1999 年版,第 41 页。
② 刘亚湖:《原始叙事性艺术的结晶——原始性史诗研究》,内蒙古大学出版社 1991 年版,第 25 页。
③ 〔法〕保尔·利科:《虚构叙事中时间的塑形:时间与叙事》第 2 卷,王文融译,生活·读书·新知三联书店 2003 年版,第 287—288 页。

式正是在史诗神圣色彩淡化后诞生的。传说、故事、歌谣、民间小戏、民间说唱等直接融入现实生活之中,成为同一时代特定人群共享的思想和语言天地,在可笑、诙谐和"狂欢"的需求下大放异彩。

五、史诗永久的魅力

史诗为世世代代所聆听和阅读,同时,史诗又是宏大的元叙事(metanarration),成为永远的经典摹写范本。古罗马诗人奥维德(前43—18)的代表作神话诗《变形记》,采用史诗体格律,共15卷,包括250多个故事,集希腊罗马神话之大成,被称为"神话词典",为后世的文学家提供了大量的神话素材和创作灵感。荷马史诗的魅力更在于其是创作的源泉,延续了荷马式的话语系统,使之成为西方文学传统的一部分。法国著名作家费朗索瓦·费奈隆(1651—1715)根据《奥德赛》的前四章创作了一部富于传奇性的教育小说《忒勒马科斯历险记》,叙述主人公漂洋过海,历尽艰险寻找父亲奥德修斯,被认为是最早的儿童文学作品之一。安德鲁·兰不仅自己翻译了《奥德赛》(1879)和《伊利亚特》(1883),而且写了很受读者欢迎的《特洛伊与希腊故事》(1907)。培德莱克·科鲁姆(Padraic Colum)写了《孩子们的荷马》(1982)、《金羊毛的故事和阿喀琉斯之前的英雄们》(1983)以及《奥德修斯的历险和特洛伊的故事》,为小读者讲述了荷马史诗里的故事。史诗不能被超越,但不断被延伸和注入新的艺术魅力。

史诗永久的魅力更是对史诗流传的民族本身而言。史诗是一个民族源源不断的叙事,一个民族共同的记忆总是在于对祖先事迹的追恋。人类文明历史分成金、银、铜、铁四个时代,一个不如一个,离我们最近的"铁时代"最为糟糕。于是,对于一个民族的史诗来说,时间似乎有一个基本的特征,那就是一切美好的时代都处在过去时之中,历史的"真实瞬间""起源""根基""高峰"时刻,总是与民族英雄、祖先的名字联系在一起。但这个过去有时又是可以重现的时间,因为对于今天和以后的各个时代来说,史诗和神话般的过去,也是一切美好事物的唯一源泉和根基。①

歌唱史诗,实际上是在重现和延续过去的记忆、美好和伟大。中国56个民族中,现在仍有不少活在口头上的史诗,这是我们多民族国家的骄傲。这些民族的史诗说唱艺人如今仍在演唱史诗。比如,柯尔克孜族的艺人们

---

① 耿占春:《叙事美学——探索一种百科全书式的美学》,郑州大学出版社2002年版,第132页。

在说唱他们民族的英雄史诗《玛纳斯》时,满怀豪情地高歌:

> 奔流的河水,
> 有多少已经枯干;
> 绿色的河滩,
> 有多少已经变成了戈壁滩;
> 多少人迹罕到的荒野,
> 又变成了湖泊水滩;
> 平坦的大地冲成了深涧,
> 高耸的山崖变低塌陷。
> 从那时候起啊!
> 大地经历了多少变迁;
> 戈壁上留下了石头,
> 石滩又变成了林海;
> 绿的原野变成河滩,
> 山涧的岩石已经移迁。
> 一切都发生了巨大的变化啊!
> 唯有祖先留下的史诗,
> 仍在一代代流传。

"唯有祖先留下的史诗,仍在一代代流传",在柯尔克孜族中是这样,在藏族、彝族和其他民族中也是这样。这说明古老的史诗具有强大的艺术和文化的生命力,具有"永久的魅力"。

第二节　创世史诗

根据史诗演述的内容,可分为两大类:一为创世史诗,一为英雄史诗。以歌唱的形式叙述的系列创世故事,一般称为"创世史诗",又叫"神话史诗"和"原始性史诗",是包含远古历史的歌,产生于氏族部落社会时期。

在20世纪50年代之前,几乎没有人"发现"南方少数民族也大多有自己的史诗传统。而今天被我们称为南方少数民族史诗(或原始性史诗、神话史诗)的大量文本,以及后来又被学者们划定为"南方创世史诗群"的文学现象,直到中华人民共和国成立三十年之后,才在西方史诗理论为圭臬的情势下逐渐浮出水面,引起了各方面的关注。中国史诗的研究工作,起步更晚一些，大概始于20世纪80年代中期，至今还不足四十年。

一、中国创世史诗的格局

在我国西南地区，几乎每个民族都有自己的创世史诗。数量如此之多的创世史诗群，在全世界也是绝无仅有的。我国南方的创世神话，因这些创世史诗而得到比较完整的保存，说明我们的祖先同样热衷于对世界本原问题的追询，他们不仅具有丰富的想象力，而且表现出深刻的思辨特质。

在世界文化史上，我们所知道的最早的创世史诗，是五千年以前就已用文字定型的古巴比伦的《埃努马·埃利斯》(Enuma Elish)。作品叙述宇宙最初一片混沌，有个叫梯阿马特(Tiamat)的女神，化为恶魔，占据了太初世界。她的儿子全是神，各司一职，想要夺母亲的权。梯阿马特得知以后，决定要惩罚诸神，诸神害怕，只有其中一个叫马尔都克(marduk)的和女恶魔进行了激烈的斗争，将女魔撕成两半，一半用来造天，一半用来造地。接着，马尔都克又创造了星星和人类，跃居为统管一切的主神。这部史诗保留下来的不是全文而只是残篇，尚未译成中文。除此之外，我们很难在国外找到创世史诗。印度的《吠陀》，罗马的《变形记》，日本的《古事记》《日本书纪》，都是举世闻名的神话，虽然都包含有创世神话的故事或情节，却都不是创世史诗。在中国的其他地区，也只流传有许多创世神话，只有西南地区的创世史诗，才是名副其实的史诗。因此，从世界的范围看，中国西南地区的创世史诗群的地位十分显赫，这是中华民族的骄傲。

中国西南地区创世史诗，已译成汉文出版与印成汉文资料本的就有几十种之多。主要有：(1)《梅葛》①，广泛流传于云南楚雄自治州彝族民众中。"梅葛"原是彝族歌舞中的一种调子，常被用来唱古歌。《梅葛》共5700余行，由"创世""造物""婚事与恋歌""丧葬"四部分组成。(2)《查姆》②，流传于云南楚雄彝族自治州和红河哈尼族彝族民众中。"查姆"乃彝语音译，意为"万物起源歌"。《查姆》是一部根据老彝文《彝书》和《贝玛经》翻译的歌书，共3500行，为五言韵文形式。分上下两部，上部主要叙述天地、日月、星辰和人类的起源，下部则重点解释了农作物、生产工具、医药、纸笔、人名等的来源。在许多彝族地区，凡是重大的喜庆活动和仪式场合，师公都

---

① 云南省民族民间文学楚雄调查队搜集翻译整理，云南人民出版社1978年版。
② 云南省民族民间文学楚雄、红河调查队搜集，郭思九、陶学良整理，云南人民出版社1981年版。

要演唱这部史诗。(3)《勒俄特依》，流传于大小凉山地区彝族民众中。"勒俄特依"是彝语音译，意为"历史的书"。这部史诗有毕摩和民间歌手两种彝文版本，前者是宗教经书，后者是民众书籍，内容相互交叉，使用和目的又界限分明。彝族历来十分重视婚嫁、丧葬、祝寿等仪式，每项仪式必唱《勒俄特依》。演唱时并没有其他创世史诗那样严肃，主客两方歌手上阵，竞赛对唱。(4)《阿细的先基》①，流传于云南省弥勒市西山一带阿细人居住的村寨。"先基"是阿细语的音译，意为歌或歌曲。全诗长5000余行，分"最古的时候""男女说合成一家"两个部分。上述四者为彝族民间流传的四大创世史诗。(5)《创世纪》，是云南纳西族东巴经中的重要经典。纳西语读音又称《崇搬图》，"崇"为人类之意，"搬"是迁徙的意思，"图"的意义是经历，合起来可译为《人类迁徙记》或《人类的来历》。全诗1600余行，由"开天辟地""洪水翻天""天上烽火""迁徙人间"四部分组成。(6)《密洛陀》②，广泛流传于广西壮族自治区都安、巴马、东兰、南丹、田东、平果等地，是布努瑶族的创世史诗。布努人每年阴历五月二十九日给始祖母神密洛陀及二十四位男女大神"还愿"，所唱的颂词即为《密洛陀》。这部史诗长达13000余行，第一部分属神话，第二部分属传说，第三部分属历史，主要叙述了布努人女始祖神密洛陀的诞生以及宇宙天体的形成、人类万物的起源、同大自然和超自然力的抗争、民族迁徙的原因和经历、族内外的冲突和矛盾、选举和传宗接代等重大历史事件。《密洛陀》能够口耳相传演唱至今，主要依赖两种叙述途径：一是布努瑶族民众在日常生活中经常讲述密洛陀故事的一些片段；二是布努瑶师公在"还愿"活动时演唱全本《密洛陀》。(7)《开天辟地》，流传于云南白族民众中。全诗分为"洪荒时代""天地的起源""人类的起源"三个部分。(8)《奥色密色》③，是云南哈尼族地区流传最广、影响最深、保存最为完整的一部创世史诗。由"开天辟地""民族起源""兄妹成亲""民族迁徙""分年月日""安家"六部分组成。(9)《苗族古歌》④，流传于贵州东南苗族聚居区。全诗长达8000余行，由十二支歌组成，根据内容分为四组，即"开天辟地歌""枫木歌""洪水滔天歌""跋山涉水歌"。"古歌"以歌的形式叙述了苗族形成、发展尤其是迁徙的历史，所以

---

① 中国民间文艺研究会主编，光未然整理，人民文学出版社1953年版。
② 广西民间文学研究会搜集，莎红整理，广西人民出版社1981年版。
③ 刘辉豪、白章富搜集整理，《山茶》1980年第3期。
④ 贵州民间文学组整理，田兵编选，贵州人民出版社1979年版。另见《苗族史诗》，马学良、今旦译注，中国民间文艺出版社1983年版。

也称为"古史歌"。其他还有佤族的《葫芦的传说》、傣族的《洪水泛滥》、独龙族的《创世纪》、拉祜族的《牡帕密帕》、傈僳族的《创世纪》，等等。

为什么西南地区能够在口头上保存着这么多创世史诗呢？原因大概有二：其一是西南地区开发比较晚，20世纪三四十年代，有些民族尚处在口头文学占主导地位的奴隶社会或原始氏族社会末期，因此在口头上保存了珍贵的创世史诗；其二是西南地区宗教意识强烈，创世史诗依附原始宗教的传统得以保存。史诗往往保存在巫师的头脑中或宗教的经书中，因而具有某种神圣性和稳固的传承机制。①

二、创世史诗主题类型

创世史诗一般包括了天地形成，人类起源，洪水滔天，兄妹成婚重新繁衍人类，万物生成，民族迁徙和氏族渊源，畜牧业、农业的发展，婚丧节令等内容。依据创世史诗的思想内容，可以将创世史诗的主题归纳为创世和造人两种类型。前者又可分为天地开辟、化生万物、万物自然生成三种亚型；后者由初生和再生两种亚型组成。各民族的创世史诗，不论是创世主题还是造人主题，内容多有相似之处，很难判定谁影响了谁，更大的可能是多元的。

1. 天地开辟创世亚型

对于天地的起源，各民族以自己独特的思维方式进行探询，并将探询结果作了极其生动的描绘。许多民族的史诗都说天地是由神创造的。苗族《开天辟地歌》有30多位神灵，剖帕、府方、养优、火耐、雄天、冷王等等共同创造了天地。天地原本重叠在一起，是巨人剖帕用大斧分开了天地，巨人往吾用大锅把天煮成圆形，巨人把公和样公、把婆和廖婆把天地变大，巨人府方用双手把天顶了起来，又有一批巨人运金银打成柱子撑住了天，另一批巨人造了日月星辰。彝族《天地的来源》《阿细的先基》《勒俄特依》《梅葛》《查姆》等神话叙述典尼、支格阿龙、格兹等天神创世的壮举。历史上曾经有过虎图腾崇拜的彝族，其《梅葛》叙述，格兹天神捉公鱼撑地角，捉母鱼撑地边，还派造天五弟兄捉老虎以撑天。造天五弟兄"手中紧握大铁伞，伞把装上铁弯钩"，"老虎张着血盆大口奔来，老虎抖着斑斓的身子扑来，造天五弟兄，忙把伞撑开，挡住了老虎，钩住了老虎"，把老虎杀死，用虎骨撑天，左

---

① 陶阳、钟秀：《中国创世神话》，上海人民出版社1989年版，第103—104页。

眼作日,右眼作月,虎牙作星,虎油作云,虎气作雾,虎血作海,虎肠作河,虎皮作地,虎毛作草木……纳西族祖先依据盖房子必须用支柱的生活经验,推测最早的天地是混沌未分的,是神的兄弟和七姊妹在"东边竖起海螺柱,南边竖起松石柱,西边竖起宝石柱,北边竖起黄金柱,中央竖起一根撑天大铁柱",天地才被撑开。

这类主题排斥了天地为自然生成的观念,强调天地是"造"出来的。伟大的想象中隐喻着一个民族伟大的创造智慧和创造愿望。

2. 化生万物创世亚型

此亚型讲述天地万物由天神变化而成。徐整编制的《三五历纪》、纳西族的《创世纪》、苗族的《古歌》、阿昌族的《遮帕麻与遮米麻》、白族的《创世纪》、拉祜族的《牡帕密帕》、瑶族的《密洛陀》和《盘王歌》等都是这类民族口头叙事的代表。

南朝梁任昉《述异记》记述:"昔盘古氏之死也,头为四岳,目为日月,脂膏为江海,毛发为草木。"瑶族《盘王图歌》:"大岭原是盘古骨,小岭原是盘古身,两眼变成日和月,牙齿变作金和银,头发化作草和木,才有鸟兽出山林,气化为风汗成雨,血成江河万年春。"白族《创世纪》叙述,盘古、金生两兄弟分别变为天地。盘古是我国南方一些兄弟民族创世神话的始祖。《牡帕密帕》的创世巨神是厄莎,他在创世过程中不仅"搓下脚手汗"做分开天地的天柱地鱼、天网地网,还"忍痛抽出自己身上的骨头"做天骨地骨,用左眼右眼做太阳月亮。《遮帕麻与遮米麻》也叙述,遮帕麻和遮米麻在用金沙银沙创造万物的何时,一个"用右手扯下左乳房,左乳房变成了太阴山","用左手扯下右乳房,右乳房变成了太阳山",一个"摘下喉头当梭子","拔下脸毛织大地"。

化生万物型故事可能是最早形成的故事类型,其起点可能是对图腾物、祖先的有意识丧葬,与神秘的灵魂观念有密切的联系。有意识丧葬起于对图腾物、祖先等的灵魂需要安抚的认识。这是解决图腾物、祖先的灵魂到哪里去的问题。图腾物、祖先的躯体与大地融为一体,人们便认为它们的躯体已经化成了大地上某种自然物,它们的灵魂依附在这些自然物上。[①] 生命于是由一种样式转变为其他的样式了。这种生命样式的转变都表现为神人化为大地万物,显然是对本民族始祖创世伟业的热情颂歌,是对本民族辉煌

---

① 刘亚湖:《原始叙事性艺术的结晶——原始性史诗研究》,内蒙古大学出版社 1991 年版,第 143—144 页。

历史的终极想象,进而肯定了本民族的历史文化地位。

3. 万物自然生成创世亚型

此亚型讲述天地万物自行形成的过程。纳西族《创世纪》说,混沌的绿气中的白光化成了美好的声音,在声音中出现了依格窝格善神,神化为白蛋,蛋孵出了神鸡,鸡又生了九对白蛋,蛋又孵化出天地神及开天九兄弟、开地七姊妹。继而神男神女竖起顶天柱,平整了天地。神鸡又生一蛋,孵化出神牛,牛撞得天倾地覆,神男神女用土石、金银、珍珠、海螺、珊瑚筑起神山支撑天地,终于完成开天辟地的创举。

此类神话又谓蛋生型。蛋生,是动物生命体肇始中常见的现象。我们的祖先认为天地万物是有生命的,自然也是孵化出来的。彝族古歌《事物来历》中说:"很古的时候,没有天和地,混混沌沌的,产生清浊气。大风轻轻吹,清浊渐渐分,清气往上升,浊气往下沉。清气变为天,浊气变为地,清浊变阴阳,阴阳会相交,产生青红黄。"将天地万物之本原归为"光""声音""气"等难以捕捉到的东西,这委实是对生命之源的终极求索;同时,阴阳相互作用,催生出万事万物,也符合事物发展的客观规律。后辈不能不惊叹于祖先们思想的睿智。

4. 初生造人亚型

天地开辟之后,在世界上怎样出现了人?说到人的最初起源,解释也是多种多样的。《苗族古歌》中认为枫木是万物之神,所以人也是它生的。从枫树中长出一个叫妹榜妹留的"蝴蝶妈妈",她和水泡相爱,生了十二个蛋,这十二个蛋就变成了人和其他生物。这是"蛋生人"神话。纳西人则根据小鸟是由蛋孵化出来的现象,想象出第一代人恨依恨仁是由海蛋孵化出来的。可见,这一切解释完全是在当时的生产力水平、生产经验的基础上产生的。瑶族《密洛陀》里用蜂蛹蜂窝造人,"密洛陀取出蜂蛹,用蜂窝制成黄蜡,蜂蛹和蜡一起捏",捏成人形放在四个箱子里,"第一个箱子,生下十男十女"。这是"蜂蜡造人"神话。傣族《巴塔麻嘎捧尚罗》里用仙果仙药造人,布桑嘎西和雅桑嘎赛"把仙果碾碎,用仙药拌拢……一起来做人"。阿昌族《遮帕麻与遮米麻》说天公天母结合,怀孕九年,生下一个葫芦子。种下葫芦子九年才发芽,又过了九年才开花,再过九年才结了一个葫芦。从葫芦中跳出九个小人,后来成为九种民族。这是"葫芦生人"神话。壮族《布洛陀》说:"洛陀吹阳风,六甲吹阴风,阳风和阴气,一见就打绞……凝结成黄泥。"拿泥来捏成布洛陀人样,捏好放在醋缸里。姆六甲用身子去暖,黄泥化成人。

将民族始祖的初生交付给了自然界,表明初民们对大自然的依赖和亲近。

5. 再生造人亚型

在造人主题类型中,洪水再生亚型往往与开天辟地主题类型结合为一体,同时又与洪水神话及氏族起源神话密切相联。在拉祜族《人是怎样传下来的》这则神话中,讲述了一个典型的再生故事:很古的时候,地面上原来住满了居民,他们是大洪水之前的初生人类,还没有经受过洪水之灾与再生磨炼。后来淫雨不止,水漫山川,波涛滚滚,一片汪洋,人类被这自然灾难推到了种族灭绝的深渊。见此情状,天神厄莎决心出来搭救,他找来一个葫芦,把一对青年男女放进去。可是,不久葫芦里的这对男女就被豹子咬死了。他又放入第二对男女,不料洪水倒灌葫芦,又把这对男女溺死了。第三次,厄莎变得聪明起来,他把葫芦口紧紧塞住,大葫芦浮出了水面,这对"人种"终于保存下来。雨过天晴、洪水消退,厄莎历尽艰辛找回葫芦,取出人种,人类最终依靠外来的神力得以再生。厄莎虽未制止洪水泛滥,但他巧用智谋,千方百计保存人种,使人类得以繁衍子孙后代。在再生情节中,神的主动性与人的被动性,很少有如此鲜明的表现。在不少洪水神话中,人类的再生则是更合乎自然规律的人类求生意志的结果。

《梅葛》里用雪造人。格兹天神从"天上撒下三把雪,落地变成三代人"。前两代人被太阳晒死,第三代人好吃懒做,格兹不满,派天神武姆勒娃变成熊去教训他们。天神被地上五兄弟捉住,老五救了天神。天神就给他三个葫芦种子,种下后,结了一个大葫芦。后来洪水泛滥,老五和妹妹躲进葫芦才得救,其余人全都淹死,这兄妹二人就成为人类祖先。《苗族古歌》中葫芦繁衍人类的神话,纳西族《创世纪》中从忍利恩兄妹相配遭遇洪水再造人类的神话,都说明人类的产生是经历了重重磨难的,但在磨难中依然"死而复生",并繁衍成各种民族。而这些民族的始祖们成为后辈崇拜的对象,如苗族的妹榜妹留,瑶族的密洛陀,侗族的松恩、松桑,布依族的补杰,等等。

再生亚型不追述人类的最初形成,而是叙述人类经历了洪水灾难之后的重生。它揭示了人类发展的一个规律:洪水等是人类发展过程中必然要经受的灾难。这就是人类生命自身的悖论,也是再生的伟大意义。洪水神话已经不只是展示人与自然的冲突,更展示了人类生命自身的内在矛盾,可见它是最初的人类反躬自省的表现。① 经受了共同磨难的人类才能意识到自身的生命价值,其中也洋溢着最初的悲剧精神。

三、西南地区创世史诗的特点

创世史诗不仅记录了人类童年时期对世界本原问题探询的历程,更表现了宇宙万物都是人类创造出来的主体性意识。远古世界的开拓者们不朽的创造精神,通过他们自己那天真而奇幻的想象,放射出了永恒的艺术光芒。

概括起来,这一史诗群有以下五个方面的特点。

其一,尽管西南30多个兄弟民族所处的生存环境不同,有的在山区,有的在大峡谷,有的在丘陵地带,有的在平坝地区,但这些民族在经济状况、社会形态和生活习惯等方面都有一些相似之处,构成了一个独特的文化发展空间。基于这些最基本的共享因素,各民族的创世史诗有着一些共同的叙述结构模式,类似的情节单元也大量存在。

在许多民族的史诗里,洪水前都有一段比较长的时期,如彝族《查姆》《梅葛》《阿细的先基》等叙述人类经历了"独眼睛""直眼睛""横眼睛"或"凡间人""翼人""人虎""后世人"等几个时代,纳西族《创世纪》则叙述人类经历了兄妹群婚等时期。洪水即将到来之前,一般都先有一位神仙下凡,体察人心的善恶等,并设法让兄弟姐妹中好心的一两位躲过洪水,以重新繁衍人类。这些描述,显示了这些民族有着共同的历史记忆,或者说对远古的历史有着共同的理解。

其二,南方创世史诗多在寻求和叙说共同图腾、共同始祖、共同的祖先发源地、共同的仪式活动和生活习惯等等,不断坚固民族的"根谱"和血缘情结,以维护族群内部以及族群和族群之间的相互认同。

史诗的演唱旨在强化后人对本民族祖先的记忆和信仰心理。如阿昌族巫师在唱创世史诗《遮帕麻与遮米麻》之前,先唱一段序歌:"阿昌的子孙啊,你记不记得阿公阿姐走过的路?你知不知道我们阿昌的历史?你晓不晓得造天织地的天公和地母?"这些民族将本民族的起源和整个人类的起源合为一体,表现了中华民族同源共祖的观念。"特别是在洪水神话中每逢讲到人类再造的时候,往往是许多民族在同一胞胎里诞生。象拉祜族的天神兼始祖神就同时生下了拉祜族、佤族、爱尼族、汉族、傣族等九个民族;

---

① 王四代:《西南少数民族神话史诗中的时空观》,《民间文学论坛》1998年第4期。

纳西族始祖则同时生下了纳西族、藏族、白族。"①纳西族《人类迁徙记》说，洪水泛滥之后，人间只剩下乘鼓才得以逃脱的从忍利恩一个人。为解寂寞之苦，他来到黑白交界之地（实际上也是人界与天界的交界处）。在这里，他碰上了化为白鹤的仙女衬红褒白命。二人情投意合，共乘仙女所化之白鹤来到天界，求仙女之父阿普允婚。他们经历了破解一系列难题的过程，如伐九片森林，从斑鸠嗉和蚂蚁腹中寻三粒谷种，捕岩羊时避落崖之灾，捕鱼时避沉江之苦等。之后，从忍利恩携仙女重返人间，生育了藏、纳西和白三族人。

其三，西南的创世史诗形象地记录了远古日常生活的场景。(1) 学会说话。傈僳族《创世纪》叙述："手挽手来跳个舞，手接手来跳个舞，从此忘了猿猴语，从此忘了野鼠话，各种语言产生了，各种语言出来了。"(2) 学会用火。《查姆》叙述："用石头敲硬果，溅起火星星。火星落在树叶上，野火烧起山林。果子滚进火堆里，熟果味更醇。"从此"用火来御寒冷，用火来做伴侣，用火来烧东西"。(3) 狩猎生活。《牡帕密帕》叙述："他们做了套绳、标枪，他们带上黄狗、黑狗，他们追赶豹子、麂子，一心要打死豹子、麂子。"打到豹子以后，"九百人站成九行"，共同分食豹肉。(4) 采集生活。《阿细的先基》叙述："荒地上有撒哈托果，世上的人们，把果子摘来，放在手心里。吃果子的时候，姑娘和儿子，打伙分着吃。"由于民族历史与文化状况等因素，创世史诗主要表现了人与自然的相互关系。

其四，创世史诗群中的史诗以口头传唱为主，主要由宗教祭司在祭祀天神和祖先的节日时念诵或歌唱。不同民族创世史诗拥有一些共同的口头演唱传统和模式，从史诗本身的情节结构、音韵、旋律到演唱情景和方式，都有一些相似之处。另外，在祭祀的特定空间里，根据需要，史诗得到不同形式的展演，或吟或诵或唱或咏或舞之蹈之，表现了史诗在仪式场合的庄严性和原始意味。

其五，流传后世的创世史诗和神话一样，产生于原始氏族社会，又经历了漫长的历史演变过程，已不单是某一时期的原始形态，而是一个不断累积又不断更新的记忆文本。不同时代的历史记忆都会进入史诗文本之中，呈现比较复杂的情形。尤其在西南兄弟民族地区，各民族之间经济和文化的发展并不平衡，有快有慢，这就决定了西南创世史诗群内容的驳杂和多层次性，史诗和史诗之间本身就构建了一个不断演进的阶梯。

---

① 陶阳、钟秀:《中国创世神话》，上海人民出版社1989年版，第140页。

第三节 英雄史诗

英雄史诗比创世史诗要晚一些,产生于从原始社会解体到奴隶制确定这一战乱动荡的历史社会,恩格斯曾把它称作"军事民主制"(马克思语)时代或"英雄时代"①。英雄史诗题材重大,大多篇幅宏伟,产生于民族形成的早期,是主要在口头流传的韵散相间的历史叙事,重点叙述了氏族、部落、部族及民族在形成过程中彼此之间争战的历程,主要以这一时期的英雄业绩为题材,歌颂正义战胜邪恶,表现了民众渴求由分散到统一的愿望,颂扬了伟大的民族精神。

一、英雄史诗的概况

世界上不少民族都有英雄史诗,如古希腊的《伊利亚特》和《奥德赛》,古印度的《罗摩衍那》和《摩诃婆罗多》,德国的《尼伯龙根之歌》,法国的《罗兰之歌》,芬兰的《凯莱瓦拉》,英国的《贝奥武夫》以及俄罗斯的《伊戈尔远征记》等。用楔形文字记录的古巴比伦史诗《吉尔迦美什》,是全世界最古老的英雄史诗,汇集了古代两河流域的神话传说。

我国英雄史诗的分布,若按语系划分,包括阿尔泰语系的哈萨克、柯尔克孜、维吾尔、乌孜别克、蒙古、塔塔尔、裕固、撒拉、东乡、保安、土、鄂伦春、达斡尔、鄂温克、满、锡伯、赫哲等17个民族,此外还包括汉藏语系的藏族。

在中国西方、北方的少数民族中,这类英雄史诗也不少。藏族的《格萨尔》、蒙古族的《江格尔》以及柯尔克孜族的《玛纳斯》,这三部史诗为中国的三大英雄史诗,已在国际上各自成为独立的专门学科,足见其影响之大。其他著名的英雄史诗还有纳西族的《黑白之战》,赫哲族的《满斗莫日根》,维吾尔族的《乌古斯传》,哈萨克族的《阿勒帕米斯》《阔布兰德》,蒙古族的《勇士谷满干》《智勇王子希热图》《冉哈贵可汗》等。希腊史诗及欧洲中世纪的史诗,均以书面形式流传,而中国的三大英雄史诗及其他英雄史诗,虽有手抄本或木刻本流传,但主要的流传方式依然是民间艺人的演唱,也就是口头传承。

依据英雄史诗文本的情节结构及简繁的状况,可分为单篇型史诗和复

---

① 〔德〕恩格斯:《家庭、私有制和国家的起源》,《马克思恩格斯选集》第4卷,人民出版社1995年版,第105、106页。

合型史诗两种,后者又有串联复合型和并列复合型之别,英雄史诗实际有单篇型、串联复合型和并列复合型三大类型。单篇史诗的故事情节围绕一次重大斗争展开,由一个母题序列组合情节结构,为单线条的故事叙述模式。以叙述英雄婚姻关系为主要内容的属于婚姻型单篇史诗,以叙述英雄征战为主要内容的属于征战型单篇史诗。复合型史诗叙述了两个或两个以上的重大历史事件,叙述的脉络是双重或多重的,故事情节结构由多个母题序列共同组合而成。有的将英雄的婚姻事件和征战事件连缀为一个整体,有的则将两次相关的征战事件串联起来,这些都属于串联复合型史诗。① 串联复合型史诗中的数条脉络并不是平行发展、并行不悖的,往往相互交织在一起。一般以一条故事线(story-line)为主,起着支配整个故事发展的作用,其他的故事线处于配合的地位。并列复合型史诗为许多单篇型史诗或复合型史诗的合体,由多条故事线组成,每条故事线有着相对的独立性,数条母题序列平行发展,构成故事的多重情节结构。

二、中国三大英雄史诗

三大史诗的标题既是史诗的名称,又指称史诗的主人公。在中国,英雄史诗的研究及其理论建设经历了三个发展阶段:第一阶段(20世纪50年代到80年代),在研究方法上,基本遵循"作家文学反映社会历史生活"的研究理念,结果把英雄史诗当作了书面的、印刷的文本;第二阶段(20世纪80年代到90年代中期),研究者们吸收国际史诗研究的理论并结合我国英雄史诗的特征,运用"史诗母题类型研究"和原型批评等研究方法,注重对史诗表现形式的研究,探讨英雄史诗的主题、类型、母题的结构特征和文化史意蕴等,取得了丰硕的成果;第三阶段(20世纪90年代中期以来),在学术视野上更加开阔,国际史诗研究的"口头程式理论""表演理论"以及"历史记忆理论"等被广泛运用到研究当中,拓宽了史诗田野作业的维度,同时也引起学者对以往英雄史诗搜集整理工作和研究理论的反省与总结。②

1.《格萨尔》

《格萨尔》又称《格萨尔王传》③,在我国的西藏、青海、四川、甘肃、云南、

---

① 仁钦道尔吉:《关于中国蒙古族英雄史诗》,《民族文学研究》1992年第1期。
② 陈岗龙:《20世纪蒙古英雄史诗研究学术史思考》,见《"21世纪民族文学发展研讨会"纪要》,《中国少数民族文学学会通讯》总第31期。
③ 《格萨尔》除藏文本外,有甘肃人民出版社1980年汉文本,还有法、德、英、俄等文译本。40卷藏文精选本由民族出版社出版。

新疆、内蒙古等省区的藏族、蒙古族以及土族、裕固族、白族、纳西族、普米族流传。已搜集整理的,共有120部,100多万行,2000多万字,约产生于藏族氏族社会解体、奴隶制初步形成的时期,即公元前3、4世纪至公元6世纪。它被誉为"东方的《伊利亚特》"。在蒙古族地区,又称《格斯尔》。蒙文《格斯尔》具有鲜明的蒙古民族特色,已成为蒙古族重要的英雄史诗之一。

《格萨尔》的整体结构十分清晰,以岭国国王格萨尔为中心人物,颂扬了他率领岭国民众与各种邪恶势力及入侵者进行斗争的英雄业绩,再现了藏族由分裂到统一、由战乱到安定的历史过程。藏语的"格萨尔"意为花丝、花蕊、精华、种子、英雄等。这一形象的产生经历了从原始自然崇拜到英雄崇拜的过程。

史诗的核心内容讲述"董"氏族的衍变过程,既纵向追溯了祖先"董"氏族——岭部落的渊源和传承,又横向铺叙了格萨尔一生的丰功伟绩,每个故事在这个坐标中都有适当的位置。这是一部体现了"历史透视意识"的编年史,一部反映了"民族记忆"的"部落纪事"。一般认为"岭"部落、"格萨尔"在藏族史上都是实有,不是民间艺人编造出来的。古代藏族社会怎样从氏族社会、从各不统属的部落发展为部落联盟,最终建立起国家政权,在《格萨尔》里都有真实而生动的描绘。这种描述,与近年来的考古发现相吻合、相印证。①

《格萨尔》所体现的信仰思想相当复杂,其产生于苯教文化的氛围之中,对苯教的宇宙观、图腾崇拜、祖先崇拜、万物有灵观念、多神崇拜以及巫术活动都有比较充分的反映,又受到佛教自觉的、有意识的、直接的影响(尤其是手抄本和木刻本)。特别是政教合一的政治制度建立后,佛教在思想文化领域占统治地位,佛教思想对《格萨尔》的渗透就更为明显和强烈。

《格萨尔》有分章本和分部本两种版本。分章本的内容包括了格萨尔大王一生中所有的事迹,分章叙述。其中《格萨尔王传——贵德分章本》是比较有影响的分章本。由于此本是在青海贵德发现的手抄本,故简称"贵德分章本",为韵散结合的体式,由五章构成,即在天国里、投生下界、纳妃称王、降服妖魔、征服霍尔。较著名的分章本还有拉达克分章本、四川玉科分章本、流传于喀喇昆仑山的祝夏本等。

分部本是在分章本的基础上,对分章本的每个章节加以扩充、发展,形成各自独立的部。扩充以后的各部内容较为完整,有相对的独立性,可以单

---

① 降边嘉措:《〈格萨尔〉与藏族文化》,内蒙古大学出版社1994年版,第94页。

独演唱。这些分部本由中心人物联串起来,形成一部完整的宏伟史诗。在《格萨尔》流传的地区,分部本较多,而且新的分部本不断涌现。有些艺人能演唱一百余部,其中绝大部分是同一部的异文本。不过,民间艺人经常演唱的仅有三四十部,以"仙界遣使""英雄诞生""赛马称王""北方降魔""霍岭大战""姜岭大战""门岭大战""大食财宝""蒙古马城""地狱救母""安置三界"等最为著名。

史诗的传播方式有两种:一是靠民间艺人口头唱传;二是靠手抄本与木刻本保存和传播。而最基本、最主要的是靠众多的民间艺人世代相传,口头形式的篇幅也往往超过了书面文本。《格萨尔》的流传也是如此。藏族民众把说唱《格萨尔》的艺人叫"钟肯","钟"是神话、传说、民间故事的泛称,"肯"是指说故事的人。著名的钟肯有扎巴和玉梅。

"钟肯"分数类,最有名的是"包仲"①,扎巴和玉梅即是。藏语的"包"是降落、降下之意,"仲"是故事、传说之意。"包仲"意为降下来的故事,也可谓神授。自称"包仲"的史诗演唱艺人,大多在青少年时做过与《格萨尔》史诗有关的梦,梦醒之后大病一场,少则几天,多则几个月,病愈即能说唱《格萨尔》。此类艺人在藏族民众中享有较高的声誉。

2.《江格尔》

《江格尔》②是在蒙古族民间史诗演唱艺人的记忆和口头存活的活态史诗,最初流传于阿尔泰地区,以后传播到各个蒙古族聚居区。它不仅在我国蒙古族流传,而且还受到俄罗斯伏尔加河下游的卡尔梅克人与蒙古国的卫拉特人和喀尔喀人的喜爱,是一部跨国界的史诗。它流传了四五百年之后,到19世纪初才开始有文字记录。目前通行的《江格尔》13章本,大约是在明代以后用新疆托忒文记录的。史诗是以江格尔、洪古尔等英雄人物连接的数十个故事组成,每一部分可以独立成篇,由"江格尔奇"单独演唱。

关于"江格尔"一名的由来,有许多不同的说法,其中一个观点认为"江格尔"来自波斯语"扎罕格尔",意即世界主宰或世界征服者。这个主人公形象实指以成吉思汗为代表的蒙古族英雄们的群体形象。为了回避直呼13世纪大蒙古可汗的名号,才没有把江格尔称为成吉思汗。

---

① 除包仲外,藏族史诗艺人还有四类:丹仲——照本吟诵艺人,退仲——闻知艺人,德尔仲——掘藏艺人,扎肯——圆光艺人。
② 《江格尔》除蒙文本外,有人民文学出版社1983年汉文本,还有德、日、俄、英、法等文节译和研究著作。

《江格尔》叙述的不是一场战争,也不是以某次战争为主,而是以江格尔可汗为首的宝木巴汗国先后同周围大大小小汗国之间进行的许多次的战争。由于每次战争的对象不同,战争与战争之间一般没有关联,这部史诗也就没有一以贯之的故事情节,而是由许许多多相对独立的小故事所组成,这些小故事构成一百多部长诗及其异文。每个小故事都可以单独演唱,情节结构具有独立性,各部长诗的情节似乎没有什么联系,处于一种并列的状态,故称其为"并列复合体"。我们也可称《江格尔》为一个"史诗集群"(epic cycle)。史诗集群指由若干既关联又相对独立的长诗构成的一个系列。史诗集群中的各部长诗拥有共同的主人公和共同的背景,事件之间也有某些顺序和关联。核心人物不一定是每个诗章的主人公,但往往具有结构功能。

《江格尔》描写了宝木巴国与周围形形色色汗国之间频繁的军事冲突和各种形式的斗争,实际上是15世纪以来蒙古族封建割据时期西蒙古卫拉特地区的社会斗争的反映。史诗在写定之前或写定之后,都在民众中口耳相传。由于史诗是鸿篇巨制,非一般人所能记忆,因此史诗的演唱艺人对史诗的传播起着关键性的作用。蒙古族称演唱史诗的人为"陶兀里奇","陶兀里"是"史诗"的意思,后面加"奇",即指称演唱史诗的人。

在20世纪初期,从正月初到正月底,蒙古族的喇嘛、王公和官吏们都要聚集在王府聆听江格尔奇演唱《江格尔》。他们认为演唱这部史诗可以祈福消灾。艺人在演唱史诗前,往往要焚香祭拜,否则会招致旋风等灾难。① 到了现代,《江格尔》演唱活动演变为民众一般的娱乐活动,江格尔奇的演唱不再受时间和场地的限制。

3.《玛纳斯》

《玛纳斯》②流传的地域很广,凡是柯尔克孜人生活的地方,就有这部史诗传唱。中国的新疆,中亚的吉尔吉斯斯坦、乌孜别克斯坦、哈萨克斯坦以及阿富汗、巴勒斯坦北部地区,都有《玛纳斯》流传。《玛纳斯》产生于10世纪至13世纪前后,中国新疆天山以北的特克斯草原是《玛纳斯》最早的形成之地。《玛纳斯》告诉我们,英雄玛纳斯诞生于特克斯草原,他童年时代曾在哈密的巴里坤草原放牧,在吐鲁番种麦子,到阿勒泰去投奔他的叔父阿克巴勒塔;他与卡勒玛克人交战时,到过喀什噶尔、别失巴里(古称北庭)等

---

① 仁钦道尔吉:《〈江格尔〉论》,内蒙古大学出版社1994年版,第13页。
② 《玛纳斯》有新疆人民出版社1984年柯尔克孜文本、片段汉译本及俄、德、英、法等文译本。

地。而特克斯、哈密、吐鲁番、阿勒泰、喀什噶尔、别失巴里均为新疆的名城。

演唱《玛纳斯》的歌手作为史诗中英雄的代言人,叫"玛纳斯奇"。他们是整个柯尔克孜文化的传承者,拥有柯尔克孜族的生活、礼仪、文学、历史、哲学、宗教、医学、天文等知识,是博学多才的学者,活的百科全书。跟随史诗主人公玛纳斯东征西战,兼具战士和歌手身份的额尔奇吾勒被说成《玛纳斯》的创作者或首唱者。同"钟肯"一样,"玛纳斯奇"在解释自己演唱史诗的经历时也认为是由神灵梦授所致,是某种超自然力赋予了他们演唱史诗的能力。他们往往要大病一场,在迷恍之中接受"神谕",病愈后便能滔滔不绝地演唱史诗。

玛纳斯奇数量很多,在20世纪60年代,有八十多位歌手活跃于城镇和牧区,为柯尔克孜族民演唱。歌手多,出现的异文也多,其中新疆阿合奇县的居素甫·玛玛依演唱的8部《玛纳斯》,大约有230000余行,规模宏伟,篇幅浩瀚,相当于古希腊史诗《伊利亚特》的14倍,最为著名。居素甫·玛玛依(Gusev Mamay)也是世界上演唱《玛纳斯》部数最多的歌手,被国内外学术界誉称为"当代荷马""活着的荷马"。他演唱8部《玛纳斯》,从头到尾演唱一遍需一年多的时间。

《玛纳斯》每部都以玛纳斯家族英雄的名字命名:第一部《玛纳斯》、第二部《赛麦台依》、第三部《赛依铁克》、第四部《凯涅尼木》、第五部《赛依特》、第六部《阿斯勒巴哈与别克巴哈》、第七部《索木碧莱克》、第八部《奇格台依》。八部《玛纳斯》将不同历史时期柯尔克孜民族反抗契丹人的斗争、反抗蒙古成吉思汗的斗争、反抗卡勒玛克蒙古人的斗争以及反抗蒙兀儿斯坦蒙古人的斗争,还有17世纪柯尔克孜人信仰伊斯兰教以后发生的事件融合、汇集起来,构成了一个有机的整体。

史诗《玛纳斯》有广义与狭义两层含义:广义指各部史诗的总和;狭义仅指史诗的第一部《玛纳斯》。第一部《玛纳斯》的内容最古朴,结构最完整,艺术最精湛,篇幅最长,有7300多行,也是最核心的一部,流传最广。这部史诗将近千年内发生的事件压缩在一个时间轴线上加以叙述。仔细研读《玛纳斯》的各种异文便会发现,柯尔克孜民族反抗卡勒玛克侵略者的斗争是各种异文的基本情节。柯尔克孜人反抗卡勒玛克人侵略与奴役的斗争,如同一条主线贯穿于史诗的始终,成为史诗情节发展的主要动机。①

和其他两大英雄史诗相比,《玛纳斯》在表现形式方面有独特之处:(1)各

---

① 郎樱:《〈玛纳斯〉论析》,内蒙古大学出版社1991年版,第31—32页。

部各以一位玛纳斯家族的英雄命名,每部描写一位英雄的事迹,上部史诗的主人公与下部史诗的主人公均为父子关系。而《江格尔》和《格萨尔》均以一位英雄的事迹贯穿整部史诗。《玛纳斯》各部有头有尾,情节结构完整,能独立成篇。而且每部的叙事结构基本相同,都是由英雄的身世—征战—和平时期的生活这样三个时间段构成。同时,各部史诗又相互衔接、彼此照应,形成一部完整的史诗。这样典型的谱系式叙事结构,在世界史诗中也十分少见。(2)《格萨尔》和《江格尔》属于韵散结合的演唱形式,《玛纳斯》则是整部史诗均采用韵文形式,玛纳斯奇从头唱到尾,没有讲的部分。而且演唱时不用乐器伴奏,基本上是"清唱"。玛纳斯奇声音洪亮、吐字清晰,演唱的曲调十分优美,具有民歌风味。(3)玛纳斯奇演唱《玛纳斯》的活动非常世俗化,不举行任何仪式,也没有任何禁忌,不带任何神秘和神圣的色彩。玛纳斯奇有时在盛大的祭祀仪式、喜庆婚典上演唱,有时像吟游诗人边走边唱,非常随意。而《格萨尔》在演唱前要焚香、祈祷,《江格尔》在演唱前要举行祭江格尔可汗的仪式,演唱过程都非常庄严、肃穆。

三、民族生活的历史画卷

早期英雄史诗是在氏族、部落战争的社会现实的基础上形成的。英雄史诗最古老的题材有两种,一是勇士为妻室而远征,二是勇士与恶魔战斗。为妻室而远征题材的英雄史诗,是父权制氏族的族外婚婚制的写照。"勇士与恶魔斗争的题材来自英雄传说,在史诗里以恶魔象征勇士的敌对氏族,反映了原始社会氏族血缘复仇现象。"①

凡是在社会制度交替阶段,各种矛盾都会暴露得非常突出、尖锐而复杂。在英雄史诗中表现的部落与部落或部族与部族之间的斗争,有血亲之间的争夺,有军事首领和下属将领的矛盾,有原始的公有制观念和新兴的私有制观念在财富再分配上的冲突,等等。这是个动乱的时代,又是一个产生英雄的时代。《玛纳斯》就产生在成吉思汗时代,其中心事件在公元12到13世纪左右。但它涉及的历史时代跨度很大,大约从公元8至13世纪,涉及宋、辽、金、元几个朝代,容纳了成吉思汗时代前后柯尔克孜民族的史迹。

当时,氏族制度已趋于解体,由部落联盟组合而成的国家正在逐渐形成。"勇士形象的创造,要求个体在一定程度上与原始公社相分离;倘若氏

---

① 祁连休、程蔷主编:《中华民间文学史》,河北教育出版社1999年版,第127页。

族—部落的闭塞状态依然如故,所谓叙事诗背景也就不可能出现。"①据历史学家考证,《摩诃婆罗多》的故事所描写的大战可能发生于公元前13世纪至前10世纪,当时北印度的民族几乎都参加了这次战争,敌对的双方是古鲁族和班扎拉族,大战结果是这两个民族的大融合。中世纪的欧洲,英雄史诗非常繁荣,仅仅在法国,19世纪初就发现了中古英雄史诗100部左右。中古时期的英、法、俄等各国的历史进程不同于希腊、罗马,也不同于中国、印度。它们没有经过奴隶制,而是在罗马帝国的废墟上建立了大小不等的不同民族的国家,逐渐由氏族社会直接过渡到封建社会。中古欧洲史诗主要是反映公元5世纪至11世纪封建社会形成初期,民族之间频繁的战争和因此引起的民族大迁徙。法兰西的《罗兰之歌》以公元8至9世纪查理大帝的英雄业绩为主要线索;日耳曼的《尼伯龙根之歌》取材于由于匈奴的西移和日耳曼族内部的发展而引起的民族大迁徙后期的一些事件;英格兰《贝奥武夫》的主人翁取材于6世纪的历史人物。

有的民族的英雄史诗从产生、形成到定型,中间历经数百年甚至上千年。《格萨尔》从公元前3、4世纪至公元6世纪左右产生后,至今仍未完全定型。《玛纳斯》从第一部到第八部,也经历了一个漫长的过程,它产生于部分柯尔克孜人迁入天山地区之后、伊斯兰化之前,即公元10世纪到16世纪之间,而八部的书面定型从20世纪60年代到80年代才最后完成。希腊史诗产生于公元前12世纪至公元前8世纪,时间跨度也很长。又因为世界各民族社会发展的进程不同,英雄史诗各自产生于不同的社会形态,有的是原始社会末期和奴隶社会初期,有的则是封建社会初期至中期。需要特别指出的是,通过文本考据,有些史诗并不十分古老,可是造就和促使史诗演变的口头传统却是难以追溯至尽头的。

英雄史诗以广阔的社会现实生活为背景,基本素材来自历史上的重大事件、重要人物。古希腊的《伊利亚特》和《奥德赛》中所描写的希腊人与特洛伊人之间的战争,以及以后的事件,是实际上发生过的。两部史诗详细而真实地描述了古代希腊有文字之前的历史,后人就把从多里斯人南移到荷马史诗形成(约为公元前11世纪至公元前8世纪)这几百年,称为"荷马时代"。这段历史之所以被称为"荷马时代",是因为只有荷马史诗给我们提供了重构这段历史的依据,难以找到其他文献资料。维柯(G. Vico)在《新

---

① 〔苏〕E. M. 梅列金斯基:《叙事诗》,魏庆征译,见中国民间文艺研究会上海分会编《民间文艺集刊》第5集,上海文艺出版社1984年版,第244页。

科学》里称之为"诗性历史"和"诗性地理",说它表现了希腊人的"诗性智慧""诗性经济"和"诗性政治",给予很高的评价,从而成就了这部巨著在欧洲哲学史上的重要地位。①

《格萨尔》所描写的频繁的战事,也基本上概括了青藏高原上各部落由分散到统一的过程,在藏族古代史上同样也构成了一部"诗性历史"和"诗性地理",同样表现了古代藏族人民的"诗性智慧",描述了古代藏族社会的"诗性经济"和"诗性政治"。既然在古希腊的历史上,根据荷马史诗提供的资料,填补了由于文献不足而形成的一段空白,史称"荷马时代",那么,现代史学就有可能根据《格萨尔》提供的资料,构建出古代藏族社会的一段历史(即公元前3、4世纪至公元6世纪),并因而称之为"《格萨尔》时代"。②而从玛纳斯家族几代人的征战际遇里,我们也同样可以窥见柯尔克孜族历史发展的某些轨迹,甚至还可以大致找到他们迁移到天山一带的路线以及历史上活动的地区,以之为史料,同样可以构建《玛纳斯》时代的历史。

四、英雄人物的颂歌

歌唱英雄史诗的主要目的,就是颂扬本民族的英雄人物。在蒙古和突厥各民族中,英雄叫作"巴嘎图尔"(Bagatur)、"巴塔尔"(Baatar)、"巴托尔"(Batur)、"巴提尔"(Batiir)等,尽管发音不同,但都可译为"英雄"或"勇士"。英雄人物承载着民族的主体精神,或者说,民族的主体精神主要通过英雄人物释放出来并发扬光大。英雄史诗,是在勇士故事歌与有关创世始祖的原始神话叙事诗相互作用的基础上形成的。有关部落间战争、迁徙和卓越军事首领等的历史传说,成为英雄史诗赖以形成的至关重要的渊源。

黑格尔认为,不同的民族精神须由相应的英雄人物来表现,这些不同的英雄人物的斗争生活就各自为政地造成历史及其发展。他指出:"由此可以得出一条带有普遍性的规则:特殊的史诗事迹只有在它能和一个人物最紧密地融合在一起时,才可以达到诗的生动性。正如诗的整体是由一个诗人构思和创作出来的,诗中也要有一个人物处在首位,使事迹都结合到他身上去,并且从他这一个形象上发生出来和达到结局。"③黑格尔进一步认为:这些条件在荷马的两部史诗里实现得最好,其中阿喀琉斯和奥德修斯是中

---

① 〔意〕维柯:《新科学》,人民文学出版社1986年版,第151—410页。
② 降边嘉措:《〈格萨尔〉与藏族文化》,内蒙古大学出版社1994年版,第95页。
③ 〔德〕黑格尔:《美学》第3卷下册,朱光潜译,商务印书馆2018年版,第134页。

心人物。印度史诗《罗摩衍那》也是如此。史诗中的英雄人物,大多是新兴阶级的代表,歌颂的是从氏族社会向阶级社会过渡期的领袖人物,以及由他们转化的新兴奴隶主或封建领主。这类史诗之所以被称为英雄史诗,原因正在于此。绝大部分英雄史诗都是以英雄的名字命名的,哈萨克族著名史诗《阿勒帕米斯》的名称由"阿勒普"与"帕米斯"组合而成,在突厥语中"阿勒普"是英雄之意。

  英雄史诗中有一些基本人物:英雄;他的妻子或未婚妻;他的敌人。他们的相互关系决定着史诗情节的发展,所有的重大事件又都是围绕着英雄展开的。英雄史诗实际上是关于勇士的传记,他成为一个"箭垛"式的人物。英雄往往具有这样一些特征:(1)他生来就有神奇的本领;(2)他生活在他和他的人民的幸福存在受到外敌破坏的变化时期;(3)他受到双亲和夫人的挚爱和信任,并肩负着对他们的责任;(4)预言、占卜或梦兆向主人公预示了他的历险活动或冒险经历;(5)他无限勇敢,但缺少智谋,从不说谎,诡计和魔法往往出自他的骏马;(6)他的勇敢很少是一种纯粹的冒险愿望,其目的是恢复被破坏了的秩序。①

  塑造英雄主要有两种范式。一是将他置于"战争"和"婚姻"两种类型的冲突之中。一方面是同他的敌人内在意义上的对立,另一方面是同他的未婚妻(属于异族)的对立。史诗在这两种对立的结构中颂扬英雄的伟大。苏联学者日尔蒙斯基指出:"英雄的求婚远征的最古老形式,是同父系氏族社会中异族婚姻相联系的,从另一部族寻得未婚妻常常是同抢婚一并发生的(姑娘同意或遭到她的反对),因而反映在民间故事或史诗中,就应当有英雄性格,应当证实年轻勇士的勇敢、体力和进取心。"②在英雄的对立面,总有强大敌手的配置,他们的对抗关系构成了史诗情节延续的中心。在系列搏斗中,主要体现英雄的精神魅力。在《伊利亚特》中,赫克托耳不是特洛伊之战的始作俑者,完全可以享受宁静的生活,但他出于保卫城邦的责任感以及英雄的荣誉感,父母和妻子撕心裂肺的哀劝都没有动摇他战斗的决心。他没有希腊统帅阿伽门农那么专横,也不像希腊最勇猛的大将阿喀琉斯那样固执、粗暴、残忍。他精细而又强悍,有敏锐的观察力和强烈的责任

---

  ① 〔苏〕谢·尤·涅克留多夫:《蒙古人民的英雄史诗》,徐昌汉、高文风、张积智译,内蒙古大学出版社1991年版,第110页。
  ② 见中国民间文艺研究会研究部编《民间文学参考资料》第9辑(内部资料),1964年11月,第45页。

感。他的英勇牺牲,以及他死后所受到的侮辱,都充满了悲剧气氛,这是从野蛮时期高级阶段向奴隶社会过渡期的理想英雄。在他身上表现出比同时期其他首领更成熟的美德。

另一个塑造范式是神化英雄。他们是具有神灵赐予的带有神话原型特点的英雄,为天地所造,半人半神,其出生同宇宙的原始时期及人类肇始的传说完全一致。譬如,在构成突厥史诗英雄身世的各种母题中,英雄特异诞生母题是一个比较稳固的古老母题,且为每一部突厥史诗所共有,其比较完整的形式为:一对夫妇年老无子—向天神祈子—妻子入树林独居—受孕—孕中特异的反应—难产—英雄诞生时的特异标志。① 格萨尔原是天界的神子,投身人世,由龙女做生身母亲。诞生之后,具有人的形体、人的特征和人的禀性、人的喜怒哀乐七情六欲。他是天界、龙界、人界三位一体的结晶,集神性、龙性、人性于一身。

五、英雄史诗的叙述模式

如果比较英雄史诗不同文本的情节结构,会发现一个惊人的相似之处,即它们有着共同的叙述模式。

法国文论家、文学批评家热奈特(Genette)提出了一套较为完整的结构主义叙事学的批评理论,其基本论点是:叙述是其不同组成部分和层次之间相互作用的产物,叙事学批评应着重分析它们之间的关系,以揭示文本的内在结构和作用方式。他重点分析了荷马史诗《奥德赛》的叙述规律和结构模式。《奥德赛》又叫《奥德修纪》,叙述的是特洛伊战后,希腊英雄奥德修斯归航历险,最终回到故土伊萨卡并复仇的故事。全诗共 12110 行。这是一部反映古代人类与自然和社会斗争的史诗。全诗布局巧妙,奥德修斯的十年历险经历是运用倒叙的手法,自然而又生动地叙述出来的。在热奈特看来,史诗叙事在本质上是"动词的表达和扩展",从某种意义上说,《奥德赛》可以视为"奥德修斯回归故乡伊萨卡"这样一个句子的扩展。

阿尔伯特·贝茨·洛德也发现"回归"是《奥德赛》核心的情节单元,认为《奥德赛》是荷马时代的许许多多的回归歌之一,这些回归歌中的一些作品属于荷马的演唱篇目。显然,荷马在创作《奥德赛》时,他已经熟知阿伽门农的回归故事和莫奈劳斯的回归故事"。英雄史诗的各种故事表现为相互指涉的关系,"如果把这些指涉看作特洛伊英雄回归故事歌的组成部

---

① 郎樱:《突厥史诗英雄特异诞生母题中的萨满文化因素》,《民间文学论坛》1989 年第 2 期。

分,那么,这些指涉便很能说明问题"。① 洛德指出,回归歌(return song,英雄史诗的一种类型)的情节结构模式,同印欧语系一样古老,这就是离去—劫难—回归—报应—婚礼。南斯拉夫史诗中有许多"回归歌",讲述长期被监禁的英雄历经千辛万苦,终于回到故乡,找到了即将和敌人结婚的妻子。这类史诗与《奥德赛》有着相似的叙述模式,洛德在《塞尔维亚-克罗地亚口头史诗中回归英雄的主题》(*The Theme of the Withdrawn Hero in Serbo-Croatian Oral Epic*,1969)中阐释了这种关联性。

著名神话学家坎贝尔是这样表述英雄从出发到回归的原型模式的:

> 神话中的英雄从他日常住的小屋或城堡出发,被引诱、被带到、要不然就是自愿走到冒险的阈限。在那里他遇到一位守卫着阈限不让通过的幽灵或神灵。英雄可能打败这守卫者或博得他的好感而进入幽暗的王国(与弟兄战斗,与毒龙战斗;献上供品,运用符咒),或被对手杀死而进入死亡之国(被肢解,被钉在十字架上)。越过阈限之后,英雄就在一个陌生而又异常熟悉的充满各种势力的世界中旅行,有些势力严峻地威胁着他(考验),有些势力则给他魔法援助(援助者)。当英雄到达神话周期的最低点时,他经历一次最重大的考验,从而得到他的报偿。……英雄最后要做的事是归来。如果那些势力赐福给他,他现在就在它们的保护下启程(充当使者);如果不是这样,他就逃走并被追捕(变形逃走,越过障碍逃走)。到达归来的阈限时,那些超自然的势力必须留下;于是英雄离开那可怕的王国而重新出现(归来,复活)。英雄带回来的恩赐使世界复原(长生不老药)。②

"回归"的叙述模式同样也存在于中国一些英雄史诗之中。以哈萨克族英雄史诗《阿勒帕米斯》为例,阿勒帕米斯娶回古丽巴尔皇后,便催马去与阿利夏格尔可汗决斗,以报父亲和牲畜被掠之仇。途中,妖婆搭四十顶毡房,给阿勒帕米斯灌了四十碗烈酒,将他灌醉后捕获。妖婆想杀了他,但阿勒帕米斯刀砍不伤,火烧不着,水淹不死。无奈,最后把他扔进深不见底的山洞想饿死他。阿利夏格尔可汗的公主,暗中爱恋着阿勒帕米斯,经过艰难的寻找,最后终于救出了勇士。阿勒帕米斯赶回部落时,故乡已被其他敌人蹂躏得凄惨不堪。他父亲被赶去放羊,母亲和妹妹被逼去做使女,妻子将被

---

① 〔美〕阿尔伯特·贝茨·洛德:《故事的歌手》,尹虎彬译,中华书局2004年版,第228—229页。

② 〔美〕约瑟夫·坎贝尔:《千面英雄》,张承谟译,上海文艺出版社2000版,第246—247页。

强娶。于是,阿勒帕米斯乔装成乞丐,混进将要举行的婚宴。在婚宴上,他拉开了无人能拉开的弓(这是他以前的弓箭),一箭射死想强娶自己妻子的吾里坦,然后与牧羊倌一道,杀死了其他敌人,解救了受难的父老乡亲和亲友。① 这是典型的突厥民族的史诗模式,与《奥德赛》如出一辙。

巴赫金在其著作中曾使用过一个有着广泛影响的术语,即互文性(intertextuality),意思是任何一部作品文本都与别的文本相互交织,没有任何真正独立、外在于其他文本的作品。文本之间存在着所谓的"互文"关系,一部史诗也就是对其他史诗的模仿。热奈特也认为,所有的文本,尤其是文学文本,都处于互相交织的关系网中,每一个单独的文本都是对过去文本的改写、复制、模仿和转换。具体到英雄史诗"回归"的叙述模式,《奥德赛》、南斯拉夫的"回归歌"、哈萨克族的诸多英雄史诗,都是类似于"奥德修斯回归故乡伊萨卡"这样一个句子的扩展和延伸。

六、口传与书面的结合

口头性和书面性的关系,在英雄史诗中较民间文学其他体裁中更为密切。英雄史诗以口头—书面—口头、书面并存的形式流传,情况甚为复杂。

18世纪末,有一位叫沃尔夫的学者,写了一部《荷马史诗的研究》,对希腊史诗形成的过程提出了一些很独到的见解。他认为,荷马史诗完成于公元前10世纪左右,开始只是口头文学,靠着民间艺人的背诵流传下来,因此经过多次加工;史诗最初用文字记录下来约在公元前6世纪中叶,这时又经过一些编订加工。史诗成为完善的艺术作品是后代加工的结果;最初大概只有许多短篇故事,并非一人所作。② 同样地,印度史诗在流传过程中,不但历代歌手加进了自己的声音,而且各教派的宗教思想也不断羼入其中,同时也混杂着宫廷诗人的作品。

中国英雄史诗流传的情况也是如此。《格萨尔》以口头、抄本、刻本等多种形式在民间、寺院和贵族上层流传。《格萨尔》的流传大致经过了口头说唱—底本—手抄本—木刻本的发展过程。在这一过程中,这几种表现形式又有交叉,口头说唱则是底本、抄本、刻本的基础。在有了记录文本以后,口头说唱依然存在,说唱艺人在得到了新的唱本以后,还可能增加新的说唱部。一些最早的唱本,现在有的地区仍然存在。有些史诗的刻印本被再行

---

① 穆塔里甫:《哈萨克英雄史诗的结构模式与情节母题》,《民族文学研究》1992年第3期。
② 《奥德修斯纪》,杨宪益译,上海译文出版社1979年版,序第12页。

转抄,以至变为以刻本为原文的新的抄本。

可见,史诗流传的情况并不是一种单线条的演进模式。一般来说,以文献形式流传至今的古代或中世纪初期的史诗,相对而言,不如数百年后乃至千年后发现的、至今仍在口头传唱的史诗古老。即使在单一文化的河床中,往往在作品二次口头化过程中也会出现古老的现象,同时,某些晚期出现的口头史诗具有更古老的历史。①

郎樱通过对《玛纳斯》流传状况的实际考察,发现了一个值得注意的现象:

> 柯尔克孜民众中虽有手抄本流传,但手抄本的作用也往往是为口头传承服务。例如,居素甫·玛玛依的哥哥巴勒拜是一位《玛纳斯》的爱好者和搜集记录者,他把著名玛纳斯奇演唱的《玛纳斯》笔录下来,成为手抄本。而这个手抄本成为居素甫·玛玛依学唱《玛纳斯》的主要依据。因此,这一流传过程实际上形成这样一种公式:
>
> 玛纳斯奇口头传唱——记录唱本成手抄本——其他玛纳斯奇以此为媒体学唱《玛纳斯》并回头传唱②

由此可知,一部英雄史诗由产生到定型,中间要经过许许多多天才歌手和文人的加工,是一个复杂的记忆过程。严格说,这应该是一种半口头半书面的艺术形式。虽然如此,口头演唱仍是其肇始的形态,假如没有原来的群体口头创作作基础,可以肯定,任何大手笔的个人也绝对创作不出一部英雄史诗。归根到底,英雄史诗属于民众口头语言智慧的结晶。

七、史诗演唱艺人

谁是"荷马"(Homeros)?谁是吟唱西方传说中神与英雄辉煌功绩的最著名的诗人?谁赐予世界两部最伟大的史诗——《伊利亚特》和《奥德赛》?荷马很可能是几个人,或根本不曾存在过。学者们从未中断对史诗原作者是谁的争论。实际情况可能是,为了阐述史诗的作者,人们不得不有意创作一位被神话化的盲诗人形象,这位盲诗人便穿越了整个希腊之域,吟唱着发生在比他所在时代还早数百年的一场战争的史诗。③

---

① 〔苏〕谢·尤·涅克留多夫:《蒙古人民的英雄史诗》,徐昌汉、高文风、张积智译,内蒙古大学出版社1991年版,第86—87页。
② 郎樱:《〈玛纳斯〉论析》,内蒙古大学出版社1991年版,第53页。
③ 〔美〕戴维·李明:《神话创造者》,李路阳译,《民间文学论坛》1993年第2期。

维柯在《新科学》里，用整整一卷的篇幅，即第3卷来探讨荷马和荷马史诗的关系。题目就十分醒目："寻找真正的荷马"。他试图解决欧洲文学史上长期争论不休的一个重要问题：荷马史诗的作者究竟是谁？在历史上究竟有没有荷马这么一位杰出的行吟诗人？经过认真的考察、深入的思索，维柯认识到了"真正的荷马"不是一个人，而是希腊民族。他指出，荷马史诗不是一个人的创作，而是整个希腊民族的群体创作。他在《序论》一开头就明确指出："诗性智慧是希腊各民族的民俗智慧，希腊各民族原先是些神学诗人，后来是些英雄诗人。这种证明的后果必然是：荷马的智慧决不是另外一种不同的智慧。"①

此说一出，震撼了当时的学术界。因为在此之前，从柏拉图、亚里士多德到后世许多哲学家、历史学家和文艺理论家，都认为荷马在历史上真有其人，是一位盲人诗人，他具有崇高的玄奥智慧——"荷马"在伊阿尼亚土语里的意思就是盲人。

维柯是生活在18世纪的一位学者，那个时候荷马史诗早已不在希腊和欧洲大陆流传，已经没有行吟诗人在民间吟诵，而是早已记录成文，成了经典性的古典文学作品。维柯和他那个时代的学者们既没有活形态的史诗，更没有活生生的说唱艺人可供研究，只能从"荷马本人的著作"去探索，从书本到书本，进行理论上的推断。

此后，"荷马问题"（the Homeric question）一直是西方文学的口头传统与书面传统的纠结点。18世纪末，弗里德里希·沃尔夫刊行了《荷马引论》（*Prolegomena Ad Homerum*），引发了几乎贯穿整个19世纪的"分辨派"（Analysts）和"统一派"（Unitarians）之间的论战。② 分辨派用语文学的方法分析了荷马史诗，认为它是不同诗人和编辑者共同参与的创作；统一派认为史诗是一位天才作者独自创造出来的。两者都没有注意到口头理论和无文字时代，没有抓住荷马史诗口头传统这个核心问题，即史诗是一种程式化的文体。

实际上，19世纪已有学者注意到史诗叙事程式化的特点，其中最有代表性的是语言学家梅耶（Meillet）。当代叙事学学者在论及史诗时，更是对史诗叙事程式化的特点作了重点阐述，美国学者华莱士·马丁（Wallace

---

① 〔意〕维柯：《新科学》，人民文学出版社1986年版，第411页。
② 〔美〕约翰·迈尔斯·弗里：《口头诗学：帕里－洛德理论》，朝戈金译，社会科学文献出版社2000年版，第8页。

Martin)认为:

> 口头传播的韵文史诗,如《伊利亚特》或《贝奥武甫》等,具有不少共同特征。合于作品的格律与韵脚的那些词组成为定式,并被反复地使用。《伊利亚特》与《奥德修记》有百分之九十左右是由这类定式组成的。当这些定式被组成为更大的单位时,这些定式允许一定的选择自由。在更高的结构层次上,词汇群与短语群被结合在成规化的行动模式(母题)里,例如"迎客"就是一个成规化的行动模式,它几次出现在《奥德修记》里。插曲系列或者整部作品的形式常基于下述一些原则而建立:重复(例如,为了成功而必需的三次尝试);平行(两个情节中的人物与事件相似或者相反);趋中重复(第一个事件对应于最后一个,第二个对应于倒数第二个,等等)。这些结构层次有助于游吟诗人们创造诗行,讲述和连接各个事件,并将故事的整个过程牢记在心,同时又允许创造性的改变,允许提供新材料来填补由遗忘而造成的空白。①

米尔曼·帕里遭遇了两个学派的最后一场争论,并继承了分辨派的观点,由此发展出口头诗学理论。帕里像前人一样,从语文学的角度研究了荷马史诗的文本。他通过对文本中名词性-特性形容词片语的分析,看到不同的谓语动词和具有同等韵律音长的名词性-特性形容词片语相匹配,可以产生不计其数的词语组合。这些习语其实是荷马史诗的一种修辞术,帕里早在 1928 年就将它定名为"程式"。史诗中大量的不变的片语要素,经过长期演唱而系统化,进而成为荷马等史诗吟唱者利用的传统习语。帕里从史诗文本的音韵、固定词语等的考察中,得出这样的判断:史诗是程式的,构成史诗的语言是传统的,荷马史诗是传统的产物,古希腊歌手是凭借着特殊化的语言即程式而使他们的史诗传统得以传承和流布的。

关键词:

史诗　宏大叙事　歌手　创世史诗　英雄史诗　回归故事　互文性　荷马问题

思考题:

1. 为什么说史诗是一个民族的百科全书?

---

① 〔美〕华莱士·马丁:《当代叙事学》,伍晓明译,北京大学出版社 2005 年版,第 26 页。

2. 史诗作为一种关于人类"起源"的叙事,有什么重要的社会功能?
3. 什么是我国"南方创世史诗群"现象?这一现象有哪些重要意义?
4. 什么是"荷马问题"?帕里-洛德的口头程式理论对这一问题作了怎样的解答?
5. 为什么说史诗是神圣和崇高的?
6. 谈谈三大英雄史诗各自的结构特点。
7. 为什么史诗对一个民族来说是永恒的?

第七讲
民间传说:历史的故事

民间传说的概念,一般有广义、狭义之分。广义的民间传说,是把一切以口头形式表达的散文体作品都包括在内,凡是民间口头上传传说说的东西,都可以列入。从民间文艺学的观点来看,实际上就是神话、民间传说和民间故事的总和。因此,我们常常遭遇像"神话传说""传说故事"这样一些连用的术语。狭义的传说,则是把传说与神话、故事加以区分。凡与一定的历史人物、历史事件和地方风物、社会习俗有关的口头文本,可以认定为传说。而此外的一些,则被称作神话或幻想性故事,如人们熟悉的女娲神话、盘古神话,或兄弟分家故事、田螺姑娘故事、蛇神故事、难女婿故事等等。在这里,用的是后一种狭义的传说概念。

所谓传说,就是描述某个历史人物或历史事件、解释某种风物或习俗的口头传奇叙事。民间传说是民众创作的与一定的历史人物、历史事件和地方古迹、自然风物、社会习俗有关的故事。由于传说的对象包括人物、事件和古迹、风物、习俗等是属于特定区域的,因此传说流传的范围大致也由这个特定区域所框定。每个传说流传的地区或范围叫作"传说圈"。"其传说圈都必然地受到传说中历史人物在民间传承中影响的大小所支配,使传说圈不仅具有地理分布特点,更重要的是具备人文历史特点。"①

第一节 传说与神话及民间故事

传说和神话不同,主人公是人,不是神;和神话比较,它的现实性相对增强了;和民间故事比较,它一般有自然或社会事物的参照。传说一般有客观

---

① 乌丙安:《论中国风物传说圈》,见中国民间文艺家协会辽宁分会编印《民间文学论集》(2)(内部资料),1984年,第21页。

的历史事件、历史人物或地方风物作根据,故而可称之为"历史的故事"。

一、传说与神话的区别

相对神话的神圣,传说是世俗的,可以说与神圣、崇高和仪式没有关系。先有神话,后有传说,当"神"的形象不再成为文学的主角的时候,传说便出来装饰人类自身。如果说神话是"不自觉"的产物的话,那么传说就是人们有意识的创作和讲述。

神话,尤其是创世神话,属于宏大叙事,是向宇宙万物发出最神圣的追问,而传说则落实在具体的人和事。神话关注全人类、全部落、全民族的重大事情;传说则将注意力转向细微处,讲述的是一个人物的事情,一个具体的地方,如一个村、一个镇发生的事情,或一个氏族的事情。"神话与传说最大的差别是描绘的时间:神话描写太古开天辟地时,即史前时代,传说描写历史时代,大部分是历史人物。神话的功能是解释最基本的概念和东西的来源;如宇宙、太阳、人类起源。传说也有解释的功能,但大多不是解释基本的东西,内容不是全世界、全人类性的,而是次要的、地方性的:如地名的来源,植物或动物的特征来源等等。传说常常把这些特征与历史人物的活动联系起来。"①

神话是人类最早的意识形态之一,具有明显的综合性,它不仅在思维特点上交织着元逻辑和艺术的思维,而且在内容上不单纯属于文学范畴。它在原始共同体的范围内总是真实的,是人类生活应当如此或可能如此真实的模式。神话用言语表达的方式揭示了力量、秩序和试图得到解释的对象——这些东西在民间传说中得到重复。从概念上说,神话与原始宗教相关,传说与历史相关。"随着社会文化的发展和人的思维的进步,一些古代神话在流传过程中往往发生种种变化,新的神话的产生也渐渐减少,以至消失。传说的特点较能适应社会历史的发展,从而在原始时期以后继续繁荣发展,直至现代仍然有新的创作出现。"②传说叙事延续了神话叙事,但传说不像神话那样以原始思维为基础,传说依附的不是神话,而是所谓的具体的历史事件和实有的物态。

---

① 〔俄〕李福清:《〈西游记〉与民间传说》,见李明滨编选《古典小说与传说》(李福清汉学论集),中华书局2003年版,第209页。
② 许钰:《口承故事论》,北京师范大学出版社1999年版,第5页。

二、传说对神话的继承

神话和传说的关系又极为密切,民间传说的创作演绎了古老神话世界的碎片,神话实为后世传说滋生的土壤,它们相互间体现为源与流的关系。实际上,相同的人物、相同的情节既出现于神话又出现于传说的情况比比皆是。从神话到民间传说的递嬗,如果从文体的角度看,具有质变的性质;然而从艺术方法着眼,却又明显有着浪漫手法的传承轨迹,两者具有诸多共同性。

以神话中"变形"手法为例,它是由原始人类原逻辑思维的"互渗律"所决定的,体现了万物有灵、物我化一的观念。例如,中国神话中的炎帝之女女娃"游于东海,溺而不返",化作精卫鸟,"常衔西山之木石,以堙于东海"(《山海经》);大禹在治水时,也曾化为一头熊。而这种"变形"手法,在传说中也常见,譬如,在梁山伯与祝英台的传说中,他们死后就化作一对飞蝶;有嫂在山中找小姑,饿死后幻化为叫声是"找姑!找姑"的找姑鸟。这是人化为禽兽的传说,在民间传说中还有禽兽变人的实例,如在《白蛇传》中,白蛇和青蛙变成白娘子和丫鬟。民间传说中的这种神、人、物互化的变形手法,是对神话的直接继承。

从夸张叙事来说,民间传说所叙述的事物同神话一样,都有着久远、巨大的时空特征。例如,神话中的盘古,身长九万里;夸父与日竞走,一口喝干黄河、渭水两条河;普罗米修斯因盗火给人类被绑在高加索山上,宙斯派鹰每天食他的肚脏,吃多少长多少,这个处罚是永久的。民间传说中能看到类似的描写:牛郎织女银河相隔,孟姜女万里送寒衣,白娘子永镇雷峰塔,久久无终期。可见,民间传说表现时空的夸张叙事是对神话幻想的借鉴和移植,它以空间的宏大或遥远、时间的久长和无限来叙述非凡的人物和事件,借以扩大传奇性而获得引人入胜的效果。因此,表现时空观念的夸张叙事,也成为民间传说与神话两种不同文体在形式特点上具有共性的一个方面。

以上我们从"变形"手法和夸张叙事两个方面,说明了神话与民间传说的源与流的关系。总的来说,神话和传说的幻想性都不是凭空来的,是以现实为基础的,但是神话不像传说那样以特定的人、事、物为依据,超越了现实的实在性。这是其一。其二,传说的幻想性是自觉的,而神话中的幻想是不自觉的。

神话向民间传说的演进,大致有三种途径:一是历史化。某些神话文本在口传的过程中逐渐变成了传说文本,或者说,某些神话文本被当作远古的历史仍在口头讲述。皇帝、颛顼、帝喾、尧、舜、禹,这些远古的神话都被后来的史官历史化,出现许许多多有关的传说故事。其中鲧、禹治水,便是从神话演变为传说的一个范例。二是地方化。在流传过程中,古老的神话如果同某一历史事件、人物或者地方风物、习俗融为一体,就会演变成地方传说。三是传奇化。随着人们创作能力和加工意识的增强,上古神话固有的幻想情节得到了重点扩充,有些作品变成了曲折离奇而亲切可信的民间传说。①

三、传说和民间故事的关系

同样的母题,可以被处理成传说,也可以被处理成故事。传说也是故事,只不过是关于特定的人、地、事、物的口头故事。传说与当地历史文化的关系密切,传说的中心必有纪念物的存在。日本民俗学家柳田国男将这一特征视为传说与民间故事的主要区别所在:"传说和民间故事有何区别? 若要回答此问,民间故事宛如动物,传说类似植物。民间故事奔走于四方,因而无论到何处,都能窥见其相同的姿态;传说扎根于某一土地,并不断成长壮大。雀、鸥之类均长着同一脸颊,但梅、山茶等的每一株却是长势迥异,容易识别。可爱的民间故事中的小鸟,多数在传说的森林密丛中建巢,同时,把芳香的各类传说的种子和花粉搬运到远方的也正是他们。"②传说依附于地方的某一传统,而故事则往往超越于某一地域,可以更为自由地传播。

柳田国男的这段话又暗示了传说和故事可以互相转化,并借助对方的优势而张阔自己发展的空间。尽管传说同特定的风物、人物结合较紧密,但它仍是可以漂移的,在流传过程中,它一方面失去了原来的可信物(特定的人、物),一方面又附会到新的风物、人物上,成为同类型的新传说。传说的这种故事本体与所附人、物之间可分离、可移动的特质,正为我们所要讨论的民间传说向民间故事的转化提供了依据。③ 同时,这也提醒我们,民间叙事文学中所提到的地名,并不能当作故事最初起源地的可靠证据。

民间传说在流传过程中,常常吸取民间故事中的情节来丰富自身内容。牛郎织女的传说就是这样,其情节大致是这样的:美丽善良的织女是天宫王

---

① 参见巫瑞书《传说探源》,见中国民间文艺研究会理论研究部编《中国民间传说论文集》,中国民间文艺出版社 1986 年版,第 11—14 页。
② 〔日〕柳田国男:《日本的传说》,1929 年初版,《定本柳田国男集》第 26 卷,日本筑摩书房 1962 年版,序言,转引自〔日〕野本宽一《来自传说的环境论》,许琳玲译,《民俗学刊》2004 年第 6 辑。
③ 参见李扬《试论民间传说和故事的相互转化》,见中国民间文艺家协会辽宁分会编《民间文学论集》第 2 集(内部资料),1984 年,第 126 页。

母的女儿,能用灵巧的双手织云彩。牛郎是一个人间孤儿,在家遭兄嫂虐待。后来,他在老牛指引下,通过取走在湖中洗澡的织女的衣裳而娶到织女,婚后生活圆满。不料织女下凡成婚的事被王母所知,王母下令捉回织女。牛郎带着所生儿女追到天上,王母恼怒拔下发簪在织女后面一划,一条天河便将牛郎织女隔开。从此两人只能隔河相望痛哭。后来王母起了怜悯之心,容许他们每年七月初七相见一次。显然,这一传说在流传过程中已融入了天鹅处女型故事的主要情节,因而绚丽多彩、引人入胜。

另一方面,传说在流传过程中,时间、地点、人物会逐渐模糊,出现程式化的特征,向着民间故事的方向发展。而民间故事在流传过程中,也会与历史事件、历史人物、风物习俗相粘连,演变为传说。民间传说和民间故事互相演变的情况比较常见。研究发现,在我国许多地区流传的变弃老为敬老型故事,其起源可以追溯到一千多年前传入中国的印度佛经中的《弃老国》,它原本是印度民间传说,后作为推行孝道的教训型故事在各地广泛传播,同时也逐渐靠拢民间故事。在流传的过程中,这一故事化了的传说又与某些地区的某一风物或习俗结合起来,构成了新的传说。

在现实生活中,传说和故事的关系是比较复杂的。柳田国男在著名的《传说论》一书中,很早就对传说和"昔话"(即民间故事)作了详细比较,认为传说和故事"毕竟有些根本的差异,如果不顾事实混为一谈,两者皆失去特点,不成为体统"。他从以下四个方面甄别了两者的不同:

第一,传说有人信,传说的讲述者努力让人相信所讲为事实,而故事的讲述者总是强调自己对所讲内容的真实性不负责任。当然,传说流传的时间越长,范围越大,即距离传说的中心点越远,传说的可信度便会逐渐减弱。

第二,传说总是和特定的事物相关。传说的核心,必有纪念物。无论楼台庙宇、寺社庵观,也无论是陵丘墓冢、宅门户院,总有个灵异的圣址、信仰的靶的,也可谓之传说的花坛、发源的故地,成为一个中心。

第三,传说的讲述,具有不受形式限制的自由性、可变性,而故事的讲述则有固定的语言和顺序,如果漏掉或颠倒了,就很可能成为另外一个故事。

第四,传说本身没有向历史靠近,相反,传说在流传过程中,会出现逐渐与历史事实越来越远的倾向,而不是更加接近。①

柳田国男的上述观点在比较本质的层面,揭示了传说和故事的差异。

---

① 〔日〕柳田国男:《传说论》,连湘译,中国民间文艺出版社1985年版,第26—28页。

现在,在民间口头散文叙事文学领域,已形成了三个相对独立的分支学问:神话学、传说学和故事学。

第二节 传说是关于历史的叙事

我们谈论的历史是需要通过关于历史的话语才能获得的,也就是说,任何事件都需要用语言描述出来。否则,历史的信息就无从表述,也不能获得其意义。历史的遗迹只有进入某种话题才能变成历史的知识。我们已经很难把历史事实和叙述这一事实的语言分开。历史话语是历史学家对所掌握的历史资料的阐释。美国历史学家海登·怀特在《"描绘逝去时代的性质":文学理论与历史写作》一文中说:"历史话语所生产的是对历史学家掌握的任何关于过去的资料和源于过去的知识的种种阐释。这种阐释可以采取若干形式,从简单的编年史或史实目录直到高度抽象的'历史哲学'。"① 可以说,传说也是一种历史话语,是一个特定的群体对所记忆的历史事实的阐释。只不过传说的制造者和传说者们并不是历史学家。在这一层面上,才有可能深入探讨传说与历史的关系。当然,传说毕竟不是历史,传说在不断地远离事实,而历史却需要不断地得到"真实"。

一、传说离不开历史

传说的创作是以特定的历史事件、特定的历史人物或特定的地方事物为依据,有些传说往往离开了一般历史事物的凭借就不能称之为传说,只能说是民间故事。但是无论如何,传说是口头的艺术表达,它绝对不是对历史事实的照抄。有一部分传说,原来可能就是曾发生过的一个事件。但是这种传说到底是少数,而且在传述过程中,它也不断受到琢磨、装点,换句话说,受到艺术加工,与原来的事实已经不完全一样了。从这种意义上说,传说大都跟神话和民间故事一样,是一种虚构性的文本,并不是历史事实。那些原来根据特定的历史事实进行创作的,经过流传,也往往在传述中被群众不断地加工、润色,已经不可能是事实的原貌了。虽然这样的传说比起神话、民间故事来,历史事实的影子更明显些,对于我们认识历史也更有作用些,但是,传说不是历史。传说是形象思维的,所以它有肉有血,有声有色,

---

① 见〔美〕拉尔夫·科恩主编《文学理论的未来》,程锡麟等译,中国社会科学出版社1993年版,第45页。

形象生动,往往有主观的幻想、虚构;而历史却是逻辑思维的,属于客观的叙述,不允许幻想和虚构,也不主张删减或增添。传说是记忆的叙述,是基于历史的创作,是不断虚构的过程;而历史却是不断追寻真实的过程,是社会科学。

顾颉刚以孟姜女传说为个案,阐释了传说与历史的联系与区别。孟姜女传说是中国四大民间传说之一,其中有这样的情节:孟姜女丈夫万喜良被抓去修长城,她千里寻夫,却渺无音讯,于是号啕大哭,哭倒了长城的一个角,或者说哭倒了一片长城,她丈夫的尸骨露出来了。经过考察,顾颉刚发现在春秋时期孟姜女的原型称作杞梁妻,或者杞良妻,即杞良的妻子。杞良本来是杞国的战将,后来在与莒国作战的时候战死了,国君在野外准备向杞良妻表示哀悼之意,杞良妻拒绝了。因为按照礼仪,悼念不应该在野外,而应该在杞良妻家里。起初,这个故事并不是一个民众的故事,而是一个贵族的故事,针对的是礼制、礼仪的问题。到了战国时期,由于齐国是一个鱼盐之地,商业比较发达,往往也导致休闲文化发展起来,人们开始编故事、编歌、编音乐。杞良妻的这个故事就开始进入到歌和音乐领域。由于要传唱,传着传着就变成了杞良妻会唱歌,而且哭她丈夫时的调就是歌的调,哭腔都有韵律。汉代,由于天人感应学说的盛行,故事就发展成为杞良妻的哭声感动了天地,甚至连城垣都因之而崩塌。城垣中最大的就是长城,所以到了南北朝时期,特别是北齐,正好赶上大兴土木修长城,人们就把杞良妻哭塌的城垣附会为长城了。到了唐朝的时候,人们开始联想,长城是谁开始修建的啊?一想是秦始皇,于是这个故事又跟秦始皇挂上钩了。杞良妻的名字正式命名为"孟姜女"。实际上"孟姜"在春秋时期是一个美女的代称,不是固定的人的名字。① 顾颉刚说道:"传说与历史打混,最是讨厌的事。从前的人因为没有分别传说与历史的观念,所以永远缠绕不清,不是硬并(杞梁妻与孟姜为一),便是硬分(杞梁妻与孟姜为二)。现在我们的眼光变了,要用历史的眼光去看历史(杞梁妻的确实的事实),用传说的眼光去看传说(杞梁妻的变为孟姜),那么,它们就可以'并行而不悖',用不着我们的委曲迁就,也用不着我们的强为安排了。"② 其实,这是顾颉刚的一厢情愿,不论用何种"眼光",历史和传说的关系总是纠缠不清的。

传说不需要历史的真实,但又脱离不了历史,正因为传说获得了某种历

---

① 参见赵世瑜《传说·历史·历史记忆——从20世纪的新史学到后现代史学》,《中国社会科学》2003年第2期。
② 顾颉刚:《孟姜女故事研究集》第3册,上海古籍出版社1984年版,第247页。

史的根据,才使得其中的故事情节显得真实可信;又因为传说不是历史本身,才使得其中的人物和事件更典型化,增强了传说的艺术感染力,融入了民众强烈的爱憎和良好的愿望。这就是传说和历史的辩证关系。

二、传说的虚构与真实

传说最主要的意义在于它反映了历史生活与时代面貌。诸如关于大工匠鲁班师的种种传说,孟姜女哭长城的传说,确实关联着特定的事物——桥和万里长城,但是,这些传说主要是真实地反映了历史的本质面貌,揭示出一般的社会生活现象。它们可以帮助民众透视历史现实。

1. 传说毕竟是传说

在史学叙述与神话、传说等文学性叙事文本之间,有一条由纪实和虚构标示的明确界限。史学中的人物、事件需满足新闻报道几个所谓 W 的要素,其人、其事均有名有姓,有时间、地点可考,与相关证据保持一致。而文学叙事即便涉及实际事件、人物及场景,叙述者并无义务"据实直书",没有提出证明的负担,相反,虚构乃传说的特权。传说中的事件并不一定是现实中发生过的,传说中的人物也不一定就是现实生活中的人物。有的传说的确是以历史上实有的人物为主人公,如诸葛亮和鲁班的传说,但传说中的人物与历史上的人物当然不同,传说不能成为研究历史人物的客观材料。

传说和历史不同的原因,具体来说有三个方面:(1)传说必须挣脱"事实"的束缚,偏离事实,甚至故意标榜幻想、夸张和虚构,而编写历史则要故作真实,能够为不同的史料所证明。(2)传说可以贯穿时空,将不同时代人物的所作所为综合、集中在一个人身上,让这个人物不断叠加同性质的内容,成为代表和典型,而编写历史则要提供所涉人物活在世上的具体时间。(3)传说流传的时代较长,可以将不同时代、不同地域发生的事件黏合在一个时空里,可以将不同时代的事件纳入同一时间纬度,而编写历史则必须明晰时间,分离不同时代的史料。前一点展示了传说的传奇性,后两点说明传说具有集中性的特征。

总之,民间传说所叙述的事件往往"张冠李戴",只要达到典型塑造的目的,就可以将不同人物、不同时代的东西挪移到同一平面上。它往往只借用某个历史事件或历史人物,由此生发开去,黏合了不同历史时期的类似的元素。民间传说是代代口传下去的,各代都将自己时代的东西黏合上去,形成历史的多层黏合体,就像滚雪球一样,越滚越大。

下面举两个例子来说明传说与历史的区别。

汉族、傣族民间都流传着诸葛亮设"空城计"的传说,其实诸葛亮并未设过"空城计",设"空城计"的另有人在。一位是北齐的祖珽,一位是唐朝的张守瑜。《北齐书·祖珽传》说,南陈派兵攻打北齐,徐州刺史祖珽见强敌压境,十分紧急,就用了"空城计"。"不关城门,守埤者皆令下城静坐,街巷禁断行人,鸡犬不听鸣吠,贼无所闻见,不测所以,疑惑人走城空,不设警备。珽忽然令大叫,鼓噪聒天,贼大惊,登时走散。"这段记载与民间传说和《三国演义》的"空城计"差不多。祖珽之后百余年,吐蕃攻打唐朝边城瓜州,瓜州刺史张守瑜也用了"空城计"。因为这两位历史人物不怎么知名,所以将他们的事迹附会到以机智出名的诸葛亮身上去了,使之成为"箭垛式"的人物。

鲁班传说的情形也是如此。据史载,鲁班即春秋时代鲁国的名匠公输般,《墨子·鲁问》说:"公输子削竹木以为鹊,成而飞之,三日不下。"传说鲁班在山上用手抓住茅草,被茅草划破了手,他仔细一看,原来茅草生满了排列如锯的细毛,于是就仿照那细毛的排列制出了锯子。其实,锯子早在鲁班所在的春秋以前一千多年就已存在了。又如工程宏伟的赵州桥,原是隋代民众所造,却说是春秋的鲁班所造,混淆了时代。鲁班的原型本是汉族的,有些民族深受汉族影响,往往将本民族的名师巧匠幻想、附会到汉族的鲁班身上去。如白族传说,鲁班雕的木龙能将兴风作浪的孽龙斗败,避免洪水泛滥成灾。这也是民间创作的一种不自觉的移植——塑造典型人物的手法。

各民族都将自己的英雄人物理想化。汉族、白族说鲁班的墨线能切开石料,他雕的木头人跟他自己一模一样,以至他的女儿都分不出谁是她的真爸爸。汉族说唐伯虎画的虎跳下来能将坏人吃掉,画的纺织娘晚上会叫,画的月亮会随着日期的变化有圆有缺,等等。这类民间传说充满了浓厚的幻想,英雄人物、历史人物在幻想性的叙事中更加光彩夺目。人物是属于历史的,但可以偏离历史事实而走向"神化"。复述真实事件并不过瘾,想象才能刺激传说的兴致,这是民间塑造英雄形象的叙述策略。诸葛亮和鲁班成为传说的典型符号,他们经历的事件和意义不断被追加,反复为民众所利用。传说从历史本身获得无限的想象空间,离开了历史真实,却实现了艺术真实,更具有艺术典型的感染力。

2. 传说的传奇性

传奇性是通过奇情异事和极度夸张的手法,给予听众(观众)强烈的想象冲击。这是民间传说特有的一种叙事话语。在情节展开上,表现出离奇曲折、不同寻常的特色,往往通过偶然、巧合、夸张以至超人间的形式来引起情节的转变,从而使故事情节的发展既在情理之中,又出意料之外,产生引人入胜的强烈效果。

传奇性是民间传说之所以得到"传说"的一个重要原因。民间传说所描绘的虽然都是一些为人们所熟悉的历史人物、历史事件,或是将各种名胜古迹、地方风物、社会习俗、传统观念与有关的故事叠合在一起,但它们总是偏离常规叙事,也不顾生活本身的逻辑,致力于满足人们好奇的心理需求。"传说"本身就带有奇异的意味,"非常"才能激发传说的欲望。梁山伯与祝英台、孟姜女、白蛇传、杨家将、包公等传说,流传的时间久远,在流传过程中,情节一般都有较大的夸饰,故事更加曲折,更加走向生活的极端。

幻想性民间故事也有传奇的相关表征,但与民间传说的传奇性迥异:第一,幻想性民间故事的神奇一般表现为主人公获得某宝或得某神仙的指教,因而产生诸如此类的神奇情节来。第二,幻想性民间故事的神奇性只是一种辅助条件,而不是故事非具备不可的条件。因为有些类型的故事不需要神奇性,同样可以吸引听众,同样也能表现出主题。① 第三,幻想性民间故事的幻想主要表现在企望上,正如高尔基所言:"在故事里,人们坐着'飞毯'在空中飞行、穿着'飞靴'走路,用死水和活水向死人洒一下,就会使他复活,一夜之间会把宫殿筑好,总之,故事在我们面前展开了对另一种生活的希望,在那种生活里,有一种自由的、无畏的力量在活动着,幻想着更美好的生活。"② 而在民间传说里,人物本身就是"非常"的,因其非常才得以传说,其行为举止自然也表现为"非常",并导致"非常"的结果。传奇是民间传说中人物性格和行为有机的组成部分。

有些传说,说"恶",说到极处,说惩罚,也夸大到极度,通过传奇性叙述,可以达到撼人心魄的效果。钱泳在《履园丛话》卷十七中说:康熙年间(1662—1722),他家乡有个叫黄君美的人,喜欢结交胥吏捕役,无恶不作,被其害者不可计数。一天忽然发狂,手持利刃,赤身裸体跑出家门,在人群中自割其肌肉,每割一处辄自言:此某事报。割其阴,说:"这是淫人妻女报。"割其舌,说:"这是诬人妇女良善报。"……这样折腾了一两天,最后以刀割腹,至心而死。民间传说最大的优势是可以将道德观念事件化、事实

---

① 徐华龙:《八仙传说研究》,见中国民间文艺研究会理论研究部编《中国民间传说论文集》,中国民间文艺出版社1986年版,第128页。
② 〔俄〕高尔基:《谈谈民间故事》,《论文学》(续集),冰夷、满涛、孟昌等译,人民文学出版社1979年版,第495页。

化,将罪行的恶果血淋淋地展示出来,让试图为恶者或已为恶者不寒而栗、心惊胆战。连那些无所畏惧、靡所不为的恶棍也要慑于报应的神威。这些人在多次为非作歹之后,不时通过极度夸张了的民间传说,看到某些作恶者"受到神灵惩罚",从而对自己的罪恶感到越来越严重的惊恐。这种惊恐不断积累,引起心理与精神的失衡,最终导致令人莫名其妙的歇斯底里总爆发。

《韩凭妻》的传说表现了民众与上层统治者之间尖锐的矛盾冲突。宋康王骄奢淫逸,想强占韩凭之妻。韩凭之妻坚定不屈,面对宋康王的淫威胁迫,以死相拒。宋康王竟惨无人道,连她死后想同韩凭合葬的愿望也不许实现。宋康王"使里人埋之,冢相望也"。结果两人分葬的墓上各长出一棵大樟树,"屈体以相就,根交于下"。宋康王又气又怒,令人伐木铲根,"又有鸳鸯,雌雄各一,恒栖树上,晨夜不去,交颈悲鸣,音声感人。宋人哀之,遂号其木曰'相思树'。相思之名,起于此也"。① 故事从头至尾凸显了一个"奇"字,"奇"又是通过鲜明的对比,即上层统治者的凶残和民众对上层统治者的不屈反抗展示出来的。尤其是末尾富有浪漫色彩的想象,在唤起了人们好奇心的同时,也满足人们善良的愿望和心理。

民间传说的传奇性之所以能产生强烈的艺术力量,引起共鸣,是因为它很好地适应了人们普遍具有的好奇心理。"好奇",就是想知道非常的、一般不会出现的人和事。人类都有一种探究的本性,有渴求知识的愿望,这就叫好奇心。用心理学的观点来解释,好奇心是新异事物所引起的一种注意,是对新异刺激的一种探究反应。它表现为人在接触新异事物时会产生一种追根溯源的要求和惊喜的感受。② 对民众来说,那些与他们的生活、命运相关的事物最能引起他们的注意,激发他们的好奇心。民众中的无名艺术家们,就是根据人们普遍存在的好奇心理,以传奇性来适应他们的心理,增强传说的感染力量,并在好奇心不断得到满足的过程中给人以艺术的享受、精神上的寄托和慰藉。

3. 被建构的真实

按照"知识考古学"等后现代主义历史思潮的观点,对传统意义上的客观历史的终极追求只是一个梦想,历史客观性仅仅是话语建构而成的。对

---

① [晋]干宝:《搜神记》,汪绍楹校注,中华书局1979年版,第142页。
② 龚笃清:《民间传说传奇性的作用及其心理基础》,见钟敬文主编《民间文艺学文丛》,北京师范大学出版社1982年版,第76页。

传承下来的各种形态的记忆或记录进行真伪考辨,已不是最重要的了,重要的是"如何"真、伪和"为何"真、伪。正如米歇尔·福柯所说:"应当使历史脱离它那种长期自鸣得意的形象,历史正以此证明自己是一门人类学:历史是上千年的和集体的记忆的明证,这种记忆依赖于物质的文献以重新获得对自己的过去事情的新鲜感。"① 知识考古学要发掘的东西,就是揭示各种不同形态的历史话语是如何形成的,即所谓"话语的构成规则"。

从宏观而言,不论是诸葛亮的传说,还是鲁班的传说,都是历史记忆的一种表达方式,其形成和流传下来绝不都是偶然的。历史就像一位装满记忆的老人,对各种各样的传说进行了某种"选择",使传说中那些能够满足人们某种精神需求及解释欲望的内容,在漫长的流传过程中,得以继续"传说"。在其背后起作用的,实际上是人们对当地历史的"集体记忆"。即便关于诸葛亮、鲁班等历史人物的口头记忆有很多虚构的成分,但这类传说的产生和流传恰恰是一种历史真实,就是说人们为什么去创作这个东西,究竟是什么人创作出来的,传说是怎么样出笼并且流传至今的,这些是实实在在的历史问题,即传说的历史动因以及后人对传说的历史记忆。

民间传说作为一种集体记忆,当然不能等同于历史事实,但同样可以进入后现代史学的视野之中。民间传说明显的虚构特征,反而说明人们认识到历史建构的本质。在现代性语境或科学主义的话语中,民间传说与历史之间的区别就是虚构与事实之间的差别;而在后现代语境中,虚构与事实之间的差别本身可能就是一种"虚构"。② 罗兰·巴特于1967年写了一篇名为《历史的话语》的著名论文,在这篇文章中,他对叙述过去的所谓"历史的"和"虚构的"话语之间的区分提出了挑战。他质问道:

> 总的说来,从希腊时代开始,在我们的文化中,对过去事件的叙述都必须经过历史"科学"的批准认可才能生效,都受到"真实"这一根本标准的约束,都要由"理性"解释原则来证明其正当性——在某种特殊的品质上,在某种十分明确的特色上,以上这种叙述难道真的不同于我们在史诗、小说和戏剧中所发现的那种虚构的叙述吗?③

---

① 〔法〕米歇尔·福柯:《知识考古学》,谢强、马月译,生活·读书·新知三联书店2003年版,第6页。

② 赵世瑜:《传说·历史·历史记忆——从20世纪的新史学到后现代史学》,《中国社会科学》2003年第2期。

③ 〔法〕罗兰·巴特:《历史的话语》,《社会科学信息》(巴黎)1967年,转引自〔美〕海登·怀特《形式的内容:叙事话语与历史再现》,董立河译,文津出版社2005年版,第50页。

从他提出这一问题的方式——将科学、真实和理性等词放入引号中——可以明显看出,罗兰·巴特的主要目的是攻击传统历史编纂学所夸耀的那种客观性。

民间传说属于虚构的真实,只是对这种真实的揭示需要运用后现代的方式罢了。后现代历史观不是要清理我们已获得的历史知识,而是以一种新的态度来理解所谓的"史实"。史实不只是存在于典籍和考据之中,不只是史料陈述的人物与事件,也存在于口头记忆之中。从本质上说,传说和史料都是对过去的选择、描述与建构。

以往研究民间传说,总是一再强调它与历史的不同,认为传说追求的仅仅是艺术的真实,与历史的真实风马牛不相及。其实,任何民间口头传说都是一个成千上万次被"重复"的过程。讲述传说和听传说的当地人并不会刻意去追问是否真实。我们所有的民间传说不真实的看法,是由传统历史的真实观导致的。许多真实的"业绩"附会在诸葛亮、鲁班等历史英雄身上,层累地构建了关于他们的传说。表面上,这些传说充满了时空错置与幻想虚构,但是,如果我们不去探究关于他们的事迹真实与否,而是将其视为一种历史信息,那么,就可以解释为何历史要如此记忆和传播,从而对历史有更全面的理解。许多民间传说和神话故事的具体情节或者人物都有可能是虚构的,但是它们所表现出来的历史情景与创作者和传播者以及改编者的心态、观念却是真实存在的,而我们所要了解的正是这种记忆得以存在、流传的历史情境。从复原历史的目的来说,由于民众话语权的缺失,解析民间传说何以得到"传说",正是探寻民众的历史记忆的一种较好的途径。

三、传说可能进入历史

传说不是历史,严格说,不是史学家们认定的历史,但却反映了民众的历史观念。传说即是"故事"。"故事"依今义为"叙事性文学作品",然究其本义,它恰恰应训为"过去的事情"(故者,古也;事者,事实、事情)。我们在今日仍通行于现代汉语中的"故旧""故人""故交""故居""故乡""故国"乃至"故纸"等词汇的语言成分和构词法中仍可一窥"故事"之本义。

民众在口述自己的历史的时候,并不要求真实,而在于信念。实际上,民众自己口述的历史,史学家们均视之为传说;历史事件一旦进入民众的口头语言系统之中,便被打上了传说的烙印。在民间,传说是当地人的主要历史,即便是历史,也被当作传说来讲述。柳田国男曾经说过:"我们回溯'历史',在尚未触及记录者的笔端之前,其传授也是全凭着人们的记忆,经过从口到耳的途径,代代相传。这同传说的继承,在方式上没有任何不同。再者,当时的人们也并没有把传说与历史分别开来,区别对待。这也无足为怪,因为对他们说来,无论是史实抑或是传说,都是祖辈们遗留下来的亲眼所见和亲身所历,理应同等对待而无须区别。"①也就是说,民众并不认为传说和历史之间有什么区别,他们从不担心历史被歪曲或者不真实。考据和求证不属于民间,而是史学家们的生存之道。

按照历史人类学的观点,重要的不是历史叙述的对象,而是史料建构的过程。对同一宗事件,不同的人有着不同的历史叙述,关键在于哪一套历史叙述成为主流,强势的声音怎样压抑了其他声音。传说实际上是民间群体通过自己的方式建构起来的地方历史,却被正统的占主导地位的史学家们拒之于历史的门外。问题并不在于传说运用了夸张、虚构,是"文学"的,而是传说提供了现实生活必要的历史记忆,这才是最重要的。

在广东西江流域广泛流传关于龙母的传说,其中最原始的记录是:龙母是一个弃婴,被放置在一个大木盆里,从西江上游顺流而下,至悦城河湾被渔翁梁三发现、收养,成人后因豢养五龙子,被尊称为龙母。传说她能预卜人间福祸,呼风唤雨,治水防涝,保境安民,遂成为一方的大神。这是传说,不是史学家们定义的历史。但关于龙母信仰的最初历史没有其他的记录,只有这则传说,传说自然就进入龙母信仰的历史话语之中。而且当地百姓对此坚信不疑,这成为支撑龙母信仰的最有力的依据。任何一种故事传说,都不是无缘无故地编造出来的,或解释一句成语,或反映一种风俗,或说明某一风物的成因,其深层必蕴含着一定的意义。龙母传说也是这样。龙母坐着一个大木盆从西江上游漂流而下,这木盆不是中国的诺亚方舟,里面坐着的不是人类遭受灭顶之灾后仅剩的两兄妹,而是一个弃婴,因此它不是创世神话,也不是洪水遗民神话,而是有一定历史依托的民间传说。②

传说和历史的重要边界之一,就是一个是"说"出来的,一个是"写"出来的。在原始社会时期,"说"是唯一的语言表达形式,这种边界自然就不存在。史学家瞿林东认为,原始社会时期的传说与文明时期的史学兴起之间的关系可以概括为:第一,传说可以看作最原始的"口述史",先民对于历史的记忆和传播,是通过这种原始的"口述史"来实现的。传说属于历史的

---

① 〔日〕柳田国男:《传说论》,连湘译,中国民间文艺出版社1985年版,第28页。
② 叶春生:《从龙母故事看民间文学传统与现代的关系》,《广西民族学院学报(哲学社会科学版)》2004年第6期。

原生态。第二,当文字产生以后,这些远古的传说被人们加工、整理和记载下来,乃成为史学家们研究、探索先民初始时期历史的重要材料。此外,传说所反映出来的先民对于自然、社会和人及其相互关系的看法,传说所具有的"还不是用文字来记载的文学"之文学的特征,都在相当程度上影响到文明时代史家的历史观点和史学发展。① 显然,前文字时代的传说得到史学家们的高度重视,类似的观点也非常多,一般都认为:"远古的传说,严格地讲,不能算史学,但传说故事是传播历史知识的一种形式,并已有了原始的历史观念。所以,我国的史学史,要从追溯远古的传说开始。"② 既然远古的传说能够被纳入史学的话语系统,获得史学界的礼遇,那么同为传说,后世流传的同样也应该进入历史学家的视野之中。口头传说的历史远古存在,而且应该一直存在。如果我们探询的是"意义的历史",那么,传说和历史便是一个同义语。

第三节 民间传说的类型

传说的突出特点是它和特定的自然或社会事物相关联,以明确的"这一个"人物、地方、史事、风俗、自然物或人工物等为对象,借以创造多种多样的故事。③ 依据所传所说对象的不同,传说大致可分为以下四类。

一、人物传说

人物传说主要指关于历史上著名人物的故事。著名人物总是有为人们所热衷于讲述的"事迹",传说就是对这些"事迹"的夸张和宣扬。人物传说既是对历史人物的评价和追忆,也表明讲述者具有一定的历史知识,因此,人们总是有很高的兴致传说人物。对当地的历史人物,人们总是给予热情的关注,津津乐道。围绕每个历史人物,形成了一个个传说圈。对当地人而言,人物传说有些光宗耀祖的意味,诸如鲁班的传说、革命领袖人物的传说、刘三姐的传说等;对伤风败俗的知名人物,当地人往往避之不说不传。

人物传说也是当代传说的一个重要类别。领袖伟人、社会名流、演艺明星、奇人异才等等,都可能成为当代民间传说的主角。除了名人效应自然引

---

① 瞿林东:《中国史学史纲》,北京出版社1999年版,第117页。
② 施丁:《中国史学简史》,中州古籍出版社1987年版,第2页。
③ 许钰:《口承故事论》,北京师范大学出版社1999年版,第4—5页。

发的大众关注心理，当代人物传说同传统人物传说一样，也是大众情感和愿望的反映。①

二、历史传说

历史传说主要指关于民族或地方遥远历史的记忆和重大历史事件的传说。前者，可举一则关于舟山地区除夕不杀鸡习俗来历的传说为例：

> 据说明朝末年，鲁王逃到了舟山，辅佐鲁王的是舟山人张名振。张名振是东海抗清名将，屡次击败清军。1651年的除夕，清兵趁张名振率兵远出作战之机突袭定海城，清军逢人便杀，他们相约，一直杀到鸡叫为止。他们杀了舟山百姓1.8万人，最后只剩了六户人家六个姓。当清兵杀到刘家岙时，忽然听到了公鸡的叫声便停止了杀人。……为了纪念鸡的恩德，舟山除夕不杀鸡的风俗就流传下来。②

这显然是当地人需要记忆的重大事件。但传说的目的似乎不在于叙述事件，而是解释"一种特有的海岛风俗"的来历。记忆重大事件成为遵循这一风俗的保障。

重大历史事件的传说大体上又有几种不同的情节特点。一种是只反映历史上的重大事件，而没有特定的历史人物或人物是虚构的。像关于推翻元朝统治的传说，通过反抗元朝统治这样一桩大事件来表现民众的斗争精神。另一种是既有重大历史事件作基础，又有历史人物作主人公的文本，像屈原投江的传说、戚继光打倭寇的传说等等。再一种情况是既与历史事件、历史人物有某些关联，又以虚构的故事为主要情节，以虚构的人物为主人公，孟姜女的传说就是典型的例子。

三、风物传说

钟敬文在《浙江风物传说》一书的"序言"中说："所谓'风物传说'主要是指那些跟当地自然物（从山川、岩洞到各种特殊的动植物）和人工物（庙宇、楼台、街道、坟墓、碑碣等）有关的传说。……除自然物、人工物外，还有一些关于人事的，如关于某种风俗习尚的起源等。这些传说，也应当包括在内。"③风

---

① 李扬译著：《西方民俗学译论集》，中国海洋大学出版社2003年版，第222页。
② 唐麒、文雅主编：《世界五千年事物由来总集·习俗分册》，内蒙古人民出版社1997年版，第6页。
③ 转引自屈育德《神话·传说·民俗》，中国文联出版公司1988年版，第97页。

物传说是对一个地方人工或自然景物形象的一种想象性叙事,是对某些风俗习惯的诠释。叙事和诠释的目的在于确认和提升景物、习惯的文化地位,并注入历史的逻辑力量。有关风物的传说一般不是发生过的事实,却成为当地人一种"集体记忆"的历史资源。

一则名为《漳州填钟窟的传说》是这样的:

> 填钟窟在漳城南中山桥——古名通津桥,俗呼旧桥——南头的左侧。
>
> 昔时南山寺的大钟,和开元寺的大钟,每于三更半夜飞集,因为它俩一是阳性一是阴性哩,有一天大清早,开元寺的大钟正要飞回,途中逢着妇女在溪边洗浣月内——妇女生产的一个月——的东西,就跌落溪里去,大声喊道:"要救我起来,须十子十媳妇。"后来有个十子十媳妇的去扛它,刚扛到溪岸,看的有人说:"十子中有个是养子呢!"大钟闻声跌落,终于没有扛上,现在埋没沙中,不得而见了。①

这可以纳入钟敬文所命名的"自然物或人工物飞徙型"传说,他说过:"钟是一个最容易被看做能自由地飞徙的物事。例子是多得不可胜举的。"②由于俗人道出了事实真相,致使正在运动中的大钟跌落至原处,永远不能上岸。而这"一语中的"并不是现实生活中的箴言。民间传说是利用现实中箴言的叙事模式,为风物提供一段"莫须有"的非凡经历。既然南山寺有口大钟,开元寺应该也有,而且是一阴一阳。那么开元寺的大钟为什么不存在了呢?沿着这条思路,开始了风物传说的构建,而风物传说则为"不存在"作了合情合理的注释。

风物传说又可分为地方传说、物产传说和风俗传说。

1. 地方传说

各地山水名胜及各种地名的由来、某地某事件发生的原委,在民间,民众热衷于用优美的传说加以解释。唐代刘禹锡在《陋室铭》中写道:"山不在高,有仙则名;水不在深,有龙则灵。"山水的"名"和"灵"不在于山水本身,而在于虚拟"仙"和编造"龙",也就是进行传说叙事。

关于黑龙江的传说非常多,其中秃尾巴老李的故事最著名。传说他是山东青年,力大无穷,赶走了江中的白龙,把白龙江变成了黑龙江。在搏斗

---

① 《民俗》合订本第二册,上海书店1983年影印版,第22—23页。
② 钟敬文:《钟敬文民间文学论集》(下),上海文艺出版社1985年版,第92页。

中,他得到了群众很大的帮助,江上翻白浪时,群众就往江里扔石块,翻黑浪时就扔窝窝头,打得凶恶的白龙无法招架,逃跑了。这种传说,将山水人格化了。① 地方传说的出现,往往出于人们寻求某一奇特的风物景观来源的欲望心理。在古人看来,大自然中巍然耸立的美景皆为神仙所造就。而此山此石本不会落在这里,只是由于某某仙人迁移时,恰巧某某俗人道破天机,使山石停在这里不动了,此种想法进入故事话语的叙事范式之中,自然就会引出一个解释性的地方传说。

彝族有《石林的传说》,大意是:

> 古时有位天神叫有哥,行到路南,见彝族人民生活困苦,便在夜间拿鞭子驱赶石头,亲自肩挑泥土,想在天亮以前赶到长湖,用石头和泥土将长湖拦截起来,那么路南的高山都将化作平地了。殊不知这计划被一个早起推豆腐的撒尼老母所破坏。老母见巨石奔来,骇极。打算呼唤她的女儿。女儿在公房嬉戏未回,留下话说听见鸡叫便回来。老母便敲簸箕逗引鸡,鸡扇动翅膀,开始鸣叫。大石头都站立起来,竖起耳朵听,知道是鸡鸣,便骇得头僵腿硬,不能行步。天神发怒,拿鞭子抽打石头,石头却已经化为石林了。②

钟敬文曾在《中国的地方传说》一文中,归纳出十个地方传说类型,其中第一种为"鸡鸣型"。他说:"这个类型的故事,大略是以前有人或动物或超自然者,要于一夜内中,完成某项工作(例如建塔、运石、移山等)。刚欲成功的时候,而鸡已报晓。他的业作便因此'功亏一篑'了。这是对于人间某种人工物或自然物之有某部分欠缺者的解释传说。"③上述传说应该亦为典型的鸡鸣型。钟先生以"鸡鸣"亦即中止工作时间作为此型传说界定的标准。

在流传过程中,地方传说有一个值得注意的现象,"即叙述者为增加传说'真实度'以获取听众相信度而对传说进行的再改动加工,其中最通常的改动是变更故事发生的地点,变成地方化的异文,道森对《死车》传说的跟踪分析证实了这一点:故事的原型起源于1938年发生在密执安州麦克斯塔的一桩真实事件,但其后渐渐演变成美国许多城市的地方化版本。在中国各地也可以听到内容类似的地方化传说,应是相同原因所致"④。

---

① 段宝林:《中国民间文学概要》(第五版),北京大学出版社2018年版,第64页。
② 李德君、陶学良编:《彝族民族故事选》,上海文艺出版社1981年版。
③ 钟敬文:《钟敬文民间文学论集》(下),上海文艺出版社1985年版,第87页。
④ 李扬:《西方民俗学译论集》,中国海洋大学出版社2003年版,第223—224页。

2. 物产传说

各地丰富多彩的物产,都是广大民众的创造,对于这些劳动产品,民众用许多优美的传说加以歌颂。譬如蒙古族马头琴的传说,东北长白山地区人参的传说,江西景德镇瓷器的传说,江苏南京云锦的传说,天津杨柳青年画的传说,等等。

物产传说不仅描述了物产的生产情况和神奇作用,而且为这些劳动成果注入了人文的因素。在中国,地方物产与民间传说的联系极为紧密,似乎没有敷衍出一个或数个传说,就够不上物产的档次。一般说来,过去中国人拙于冒险,不思开拓,固守自己狭小而平淡的生活空间,却热衷于谈神弄鬼,善于营造怪诞的生活氛围。通过传说的路径,把周围的自然或人工物产奇异化、神秘化,便是其中的突出表征。传说即成为"异化"物产的一个关键性的叙述话语。这一叙述话语的成功运用,给物产的产地或发展抹上了人为的成分,使原来纯为物质形态的物产跃上了人文的层次,拉近了人与自然的距离,并拓宽了人们的文化生活空间。这显然是对乡民每天重复单调的生活方式的有效补偿。另一方面,这恰恰又是本土观念在作怪。神化或仙化本土的物产,正是希望激起外人对它们的兴趣和赞叹。

3. 风俗传说

风俗传说是解释风俗的传说,是民俗事象口传化的结果。各地关于民间的风俗习惯、节日活动等等的形成,都有不少传说。风俗传说着眼于历久相沿的某种风俗习惯,而地方传说主要是叙述某地某物的由来,二者有明显的差异。

浙江舟山岛上居民严格执行七男一女不能乘船的规矩:船乘了七男一女,就会在大洋里出事。据说这与八仙过海的传说有关:

> 相传有一次八仙过海上蓬莱仙岛,铁拐李把自己手中的拐杖变成一艘大轮船。大家坐在船上观赏海上风景,一时高兴,奏起仙乐……结果声震东海龙宫,惊动了龙王第七个儿子"花龙太子"。他因何仙姑色艺皆绝,就兴风作浪,把她抢入龙宫。七位大仙见少了何仙姑,就各自祭起法宝,一齐杀向龙宫,救回何仙姑。花龙太子因在八仙面前吃了败仗,就怀恨在心,每见有七男一女同船出海,便要肇事寻衅,所以在渔民中就有了这个禁忌。①

---

① 吕洪年:《浙江民间传说与风俗》,见中日越系文化联合考察团撰,〔日〕铃木满男主编《浙江民俗研究》,浙江人民出版社1992年版,第126页。

似乎是先有事件,才引发这一风俗,至少当地民众这样认为。当问起"七男一女不能一起乘船"风俗的来历时,当地人肯定会讲述这个传说。可见,风俗传说往往成为相应风俗最直接的也是唯一的注脚。这或许是许多风俗难以为人们所破译的原因之一。由偶发的悲剧引发的风俗很多,而这悲剧又是因某一正常的事件所致,为使悲剧不再重演,这一本来正常的事件便成为一种教训,进而转变为当地特有的习俗规定。

风俗传说同风俗的关系最为亲密,假若失传了,所反映的风俗则得不到合理诠释。或许可以说我们无从为此习俗提供另外的更为合理的直接动因,传说文本的说法是唯一的,当然也只能被认为是唯一正确的。"人类学家得出结论:要探寻最终的根源,不论是用文化进化论者探索的方法,或时代—地域观念,全都无望。因为缺少历史文献和考古证据。考古学对民俗学几乎无用武之地。而文献也不能对民俗学直接提供答案。要想在更加严格的范围内在民俗中重建历史,只能得出可能的结果,而不能按证实了的事实来产生结果……"[1]同样,人们也不能仅从口头传说的内容来确定民俗事象的根源,因为无法得知这传说是历史事实还是虚构的。可是,若没有这些风俗传说,人们就只能完全猜测民俗的性质及其全部含义了。可以肯定,学者们所能提供的任何关于浙江舟山渔场七男一女不能乘船的规矩的依据都是推测的。唯一可以把我们从解释的绝境中拯救出来的就是传说。

四、新闻传说

新闻传说是将当下的新闻事件通过传说的形式表述出来,属于民众口头的报告文学。有些新闻本身具有传奇性,极易进入民间传说的话语系统之中。在民众中,新闻的传播是很快的,有些新人新事的传说就是一种带有故事性的新闻。公众人物和领袖人物由于被关注而成为传说的对象,经常进入传说圈。

新闻有时间性,它的内容不断更新,其中优秀的新闻传说将长久流传,发展成为历史传说或人物传说。如果和地方风物联系起来,也可以成为其他类型的新传说。[2]

---

[1] 〔美〕威廉·R. 巴斯科姆:《民俗学与人类学》,见〔美〕阿兰·邓迪斯编《世界民俗学》,陈建宪、彭海斌译,上海文艺出版社1990年版,第46页。
[2] 段宝林:《中国民间文学概要》(第五版),北京大学出版社2018年版,第68页。

第四节　传说的社会功能

传说属于"社会叙事",叙事就是"讲故事"。"'讲故事'是'叙事'这种文化活动的一个核心功能。古往今来的不少批评家都注意到了讲故事作为人类生活中一项不可少的文化活动的意义,不讲故事则不成其为人。"①同样,没有传说的族群也是不存在的。如果一个传说为全族群所共享,那么,它便成为族群记忆。在族群内,叙事和记忆相互支撑,共同创造了族群的口述史。

一、一个族群的公共记忆

传说是一个社会群体对某一历史事件或历史人物的公共记忆。记忆可分为个体记忆和公共记忆。前者属于个人或家族的记忆,后者属于特定聚落空间内部的共同记忆,与其他地域、民族、阶层、族群、组织等的记忆有着明显的差异。

关于"族群"的概念,以马克斯·韦伯(Max Weber)所下的定义最为流行。他有一篇较短的文章,题目就是《族群》("The Ethnic Group"),文中说:"如果那些人类的群体对他们共同的世系抱有一种主观的信念,或者是因为体质类型、文化的相似,或者是因为对殖民和移民的历史有共同的记忆,而这种信念对于非亲属社区关系的延续是至关重要的,那么,这种群体就被称为族群。"②自从挪威著名人类学家弗雷德里克·巴斯(Fredrik Bath)编撰《族群与边界》(*Ethnic Groups and Boundaries*)之后,人类学家们认识到族群的意义不是关于社会生活或人类个性的某种基本事实,而是一种社会建构物,是社会构拟于某一人群的边界制度。族群是一个共同体,内部成员坚信他们共享的历史、文化或族源,而这种共享的载体并非历史本身,而是他们拥有的共同记忆。

传说恰恰是一个族群(并不一定具有血缘关系)对相似性认同的一种主观的信念(subjective belief),一种在特定聚落范围内的公共记忆,也可以认为是祖先历史或"传统的创造"(invention of tradition)。

---

① 〔美〕浦安迪讲演:《中国叙事学》,北京大学出版社1996年版,第5页。
② 转引自乔健《族群关系与文化咨询》,见周星、王铭铭主编《社会文化人类学讲演集》,天津人民出版社1997年版,第482页。

二、口传记忆中的族群认同

族群认同指族群身份的确认,是社会成员对自己民族(族群)归属的认知和感情依附。民族归属感、语言同一、宗教信仰一致和习俗相同等都可以成为族群自我认同的要素。

传说所构拟的祖先的"历史",属于美国人类学者凯斯(Charles F. Keyes)指称的"民间历史"(folk histories),即韦伯所谓的"共同记忆"的一部分。这一特定的民间历史显然是由认同的需要设定的。凯斯认为,文化认同本身并不是被动地一代一代传下来或者以某种看不见的神秘方式传布的,事实上是主动地、故意地传播出去的,并以文化表达方式不断加以确认。① 在这里,祖先的历史并不要求局外人强调的所谓"客观与真实",重要的是形成了源远流长的社会记忆。"一个村子非正式地为自己建构起一段绵延的社区史:在这个历史中,每个人都在描绘,每个人都在被描绘,描绘的行为从不中断。日常生活几乎没有给自我表现留下什么余地,因为个人在如此大的范围内记忆与共。"② 在族群内人的意识中,记忆共存的历史是值得崇信的,并一代一代深深地镌刻在族民们的脑海中,在对祖先共同的追忆中延续着族群的认同。

20世纪下半叶,族群认同理论出现了根基论观点(即原生论,Primordialisms),主要代表人物有爱德华·希尔斯(Edward Shills)、克利福德·格尔茨(Cliford Geertz,又译格尔兹或古尔兹)等人。根基论认为,族群认同主要来自天赋或根基性的亲属情感联系。对族群成员而言,原生性的纽带和情感是与生俱来、根深蒂固的。最能够激发这种根基性亲属情感和先祖意识的莫过于族群起源的传说,这种传说让族内人在对祖先的共同依恋中形成了强烈的集体意识。族群认同是以族源认同为基础的,以对相同族源的认定为前提。族源是维系族群成员相互认同的"天赋的联结"(primordial bonds)。

演说传说的主体是老年人,他们拥有建构和传播本族群历史的话语权和权威。在这一共同记忆的情境之中,"祖先""族源""过去"和"老人"等观念有着举足轻重的认同功能。因为老人是"久远的话语和习俗"的传递

---

① 转引自乔健《族群关系与文化咨询》,见周星、王铭铭主编《社会文化人类学讲演集》,天津人民出版社1997年版,第486页。
② 〔美〕保罗·康纳顿:《社会如何记忆》,纳日碧力戈译,上海人民出版社2000年版,第14页。

者,他们比年轻人讲述的历史更为久远,"而愈是久远的历史则愈具权威与权力。但这权威与权力的基础,则来自其文化上对于祖先、传说、起源、老人等概念所赋予的价值"①。老年人是以见证人的身份叙述祖先历史的,他们用第一人称的口吻叙述事情发展的经过,绘声绘色,手舞足蹈,似乎说的就是历史本身,俨然是祖先历史的重现。与其说老年人是在演说,不如说是在主持追念祖先、强化族群记忆和"族别维护"(boundary maintenance)的仪式,是在维系族群的意识系结(ideological knot)。

关键词:

传说圈 传奇性 知识考古学 历史话语 公共记忆 族群认同
"箭垛式"人物

思考题:

1. 谈谈民间传说与神话及民间故事的关系。
2. 谈谈民间传说与历史的关系。
3. 谈谈民间传说的传奇性特征。
4. 为什么说传说是一个群体共同的历史记忆?
5. 民间传说的族群认同功能是如何实现的?
6. 谈谈传说建构的心理机制。

---

① 黄应贵:《时间、历史与记忆》,《广西民族学院学报(哲学社会科学版)》2002年第3期。

第八讲
民间故事:娱乐的叙事

"故事"就是关于过去的事情。在后现代语境中,所有的一切都是故事,我们每天都在讲故事和生产故事。民间文学中的民间故事主要是以日常生活为题材、以现实中的人物为主角的散文类民间口头文学。与传说不同,它的人物和故事不一定与历史事实有联系,多属虚构:人物大多无名,常常冠以老大、老二、老三、大姐、二姐、三姐、老头子、老太婆,其他如苏联的伊凡、法国的汉斯、英国的约翰、日本的太郎等等;故事也不交代具体时间和地点,一般只说"很早很早以前……大海的那一边……住着一个老头和老太婆……"①。

民间故事时间维度的模糊,大概与民间生活节奏的缓慢有关。尤其是农业生产,在乎的是年度周期性的历时段层面的时间,满足于"大概"的时间。故事从何时开始似乎并不重要,因为生活每天都在重复,周而复始,看不到结束,也不必追求准确的起始时间。

民间故事包括生活故事、民间寓言、民间笑话、幻想故事、童话等多种形式。

第一节 生活故事

生活故事以描写民众的各种生活为主要内容,如长工与地主的故事,巧女的故事,呆女婿、傻儿子的故事,家庭生活故事,其他社会生活故事,等等。生活故事是对民间意识和社会底层生活的一种形象化的叙述。这类故事的内容异常丰富,但总是以称颂勤劳、智慧以及嘲笑迂腐为基本内容。生活故事不强调解释,不追问事物的原委,主要描写人物品格特征及其变化,建立

---

① 李惠芳:《民间文学的艺术美》,武汉大学出版社1986年版,第57页。

人与人之间的对立关系,尤其是表现家庭生活及家庭之间的冲突。

较之民间文学其他的体裁形式,此种故事更为一目了然,听或读懂了故事,也就理解了文本的全部意思。然而,由于流传的久远,和群体生活关系的密切,授受之间的直接交流,等等,使之相对于作家文学,在许多方面具有明显的优势。生活故事内涵之丰富同样排除了每个人成为意义揭示者的可能。尽管情节较简单,人物很单纯,但故事并非不需要解释者,并未失去解释的必要和深层空间,因为任何生活故事的表面下都掩藏着难以表面化的意义和功能。

生活故事中的文化观念包含着两个层面的内容:一个是接近生活实际的层面,其内容反映了民众对现实生活的认识和思考;另一个是与现实形成反差的层面。我们知道,民众在创作民间故事时,可能会营造一个虚拟的空间来讲述自己的欲求。但这个空间并不是凭空想象的,而是一种基于现实生活的创造。这一层面的内容是民众的渴求在被严重抑制和禁锢的情况下产生的逆向表达。反差部分透露出的反抗或挑战意味,恰恰是民众意志的体现。由此我们可以确定,隐匿在反差背后的就是民众以观念形式表达的希望和期待。循着这个思路,下面以一个生活故事为例,将现实生活和故事结构进行对照,从而理解其中的文化意义。

这是一则布朗族的名为《讲忌讳》[①]的故事:

(1)布朗人喜欢用自己制造的竹夹剪捕老鼠,捕的过程有许多忌讳。有一家父子俩,做了许多竹夹剪,要上山支放。

(2)父亲告诫儿子:"从出门到归家不能讲一句话,我怎么做你就照着怎么做,不许问。如果讲了话,破了口,犯了忌讳,就捕不到老鼠。"

(3)一粒沙子弹进了父亲的左眼。父亲连忙向儿子招了招手,意思是叫儿子来给他取眼里的沙子。儿子因为父亲有言在先,只能父亲怎么做就跟着做,也连忙向父亲招了招手。父亲做什么儿子跟着做什么。

(4)父亲实在无法,只好开了口:"我是叫你给我取眼里的沙子,你瞎整些啥名堂?"儿子这才恍然大悟,对父亲说:"谁知道呢?你不是说过什么也不许问,只准你怎么做我就跟着怎么做吗?"

---

① 吴宝良、马飞编著:《中国民间禁忌与传说》,学苑出版社1990年版,第322—323页。

此故事非常明显地分为两部分:(1)(2)仅是复述了当地捕老鼠的两个禁忌事象;(3)(4)实际上是把这两个禁忌事象转换为故事话语,或者说现实生活中的禁忌在民间叙事文本中得到落实。当然,两者之间在结构上就存在着相似性和可比性。下面考察一下故事和禁忌事象。禁忌事象由假设语句表述出来,因为所有的禁忌都可以这样表述。

故　　事	生活中的禁忌
禁令:儿子被告诫捕鼠过程中不能说话。	条件:假如捕鼠时说了话。
守禁:一粒沙子弹进了父亲的左眼,儿子不敢问出了什么事。	——
后果:父亲最后只得说了话,否则,眼睛可能受损。	后果:就捕不到鼠。

由于是守禁,故事的后果与禁忌事象的后果就有差异。故事(或禁忌)的结果存在两种可能,或为捕鼠而不顾眼睛,或为眼睛而不顾捕鼠。当然,按常理,人物选择了后者,不然的话,他们就是傻子。至于后来父子俩是否捕到鼠,故事没有交代,似乎这已变得不重要了。这样,禁忌便不期然地遭到故事无情的嘲弄和奚落。此故事喜剧性地构拟了一个极端的场景:坚守陈规陋习就要让沙子留在眼里。故事告诉我们:陈规陋习会被生活本身所过滤,一些陈旧的不合常理的观念和规矩,在现实生活中会不断被扬弃。

第二节　民间笑话

　　民间笑话是让人开心的民间故事,讲述笑话和听笑话可以享受轻松的欢愉。它通过辛辣的讽刺或机趣的调侃,一针见血地揭示出生活中存在着的各种矛盾现象,画龙点睛地凸现出民众的智慧和才干。因此,一方面,笑话一般充溢挑衅意味,如果达不到预期的效果,可能是其中的挑衅过于明显或极端;另一方面,笑话是针对他人的表演,在挑衅中获得满足,人们一般不会制造关于自己的笑话。

　　笑话主要引人发笑,强烈的喜剧性是笑话的特色,但笑并不是它的目的,而只是它的手段,目的是更有效地表达思想感情。英国宗教人类学家玛丽·道格拉斯在著名的《隐含的意义:人类学论文》一书中指出:"笑话仅仅提供机会,让我们意识到被人接受的形式并没有必然性。笑话的激动人心之处在于,它暗示任何特定的经验秩序都可能是主观武断的。笑话并不重要,因为它并不产生真正的选择,只产生令人激动的脱离一般形式的自由。"①

一、民间笑话的种类

依据内容和社会作用的不同,笑话大致可分为三类:嘲讽笑话、幽默笑话、诙谐笑话。笑话的多义性可以使我们从许多角度对它进行分类,诸如可分为寓言笑话(哲理笑话)、政治笑话、儿童笑话、名人笑话以及单相笑话(暴露笑话)、双相笑话(斗争笑话)等等。②

1. 嘲讽笑话

嘲讽笑话是民众向权威阶层进行抗争的叙述武器,是一种民众性的社会评价。嘲讽代表了一种民众自发性的匿名舆论,所触及的是当下人们最为关切的话题和最敏感的神经。嘲讽的过程,给民众带来极大的心理享受,民众的语言智慧在这类笑话中发挥得淋漓尽致。

在阶级社会中,以暴露贪官污吏、伪道学家、守财奴等的故事流传最广。讽刺封建迷信、伪道学的笑话,表现了民众对封建道德、迂腐观念等的精神统治的强烈不满。有一则笑话叫《不能动土》,描写风水先生迷信皇历的丑态:他要出门,先看皇历,但是皇历说"不能出门",于是就从墙上爬出去,墙倒被压,人欲刨之,他又急止之曰"看看皇历再动",一看"不能动土",只好等明天再说。这种讽刺,多么生动尖锐。

风水先生是恪守传统禁忌的典型,守禁者极端化的恪守行为之所以令人捧腹,是由于恪守的结果不仅未能避灾,反而于事更为不利;即使如此,守禁者还执迷不悟,仍以"不能动土"的禁忌为唯一的行为准绳。禁忌的原则从未要求人们"适当"地守禁,某一禁忌事象对某一行为的约束是无条件的、彻底的。这就是说,"迷信者"及"风水先生"的守禁是对禁忌原则的真正遵循。因此,守禁者的迂腐肇起于禁忌的不合时宜。"老皇历"这一民间极为流行的表述,鲜明地暴露出皇历所载的禁忌已过时,不再有效。

---

① 转引自〔美〕阿瑟·阿萨·伯格《通俗文化、媒介和日常生活中的叙事》,姚媛译,南京大学出版社2006年版,第185页。

② 段宝林:《笑话——人间的喜剧艺术》,北京大学出版社1991年8月版,小引第5页。

故事通过守禁者行为的适得其反,揭露了"不能动土"的禁忌之荒谬。有些讽刺故事则以人物肆意违反禁忌的行为,更为直接、痛快地对禁忌进行讨伐、鞭挞。宋代周密《齐东野语》卷四"避讳"一节记载,宋朝宣和年间,有一官员名叫徐申干,任常州知府,自讳其名。州属某邑的一位县宰一日来禀报,说某事已经三次申报州府,未见施行。因为这话里面出现了一个"申"字,于是徐申干暴跳如雷,大声呵斥说:"作为县宰你难道不知道上级知州的名字吗?是不是想故意侮辱我?"谁知这位县宰是一个不怕死的人,他马上大声回答说:"如果这事申报州府而不予答复,我再申报监司,如仍不见批复,我再申报户部、申报尚书台、申报中书省。申来申去,直到身死,我才罢休。"他不管犯不犯讳,雄赳赳地说了一连串的"申"字,然后长揖而去。表面上,故事说的是下级不畏上级的强横,却隐含着深刻的传统与反传统的对峙。

知府,包括前面的风水先生及迷信者皆非一般普通百姓,故事中以"反角"身份出场,那么他们所竭力维护的禁忌自然也有陋俗之嫌。而且他们维护得越努力,百姓对此禁忌的逆反心理就越强烈。通常,禁忌对"场域"内的所有人都是一视同仁的,即所有的人都必须恪守禁忌,以避免遭遇不必要的意外灾难。而一旦禁忌的主体意识超越了这一基本的目的层次,以禁忌为媒介宣泄着个人的纳福(讨口彩)私欲,那么,此禁忌的边界便被从内部突破,禁忌即沦落为缺乏威慑力的一般习俗。其实,"讨口彩"的心态在民间尤其是逢年过节等特殊场合,仍十分风行。而故事中的守禁者却锁定为少数"极端"分子,这是故事叙述的艺术策略。被注入了嘲讽意味的故事,会给传播者带来颠覆权威(社会的特殊人物)和传统习惯的快感。

2. 幽默笑话

1906年,著名学者王国维在他的《屈子文学之精神》一文中,首次引用了"humour"这一概念,并译为"欧穆亚"。1924年,林语堂将"humour"译作幽默。幽默文字不是老老实实的文字,它运用智慧、聪明与种种招笑的技巧,使人读了发笑、惊异或啼笑皆非,受到教育。幽默不是对对方的轻视,而是运用智慧和善良的心释放批判,争取得到对方的认同。因此,幽默笑话更多是面向日常生活中的不良风习。它和嘲讽笑话不同,不是进行无情的嘲笑,而是善意地揭露和批评民众自身的不足。这是调节气氛、教育民众的口头文学形式。

有则名为《不打官司》的幽默笑话说,徽州某家人连年打官司,甚是怨恨。除夕,父子三人议曰:"明日新年,要各说一句吉利话,保佑来年行好运,不惹官司何如?"儿曰:"父先说。"父曰:"今年好。"长子曰:"晦气少。"次子曰:"不得打官司。"共三句十一字,写一长条贴于中堂,令人念诵,以取吉利。清早,女婿来拜年,见此条贴在墙上,分为两句,上五下六念云:"今年好晦气,少不得打官司。"这则笑话虽然在题目下提示说是"笑说晦气话的",实际上嘲笑了吉利话的信奉者。

主人好不容易而又满怀希望地营造了吉祥喜庆的新年气氛,却被一句不经意的念诵破坏殆尽;精心设计好的"讨口彩",被一句插科打诨式的话语搅得异常晦气。人们不得不为故事精妙的构思拍案叫绝。"讨口彩"的普遍心理竟然提供了民间百姓施展语言才华的契机。倘若没有语言信仰的文化传统,没有一部分人至今仍对"讨口彩"至诚信奉,那么,浓烈的喜剧性讽喻情愫就不可能从故事的末尾喷泻而出。

3. 诙谐笑话

诙谐是以风趣的谈吐进行戏谑调笑。诙谐笑话之诙谐不在于故事情节本身的喜剧因素,主要指语言的滑稽,以"不正经"的态度调侃、调笑社会生活中的权威和表面正经的社会现象,目的不是为了讽刺,而是寻求开心。因此,诙谐笑话与幽默笑话有明显的区别。诙谐笑话和讽刺笑话的区别更为明显:"讽刺的笑是一种冷箭或者当头棒。喜剧的笑是不带个人意气的,而且极端有礼貌,几乎是一种微笑;往往止于一种微笑。它是通过心灵而笑的,因为心灵在指挥它;我们称之为心灵的诙谐。"①

在诙谐笑话中,荤笑话(俗称"段子")流传最为广泛。与性有关的笑话可归为荤笑话。这是民间诙谐文化的典型形式,为我们讨论中国民间诙谐文化的狂欢化问题提供了一个不可多得的文本类型。荤笑话直接以男女之事为谈资,将人们在日常生活中、正式场合里无法摆在桌面上而人人都熟悉的话题,通过笑话的方式宣泄出来。荤笑话最主要的一个功能并不是宣泄性的欲望,而是用一种轻松的方式,让人享受宣讲难以启口的话题的快感。正因为如此,荤笑话与巴赫金的狂欢化理论有一定的联系。荤笑话以"俗"戏说"雅",将不能言说的神圣、将崇高和正统都降格于"身体的下部",予以无情的颠覆,这种反讽性使之具备了巴赫金所说的狂欢化的因子。但是,巴赫金着重强调了狂欢的全民性和民主性,而荤笑话只是一种日常生活的点缀、一种调剂、一种无奈的选择,远没有达到全民性和民主性的程度。而且,

---

① 伍蠡甫主编:《西方文论选》(下),上海译文出版社1979年版,第87页。

性的主题本身的局限性,也不可能掀起全民真正的狂欢。因而荤笑话的表演性又与巴赫金所说的狂欢化存在明显的差距。当然,我们不能因为这一差距就否定荤笑话在中国民间存在的合法性和有效性,荤笑话是民间寻求诙谐的永恒方式。

二、民间笑话的结构特点

美国当代著名传播学学者阿瑟·阿萨·伯格(Arthur Asa Berger)对笑话的结构有过浅显而又精辟的解释:笑话"是以妙句结尾的叙事。我们可以把笑话的每一个因素或每一个部分叫做一个笑话素。如果有了一连串的笑话素,结尾是一句'创造幽默'的妙句,就有了一个笑话。笑话的形式如下:

$$A \to B \to C \to D \to E \to F \to G \to H(妙句)$$
$$\downarrow$$
$$I(笑)$$

从 A 到 G 代表笑话的各个部分(即笑话素),这些部分引向妙句 H,即叙事的出人意料的结尾。妙句赋予了笑话'意义',并引起了笑声"[①]。下面是一个非常经典的笑话实例:

A　一个人到朋友家做客。
B　中午吃饭时,朋友端上来一份花生,然后去拿豆腐。
C　回来后发现花生吃完了。
D　然后朋友又去拿了份花生,结果发现豆腐吃完了。
E　朋友惊讶地问:"你吃那么快,不怕得病吗?"
F　这个人答:"已经病了,正准备去看医生。"
G　朋友:"什么病?"
H　这个人答:"最近食欲不好。"
I　(笑声)

这段叙事不仅令人发笑,而且透露了生活中一些本质层面的东西,即人类的食欲,尤其是难以满足的食欲。主人节俭的待客之道与客人的食欲旺盛形成巨大反差,这还不是真正的笑点。主人担心客人吃得过快导致消化不良,

---

[①] 〔美〕阿瑟·阿萨·伯格:《通俗文化、媒介和日常生活中的叙事》,姚媛译,南京大学出版社 2006 年版,第 182—183 页。

客人竟然说自己已经患病,"食欲不好"。食欲为人的本性,可一旦越界,越界者的行为便受到嘲讽。

第三节 民间寓言

寓言是一种极其古老的民间文学样式,现在,我们已经不会"说"寓言了。寓言早已凝练为意义固定的书面词语,而寓言故事变成了不能言说的对词语来源的解释。我们可以在寓言专集中获取大量的寓言方面的信息,然而在口头语言系统中再也寻觅不到寓言故事的踪迹。

一、何谓寓言

民间寓言是一种带有明显教训寓意的、短小精悍的动物故事或人物故事。讲故事的目的,是为了直接说明某种生活经验的教训,具有最实际的动机。牛津大学《现代高级英汉双解辞典》(1963年版)定义寓言为:"短小的故事。它不以事实为基础,其中特别爱用动物故事(如《伊索寓言》),并要给人以道德教训。"寓言思想深刻,形象生动,兼有故事的生动性和谚语的哲理性,是深入浅出的说理叙事,同时也是对生产过程和生活艺术的高度概括,有较强的教育意义。

在欧洲,特别强调寓言的虚构性和拟人化。fable(寓言)一词源于拉丁文fabula,原来就是指虚构的故事或描绘性陈述。能够直接将虚构性和拟人化展现出来的莫过于动物故事,许多寓言正是从动物故事发展而来的。黑格尔在《美学》中谈到《伊索寓言》时,反复提及动物或动物故事,他说:"关于伊索本人,据说他是一个畸形的驼背的奴隶,他的住处据说在佛里基亚……他的见解和教训很富于常识,很机警,但是终不免小题大做,没有凭自由的精神创造出自由的形象,而只是就既定的现成的材料,例如动物的某些本能和冲动以及微细的日常事件之类,见出某种可以引伸推广的意义——因为他不能把他的教训明白说出,只能以谜语的方式把它隐蔽起来让人猜测,其实马上也就可以猜测出来的。散文起于奴隶,寓言这种散文体裁也是如此。"①可见,寓言和动物故事有着直接的渊源关系。

在中国民间文学史上,"寓言"一词最早见于《庄子·寓言》:"寓言十九,重言十七,卮言日出,和以天倪。寓言十九,藉外论之。"《释文》:"寓,寄

---

① 〔德〕黑格尔:《美学》第2卷,朱光潜译,商务印书馆1979年版,第108页。

也。以人不信己,故托之他人,十言而九见信也。"《史记·庄子传》:"故其著书十万余言,大抵率寓言也。"庄子所说的"寓言",指的是寄托之言,也就是假托别人所说的话,意在此而言寄于彼。这道出了寓言最基本的特征,即言意的断裂,用语言学的说法,就是所指与能指的漂移。

先秦时代(公元前6世纪—前3世纪)是中国寓言叙事最发达的时代。春秋战国时代是中国社会历史大变动、大发展的时期,诸子百家纷纷提出自己的政治主张并构建社会蓝图,出现百家争鸣的局面。在诸子的话语系统中,倾向由浅入深、由小见大、由具体到抽象的思维和叙述方式,于是便涌现了大量的寓言表达。原本属于民间百姓的寓言被带入了上层社会,当时的知识分子(即所谓"士")还没有远离民间叙事,在说理散文和历史散文之中,运用大量寓言来诠释各家学说,以增强说服力。在《庄子》《韩非子》《吕氏春秋》《战国策》等先秦诸子散文中,包含众多的寓言叙事。议论中喜用寓言,成了那个时代的风气。

两汉时期的民间寓言,多载录于《韩诗外传》《说苑》《新序》《淮南子》和《论衡》。汉代以降,记载寓言的典籍主要有:魏邯郸淳的《笑林》(中国第一部笑话专集),宋代苏东坡的笔记小说《艾子杂说》、洪迈的《夷坚志》,明代通俗文学如赵南星的《笑赞》、冯梦龙编的三本笑话专集《笑府》《广笑府》《古今谭概》等,但整体说来,影响不如先秦寓言深远。

二、寓言的文体特色

寓言是一种形象(故事)和理论(寓意)相结合的边缘文体,它同时作用于人的感情和理智,因而具有较强的说理力量。

寓言的形象不同于一般叙事作品中的形象,它很简括,需要读者加以填充和想象。寓言只用粗线条描出形象的轮廓,就跟中国传统中的写意画一样,追求神似;又跟抒情文学中的中国古典诗歌一样,以少胜多。寓言的意义也不像一般文学作品那样完全靠形象本身来显示,其所提供的表象与寓意发生分离,需由作品加以点化、诱导、阐述,同其他事物进行类比等,收到言在此而意在彼的效果。这样一来,寓言作品的两部分——故事(形象)和寓意(理论),便各自具有相对的独立性;也就是说,简括的寓言形象具有较大的可塑性,可以比较自由地加以运用,赋予其新意。因而一个寓言故事往往可以突破时间、空间的限制,出现在不同时代、不同国度,甚至观点对立的学派的著作之中。从事哲学、政治、法律、教育、文学、语言、科技方面的学者,几乎都可以从不同的角度来发掘寓言的宝藏。

《庄子》中有个《魍魉问影》的故事，魍魉是传说中影子的影子，它对影子抱怨："为什么你一会儿走，一会儿停，一会儿坐，一会儿站，一点儿操守也没有呢？"影子回答："我是能自己作主的自由人吗？我只是略具人形的似是而非的人罢了，我怎么知道我跟着的人怎么行动？而能在有太阳和火时跟着主人，就是我的幸运了。"这则寓言暴露了人畏惧选择和害怕自主的根性。在古代中国，小子服从老子，老子服从组织，组织服从上层组织，一直上升至最高统治者，最高统治者为了为民作主，不得不把"四书""五经"奉若圭臬。寓言尽管篇幅不长，却因其叙事的自由与开放，提供了极其广阔的阐释空间，甚至可以深入到一个民族根性思维的层面。

寓言形象可塑性很大，寓意比较灵活，但是这种可塑性也要受到一些规律的制约，灵活性也绝不是漫无边际的。从寓言创作和流传的过程中，至少可以总结出下面两个注意事项：首先，寓言形象受到原型的自然属性的制约，要聚焦自然属性的某一方面进行形象编织，而不能随意编造。"狐假虎威"，就因为狐狸给人一种狡诈灵活的印象；"枭东徙"，就因为猫头鹰的叫声难听，而且人们有认为它鸣叫便不吉祥的恐惧心理。如果不顾这一逻辑，换成"猪假虎威""黄莺东徙"之类，恐怕原作的艺术生命早就完结了。其次，寓意要简明，不能冗长牵强。每个寓言就是一个故事，最终故事凝练为一则成语。"作为寓言，它的'言'必然是'寓'于一定的现实生活的片断中，不是从外部插进去的木楔子。说得明确一些，寓言的'言'就是关于寓言所真实表现的现实生活的概括的集中的抽象的解释。'言'与它所'寓'于其中的东西(生活)是浑然一体的。"①一个故事可以被赋予不同寓意，但寓意和故事总要有叠合之处才能和谐统一；同时，寓意要从形象本身自然地显示出来，只要略加点拨(有时不需要点拨)便使人心领神会，决不可离开形象作过多的拖沓冗长的说教。

三、寓言的民族特色

1. 三个文明古国寓言的比较

全世界有三个文明古国是寓言创作发达最早且具有特色的国度，那便是东方的中国、南方的印度、西方的古希腊。比较一下这三个国家的寓言叙事，便会发现下列有趣的现象：无论题材、体式还是思想，都分别处于两端和

---

① 莫干河：《谈寓言》，《文艺报》1957年6月号。

中间状态。

(1)在表现手段方面:印度寓言往往在故事的开头或结尾,用一段启发性的或教训式的话语点明主题思想——寓言的寓意;中国寓言的开头或结尾,没有训谕式、启发性的话语,寓言的寓意与故事情节融为一体;古希腊寓言中的宗教寓意一般由明确的话语表达出来,而与宗教无关的世俗的寓意则融入故事本身。在这一方面,古希腊寓言处于印度寓言和中国寓言的中间状态。

(2)在体式方面:印度寓言韵文与散文交错,散韵相间,处于中间状态,散文主要用于叙述故事,韵文主要用于咏叹、对话和总结寓意;古希腊与西欧寓言以韵文为主,中国寓言主要存在于先秦诸子散文之中,以散文为主,分别处于两端。

(3)在题材方面:中国寓言尤其是两汉时期的寓言主要以人物故事为主,诸如《韩诗外传》卷九"屠牛吐"和卷六"心诚"、《淮南子·泛论训》"北楚任侠者"、《淮南子·人间训》"塞翁失马"、《淮南子·修务训》"未始知味"、《史记·张仪列传》"卞庄子刺虎"、《史记·秦始皇本纪》"谓鹿为马"、《新序·杂事》"反裘负薪"、《风俗通义·怪神》"杯弓蛇影"等等;古希腊寓言和继承它的西欧寓言以动物故事为主,涉及飞禽走兽、爬虫昆虫、水游动物等。中国寓言和古希腊寓言分别处于两端。印度寓言处于中间状态,动物形象略多于人物形象。台湾著名梵文学者糜文开说过:"印度是最适合发明寓言、动物故事和童话的地方,印度人的轮回之说,将人兽世界的差别泯除了,于是动物自易成为故事主角。"[①]在印度寓言中,既有狮、虎、象、猴、兔、牛、羊、狗、猫、鱼等大批动物形象,也有国王、刹帝利、首陀罗、商人、农夫、渔父、法官、小偷、傻瓜等大批人物形象。

(4)在内容方面:印度寓言明显受佛教影响,并为传经所利用,耽于幻想,关注虚无缥缈的彼岸世界,具有浓厚的宗教色彩;古希腊寓言简洁幽默,面向现实,寄托在奴隶伊索的名下,具有世俗的性质。它们分别处于两端。中国寓言则处于中间状态,一直秉承"入世"的叙述态势,远离神灵而拒绝走向宗教的寺庙,也没有走进奴隶的小屋,而是进入哲学家们的书斋,具有很重的政治伦理色彩。

这四个方面的情况,恐怕不仅涉及寓言,还可能涉及整个艺术及其他意识形态。日本文学理论家厨川白村(1880—1923)把世界文艺思潮概括为

---

① 糜文开:《印度文学欣赏》,台湾三民书局1967年版,第5页。

两大类:一是基督教思想(希伯来思想),其特点是神本位、禁欲主义、超现实;一是异教思潮(希腊思想),其特征是人间本位、自我满足、现实主义。这两类思潮的概括,似乎只限于欧洲的文艺现象;如果放眼全球,印度佛教思潮应先于希伯来基督教思潮,中国古代思潮则介于印度与希腊二者之间。寓言文学只是其中的一个例证。

2. 中国古代寓言风格的成因

中国古代寓言出现上述情况,主要有以下四个方面的社会历史原因:

第一,中国汉族人很早就停止了四处迁徙,过着定居生活,较早脱离畜牧业,主要从事农业生产,加上为统一而不断发生兼并战争,便造成了不重玄想的比较现实、早熟的民族心理;同时,寓言在战国时代才出现繁荣局面,汉族人已脱离畜牧业数百年,动物崇拜的心理已很淡漠,因此,动物故事便不得不退居次要地位。

第二,东汉以后,儒家思想确立了主体地位。儒家文化是"入世"的文化,重理性,重现实,重伦理,积极涉世,"不语怪力乱神"。受儒家思想的影响,寓言也积极入世,进行道德教化和给人生活方面的启示。例如下面两则寓言:

> 宋人有酤酒者,为器甚洁清,置表甚长,而酒酸不售。问之里人其故,里人曰:"公之狗猛,人挈器而入,且酤公酒,狗迎而噬之,此酒所以酸而不售也。"(《晏子春秋·内篇问》)

> 卫人有夫妻祷者,而祝曰:"使我无故得百束布。"其夫曰:"何少也?"对曰:"益是,子将以买妾。"(《韩非子·内储说》)

儒家提倡"中庸",反对极端,主张调和矛盾。在儒家思想的影响下,讽刺现实或宣扬宗教的寓言便缺乏立足之地,为政治服务便成了中国古代寓言的一个基本倾向;同时,动物能说话,也被看成荒诞不经、幼稚可笑,于是动物便渐渐远离寓言,而纯粹成为动物故事的主角。

第三,中国古代文学与史书有着密切的关系,早期文学包括寓言在叙事上有着明显的历史特征,它们多取史实,并常常采用故事(旧事)、传记、本纪之类的史体,纪事方法亦得益于史家。有些文学作者包括寓言作者本身就是史官。因此,文学历来被视为"史之余"或"史官之本事"。加上中华民族自古重史,《尚书·多士》言"惟殷先人,有册有典"。到了春秋时代,各诸侯国出现了专门的史官和史书。这种重史的特点在寓言创作上的表现便是大量使用人物和历史故事。

第四,中国先秦时代诗文便有所分工,各有侧重,散文侧重议论、叙事,诗歌侧重抒情。中国文学传统是"三百篇—骚—赋—乐府—律诗—词曲—小说"的传统,大致是一种重抒情而非叙事的传统。在中国汉民族古代诗歌史上,抒情诗取得了辉煌的成就,却没有产生过古印度和古希腊那样的长篇叙事史诗,流传下来的《孔雀东南飞》《木兰辞》《陌上桑》等皆为民歌,本非文人所作。寓言是叙事和议论相结合的作品,中国寓言又是伴随着战国议论文章产生和繁荣起来的,这便形成了中国古代寓言以散文为主要形式的特色。

第四节　民间童话

童话是一种具有浓厚幻想色彩的虚构故事,往往采用拟人化的手法描写动物、植物甚至无生命物体的叙事。在这一点上它类似寓言,但寓言只是一种简单的拟人化,目的在于表达某种劝世的思想;而童话首先是一个有趣的话语形式,它的拟人描写主要是增加故事生动性的一种手法。幻想是童话的基本特征,也是童话反映生活的特殊艺术手段。民间故事有一种很奇特的结构现象,幻想成分越浓的故事,越遵循一定的叙事套路。童话分作家童话和民间童话两种。

一、何谓童话

民间童话是以儿童为接受对象的口头叙事体裁。童话总是从一个孩子而不是父母的角度被讲述的。童话适合儿童的趣味,是对儿童进行教育的良好形式。中国无数优秀的传统民间童话经过长期流传,在思想和艺术上达到很高水平,常常使人在童年听了就终生难忘。

法国童话女作家多尔诺瓦夫人(d'Aulnoy)于1752年出版了一本童话集,封面上首次出现了"fairy tale"的名称,此后它便成为一个专用名词流传开来。这个名称表明,凡有精灵或仙女参与的故事,便可视为童话,或者说,仙女、精灵、妖怪形象等是童话故事的一个标识。

在中国,"童话"一词是20世纪初从日本直译过来的。1922年初,赵景深和周作人在北京《晨报副刊》讨论童话问题,周作人说:"童话这个名称,据我知道,是从日本来的。中国唐朝的《诺皋记》里虽然记录着很好的童话,却没有什么特别的名称。18世纪中日本小说家山东京传在《骨董集》里才用童话这两个字。曲亭马琴在《燕石杂志》及《玄同放言》中又发表许多童话的考证,于是这名称可以说是完全确定了。"①"童话"的名称在中国出现于20世纪初,以商务印书馆1909年开始编撰出版专门供少年儿童阅读的文学作品集《童话》为标志。主编孙毓修在《初集广告》中指出:"故东西各国特编小说为童子之用,欲以启发智识,含养德性,是书以浅明之文字,叙奇诡之情节,并多附图画,以助兴趣;虽语言滑稽,然寓意所在必轨于远,阅之足以增长见识。"其中已包含童话的定义,对童话的对象、特点、功能阐述得比较全面、具体。

将儿童故事编入启蒙教材始于明代。明代万历年间萧良有编《蒙养故事》,后经杨臣诤增订编就《龙文鞭影》,其中收入了《西山精卫》《湘妃泣竹》《羿雄射日》等童话故事。明代程登吉所编《幼学琼林》也收入《月星蟾蜍》《夸父追日》《干将莫邪》《狐假虎威》等童话故事。这两本启蒙教材的问世标志着中国古代童话归属儿童的观念开始确立,童话的发展越来越靠近儿童的立场。

周作人在1913—1914年间,连续写了数篇关于童话的论文。②《童话研究》一文对童话的定义、产生、特点、演变、种类等基本问题,作了比较科学的论述,对童话中所包含的远古民俗、观念、信仰、制度等等作了文化解读。尤其对我国著名的《老虎外婆》《蛇郎》《老虎怕漏》等民间故事,与希腊、罗马、德国的同类故事作了比较研究。《古童话释义》一文对唐代段成式《酉阳杂俎》中的《叶限》给予了很高的评价,认为这是世界上记录最早的"灰姑娘"型故事,指出段成式记录故事注意资料的整体性,其做法是比较科学的。③ 周作人以其童话学研究的实绩,开创了我国现代民间故事学研究的先河。

和其他故事体裁相比,童话的显著特点是,有一个明显的善恶(好坏)对立的两极结构,诸如美和丑、勤劳和懒惰、勇敢和怯懦、诚实和欺骗、正直和自私、骄傲和谦虚等等。"金斧头""灰姑娘"等童话,安徒生改写的大克劳斯和小克劳斯等,都属于这类。这种两极对立迎合了儿童对问题的思维套路。在儿童的思维中,非好即坏,因为他们还不能理解模棱两可的事物。正如阿瑟·阿萨·伯格所说:"童话使儿童们认识到问题最基本的形式,而

---

① 原载《晨报副刊》1922年1月25日,转引自赵景深《童话论集》,开明书店1927年版,第57页。

② 见周作人《儿童文学小论》,儿童书局1932年版。

③ 参见钟敬文主编《中国近代文学大系·民间文学集(1840—1919)》,上海书店出版社1995年版,导言第22页。

较为复杂的故事却可能使他们感到迷惑不解。童话故事还使一切情景都简单化。童话中的人物都描绘得很清晰,大多数细节,除非是非常重要的细节,都被省略了。因此,童话中的人物都是典型的,而不是唯一的。因此,童话的简单化帮助缺乏理解矛盾和模棱两可事物能力的幼儿能理解故事所谈论的问题的本质,并认同故事中的男女主人公。"①

二、民间童话的内容与分类

1. 动物故事

　　动物故事以动物为主体,演绎人世百态。那些本是严重威胁人类生存的自然界的异己力量在童话中逐渐被赋予社会属性,成为压迫者和邪恶势力的象征,包括可怕的野兽,如巨龙、猛狮、野猪、野狼精、毒蛇等;更多的与人亲近的动物则被演绎为与人为善、救人脱难的精灵,如蚂蚁、小鹿、蜜蜂、鸭子、鱼儿等。

　　蒙文版民间故事集《说不完的故事》中,有一则题为《bambar bombar 与狐狸》的故事,其内容大致如下:

> 　　一头母牛听主人谈论要宰它,便逃到山里。不幸的是母牛遇到了山中的老虎,母牛只好把自己的遭遇如实告诉老虎,获得了老虎的同情并结成了朋友。不久,牛生了犊,虎产子,分别起名为 bambar 和 bombar。两个小动物从小生长在一起,也结成了亲密无间的伙伴。一天,老虎露出贪婪的本性,吃掉了母牛,bombar(虎子)知道母亲害了老牛,非常生气。它想尽办法,把虎妈妈领到高山顶。小虎吃奶时故意猛力一撞,虎妈妈就从山顶上掉下去摔死了。bambar 和 bombar 相依为命,更加亲密。后来,有一只狐狸从中挑拨离间,使它们相互猜疑,达到了无法调和的地步。在一次搏斗中,bambar 捅破了 bombar 的胸腔,bombar 咬断了 bambar 的喉咙,两个好友两败俱伤。狐狸很得意,想吃牛肉,不想被临死前的牛踢破了脑袋。

这个故事是《五卷书》中记载的《公牛的故事》的变文异体,故事本身不长,但所包含的意义却很深刻。故事宣扬了为了私欲而伤害对方,最终自己也不会有好下场的道理,说明幸福不能建立在别人痛苦的基础上,这是一方

---

①〔美〕阿瑟·阿萨·伯格:《通俗文化、媒介和日常生活中的叙事》,姚媛译,南京大学出版社2006年版,第96页。

面;另一方面告诫人们应从 bambar 和 bombar 二者身上吸取教训,牢记盲目轻信流言蜚语的危害性,同时也鞭挞了挑拨离间的狐狸。

2. 精灵故事

与其他童话形式相比,精灵故事中的神灵或精怪是故事的主角。神灵或精怪不同于一般的动物及异类,属于超自然力的化身。

作为异界的先知,我们似可视之为"卡里斯马"式的人物。所谓卡里斯马(Charisma)是早期基督教的用语,其基本含义是先知先觉,能洞察现在和未来。马克斯·韦伯说,"'卡里斯马'一词是形容一个人所具有的特殊品质,由于这种品质,他超然高踞于一般人之上,被认为具有超自然、超人或至少是非常特殊的力量和品质"①。神灵或精怪一出场,便昭示了事件发展的进程和结局。这就是"卡里斯马"式的理性预言在起作用。这种理性不仅表现在对事件发展的准确预测,而且表现在拉大了故事事件与现实生活的距离。超自然的"卡里斯马"的天性,使得整个故事建构在虚幻的基础之上。故事的创作者及传播者们把事件发展进程的制导权交给神灵或精怪(其实也只能如此),说明广大民众尤其是儿童对神异的祈盼。毫无疑问,儿童是最呼唤"卡里斯马"式人物的出场的。

3. 魔法故事

在魔法故事中,通常有一个宝贝(魔物)起决定性的作用。而宝贝往往要靠劳动、斗争、行善才能获得,表明好人才有好报。坏人靠不劳而获得到宝贝,不但无法得到幸福反而会受到惩罚。

魔法故事的意蕴相当丰富,有些宣扬了"均贫富"和知足者常乐的农民心态。《大冬瓜》的故事情节较曲折,梗概是这样的:

> 坏心的哥哥分家时要了两亩长枝地,余下的平分,弟弟只分了半亩;弟弟地里结下的一个大冬瓜被豺狼虎豹抬到一座庙里煮熟了,想要就着饽饽吃;一只猴子敲着小铜锣(宝物)说了"饽饽快来!"地上便堆了一大堆饽饽;老虎警告说铜锣不能被敲碎;弟弟打跑了动物,得到了铜锣;哥哥知道后,设法骗取了宝物。要金子的时候,他拼命地敲,越敲金子越多,后来终于敲破了;哥哥的屋变成一座大山,他和宝器都不见了。②

---

① 转引自苏国勋《理性化及其限制——韦伯思想引论》,上海人民出版社 1988 年版,第 61—62 页。
② 董均伦、江源记:《聊斋汉子》,中国民间文艺出版社 1982 年版,第 71—78 页。

在有的魔法故事中,财物是直接从山洞流出来的,大意是:在一座深山里,有僧人修行。有一年闹旱灾,僧人没粮食,后来发现有一个山洞(宝物)流出米来,每天流出的量不多,但够他们一天吃的。有个小和尚嫌每天流出的米太少,就把洞口凿大些,从此就不再有米流出来了。"不明智的行为"导源于不满足于现状的思想意识,而结尾重又回到"初始的缺乏",则是对贪心不足的抨击和对知足者常乐的宣扬。这是受我国农耕文化支撑的一种顽固的农民心态。

任何财富都应是劳动所获,大自然不可能永远无偿地赐予。倘若没有这种使用方面的禁忌,宝物可以无休止地、不加限制地使用,那么财富就会变得无限,也就不成其为财富,这是不现实的,也是现实不允许的;另外,故事也会变得没完没了,这是不合故事的,也是故事不允许的。因此,"米洞"等的断流实属必然。然而,故事却将这种必然归咎于人的贪心。倘若没有人的违禁行为,必然或许会是或然。这就把贪心行为的严重性推及极端。将严密的自然法则撕开了一个裂口,再灌输进沉甸甸的道德教化的铅水,正是此类魔法故事构思上的精巧之处。

"人为财死,鸟为食亡",使用宝物极易犯不加节制的错误,而少数人财富的骤增必然会加剧贫富不均。有一则和上面"流米洞"情节相似的故事,直截了当地宣扬了均贫富的思想,大意是:有三个女孩经过一个山洞,见到洞口(宝物)有各种各样的珠子流出来,就用随身带着的篮子去装珠子。后来,篮子都装满了,但是珠子还是不断地流出来。于是她们决定先把篮子里的珠子拿回家,并且在离开时把洞口塞住(违禁),免得别人见了也来拿。可是,当她们回来打开洞口时,却什么也不见流出来了。自己好了,也要让别人好,这符合农民普遍的伦理心态和"均贫富"的生活准则。这类魔法故事对儿童成长以及日后生活目标的定位可能产生何种影响,是值得讨论的问题。

俄国民间文艺学家普罗普于1928年出版了《民间故事形态学》(Morphology of the Folktale),1938年,他又写了另外一部经典性著作《魔法故事的历史起源》(由于战争,延至1946年出版)。如果说前者主要解决的是"故事是什么"的问题,后者则侧重于回答"故事从哪里来"的问题,寻求魔法故事形成的历史根源。

普罗普认为,成年仪式、神话和原始思维是"魔法故事的缘故基础",魔法故事和仪式构成了多种层面的对应关系。随着社会历史的变化,仪礼的某些因素在民众生活中已经不再被需要或变得不可理解。魔法故事把过去的仪式中这种民众不再需要和难以理解的成分,替换成民众容易理解和接受的其他形式来解释。故事是最好的形式,仪式过程和仪式动作演绎为具有象征意义的情节。透过故事,遥远的仪式可以得到不断解读。

这种意义转换通常体现于魔法故事的一些情节之中。在魔法故事中,孩子们被妖婆掠到森林里,受到痛打或接受其他考验,主人公被怪物吞入又吐出,主人公获得宝物或神奇的助手,故事以喜庆的婚礼为结尾,这些情节都可视为成年仪式转换的叙述。还有用牛皮或马皮裹住身子越过高山和大海到达遥远的目的地的母题,其意义转换的历史原型是什么呢?历史上曾经有过用兽皮裹死者尸体的习俗,是为了让死者过渡到死者的世界。魔法故事中主人公用牛皮或马皮裹住身子也是为了到达遥远的国度或另一个世界。该母题和过去的仪式的基本意义相同,只是仪礼中是裹死者的尸体,而在魔法故事中则裹住活生生的主人公。① 故事情节通过移植仪式活动中的一些行为,蕴含了许多古老的象征意义。

4. 人物童话

人物童话以现实生活中的人物为中心,"男女主人公往往是年轻、弱小、平常的人,我们通常只知道他们的名字(例如'杰克和豆梗'中的杰克)。人物都是典型的,而不是独特的,而这一点,我要指出,能让儿童更容易认同这些人物"②。人物童话多讲述儿童自己的故事,读来亲切易懂,有的带有寓言性,富于教训意味。如童话《强盗的母亲》中的母亲,从小娇纵孩子小偷小摸;孩子长大成为强盗,被判死刑,刑前要吃母奶而将奶头咬下,以示报复。这个故事历来家喻户晓,宣扬了"子不教父母之过"的道理。

三、童话的叙述特点

童话在漫长的演进过程中渐离神话,渐近传说,成为一种吸纳了神话特点与传说特点的独特文体。它从神话中获得神思妙想,海阔天空,又从传说中吸取了叙述故事的写实手段,是一种弹性极大的叙事模式。

第一,童话中最常用的叙述手法是幻想和拟人化。幻想特点主要是通过"距离"体现出来,这从童话的开头方式就表现出来了。童话一般以"从前"开头,这两个字确定了过去与讲述时的距离,说明故事发生在一个遥远

---

① 〔俄〕普罗普:《魔法故事的历史起源》(日文版),斋藤君子译,东京:株式会社せリガ书房1983年版,第20—21页。
② 〔美〕阿瑟·阿萨·伯格:《通俗文化、媒介和日常生活中的叙事》,姚媛译,南京大学出版社2006年版,第97页。

的世界,一个远离儿童所处的世界,当然,也是一个并不存在的世界,一个幻想的世界。"从前"的叙述方式将故事从现在、从儿童的日常生活中分离出来。儿童沉溺于幻想,也善于幻想,童话所构建的幻想世界正好满足了他们的心理需求。童话一般以男主人公或女主人公的胜利结尾,并且保证"从此以后他们过着幸福的生活",这也同样造成了距离,激发儿童对未来的遐想。罗马尼亚民俗学家米哈依·波普提出,童话的开头将儿童从现实引进非现实之中,而童话的结尾则把他们从非现实带回现实之中。①

童话中拟人化手法的表现形式有三:一是以动物拟人,一是以精灵拟人,一是以神魔拟人。

(1) 以动物的形象拟人,符合儿童的审美和接受习惯。在动物与人物之间建构某一方面的对应关系,利用动物的自然属性特点(外表、本性)来表现人物性格的某一方面,形成了童话思维的特有模式。动物一出现,儿童便能识别它们,并且理解它们被赋予的象征性意义。

(2) 精灵相对于一般的动物,更拥有超自然力,这种超自然力不仅能够激发民众尤其是儿童的想象,而且合乎他们的心理期待。

(3) 民间童话中神魔威力无比,诸如蛇妖、山神、雷神、水怪等等魔怪,保持着凶恶的外形和可怕的魔力,是令人恐惧又不得不面对的对象。

蛇郎、蛇妻进入人类生活之中,便埋下了不幸的祸根。它们因本性难移,不得不千方百计掩盖自己的真面目。这种掩盖实际是为后来凡人的不幸作了铺垫。洪迈《夷坚乙志·杨戬二怪》中的蟒妇被杨戬识破后已无力挣扎,原形毕露。但"未几时,戬死",说明他仍然难逃"蛇网"。与中国相邻的日本《古事记》中的蛇妻故事也流露着人对蛇的恐惧。本年智子与肥长姬结婚,过了一夜,偷看到那少女原是一条蛇,智子害怕逃走,肥长姬悲伤地坐船追赶。《日本灵异记》《今昔物语集》的童话中,蛇不仅有着不顾一切的情欲,而且对异性的占有欲极度执拗,一旦真相败露,便转化为不惜代价的报复行为,甚至置对方于死地才罢休。

因蛇的雌雄二性而形成的蛇郎蛇女童话故事,被民间文学研究者列入世界民间故事索引中。蛇郎童话故事除 AT 分类法的 433 型"蛇王子"及 433A、433B、433C 三亚型外,丁乃通又另列出 433D,刘守华还补上了 433E、433F;而蛇女童话故事则属 AT 分类中的 507C。

---

① 〔美〕阿瑟·阿萨·伯格:《通俗文化、媒介和日常生活中的叙事》,姚媛译,南京大学出版社 2006 年版,第 91 页。

第二,童话中的人物一出场,就像贴了标签,极易识别,性格非常鲜明、单一。童话常常运用夸张和对比手法来突出人物性格中的某一方面,用极度夸张的美和丑的形象使人判别人物的善与恶。在童话中,恶与善无所不在,两者之间泾渭分明。几乎在每一个童话故事里,善与恶都以某些人物及其行动的形式体现出来。善与恶又是以一系列的对比母题凸显出来的,诸如禁止/违背、需要/帮助、任务/完成、绑架/营救等等。在这里,普罗普的系列"功能"转化为二元对立的结构模式。

第五节　民间故事的文体特征

民间故事的文体特征是显而易见的,即便不是故事学学者,也能道出一二。根据美国学者斯蒂·汤普森的说法,大致有以下九个方面:

(1) 一个故事不能以最重要的活动部分作为开端,也不能突然就结束,而是需要有一个从容的推进。故事往往经过高潮向轻松、安定的方面变动。

(2) 重复是普遍存在的,这不仅使故事给人以悬念,而且也使故事展开得更充分,由此构成了故事的骨架。这种重复大多数是三叠式。但在一些国家,由于其宗教传统的象征性,这种重复也可能是四叠式。

(3) 一般地说,只能两个人同一时间出现在一个场景里。如果有更多的人,他们中只有两个人是同时行动的。

(4) 对立的角色彼此发生冲突——英雄和反派人物,好人和坏人。

(5) 如果两个人以同样的角色出现,被描述得十分弱小,他们常常是双胞胎。当他们变得本领高超时,就可能成为敌对者。

(6) 在一个群体中,最弱小或最差的一方往往转变为最占优势的一方。最小的弟弟或妹妹常常是胜利者。

(7) 性格是单纯的。正是由于这种特点的直接影响,人们注意到,故事里的人物没有任何生活以外的暗示。

(8) 情节简单,从不复杂化。一个故事一次就能讲完,如故事情节有两个或更多枝节的话,必定是多个故事捏合在一起的结果。

(9) 每一事件都尽可能简单地处理。同类事件尽可能描述得接近于相同,不会试图使事件复杂化。①

---

① 〔美〕斯蒂·汤普森:《民间故事——活的艺术》,陈晓红译,北京大学民俗学会编《北大民俗通讯》1986年9月第14期。

将上述特征进一步归纳,主要表现在以下两方面:一是故事结构的相对定型;二是故事的类型化。

一、民间故事结构的相对定型

1. "三段式"的结构形态

在民间故事中,幻想性强的故事和生活故事经常采用"三段式"(或称"三迭式""三段论")复合式的结构手段来编排情节,形成布局。所谓"三段式",是指类似情节反复三次或多次。这类似的三件事情可以是一个人做的,也可以是三个人做的。每件事情实际构成了一个相对完整的情节序列。

将一个事件顺着发端、过程、解决这三个阶段来讲述,这就是三段论原理的结构。三段论原理不仅表现在外部结构或事件的过程中,而且在主人公的心理上也有体现,有时候便采用正直—自满—后悔的推进形式。事件的过程采用对立原理组成的朴素的辩证统一结构。事件具有三个阶段的变化,同时出现三个兄弟、三个新郎、三只动物(《桃太郎》)、三种危险(《牛方山姥》)、三个问题(《下雨姑娘》)、三个谜、三年又三个月、三天三夜,或同样的叙述反复三次。《猴新郎》《三个兄弟》《三个新郎》等都是这种典型形式。[①] 一切情节都是由已出现过的情节所引起的,在这种情节与情节的因果关系中,故事不断向前推进。

民间故事大都具有相对稳定的结构形式:线索单一的是单纯式故事;由几个故事组成的是复合式故事。复合式故事又分"三段式"复合式和"连缀式"复合式两种。"连缀式"复合式结构的故事又叫"框套故事",其结构形态为一个故事衔接着另一个故事,前一个故事的结尾成为后一个故事的开头,首尾交合,环环相扣,大故事里边套着小故事,小故事中孕育着大故事。[②]

印度的《五卷书》(*Panchatantra*)约成书于公元2世纪至6世纪,被称为世界上出现最早、影响最大的一部寓言童话集。全书由《绝交篇》《结交篇》《鸦枭篇》《得而复失篇》《轻举妄动篇》五部分组成,有78个故事,还有一个交代故事由来的《楔子》。季羡林在分析其结构时认为,"连串插入式"是最

---

① 张士闪、清水静子译:《关敬吾论日本传统故事的类型与结构》,《西北民族研究》2003年第3期。

② 李惠芳:《民间文学的艺术美》,武汉大学出版社1986年版,第62页。

惹人注意的模式：

>全书有一个总故事，贯穿始终。每一卷各有一个骨干故事，贯穿全卷。这好象是一个大树干。然后把许多大故事一一插进来，这好象是大树干上的粗枝。这些大故事中又套上许多中、小故事，这好象是大树粗枝上的细枝条。就这样，大故事套中故事，中故事又套小故事，错综复杂，镶嵌穿插，形成了一个象迷楼似的结构。从大处看是浑然一体。从小处看，稍不留意，就容易失掉故事的线索。①

《五卷书》采用了大故事套小故事的框架故事结构，使 78 个故事环环相扣，既相对独立，又相互联系。印度的《故事海》《伟大的故事》《僵死鬼故事》《宝座故事》《鹦鹉故事》等著名世俗故事集，也都采用故事套故事的框架式结构。《故事海》成书于 11 世纪，被誉为"印度古代故事大全"和"一部中产阶级史诗"②，是印度文学取之不尽的创作源泉。全书围绕主干故事插入了大小三百五十多个故事。大故事套小故事，小故事里面又有故事的"连环套"叙述结构，既可以反复阐明中心故事的主题，又能够造成种种悬念，具有很强的艺术感染力。

这种叙事结构直接承袭于印度两大史诗。史诗在展开情节时，常常插入许多和情节关系不大的大小故事，形成所谓的插话。《五卷书》等的框架故事结构一直延续到阿拉伯民间故事《一千零一夜》(《天方夜谭》)及其姊妹篇《一千零一日》、意大利薄伽丘的《十日谈》、英国乔叟的《坎特伯雷故事集》、意大利斯特拉帕罗拉(Straparola)的《滑稽之夜》、法国玛格丽特·德·昂古莱姆(Marguerite d'Angoulême)的《七日谈》、意大利巴塞勒(Basile)的《五日谈》，以及德国豪夫(Hauff)的《童话年鉴》等作品。

三段式本身又有三种形式。一种是纵的三段式，即时间关系上的三段式。比如我们曾提到的长工和地主的故事里，地主三次为难长工，第一次要长工晒地板，第二次是把大缸装进小缸，第三次是地主问长工自己的头有多重，这三次刁难，是有先后顺序的。一种是横的三段式，即空间关系上的三段式。三兄弟型的故事就属于这一类。第三种是纵横结合的三段式，也就是以上两种的综合。这种形式的三段式最为常见。③

---

① 《五卷书》，季羡林译，人民文学出版社 1981 年版，再版后记第 413—414 页。
② 〔印度〕月天：《故事海选》，黄宝生、郭良鋆、蒋忠新译，人民文学出版社 2001 年版，中译本序第 7 页。
③ 屈育德：《神话·传说·民俗》，中国文联出版公司 1988 年版，第 138—139 页。

2. "三段式"结构模式的成因

实际上,民间叙事一般都依循三段式的叙述结构。就属于本原叙事的创世史诗而言,各民族创世史诗都以创世、洪水灾难和文化创制三个时序构成了三段式的叙述结构。创世史诗中的三段式结构是一种普遍的结构模式,是由最高本原演化成天地,天地间某物或神又生成万物、生成人类和文化的逻辑关系呈现出来的。后来的民间叙事形态实际为本原叙事的延续。三段式成为民间叙述(故事)基本的结构模式,还有其他一些具体的原因。

"三"是人们心目中足够大的一个独立的数量单位,即所谓"一生二,二生三,三生万物"。加拿大学者诺斯洛普·弗莱在《实用想象》一书中说:"在我们想象的仙境中,钟鸣三下——还有三个愿望、三个儿子、三个女儿等等。'三'是我们在叙述作品中期待与满足的一部分,是我们心理学中的一项基本事实。三个圆点,心理学家告诉我们,是每个人作为一个单位来看出的最大的数。再加上一个圆点,许多人就会将其看成为两个单位,每个单位两个圆点。'三'牢牢地固定在我们的观察与思考之中。我们理想的家庭只有妈妈、爸爸和我。所有的生活都有开端、中场和结局。我们所处的世界是一个三维结构。"①运用口头叙事对这个世界重新建构,同样也应该是三维结构。

民众在民间故事中创造和采用三段式的手法,基于忠实于民间故事演说实际的原则,出于表现生活的需要。也就是说,它是民间创作家从民间故事演说的需要中总结出来的。三段式"一方面使故事显出分明的层次,情节发展起伏有致、步步深入;另一方面又使故事主线突出,事件发展在时间、空间上联系紧密。这种在结构安排方面的规则性和紧密性是民间故事艺术形式上的一个特点,它对于口头讲说的散文类的作品的流传和保存来说,是有很大的优越性。理由很明显,因为容易听明白,也容易记得住"②。

情节昭示事件的发展,而发展都是有一个过程的。善恶要反复较量,人物思想的转变也要经过反复的实践。因此,纵的三段式是对事物发展过程的一种艺术的厘定形式。另一方面,一个事物又和周围事物有多方面的联系。世界上的事物是千差万别的,同类事物(比如兄弟姐妹之间)也有良莠不齐的,把他们并列起来加以比较,是分辨是非善恶的有效方法。因此横的三段式,就是对客观事物复杂联系的一种艺术的概括形式。三次重复,三维

---

① 转引自傅修延《说"三"——试论叙述与数的关系》,《争鸣》1993 年第 5 期。
② 屈育德:《神话·传说·民俗》,中国文联出版公司 1988 年版,第 141 页。

张开,有助于表现生活的深度和广度,而在情节进展上呈现出规则整齐的形态。

不论纵的三段式还是横的三段式,都是重复叙事。重复叙事克服了叙事时间上的有限性,能够满足听众对永恒时间的体验。通过三段式的叙事,民间故事总是让叙事变得绵绵不绝,似乎没有时间的开始与结束。民间故事在一切发生和过去之后,仍旧给我们展示了一个永恒的世界——"他们一直在这里生活下去";"他们得到了应得的财富,从此过上了幸福的生活";"从此,老两口过着安宁的日子而且长寿"。而传说中的一些形象常使我们感到时间的有限和时间的流逝;传说的单线叙事和叙事节奏的急促,以及相对固定的时空坐标,似乎在提醒我们日子一去而不复返。民间故事的人物就像山里面那个老和尚一样,永远在讲"从前有座山,山里面有座庙……",是一种感性时间(故事时间)对理性时间(实际时间)的超越。

归纳起来,三段式成为民间故事稳固结构的原因有三:一是口头文学基本特征的要求。重复起到强化人们对口耳相传的故事的记忆的作用,也符合接受者尤其是儿童的接受需求。二是编排故事情节的需要。三段式是设置悬念和揭开谜底的一整套创作模式。同时,故事情节一波三折、不断制造"悬疑语码"(hermeneutic code),也符合讲述心理和接受心理。三是民间把"三"作为带有可靠性的保险数字,故有"事不过三"之说,这是数字观念在民间故事结构中的反映。

正因为三段式是一种表现力较强,又有它自身的结构形态美的艺术手法,同时还符合演说和记忆的规律,所以被民间创作家广泛运用和长期传承。

3. 对故事意义的适度强化

民间故事是有意义的,故事中的意义只有得到适度强化才能产生艺术冲击力。故事既要提供一定的"量"(人物、事件等)以满足听众的接受欲,同时又不能逾量,避免听众陷入厌倦状态。"叙述实际是一种传播,传播需要有接受的对象,在传播中存在着这样一对矛盾:没有反复刺激,接受对传播的信息不会留下深刻的印象;但是,过量的重复信息又会使接受对象厌倦,产生抗拒心理。因此,叙述中对'度'的掌握是一项关系重大的学问。选择'以三为度'是在矛盾中保持巧妙的平衡,既维持一定的刺激量,同时又不至于把读者赶跑。"[①]在民间口头叙事文学中,三段式对意义的强化是

[①] 傅修延:《说"三"——试论叙述与数的关系》,《争鸣》1993年第5期。

最有"度"的。

第一,三段式有利于充分展示现实生活中的矛盾冲突,突出事物的本质,即有助于表现艺术的真实。在长工和地主的故事中,二者之间的反复较量说明压迫和反压迫之间的斗争是必然要进行的。三个回合,一次比一次激烈,最后地主一败涂地,他的贪婪、蛮横而又愚蠢的本性也得到了充分的揭露。

第二,三段式使所讲述的故事染上了抒情的色彩。因为在事物的反复和并列之中,都深深寄寓着作者的爱憎和褒贬之情。它可以是一种强调(例如长工与地主的故事就说明善一定会战胜恶),也可以是一种评判(例如"三兄弟型"故事说明坐享现成不如手提锄头)。总之,通过三段式,故事明确、着重地表现了民众的意志和愿望。

二、民间故事的类型化

民间故事的篇幅有限,情节简单,人物性格单纯。人们在创编和传讲故事的过程中,往往展示故事人物性格中最主要的一面,像阿凡提、刘三姐、韩老大和五娘子等等,都是被人们固定化的机智人物形象,而对于他们性格中的其他方面,故事一般都不提及。英国著名文学批评家 E. M. 福斯特在《小说面面观》一书中,把人物分为扁形人物和圆形人物。在 17 世纪的欧洲,扁形人物叫作"脾性",或"类型"或"漫画"。当扁形人物以最纯粹的面貌出现时,表现出单一的品质和思想。这类人物大多可以用一句话来概括。民间故事中的人物一般属于扁形人物,小说中的人物大多属于圆形人物。

由于篇幅短小,人物性格单一,单篇故事缺乏表现力,难以达到"类型"的程度,也难以为人们所记忆。而许多同类故事不断积累,构成一个群体,便扩大了故事的容量,延长了故事的讲述时间。因为在演说的时候,一个故事往往会引发出其他同类故事。这样,以说为主的比较单一的民间故事表演,增添了互动的效果和表演的情趣,也强化了民间故事的表现力,还为学者开阔了研究的空间。

那么,为什么世界各地不同民族有众多的相同类型的故事出现呢?一般有两种解释:一是"同境说",认为因各国各地社会生活的相似而形成类似的故事;一是"同源说",认为同一类型的各个故事有一个共同的来源,因民族分化和民众交往而将一个故事传到各地。的确,相对于神话、民歌和传说等体裁,民间故事更容易从一个民族传到另一个民族。这两种学说都有道理,但不能一概而论,应对各种故事进行具体的分析和比较研究,找出它们的情节的异同,从中可以发现故事的民族特色和地方色彩,也可以考证故事流传发展的线索。研究故事与社会生活的联系,属于比较故事学研究的内容。

1. **定义故事"类型"**

故事学中的"类型",源自芬兰学者安蒂·阿尔奈(Antti Aarne)在《民间故事类型》(The Types of the Folklore)一书中对各民族民间故事作比较分析时所使用的"type"一词。一种类型是一个完整的叙事作品,组成它的可以是一个母题,也可以是多个母题。如果几个不同的故事具有相同或相似的母题,则这几个故事属同一"类型",并被看作与历史渊源有关。类型是依据母题来定义的。母题(motif)这个词源于拉丁文 moveo,是动机的意思,所以母题的意义与动机有关,指在情节发展中,具有动机功能而反复出现的行为动作、实物、人物及特殊情况等等。在故事学中,一个母题是民间叙事文本中可供把握和分析的基本成分,常常为许多故事所共有,既有结构故事或推动情节发展的力量,也包含某种特定的意蕴。

依据美国著名民间文艺学家阿兰·邓迪斯的说法,最有见识的故事类型的定义是由匈牙利天才的民俗学家汉斯·航蒂(Hans Honti)于1939年作出的:

> 把故事类型看作一个单位有三种方式:首先,故事类型把一些母题联结在一起;其次,故事类型作为一个单独的实体与其他一些故事类型形成对比;第三,多次出现的故事类型可以成为变体(variants)。所以,一个故事类型包含着一个特定的、可以确认的情节线索的表现形式或异文。灰姑娘即阿尔奈-汤普森故事类型510A,是一个不同于小红帽即阿尔奈-汤普森故事类型333的特殊故事。当人类学家们轻易地用"灰姑娘"泛指美洲印第安人的那类不守信用的女主角得到了丈夫的故事时,民俗学家们却不会用"灰姑娘"去指除了故事类型510A之外的任何东西。①

依据西方学者的观点,刘守华对"类型"作了更为简明的定义:"母题是故事中最小的叙事单元,可以是一个角色、一个事件或一种特殊背景。类型是一个完整的故事。类型是由若干母题按照相对固定的一定顺序组合而成

---

① 〔美〕阿兰·邓迪斯:《民俗解析》,户晓辉编译,广西师范大学出版社2005年版,第180—181页。

的,它是一个'母题序列'或者'母题链'。这些母题也可以独立存在,从一个母题链上脱落下来,再按一定顺序和别的母题结合构成另一个故事类型。"①

研究民间口头叙事文学多从类型切入,将有相似情节的民间叙事文学归类,进行比较研究,其优点是能够分析故事的结构形态和母题,揭示同类型故事之间互相影响和流传变异的轨迹以及结构规律,展示同类型民间传说故事流变的历史纵深和在不同地域空间的变异情况。

2. 何谓"情节单元"

"母题"也可译作"情节单元"。台湾学者金荣华对"情节单元"有过比较详细的解释:

> 在民间故事的研究方面,针对其人、时、地都可变异的特性、类型发展出了以结构为主的类型(type)分类;又在内容分析界定了以事件为主的"情节单元"(motif)。……"情节单元"是英文或法文中"motif"一词在民间文学里的对应词,指的是故事中小到不能再分而又叙事完整的一个单元。这里所谓的"情节",是指在生活中罕见的人、物或事。所谓"单元",就是扼要而完整地叙述了这罕见的人、物或事。例如:"有一只生了角的兔子"是一个情节单元,这是静态的;"那个大力士单手拖动了一架飞机"也是一个情节单元,这是动态的。……所谓史诗,所谓民间故事,本质上都称之为叙事文学;它们的差异只在于形式:一个是韵文叙事,一个是散文叙事。使用情节单元分析故事时,不会因其形式不同而有所不同。②

对民间故事类型的认定主要依据的是情节单元,它构成了故事类型最稳定的结构,是故事类型的"恒量",具有国际性。人们常说民间故事具有相似性或雷同性,主要指的就是情节单元。在人、物或事等方面,一些故事共有某一独特性,从这一独特性的角度看,这些故事就是一个类型。共有的独特性是区别于其他故事类型的标志。故事类型的定名依据的正是这一独特性。譬如"天鹅处女型"故事,依据的是人物的独特性;"赶山鞭型"故事,依据的是物的独特性。对于同类型的民间故事而言,其中不同的成分即是"变量",叫"情节单元素",主要有人物、时间、地点及相关描述等。

---

① 刘守华:《比较故事学》,上海文艺出版社1995年版,第83页。
② 金荣华:《"情节单元"释义——兼论俄国李福清教授之"母题"说》,《湖北民族学院学报(哲学社会科学版)》2001年第3期。

母题和故事类型也有区别:"一个故事类型的所有异文被假定在发生学上是相互联系的,也就是说,它们被假定是同源的,而在一个母题名称之下列举的所有叙事可以有联系,也可以没有联系。"①

3. 民间故事类型的划定

民间故事中有一个值得注意的现象,那就是情节单元相同的故事,因为数量多,所以成了"群"。譬如长工与地主的故事、巧女故事、呆女婿故事、徐文长故事、田螺精故事等;在少数民族中,有维吾尔族的阿凡提故事、蒙古族的巴拉根仓故事、纳西族的阿一旦故事等。由于人物或某一情节相同,这些都属于故事类型。

故事学家将情节相同或相似的故事文本群,称为一个故事"类型"。类型是就其相互类同或近似而又定型化的情节单元而言。同一类型的故事在枝叶、细节和语言上都有所差异,这类不同的文本称为"异文"。

在世界故事学史上,这方面的创始人是芬兰学者尤里乌斯·克伦(Julius Krohn),他首先运用比较的方法来确立一个传说故事的空间流向以及在流传过程中发生的变化。他对伦洛特(Lonnrot)所收集整理的著名英雄史诗《卡勒瓦拉》(Kalevala)的故事情节作了空间分布的类比,进而梳理出其历史发展的脉络。其子卡尔·克伦(Kaarle Krohn)继承了父亲的研究,从故事的种类入手,力求探询民间故事演变的一般规律和法则,从整体上描述民间故事流传的原本状态。1926年出版的《民俗学研究方法》是其研究的结晶。这方面最著名的成果是由卡尔·克伦的弟子安蒂·阿尔奈完成的,他于1910年出版了《故事类型索引》一书。

德语"童话"(Marchen)的词义比较宽泛,可以涵盖整个民间故事的范畴,所以格林童话几乎包含了所有民间故事类型。学者们对格林童话进行分析归类,从大量民间故事中抽取了许多基本情节,并进行系统排序、编号,使全世界的民间故事有了一个相对统一的情节类型编目范式。安蒂·阿尔奈按照故事类型把格林童话分为"动物故事""普通民间故事"和"笑话与趣事"三大类,每一大类下面又分为许多小类型,如"动物故事"里面包括"野生动物""野生和家居动物""人与野生动物""禽鸟""鱼儿""其他动物和物体","普通民间故事"包括"神奇(魔法)故事""宗教故事""浪漫故事""愚蠢的魔怪故事"等等。每一类型都有数字编号,使得每一个故事也都有自

---

① 〔美〕阿兰·邓迪斯:《民俗解析》,户晓辉编译,广西师范大学出版社2005年版,第231页。

己的编号。例如《格林童话》第55个故事《名字古怪的小矮儿》类型为500,是"普通民间故事"里面"神奇故事"中的"神奇的助手"类故事。

1928年,经师从芬兰学派的美国学者斯蒂·汤普森(Stith Thompson)修订,《民间故事类型》出版。此书所运用的分类编排方法通常被故事学界称为"阿尔奈-汤普森体系"或"AT分类法"。它是芬兰历史地理学派对世界现代民间文艺学的重大贡献。从20世纪20年代到60年代,这种以类型索引为基础的类型研究法成为民间故事研究的一种思维定势,不断有学者提出新的类型研究的视角。1928年,俄国学者普罗普以"功能"(function)①来定位类型;1932年,汤普森提出民间故事的最小叙事单元——母题(motif);1936年,瑞士心理学家荣格创立"原型"(archetype)理论;1955年,法国结构主义人类学家列维-斯特劳斯提出"神话素"(mytheme)理论;1962年,美国当代民俗学家阿兰·邓迪斯提出"母题素"(motifeme)分析方法等。

历史地理学派的方法大致就是,尽可能多地占有一个故事类型的各种文本,在此基础上对什么是该故事类型的"实验性原型"(trial archetype)作出判断;判断依据的是故事类型的关键情节和某一细节在所有文本中出现的频率等因素,又与一定的流传范围和流传的路径相联系。考察哪一个地方的文本更接近故事的原型,这个地方便可认定为该故事的原生点和最初传播的中心;然后依据原型回头考察有关异文,便可以看出故事在不同时空背景上的演变情况,由此描摹出该类型传播的时空轨迹。大体说来,包含下列步骤:

A. 尽可能地搜集原文(利用索引、档案馆及进行田野作业);

B. 给所有原文作标记(通常,不同语言的故事用字母标志,特殊的原文使用号码);

C. 从历史角度整理书面原文,从地理角度整理口头原文(在一个国家通常是由南向北);

D. 鉴定要研究的特征,列出在原文中发现的所有特征的大纲;

E. 参考大纲,概括单个原文的特征;

F. 逐个比较原文的所有特征,用于:

---

① 普罗普认为,功能是故事构成的不变的或者说基本的因素。故事的功能是由角色的行动构成的。对功能的定义并不依赖于履行功能的角色。功能的定义常常是以名词形式表现的某种行动(如诱拐、禁止等)。功能可被理解为人物的行动,其界定需视其在行动过程中的意义而定。

a.确立准类型(地区亚型),

　　b.简述原型(推测的起源雏形);

　G.重建故事的来龙去脉的历史,这个故事可为所有现存原文及异文提供最令人满意的解释。①

　　芬兰学派坚持"一源论"(monogenesis)的观点,即世界各地属同一类型的民间故事都来源于某一地区,然后成波浪式向各地传播。这种方法基于这样一种假设:同类型的民间故事都有共时、同地点、同单一源头(而非多元的)的特点,然后由发源地自然向外扩散,从一群人传给另一群人,这一结果并不一定是大规模的移民导致的。譬如《灰姑娘》的结构包含5个基本情节:女主人公受到虐待;得到仙子的帮助;与王子相会;被王子追寻;以美好的姻缘告终。1893年,英国民俗学者玛丽安·柯可斯(Marian Cox)在《灰姑娘传说》一书中列出符合上述结构的345种不同形式,传布的时间起于1544年而迄于1892年,范围从中国到欧、美和非洲。有人指出,欧洲流传的许多童话,早在古埃及就已有了雏形。德国学者本法伊又在1859年提出欧洲童话来源于印度的理论,后来,历史地理学派的学者们也认为印度有可能是最重要的故事扩散中心。

　　这种方法的主要目的是建构各故事类型的"生命历史","追溯故事的'原型'或其最初的假设形态"。但是,这种研究方法过于机械,忽视了影响故事发展变动的诸多因素。"历史地理学派的方法强调搜求大量异文,在进行分析比较时,又十分重视相关历史地理因素的考察,尽管操作方法过于琐细,构拟原型时往往难以避免主观附会性,但他们所作的考察与推论仍以基础坚实受人称道。由于他们重在探索情节型式的生活史,对那些有血有肉的故事文本所涵盖的生活思想内容、叙事美学特征,以及同传承者之间的联系等便较少涉及,这些显而易见的不足之处有待学人改进。"②

　　各地一些故事类型的确有一个共同的源头,季羡林在《从比较文学的观点上看寓言和童话》一文中指出:"不论中间隔着多大的距离,只要两个国家都有同样的一个故事,我们就要承认这两个故事是一个来源。""我们虽然不能说世界上所有的寓言和童话都产生在印度,倘若说它们大部分的老家是在印度,是一点也不勉强的。"③譬如,《一千零一夜》在成书过程中吸

---

① 〔美〕J. H. 布鲁范德:《美国民俗学》,李扬译,汕头大学出版社1993年版,第113页。
② 刘守华主编:《中国民间故事类型研究》,华中师范大学出版社2002年版,第25页。
③ 季羡林:《朗润琐言》,上海文艺出版社1997年版,第267、268页。

收了不少古印度的传说故事。自印度佛教传入中国,大量佛经被译成汉、藏文,佛经中的许多故事也随之传入中国,有些阿拉伯故事与中国记载的许多故事颇多相似,很可能脱胎于同一母体,或源于同一国度。但是,我们不能将这一现象扩大化,相似并不都意味着同源,相似是民间故事类型化的突出表征。

4. 中国民间故事类型体系的建立

1927 年,钟敬文和杨成志合译《印欧民间故事型式表》(1928 年出版),第一次系统地介绍了西方民间故事的分类理论、方法及其成果。后来,钟敬文又完成了《中国民间故事型式》,共归纳出中国民间故事的 45 种型、51 个式。此项研究原计划归纳故事型式一百个左右,由于种种原因仅仅完成了近一半。钟敬文在德国学者艾伯华(Eberhard,又译艾伯哈德)《中国民间故事类型》中译本序中,对这段学术经历作了简单追忆:"1927 年底,我和同乡青年学者杨成志得到了英国民俗学会出版的《民俗学手册》(1914),我们都觉得书中所附的《印欧民间故事的若干类型》和《民俗学问题格》对我国这方面的研究颇有参考价值,就共同把其中的《印欧民间故事的若干类型》先行译成了中文,并于 1928 年刊行(稍后,杨成志译出了《问题格》)。这个小册子,一时颇引起了我和同行们的兴趣,接着,我跟赵景深都写了有关类型研究的文章发表。"①尽管这是初步的尝试,但在中国民间故事分类史上具有里程碑的意义。

故事类型分类法问世后,各国故事学家纷纷采用这种方法编辑本国的民间故事索引。在中国,除了钟敬文编写的《中国民间故事型式》外,还有艾伯华在中国人曹松叶帮助下完成的《中国民间故事类型》。此书于 1937 年出版,原以德语写成,半个多世纪后才译成中文由商务印书馆于 1999 年出版。作者从 300 多种书刊近 3000 篇故事中,归纳出 300 多个类型。所使用的资料多集中于沿海一带的省份,但中国比较常见的故事大多在"类型"之中,首次展现出中国民间故事类型的整体风貌。1978 年,美籍华人丁乃通依据"AT 分类法",积十年心血写就了《中国民间故事类型索引》,原著为英文,经著者亲自校订的中文版于 1986 年面世。这本索引尽可能不涉及神话和民间传说,概括了 1949—1966 年的绝大多数民间故事资料,从 7300 多篇故事中归纳出 843 个类型,成为目前为止中国民间故事类型方面较权威

---

① 〔德〕艾伯华:《中国民间故事类型》,王燕生、周祖生译,商务印书馆 1999 年版,中译本序第 2 页。

的工具书。2000年1月,台湾学者金荣华出版了《中国民间故事集成类型索引(一)》,2002年3月又出版了《中国民间故事集成类型索引(二)》,这是在丁氏索引的基础上加以改进的专题性索引。作者分别以《中国民间故事集成》(四川、浙江和陕西三省卷本)和《中国民间故事集成》(北京、吉林、辽宁和福建三省一市卷本)为索引对象,运用了中国民间故事最新的田野作业的成果,对一些故事类型作了重新命名,简便了检索方式,这两部书也成为中国民间故事索引方面的重要著作。2015年,祁连休三卷本的《中国民间故事史》面世,每种故事类型不以"情节单元"的面目出现,而是直接陈述故事梗概,保持了中国传统的故事简介的呈现方式。

迄今为止,对中国故事类型的划定,实际上有两个系统,即艾伯华系统和"AT分类法"系统。艾伯华系统并未沿袭"AT分类法"的框架,而是创造性地作了改变,以型态为分类标准,先将每一个故事分解为诸多情节(构成故事的单位要素),再将同类型的故事依照典故由来、采集地等的顺序列举出来,接着又依每一情节的区分来详细比较其异同点,并加上注释、历史方面的考察(即探求故事与文献资料的关系),以及这些故事在中国的分布状态等。①

"AT分类法"属于开放式分类体系,预留了很大的填充空间,可以不断注入新的故事类型和添加新的故事异文。刘魁立在给日本民间文艺学家稻田浩二的一封信中,谈到"AT分类法"的价值:"从1910年Aarne发表索引开始到今天,九十多年来的历史实践证明,它的经验总体说来是有用的。它为大家提供了一个'共同语言'。虽然有笨拙不灵和不准确、不全面的缺陷,时至今日,AT Type-Index和Thompson Motif-index仍然是世界多数学者所使用的一个'习惯语言'。不论这个语言是否科学、准确,舍此我们暂时还没有更为可行的、大家可以用来进行交际和相互比较的一个'共同语言'。"②由于资料的限制,丁乃通对中国民间故事的AT分类存在诸多不足,我们应该对其《中国民间故事类型索引》加以完善,将新近的一些中国故事类型的研究成果输入其中。运用"AT分类法"进行故事分类,便于与国际接轨及与世界故事学进行对话。

---

① 〔日〕直江广治:《中国民俗学》,林怀卿译,台南:庄家出版社1980版,第234页。
② 刘魁立、〔日〕稻田浩二:《〈民间叙事的生命树〉及有关学术通信》,《民俗研究》2001年第2期。

三、用方言记录民间故事

段宝林大力提倡民间文学的立体描写。[①] 用地道的方言记录民间故事,便是立体描写的重要部分,这样可以尽可能保持民间故事的原汁原味,最大限度地体现民间文学的科学性质、地方特色。凌纯声于20世纪20年代末,到东北黑龙江松花江地区进行调查,这被誉为中国第一次科学田野调查。他用"耳听口唱"的方式,从听唱、学唱到记录,忠实地再现了松花江下游赫哲族的民间口头文学。1947年,他和芮乃夫合著的《湘西苗族考察报告》中专列歌谣一章,实录了苗族歌谣的演唱情况。他们用国际音标记录原音并汉译,同时用简谱标示出歌唱的曲调。于道泉在20世纪20年代对西藏仓央嘉措情歌进行了细致的描写研究,他请赵元任用国际音标从口头记音,然后将藏文原文、汉语直译、汉语意译同国际音标"四对照"进行排列,对作品的有关情况进行了考释。这些科学版本,至今仍有重要参考价值,可以作为我们进一步研究很好的出发点。

要求用方言记录民间故事,也符合民族志诗学大力倡导的表达精神。民族志诗学不满于以往民间文学的记录:那些来自经济欠发达地区讲述者的神话,通常被翻译为呆板的、正式体的文章,并附加上一些注释和说明,或者被比较随意地翻译为散文体,其间丝毫没有捕捉和再现原作模样的努力,甚至以固定不变的相同方式翻译不同的方言词语。这两种呈现方式大多剥夺了原来叙事中表现的潜在空间和优雅风格。因此,民族志风格的第一个目标,就是要从本土文化中呈现出一种新的诗歌叙事,并格外看重存在于大量搜集的文本和录音中的形式和表达方面的因素[②],从而展现当地民间社会口头文学自身所具有的美感和价值。

口头说唱是民间文学的基本存在形式。为了便于保存、研究及阅读,民间文艺工作者纷纷将民间文学诉诸文字,民间文学三套集成的搜集、整理和编辑,正属于此类工作。将民间文学作品记录下来并印行,是完全必要的,于民间文学本身的繁荣有益无损,并不会改变民间文学自身特定的运行规律,且不会也不可能改变民间文学传播的形态、方式,反而可使一地的民间文学珍品为更多的民众所享用。

问题是,用文字表现出来的民间文学是不是真正的民间文学?首先,记

[①] 段宝林:《中国民间文学概要》(第五版),北京大学出版社2018年版,第319—320页。
[②] 参见〔美〕托马斯·杜波依斯《民族志诗学》,朝戈金译,《民族文学研究》2000年增刊。

录者是否把握了所叙说的民间文学作品的本意及韵味,记录者与讲述人在言语上能否真正沟通?其次,用普通话能不能把口头文学的意蕴和演说情境完全表达出来?再次,爱好卖弄的文人能否保证不对记录下来的民间文学添枝加叶?所有这些,归结起来,就是能否最大限度地保证民间文学的原汁原味。否则,民间文学与作家文学有何区别?进行过修饰或被歪曲了的民间文学作品绝非严格意义的民间文学,而是文人的民间文学。

在用"方言型"语言"忠实记录""立体搜集"的基础上,经过整理者分析、研究、提炼而写成的故事,能更好地反映故事的原貌和地方特色,因此具有更高的科学价值。为强化民间文学的本真性,在搜集、记录民间文学时,需要千方百计维持其原貌。如用国际音标记录民间文学作品,通过一些必要的注释,既可以让不同方言圈的人读懂,又不减损民间文学的地方风味。

赣方言学家陈昌仪在这方面做了大量工作,记录下了江西各地许多方言故事,他所著《赣方言概要》一书就载有5则。① 其中用余干方言记录的两则故事,皆属笑话。若用普通话讲述,城里人及余干人均不会发笑;而用国际音标注明的余干语音讲述,城里人很可能听不懂,却能感受到浓浓的乡土气息,而余干人或稍懂余干话的人则会捧腹大笑。

谁也不会否认,口头性是民间文学最为显明的特征,亦即是说,民间文学是由声音传输出来的。为使这种声音不变调,真正是当地故事讲述人的声音,运用方言是唯一的途径。人们阅读了两则余干方言故事,才实实在在领略了余干民间故事风貌,否则,仅用普通话记录,这两则民间故事便完全失却了其地域性。即便注明了流传地区为余干,人们也难以区别余干民间文学与其他地区的民间文学之不同。

关键词:

幻想故事　民间笑话　民间寓言　故事类型　母题情节单元
"三段式"结构　"AT"分类法

思考题:

1. 为什么民间故事能够持续被讲述?

---

① 陈昌仪:《赣方言概要》,江西教育出版社1991年版。此书所载5则方言故事是:《槐树将军》(余干话)、《巧斗孙都司》(余干话)、《黄巢岗的由来》(抚州市话)、《文昌桥个故事》(抚州市话)、《蟠龙山》(宜春市话)。见此书第372—390页。

2. 我们的生活为什么不能没有民间故事？
3. 谈谈民间故事的文化意义。
4. 谈谈民间故事的文体特征及类型划分。
5. 研究民间故事的主要方法有哪些？
6. 谈谈钟敬文民间传说故事研究的成就及意义。
7. 在搜集和整理民间文学时如何尽可能保持原貌？

第九讲
民间歌谣:美妙的天籁

民间歌谣是叙事和抒情的一种韵文演唱形式,是民众表达情感最为便利和快捷的歌唱传统。歌谣与民众生活血肉相关、融合无间,自古就是"饥者歌其食,劳者歌其事","感于哀乐,缘事而发",出于心性,激于真情,各具声态而纯属天然,故有"天籁"之称。忧愁时,"唱个山歌解忧愁";高兴时,"一个酸曲唱出来,肚子里的高兴翻出来";不平时,"花儿本是心上话,不唱是由不得自家,刀刀拿来头割下,不死了还这个唱法"。

第一节 歌谣是什么

西班牙卡萨司在《卡塔鲁尼亚的歌谣》一文中说:"那些能够把它唱得很动听的,或是能够欣赏它的内容的人,都可以算是它的主人。因为这个缘故,所以歌谣所达到的美丽是远非任何种的人类智慧所可得而模仿的,因为在它里面包涵着歌唱它的人们的心灵的精粹;凡是唱它的人的灵魂都有一部分在内,他们把他们自己的某种东西放到它的里面。"[①]本节拟从以下五个方面回答歌谣是什么的问题。

一、对歌谣的认识

1. 定义歌谣

"五四"前后,在新文化运动的推动下,中国歌谣学的奠基人和先驱者们,在歌谣学研究的许多领域进行了开创性的探索,北京大学《歌谣》周刊专门展开了关于"歌谣是什么"等问题的讨论,使学界对民间歌谣的性质、

---

① 《歌谣》周刊第 21 号,1923 年 6 月 3 日。

定义的认识大大地迈进一步,对以后的研究产生了积极的影响。当时发表文章较多的有周作人等。

周作人指出,民间歌谣"原是民族的文学的初基",是民众"表达民族心声"的韵文作品,"是原始文学的遗迹,也是现代民众文学的一部分","民歌的最强烈、最有价值的特色是它的真挚与诚信"。① 当时北大主持《歌谣》周刊的教授们,把一向被视为不登大雅之堂的民间歌谣,誉为反映"国民心声"的珍贵资料,这是一大进步。他们的许多论述,虽然并未形成一个完整的体系,但也粗具轮廓。他们的观点既受到西方民歌理论的影响,也体现了"五四"前后歌谣学运动追求民主、科学的倾向。

中华人民共和国成立后,随着民歌搜集的深入,我国歌谣学者对民间歌谣本质的考察与认识愈来愈全面、深刻。钟敬文主编的《民间文学概论》中,对民间歌谣下的定义是比较全面、确切和简明的:

> 民间歌谣是劳动人民群体的口头诗歌创作,属于民间文学中可以歌唱和吟诵的韵文部分。它具有特殊的节奏、音韵、叠句和曲调等形式特征,并以短小或比较短小的篇幅和抒情的性质与史诗、民间叙事诗、民间说唱等其他民间韵文样式相区别。

近年来,在编纂《中国民间歌曲集成》《中国歌谣集成》的过程中,民间文学界与音乐界的合作增多了,双方的学者互相学习,共同探讨,对"民间歌谣"一词内涵的认识又有了新的拓展。受前辈和专家们的启发,吴超提出下述定义:

> "民间歌谣"是从远古诗乐舞三位一体的原始文化形态中分化出来的,但仍保留有乐、舞特征的一种韵文样式。作为一种综合性的整体艺术,它同时兼有文学(词句)、音乐(曲调)和表演(表情动作)三种形态。它以劳动人民的集体创作为主,主要在口头流传,形体比较短小,字句比较整齐,与劳动生活结合紧密,反映了各个时代的社会风貌,人民的思想、感情、愿望和审美情趣。它不仅是一种文艺现象,也是一门具有多种功能与价值的科学的研究对象。②

吴超认为,在给民间歌谣下定义时,不仅要观照它艺术形式方面的特征,也要观照它思想内容方面的特质;既要看到它"合乐与否""可唱与否"

---

① 见周作人《中国民歌的价值》《歌谣》及《歌谣与妇女》诸文。
② 吴超:《中国民歌》,浙江教育出版社1995年版,第13页。

"曲式结构"等外部特征,也要透过表象抓到它的本质,从更深层次解剖它的内核。必须把歌谣的"词句""曲调""表演"三种形态当作一个系统、一个整体来考察,不能孤立地、割裂地只看到它的文学成分,或者只看到它的音乐成分。即使是吟诵的民谣,在语言的节奏和韵律上,也表现出自然和谐的音乐美。要结合歌谣的动态、传播、接受、反馈,进行完整的观照,全面、立体、深入地研究,才能不断加深对歌谣本质的认识。

民间歌谣,广义地讲,泛指民众口头创作中的所有韵文表达;狭义地讲,则主要指民歌、民谣、小调等短小的、抒情成分较重的韵文文体,而不包括长篇史诗和叙事诗。它是一种歌唱的民间传统,人们通过歌唱的表演形式相互表达情感和交流对生活的看法。

2. 歌谣的艺术特点

歌谣是人类历史上最早形成的综合艺术之一。最初的歌谣除了文学性和音乐性外,在表演中一般总是伴有舞蹈的因素,文学、音乐和舞蹈是三位一体的。现代作家陈梦家就认为,谣即摇,按《说文》"摇,动也""跳也",因此,"谣的初义是舞",谣舞是合着音乐的"且舞且歌","谣舞时的歌,也名曰谣"。①

中国民歌的发展有一个总体趋势,就是从音乐到文学的演进。《诗经》作为中国最早一部诗歌总集,相当一部分采自民间歌谣。当时文人在采集民间歌曲的时候,并不关注旋律和曲调,原始音乐没有得到记录。渐渐地,民歌的歌唱消失了,最后成为纯文学的东西保持下来。诗的正统地位被确立的同时,诗歌亦没有了歌唱的音乐性。到了汉代,宫廷设立了乐府,专门负责收集民歌。然而乐府民歌以及后来六朝的新乐府,均为无伴奏的徒歌。这两次官方采集民歌活动,都加速了由歌向诗的转化过程。两者的区别愈加分明,歌越来越成为民间的活动,而诗则成为文人雅士创作的专利。

中国民歌的发展不断受到文人的操控,由他们记录下的民歌,音乐的成分被抖落殆尽,而民歌最通常的一种表现手法——比兴则延续了下来。从古至今,在搜集民歌的过程中,文人们不仅不排斥比兴,而且给予了特别的关注、强调和研究。许多文人的诗歌创作之所以说保持了民歌的风格,在很大程度上来自比兴手法的运用。

刘勰《文心雕龙·比兴》篇云:"比者附也,兴者起也。附理者切类以指

---

① 陈梦家:《"风""谣"释名》,《歌谣周刊》第 3 卷第 12 期,1937 年 6 月 19 日。

事,起情者依微以拟议。起情,故兴体以立;附理,故比例以生。"比是比附,兴是起兴。比附事理的,用打比方来说明事物;托物起兴的,依照含义隐微的事物来寄托情意。朱熹在《诗集传》里说"兴者,先言他事以引起所咏之辞也",也即是说,兴是借他事引出下面要说的。1919年,顾颉刚编完《吴歌甲集》后,对比兴,尤其是兴,有了诸多体会:

  ……(七)阳山头上竹叶青,新做媳妇像观音……(八)阳山头上花小篮,新做媳妇多许难……我们很可看出起首的一句和承接的一句是没有关系的。例如新做媳妇的美,并不在于阳山顶上竹叶的发青;而新做媳妇的难,也不在于阳山顶上有了一只花小篮。它们所以会得这样成为无意义的联合,只因"青"与"音"是同韵,"篮"与"难"是同韵。若开首就唱"新做媳妇像观音",觉得太突兀,站不住,不如先唱了一句"阳山头上竹叶青",于是得了陪衬,有了起势了。至于说到"阳山",乃为它是苏州一带最高的山,容易望见,所以随口拿来开个头。①

顾先生理解起兴,除了有起势即起情的功能外,还有另一层功能,也就是朱熹所说的"先言他事以引起所咏之辞"的含义。中国各民族、各地区的民歌种类不同、式样繁多,民歌的艺术特点当然千差万别、风格迥异,但比兴手法的运用则是共同的。

二、歌和谣的区别与联系

中国古代,"歌"与"谣"的解释,有时相通,有时分开。"歌谣"二字并称在一起时,包括民歌、民谣两部分;有时也习惯以"民歌"一词作为民歌、民谣的总名。

严格地说,"民歌"即"民间歌曲",有词有曲,可唱可和,有比较稳定的曲式结构,歌词也有与乐曲相适应的章法和格局,是一种融词、曲、表演为一体的综合艺术;"民谣"则一般不唱,也大都无固定曲调,却可以哼,可以吟,可以朗诵,章句格式上较自由,不像民歌那么严格,但仍带有很强的音乐感与节奏感,所以也称"徒歌"。

"歌"和"谣"与音乐的关系都极为密切。古代诗、乐、舞三位一体,它们之间是结合得很紧的,最初形成都受节奏的影响,往往同时产生,分不出先后,后来逐渐分家,独立门户,但彼此之间仍有血缘关系。杜文澜说:"谣与

---

① 顾颉刚:《古史辨》第三册下编,景山山社1931年版,第674—675页。

歌相对,则有徒歌合乐之分,而歌字究系总名。凡单言之,则徒歌亦为歌,故谣可联歌以言之,亦可借歌以称之,则歌固有当收者矣。"①如今,在一些少数民族地区,我们还能看到诗、乐、舞三位一体的现象,特别是那些即兴民歌,词和曲多是一起迸发出来的。当然也有不少是用旧调填新词的。

早在先秦,就有关于歌谣的种种论述,而且指出了它们与乐曲的关系。如《诗经·魏风·园有桃》中说:"心之忧矣,我歌且谣。"《毛传》注曰:"曲合乐曰歌,徒歌曰谣。"《韩诗章句》云:"有章曲曰歌,无章曲曰谣。"《十五国风义》也说:"在辞为诗,在乐为歌。"

以上都是以"合乐与否""有无章曲"来划分歌谣的。"乐"字的繁体为"樂",据古文字专家考证,"樂"从木,本意是带丝弦的扬声器。合乐,就是指有扬声器伴奏;章曲即乐章。有扬声器相伴、有乐章谓之歌,无扬声器相伴、无乐章谓之谣,即徒歌。朱自清早年在清华大学讲授歌谣课时说得好:本来歌谣都是原始的诗,以"辞"而论,并无分别;只因一个合乐,一个徒歌,以"声"而论,便自不同了。宋代郭茂倩所编《乐府诗集》就是按合乐与否分类的,但他也有意将"谣辞"从乐歌中分出,另立一集(第八十七卷至第八十九卷),在内容和形式上别具一格。可见,在汉代,民谣这一特点已逐步为人注意了。

三、歌谣的起源

针对歌谣的渊源,我们似乎可以下这样的判断:远古时期所有民间文学都是以歌谣的形式呈现出来的,那时的神话也可能是韵文体。日本民间文学学者金田一京助曾在其本国阿依努人居住区进行了长期调查,从还在口头流传的阿依努神话中得出如下结论:

> 在阿依努社会里,称得上语言艺术的全部形式都是歌谣体,散文只是常用的会话。连述说外出旅行感受这类与神词无关的叙述语言,也是边歌边记,边歌边述。而其余祷词、吊词、问候、审判、神话传说、大小神灵名称来历都一律是歌谣体。当然,这些歌谣只是从短句、加衬字、可唱的角度来确定的,只能说是实用的半文学,艺术性有限,但是,它的确表明,处于文学的黎明时期的神话,是文体的歌谣。②

---

① 杜文澜辑,周绍良整理:《古谣谚》,中华书局2000年版,第4—5页。
② 刘晔原:《金田一京助神话理论简述》,《民间文学论坛》1989年第4期。

歌谣的本意,应该是指一切"非日常化的语言"。作为民间文学体裁学意义上的歌谣,即有韵有调有格律的诗歌的形成,大概有两条路径:一条是原始咒语,一条是由劳动的呼声发展而成。前者属于神圣的领域,如后世的祭辞、仪式歌、习俗歌谣,大都由原始咒语发展而来。古代求雨的雩祭,便是由女巫们边舞蹈边念咒语,企图以此让老天爷受到感应而降下时雨。原始祭祀歌在文献中还有残留,如《礼记·郊特牲》所记古伊耆氏大蜡的祝祷辞云:"土反其宅,水归其壑,昆虫毋作,草木归其泽。"这是最早的祭祀歌之一。而后者属于世俗的领域,随着生活的丰富和人际关系的复杂,其内容越来越广泛。中国有文字记录的第一首真正的而非咒语、祝祷辞之类的歌谣,或谓《击壤歌》,是公元前 21 世纪之前帝尧之世的歌谣;或谓"时日曷丧,予及汝皆亡",是公元前 16 世纪夏代民众反抗夏桀残暴统治的愤懑呼声。

鲁迅曾经生动地描写过歌谣的产生:"我们的祖先的原始人,原是连话也不会说的,为了共同劳作,必需发表意见,才渐渐的练出复杂的声音来,假如那时大家抬木头,都觉得吃力了,却想不到发表,其中有一个叫道'杭育杭育',那么,这就是创作……倘若用什么记号留存了下来,这就是文学;他当然就是作家,也是文学家,是'杭育杭育派'。"[1]歌谣与神话一样,是人类童年时期的文艺形式。其历史源远流长,早在文字出现以前,便在人们的口头上产生了。

最早的歌谣也许仅仅是劳动号子,纯乎是为了配合劳动、调节呼吸、统一步伐、减轻疲劳而已。后来,随着劳动的节拍,人们也把心中的苦与乐顺口唱了出来,这便使简单的劳动号子进化为充实着生活内容的歌谣了。普列汉诺夫在研究了现代原始民族的劳动与歌谣的关系后说:"在原始部落那里,每种劳动都有自己的歌,歌的拍子总是十分精确地适应于这种劳动所特有的生产动作的节奏。"例如在非洲黑人那里,"划桨人配合着桨的运动歌唱,挑夫一面走一面唱,主妇一面舂米一面唱"。南部非洲巴苏陀部落的卡斐尔人的妇女,"手上戴着一动就响的金属环子。她们往往聚在一起用手磨磨麦子,随着手臂的有规律的运动唱起歌来,这些歌声是同她们的环子的有节奏的响声十分和谐的"。[2] 从《诗经·伐檀》的节奏和内容,我们也可

---

[1] 鲁迅:《门外文谈·不识字的作家》,《鲁迅全集》第 6 卷,人民文学出版社 2005 年版,第 96 页。
[2] 〔俄〕普列汉诺夫:《普列汉诺夫美学论文集》,曹葆华译,人民出版社 1983 年版,第 338—340 页。

窥见这种变化的痕迹：一群在河边劳动的奴隶，看见自由流淌的河水，联想到自己不自由的生活，便随着坎坎伐檀的劳动节奏，唱出了心中的不平，责问奴隶主为什么不劳而获。这样，歌谣不再是仅仅配合劳动的号子，而成了表达心声的工具。后来，歌谣也成为一种娱乐的表演形式，不仅在劳动的场合，在其他的生活领域也被广泛地使用。

四、歌谣的分类

其实，任何民间文学都是由方言表现出来的，各地方言的差异本身就为相同体裁的民间文学，诸如史诗、歌谣、传说、谚语以及说唱等作了地域性的分类。当地人对自己生活区域内的歌谣都有称谓，这些称谓本身表明了歌谣的不同类型。譬如，在壮族南部方言区，把唱山歌叫"寅西"，对唱山歌叫"得西"，音译为汉语则为"吟诗"和"对诗"。这种分类一方面揭示了民间文学的地域性特征，另一方面又从整体上展现了相同体裁民间文学的分布格局。这是民众自己对歌谣的分类，关于这种分类，在后面的"地方民歌的主要种类"部分有专门介绍。

将歌谣进行区域划分的做法历史非常悠久，在先秦时期已有这方面的学术自觉。战国末年的《吕氏春秋》最早记载了歌谣区划，《音初》篇云：《破斧》之歌，实始作为东音；"侯人兮猗"，实始作为南音；"殷整甲……犹思故处"，实始作为西音；"燕燕往飞"，实始作为北音。说明方言和音韵是歌谣区域性的主要表征。《诗经》中的十五"国风"，就是按照各个诸侯国的行政区域划分歌谣的。战国时，长江中游一带流行楚辞；南北朝时，有南朝民歌和北朝民歌之分，南朝民歌又分东西两个区域，所谓"楚歌区""吴歌区"；唐代时，流行于川鄂交界地带的民歌《竹枝词》最有特色，形成了长江中上游又一新的民歌区；明、清时，广东、广西东南一带成为"粤风"盛行的民歌区。可见，歌谣的区域性特征在任何一个时代都有展现。

还有一种歌谣分类是以内容为依据的，这是学者们的分类。中国近代歌谣学运动自然是以歌谣为主要的观照对象，对歌谣本身的文体特征讨论颇多。在《歌谣》周刊上，有十余篇文章涉及歌谣的分类问题，并引起一场争鸣。发起人是邵纯熙，他在《歌谣》周刊第13号（1923年4月8日）上发表了一篇题为《我对研究歌谣发表一点意见》的文章，率先提出了歌谣的分类模式。随即发表的代表性论文有白启明的《对〈我对于研究歌谣发表一点意见〉的商榷》①、邵纯熙的《歌谣分类问题》②、周作人的《歌谣》③、刘文林的《再论歌谣分类问题》④,等等。两年之后,傅振伦在《歌谣分类问题之我见》⑤一文中,对这次讨论作了回顾和总结,并提出了更为细致的歌谣分类体系。

1. **歌谣种类**

歌谣分类问题之所以会引起讨论,主要是因为歌谣形式多样、内容丰富,很难用统一的标准进行分类。这次讨论的结果为后来的学者提出更为科学的歌谣分类体系奠定了必要的基础。为了完成《中国歌谣集成》,同时也为了给搜集者和编辑者提供依据和参照,1987 年在"中国民间文学三套集成"总编委会主持下,制定了歌谣分类细则:

(1)劳动歌:包括田歌、牧歌、渔歌、猎歌、采茶歌、伐木歌、搬运歌、夯歌、号子、矿工歌、工匠歌及其他。

(2)时政歌:包括直接反映时事政治的歌谣,反映阶级斗争、武装斗争的歌谣(在近代、现代和当代歌谣中较多,革命歌谣大部可归在此类)。

(3)仪式歌:包括诀术歌、节令歌、礼俗歌、祭典歌和酒歌(宴席曲)等。

(4)情歌:包括初识、诘问、赞慕、相思、结婚、送郎、思别、苦情、逃婚等各种表现爱情生活的歌。

(5)生活歌:包括反映社会生活不平等的歌;反映日常生活的歌;反映小丈夫、童养媳、寡妇苦、光棍苦的歌;反映后娘虐待子女的歌;写景、状物的歌及其他。

(6)历史传说歌:包括历史事件、历史人物、历史故事的歌,也包括有关传说故事的歌(与史诗叙事诗有别,这些歌一般较短,没有连续性的情节,比较概括,有的横跨不同故事,有的纵跨不同时代)。

(7)儿歌:包括游戏歌、事物歌、催眠歌、绕口令等。

(8)其他:即杂歌,凡上面几类包括不了的歌,都可以归入其他类。⑥

---

① 《歌谣》周刊第 14 号,1923 年 4 月 15 日。
② 《歌谣》周刊第 15 号,1923 年 4 月 22 日。
③ 《歌谣》周刊第 16 号,1923 年 4 月 29 日。
④ 《歌谣》周刊第 16 号,1923 年 4 月 29 日。
⑤ 《歌谣》周刊第 84 号,1925 年 3 月 29 日。
⑥ 中国民间文学集成总编委会办公室:《中国民间文学集成工作手册·中国歌谣集成编辑细则》,1987 年编印。

这一分类按歌谣内容并参照有关功能划分类别，主要引自钟敬文主编的《民间文学概论》一书，只是在其中补入了"历史传说歌"和"其他"两个大类，使分类更具包容性，基本上可以把各种形式的歌谣都含纳进来。

民谣不讲究形式，完全口语化，是"说"出来的，拙朴稚气，俗称"顺口溜"。民谣中有一大类叫谶谣。谶谣常常被视为具有一种神秘的意义和无法回避的力量，预示着种种妖谶，史书中常常将其归入"诗妖"一类，称之为"谣谶""谣妖""怪谣""妖谣"等。谶谣是把谶的神秘性、预言性与谣的通俗性结合起来的一种具有预言特征的神秘谣歌，是以通俗形式表达神秘内容并预言未来人事荣辱祸福、政治吉凶成败的一种符号，或假借预言铺陈的政治手段。谶谣主要收录在历代的《天官书》《天文志》《五行志》或《符瑞志》《灾异志》等史书里面。

2. 民间长歌

民间长歌应是民歌的一个主要种类。其实，史诗也是唱出来的，一些民族称自己的史诗为"歌"，譬如苗族创世史诗习惯上叫"古歌"，因被苗族民众看成历史，所以也称为"古史歌"。彝族著名史诗《梅葛》的标题两字，有两种解释：一种解释"梅"意为嘴，"葛"意为嚼，引申为唱；另一种解释认为，"梅葛"的确切发音应为"蜜葛苦"，"蜜"意为口头，"葛"意为回来，"苦"直译为大声喊叫亦即唱，"蜜葛苦"意为唱过去的事。概括起来，"梅葛"意即唱史。①

和史诗一样，按习惯，民间长歌均称为民间长诗。其实，这是在书面语言霸权语境中产生的称谓，中国深厚的文人诗学传统的学术范式毫无阻碍地侵入到民间歌唱传统。"诗"是诉诸书面语言的，而"歌"是演唱的。史诗和民间长诗本来都是唱出来的，谓之为"诗"，可能是出于文人的嗜好；谓之为"歌"，其实更为恰当。这种民间歌唱样式，在当地未有称"诗"的，只有叫"歌"的；在命名、"章节"等关键称谓上，民间口头演唱的实质被主流学术话语所篡改。

民间长歌是在短歌的基础上形成的，在音乐的层面上，主要有三种演化的途径：一是由短山歌或其他民歌曲调反复变化而成；二是将一组短山歌或民歌联串起来演唱；三是众人轮流演唱同一种形式的民歌，延长了民歌演唱的时间和长度。民间长歌分为叙事和抒情两大类，前者曾有民间叙事长诗、

---

① 唐楚臣：《〈梅葛〉散论》，《民族文学研究》1993 年第 1 期。

长篇叙事诗和故事歌三种称谓。

在遥远的过去,在一个族群内部发生了重大事件后,人们时常谈论起它们,并传承下去。由于还不能运用书面语言加以叙述,人们便编织和演唱歌谣,以此来传述这些大事。这些传述故事的歌谣,我们称之为叙事诗。在欧洲和美国,许多叙事诗一直被传唱到今天。这些叙事诗,叙说着很久很久以前发生的古老战争、民族迁徙、爱情悲剧或残暴罪恶等。① 中国民间自古就有长篇歌唱的传统,每个朝代都留下了著名的民间长歌记录文本。《诗经》中的《谷风》和《氓》是先秦时期民间长歌的遗留;汉代乐府民歌中有许多诗篇篇幅较长,《十五从军征》《东门行》《孤儿行》《病妇行》《陌上桑》等等,比比皆是,尤其是东汉末年建安时期的《孔雀东南飞》,堪称珍品,是中国民间长歌成熟的标志;《木兰辞》是南北朝产生于中国北方的不朽长歌的写本;隋唐时期,佛教的讲经和说法盛行,民间故事、民间传说大量进入"变文",通过说唱的形式表现出来,《敦煌变文汇录》中的许多篇章,诸如《董永变文》《燕子赋》等,皆可视为民间长歌;清末,在湖北崇阳一带,出现了由当地山歌连缀演唱的长歌,以《钟九闹漕》和《崇阳双合莲》最为有名。

中国许多民族都有自己著名的民间长歌:彝族撒尼人群流传的长篇叙事歌《阿诗玛》,已被译成汉、英、日、德等多种文字②,全诗共 1500 行,分为"应该怎样唱呀""在阿着底地方""天空闪出一朵红""成长"四部分,主要叙述的是阿诗玛和阿黑兄妹俩在婚嫁方面,与财主热布巴拉抗争的故事。《娥并与桑洛》《叶罕佐和冒弄央》及《相秀》被称为傣族三大悲剧叙事歌,前者尤为著名,共 13 章,1600 多行,如泣如诉地演唱了一出爱情悲剧。傣族是民间叙事长歌最丰富的民族,流传更为广泛、学界更为关注的是《召树屯》(又名《孔雀公主》),唱叙王子召树屯打猎时遇到孔雀神女,两人相爱成婚的故事。苗族古歌中唱道:"最繁荣的是《蝶母诞生》,最长寿的是《榜香由》,最美丽的是《娘阿莎》。"苗族流传许多以爱情为题材的叙事长歌,最优美动人是《娘阿莎》。充满神话色彩的《锦鸡》和颠覆包办婚姻制度的《哭嫁歌》是土家族两大民间长歌。以民歌"花儿"联串为演唱形式的《马五哥与尕豆妹》是回族民间叙事歌,素材源于清朝光绪七年(1881)发生在河外(今甘肃临夏)莫尼沟多木寺的一个真实事件。《逃婚调》《重逢调》和《生产调》是傈僳族三部相互关联的著名叙事长歌,以《逃婚调》最为流行。在侗

---

① 〔美〕卡尔·卡门:《从民间传说看民族历史》,孙旭军译,《文史杂志》1992 年第 5 期。
② 有 1954 年云南人民出版社汉文本,又有英、法、俄、日等译本。

族地区广为流传的民间长诗歌是《珠郎与娘美》。《嘎达梅林》是依据1927年嘎达梅林在哲里木盟达尔汗旗(今科尔沁左翼中旗)起义的事件创编出来的,在蒙古族广为流传。哈萨克族是一个善于歌唱的民族,古老的叙事长歌《萨里哈与萨曼》从古唱到今。回族的《张秀眉之歌》(又称《反歌》)是根据咸同年间苗族农民起义领袖张秀眉的事迹创编的长篇叙事歌。

上面列举的主要是民间叙事长歌。相对叙事长歌,抒情长歌更少受到关注。其实,抒情长歌流传得更为广泛。在体制上,民间抒情长歌也有突出的特点。一些大型的抒情长歌,属于联缀起来的抒情歌章,又往往包含着一定数量(一篇或几篇)的叙事歌。这种集抒情歌与叙事歌于一体而以抒情长诗的框架出现的特殊的诗歌体制,可以说是民间抒情长诗在结构形式上的奇特之处。湘西的"挖土锣鼓歌""散花歌"(丧歌),湘南的"伴嫁歌""夜歌子"(丧歌),鄂西的"薅草锣鼓",广西的"嘹歌",浙江的"骚子歌"等,都是这种类型的民间抒情长歌。①

五、古代民谣研究

清代刘毓崧在《古谣谚·序》中说:"夫谣与遥同部,凡发于近地者,即可行于远方。"谣是流传遥远的口传文学。谣在先,歌在后,谣是诗歌的雏形,又有称之为谣歌的。中国有文字记载的最古老的歌谣,是《文心雕龙》的作者刘勰所说的"黄歌断竹",即传说产生于黄帝时代的《弹歌》:

断竹,续竹;飞土,逐宍。

"宍",代指禽兽。弹歌是一支最古老的狩猎歌谣。仅用八个字便概括出原始狩猎的全过程:砍了竹子,再接竹子做成工具,用土弹去打击禽兽。写得流畅简练,也有节奏。

民谣虽在先秦时就已产生了,先秦诸子著作中也多有引用,但并未得到专门的收集和研究。直到宋代郭茂倩的《乐府诗集》,才首先对搜集到的歌谣进行了分类,编成七卷,共录上古到唐五代谣谚120余则,每则都注明出处,并有评说。此成果对后世影响很大,真正拉开了我国古代歌谣学的序幕。在歌谣的认定、起源、发展脉络以及社会功能、美学价值等方面,郭茂倩均有阐述。他说:《尔雅》曰:"徒歌谓之谣。"《韩诗章句》曰:"有章曲曰歌,无章曲曰谣。"又说:"汉世有相和歌,本出于街陌讴谣。而吴歌杂曲,始亦

---

① 巫瑞书:《民间叙事长诗简论》,《民间文学论坛》1992年第5期。

徒歌。""历世以来,歌讴杂出","至于发乎其情则一也"。

此后相继有元代左克明编《古乐府》十卷、刘履编《风雅翼》十四卷,明代冯惟讷编《古诗记》、唐汝谔编《古诗解》二十四卷、杨慎编《古今风谣》二卷及史梦兰辑补《古今风谣拾遗》四卷等。这些集子搜集、整理了从上古到明代的谣谚,肯定民谣"自然成诗""出于天籁"的审美魅力,尤其指出谣谚对文人诗歌创作的影响,推动了歌谣研究的进一步发展。

清代杜文澜的《古谣谚》一百卷,谣谚兼收。此书辑录上古至明代谣谚3300余首,是我国比较完备的一部古代谣谚总集。每首歌谣皆引述本事、标明出处,有的还加以考辨。书后附《集说》一卷,汇集前人对歌谣论说的条目80余则,涉及谣谚的字意、结构、作用、价值以及历代文人的不同观点等,是难得的古代谣谚研究资料汇编。《古谣谚》书前刘毓崧所写的序,更是一篇代表当时最高水平的谣谚研究文章。其文说:"抑知言志之道无待远求。风雅固其大宗,谣谚尤其显证。欲探风雅之奥者,不妨先问谣谚之涂。"明确指出谣谚是社会生活的反映,可以从谣谚中了解社会民情。同时,对歌谣文体独有的社会和审美功能也有深刻认识:"诚以言为心声,而谣谚皆天籁自鸣,直抒己志,如风行水上,自然成文,言有尽而意无穷,可以达下情而宣上德,其关系寄托,与风雅表里相符。"民谣的这些特点皆出自其口传性质和民间生活的本真状态。

少数民族的谣谚主要收集在赵龙文《猺歌》、吴湛《粤歌》、黄道《赾歌》、吴代《苗歌》等集子中。

第二节 富有特色的地方民歌

中国民间歌节众多,歌谣内容丰富多彩,形式和风格多种多样,诸如四句头、五句体、十字调、信天游、吴歌、爬山歌、花儿、鲁体和谐体以及各地流传的小调都颇具特色。这些不同风格的民歌,产生于特殊的生态地域环境,受到特殊的口传文化传统的熏陶,满足了特有的民族审美心理。

一、地方民歌的主要种类

1. 四句头和五句体

四句头是由整齐的五言或七言,四、六、八句组成一节或一首的民间歌谣形式,在我国南方最为流行。人们通常称之为"四句头",如宁夏的"花儿",江南的"紫竹调""孟姜女调""茉莉花""十二月小调"等。江浙一带又

将它称为"小山歌",如:

> 山歌不唱忧愁多,大路不走草成窝,
> 钢刀不磨生黄锈,胸膛不挺背要驼。

所谓五句体民歌,顾名思义,就是每首(或者每章)为五句的民间歌谣。民间有"五句山歌五句单"之说。例如下面这首流传于重庆万州地区的民歌,便是一首标准的五句体民歌:

> 同路走来你不提,岔路分手你叹气。
> 你是男子羞开口,我是女子更害羞,
> 哪有长江水倒流。

这种民歌体,有四言、五言、七言和杂言等,现代盛行的为七言。五句体民歌,各地叫法不一致。湖北、湖南叫"赶五句""穿五句""五句头山歌""五句山歌";安徽叫"桐城歌体";在四川东部,情歌叫"五句子情歌",其他叫"五句子山歌""五句式山歌"。但是,不论叫法怎么不一致,"五句"乃是它们的共同点。①

五句体民歌流行于湖南、湖北、安徽、河南、四川等地,尤以鄂西最为昌盛。清末湖北崇阳流传的著名长篇叙事歌《钟九闹漕》和《崇阳双合莲》就属于五句体民歌。这种歌在明代就有流传。冯梦龙搜集的《山歌》中,专门设五句体民歌一卷,共22首。歌词七言五句,一般一、二、四、五句押韵,第五句有点题之意,因此人们也称它为"赶五句"。如流传于安徽安庆的一首五句体民歌是这样唱的:

> 跳下田来就唱歌,人人说我多快活;
> 好比黄连树上挂猪胆,苦上加苦莫奈何。
> 莫奈何,唱唱山歌做生活。

"莫奈何"为衬词,它可以换成"哟呀哟"之类的词。五句体的头四句似乎把话说尽了,最后又赶上一句,使民歌情浓意深、新意迭出,如:

> 高山顶上一丘田,郎半边来姐半边,
> 郎半边来种甘草,姐半边来种黄连,
> 半边苦来半边甜。

---

① 段宝林:《论民歌的体式与格律》,《民间文学论坛》1987年第2期。

五句体民歌打破了一般民歌多为对偶句的格式,其亮点往往就体现在第五句上。

2. 经体歌

经体歌是伴随朝祖、庙会及其仪式场合演唱的歌,在我国流传广泛。河南淮阳一带,太昊陵庙会上,至今还有人演唱《人祖姑娘经》。这种形式的歌谣有的是唱叙,有的是念诵。原本形态的"经"属于仪式歌的一部分,有的是伴随着死者丧葬仪式哭唱的。这种"经"不是佛教的经语,而是由死者亲属在悼念和祝愿死者的仪式上创作出来的歌词和曲调。另有一部分是在日常生活或劳动中念诵的"经",它通常借动植物的自述,来感叹人生的艰辛,没有涂上宗教的色彩。如一首《小麦经》唱道:

> 小麦要唱小麦经,落到田里就返青。
> 下脚要叫水结冰,上头要落霜和雪。
> 响了清明过了春,麦穗弯弯大起身。
> 担钩扣到我场浪去,在法床上掼得我最伤心。
> 石家洞里钻了钻,张家打来碎纷纷。
> 拿我小麦磨面筋,磨了面筋捏小粉。
> 麸皮皮要拨猪猡吃,小麦吃来真干净。

3. 信天游

信天游又称顺天游,是流传于陕北、宁夏、甘肃等地的一种用汉语演唱的民间歌谣形式。产生于何时,已无从考证,据推测,可能与民间道情的曲调和民间小曲有关。现存的信天游一般不会早于明代,多数是清末和民国以后的作品。

> 信天游,不断头,
> 断了头,受苦人就无法解忧愁。

这说明信天游是民众随编随唱的歌谣。"信天游"一词,含有野味放达、无拘无束、随唱随歇的意味。信天游的韵律活泼、自由,可以随着内容的情节任意发展。一般是两句为一节,每句字数不固定,常见的是以七个字为基本单位的句式。在韵律上一般是两句一韵,长歌可达数十段。有一百多种曲调,手法上多用叠音字和比兴。最有名的调子是"兰花花":

> 青线线那个蓝线线蓝格英英的彩,
> 生下一个蓝花花实实的爱死人。

传统信天游多为情歌和生活歌。"吃之艰难"和"爱之痛苦"是信天游的两大主题。革命战争年代，在陕甘宁边区产生了大量的歌颂共产党和新生活的信天游。下面一首信天游反映了中华人民共和国成立前甘肃东部民众的悲惨生活：

> 满天星星一颗颗明，雪野里走来要饭人。
> 破衫不遮身竹篮里空，手脚烂得血淋淋。
> 太阳阳出山一竿竿高，娃娃哭来妈妈嚷。
> 窑洞洞里抢出尸一条，寒风送灵走阴曹。

在信天游中，有许多新情歌表现了陕北民众一切为了革命成功的豪情壮志：

> 羊肚子手巾包冰糖，红军哥哥好心肠。
> 红豆角角熬南瓜，红军的婆姨活守寡。
> 只要革命能成功，牺牲我的男人没要紧。

信天游在形式上的特点使之宜于抒情，也宜于叙事。李季的著名长篇叙事诗《王贵与李香香》就是在这种歌谣的基础上创作的，其语言风格和修辞手法显然吸收了信天游的优点，带有"西北风"的浓重味道。

4. 吴歌

吴歌是苏南（包括上海）和浙北的杭嘉湖平原一带流传的山歌。此种山歌有两种体式：一种是齐山歌，以七言为主；一种是"乱山歌"，为自由体长短句式，从三言到十几言乃至数十言都有。

吴歌肇始于古越歌。战国时期，"吴愉""吴吟""越吟"便闻名全国。六朝时期以"子夜歌"为代表的吴歌更是繁荣一时。郭茂倩在《乐府诗集》中就有专门的"吴声歌曲"一类，记载的大多数是南北朝时期的吴歌。《晋书·乐志》中说："吴声杂曲，并出江南，东晋以来，稍有增广。其始皆徒歌，既而被之管弦。盖自永嘉渡江以后，下及梁陈，咸都建业。吴声歌曲，起于此也。"流传在民间的吴歌已引起统治阶级的重视，可见其规模之大、影响之广。从此以后，吴歌一直作为一种主要的民间文学样式在江南一带流传，至明清时期而达到顶峰。沈德符《万历野获编》卷二五《时尚小令》中说："比年以来，又有'打枣竿''挂枝儿'二曲，其腔约略相似，则不问南北，不问男女，不问老幼良贱，人人习之，亦人人喜听之。以至刊布成帙，举世传诵，沁人心腑。其谱不知从何来，真可骇叹。"可见当时繁盛的情景。冯梦龙搜集整理的《山歌》《挂枝儿》也足以表明当时吴歌的流行状况。

"五四"时期,吴歌是歌谣征集和研究的宠儿。刘半农于 1919 年 8 月在江阴老家亲自收集了 20 首船歌,后以《江阴船歌》为名发表于《歌谣》周刊第 24 号。受刘半农的影响,顾颉刚当时也投入到对吴歌的搜集和整理工作中,他 1926 年出版的《吴歌甲集》共有吴歌 100 首。胡适在此书序言中,将之誉为"真可说是给中国文学史开一新纪元了"。自 20 世纪 80 年代以来,吴语地区掀起了搜集、整理和研究吴歌的热潮,是继"五四"歌谣运动以后的又一兴盛期,其中以江苏吴江芦墟发现汉族长篇民间叙事歌《五姑娘》为标志。

《五姑娘》长达 2000 多行,9 章 23 节,还带有歌头和歌尾。这是发生在清代咸丰年间一个真实的爱情悲剧:五姑娘是嘉善县洪溪乡塘东村方家浜人,徐阿天是嘉善县下甸庙乡窑岸村东浜人,他们俩从相识到相爱再到生离死别,故事情节跌宕起伏,曲折动人。《五姑娘》一开头运用顶真格,唱出五姑娘生长的环境:"分湖弯弯分湖长,分湖边浪全是百脚港,方家浜浪长仔一棵大杨树,大杨树下头有个杨家大门墙。"紧接着又用顶真格唱五姑娘:"杨家后天井种仔一棵梅,梅花开放顺风吹,顺风吹来人一个,就是标标致致一个五小妹。"然后情节随着歌声徐徐展开,人物的命运始终牵动听众的心,感人肺腑。

5. 爬山歌

爬山歌是流传在内蒙古西部的大青山、土默川、河套、伊盟、中滩等广大农区和半农半牧地区的一种民间歌谣形式,用汉语演唱。在邻近内蒙古的陕西府谷、神木和山西河曲、偏关等地也有流传,当地称作"山曲"。爬山歌拥有广泛的群众基础,它跨越新旧两个不同的社会,内容和格调有鲜明的地方特色和浓厚的乡土气息。

> 高高山上一树苗,
> 穷的穷来富的富。
>
> 西北风下雨东南风晴,
> 财主发财咱受穷。
>
> 打碗碗花(按:也叫灯碗碗花,即野牵牛花)开就地红,
> 为啥他富咱们穷?

除了描写中华人民共和国成立前贫苦人的生活以外,爬山歌还有不少是唱叙美好爱情生活的:

> 青碟碟舀水舀不多,
> 妹妹给你唱上个爬山歌。
>
> 春风不刮地不开,
> 山曲儿不唱哥不来。
>
> 大青山石头垒成堆,
> 唱上个山曲儿好记你。
>
> 下罢大雨山水响,
> 唱山曲儿顶如给哥哥说比方。

爬山歌每段两行,与陕北信天游同属一个类型,是有着血缘关系的姊妹歌唱传统。在内蒙古鄂尔多斯与陕北交界地区,爬山歌与信天游确实难解难分。但是它们毕竟产生于不同地区,各自的特点十分鲜明。爬山歌每句基本上是七个字,字数也可根据需要或多或少,少的只有五六个字,多的可达十五六个字,因而节拍、音韵参差不齐,错落有致,铿锵有力;以短见长,体小容量大,有高度的艺术概括力,在短短的两行中常常能表达出复杂的心理感情,勾画出人物的肖像,描绘出动人的神态;两行一段体,但经常是几段连缀起来,即多段成篇,又是较长的完整的民歌。① 在不同的地区,爬山歌的曲调有各自不同的音响特色,比如土默川调比较柔和,河套调比较轻快,中滩调比较深沉,大青山调比较奔放强烈……由于抒唱的不同需要还有其他的变化。另外,在吟唱时,不长的词句加上衬字,能达到音韵谐美、自然流畅的效果。爬山歌经常运用双声叠韵和联绵词,如:

> 大青山上的老虎砚石山上的猴,
> 你要是妹妹的真朋友拃上妹妹走。

音乐形式由上、下句组成乐段,多乐段重复,字数无严格规定,可加垛句,多用叠音字,增强歌谣的音乐性。爬山歌分前山调和后山调两种。前山调流行于巴彦淖尔、鄂尔多斯等地,受蒙古族长调的影响,旋律辽阔悠长。后山调流行于乌兰察布,以及山西、陕西等地,音乐高亢奔放。演唱形式分室内和室外两种,前山调多在放牧、赶车和田间劳动时唱,后山调多由妇女在家中演唱。

---

① 韩燕如、郭超:《爬山歌论稿》,内蒙古人民出版社1983年版,第5—12页。

6. 花儿

花儿是流传于西北高原甘肃、青海、宁夏和新疆一带的一种民歌形式。在当地汉族、回族、土族、撒拉族、东乡族、保安族、裕固族和藏族等民族中传唱,基本上用汉语演唱。相对于只流传于单一地区的陕北民歌、山西民歌、茅山歌(陕西)和单一民族的苗歌、侗歌等,花儿是在全国影响最大、流传最广的一个歌种。

因《歌谣》周刊的介绍,花儿才首次冲出西部一隅为国人所知。这种民歌种类虽在元末明初即已在我国青海、甘肃部分地区形成,但由于是靠歌唱流传的方言歌,流传范围受到限制。加上那里经济文化落后、交通闭塞,花儿不像江南的吴歌或南疆的粤讴那样流传广,而是很少为本地区以外的人所知。明、清时,虽也有个别在西部为官的文人曾注意到这种民歌,并在个人的竹枝词中提到过它,却从未在全国引起注意。直到《歌谣》周刊第82号刊出袁复礼介绍花儿的专文《甘肃的歌谣——话儿》[①]和他搜集的30首花儿,全国各地才知道西部有花儿这种民歌存在。

花儿所反映的社会生活内容十分广泛,包括农家日常生活、男女情爱、求神乞子、禳灾避祸等。每年夏季的莲花山花儿会是演唱花儿最为隆重的时节,其中的情歌多以花卉作比兴。花儿一般以四句或六句为最多,也有五句和八句的。四句分对称的两段,每段两句,前段为比兴或起句,后段是点题或实体,段中上句一般是三、三、三字,下句一般是三、三、二字;句中的前两顿字数要求不严格,不够可用虚词哈、嘛、呢填补,最后一顿的字数不能变化,上句结尾多是单音词,下句一定要用双音词结尾。六句也分两段,等于在四句的每段上下句之间加一短句。花儿演唱没有伴奏,演唱时歌手的习惯动作是右手放到耳后。在宁夏,花儿主要流传在六盘山的回族中,仅固原的一个小山村已搜集到一千多首,能编唱百首以上的歌手遍布各县市,可以想见花儿流传的普遍及深入人心。花儿主要有"河湟花儿"和"洮岷花儿"两大流派。

河湟花儿以甘肃河州(今临夏)为中心,遍及甘肃、青海相邻的十几个县。基本形式是四句一首,在整体上前两句和后两句相对称而成扇面对形式,显得整齐协调,每句七至十一个字,具有浓郁的抒情色彩。如《白牡丹令》:

---

① 袁复礼:《甘肃的歌谣——话儿》,《歌谣》周刊第82号,1925年3月15日。"花儿"也称"话儿"。

>远看黄河一条线,近看黄河是海边。
>远看尕妹黄金莲,近看尕妹是牡丹。

河湟花儿总体格调高亢、悠长、嘹亮。其中又有尖音和平音两种。前者旋律起伏较大,音域宽广,部分高音区顶端行腔时必须用尖音来完成,曲调高远而尖细;后者音域相对窄些,旋律较平稳,节奏起伏不大,曲调显得柔和平缓。

洮岷花儿以洮州(今临潭)、岷州(今岷县)为中心,只流行于甘肃境内的七八个县。一般是三句一首,每句七言,多为三顿,称为"单套子";也可以由两个"单套子"组成"双套子",具有强烈的叙事性。如:

>你像园里大丽花,
>折到我的柜上插,
>看见花儿忘不了下。

洮岷花儿有"本子花儿"与"草花儿"之分。"本子花儿"有时根据小说、戏曲演唱历史故事,有时在接家神仪式上唱"神花儿",有时在喜宴上"答喜花儿",这类花儿篇幅较长,可以在家中唱,也可在野外或村里唱;"草花儿"则篇幅短小,以情歌为主,严禁在室内或村里演唱。

花儿这种独特的民歌样式,发展和繁荣离不开大大小小的花儿会。在洮岷大地,花儿会就达百个之多,其中最有影响、规模最大的有:阴历五月五日临潭县新城乡城隍庙花儿会,当地称"五月神会";阴历五月十七岷县二郎山花儿会;阴历六月初一至初六康乐县的莲花山花儿会。这三个花儿会,每年参加的人数均在万人以上,有时甚至达到十万之众。

7. 鲁体

鲁体是藏族民间歌谣的一种主要结构形式。鲁体民歌包括藏族原有的"鲁""拉谐""卓"(流行于甘肃、青海、四川)、"郭儿谐"(流行于西藏)、"擦拉"(流行于云南)。一般每首有数段,是多段回环对应体,以二、三、四段为最常见。每段至少有两句,多至十多句,而以三、四、五句的比较流行。每段的句数是相等的;段与段之间相应的句子在意思、用词、节奏停顿等方面都有对应的关系。如一首民歌唱道:

>穿衣裳要穿藏式袍,藏式袍宽大盖着好。
>吃东西要吃蜂蜜糖,蜂蜜糖味甜可口香。
>交朋友要交好心人,好心人相交情谊深。

这首民歌节奏为每句三顿,每顿不超过三个字。这样使歌词可颂可唱,并且适合随歌起舞。

8. 小调

小调的别称有俗曲、俚曲、时调、小曲、小唱等。小调并不属于某一地区特定的民歌形式,凡具有稳定格套和曲调的地方民歌都可称为小调,主要传唱于市镇集市、街陌里巷、庙会灯会。影响比较大的有山西左权一带的《逃难》,江苏扬州及河北南皮的《茉莉花》,山东聊城的《对花》,东北地区的《翻身五更》,云南的《绣荷包》等。小调的历史非常悠久,有明确记录的是在唐代,当时有"叹五更""十二时"等流行,明、清两代更盛行于城乡。明代成化年间,四季、五更、十二月体例的小调曾辑录刊行;清代中叶,五更、十二月格套的《绣荷包》《鼓儿天》以及《送情郎》《恨媒人》等小调在当时的民歌中占有相当重要的位置。

小调的艺术特点为:(1)歌词相对固定,口口相传或依赖唱本演唱;(2)曲调流畅,节奏规整;(3)有乐器伴奏,以装饰花音、垫音和过门;(4)曲体结构分单乐结构和复乐结构;(5)多运用衬词衬句,以扩充乐句;(6)常以"四季""五更""十二月"联缀多段歌词,构成序列乐句。

凡属特定地区范围内流传的小调,大都有当地的特定名称。例如,陕西有打黄羊调、揽工调、骑白马调;甘肃有跑马调、刮地风、摘棉花;山西有打酸枣、黑狸猫调;河北有小白菜、叫五更;山东有大实话;东北三省有月牙儿、五更调、丢戒指;江苏有牧牛调、无锡景;安徽有划龙船调、双条鼓调(凤阳花鼓);湖北有纺棉花、十想调;湖南有哼歌子调、阳雀子调;贵州有花灯调;云南有龙猜调、赶马调等。[①]

9. 客家山歌

客家山歌多分布于华东南各省山区地带。客家先民原是中原汉人,由于战乱、饥荒和政府奖掖等原因,辗转南迁,然后扩展到江西、福建、广东、广西、四川、湖南、台湾等省区。由于他们过去多居住在山区,故而将他们唱的歌统称为客家山歌,即在山野之间即兴成词而歌的民间歌曲。

1926年,钟敬文就写了《音乐化的客歌》[②]、《特重音调之客歌》[③]两篇文章,详细分析了客家山歌音韵方面的精妙之处。通过和其他地区的山歌相

---

① 见《中国大百科全书·中国文学》(2),中国大百科全书出版社1986年版,第1084页。
② 《黎明》1926年7月4日。
③ 《北京大学研究所国学门周刊》1926年第2卷第24期。

比较，钟敬文认为客家山歌"像广西、云南、江苏、浙江等省都有。格式略如诗歌中的七言绝句，但首句间或作三言"①。三言的首句，有些可能点出歌咏的人物对象，如"阿妹妹！"；也可能表明演唱者对所演述内容的态度，如"我晤信——"；还可能是对演唱情景、所处状况的简单交代，如"初来到——"；但更主要的目的，是为演唱定下一个基本的调式，就像唱歌时，领唱者首先唱出的一句一样。

客家山歌常用的表现手法是"起兴"，这与《诗经》中的"国风"确有某种渊源关系。据学者考证，"东晋以前，客家先民的居地，北起并州上党，西界司州弘农，东达扬州淮南，中至豫州新蔡、安丰。换言之，即汝水之东、颍水之西、淮水之北，北达黄河以上上党都是客家先民的居地"。东晋以后，客家先民因受战乱、饥荒等所迫，才先后经历了几次大迁徙运动，由中州一带迁至江淮、闽、赣、粤、桂、湘、川、台等省区。② 而《诗经》"国风"则是在客家先民没有迁徙南下之前就有了，而且其主要流行地区正好是在客家先民的居住地。客家先民中流行的民歌，很可能延续了"国风"的诸多因子。

山歌的种类很多，除客家山歌外，还有田山歌。这种歌各地的称呼不一，如江苏南部和浙江叫"喊山歌""邀卖山歌"；江西叫"打鼓歌"；湖南叫"开荒歌""茶山歌""插田歌""薅草锣鼓"等；湖北叫"栽田鼓""栽秧赶鼓""薅草锣鼓"等；陕南山区叫"锣鼓草"；四川叫"薅秧歌""薅草锣鼓""薅锣鼓草"等；云、贵高原上的汉民族地区也有性质相同的田山歌。③ 许多地方的山歌在开头和句中都加了呼语及衬词，节奏富于变化。如下面的一首流传广泛的江西兴国山歌：

  哎呀，
  苏区格干部是好作风，
  哎——里格，自带干粮去办呀哈格公。
  日着草鞋分田地，
  啊呀同志哥，
  夜走山路打灯呀哈格笼。

这说明山歌的体式是灵活多变的，很难根据其句式进行分类。

---

① 钟敬文：《客音的山歌》，《钟敬文民间文学论集》（下），上海文艺出版社1985年版，第302页。
② 参见罗香林《客家研究导论》，上海文艺出版社1992年影印版，第63—64页。
③ 姜彬：《区域文化与民间文艺学》，中国民间文艺出版社1990年版，第37页。

二、民歌体式和风格的多样性

民歌是一种极为普通的民间歌唱传统。民歌体式大致有三种:劳动号子、山歌和小调。劳动号子有搬运号子、工程号子、农事号子、作坊号子、船渔号子等。山歌的类别有高腔、平腔和矮腔。高腔曲调高亢、嘹亮、奔放,音域宽,音程往往跳动很大,拖腔很长,节奏极为自由而富于变化,多用假声演唱。平腔曲调悠长,节奏较为自由,拖腔一般较短,音程比较平稳,以真声或真假声结合演唱。矮腔曲调优美柔和,音域不宽,较少使用大跳音程,节奏比较规整,词曲配合多为一字对一音,结构短小,较少使用拖腔,用真声演唱。小调主要有时调小曲和地方抒情歌曲两种。前者指明清时期所流行的小曲,也称"明清时调",如《孟姜女调》《五更调》《采茶调》《杨柳青调》《无锡景调》《画扇面调》等。后者以情歌为多,音乐秀丽委婉,情感细腻。

民歌也和其他的民间艺术一样,在各民族、各地区都有许多相应的传统歌式。如陕北的"信天游",内蒙古的"爬山调",青海、甘肃、宁夏的"花儿",江南的"子夜歌""采茶调",以及流传各地的"五更调""四季调""绣荷包""放风筝""小放牛""茉莉花"等等,都各具特色。民间歌式一般可分独唱、对唱和合唱三种。独唱最为常见。侗族的"喊门调"、傣族的"恋歌"、白族的"山歌"、纳西族的"公气"等是对唱形式。合唱的有黎族的"摇马郎"、纳西族的"虢美达"等。除了这三种形式外,还有与舞蹈相伴或以舞蹈命名的演唱方式,如彝族的"跳月"、苗族的"芦笙舞"、布依族的"糠包舞"、傣族的"十二马""玉腊呵",纳西族的"喂孟达"等等。这些歌式,经过长久的选择与提炼,成为一种精致的地方歌唱传统。这类歌唱传统既是物态化的,又是情感化的。优秀的歌手多能将本地的歌式烂熟于心,歌唱功底扎实,每每触景生情,可以迅捷地从传统的歌式中化出新意,再组新词,灵活多变,常唱常新。

各民族民歌种类繁多,不胜枚举,几乎所有的生活形态和情感都可以用歌唱的方法来表现,其中又以情歌最为突出。满族有"翻身歌""逃婚歌""单身歌""青春歌""思夫歌";瑶族的情歌分为"见面开场歌(引歌)""互敬互爱歌""交心考察歌""分别相思歌""盟誓定情歌"五类;锡伯族在婚礼的各个环节都有特定的歌唱,诸如"相爱歌""求爱歌""相诉歌""相会歌""离别歌""相思歌""断情歌""挑逗歌""劝诫歌""定亲歌""成婚歌""劝嫁歌""哭嫁歌"等。歌声伴随着男女青年从相识到结婚的全过程,唱民歌是许多民族表达感情的最佳方式。由于所处地域以及方言的迥异,各民族情歌形成了不同的情调和风格:苗族情歌洋溢着活泼、热闹的情调,在笙曲阵阵、舞步翩翩中荡漾着悠扬而又欢快的旋律;藏族情歌明快透亮,情绪饱满,音质遒劲而有穿透力;傣族情歌则大多舒缓缠绵,悲哀时如低声泣语,欢愉时如轻歌回荡,抒情尤其细腻动人。

民歌极富音乐美,不同民族民歌的音乐风格也有差别,这肇始于各具特色的民歌体式和旋律范式。塔塔尔情歌有相对固定的曲调,韵律要求较严,大多押脚韵,以"库涅"和"科比斯"伴奏。门巴族民歌多属六言三顿四行体,大多数押脚韵,也有押隔行韵或前两句一韵、后两句一韵,靠整齐而起伏的节奏形成强烈的音乐感。① 锡伯族民歌依据"街头歌"(又称田野歌)的乐曲填词,诗和音乐融为一体;受街头歌乐的字数和音节节奏的限制,歌词凝练又具高度的概括力;锡伯文121个字母都可做头韵,头尾押韵,或头韵和尾韵一致,一韵到底,或头韵一致,尾韵采用重复句押韵。维吾尔民歌的结构形式比较自由多样,但也有一些相对固定的体式要求。有的四行一首,一句比兴、一句描述,两行一节;有的四行一节,每节的最后一句相同,或是每节的最后一句重复呼唤情人的名字;有的重章叠句,只换几个字,反复咏叹;有的一节中的第二、三行重复,用来转换语气。民歌是唱出来的,是抒情的,其不同的结构和旋律特点满足了当地人的美感需求。

尽管各民族、各地区民歌的风格和情调各具特色,但歌词、语句和旋律的不断反复则是其共同之处。重复可以产生优美的旋律,"妇女与儿童,都是很喜欢说重叠话的,他们能于重叠话中每句说话的腔调高低都不相同;如歌唱吟诗般地道出来,煞是好听"②。譬如,布依族情歌的音调委婉缠绵,用双声部重唱,特别是下声部(男声)利用大小二度的音程结合,紧紧围绕上声部(女声)流动,在重复叠韵的多声听觉中流淌着美妙的旋律。

德国著名学者赫尔德(Herder)说:"歌谣的本质,它的意图,它全部的魅力是同歌谣的抒情意味,活跃的气氛以及同时舞蹈的节奏分不开的,是同歌谣内容的各种情感的相互联系以及同时迫切的要求分不开的,是同语言的、音节的、甚至在某些音节字母上的对称分不开的,同旋律的进程以及同成百上千的其他事物分不开的,这些事物对活生生的世界,对于形成格言歌谣和民族歌谣,是必不可少的,而且同歌谣融合成一片了。"③我们在教室里是体

---

① 于乃昌:《门巴族民间情歌与仓央嘉措》,《西藏文艺》1980年第1期。
② 清水:《谈谈重叠的故事》,《民俗》周刊1928年第21、22期合刊。
③ 〔德〕赫尔德:《论鄂西安和古代民族歌谣》,见伍蠡甫主编《西方文论选》(上),上海译文出版社1979年版,第441页。"鄂西安"(Ossian),或译"莪相",传为3世纪时凯尔特(Celt)族诗人。

味和享受不到歌谣真正的艺术魅力的。如果把歌谣从它生存的具体环境中抽取出来,没有"抒情意味""活跃气氛""舞蹈的节奏"等等,只有记下来的歌词,艺术魅力就会大为减弱,特别是翻译后的歌词,往往又失去原歌的意境、格律、韵味,使人兴味索然。

第三节　歌谣的认识功能

在所有民间文学的门类中,歌谣对社会生活的反映最快捷和迅速,民众的思想、情感、观念和地方一些重大的历史事件都是歌谣承载的内容。在许多民族中,古朴的道德规范、社会生活的基本原则,常以歌谣的形式固化并传唱下来。"特别是在一些没有文字的民族中,歌谣几乎记载了他们的全部历史、风俗人情和文化,堪称他们的'百科全书'。"[①]瑶族的"石牌话"、苗族的"理词"、侗族的"款词",就是这种具有特殊功能的歌谣品种。

一、表达民俗礼仪的内涵

历代民众主要的生活状况和观念都会进入且歌且谣的口传模式之中。歌谣篇幅短小,体式高度凝练,流传的惯性比较强,基本内容不易发生变异,因而成为人们认识地方文化、古代传统以及体悟民众情感不可缺少的口头文本。

许多民间礼仪,如果失去了歌谣,其意义就会变得模糊或不明确,甚至造成意义的缺席,仪式行为仅仅成为缺少意义指向的形体动作;仪式也就不完整,甚至难以进行。诸如念咒时的歌辞、祭祀的祭词、丧礼上的哭丧歌、婚礼中的哭嫁歌等,都对明确或强化仪式的意义起了举足轻重的作用。人们在这些神圣的场合,吟唱着心中的意愿,表达着强烈的情感,将仪式的气氛宣泄得荡气回肠。

在民间宗教祭祀仪式上,巫觋就是演唱的歌手。江西省兴国一带民间,历来流行"跳觋"活动。这是一种由"觋公"主持的旨在祈福禳灾、降妖驱鬼的古老仪式。"觋公"除掌握一整套"跳觋"的程式外,更重要的是会演唱大量的民间歌谣及各种类型的其他山歌。在通宵达旦的"跳觋"活动中,大部分时间都是"觋公"在进行演唱。所以,在民间,"觋公"其实就是半职业化

---

① 吴超:《歌谣学与民俗学》,见张紫晨选编《民俗调查与研究》,河北人民出版社1988年版,第605页。

的歌手。在当地,除"跳魆"的祭祀仪式活动需要歌唱外,一般的民间歌手、清乐班的鼓师、工匠师傅、和尚道士、灯彩领班等人也时常在特定的祝赞、劝诫等仪式场合演唱歌谣,歌谣内容有"赞八仙""祝寿赞""十拜寿""斩轿煞""新婚赞""添丁赞""小儿满月过周赞""安大门赞""发梁赞""新居落成赞""新灶赞""四季赞""灯彩唱赞""猜花""褡裢贴花""十二月属相歌"等等。大多数民间仪式都有相应的歌谣,演唱歌谣是仪式活动不可缺少的环节,仪式借助歌谣才得以完成。

二、哭嫁歌的意义流程

陈顾远说:"早期型之嫁娶方式,以掠夺婚开其端。"①掠夺婚,指以掠夺方法娶女子为妻,而未得到女子及亲属同意。《白虎通义·嫁娶篇》曰:"婚姻者,何谓也？婚者昏时行礼,故曰婚。"为何要待到夜晚行礼呢？《易经·爻辞》有歌谣:

　　屯如,邅如,乘马班如,匪寇婚媾。(《屯》六二)
　　先张之弧,后说(脱)之弧,匪寇婚媾。(《睽》上九)

抢婚虽随时可行,终不若黄昏或夜间之为便。骑着马,挟着弓,以暴力求婚姻,女子岂有不哭之理。这种因被掳的惊恐、痛苦而发出的呼救之声,便是现在一般哭嫁习俗之原始形式。以后新娘或忧或喜、或假或真的哭泣皆为此呼喊之延续。

女从男居,这是女性社会地位跌落的最为突出的表现。女子启程归夫家的时刻,是她人生的转折;加之被突然夺劫的惊吓,哭实属难免。广东郁南的女子出嫁时这样哭着:

　　爸爸呀！亲父呀！
　　番国嘅人不同种啊！
　　操劳做作牛不如,
　　女儿在家,
　　伏游自在纵用惯,
　　而今叫我点能受啊,
　　不如留在娘家侍奉我爹娘呀！

---

① 陈顾远:《中国婚姻史》,上海文艺出版社1987年影印版,第78页。

这很明显地表现出古代抢婚时代女子的心理,所谓"番人"许是针对从前那些强抢者而言。① 逝者如斯,任凭姑娘们如何哭唤,如烟云一样飘离的母权制已一去不复返了。从此以后"哭"与"嫁"竟结下不解之缘。

进入奴隶社会,迎娶新娘的手段不再诉诸武力,但随之而至的买卖婚、服役婚、交换婚、聘娶婚以及其他特殊的嫁娶形式,皆剥夺了妇女自由选择配偶的权力,为哭嫁习俗的滋长营造了"优越"的社会环境。在"哭嫁歌"中,嫁和卖往往为同义语,姑娘成为商品,在媒人的穿针引线中四处兜售。

> 人家放女选儿郎,
> 你们放心选家当,
> 拿到女儿做买卖,
> 不管女儿杀下场。(四川"哭嫁歌")

嫁女只为赚钱,爱情荡然无存,这是对人性的最为严酷的摧残。控诉封建婚姻制度扼杀爱情成为"哭嫁歌"的主要内容。侗族"哭嫁歌"唱道:

> 父母逼我嫁舅家,
> 背后人推前面拉;
> 抵硬不从月夜骂,
> 口吞黄连难咽下。
> 阿哥若能舍得银钱用,
> 洗脱表哥归回情人家。②

"女"和"家"被强行扯合在一起的"嫁",女子岂能不哭、不歌。

这种歌声,最为令人撕心裂肺。其嫁而悲,悲而哭而歌;而其宣泄之情并非失去爱情的哀伤、绝望,恰是对封建包办婚姻的怨恨、憎恶。其讨伐对象主要不在父母,而指媒人。父母毕竟于自身有养育深恩,加之封建家长制的熏染,迁怒父母难免遭众人指责。媒人乃婚姻的撮合者,在新娘眼里,乃罪魁祸首:

> 拿错八字配错人,
> 绝子绝孙做媒人,
> 做仔格头啥媒人……

---

① 刘伟民:《东莞婚俗的叙述及研究》,《民俗》第1卷第1期,1936年9月。
② 杨通山、蒙光朝、过伟、郑光松编:《侗族民歌选》,上海文艺出版社1980年版,第140页。

> 良勿良仔荞勿荞,
> 是侬格头媒人做勒大勿好,
> 我勿怪东来勿怪西,只怪是侬大媒相。①

骂得如此尖刻,痛快淋漓,矛头实指封建包办婚姻,媒人不过是旧婚姻制的替罪羊。这种充溢控诉意味的哭嫁歌,将个人的不幸和封建婚姻制度联系起来,这就使得哭嫁歌具有历史的和时代的深刻性。被剥夺了爱情的新娘们,以自身的境遇,伴随振聋发聩的哭诉,揭露封建婚姻制度的罪恶。尽管仍旧以婚嫁告终,爱情被泪水淹没,冲突变为屈服,但自有婚姻嫁娶以来,妇女便以哭嫁歌这一合理的方式,在一片喜庆声中,为女性的婚姻自由唱着执着追求的歌。

哭爱情的夭折,为封建礼教所不容。男女授受不亲的道德观念充斥于人们的思想中,谈情说爱、自寻婆家被视为羞耻、越轨之举。"将仲子兮,无逾我园,无折我树檀。岂敢爱之?畏人之多言。仲可怀也,人之多言,亦可畏也。"(《诗经·郑风·将仲子》)明显地透露出封建礼教压制中的女性对待性爱的尴尬心态。倾吐对亲人之依恋则为天经地义,符合封建伦理的忠孝观念。于是在哭嫁歌中,姊妹对哭或母女对哭最为感人至深。毛南族女子出嫁,启程时唱《出门下阶歌》:

> 生来是女要出嫁,离爹离娘好心疼。
> 躲在娘肚九月整,一世难忘养育恩。
> 思来想去泪淋淋,服侍父母不到头。

侗族母亲在女儿出门上路时唱道:

> 女儿服侍别人去,丢下娘亲怎忍离,
> 娘我病了谁送水,雁边屋头叫苦凄……

母女分离的悲伤、不舍,在婚礼的特定环境中,当是最易宣泄、最需抒发的。感激、牵挂、歉意和忧虑等等复杂的情愫萦绕于母女心胸,不哭不歌不快。

中华人民共和国成立后,颁布了《婚姻法》,妇女赢得了政治上的解放、经济上的独立和婚姻上的自由,封建礼教的枷锁被彻底粉碎。即便如此,一些民族的婚礼一直带有原始的淳朴性,不少地区至今仍盛行哭嫁风俗。

---

① 上海民间文艺家协会、上海市南汇县文化馆编:《婚丧仪式歌》,中国民间文艺出版社1989年版,第65页。

悲而哭,乐而笑,乃人之本能。但在土家族、侗族这样一些风行哭嫁习俗的地区,哭嫁却被赋予了截然不同的含义,具有了和笑同一的表情意义,成为新娘抒发欢悦之情的特殊手段及方式。王仿等学者在上海南汇搜集婚丧歌时,一位叫潘彩莲的老妈妈"不肯唱《哭丧歌》,说伤精神,只肯唱《哭嫁歌》,说它是'开心歌'"①,说明在爱情得到尽情释放的时代,哭嫁的蕴意有了质的变化:既与封建时期的哭嫁不同,又有别于一般意义的"哭"之行为,为乐极生"悲"的真正体现。

第四节 民歌是一种方言的演唱

民歌从一开始就用方言演唱,歌词就是方言,并不是有了文字才有歌词。既然民歌都是用流传地的方言演唱出来的,那么记录民歌也应该用方言。用方言记录民歌可以保持民歌的原汁原味,也可避免篡改民歌的原意。当然,也对记录者提出了更高的要求。

一、用方言演唱和记录民歌

地道的民歌都是用方言演唱的。如果不了解民歌流传地区方言的发音特点,用普通话演唱,效果就会逊色许多。

以山东齐地民歌为例,它们让听者领略到北方方言的特性,唱段多半声调高亢有力,旋律大起大落,给人一种荡气回肠的感觉。如淄博民歌《赶牛山》,每段歌词由三个基本乐句组成,歌曲一开始就落在高音上,特别是"年年都有三月三"中的"年年"两字,用高音甩了出去,伴随方言的语音特色,非常有味道。第二句用的是不可分割的跳进、滑音与休止,使得整个旋律欢快活泼。这一特点又刚好与淄博方言语音的起伏规律相吻合。曾经有位山东籍的歌手用当地方言演唱过这首民歌,获得了广泛的好评,但在外面进修了一段时间之后,放弃了方言,改用字正腔圆的普通话再演唱这首歌时,已失去了往日的风采。原因很简单,他所去掉的那个"土"味,恰恰就是乡音,而乡音是民歌演唱中最鲜活、最有表现力的要素。②

用方言记录民歌是古已有之的传统,古代许多民歌都是用方言记录下

---

① 上海民间文艺家协会、上海市南汇县文化馆编:《婚丧仪式歌》,中国民间文艺出版社1989年版,第152页。

② 徐平:《方言与民歌刍议》,《民俗研究》2004年第2期。

来的，或者带有浓重的方言韵味。在屈原的《九歌》和《离骚》中，楚地方言痕迹明显，《诗经·国风》虽然经过删改，仍保留了一些方言的味道。汉代杰出的学者扬雄"常把三寸弱翰，赍油素四尺"，向进入京都的各地考廉和士卒求教，"以问其异语"，写成了著名的《方言》，开了汉语方言研究的先河。后来历代都有一些文人在方言记录方面有所作为，最突出的成就，是明代冯梦龙用方言注释其辑录的《山歌》。譬如，《山歌》记有吴语民歌："姐儿生得有风情，枕头上相交弗老成，小阿姐儿好象五夏六月个里长脚花蚊子，咬住子情郎呜呜能。""郎见子姐儿再来搭引子引，好象铜杓无柄热难盛，姐道郎呀，磨子无心空自转，弗如做子灯煤头落水测声能！"作为韵脚的"情""成""引"最后落到了"能"字上。在吴语方言中，"能"意为"像……那样"。普通话里没有准确的相应的词。硬译成"官话词"，不仅意义不吻合，而且原有的韵味和美感必然丧失殆尽。①

在"五四运动"之后的歌谣征集活动中，北京大学的学者们认为，歌谣必须用方言词语和方言语音来记录才能不失其真，研究歌谣的同时也必须研究方言。沈兼士在《今后研究方言之新趋势》一文中说："歌谣是一种方言的文学。歌谣里所用词语，多少是带有地域性的，倘使研究歌谣而忽略了方言，歌谣中的意思、情趣、音调至少有一部分的损失，所以研究方言可以说是研究歌谣的第一步基础工夫。"②《歌谣》周刊创刊以后对方言、方音等问题进行了不少讨论。董作宾在《歌谣与方音问题》一文中说："总觉得现在纸片上印的歌谣，只是呆板干燥的意义，却一点也感觉不到他那活泼有趣的声音。"③民歌是供口头吟唱的，民歌的吟唱以民间曲调为基础，而各地曲调又与方言的声调有关。可以这样说，方言是民歌的灵魂，不是方言记录的就不是真正的当地的民歌。在林语堂的主持下，1924年1月26日成立了北京大学方言调查会（同年5月17日改为北京大学方言研究会）。

各地方言中的衬词对地方民歌产生了直接的影响。衬词是民歌显著的地域表征之一，对表达浓郁的乡土情感、增强生活气息、渲染某种情绪、丰富音乐表现手法及节奏，均起着十分重要的作用。它们在民歌中不是可有可无的，而是民歌不可分割的有机组成部分，最能反映民歌的歌唱风格。然

---

① 彭小明：《方言与民俗、民间文学》，见中国民间文艺研究会上海分会编《民间文艺集刊》第7集，上海文艺出版社1985年版，第269—270页。
② 转引自周振鹤、游汝杰《方言与中国文化》，上海人民出版社1986年版，第193页。
③ 《歌谣》周刊第32号，1923年11月11日。

而,许多记录者认为衬词没有实际意义,弃而不记,导致大量的民歌记录文本都没有衬词,成为干巴巴的毫无韵味的歌词内容的记录。

二、民歌的地域性

方言是民歌地域性的标识,民歌的地域性特征是由方言支配的。在江西赣南地区会昌县周田村,有一首民歌没有正词,全是衬词,名叫《诱小牛歌》:"噢噢哞!哟嗨!噢哞哟!哞哟嗨!哞!"歌中采取的是生活音调,语感很强,生动地表现了呼诱小牛的生活情趣。从方言与民歌的亲缘关系中,完全可以看出,方言的声调、语调、节奏、语气等对民歌旋律、音调、节奏、调式乃至艺术风格有着最直接的影响。从这一意义出发,民歌确实是方言的延伸、变形和艺术表现。

方言作为民歌的声音载体和表现,其地域差异及多样性使各地的民歌在唱腔、旋律、风格等所有方面都有明显不同。而这些不同又与各地的自然环境密切相关。下面所说的蒙古族民歌的歌唱现象,就十分形象、具体地阐明了这一点。

> 伊盟的蒙古调、漫瀚调(蒙汉调),虽然一般人在理论上说不出个所以然来,但凭感觉一听便能听出来。细心的人,还能听出其中乌审旗、杭锦旗、准格尔旗民歌之间的细微差别来。乌审旗的地形忽高忽低。人们骑在马上兴之所至,随口哼唱,歌声便被马蹄的节奏颠得上下直晃,形成急促、起伏的短调。间或唱着唱着,忽然闪过一个大沙坑,又慢慢爬出来,歌声便跟着大起大落,有两个八度的音程大跳。杭锦旗的地形地貌比较平坦,人们骑上骆驼走路(当地盛产骆驼),骆驼步子大,行动迟缓,驼峰上的人"啊"一声便能拖它个十来八里,故而这里的民歌与驼乡阿拉善接近,多舒缓悠长的长调。准格尔旗山大沟深,担一担水都得爬一道坡,见面容易拉话难。调子从嘴里出去,碰到对面山崖上,便折回来向别处传播。所以准格尔民歌,尤其漫瀚调,就给人以一种在山间传唱、不乏山的共振和回音的风味。①

这种细微的歌唱差异,只有当地人或理解当地口头传统的人才能真正领悟到。

然而,当地人在充分享受当地民歌的时候,并不刻意去辨别和思考这种

---

① 郭雨桥:《民歌杂咀》,《民间文学论坛》1997年第4期。

差异,只是用自己的语言歌唱着祖先传下来的旋律。由于不同的生存环境传唱着不同风格的民歌,在民歌采风的时候,就应该把民歌流传的地域环境描述清楚。1918 年 2 月 1 日发表的《北京大学征集全国近世歌谣简章》中就提出了这一要求,不仅规定"歌谣之有音节者,当附注音谱(用中国工尺、日本简谱或西洋五线谱均可)",而且还规定"歌谣中有关于历史地理,或地方风物之辞句,当注明其所以"。

第五节 "五四"歌谣学运动的兴起

一、兴起的过程

"五四运动"前夕,刘半农、沈尹默等人"为了作新体诗,要在本国文化里找出它的传统来,于是注意到歌谣",开始"征集各地民歌"。① 刘半农后来在《国外民歌译》自序中回忆:"那天正是大雪之后,我和尹默在北河沿闲走着,我忽然说:'歌谣中也有很好的文章,我们何妨征集一下呢?'尹默说:'你这个意思很好。你去拟个办法,我们请蔡先生用北大的名义征集就是了。'第二天我将章程拟好,蔡先生看了一看,随即批交文牍处印刷五千份,分寄各省官厅学校。中国征集歌谣的事业,就从此开场了。"② 与此同时,《北京大学征集全国近世歌谣简章》于 1918 年 2 月 1 日在《北京大学日刊》第 61 号上刊布,同时发表了蔡元培的《校长启事》,1918 年 3 月 15 日《新青年》第 4 卷第 3 期转载了《简章》全文。《北京大学日刊》刊登了大量征集来的歌谣。征集歌谣的最初目的是编印《中国近世歌谣汇编》和《中国近世歌谣选粹》,征集方法有两种:一是"本校教职员学生各就闻见所及自行搜集",二是"嘱托各省官厅转嘱各县学校或教育团体代为搜集"。这是一次将民间歌唱活动文本化的努力。

1922 年,北京大学研究所国学门成立,沈兼士任主任,北京大学歌谣研究会乃归入国学门,由周作人负责。1922 年 12 月 17 日,《歌谣》周刊创刊,并由周作人、常惠任主编。他们在《歌谣》周刊的发刊词中明确指出:"本会搜集歌谣的目的共有两种,一是学术的,一是文艺的。我们相信民俗学的研究在现今的中国确是很重要的一件事业。……歌谣是民俗学上的一种重要

---

① 顾颉刚:《我和歌谣》,《顾颉刚全集》第 14 卷,中华书局 2010 年版,第 388 页。
② 刘半农:《国外民歌译》,见鲍晶编《刘半农研究资料》,天津人民出版社 1985 年版,第 216 页。

的资料,我们把他辑录起来,以备专门的研究。"①《歌谣》周刊的诞生,标志着一种新的文化思想的崛起。一向被人视为难登大雅之堂的歌谣,在"五四"新文化运动前后,"闯"入了中国最高学府北京大学。1929 年,朱自清率先在清华大学开设了"歌谣研究"课程。

《歌谣》周刊成为我国新兴的歌谣学运动的基地和大本营,不仅吸引了全国各地新文学爱好者、民俗学者、语言学者的热情参与,而且还引起苏、英、法、美、日、德等国学者的注目。约十年中,共征集到各地歌谣 13908 首,有力地推动了我国民间歌谣的搜集研究工作。

二、运动的实绩

"忠实记录"是田野作业的基本原则,北大歌谣运动从一开始就特别强调这一点。在《北京大学征集全国近世歌谣简章》第七部分"寄稿人应行注意之事项"中明确规定了记录原则:"歌词文俗一仍其真,不可加以润饰,俗字俗语亦不可改为官话";对于方言及过于生僻的字句要求加以解释,记录方言时,"一地通行之俗字为字书所不载者,当附注字音,能用罗马字或 Phonetics 尤佳";有音无字者在原处以空格"□"表示,而"以罗马字或 Phonetics 附注其音,并详注字义,以便考证"。

尽管刘半农、沈尹默、顾颉刚、董作宾、钟敬文等前辈们当时并没有经过田野作业的系统训练,却都能以一个民俗学者的基本立场进入歌谣的搜集活动之中。譬如,钟敬文的《客音情歌集》就忠实记录了客家山歌传唱的原样,除了根据语气内容添加标点符号以外再无修饰,可谓田野作业的成功范例。全辑 140 首客家山歌,都是采用通俗易懂的普通话记录,必要的地方保存了客家方言词汇。对第一次出现的方言词汇注音并释义,其中包括一些当地客家地区流传的俗语、俚语,力图使客家以外的人都能看懂甚至读出。对于出现频率比较高的、常用的一些客家方言词汇,钟先生在歌谣文本后面特别罗列出《本书重要方言音释》,共 35 条,再次注明读音、含义。这在没有录音设备的时代是唯一的严谨的科学方法。当时有人看不起方言,甚至想用"死文学来驾驭活语言",钟敬文以自己的实际行动和业绩,坚守了民间文学田野作业的基本原则,展示出客家山歌的乡土特性。

歌谣学运动引发了民国时期歌谣研究的热潮。一方面,学者们致力于歌谣的本体论研究,着力讨论歌谣起源、艺术价值、表现手法、分类方式等文

---

① 周作人:《发刊词》,《歌谣》周刊第 1 号,1922 年 12 月 17 日。

学层面的问题,另一方面则透过历史学、社会学、人类学的视角,揭示歌谣与历史社会的各种关系。其中,胡适《歌谣的比较的研究法的一个例》(1924)倡导用比较方法进行歌谣研究;胡怀琛所撰写的我国现代文学史上第一部民歌研究专著《中国民歌研究》(1925)从史的角度探讨了中国民歌的发展历程,指出"一切诗皆发源于民歌";刘经庵《歌谣与妇女》(1927)展示出了"一部妇女生活史"。这些歌谣方面的研究成果充分展示了歌谣学运动的实绩。

在中国现代歌谣学史上,以顾颉刚、刘半农、董作宾和钟敬文的贡献最大。在歌谣的搜集和研究方面,顾颉刚、董作宾和钟敬文三位巨匠各有千秋,特点均非常鲜明。顾颉刚以苏州地域为中心,搜集当地歌谣。他从宏观上对"苏州的唱歌种类"作了全面审视,并概括为20个种类,其中包括戏曲、曲艺、民歌、通俗歌曲等等,并从中择出吴歌及与之关系最近的五种作为搜集的重点,即(1)儿童在家里唱的歌;(2)乡村女子所唱的歌;(3)奶奶小姐们所唱的歌;(4)农工流氓所唱的歌;(5)杂歌。在《吴歌甲集》里,第一种类儿歌50首,占总数的一半,后四类也是50首,内容扩展了很多,其中部分生活歌"都很可以看到社会状况的骨子里去"(《〈吴歈集录〉的序》)。

董作宾根据"看见她"歌谣主题所作的《一首歌谣整理研究的尝试》(1924),探究了歌谣流布的一些基本规律,他是以一个主题为中心,侧重于方法论上的探讨。

钟敬文对客家山歌的研究则二者兼顾,同样选取的是自己所熟悉的地域和演唱主体——客家人,围绕一个永恒而更为常见的主题——爱情。《客音情歌集》里的爱情歌谣不仅数量多,艺术水平也是最高的。对于客家人来说,爱情生活的各个阶段、各个方面几乎都离不了山歌,诸如初识歌、试探歌、赞美歌、迷恋歌、起誓歌、相思歌、送郎歌、苦情歌等等,这些在《客音情歌集》里都有涉及。钟先生从文艺学和民俗学两个角度,审视了山歌在客家族群中的生活功能及艺术特色。具体说,就是既关注客家山歌本体的特点——内涵的现实倾向性、表现手法的独特个性等,又不是纯文艺学的审视,而是把山歌置于客家人宽广的社会生活中,对山歌在当地社会生活中的生活及文化地位进行确认。

关键词:

歌谣 比兴 民间长歌 花儿 信天游 《五姑娘》《歌谣》周刊

思考题：

1. 谈谈歌谣的起源与分类。
2. 谈谈民间歌谣的地域特征。
3. 谈谈歌谣演唱的生活意义。
4. 谈谈歌谣的功能及其变化。
5. 如何理解"不是方言记录的就不是民歌"？
6. 为什么说民歌是最美妙的天籁？
7. 为什么说中国现代民间文学肇始于歌谣学？

第十讲
俗语和禁忌语:智慧的民间语言

言语是一种社会交际工具,人们利用它交流思想、传递信息,达到彼此之间的了解。但言语并不简单地只是一个工具,而是一种文化现象。在中国民间,在言语交际过程中,逐渐形成了许多富有地域特色的固定的通俗的简短话语,运用这些话语表述自己的思想情感是智慧的表现,可以获得最佳的"说话"效果。鲁迅在《门外文谈》中曾经说过:"方言土语里,很有些意味深长的话,我们那里叫'炼话',用起来是很有意思的,恰如文言的用古典,听者也觉得趣味津津。"又说:"年深月久之后,语文更加一致,和'炼话'一样好,比'古典'还要活的东西,也渐渐的形成,文学就更加精采了。"①鲁迅所说的"炼话",正是民间最富有艺术魅力和充满智慧的语言。

第一节 民间俗语

俗语又称方言土语、常谈、常语、常言、俚语、俚言、迩言、乡言、乡谚、恒言、俗言、俗谈、直语、里语、里言、古语、传言、俗谚、谚语、里谚、野谚、俗话、街头巷语等。

汉语俗语的边界比较宽泛,是指包括口头禅和谚语、谜语、格言、惯用语、歇后语、绕口令和俚语等在内的基本定型或趋于定型化的简练的习用民俗语汇和短语。地域性和俚俗性是其主要特点。美国人类学家兼语言学家萨丕尔(Sapir)的《语言论》中,有个著名的命题:"语言有一个底座。说一种语言的人属于一个种族(或几个种族),也就是说,属于身体上具有某些特征而不同于别的群的一个群。语言也不脱离文化而存在,就是说,不脱离社

---

① 鲁迅:《门外文谈》,《鲁迅全集》第 6 卷,人民文学出版社 2005 年版,第 100、101 页。

会流传下来的、决定我们生活面貌的风俗和信仰的总体。"① 俗语作为语言符号系统中一种特殊的符号形式,多首先出现于某地方言,有些至今仍流行于某一方言区域之中。

俗语还是最生动、最耐人寻味的民间话语。在网上流传一则号称最"绕"的绕口令:"牛郎恋刘娘,牛郎年年恋刘娘,刘娘念牛郎,刘娘年年念牛郎。牛郎恋刘娘,刘娘念牛郎,郎恋娘来娘念郎,念娘恋娘念郎恋郎,念恋娘郎。"这纯粹是语言游戏,却充分显现了民众的语言智慧。

一、谚语

1. 谚语释义

谚语,也是歌谣的一种。秦汉前后多用"谚""俗谚""鄙谚""时谚""古谚""俚语""野语""鄙语""民语"等作为谚语的称谓。《尚书·无逸》云:"俚语曰谚。"《礼记·大学》云:"谚,俗语也。"许慎在《说文解字》中说:"谚,传言也。"段玉裁注云:"传言者,古语也。"又说:"凡经传所称之谚,无非前代教训。"《国语》韦昭注云:"谚,俗之善谣也。"唐陆德明《经典释文》则解作"俗语""俗言",即现在所谓"俗话"。朱介凡在《中国谚语论》中说:"谚语是风土民性的常言,社会公道的议论,深具众人的经验和智慧,精辟简白,喻说讽劝,雅俗共赏,流传纵横。"② 综合起来说,谚语,是前代流传下来或当代流传的经验教训式的有益的格言、俗话。杜文澜《古谣谚》对谚语的辨析十分详细:

> 其有体格本系用韵,名虽为言,而实为谚者,名虽为语,而实为谚者。……若夫言有号令之训,引申之则为称号,又有盟辞之训,推广之则为诅辞者。……其有名虽为"号",而实为韵语之谚,名虽为"诅",而实为谚语之体。③

谚是"故训""善谣",是前人有益的经验教训,是他们对自然和社会现象认识的总结,是生活经验和斗争经验沉淀的结晶。因此,它的产生应该比劳动号子和即兴式的抒情歌谣稍后,是人们经历了一定阶段以后经过反思才会出现的。它不再是感性的,而是经过反复深思,得到多次生活实践印证才

---

① 〔美〕爱德华·萨丕尔:《语言论——言语研究导论》,陆卓元译,商务印书馆1985年版,第186页。
② 朱介凡:《中国谚语论》,台北新兴书局1964年版,第62页。
③ 〔清〕杜文澜辑:《古谣谚》,吴顺东等点校,岳麓书社1992年版,第4页。

概括出来的理性思维。它是无可辩驳的,是已文本化了的经验中的引言。因此,在争论、诉讼、证明的过程中,说话者巧妙使用谚语,便表现出权威的状态。

2. 谚语的结构形式

从形式上看,谚语也是韵语,句式整齐,与谣无别,只不过篇幅较短而已。有的是单句,更多的是两句四句,长至七八句的较少见。每句的字数很少,甚至短到极限,却表达了完整的意思。如"七不出,八不入""霜后暖,雪后寒""两湖熟,天下足""瓮穿裙,有雨淋"等谚语只六字,"心去身难留""服药三分毒""近家无瘦地""虎毒不吃子"等谚语只五字,"官官相护""医不自医""邪不压正"等谚语只四字,"斤鸡叫""雾提雨""雷无飓"等谚语只有三个字,它们传输的信息却都非常充分,同时又给人广阔的想象和玩味的空间。高尔基说:"谚语和歌曲经常是短暂的,其中包含的思想和感情可以写出整部的书来。"①美国著名民俗学家阿兰·邓迪斯曾对谚语的结构模式作了十分精彩的具体分析:

> 每个谚语都是一个传统的有教育意义的炼话。其中至少包括一个描写性成分,而在这个成分里又包括一个题目和一个评注。

以下几个英国谚语都具有这种模式——包含一个题目和一个评注:"光阴似箭"(Time flies),"金钱万能"(Money talks)和"异性相吸"(The opposite sex attracts each other)。还有包含两个或两个以上描述成分且具有反意的谚语,如"朝三暮四"(Blow hot and cold),"心有余,而力不足"(The spirit is willing, but the flesh is weak)。通过分析,邓迪斯得出以下结论:"不具备题目和评注两个成分的结构不是谚语。"②所以谚语中不存在只有一个单词或一个成分的结构形式。③

二、民间歇后语

歇后语是汉语俗语所特有的,显示了中国民间文学独有的文体特点,外国语言里没有和汉语歇后语形式对等的语式。

1. 歇后语释义

歇后语是汉语口语中以"歇后"这种特殊的语言节律为结构特点的俗

---

① 转引自张紫晨《民间文学基本知识》,上海文艺出版社 1979 年版,第 113—114 页。
② 〔美〕阿伦·邓迪斯:《结构主义与民俗学》,吴绵译,见张紫晨编《民俗学讲演集》,书目文献出版社 1986 年版,第 546 页。
③ 时秀芹:《美国民俗学研究方法述评》,《民俗研究》1992 年第 4 期。

语。所谓"歇后"就是"语末之词,隐而不言,谓之歇后"。在形式上最显著的特点就是前后两段,前面一部分是一种比喻或隐语,像谜面,后面一部分是对前面比喻或隐语的揭晓、解说,像谜底,是全句的语义所在。如"破表——没准""破车——散啦""冻豆腐——难办""和尚打伞——无发(法)无天""得病不吃药——你可怎么好""抵门杠作牙签——大材小用"等等。运用时,大多两部分一块说出,有时只说前半截,而把后半截省去,让听者或读者自己去猜测和领会。俏皮、幽默、风趣、讽刺是民间歇后语的表述风格,因此有人称歇后语为"俏皮话"。

作为一种民间语言,歇后语的文化价值已得到学者们的认定。具有历时性、定型性的歇后语,题材广泛、感情真实、哲理深刻、表现视角广阔,反映的是全社会的共识。全面深入地认识、研究我们的民族文化,不能不发掘歇后语的文化内涵。

2. 歇后语的来源

关于歇后语的来源说法不一,谭永祥在《歇后语新论》[①]一书中提出了以下三种观点:

一是来源于古代的隐语,是在隐语的基础上发展起来的。隐语是某些社会集团为了避免局外人了解其交谈内容而人为制造出来的秘密词语。《诗经·苕之华》的"牂羊坟首,三星在罶"就是一个例子。"牂羊"是母羊,"坟首"是大脑袋。根据常识,只有公羊才会长个大脑袋。这里说母羊长出了大脑袋,意指"不可能的事"或"不会发生的事"。"三星"即参宿,冬天天将亮的时候才出现,太阳一出,它就落下去了。"罶"是一种捕鱼的工具,鱼游进去就出不来。夜里把它放在捕鱼的水道口,天亮时拿走。"三星在罶"就是说人们快要来取罶了,时间不会太久了。如果把这两句隐语所隐去的本意连在一起说,就成了不折不扣的歇后语。

二是来源于民间口头上流传的某些典故。譬如"长老种芝麻——不见得",此歇后语来自民间祈求丰收的一个俗信传说:"种芝麻必夫妇共同下种,收时倍多,否则结稀而不实也。故俗云:'长老种芝麻未见得'者,以僧无妇耳。"(郎瑛《七修类稿》)

三是来源于古代民歌中的"风人体"。清代文人翟灏《通俗编》曾谈到六朝乐府中的"风人体":"子夜读曲等歌,语多双关借意,唐人谓之风人体,以本

---

① 谭永祥:《歇后语新论》,山东教育出版社1984年版。

风俗之言也。如'理丝入残机,何患不成匹'……'蚊子叮铁牛,无渠下嘴处';'玲珑骰子安红豆,入骨相思知也无';'合欢桃核真堪恨,里许原来别有人';皆上句借引他句,下句申释本意。"这种风人体的形式已经与民间歇后语的形式相差无几,只是风人体规整、典雅、意趣,歇后语则通俗、随便、诙谐。

不同类型的歇后语有不同的来源,不能一概而论,"缩脚式歇后语"(隐藏部分内容不说出来)和"譬解式歇后语"(前部分为比喻,后部分为解释)的源头就不可能是同一的。

3. 歇后语的价值

歇后语可以使我们的语言形象生动、诙谐有趣,寓意更为深刻。民间歇后语在口头语言系统和书面语言系统中均被大量使用,是民间语言中的"经典",可以大大提升语言的文化品位并增强语言的吸引力。《红楼梦》第三十回描写贾宝玉同林黛玉两人口角之后,双方都觉后悔。听了袭人之劝,宝玉去向黛玉赔不是。宝玉伸手拉了黛玉的一只手要同她一起去看贾母,却被"黛玉将手一摔道:'谁和你拉拉扯扯的!……'"这一情景恰被奉了贾母之命前来解劝说和的凤姐碰见。"……宝玉在后面跟着出了园门。到了贾母跟前,凤姐笑道:'我说他们不用人费心,自己就会好的。老祖宗不信,一定叫我去说合。我及至到那里要说合,谁知两个人倒在一处对赔不是了。对笑对诉,倒像'黄鹰抓住了鹞子的脚',——两个都扣了环了,那里还要人去说合。'说得满屋里都笑起来。"对此,有学者评论说:"'扣环'原指鹰抓雀、兔等物时,爪距相对扣紧,不肯轻易撒开。这里用它来比喻宝黛二人亲密地不肯分手,不仅形象、幽默,而且叫贾母听了高兴,还有什么不放心的呢?特别是这句歇后语的活用:'扣了环了'前面镶嵌了'两个人都'四个字,这样将人拟物,描形绘色,简直成了喜剧中的一个特写镜头。"①

和其他俗语相比,歇后语最能使语言变得轻松、俏皮、滑稽,进而产生幽默和讽喻的艺术效果。如《金瓶梅》第二十四回:"妇人道:'贼短命,你是城楼上雀儿——好耐惊耐怕的虫蚁儿!'"《儒林外史》第十四回:"差人恼了说:'这个正合着古语,"瞒天讨价,就地还钱"。我说二、三百两银子,你就说二、三十两,"戴着斗笠亲嘴——差着一帽子"。怪不得人说你们"诗云子曰"的人难讲话。这样看来,你好象"老鼠尾巴上害疖子——出脓也不多"。倒是我多事,不该来惹这婆子口舌!'"由于歇后语后面的"解"是对前面的

---

① 谭永祥:《歇后语新论》,山东教育出版社1984年版,第179—180页。

"引"所引导的语义方向的突然逆转,全盘否认"引"的描述,颠覆了人们已形成的期待心理,便产生了滑稽的语义效果。

在口头语言中,能够恰到好处地使用歇后语,体现其人表达之机智和想象力之丰富。人们在嘲讽别人和调侃的语境下,往往无拘无束,思维比较敏捷,情绪异常兴奋,这样就容易发挥想象力,频频使用歇后语。歇后语显示出中国人特有的幽默感,可以让我们的生活充满情趣和智慧。

三、民间谜语

刘宋时鲍照的《字谜三首》是字谜的最早记录。后来又产生了灯谜,也叫春灯谜、春灯、春谜、灯虎、文虎、谜虎、商谜、商灯、商虎、灯霓、文霓、精灯等等。现在一般通称为谜语、灯谜或谜;在方言中有的叫"闷儿""昏子""谜谜子",有的叫"故事";由于灯谜多属一句一谜,又有"独脚虎"之称。

1. 谜语释义

谜,"从言、迷"(《说文解字》),说明它是一种具有迷惑作用的语言艺术。南北朝梁刘勰《文心雕龙·谐隐》中说:"谜也者,回互其辞,使昏迷也。"谜语是把事物的本体巧妙地隐藏起来作谜底,用与之关联的喻体作谜面,使人费解、让人猜射的一种语言文字游戏。

谜语由谜面、谜目、谜底三个部分组成,有的文字类谜语还有谜格。谜面,也叫谜题,因把谜语贴于灯而称为灯谜,而灯谜之难猜有如射虎,故人们称灯谜为灯虎。与此相应,便把谜面称为虎皮,把谜底称为虎骨。平常我们所说的谜面,即如问题之题目;谜底,就是谜面的答案。在制定一则谜语时,还必须要在谜面的后边标明其所猜射的特定范围,规定谜底的个数乃至猜射的类型,这就是人们通常所谓的谜目,有的地方也叫谜课;有的谜语在谜目部分还标有一定的法格,称为谜格。不过,谜格的使用是对某些文字类谜语而言的。

谜语建构的是一个认识上的虚拟世界,带有游戏的成分,引发幽默,可以给人以猜中的快感和满足。美国表演理论代表人物之一丹·本-阿默思(Dan Ben-Amos)指出,在非洲社会,除了单纯的娱乐价值外,谜语还被用于辅助青春期的成年礼。在中世纪欧洲和亚洲文化中,谜语是求爱行为和婚礼仪式的一部分——民间故事和歌谣所反映的过去的时尚。[①] 谜语不像谚

---

① 〔美〕丹·本-阿默思:《承启关系中的"承启关系"》,张举文译,《民俗研究》2000年第1期。

语那样引证道德寓意,而在于考察知识、启发智力。因此,猜射活动主要在儿童和年轻人中间进行,老年人活动场合则少见。

2. 谜语的历史

谜语的发源时间应该是很早的。在三千多年以前的夏朝,有一种讽刺性质的歌谣,叫作度辞(也叫度语),为谜语之雏形。如当时民众对昏庸无道的统治者夏王的诅咒:"时日曷丧?予及汝皆亡。"春秋战国时期,这种歌谣仍在流行。在君权确立后,君王手下的"士"有话要进谏给自己的主子,又不敢坦言,就使用曲折的讽喻,这样"隐语"便产生了。

君王想试一试手下的智慧,也运用类似隐语的方式来达到目的。汉武帝把壁虎放在食盒里,让人来猜射,东方朔猜中了:"臣以为龙又无角,谓之为蛇又有足,跂跂脉脉善缘壁,是非守宫即蜥蜴。"三国时,曹操要为难杨修,就在花园门上写个"活"字,杨修即叫工匠把门改窄了,他猜出曹操是嫌门太阔了。佛教的"偈语",有的也可以视为隐语,是用来宣扬宿命论的预言。① 汉代的射覆语是在猜物游戏时作为谜底说出的,亦与谜语有异。但在一些谶语童谣中以离合法组成的字谜韵文,则含有谜语的一些特点。如汉末诅咒董卓的童谣"千里草,何青青,十日卜,不得生",以"千里草"合成"董"字,"十日卜"合成"卓"字,是一种字谜式的隐语。明清以来,盛行"灯虎",是一些文人惯弄的文字游戏,其格式有"解铃""系铃""会意""拆字""卷帘""脱帽""双钩""集锦"等,五花八门,谜语变成了文人互相卖弄的"典故"。

中国谜语产生时间早,但民间谜语的收集、出版,当以明代冯梦龙编的《黄山谜》(部分)最有名。此外,郎瑛《七修类稿》中的《谜说》是我国古代谜语方面少有的专著。到了清道光年间,梁晋竹(绍壬)的《两般秋雨盦随笔》、梁章钜的《归田琐记》中都有"灯谜""近人杂谜"之类的篇目。清光绪年间的《同岑集》《十五家灯谜猜选》《沪谚外编》及一些报刊都载录谜语,说明社会文化界对谜语的认识和娱乐功能的重视。②

3. 谜语的种类

依据谜语的特点,可将谜语分为三类:

(1) 口头谜

民间谜语一般在口头流传、咏猜,又叫"口头谜";其谜底多为事物,也

---

① 鹤岩:《谈谈"谜语"》,《文艺学习》1955 年第 10 期。
② 钟敬文主编:《中国近代文学大系·民间文学集(1840—1919)》,上海书店出版社 1995 年版,导言第 18 页。

叫"事物谜"。此类谜语偏重以形入谜,谜面主要着眼于谜底事物的形体、性质、动作、用处、出处、色彩、响声等,运用比拟和形象化描写手法将谜面和谜底联系起来。有一则和播放过的广告有关的谜语是这样的:乌龟盖了房子后爬进去(盖中盖);乌龟爬出来把房子拆了又盖一间爬进去(新盖中盖);乌龟爬进爬出又拆又盖(巨能盖)。这则谜语的谜底为三种"钙"片。从口语谐音的角度建构起来的谜语一般属于民间谜语,即口头谜。

(2) 灯谜

灯谜由民间谜语演变而来,属于文字游戏。因以文义为谜,较之民间谜语要复杂一些,表现为书面猜射,所以也称"文义谜"。由于最初将谜笺粘于元宵花灯之上令人猜射,故名灯谜。后来,没有时间和场合的限制,也不再非贴在灯上不可了。由于灯谜庞杂繁复,一时不易猜中,好像射虎一样,人们又称灯谜为灯虎、文虎、谜虎,猜灯谜还谓"打虎"或"射虎"。灯谜在发展中已超出了民间文学的范围。

明代末年阮大铖的传奇剧本《春灯谜》、清代曹雪芹《红楼梦》第二十二回"制灯谜贾政悲谶语"等,都记述了猜灯谜、制灯谜的情形。明末马苍山始创"广陵十八格",总结扬州制字谜的种种手法为各种"谜格",清代顾禄在《清嘉录》卷一"打灯谜"中又扩充为二十四格,使灯谜技巧更加丰富而成熟。"格"是灯谜的一个显著特点。猜射灯谜,纯粹是从谜面文字的含义去推理、联想谜底。具体说,就是凭借汉字的一字多音多义或一词多解,运用字的笔画组合、摩状象形等方法,通过别解、假借、离合、增损、拆字、运典、度意、蝉联等制谜手法来隐射谜底。对于有谜格的灯谜,还必须遵循一定的法格。

(3) 特殊形式的谜语

特殊形式的谜语是由灯谜派生出来的,包括实物谜、画谜、哑谜、棋谜、印章谜、谜语故事等,其猜射方法与灯谜基本一致,不同的是制谜时用实物、图画、故事等代替字和词作谜面,哑谜则是以动作打破谜底。

印章谜是一种以印章作谜面的谜语。谜面往往以篆书等字体形式出现,故亦称篆刻谜。这种谜语是利用字体中象形、会意及其结构特点,印文内容,印制材料,印章形状,颜色等构建谜面和表现谜底的。如谜面为印文:急就章(打一成语);谜底:刻不容缓。这是谜底与谜面印文相扣合,"不容缓"与印文"急就章"会意相扣。在"不容缓"前加一"刻"字,则"刻不容缓"与谜面印章、印文相吻合。实物谜不是以字、画或别的语言形式为谜面,而是陈设出实物作谜面的一种谜语。如谜面:桌上摆着一架电扇(打一常用语);谜底:转变作风。电扇"转"动起来就可"变作风"了,"桌"与"作"谐音。哑谜的谜面是放一件或几件实物,猜谜者通过做动作来揭示谜底。相声艺术经常会打哑谜。以形象生动的画面去代替以语言讲出或写出谜面的谜语叫画谜。如画一只黑狗,打一字,谜底为"默"字。"默"字可拆为"黑犬"二字与谜面内容相扣。这种画谜的直观性很强。

第二节 日常禁忌语

日常禁忌语,是很富有方言(包括地域方言和社会方言)特色的语言风俗现象,就是在日常生活中避开那些污秽的和可能导致不祥的词语。禁忌的原则,大体上不外乎出于吉凶、功利、荣辱的诸种考虑。按作家文学的标准,此种语言绝不能纳入文学的范畴,因为它既非抒情也非叙事,仅仅是民间某种信仰心态的话语呈现,而从民间的角度看,它却是地道的民间语言艺术,与民众的一些基本生存观念密切相关。这说明,尽管都是"文学",民间与作家的立场有着一些本质的差异。

现代禁忌语大致有以下三个方面。

一、凶祸禁忌语

禁忌语产生的一个主要原因是俗信思想,人们往往认为,说出某个不吉、不祥的字眼,不吉不祥就会降临。于是,碰见了不吉利的词儿,怕把不吉利也沾上了,便改用另一词语代替。

代替的方法有数种。一种是用比喻,如在现代汉语里,军士打仗受伤叫"挂彩",南方则谓"带花",皆为受伤后扎了绷带的比喻。一种是用典故。如古代汉语把病到快死叫"弥留",用的是《尚书·顾命》周成王之典;或叫"易簧",用的是《礼记·檀弓》曾子临死换席子的典故。一种是用假托之辞。如古代汉语称帝王的死为"晏驾",意为他不出朝,只是由于他的车驾出来晚了。称有封邑的人臣之死为"捐馆舍",意为他不在,只是由于他抛弃了他的馆舍到别处去了;后称人死为"捐馆",即由此而来。佛教僧尼之死为"圆寂",意即他们完全沉浸于念经中去了。士大夫的死被称为"弃堂帐",意即他放弃了自己的职业,到他处谋生去了。"西归"是死亡最常用的托词。《说文》:"西,鸟在巢上。象形。日在西方而鸟栖,故因以为东西之西。……西或从木妻。"日落西山,鸟栖于巢。西是栖息的引申义。西方是日落之地,自然也是黑暗之地,进而成为阴间之所在。至今仍将死亡称为

"上西天""命归西天""西归"等等。如《诗经·桧风·匪风》:"谁将西归?怀之好音。"唐朝孟郊《感怀》其五:"去去荒泽远,落日当西归。""西归"均用作死亡的委婉托词。

还有一种是用其他相似物类的名称。如长沙方言忌说"虎"字,由于"府""腐"和"虎"同音,因此长沙的"府正街"被改称"猫正街","腐乳"也改称"猫乳"。最普通的一种是改用反义词。如戏院中的"太平门",原意是为了万一发生失火的事故便于观众逃走,说"太平"便是失火事故的反义。乘船的人,忌讳说"住""翻",所以称"箸"为"筷",称"帆布"为"抹布"。其他"沉""停""破""漏"之类的话语也都在禁言之列。在上海,平时人们忌说"眉毛倒了",是忌讳"倒霉"之意;忌说"梨""伞"而称"圆果""竖笠",是避讳"离散"的意思;忌说"苦瓜"而称"凉瓜",是要避开苦难之"苦"字;忌说吃药而称"吃好茶",是忌讳"生病"之意。这一类避凶求吉的语言禁忌现象,民间称之为"讨口彩"。

对凶祸词语的忌讳跟人的思想意识有关。中华人民共和国成立后,民众的科学知识日益丰富,一些传统俗信逐步破除,这方面的禁忌语越来越少。温州旧时称"老虎"为"大猫",但晚近输入的"老虎钳""台虎钳""老虎灶"等均不再忌"虎",并且"老虎""大猫"已并用了。上海郊县原称"伞"为"竖笠",今天很少有人知道其为何物了。对于现在仍流行的禁忌语,我们不必刻意去加以更换。言语是约定俗成的,有些已通行而又不碍思想交流的词语,诸如"筷子"之类,倘若一定要加以"正名",反而令人难以接受。

二、破财禁忌语

在所有的凶语中,除死亡及疾病的字眼最令人恐惧、厌恶外,还有就是破财词语为人所忌讳了。因为财运的好坏直接关系到人们的命运、生活的贫富,所以民间很看重此事,往往时时处处惦记着发财,也时时处处警防着破财。

春节期间,各家各户都要祭财神。若有卖财神画像的童子挨门喊:"送财神爷来了。"一般人家都赶紧出来,到门口回话:"好好,来,我们家请一张。"如不想买的,也不能说"不要",更不能撵送财神,只说"已有了"。有人来送柴(财神)时,也忌回答"不要",若不想买,也可回答"已有了"。春节为一年之首,民间以为得罪财神,财运便整年都不临门。其间,如果小孩说了冒犯财神的话,大人即说"童言无忌",以解除不祥。

广东话"舌"和"蚀本"的"蚀"同音,所以把"舌"叫作"脷","猪舌"叫

"猪脷",取其"利"字之音;"杠"和"降"同音,因而把"竹杠"称为"竹升";"空"和"凶"同音,因而把"空"说成"吉",把"空屋出租"说成"吉屋出租";"丝"与"输"同音,所以把"丝瓜"改称"胜瓜";又因为"干"犯了"输得干干净净"的忌讳,便把"干"改为"润",取时时润色之意,于是"猪肝"被说成"猪润","鸡肝"被说成"鸡润","豆腐干"被说成"豆润"……旧时商行里为了发财,特别忌讳支出的"支"字,故而把长衣(长衫)的读音"长支"改为"长进",以求只"进"不"支"。

此类有关财运衰败的民间禁忌话语很多,它们有一共同点,即不仅停留在避开不吉的词语不说这一点上,而且还要改凶为吉,力求通过语言上的变通、调整而在现实生活中得到一个最为吉祥的理想效果。

三、猥亵禁忌语

民间的荣辱观也促使一些带有亵渎意味的词语成为禁忌。人们通常以为涉及性行为和性器官的词语是一种亵渎语,说出来有伤大雅,一般所谓有教养的或"正经"人都羞于启齿。

在现代生活中,"蛋"是常见于咒骂言辞的一个字眼,如倒蛋(捣蛋)、浑蛋、刁蛋、坏蛋、滚蛋、王八蛋等等,于是,成了人们纷纷躲避的对象。李家瑞《北平风俗类征》谈到:"北人骂人之辞,辄有'蛋'字。曰'浑蛋',曰'吵蛋',曰'倒蛋',曰'黄巴蛋',故于肴馔之'蛋'字,辄避之,鸡蛋曰'鸡子儿',皮蛋曰'松花',炒蛋曰'摊黄菜',溜蛋曰'溜黄菜',煮整蛋使熟曰'沃果儿',蛋花汤曰'木樨汤'。"木樨即桂花,因炒熟的鸡蛋色如桂花,所以以木樨代之。

在不得不说到性器官时,要用"下部""阴部"等来代替。女性性器官不洁与男尊女卑等观念,使得男女性器官避讳的话语中,有时带有褒贬尊卑不同的意味。如陆容《菽园杂记》说:"讳狼藉,故称榔头为兴哥。"榔头是古人称呼男性生殖器的一种说法,这里改称为"兴哥",明显带有一种亲昵的情感,既体现了男尊思想,也体现了认为生殖器并无不洁的看法。长期以来,男性有称自己生殖器为"老二"的,有称"弟弟"的,同样也有一种亲昵感。而对女性性器官的称谓则含贬义,可以说形成了一种对照。

谈及性行为,更是忌讳直说,常用的不正常两性关系的避讳词语有"风流罪""风流债""有外心""有外遇""怀春""输身""走野路""采花"等。即使是极正常的两性关系,也要用"办事""房事""同床""夫妻生活"等词语代替。现代社会中较普遍的用法是"发生关系",而最时髦的说法莫过于"做爱"了。"做爱"一词是改革开放的产物。中国古典文学作品中则常以

"云雨"指称男女交合。《文选·宋玉〈高唐赋〉序》叙说楚襄王与宋玉游于云梦之台,见有云气,楚襄王问宋玉:"这是什么气?"宋玉回答说:"这叫作朝云。"楚襄王又问:"为什么叫朝云呢?"宋玉回答说:"楚怀王曾游高唐,梦中与巫山神女相会,神女临去说自己'旦为朝云,暮为行雨。朝朝暮暮,阳台之下'。"此后就用"云雨"指男女欢会。《红楼梦》第六回:"说到云雨私情,羞得袭人掩面伏身而笑。"

甚至连容易引起生殖部位联想的"拉屎",也在忌讳之列,人们在日常生活中改称"大便""大解""上厕所";有一段时间女性更多地将厕所戏称为"一号",上不上厕所叫作"去不去一号"。至于为什么将厕所叫作"一号",则无从考证,也许从某种意义上说大小便也是头等大事吧。此外,还有"方便一下""去卫生间""去洗手间"等等委婉说法,凡此种种,反映了人们避俗就雅的心理。

有关排泄的禁忌语,古已有之,文言称"出恭""净手""解手"等。相传汉代刘安死后升天,在天上"坐起不恭",天上的"仙伯主者"向天帝奏了一本,说刘不敬,于是刘安被谪守三年,所以才有"出恭"一词。据《辞源》解释:明代科举考试,设有"出恭""入敬"牌。士子如要大便,先领此牌,后因称大便为出恭,并谓大便为大恭,小便为小恭。从元代起,科举考场中便设有"出恭""入敬"牌,以防士子擅离座位。"出恭"一词最初是用于男性的,后则男女皆用,关汉卿《四春园》第三折:"俺这里茶迎三岛客,汤送五湖宾,喝上七八盏,管情去出恭。"现代作家张天翼《儿女们》里批评:"他们还把人家的祖宗牌位扔到茅房里,拿《论语》《孟子》撕碎了去出恭。"因大、小便后要洗手,所以又称"净手"。元散曲《红绣鞋》:"这场事无干净,这场事怎干休?唬得我摸盆儿推净手。""净手""解溲"成了大小便的委婉说法。"解溲"亦称"解手"。"解手"是现代人用得较普遍的,其实早在宋元时代就有此说法,如《京本通俗小说·错斩崔宁》:"……叙了些寒温,魏生起身去解手。"又如明代戚继光《练兵实纪》:"夜间不容许一人出营解手。"

还有女性的月经,人们也不喜欢直说,有称为"例假"的——这个新词倒是记录了社会生活的新变化,因为中华人民共和国成立后,工厂实行劳动保护,妇女遇到月经来潮时,如有需要,允许请几天假,工资照发,所以称为"例假"。

汉族广大地区都禁忌以龟相称。龟俗称"王八",若骂人为"龟儿子""王八""乌龟",往往引起对方恼怒而引发争端。元人陶宗仪在《辍耕录》里记载了当时一首戏谑破落子弟的诗,内有"宅眷多为掌月兔,舍人总作缩头龟"等语。民间俗谓兔望月而孕,比喻妇女未婚野合而有妊,因而"兔崽子"意同私生子。诗内的"缩头龟",显然也含有明知老婆有外遇却惧内的贬义。

除了以上与性器官、性行为有关的语言禁忌外,还有一些其他方面的带有羞辱性质的禁忌语。例如通常人们都忌讳别人将自己和畜生相提并论,有生理缺陷的人也忌讳被人当面嘲笑。如"兔""狗""驴""牛"等畜类常常被用来咒骂人,因而平时便忌讳在人前说到这些动物,尤其不能和人相提并论,否则往往会伤害别人,引起纠纷。总的来说,凡属对人不尊重、不礼貌的亵渎话语皆是忌讳的。

关键词:

炼话 俗语 灯谜 隐语 禁忌语 格言 《黄山谜》

思考题:

1. 谈谈民间俗语的形成、分类、特点及其文化价值。
2. 谈谈民间俗语与网络语言的关系。
3. 谈谈日常禁忌语反映的民族文化心理。
4. 俗语和禁忌语都是民间词语,本身没有情节,也没有鲜明的感情宣泄,它们是民间文学吗?其文学性何在?
5. 比较谚语、谜语和歇后语的结构特点。
6. "民间文学是与作家文学并行的一门独特的语言艺术",这一说法对吗?请说明理由。

第十一讲
民间说唱和小戏：表演的艺术

说唱指的是以说唱为主的民间表演艺术形式，又称讲唱文学。民间小戏是民众自发表演的歌舞剧，是融某一地区的说唱、民歌、舞蹈、历史故事等诸多民间文学形式为一体的民间综合艺术，最为集中地展示了当地的口头传统和民间表演的魅力。

第一节　民间说唱

民间说唱大致可以分成谐谑、唱曲和说书三种类型。

谐谑是说唱相间的曲艺形式，包括相声、快板和独角戏三种。属于相声的有相声、四川相书、八角鼓和朝鲜族的漫谈与才谈等；属于快板的有陕西快板和数来宝等；属于独角戏的有上海独角戏和四川谐剧等。唱曲是以唱为主，包括鼓曲、牌子曲和杂曲三种。鼓曲指演唱板腔的梅花大鼓和京韵大鼓等；牌子曲指演唱曲牌的天津时调、兰州鼓子、四川清音和青海平弦等；杂曲指板腔与曲牌混唱的粤曲、二人转和锦歌等。说书是以说为主，包括大书、小书和快书三种。大书即徒口说话表演的评书评话，如扬州评话、苏州评话、北京评书和四川评书等；小书即说唱相间表演的弹词鼓书和渔鼓（道情）琴书，如河南大鼓书、湖北渔鼓、苏州弹词、四川竹琴和陇东道情等；快书即似说似唱韵诵表演的快书、竹板书，如山东快书、快板书、说鼓子和四川金钱板等。

据20世纪80年代初编制出版的《中国大百科全书·戏曲曲艺》卷的统计，仍然存活在民间的"现代曲艺曲种"共有341种。

可资稽考的民间说唱史料，到了唐代才逐渐丰富起来。此前的民间文学有歌谣、神话、传说、民间故事、史诗等等，而民间说唱则处于萌芽状态，或者说，民间说唱是在其他民间文学样式的基础上发展起来的。上古时期的神话、传说通过讲说得以表现,史诗和歌谣则是歌唱出来的,尽管都是说唱活动,但还没有演化成相对独立的说唱艺术。

一、俳优与成相

最初的民间表演艺术是歌、乐、舞三者合一,周代已有以乐舞戏谑为业的艺人俳优。《韩非子·难三》:"俳优侏儒,固人主之所与燕也。"颜师古注《汉书·霍光传》"俳倡":"俳优,谐戏也。倡,乐人也。"遗憾的是俳优们说唱的底本并没有流传下来。民间说唱的形成以职业说唱艺人的出现为标志,第一批说唱艺人是从俳优中分化出来的,俳优艺术催生了说唱艺术。

现今发现的最古老的民间说唱艺术形式,是流行于战国时期的成相。成,演奏;相,乐曲。《汉书·艺文志》著录"成相杂辞"十一首,均未流传下来。战国末期的荀子所仿作的《成相》,可视为最早的说唱文学作品。《成相》分为三章,共56段,每章都以"请成相"(请奏起相来吧)开头。清代卢文弨说荀子的《成相》"即后世弹词之祖",说明《成相》确为弹词之类说唱艺术的源头。近代王国维在《宋元戏曲考》中也提出类似观点:"古之俳优,但以歌舞及戏谑为事。自汉以后,则间演故事;而合歌舞以演一事者,实始于北齐。顾其事至简,与其谓之戏,不若谓之舞之为当也。然而世戏剧之源,实自此始。"①

二、乐舞百戏

自汉至隋的说唱艺术的状况可从一些零散记载中知晓大概。由于受到汉武帝等帝王的提倡,汉代乐舞百戏盛行。百戏又称"角抵戏"。《汉书·武帝纪》颜师古注云:"名此乐为角抵,两两相当角力,角技艺射御,故名角抵,盖杂技乐也。巴俞戏、鱼龙蔓延之属也。"或谓"角抵诸戏"(桓宽《盐铁论·崇礼》),或名"角抵之妙戏"(张衡《西京赋》)。直到后汉时期始有"百戏"之称(《后汉书·安帝纪》)。百戏包括各种杂技幻术(如扛鼎、寻橦又称上竿或立竿、吞刀、吐火等)、装扮人物和动物的乐舞等。

《汉书·武帝纪》:"(元封)三年春,作角抵戏,三百里内皆来观。"场面甚为宏大。当时百戏的表演场所有三种类型:一是家室厅堂式的,二是屋宇殿庭式的,三是城市广场式的。后者主要在宫廷中表演,前两类主要在官

---

① 1915年商务印书馆出版此书时改名为《宋元戏曲史》。引文见第一章"上古至五代之戏剧"。

僚、贵戚或富人的家中进行。这种表演方式与先秦有别，也与宋元以后百戏在瓦舍勾栏、茶肆酒楼或寺庙等场所表演的方式不同。① 东汉人李尤作《平乐观赋》，也记录了当时百戏表演的盛况，有"侏儒巨人，戏谑为耦"之句。这是身高反差比较大的两个演员以对话（耦语）的方式进行的滑稽表演，用诙谐搞笑的内容吸引观众。这种表演显然属于说唱艺术。此外还有文物资料，即中华人民共和国成立后于四川出土的两尊击鼓说书俑，这是东汉时期的石雕杰作。其雕塑手法朴拙，线条粗犷，说书者的形象却活灵活现，整个形态栩栩如生，眉飞色舞的神态和手舞足蹈的动作，都表现出说书者达到了如痴如醉的表演境界，小小的石雕具有强烈的感染力。

隋代出现了说笑话的"大王"侯白，据《北史·文苑列传》记载，"好为俳谐杂说，人多爱狎之，所在处，观者如市"。可见在当时，侯白是非常走红的笑星。《太平广记》卷二四八引《启颜录》云：

> 白在散官，隶属杨素。爱其能剧谈，每上番日，即令谈戏弄，或从旦至晚，始得归。才出省门，即逢素子玄感，乃云："侯秀才，可以玄感说个好话。"白被留连不获已，乃云"有一大虫欲向野中觅肉"云云。

"说个好话"就是讲的故事非常精彩。这表明当时的"话"与"剧谈""戏弄"有所不同，正向着独立的故事演述形式发展。可惜侯白所说的笑话的底本并没有流传下来，只在《启颜录》里收录了梗概式的片语。

三、敦煌藏卷说唱作品

唐代民间说唱的情况主要记录于一百多年前面世的敦煌石室藏卷中。敦煌藏卷中保存了大量的说唱文学作品，有诗词、变文、俗赋和话本小说等文学样式，为我们研究说唱文学提供了丰富的资料。敦煌藏卷展示出的唐代说唱种类主要有俗讲、故事赋、词文、话本、变文等。

俗讲是在我国已有的民间说唱的基础上，从印度佛教正式讲经发展起来的。佛家俗讲，现今所知最早的记载为晚唐段成式《酉阳杂俎》续集卷五《寺塔记》，篇中述及长安平康坊菩提寺时说：

> 佛殿内槽东壁维摩变，舍利弗角而转膝。元和末俗讲僧文淑（溆）装之，笔迹尽矣。

---

① 廖奔：《中国早期演剧场所述略》，《文物》1990年第4期。

元和为唐宪宗年号,从806年至820年,记载俗讲始于元和末,而实际流行则要早得多。俗讲多在寺舍进行,由于寺舍常用来讲经,故又叫讲院或"和尚教坊"。现存这类底本多种,一般据《长兴四年中兴殿应圣节讲经文》的题目而谓之讲经文。讲经方式有讲说有吟唱,采用民间早已流行、人们喜闻乐见的韵散结合的形式;尽管内容主要是佛教经文,但世俗化、通俗化、故事化、趣味化的倾向十分明显,因而在当时受到民众的广泛欢迎。韩愈的《华山女》诗描绘了其盛况:

> 街头街西讲佛经,撞钟吹螺闹宫庭。
> 广张罪福资诱胁,听众狎恰排浮萍。

除了讲经文之外,俗讲还有"因缘"和"押座文"。"因缘"是一种演绎佛经或僧人传记中因缘生起故事而不诵读经文的说唱艺术的底本。其故事性远远大于讲经文,也是韵散相间、说唱并行。现存主要篇目有《悉达太子修道因缘》《丑女缘起》《欢喜国王缘》等。讲经文和"因缘"在开讲之前,都有一段安定听众、吸引他们的注意力和引发下文的开场白,这就是"押座文"。

词文是在乐府民歌如《孔雀东南飞》《木兰辞》等古代民间叙事诗的基础上发展起来的一种纯歌唱的说唱体式。"词文"意即以诗句来叙述故事。全篇都是唱故事,以白话韵文构成,为一韵到底的七言唱词。《大汉三年季布骂阵词文》是这类说唱文学的代表作,取材于《史记·季布栾布列传》,实为唐代篇幅最长的民间叙事长诗。

故事赋是一种以通俗韵文形式说唱故事的底本,以赋体的形式呈现,故又称俗赋。内容包括叙述故事和人物口辩两种,多用问答对话的方式叙事言情,韵散相间,韵语多为四言或六言的整句,故事情节跌宕起伏,人物形象生动。收入《敦煌变文集》中的《韩朋赋》《晏子赋》《燕子赋》的故事性较强。《韩朋赋》取材于《搜神记》卷十一"韩凭妻"条,是故事赋中的精品。

随着唐代城市经济的发展,市民阶层逐渐壮大,"说话"这一技艺适应了他们的娱乐和审美需要,得到空前发展。唐代说话是对前代的诵俳优小说以及民间说话的继承并有所发展。话即故事,说话即演说故事,或曰说书。说话艺人演说故事的底本就是话本。敦煌话本是今存最早的话本作品,以散文叙事,语言为夹杂着口语的浅近文言,并时用四、六骈句。《庐山远公话》是敦煌遗书中保存最完整的话本作品。话本的出现,标志着中国通俗小说的成熟,为后世白话小说、章回小说的发展开辟了道路。

变文,又可简称为"变",是说唱艺术"转变"的底本。转变,就是讲唱变文,而所谓"变",即变易文体之意,将讲经变易为图画或说唱文学,变易为图画者称"变相",变易为说唱文学者称"变文"。内容多为历史传说、民间故事和宗教故事。多数韵散交织,有说有唱,说唱时辅以图画。唐代还有专门演唱变文的娱乐场所"变场",有时也在街头闹市处进行。变文中较优秀的作品有《降魔变文》《伍子胥变文》《汉将王陵变》。变文说唱兼具、散韵结合的形式,影响到后世许多说唱样式,诸如鼓子词、诸宫调、道情、弹词、宝卷、鼓词等等,汇合为中国民间说唱的主脉。

四、勾栏瓦肆里的民间说唱

宋、金、元三朝的民间说唱在继承先秦的"成相"和唐代说唱文学传统的基础上,有了突飞猛进的发展,出现了许多新的说唱形式,进入成熟期。转踏、大曲、曲鼓、鼓子词、唱赚、诸宫调、道情、说话等民间说唱甚为流行,推动并导致了戏剧的成熟。

在这一时期的众多说唱种类中,以话本的成就为最高。话本是说话的文本形态,原是说话人敷演故事的底本,为说话人记忆所用,也是师徒间传习的媒介。可见话本不是为了书面阅读,而是为了演出,为了传艺。宋代有"说话四家"之说。南宋吴自牧《梦粱录》:"说话者谓之舌辩,虽有四家数,各有门庭。"一般指小说、讲史、谈经、合生商谜(合生,又作"合笙",是一种以诗词状物肖人的伎艺;商谜,是一种猜谜伎艺)四家,其中以小说和讲史两家影响最大,传世的作品基本上属于这两家。宋元时代的勾栏瓦肆,是小说话本作为口头演说技艺集中展现的场所。勾栏瓦肆内有戏台、戏房(后台)、神楼、腰棚(看席)。有的勾栏以"棚"为名。

当时,各类宋元话本"家门"的名目有一百余种。小说是以讲说市井故事为主的短篇说话,多以诗词开篇,称"入话",有的先讲述一个短段,名"回头";文中常穿插诗词或片段的骈文文字对人物、场景作集中的描绘;往往以诗词来结束全篇。现存宋元小说话本皆为短篇,优秀作品有《碾玉观音》《错斩崔宁》《快嘴李翠莲记》等。其中有一些小说话本在流传和创作中渐渐聚合,形成了故事系列,被后世的短篇和长篇小说所吸收。"在宋元当时,话本之属于讲史者是长的,属于小说者是短的。到了后来,因作者之才思横溢,讲奇闻杂事而篇幅直同于讲史,便有如讲史之小说长篇,如《金瓶梅》《西游记》。亦有讲求体例,拟宋人而不失旧轨,便有保存原来形式之小说短文,如冯梦龙、凌濛初、李笠翁等自作的单篇小说。"①宋元讲史话本又称平话,都是长篇。内容多为讲述历史故事,需多日多次连讲。当时最流行的有《五代史平话》《三国志平话》等,大概根据正史的民间传说演义而成。这种形式后来发展为章回小说,其嫡传则为中国长篇历史通俗演义小说。

转踏、大曲、曲破等形式都不是纯说唱的,歌舞的成分很重。鼓子词、唱赚、诸宫调等则以纯说唱的形式取胜。鼓子词以一种曲调重复延长多遍,或间以说白,完整地叙述一个故事。韵文供演唱,散文供演说。供唱的韵文,实际上是宋代最流行的文学形式——词。说唱时以鼓为节拍。现存鼓子词有北宋欧阳修咏西湖景物的《采桑子》、赵令畤咏《会真记》故事的《商调蝶恋花》。唱赚兴盛于南宋,是当时在瓦舍中流行的通俗歌曲。赚是一种民间曲调体系,其前身是北宋流行的缠令、缠达。南宋耐得翁《都城纪胜》载:"唱赚在京师日,有缠令、缠达……中兴后,张五牛大夫因听动鼓板中又有四片太平令或赚鼓板,即今拍板大筛扬处是也,遂撰为赚。"唱赚综合了多种民间歌唱形式,曲调优美,一段时间广为流行,成为一代绝唱。诸宫调②形成于北宋,是这一时代民间说唱集大成的形式。取同一宫调的若干曲牌联成短套,首尾一韵;再用不同宫调的许多短套联成数万言的长篇,间以讲说,用来说唱长篇故事。诸宫调融合了大曲、曲破、鼓子词、唱赚等各种唱曲及其技艺,突破了它们只在一个曲调、一种宫调下反复演唱的单调形式,极大地丰富了唱腔,扩大了表现力。有说有唱,以唱为主,韵文部分是其主体,散文部分的说白只起连缀唱词、情节过渡的作用。宋、金、元三朝都有诸宫调文本流传下来,金代《董解元西厢记》是诸宫调中的优秀文本。诸宫调曾对中国民间戏曲的发展和成熟起了重要的奠基作用。元杂剧是中国戏剧成熟的标志,而其形成就与诸宫调有密切关系。

五、形式繁多的明清说唱

随着城乡市井文化的进一步发展,明清时期的民间说唱形式也多有变化。一批曾流行于宋元时期的主要说唱形式鼓子词、唱赚、诸宫调等,此时已不再在民间流传了。此时韵文体的民间说唱形式有数来宝、竹板书、快板

---

① 孙楷第:《重印今古奇观序》,《沧洲后集》,中华书局1985年版,第38页。

② 诸宫调是诸种宫调的意思,指用不同宫调的若干曲联结起来,间以散白来演唱故事。古代有十二律——黄钟、大吕、太簇、夹钟、姑洗、仲吕、蕤宾、林钟、夷则、南吕、无射、应钟,而音有宫、商、角、徵、羽、变徵、变宫七音。律和音互相配合,诸多排列组合所产生的结果为"宫调",即调性与调式的协调搭配。"调"是"宫调"的代用语。

书等;散文体的说唱则由宋元说话演变而来,主要形式是评书;韵散相间体的说唱形式主要有弹词和鼓词两大派系,由属于诗赞系的陶真、词话一脉发展而来。

1. 评书

宋元讲史评话,发展到明清时成为说书场里的评书。明末清初,分南北两种风格。

南方评书仍沿用评话称谓,主要品种有苏州评话、扬州评话、福州评话等,主要讲述长篇历史故事。一般用方言演说,全部为散文体。扬州评话是南方评话中影响最大的一种,其主要标志就是出现了代表当时说书艺术最高成就的著名艺人柳敬亭。他一生说书60年,以说"西汉""隋唐"和"水浒"为主。相传北京第一代评书艺人王鸿兴,在南方献艺时曾得到柳敬亭的指点传授。民国时期,著名的评书演员首推袁杰英、王杰魁二人。评书中最讲究的是"抖包袱",而袁杰英所说的《施公案》中的"包袱"很令人称道。此时弹词也在南方流行,不过以唱为主。但评书和弹词在内容和说唱技巧上多有借鉴,堪称姊妹艺术,可合称为"评弹"。

评书主要是北方的称谓。说者一人,只说不唱。旧时的评书场子台上有桌椅,桌上摆着醒木、折扇、手帕三样道具,表演时以醒木辅助气氛。李振声《百戏竹枝词》有《评话》一首,描写了康熙时北京街头说评书的情景,其序说:"其人持小扇指画,谈古今稗史事,以方寸木击以为节,名曰'醒木'。"评书的表演与戏剧不同。艺谚云:"现身中之说法,戏所以宜观也;说法中之现身,书所以宜听也。"评书叙述故事、描绘景物、评论是非、再现各类人物神态,全凭演员一张嘴,正所谓"集生旦净丑于一身,冶万事万物于一炉"。评书是说故事的艺术,其表演规律和特征是:"讲故事,仿神情,说表评噱不消停,说至紧要关节处,拍案使人惊怔。"北京评书表演手段十分丰富,主要有演、评、噱、学以及道具、口诀等。

南方评话及北方评书,用散文写就的故事均由"表""白""评"三部分组成。"表"是以说书人的口气叙述;"白"指模拟书中人物代言;"评"即评论,主要是对书中人物、事件发表意见。

2. 弹词和鼓词

弹词和鼓词均属于诗赞系统。鼓词流行于北方各省,其形制主要是以七字韵文供演唱,间有散文供演说,特点是用鼓板伴奏。不仅注意叙述故事情节,人物性格刻画也颇为细腻。宋元讲史、话本的种种技巧,在鼓词中得到了充分发挥。初期,鼓词演唱多为长篇故事,尤其是历史故事。清中叶以后,形制由长变短,逐渐演变成各具地方特色的"大鼓"。最初,大鼓由摘唱长篇鼓词中的精彩片段而来,后来发展为相对独立的说唱形式。大鼓演进的谱系大致是这样的:

> 词话是起源于元代,曾在明代后期产生了《大唐秦王词话》的长篇说唱。其文体格式(由说白和唱词交替组成)在清代以后为江南的弹词和北方的鼓词所继承。弹词与鼓词都具有说(散文)、唱(韵文)交替的长篇叙事文体。其后,两者在清代的较为平稳的社会环境中得到发展,从鼓词中产生了各地的大鼓书。鼓词中最早出现的是没有弦乐器伴奏的、敲着犁铧或木板作演唱的"木板大鼓",河北中部的各种木板大鼓开了其他大鼓类的先河。对从明代词话到清代鼓词的过渡起了重要作用的是贾凫西(1590—1674)的《木皮鼓词》。①

大鼓有梨花、乐亭、西河、东京、梅花、奉天等品种,由木板大鼓和子弟书合流后发展形成的京韵大鼓是其代表样式。民国时期,唱京韵大鼓的鼓王刘宝全开创了以四胡配音的先例,听起来特别悦耳。京韵大鼓,演者唱话成曲,所说多是小说遗事,词调慷慨,激昂顿挫、可歌可泣,音节至抑扬处有若芭蕉夜雨,婉转动人,大有柳敬亭之遗风。唱京韵大鼓的以女子为多,只是左手不拿铜片而执檀板,音调豪放,在北京、天津最为流行,上海也有。梅花大鼓,以金万昌最著名,后来学习梅花大鼓的人也是以他为榜样的。他专唱儿女情事,声音清脆缠绵带一点靡靡之音的味道,与京韵大鼓的刚健相差很远。乐亭大鼓,民国时期以王佩臣最受人欢迎,她的演唱除了干净利落外,还带有轻快之音,使音调别具风味,所以有"醋溜大鼓"的别名。梨花大鼓,演唱者多为女艺人。唱的时候左手夹两片半月形的铜片,右手拿竹箸,击小鼓,所唱虽亦鄙俚,却颇有婉转之致。

鼓词多叙金戈铁马、国家兴亡之事。在鼓词向大鼓书转变的同时,一种名为"子弟书"的民间说唱又流行开来。因其构成的主体即作者、演员和观众皆多八旗子弟,故名子弟书。② 分东城调和西城调两个流派,为诗赞体,只唱不说,纯韵文形式,堪称民间叙事诗。题材多取明清小说、传奇或流行戏曲,也采用民间故事和社会新闻等。八角鼓亦为八旗子弟所演唱。它包

---

① 倪钟之:《中国曲艺史》,春风文艺出版社1991年版,第307—312页。《木皮鼓词》又称《历代史略鼓词》《木皮散人鼓词》等。
② 薛宝琨、鲍震培:《中国说唱艺术史论》,花山文艺出版社1990年版,第191页。

括多种说唱形式,自弹自唱的单弦由其演进而来。单弦有说有唱而以唱为主,以三弦和八角鼓伴奏,将若干曲牌连缀起来歌唱故事,内容以改编《聊斋志异》的故事为多。

鼓词流行于北方,弹词流行于南方,亦称"南词"。弹词文体散韵相间,韵文供唱,散文供说。韵文一般为七言,可加衬字。篇幅宏伟,类似北方的长篇评书,故而又叫评弹,福建称平话,广东称木鱼书。其结构分为说、噱、弹、唱四个部分,其中除"弹"指伴奏外,另三部分皆指表演。乐器多数以三弦、琵琶或月琴等弹拨乐器为主,自弹自唱,并由此而得名。"说""唱"都要求表演者进入角色,生、旦、净、丑有着不同的唱词和说白。明代曾有大量弹词唱本被书商刻印,但留传下来的仅《雷峰塔》《刘二姐》两种。入清以后,弹词在江浙吴语地区更趋繁荣,形成了一个包括苏州弹词、扬州弦词、四明南词、绍兴平湖调等地方品种在内的颇具影响的说唱传统。弹词保存下来的作品较多,仅胡士莹《弹词宝卷书目》中辑录的就有270余种,其中多数作于清中叶以前,名作有《玉蜻蜓》《珍珠塔》《三笑姻缘》等。内容多叙才子佳人缠绵缱绻情事,与鼓词粗犷豪壮的演唱风格形成鲜明对照。

3. 快板书和牌子曲

快板书流行于北方各省,在唐代已经出现,只是一直存在于下层民间艺人中间,被视为"乞丐艺术"。既无乐谱,也无曲调,唱词只求顺口,多为艺人随口而歌。伴奏器具是顺手俯拾的竹板、骨片、铁片等,演员自击器具和节子,以节子掌握节拍,以器具辅助和烘托气氛。

快板书的前身是莲花落和数来宝。莲花落又称落子、莲花乐、丐歌,起源于乞丐行乞,用竹板伴奏,在乞丐帮里也有专门人传授说唱的技艺和传统唱词。在流传过程中,莲花落的地方特色逐渐鲜明,出现了绍兴莲花落、温州莲花落、闽东莲花落、江西莲花落、湖南莲花闹、山东落子、奉天落子、唐山落子等。在莲花落传唱的同时,乞丐群落又兴起了一种名叫数来宝的说唱。数来宝又名顺口溜、流口辙、练子嘴。一人或两人说唱,用竹板或系以铜铃的牛髀骨打拍;基本句式为三三七字句;内容都是见景生情,即兴编词,以浅俗上口为主,意在使被求乞者高兴而有所馈赠。数来宝在北方逐渐演变为快书和快板书。句式基本以七言为主,间以说白,有单口、对口、众口多种。在山东有山东快书,亦称竹板快书。曲目有单段、长书、书帽三类。早期专说武松故事。

牌子曲是从民歌发展而来的一种说唱形式,又名"杂牌子"。凡将各种曲牌连串演唱,用以叙事、抒情、说理的曲种都属这一类。富有地方特色的品种包括单弦、大调曲、四川清音、湖南丝弦、广西文场等。类似诸宫调，但又没有诸宫调那么严格的用曲规定。题材内容广泛，历史故事、现实生活均可入曲。表演以唱为主，极少说白，一般为一人演唱，也有多至五六人的。伴奏乐器不一，流行于北方的牌子曲多以三弦为主，南方的牌子曲则以扬琴、琵琶、二胡等为主。

4. 道情和宝卷

明清时期，韵文和散文并用的民间说唱还有道情及宝卷。道情，原系宗教艺术，胚胎于唐代的道观经韵。最初是以演唱道教故事或有关题材为主，是道家用以宣传其宗教思想的艺术工具。据《唐书·礼乐志》载，调露二年（680），高宗命乐工制"道调"，祝老子，这可能是在音乐创作上表现道家思想的开端。从唱腔上看，它来源于明清道士传教化募所唱称为"道情"的歌曲，故演化为曲种之名；从使用乐器上看，表演者使用的是一种竹制长筒的一面框有皮膜的打击乐器，俗称"道筒"，又称"渔鼓"，故而又有"渔鼓"之称。①

入清之后，道情流行的地区不断扩大，并逐渐和各地的民歌、小调相结合，形成了数十个以流行地区定名的道情种类，如陕北道情、江西道情、义乌道情、温州道情、湖北渔鼓、河北渔鼓、山东渔鼓、四川竹琴等。其中分布在北方地区的基本上是乐曲体，诗赞体的则流行于南方。共同特点是以唱为主，以说为辅，也有只唱不说的。山东渔鼓无文场器乐伴奏，左右手均为打击乐器，唱腔是一种板腔体说唱音乐。声腔采用民族民间发声法，通俗淳朴，颇具地方特色。如开篇唱"渔鼓响，咪吭吭，男女老少着了忙，大嫂忘了带孩子，姑娘踢翻针线筐，老婆摔碎盆和碗，老汉没把牲口拴槽上，饿得老牛啃槽帮"，淋漓尽致地道出农民对渔鼓的喜爱之情。渔鼓演唱内容也有一个发展的过程，由吟咏离情别绪或叙述道教故事扩大为说唱历史故事和民间传说。

宝卷是由唐代寺院中的"俗讲"演变而成的说唱形式宣卷的底本。今存宝卷500余种，大多是清末以后的作品。"宝卷的宣讲活动和宝卷的辗转传抄活动，一直持续到20世纪80年代，还在我国一些地区（如江浙和甘肃）盛行。学界一般把宝卷看作是俗文学或民间文学。"②

宝卷一词及其演唱形式在宋代已经出现，相传最早的作品是宋僧普明

---

① 伍国栋：《中国民间音乐》，浙江教育出版社1995年版，第124页。
② 边缘人：《宝卷研究的重要成果——读〈中国宝卷总目〉〈中国宝卷研究论集〉》，《民俗研究》2001年第2期。

禅师在杭州所作的《香山宝卷》。在明代,宣卷又称"念卷""说经""说因果""说佛法""唱佛曲";宝卷则又称"经""宝经""宝忏""科仪"等。宝卷的结构体式与唐代变文相同,内容以讲佛教故事为主,并与道教、世情相结合,宣讲因果报应,以劝人为善。以七字句、十字句的韵文为主,间以散文。寺院和做佛事的地方是宝卷的说唱地。演唱者多为佛门弟子,并伴随烧香拜佛等宗教礼仪。佛教宝卷和民间宗教宝卷被讲唱者奉为"经典",《大乘金刚宝卷》《五部六册》中,经常自称本文为"真经""经",明王源静补注《巍巍不动太山深根结果宝卷》卷一云:"宝卷者,宝者法宝,卷乃经卷。"① 说明宝卷具有浓烈的宗教信仰的意味。

  清末同治、光绪年间,宣卷由布道劝善的宗教宣传发展成为以叙述人间世态炎凉为主的民间曲艺,宝卷的内容便趋于世俗化。"中国说唱艺人最关心的是听众的兴趣,而中国老百姓从来也没有真正接受佛教的教条。要取悦听众当然必须保存、甚至添加神奇的细节,最重要的手法是利用一些插曲来描写中国的现实生活。"②如《孟姜仙女》《梁山伯》《白蛇》《赵氏贤孝》等,多是把民间口头流传的故事或戏曲、小说故事,编成宝卷说唱。演唱的职能也发生了变化,不再履行宗教宣传的政治义务,而作为劝善和娱乐的活动,独立为一门民间曲艺艺术——"宣卷",并且有了职业艺人——"宣卷人"。

  中国民间说唱表演模式多样、品种丰富,具有鲜明的时代性和地域性特征。梳理其演进的脉络,可以总结出两条规律:一是每一时代都有新的品种出现,新的品种往往由过去某一说唱形式转化而成。这种表演模式的转变和发展是在互相影响之下完成的。二是同一品种在不同的地域展现为相异的表演风格,于是便衍生出许多亚品种,呈现出多元、多彩的形态。

  在我国所有民间文学门类中,应该说,民间说唱的文化遗留和展演是最丰富的。然而,民间文学界的学者们却很少涉足这一领域,这也是很值得反思和玩味的一种学术现象。

第二节　民间小戏

  和地方大戏相比,小戏是民众"闲中扮演"的一种艺术形式,演员以职

---

  ① 《巍巍不动太山深根结果宝卷》,见王见川、林万传主编《民间宗教经卷文献》第1册,台北新文丰出版公司1999年版,第773页。
  ② 〔美〕丁乃通:《中西叙事文学比较研究》,陈建宪、黄永林、李扬、余惠先译,华中师范大学出版社1994年版,第43页。

业或半职业的民间艺人为主,角色主要有"二小"(小旦、小丑)或"三小"(小生、小旦、小丑)。演出时间多集中于农闲时节,没有正规的演出场所,一般是临时搭建简陋的草台。

一、古代宗教仪式孕育民间小戏

据史料记载,中国古代宗教仪式的最初形态有三种:蜡、雩和傩。蜡祭,俗称八蜡,每年岁末举行大祭;雩,是古人于天旱之年举行的祈雨祭祀。这两种祭祀活动后来均未演变为民间小戏,唯有傩成为民间小戏的始源。

傩是驱逐疫鬼的祭祀活动。据宋人高承《事物纪原》载,此种活动"原始于黄帝",当比蜡祭还要早。而周代沿其旧制,依时令分别举行春傩、秋傩、冬傩。《周礼·夏官》记录了当时"国傩""大傩"的盛况。宫廷里指挥祭典的官员叫"方相氏"(大巫师)。"方相氏掌蒙熊皮,黄金四目,玄衣朱裳,执戈扬盾,帅百隶而时难(傩),以索室殴疫。大丧,先柩,及墓,入圹,以戈击四隅,殴方良(魍魉)。"春季为国傩,秋季为天子傩,冬季为大傩。为何夏季无傩呢?蔡邕《独断》云:"冬至阳气始动,夏季阴气始起。……冬至阳气起,君道长,故贺。夏至阴气起,君道衰,故不贺。"这是古人借阴阳哲理于巫术之中,以阳抑阴的庆胜之举。此为汉以前(尤其是周代)的情况。汉以后,这种一年数次的傩祭逐渐改为一年一次,在每年除夕之夜进行,而且规模比过去更大。段安节《乐府杂录》中有关于官方驱傩情况的记载:"事前十日,太常卿并诸官于本寺先阅傩,并遍阅乐。其日大宴,三五署官其朝寮家皆上棚观之,百姓亦入看,颇谓壮观也。"显然,这时的驱傩仪式不仅规模盛大热烈,而且已有较高的艺术水平,平民百姓也可以进入宫廷观看了。

先秦傩的情形,文献记载十分简略,《后汉书·礼仪志》所记载的汉代傩祭、傩舞,比较完整地保留着早期傩的状貌。汉代宫廷傩仪仍由方相主持,同样的装扮:蒙熊皮,戴黄金四目面具,玄衣朱裳,挥戈扬盾。不同的是傩仪队伍中除"十二神兽"外,增加了"百二十人的侲子"(全由儿童装扮),他们到宫中各处表演,呼号跳跃,冲刺厮杀,共唱着充满巫术味的祭歌,以此来驱除瘟疫。

同时,北方民间也将傩纳入了自己的信仰活动中,并与民间节日祭扫风俗结合在一起,形成乡人傩。《论语·乡党》记述了孔子某次观看乡傩的情景:"乡人傩朝服而立于阼阶。"注曰:"傩,驱逐疫鬼。恐惊先祖,故朝服而立于庙之阼阶。"孔子恭恭敬敬地穿上朝服,站在台阶上恭迎傩队,表示了对民间傩的重视。民间举行乡傩时,官员一般都要参加。

江西省傩乡南丰县,至今存有《新建傩神殿碑序》,序中说南丰的跳傩"既载周礼,复志鲁范,延今历三千余年,传递勿替"①,寥寥数语,既指明了南丰傩渊源于中原文化,又划出了它的发展轨迹。

傩乡南丰县曾发现一份有关赣傩的珍贵材料《金沙余氏傩神辨记》,称"……汉代吴芮将军,封军山三者……对丰人语曰:'此地不数十年,必有刀兵。盖由军山耸峙,煞气所钟,凡尔乡民,一带介在山辄,必须祖周公之制,传傩以靖妖氛。'"吴芮,是秦汉时期名声很高的政治人物,也是江西历史上第一个"人杰"。据乐史《太平寰宇记》称,战国时吴申自鄱阳徙居余平县西80里的五彩山,生子芮。②芮在秦朝为番令,甚得民心,江湖间号曰"番君"。吴芮"传傩",正是秦政府推行傩祭的遗风。

宋代孟元老《东京梦华录》和吴自牧的《梦粱录》都记录了北宋皇室在除夕之夜举行的有上千人参加的盛大仪祭,从中可以看到傩仪的盛况:"禁中呈大傩仪,并用皇城亲事官、诸班直戴假面,绣画色衣,执金枪龙旗。……教坊南河炭丑恶魁肥,装判官,又装钟馗小妹、土地、灶神之类……"皇族诸班,人员纷杂,有戴假面、执金枪的门神,有身披铜甲、手持大刀的"将军",还有判官、钟馗、小妹、土地、灶神、六丁甲等。那锣鼓喧天、山呼海动的场面实为壮观。但是这时期的傩仪舞队中,已没有方相氏、"十二神兽"及"侲子"之类的角色,代之而出现的是由教坊伶人们装扮的世俗神祇;从教坊伶人装扮的人物搭配来看,这时期的表演具有一定的故事情节,如有关钟馗的故事、判官的故事等。这一变化增添了傩娱神娱人的成分,为其向歌舞戏迈进打开了大门。

自宋以后,傩从傩祭、傩舞进而又演变为傩戏,既有驱邪纳吉的祭扫功能,又具有歌舞戏剧的娱乐功能。这种由"巫术"转向"艺术"、"神格"下移为"人格"的发展历程,为傩的延续、光大铺开了一条世俗化的广阔道路。江西南丰县傩舞中只有十二神像,其中驱鬼逐疫的凶神大为减少,取而代之的是本乡本土具有浓郁的乡土气息的民间及神话传说中的人物,如傩公、傩婆、大伯郎、小伯郎等。傩公、傩婆是专为民众做好事的年老夫妻,大伯郎和小伯郎是应征鏖战、保卫家乡的一对孪生兄弟。南丰县的乡民们用傩公傩婆、大小伯郎等世俗神来替代二十四神祇中的杨戬和哪吒,显得更为亲近可

---

① 《赣傩辨记》,孙建昌、吴尔泰编《民俗民艺论集》,中华文化出版社1992年版,第115页。
② [宋]乐史:《太平寰宇记》第5册卷一〇七"余干县"条,王文楚等点校,中华书局2007年版,第2141页。

敬。在面具方面,一改方相氏、雷公等神狰狞恐怖的面貌而为慈眉大眼、宽脸大耳、端庄健美的形象,给人的感受是这些被人们敬仰的神灵是生活在人们身边的老人和青年,而不是那种高高在上、缥缈空灵、不食人间烟火、令人可敬又可畏的虚幻之神。世俗化与娱人性的羼入,为赣傩在新的历史时期的发展注入了鲜活的基因。

宋以后,赣傩舞戏中原本的方相氏为钟馗形象所取代,这是由于当时全国各地多信仰钟馗。北宋时,钟馗的传说故事被写进了沈括《梦溪笔谈·补笔谈》卷三和高承《事物纪原》卷八中。到南宋时,钟馗逐鬼的时间已从除夕扩大到整个十二月。据吴自牧《梦粱录》卷六"十二月"中记载,从十二月开始,街道市面上有衣衫褴褛的乞丐,三五成群结队,化装成鬼判官钟馗等形象,沿街敲锣打鼓,跳跃喊叫,进行驱邪逐鬼活动。此时钟馗逐鬼的手法已从捉鬼发展到啖鬼,即抓到即杀(吃),手段更为严酷,不留任何情面了。钟馗专司捉鬼、啖鬼,与傩之驱鬼辟邪目的一致,加入傩舞戏之中,乃理所必然。

由宗教仪式嬗变为小戏,这是民间小戏产生的较为普遍的途径,全国许多小戏是从宗教仪式庄严神秘的气氛中走出来的。当然,对民间小戏形成的原因需要作具体分析,中国民间小戏种类众多,不同地区的民间小戏往往有其独特的艺术前身。如河南高台曲(曲剧的前身),是说唱河南曲子与民间舞蹈踩高跷相结合而发展来的;甘肃的陇剧是在道情说唱和皮影戏结合的基础上形成的。由多种因子相结合而产生小戏的例子,最有代表性的是湘西花灯。花灯在演进为歌舞结合的"跳灯"以后,艺人们为了生计,大都学傩愿戏和阳戏,结果,花灯不但吸收了傩愿戏和阳戏的曲调和表演身段、步法等表现手段,而且在演出剧目和演出规模上也受其较深的影响。[①]

二、汉族民间歌舞戏

清代戏曲有"花""雅"之分。对此,清代李斗《扬州画舫录》卷五说得很清楚:"两淮盐务例蓄花雅两部以备大戏。雅部即昆山腔。花部为京腔、秦腔、弋阳腔、梆子腔、罗罗腔、二簧调。统称之乱弹。"除昆曲外,所有的声腔剧种都属于花部,各民族戏剧剧种也在其内。花部包括兴起于山西和陕西的梆子、兴起于湖北的皮黄、兴起于鲁豫的弦索等声腔系统。汉族民间小戏为歌舞戏,主要指在民间歌舞和说唱艺术基础上,融合皮黄、高腔、梆子等地

---

① 朱恒夫:《民间小戏产生的途径与形态特征》,《文艺研究》1991年第1期。

方戏曲剧种而产生的地方戏曲。以下是几种影响比较大的民间歌舞戏系统。

1. 花灯戏系统

主要流行于云南各地和贵州、四川、湖南、广西部分地区,四川等地称"灯戏"。花灯戏保持了民间载歌载舞的特点,没有形成舞台艺术。四川灯戏流行于川东、川北,在贺丰歌舞"跳灯"(车灯、花灯)基础上发展而成;以唱为主,说白很少,主要角色是旦和丑;唱腔主要为梁山调,质朴明快,富有民歌风味。① 此种曲调曾广泛影响到许多省份的各种花灯、采茶、秧歌剧种。

云南传统花灯戏源自社火花灯,遍及全省,种类繁多。共有元谋花灯,姚安、大姚、楚雄、绿丰花灯,昆明、呈贡花灯,玉溪花灯,建水、蒙自花灯,弥渡花灯,嵩明、曲靖、罗平花灯,文山、邱北花灯,边疆地区花灯等九个支派。云南传统花灯戏中,有一种是街头舞蹈,也就是宋朝以来出现的村社"队舞"。流行于云南大部分地区,有的地方各村镇都有。逢年过节,特别是元宵节都有"花灯队"的表演,有时在迎神祭祀的"会火"中也表演这些歌舞。

贵州的花灯戏来自独山、遵义、毕节、铜仁等地民间花灯歌舞,黔北、黔西称之为"灯夹戏",独山一带称之为"台灯",思南、印江等地称之为"高台戏"。贵州的花灯戏有独特的演出形式。通常都是以"唐二""幺妹"和"灯头"为主所组成的一个灯班,包括由十余人组成的乐队,乐队中参加演唱的是群众演员和歌唱中的伴唱——帮腔。灯班流动演出,没有固定演出场所,来到主人家门前,第一个程序是向主人说一些恭贺的话,这叫作"说吉利"。主人在开门之前还要和灯班"盘灯",为第二个程序。灯班进入院子里,唐二就要开始"说唐二",这是第三个程序,主要是唐二说些滑稽可笑的话。然后才开始歌舞表演——"唱灯"。

2. 花鼓戏系统

主要流行于湖北、湖南和安徽等省,各地花鼓戏均由民间歌舞发展而来。有长沙花鼓、邵阳花鼓、零陵花鼓、岳阳花鼓、常德花鼓、荆州花鼓、黄孝花鼓(楚剧前身)、随县花鼓、凤阳花鼓、皖南花鼓、商洛花鼓等。

湖南花鼓戏是在民间歌舞,诸如地花鼓、花灯、车马灯、茶灯等基础上发展起来的民间小戏,其唱腔音乐源于山歌、民歌及劳动歌曲。长沙花鼓戏为影响较大的一支,由地花鼓发展而来;邵阳花鼓戏源自民间歌舞"对子花鼓"和"竹马灯";衡阳花鼓戏出自民间"车马灯"演唱,分为衡阳、衡山两支,

---

① 张紫晨:《中国民间小戏》,浙江教育出版社1989年版,第70页。

前者俗称为"马灯",后者俗称为"花鼓灯";岳阳花鼓戏唱锣腔和琴腔,流行于湘北农村;长德花鼓戏在沅水、澧水流域盛行;道县花鼓戏(调班子)出自民间社火狮子戏;祁阳花鼓戏的演出,有时需要戴木面具。湖南花鼓戏唱腔属于曲牌体①的基本结构,以"板式变化"为辅;大多以大筒为主奏乐器,以唢呐为辅助乐器。依据其演唱、演奏形式、声腔及表演特点,可分为川调类、打鼓腔类、牌子类(包括走场牌子和锣鼓牌子)、民歌、丝弦小调类等。

皖南花鼓戏,源自百年前湖北东路花鼓、河南灯曲和当地民间歌舞的融合,流行于安徽省南部广德、宁国、宣城、郎溪等县。凤阳当地的地花鼓、花灯演变为著名的凤阳花鼓。淮北花鼓戏,源于徐州一带的花鼓。

3. 采茶戏系统

采茶戏与秧歌戏是中国南北两大民间小戏,采茶戏至今仍在江西、湖北、湖南、安徽、福建、广东、广西等省区流行。尤以江西的采茶戏最为典型,支派也最多,有抚州采茶戏、南昌采茶戏、赣南采茶戏、萍乡采茶戏、吉安采茶戏等。

江西采茶戏有200年左右的历史,赣南安远的九龙茶乡是采茶调最早的发祥地之一。"早在明代,九龙山的茶农为了接待粤商茶客,常用采茶灯的形式即兴演出以采茶为内容的节目,以后又增加开茶山、炒茶、卖茶、盘茶等内容,成为采茶戏的雏形。后来,不断增加表演其他劳动生活内容如插秧、挖笋、捡田螺、补皮鞋、补锅、卖花线、磨豆腐等用采茶调演唱的节目,形成一旦一丑或二旦一丑或一生、一旦、一丑的演出体制,俗称二小戏或三小戏,演唱形式也逐渐发展,以一唱众和为基础,加以轮唱、对唱等形式,采茶戏就算基本定形了。"②学者们一致认为赣南采茶戏的最原始剧目就是《摘茶》,也即《茶篮灯》。几乎所有的老艺人乃至他们的前辈都是从学《摘茶》开始的,他们认为只有《摘茶》才是赣南采茶戏的"祖宗戏"。在乾隆年间,采茶戏得到丰富与发展,有了正本戏《九龙山摘茶》。正本戏是每次演出必不可少的唯一的大戏。③ 其音乐唱腔属于曲牌体,以茶腔和灯腔为主,兼有路腔和杂腔调,俗称"三腔一调"。④ 伴奏均为民间乐器,主要有勾筒(二胡

---

① 又称"联曲体""曲牌联套体"。这是一种选用若干相对独立成曲的唱腔曲牌,按一定章法组合连缀成套的民间戏曲音乐结构体式。
② 周文英等编著:《江西文化》,辽宁教育出版社1993年版,第105页。
③ 赣州地区文化局、赣州地区戏曲志编辑部合编:《赣州地区戏曲志》(内部资料),1991年,第149页。
④ 张紫晨:《中国民间小戏》,浙江教育出版社1989年版,第78页。

类)、唢呐、锣、鼓、钹和笛子等。其表演艺术特点主要表现在小丑、小旦两个行当,曾有"三角成班,两小当家"之说。

江西采茶戏实际上有两种形式:一种叫"花灯戏"。旧时年节期间,民间多表演花灯,载歌载舞,以民间小调的形式演唱。当地的民歌小调与茶灯表演艺术相融合,逐渐形成了具有固定角色和剧情的采茶戏。一种源自"采茶歌"。采茶时节,茶女采茶时,常唱采茶歌。这种采茶歌是在当地马灯、龙灯、摆字灯等彩灯艺术的影响下形成的,配上茶框、纸扇等道具,有了舞蹈动作,歌和舞有机结合,吸收当地其他地方剧种特色,综合为有唱、念、做、舞等表演形式的采茶戏。

4. 秧歌戏系统

"秧歌",顾名思义,乃插秧之歌,如在田间劳动唱的《薅秧歌》《插秧歌》等。据清人李调元《粤东笔记》所载:"农者,每春时,妇子以数十计,往田插秧,一老挝大鼓,鼓声一通,群歌竞作,弥日不绝,是曰秧歌。"清人吴锡麟《新年杂咏抄》云:"秧歌,南宋灯宵之《村田乐》也。所扮有耍和尚、耍公子、打花鼓、拉花姊、田公渔妇、装态货郎,杂沓灯街,以博观者之笑。"宋代的秧歌表演已很盛行。

未搬上舞台的秧歌谓"地秧歌",有的称"土滩秧歌""过街秧歌",或叫"闹社火""闹红火"等。这是活动在街头、公共场所的民间歌舞,主要用打击乐或唢呐、笙、管伴奏。

山西、陕西、河北、山东及东北三省等地区都有秧歌戏流行,其中以山西最为普遍,种类繁多,主要有壶关秧歌(西火秧歌)、襄武秧歌(襄垣秧歌、武乡秧歌)、祁太秧歌、繁峙秧歌、朔县大秧歌等。早期的秧歌表演是由民歌小曲和社火结合形成的,正月间和其他的社火形式融合在一起表演,是祭三官祖爷重要仪式的组成部分,俗称"胡闹三官",民间以此企求来年的风调雨顺。后来,秧歌表演的娱神成分就淡化了。

从表演角色来看,秧歌戏的主要角色有三类:丑(丑、老丑)、旦(小旦、正旦、老旦)、生(小生、须生、武生、老生)。一个剧目的主要角色一般只有两三个,戏中角色的搭配以生、旦、丑或者小丑、小旦、小生为常见。丑角是小戏中比较重要的角色,他表现的是民众认为的人性中丑的一面,比如爱占小便宜、刻薄、贪图享乐、好吃懒做等等。丑角的表演是最灵活自由的,艺人即兴创作的能力可以充分地发挥出来,很多民间艺人都是在扮丑时表现出表演才能而出名的。秧歌剧目中有很大一部分是反映爱情的,塑造了大量不为爱情眷顾的"反面"形象。小旦也是小戏中出现次数和戏比较多的角色。

5. 道情戏系统

道情艺术在中国说唱艺术和戏曲艺术中均占有重要地位。据南北20个省区的统计,各种俗曲道情(南方叫"渔鼓",四川称"竹琴")至少达90多种。其中歌曲道情4种,皮影道情3种,说唱道情70种,戏曲道情13种。它们分布在晋、冀、鲁、豫、陕、皖、鄂、湘、苏、浙、赣、闽、滇、黔、桂、川、甘、青、宁、内蒙古等省区广袤的大地上。山西是道情艺术最为盛行的地区。按剧种,有晋北道情(又分神池道情、右玉道情、繁代道情),唱腔吸收了北路梆子的成分,历史至少可以追溯到明末;晋西道情(亦称临县道情),产生于清代,音乐比较古老,不少唱腔为五声音阶,唱腔结构基本属于联曲体;洪洞道情,形成于清末,流行于晋南地区。按曲种,有晋北说唱道情、晋南说唱道情、阳城说唱道情、长子说唱道情以及太原说唱道情等十几种。

其实,汉族民间小戏远不止这些系统。一般来讲,乡村民间演戏都有一定的目的性。如为了制止水旱虫疫而祈祷,或为了祛除家人的疾病灾难而演,称为"愿戏";若为了贺丰年、生子祝寿而演则称为"欢乐戏";祈祷雨泽有东窗戏;驱逐疠疾有目连戏;春日有春台戏;庙观新成集资有彩台戏;城隍、紫云宫诞祭日有神会戏;等等。戏剧的种类也很多,"戏分京腔、梆柳,通称大戏。艺员参神者,谓之'江湖班',率属外籍。其公余农暇,群相邀约,不参神,不索价者,谓之'子弟戏'。若帷簿张幕,傀儡出场,金革丝竹毕具,谓之'大头子戏'。一人设幕,仅有锣鼓,谓之'扁担戏'(此类多河间人)。数人假座,自为弹唱,仅具腔调,谓之'板凳戏'。……外此有留声机,则谓之'唱洋戏'"①。就"应节戏"而言,正月初一唱《甘露寺》,正月十五唱《闹花灯》,二月初二唱《回龙阁》,三月三唱《活捉三郎》,五月端阳唱《白蛇传》,七月七唱《牛郎织女》,中元节唱《目连救母》,八月十五唱《嫦娥》,等等。②

三、少数民族戏剧剧种

中国民间小戏的整体格局是由汉族和少数民族共同建构起来的。55个少数民族中,已有15个民族创造了自己的戏曲剧种,它们是:藏族、维吾尔族、蒙古族、壮族、白族、苗族、侗族、傣族、布依族、满族、朝鲜族、毛南族、彝族、佤族、仫佬族。这些民族的戏曲剧种大致有三种生成的基因:一是由民间歌舞发展而成,如傣剧、苗剧等。二是由民间说唱发展而成,如新城戏、赞哈

---

① 山东《莱阳县志》卷三,1935年刻本,第26页。
② 李惠芳主编:《湖北民俗》,甘肃人民出版社2003年版,第368页。

剧等。三是以民族歌舞、说唱为基础,但在发展过程中受到宗教的较大影响,如藏戏、壮师剧等。这种情况与汉族戏曲剧种的形成模式基本一致,如秧歌戏肇始于民间歌舞,道情戏源自民间说唱,而端公戏则受宗教影响较大。①

在中国少数民族戏剧中,藏戏的历史最为悠久,始于公元8世纪赤松德赞时期。14世纪时,噶举派僧人唐东杰布为化募筹建雅鲁藏布江铁索桥资金,邀请西藏琼结县一户百纳家的七姊妹,组成歌舞剧演出团体到西藏城乡演出,在跳神仪式中,向当地民众表演一些宗教故事和民间传说,进行募捐宣传。这种歌舞性的戏剧形式,被认为是藏戏的真正开端。到了17世纪,藏戏从寺院宗教仪式中分离出来,发展成以唱为主,唱、诵、舞、表、白、杂艺相结合的综合性戏剧。雪顿节成为藏戏展演的主要时间,形成规模宏大的藏戏节,在我国西藏、青海玉树、甘肃、四川甘孜等地及印度、不丹、锡金等藏族聚居地区广泛流行。

壮剧过去都叫土戏,中华人民共和国成立后才有壮剧之称谓。主要分布于壮族聚居的广西和云南,自然可分为广西壮剧和云南壮剧二支。广西壮剧的演出始于清同治、光绪年间,又有以隆林、田林、凌云、百色、那坡为中心的北路和以德保、靖西、大新、天等、田东一带为中心的南路之分。前者是在当地民歌、唱诗和坐唱"板凳戏"的基础上形成的,用壮语北部方言演唱,唱腔以"正调""嘿呀调"为主,伴奏乐器主要有马骨胡、葫芦胡、月琴。后者是在当地民间歌舞基础上受提线木偶戏和邕剧影响而形成的,主要运用壮语南部方言演唱,唱腔以"平板"为主,基本与流行在本地的提线木偶戏相同,伴奏乐器以清胡、土胡、小三弦为主。云南壮剧流行于云南文山壮族苗族自治州的富宁一带,有"哎依呀""哎的呶""乖嗨咧""依嗬嗨""广南沙戏腔调""文山乐西土戏腔调"六大唱腔,也可以说是六个不同的云南壮剧流派。"哎依呀"是云南壮剧最古老的唱腔,已有300余年的历史。伴奏乐器有马骨胡、葫芦胡、土二胡、月琴、三弦、笛子、唢呐等管弦乐,还有三脚鼓、板、大锣等打击乐。②

白剧是流行于云南大理地区的少数民族剧种,由吹吹腔剧和大本曲剧结合而成。但吹吹腔剧和大本曲剧仍在独立发展。吹吹腔源于弋阳腔,清乾隆年间广为流行,光绪年间出现鼎盛局面。在迎神赛会和婚丧嫁娶仪式

---

① 李悦:《中国少数民族戏曲十七年》,见方鹤春主编《中国少数民族戏曲研究论文集》,辽宁民族出版社1997年版,第21页。

② 依怀伦:《云南壮剧流派及其他》,《民族文化》1984年第5期。

上都要演唱吹吹腔。白族没有自己的文字，白剧剧本用汉字书写。唱词兼用白语和汉语，多采用"山花体"格式，即每一节唱词为四句，前三句都是七字，后一句为五字。这种"山花体"是白族文学中的传统表现模式，为山歌、小调、大本曲和文人所常用。白剧的音乐由吹吹腔和大本曲两类风格迥异、结构独特的唱腔和伴奏谱组成。吹吹腔曲调风格独特，节拍自由，通常不分板眼，无伴奏（乐队只以唢呐奏过门），大致可分为"高腔""平腔"和"一字腔"三类。大本曲原为以代言为主的说唱艺术，传统腔调比较丰富，民间有"三腔九板十八调"之说，又分为"南腔""海东腔""北腔"三个流派，具有叙事、抒情等多种表现功能。

侗戏流行于贵州、广西、湖南侗族居住地区，源于侗族民间说唱艺术"嘎锦"（侗语，即叙事歌）和"摆古"（即说唱故事），同时也受到汉族戏曲的巨大影响，在清嘉庆、道光年间逐渐采用舞台演唱形式发展而成。基本的表演模式是走横8字步，即演员在台上每唱完一句，按照过门音乐节奏走一个横8字线路，这是传统侗戏最基本的舞台调度动作。一个横8字线路图足以使整个舞台都纳入表演活动范围，其构图原则是有效地占据观众的最佳视觉空间。① 侗戏的主要伴奏乐器有二胡、果吉（俗称牛腿琴）、三弦琵琶，打击乐有大铜锣、钹、边鼓、铃等。

傣剧流行于云南德宏傣族景颇族自治州的盈江、潞西、瑞丽一带，于清代咸丰、同治年间由傣族的民间歌舞发展而成，用象脚鼓、葫芦笙、木叶等傣族民族器乐演奏。傣语有6个声调，19个声母，84个韵母，与汉语区别很大。早期为徒歌清唱，无丝竹伴奏，只用打击乐衔接的方式进行。当时的唱腔音乐，用"巫婆调"为主吸收当地山歌糅合起来的曲调演唱，成为最早的戏调。这种曲调经过发展，成为傣剧分腔后的"男腔"，专门用于男角的演唱；"男腔"与"巫婆调"和"喊火令"基础上形成的"女腔"，构成傣剧的两种主要的基本腔调。②

布依戏（布依语称"谷艺"），也叫土戏，流行于贵州省黔西南兴义、册亨、安龙等地，清同治、光绪年间形成，20世纪50年代末始称布依戏。所谓布依戏，是布依板凳戏、布依彩调及布依剧的统称。布依族每逢嫁娶喜事和新居落成时，由生、旦角在小范围内坐唱表演，称板凳戏；木偶戏传入布依族

---

① 周恒山：《试论侗戏的个性特征及其发展趋势》，《贵州民族研究》1990年第4期。
② 施之华：《傣剧探源》，见方鹤春主编《中国少数民族戏曲研究论文集》，辽宁民族出版社1997年版，第275页。

地区并按布依族的审美观点和欣赏情趣加以改造发展,即形成了布依彩调;而布依剧则是布依族的舞台综合艺术。布依戏的音乐,主要有布依族"八音"(即八人用八种乐器——牛骨胡[牛角胡]、葫芦琴[葫芦胡]、笛子、箫筒、月琴、包包锣、小镲、鼓伴奏,围圈轮递说唱的表演形式)曲牌、布依族民歌以及在贵州花灯、广西彩调基础上变异而成的少量曲调。

四、汉族民间道具戏

道具戏是用人工制作的装饰物来饰演人物的戏曲表演形式,主要种类有傀儡戏、皮影戏、目连戏和傩戏等。它们在中国民间小戏的大家庭里,属于特殊的组成部分,"和戏曲产生发展的主体航道既有着极其密切甚至部分同一的关系,又各各带有自身的鲜明特色而划出特定的轨迹"①。

民间道具戏最大的表演特征就是充满了诙谐,道具之作用亦即掩饰、夸张、变形、扭曲,在装饰物即假面的背后,是对正统的约束和规范的摆脱,是讽刺和嘲弄的尽情释放。让人物变成木偶、皮影和变形的面具,本身就滑稽可笑。巴赫金说:"在假面的背后永远是生活的不可穷尽性和多姿多彩","像讽刺性模拟、漫画讽刺、鬼脸、装腔作势、扭捏作态等诸如此类的现象,就其本质而言,都是假面的衍生物"。②

1. 傀儡戏

傀儡戏乃由演员操纵木偶以表演故事的民间戏剧,亦即木偶戏。

傀儡戏起源于春秋,《礼记·檀弓下》:"孔子谓为刍灵者善,谓为俑者不仁。"东汉郑玄注曰:"俑,偶人也。有面目机发,有似于生人。"俑人表演与丧葬祭祀有关,大概属于怪力乱神之类,孔子并不喜欢。在春秋战国墓葬里,有很多木俑作为随葬品,其身份一般是仆吏、侍女、武士一类人,汉代墓里则开始出现大批歌舞俑,如长沙马王堆一、三号汉墓就是例证。汉以前的俑人,多为简单的刻木为形。考古发掘首例活动木偶见于西汉。1979年山东莱西西汉墓出土了一具悬丝木偶,全身各部关节皆可活动,能坐、立、跪,腹部和腿部都有穿线用的小孔。③ 这具木偶已经可以由人操纵而进行表演,与现今一些地方的木偶戏表演一脉相传。

---

① 廖奔:《中国戏曲史》,上海人民出版社2004年版,第333页。
② 转引自夏忠宪《巴赫金狂欢化诗学研究》,北京师范大学出版社2000年版,第122—123页。
③ 《山东莱西县岱墅西汉木椁墓》,《文物》1980年第12期。

至六朝,傀儡戏尽管已开始有简单的故事情节,但主要以歌舞为主。历经唐代到宋,表演内容已是比较完整的故事,成为市井瓦肆中风行的伎艺之一。市中演出的木偶戏,应该是专门给市民观众看的商业性戏剧。唐代封演《封氏闻见记》卷六载:"大历中,太原节度使辛景云葬日,诸道节度使使人修祭。范阳祭盘最为高大,刻木为尉迟鄂公突厥斗将之象。机关动作,不异于生。祭讫,灵车欲过,使者谓曰:'对数未尽。'又停车,设项羽与汉高祖会鸿门之象,良久乃毕。缞绖者皆手擘布幕,收哭观戏。事毕,孝子陈语于使人:'祭盘大好,赏马两匹。'"这是在丧葬仪式过程中表演的傀儡戏,有人物,有情节,有动作表演,大概还没有台词说唱。唐代韦绚《刘宾客嘉话录》记载了一种"盘铃傀儡"即以钹伴奏的木偶戏。宋代木偶戏的品种,见于记载的有五种之多,如《武林旧事》卷六"诸色伎艺人"条云:"傀儡:悬丝、杖头、药发、肉傀儡、水傀儡。"元、明、清以来傀儡戏均有流行。明代小说《金瓶梅词话》里有木偶戏演出情景的描写,第八十回写西门庆死,治丧到了二七,街坊伙计主管等二十余人"叫了一起偶戏,在大卷棚内摆设酒席伴宿。提演的是《孙荣孙华杀狗劝夫》戏文。堂客都在灵旁厅内,围着帷屏,放下帘来,摆放桌席,朝外观看"。说明在明代仍有于丧葬仪式上表演木偶戏的风习。

到了近现代,木偶戏主要有三种类型:布袋木偶、提线木偶、杖头木偶。它们在木偶形体和操作技术方面各有特色。

(1)提线木偶。木偶形体多在一尺左右。关节部分各缀以线,演员在上空提线操纵木偶动作。前面提到的山东莱西西汉墓出土的那具悬丝木偶即为提线木偶,可见其历史悠久。宋元时期有"悬丝傀儡"称谓,一般认为是提线木偶。元代姬翼[鹧鸪天]小令云:"造物儿童作剧狂,悬丝傀儡戏当场。般神弄鬼翻腾用,走骨行尸昼夜忙。"①这是为提线木偶所作的题咏。福建泉州和龙岩等地的提线木偶比较著名。民国时期的东北民间,提线木偶叫葫芦头戏,各处皆有,又名为提线戏,利用木偶舞蹈俯仰,引人发笑。演的人隐身幕后或唱曲或道白,手中则牵线使木偶行动;演戏时大都有灯彩,有布景,与真戏相类似。

(2)杖头木偶。木偶形体一般约二尺,装有三根操纵棍,艺人用棍举起木偶并操纵其动作,表演各种戏剧人物。一个演员操纵一个木偶,因此戏班演员较多。表演时,要用一幅帐帷把观众和操纵者分开。明代莫是龙《笔麈》云:"又有以手持其来,出之帐帷之上,则正谓傀儡子也。"

---

① 唐圭璋编:《全金元词》下册,中华书局1979年版,第1214页。

宋代杖头木偶已很流行，当时称"杖头傀儡"，主要在勾栏瓦肆中表演。据《东京梦华录》载，北宋开封著名杖头木偶艺人任小三，"每日五更头回小杂剧，差晚看不及矣"。又《梦粱录》卷二十"百戏伎艺"条说："更有杖头傀儡，最是刘小仆射家数果奇。"刘小仆射是南宋临安勾栏瓦肆表演杖头傀儡的著名艺人。北京的托偶戏、四川的木脑壳戏、西安、兰州的耍杆子、广东的托戏等都属于杖头木偶。①

（3）布袋木偶。木偶形体较小，头部连在布袋上，外加戏装。艺人以一只手伸入布袋，用手指和手掌操纵木偶做各种动作，所以布袋木偶戏又称为指头木偶戏或"掌上班""掌中戏"。② 布袋木偶戏道具轻巧简单，容易移动，一担便可挑走，演出时的表演伴奏唱念等也都由一人承担，所以《扬州画舫录》谓之"肩担戏"。这种小戏不需要专门的场地，过去常在街头表演。在北京，布袋木偶叫耍苟利子。清富察敦崇《燕京岁时记》说："苟利子，即傀儡子，乃一人在布帷之中，头顶小台，演唱《打虎》《跑马》诸杂剧。"福建的布袋戏、南昌的被窝戏等都是著名的布袋木偶戏种类。

2. 皮影戏

皮影戏是和傀儡戏相接近的地方小戏，不过不以偶像表演，却以偶像之影表演。它是用熟驴皮剪成各种剧里人物，在幕后借着灯光的反映，用人提着来表演各种动作，一切唱白自然都是由人来完成的。影戏的人物诸像制作最初为手影，宋代洪迈《夷坚志》三志辛卷第三"普照明颠"条说，有一位僧人曾为手影戏占偈："华亭县普照寺僧惠明者……尝遇手影戏者，人请之占颂，即把笔书云：'三尺生绡作戏台，全凭十指逞诙谐。有时明月灯窗下，一笑还从掌握来。'"从中可以了解到，手影戏是用灯将十指影形投射在布幔上表演的。后为纸制，再后改用羊皮或驴皮，故又称皮影戏。南宋耐得翁《都城纪胜》："凡影戏乃京师人初以素纸雕镞，后用彩色装皮为之。"稍后的《梦粱录》卷二○"百戏伎艺"条进一步发挥说："弄影戏者，元汴京初以素纸雕簇，自后人巧工精，以羊皮雕形，用以彩色妆饰，不致损坏。"

影戏的名称见诸记载是在宋代。宋代高承《事物纪原》卷九"影戏"条曰："故老相承，言影戏之原，出于汉武帝李夫人之亡：齐人少翁言能致其魂，上念李夫人无已，乃使致之。少翁夜为方帷，张灯烛，帝坐他帐，自帐中望见之，仿佛夫人像也，盖不得就视之。由是世间有影戏。历代无所见。"

---

① 《辞海》（艺术分册），上海辞书出版社1980年版，第38页。
② 张紫晨：《中国民间小戏》，浙江教育出版社1989年版，第178页。

这是古人首次试图探查影戏源起的文献。同书又云:"宋朝仁宗时,市人有能谈三国事者,或采其说,加缘饰作影人,始为魏、吴、蜀三分战争之像。"说得很具体:在宋仁宗朝,就有说书人用形象化"影人",表演三国故事为题材的影戏了。影戏是否产生于宋代,而"历代无所见",没有更多的依据,但宋代流行影戏却有大量的文献资料佐证。宋张耒《明道杂志》:"京师有富家子,少孤,专财。群无赖百方诱导之。而此子甚好看弄影戏,每弄至斩关羽,辄为之泣下,嘱弄者且缓之。"张耒所记的是他过去听说过、近来又亲眼见到的事情。

入清以来,我国南方的四川、福建、广东、江西等地均流行影戏。关于广东潮州的影戏,道光时汪鼎《雨菲庵笔记》卷二"蛇虎怪异"条说:"潮郡纸影戏亦佳,眉目毕现。"卷三"相术"条说:"潮郡城厢纸影戏歌唱彻晓,声达遐迩,深为观察李方赤璋煜之所厌。"光绪年间成书的小说《乾隆游江南》第八回也记载了潮州纸影戏的盛况:"趁着漆黑关城的时候,两个混入城中,在街上闲着些纸影戏文。府城此戏极多,随处皆有,若遇神诞。走不多远,又见一台,到处热闹。有雇本地戏班者,有京班苏班者。"

在河北滦州(旧称滦县),影戏通常叫作驴皮影戏,已有300年左右的历史,是北方最著名的影戏流派。顾颉刚认为,滦州影戏应该是明成祖永乐年间由江浙移民带到北京的。① 1958年在河北乐亭发现的明万历抄本影卷《薄命图》,是滦州影戏最早的剧本之一。滦州影戏最初的乐器只有一个木鱼,念诵剧本称为"宣卷",说明其与讲说佛经有着深刻的渊源关系。② 滦州影戏的唱腔综合高腔、京剧和滦州一带的曲艺而有所变化,流传遍及冀东、东北各地,对于评剧也有过一定的影响。

3. 目连戏

目连戏主要叙述的是目连救母的故事。目连救母的故事在我国可说妇孺皆知。其源于西晋佛教经典《盂兰盆经》,隋唐时发展为《目连变》(即以说唱为主、诗文间用的"变文"),至北宋,据《东京梦华录·中元节》载:"构肆乐人,自过七夕,便般《目连救母》杂剧,直至十五日止,观者倍增。"自徽州祁门人郑之珍所编演的《目连救母劝善戏文》开始,目连戏就成为有完整故事内容和精湛表演艺术的连台演出的大剧种。在南方许多由南戏流传下

---

① 顾颉刚:《中国影戏略史及其现状》,中华书局编辑部编《文史》第19辑,中华书局1983年版。

② 顾颉刚:《滦州影戏》,《顾颉刚全集》37,中华书局2010年版,第288页。

来的剧种里,目连戏是主要的看家剧目,被誉为"戏祖""戏娘"而得到特别的尊崇。

在所有的地方小戏中,大概要算浙江绍兴的目连戏最具有驱鬼娱神的功能。扮演鬼神的演员主要用一条长长的舌头装饰自己。由于绍兴目连戏是一种充满神秘恐怖气氛的宗教戏曲形式,与鬼神的关系十分密切,因此演出目连戏时,很少能有轻松的心情。演员时常担心在表演时,会有真的鬼灵出现在台上,甚至与演员同台演戏。为避免鬼神的袭击与侵害,演员在演出目连戏时戒规甚多。

4. 傩戏

傩戏,又称傩坛戏、傩堂戏、端公戏、变人戏、庆坛戏、梓潼戏、神戏、地戏、师道戏、关索戏、冬冬推、嘎傩、赛戏、队戏等。这是一种戴面具表演的戏剧形式,一般是从傩祭、傩舞活动演变而来,与民间宗教关系密切。它没有弦乐,只有简单的锣鼓家什,表演者本身就是傩坛的巫师。演出活动既有祭扫的意味,又有娱神娱人的功能。在贵州东南部的一个山村,傩戏上演的剧目中有神话传说《战蚩尤》《蟠桃会》,有历史戏曲故事《西游记》《水浒传》《杨家将》《薛仁贵征西》《封神演义》《关羽·周仓》《包公》,还有富于现实生活气息的《甘生赶考》《安安送米》《孟姜女》《梁山土地》等。演出既隆重又风趣,且舞且叙,故事完整,表演拙朴,且伴有"上刀梯"(赤脚攀登锋利的刀梯)、"过火海"(赤脚在炭火上走)、"开红山"(将锋利的尖刀钉入头顶)的神秘表演。这种融古今为一炉的表演是傩戏的现代形式。①

戴面具的傩戏,从一定意义上可以说是面具戏。后来有些地区傩戏改成了涂面化装,但大部分傩戏仍戴面具。并非所有面具戏都属傩戏,使用面具固然是古代傩祭的重要组成部分,巫师戴上它才去驱鬼逐疫,不过发展到后来,面具已不再为傩祭时所专用了。不过,演员戴面具仍是傩戏表演的基本特征。在中国古代文献中,面具又称为"假面""套头""假头""假首""代面""大面"等,民间也有"吞口""鬼脸""面壳""脸子"等俗称。面具为人面、兽面造型,或者为由人面、兽面变形而成的鬼面、神面造型。

傩戏流传很广,四川农村、云南山寨、广西桂林、安徽贵池、江西南丰、山西高原、湘西山区、东北森林,甚至在新疆、西藏等地均有傩戏表演。从分布情况看,可划分为四个区域:四川、云南和贵州一带,长江以南的湖南、江西

---

① 陈跃红、徐新建、钱荫榆:《中国傩文化》,新华出版社1991年版,第59页。

和安徽一带,南方的广西、广东和福建一带,山西、陕西和甘肃一带。

五、民间小戏的表演空间

相对"大戏"而言,民间小戏的观众主要为空间范围有限的当地人,表演是以小集团为基础的。"这一点,既是它们的重要特征,也成为社会的界限。或为家族或为亲戚或为近邻的人们,即互相认识的一些人是这种讲述或上演的社会基础,也是它们的范围。"①民间小戏表演现场的这种特点,使之在表演空间的需求方面带有更大的随意性。

最原始的民间小戏表演场所就是一个空旷之地,从场地看,没有"台"上"台"下的区别。表演和观看表演的地方,只有前后之别,没有高低之分,仅仅是在演出的地方划出一个圈来。宋代周密《武林旧事》谈到杭州露天表演小戏的情形时说:"或有路歧不入勾栏,只在耍闹宽阔之处做场者,谓之'打野呵'。""路歧"又叫路歧人,宋时为各种演艺人的泛称。路歧人不入勾栏,只在"耍闹宽阔之处做场",表明在繁华的杭州城也有最原始最简陋的平地戏台。这种最便利的露天表演空间一直延续到现在。1993年7月,日本学者井口淳子在河北滦南县柏各庄贝口村考察时,正好有演出。但演出不是在广场进行,而是在个人的家门前放着艺人用的桌子,其家人们坐在面向观众排列于桌子周围的椅子上,而观众则挤坐在路中或路旁。② 家庭自己出钱的"堂会""贺会""贺号"(贺长寿等喜事的演出)、"还愿"等的演出,多在这样的场地进行。

供民间小戏演出的最早的"台"大概是"草台"。"草台"一词首见于清代李斗《扬州画舫录》卷五:

> 郡城花部,皆系土人,谓之本地乱弹,此土班也。至城外邵伯、宜陵、马家桥、僧道桥、月来集、陈家集人,自集成班,戏文亦间用元人百种,而音节服饰极俚,谓之"草台戏"——此又土班之甚者也。

"草台"是一种最简陋的演剧场所,即在露天广场临时搭建的戏台。据说因顶上铺着一层草编以避遮阳光,所以用了这个名字。不过,有些草台不用草编,而是用蔑编铺盖的。草台支架的搭建材料是就地取材,多为杉木和

---

① 〔日〕大林太良:《口承文艺与民俗演艺——谈它们一致性》,苏敏译,见王汝澜等编译《域外民俗学鉴要》,宁夏人民出版社2005年版,第190页。
② 〔日〕井口淳子:《中国北方农村的口传文化——说唱的书、文本、表演》,林琦译,厦门大学出版社2003年版,第22—23页。

青竹。这是真正的完全开放的、民众的"不登大雅之堂"的戏台。在广大农村,农民在秋收之后,想轻松轻松,便在河边旷野处,用竹木、茅草搭建成简陋的戏台,请来戏班连演几天。出于不同的演出目的,草台戏也有不同的名目。明代张采《太仓州志》卷五说:"游民四五月间,二麦登场时,醵人金钱,即通衢设高台,集优人演剧,曰'扮台戏'。"清代顾禄《清嘉录》卷二记:"二三月间,里豪市侠,搭台旷野,醵钱演剧,男妇聚观,谓之'春台戏',以祈农祥。"无论是"扮台戏",还是"春台戏",目的都是为了祈祷庄稼丰收。

演戏的时候,锣鼓喧天,万头攒动,是农民一年中难得的狂欢节。清代汤斌《汤子遗书》对此场景有所描述:"吴下风俗……如遇迎神赛会,搭台演戏……于田间空旷之地,高搭戏台,哄动远近男妇,群聚往观,举国若狂。""草台"建构了民间狂欢的空间,在这里,民众的情绪可以得到尽情宣泄。

宋代的瓦肆或勾栏应该是"草台"的前身。瓦肆或勾栏其实也都是相当简易的建筑,同贵族与官府的歌台舞榭相比有着天壤之别。瓦肆或勾栏是古代城市里的综合性游艺场,这里既有表演戏剧、曲艺、杂技的场所,也有买卖食品、衣服、药材的店铺。其顶棚也许是用瓦盖成的,所以才叫作"瓦子"。《武林旧事》中提到"南瓦""北瓦""东瓦""中瓦"等等。"瓦子"解决了遮阳和遮雨的问题,但解决不了遮风的问题,甚至观众也可能没有位置可坐。这种表演形式,"在历史上第一次把伎艺和观众作了大规模的、稳定性的聚集,它为在当时尽可能多的人民群众的审美需求,提供了一个宣泄的机会和满足的场所。在这里,能清楚不过地感受到各阶层人民的脉搏和呼吸"①。宋元时期是一个开发市民社会与文化的重要时期,社会经济与市井和城市的发展,工商业、印刷业的发达,市民娱乐享受要求的提高,促进了以瓦肆为中心的公共说唱场所的开发和扩张。

戏剧表演除了戏园、剧院、游乐场、茶寮中附设外,还有一些场子,如北京的坤书场,为平民化的消遣场所,多在天桥一带。坤书的俗名叫落子,演奏者均为女子,通称鼓姬。所唱的多是大鼓书词、时调小曲、梨花大鼓、靠山调及西皮二黄、梆子等。演奏场名为落子馆,后改称坤书馆。

在天津也有落子馆,多集中在南市一带,日夜开台。比较特别的是天津的落子馆里表演的是妓女,"又择雏妓年龄相若者两人,手持檀板、莲花落、折扇、手帕等物对舞,和以歌声琴声,颇有似乎表情跳舞者。活泼之地,与

---

① 余秋雨:《中国戏剧文化史述》,湖南人民出版社1985年版,第84页。

各妓之呆立铁栏前者,迥乎有别"①。除此之外,天津还有戏园,这是比较多见的,也是日夜开台,均男女合演,只是较少名角。不同于北京的是,津埠多用稍加油饰的木凳横行排列,但没有桌子,所用的茶壶等物就放在座位前排凳上。而且楼上的包厢男女可以合坐,楼下则划出舞台的正面为女座,这也是北京所没有的。

民国时期的民间小戏之所以能在有清一代繁荣的基础上进一步昌盛,一个重要原因是茶楼、戏馆、戏园、杂耍园子遍布,为小戏的展演提供了必要的条件。北京天桥一带的茶楼即为戏曲表演的场所。有的茶楼上还有票友唱戏,这些人并不是科班出身或戏曲学校毕业的,仅仅把唱戏当成一种业余爱好,等到唱得好一点后,便会经人介绍到茶楼献唱。这种唱戏通常不叫唱戏而叫走票,有时也称为消遣。

关键词:

成相 百戏 变文 道情 宝卷 傩戏 草台

思考题:

1. 请描述中国民间说唱的发展轨迹。
2. 谈谈中国民间小戏的主要种类及其特征。
3. 请对中国民间说唱和民间小戏发展趋势作一下分析。
4. 民间小戏表演空间是如何建构起来的?
5. 民间艺人在地方民间说唱传承中的作用如何?
6. 谈谈地方民间小戏表演的组织形式。
7. 谈谈少数民族地方戏曲的现状与演变趋势。

---

① 胡朴安:《中华全国风俗志》(下),河北人民出版社1988年版,第45—46页。

第十二讲
民间文学田野作业

阅读文学作品是一种审美享受,读者往往会被作品中人物的品格、遭遇和作品宣泄的情感所震撼、所感动。而对于民间文学而言,阅读"文本是非常重要的。但是,它保留下来的是一种缺乏环境的非生活的东西。……我们还必须记住个体所处的社会环境、娱乐传奇的社会功能和文化作用,所有这些因素是相当明显的。它们同文本一样都必须加以研究。故事起源于原始生活之中而不是纸上。当一位专家草率地记下故事,而不能显示它成长的氛围时,他给我们的只是一种残缺不全的真实"[①]。由于民间文学具有生活属性,是"表演中的创作",理解和认识民间文学就必须走向田野。

第一节 走入田野

进入田野,是民间文学工作者共同的呼声,在田野里发现和理解民间文学似乎已成为学者们共同的心愿。我们已从田野中获取了大量的民间文学文本,却罕见民间文学志,而这,正是目前我国民间文学研究的主要不足。因此,我们有必要反思以往民间文学的田野工作,重新考虑我们应该从田野中获取什么、如何获取。

一、田野作业的必要性

民间文艺工作者进入田野,用耳、用眼、用心去接受和体味当地某种民间文学的各种信息,除了获得美感享受之外,还需观察和记录演述的内容及过程,发现文艺演述和当地人生活的关系,领会当地的文学知识。而要达到

[①] 〔美〕阿兰·邓迪斯编:《世界民俗学》,陈建宪、彭海斌译,上海文艺出版社1990年版,第395—396页。

这些目的,民间文艺工作者必须深入地浸润(deep immersion)到当地人的生活之中,努力和当地人融为一体,尤其要参与观察当地某种民间文学演述的全过程,使自己能够真正感受和体悟其中的精彩及美妙。真正地参与到当地民间文学的演述生活中是相当重要的,马林诺夫斯基曾深有感触地描述道:

> 在我把自己安顿在奥马拉卡纳(Omarakana,特罗布里恩德群岛)之后不久,我就开始融入到村落生活之中,去期盼重大的或节日类的事件,去从闲言碎语以及日常琐事中寻找个人乐趣,或多或少像土著那样去唤醒每个清晨,度过每个白天。……当我在村落中漫步时,我能看到家庭生活的细节,例如梳洗、做饭、进餐等;我能看到一天的工作安排,看到人们去干他们的差事,或者一帮帮男女忙于手工制作。争吵、说笑、家庭情景,这些通常很琐细、偶尔具有戏剧性但却总是有意义的事情,构成了我的、也是他们的日常生活氛围。应当记住,土著们每天频繁地看见我,便不再因我的出现而好奇或警惕,或被弄得忸怩不安,我也不再是我所研究的部落生活的一个干扰因素,我的突然接近也不再像一个新来者对每一个蛮族社区总会发生的那样会改变它了。……
>
> ……我也经常违反礼节,那些土著人由于对我足够熟悉,会毫不迟疑地指出来。我必须学着如何行为,而且在一定程度上,我有了何谓举止好坏的"感觉"。加之我已经能从他们的陪伴中得到愉快并能参与他们的游戏和娱乐,我开始感到我确实是与土著人接触上了。这当然正是田野工作得以成功的初始条件。①

作为民间文学工作者,不能只在字里行间把握和认识民间文学。任何民间文学都是属于特定地域的,因此,需要进入田野,进行田野作业(field work)。其他学科如社会学、人类学、民族学等也都特别强调田野调查。"轮椅人类学家"早已成为贬词。古典进化论学派最著名的大师爱德华·泰勒(Edward Tylor)对墨西哥偏僻山村村民,同一学派的摩尔根(Morgan)对印第安人,英国传播学派的代表人物威廉·里弗斯(William Rivers)对印度南部的托达人和美拉尼西亚诸岛,英国功能学派鼻祖马林诺夫斯基对新几内亚的麦鲁岛、多布岛以及特罗布里恩岛民,美国文化模式论学派代表人物露丝·本尼迪克特(Ruth Benedict)对印第安诸多部落,象征人类学学派

---

① 〔英〕马凌诺夫斯基:《西太平洋的航海者》,梁永佳、李绍明译,华夏出版社2002年版,第5—6页。马凌诺夫斯基现通译马林诺夫斯基。

大师维克托·特纳(Victor Turner)对赞比亚的恩第布部落,以及埃文斯-普里查德(Evans-Pritchard)对努尔族、雷蒙德·弗思(Raymond Firth)对蒂科皮亚岛民等的调查,为人类文化研究史上田野作业的经典。

"学习人类学,最主要的不是要背诵什么方法论的准则,而是要逐步形成一种洞察力,使自己能够在遥远的地方敏感观察各种文化中生活方式及其暗含意义的重要性。"①民间文艺学的田野作业实际上也是如此。研究者只有在民间文学的演述情境中才能感悟到其艺术魅力,进而理解这种演述对当地民众生活的意义。运用笔、录音机和摄影机等将演述的过程记录下来,并从不同的角度加以解释,这便是田野作业的主要任务。

田野作业还有一个大家不愿挑明的好处,就是可以获得知识和表达的合法性。研究者具有和当地人长期居住在一起的独特经历,这些经历使他们的话语权威化。研究者在著述中总是一再表明自己在某地了多长多长时间的田野调查,以暗示自己具有叙述当地地方知识的话语霸权。从事个案的调查研究的确比较安全,因为没有去过那里调查的人难以对调查者的调查作出针对性的评判。

二、主位研究与客位研究

1. 主位与客位相互依存

20世纪60年代前后,语言人类学家肯尼思·派克(Kenneth Pike)提出了田野作业过程中局内人(insider)和局外人(outsider)两种叙述立场的概念。他又将 insider 和 outsider 分别与语音语言学术语 phonemic 和 phonetic 相匹配,创造了"emic/etic"即主位和客位的叙述理论。

确立主位与客位立场,就是把民间文学演唱者的观点和民间文学研究者的观点区分开来,或者说要区分文化主位(emic)即拥有民间文学的当地人的观点与文化客位(etic)即民间文学的记录者和研究者的看法。说得具体些,主位研究强调用当地人的解释来努力解释当地人的文化;客位研究是以调查者既定的立场为出发点来理解文化,研究者所使用的观点并不属于当地人的观点。这是对认知人类学(Cognitive Anthropology)方法的借鉴。

只要经过努力,主位研究和客位研究我们都可以做到,这实际上是研究的立足点、态度和角度的问题。田野作业的成果毕竟是研究者"看到""听

---

① 王铭铭:《人类学是什么》,北京大学出版社 2002 年版,第 61 页。

到""想到"的,是他们"写"出来的,忽视研究者的主体性是不科学的。黑格尔早就指出:"忠实地采用一切历史的东西,是我们应当遵守的第一个条件。不过在'忠实地'和'采用'这些普通的名词之中,伏有含糊的意思。就是寻常的、平庸的历史著作家,他也相信,而且自称,他只抱着一种纯粹容受的态度,只致力于事实上所提供的史料——可是他的思想的运用不是被动的。他离不开他的范畴,而且从这些范畴来观察他心目中所见的各种现象。"①20世纪前期的德国哲学家胡塞尔、海德格尔以及20世纪中期法国哲学家萨特等都强调我思、权力意志、先验意识等,认为"自在"是"自为"中的"自在",对象是意识中的对象,世界是在人的主观中展现出来的。除非借助研究者的主观意识,田野作业的对象自身无法自我呈现出来,而研究者所运用的调查方法、观点不同,所认识、理解、经验和把握到的调查对象的层面、属性、情状也大相径庭。

人们总是想象调查的对象(他者的世界),或者说民间社会是一个统一的整体,民众生活的内部结构具有内在的一致性,口头传统的结构模式先于研究者进入之前就早已存在了。这应该符合结构主义的思维路径。结构主义大师列维-斯特劳斯认为:"神话、习俗、姻亲关系等都被共同的深层结构所控制,一个遵守这些习俗或神话的民族自己不会感到这深层结构,就像以汉语为母语的人并不感到自己说的话服从于汉语的语法规则一样。"②结构主义的核心范畴是"结构"(structure),在结构内部有一个中心。正是这个中心将事物和结构的各种因素组织起来,使之成为一个统一的整体。法国符号叙事学家德里达则认为结构的中心不在其自身,而在其之外,在"他者"(other)或言参照物中。而一种结构的"他者"、参照物是无穷无尽的,与之相应,结构的性质状态也处于不断变异之中,并非固定不变的。正是通过对结构主义"结构"的解构,德里达建立了后结构主义的差异论思想。

主位和客位只是田野作业的立场或意识的问题,无论是主位还是客位都不像一般人所认为的那样是纯粹的、一体的,相反,客位以它的另一面——主位为前提条件,没有后者也就没有它本身,反之亦然;它们中各自深深隐含着它们的对立面;它们都不是纯一的而是异质的。真正的田野作业不可能只是主位立场或只是客位立场,两种立场应该是相辅相成的,主位中有客位,客位中有主位。这种认识是受到胡塞尔现象学的指引,现象学

---

① 〔德〕黑格尔:《历史哲学》,王造时译,上海书店出版社2000年版,绪论第11页。
② 赵毅衡编选:《符号学文学论文集》,百花文艺出版社2004年版,第34页。

"所追问的是到处都被断定的那种东西,即某物'是',并且着眼于某物在其中'作为是者而被给予'的那种意识方式,只有从这些意识方式出发,某物对于认识批判性的研究来说才是可理解的"①。田野作业面对的是意识方式下的对象,也就是说所谓的主位经过了意识方式的判定。

2. 对调查者的观察

一般认为,"田野"是先于"作业"而存在的,其实不然。"田野"需要调查者去发现,去建构,并赋予意义。从学术的层面讲,没有"作业","田野"即不存在。"作业"是先于"田野"的。在进入田野之前,调查者就已经有了调查的规划,并对田野作了某种选择,对田野作了某些想象。

调查者的目的是努力进入田野和理解田野,于是,在田野作业过程中,调查者往往一再强调主位立场,即用当地人的观点来努力理解当地人的文化,但实际情况是,"客位"立场始终存在。"毕竟,田野工作者的眼光和观察不是照相机。纵然它就是照相机,其叙述的镜头亦永远有其选择性,真正的'纯叙述'永远是没有的。因之,在文化志和人类学的描写中全知全能的叙述者的角色是没有,也不可能有的,叙述的功能多在展现而不是证明。"②田野需要调查者的发现和叙述,否则,田野就不存在,或者说田野便失去了存在的意义。田野是由调查者构建起来的。

那些自以为从事主位研究的学者们,一再标榜自己调查和研究的成果是对他者世界的客观、真实的描述,认定调查的对象原本即是如此,这实际上行使了话语霸权。"在研究对象被视为客体的时代,客体只能接受研究者主体的言说而绝无拒绝接纳此言说的权利,因为主体的言说被认为纯粹是客体内在本质的客观反映。"③因此,我们对田野民俗志应有清醒的认识。这类成果一再标榜自己为"元叙事"(metanarratives),实际上它们都是与叙述权力捆绑在一起的。

不论是主位研究还是客位研究,既然研究者如此重要,他们可以左右调查和研究的进程及结果,那么,就完全有必要将研究者本身纳入研究的视野之中。将调查者进入田野和观察的过程交代出来,让他人了解自己田野作

---

① 〔德〕埃德蒙德·胡塞尔:《笛卡尔式的沉思》,张廷国译,中国城市出版社2002年版,编者导言第3页。
② 王海龙:《对阐释人类学的阐释》,见〔美〕克利福德·吉尔兹《地方性知识——阐释人类学论文集》,王海龙、张家瑄译,中央编译出版社2004年版,导读一第23页。
③ 吕微:《反思民俗学、民间文学的学术伦理》,《民间文化论坛》2004年第5期。

业的"真相",才是比较科学的做法。观察者参与到对象之中而成为被观察的对象,置自己于被观察和被反思之地,也有助于对"这一次"田野作业过程本身进行检讨。

马林诺夫斯基提出的以"移情"来达到从当事人观点看当地文化的境界,似乎仍是田野工作的最高指导原则。在《从当事人观点出发:论人类学理解的本质》一文中,美国阐释人类学(Interpretive Anthropology)大师克利福德·格尔茨对"移情"提出了新的解释。他认为所谓的"移情"并不是要人类学家变成当事人,而且前者也不可能变成后者。人类学者对异文化和当事人的观点的了解有"经验接近"(experience-near)与"经验远离"(experience-distant)的程度差异。前者指用当事人的概念语言来贴切地描述出该当事人的文化建构;后者指用学术语言或研究者自己的概念语言来描述所研究的异文化。对当事人文化的全面描述的关键是"经验接近"与"经验远离"的并置(juxtaposition)。[①]

提及研究者,即民间文学工作者,其实是颇为郁闷的一群人。他们研究的民间文学,是一个表演的过程,一个已完成的事实。对这样一个过程,一个反复的事实,当地人习以为常,再熟悉不过,能够充分享受表演。但是,对于民间文学研究者来说,努力地进行田野作业,也只能了解此一过程之一二,获取一些相关民俗知识;而能够用当地的方言唱几句,便引来同行们的喝彩。离开当地之后,民间文学研究者即利用同样是搜集起来的理论、方法和观点,对自以为是田野作业的成果进行分析和阐释。这一研究过程与当地的表演过程,可能已风马牛不相及。好在这种研究一般不是政府行为,不会影响和妨碍当地人一如既往地表演。

第二节 田野作业的步骤与规范

"田野"的地点曾经被人类学家的隐喻所强化,似乎包含两个含义:一是距调查者有一定路程的乡村,下"田野"就意味着到农村、牧区或"荒野"等地方去;二是对调查者而言是陌生的地方,越是"非家乡"的地方越具有田野的味道。民间文学工作者在一个语言完全不通的地方生活了很长时间,是值得炫耀的经历。但田野作业是一项十分复杂的工作。任何进入一

[①] 〔美〕乔治·E. 马尔库斯、〔美〕米开尔·M. J. 费彻尔:《作为文化批评的人类学:一个人文学科的实验时代》,王铭铭、蓝达居译,生活·读书·新知三联书店1998年版,第53—54页。

个新的田野的人,都会出现不同程度的"文化震动",这对于民间文学田野作业者而言可能更为严重。生活方面的不习惯以及认识和看法的巨大差异等,都是具体表现。努力克服"文化震荡"是首要任务,一般而言,经验比较丰富而又懂得田野规范的作业者,需要的时间通常短一些。

一、进入田野的程序

正常的田野作业,首先要确定考察的区域、对象和目的。针对不同的民间文学种类,所应采取的调查方式和途径又有差异。有学者依据自己的调查经验,归纳出以下民俗调查的要求和步骤,其中大部分适合民间文学的田野作业:

(一)在调查题目确定之后,应该选择好调查地点,即有代表性的社区,它应该有足够的居民,保留较多的民俗文化。交通便利与否一般不能作为选择条件。

(二)调查要有较宽裕的时间,小课题也要两三个月,大课题就要长久些,有些要进行长期的跟踪调查,走马观花只能是一般性的考察,还不是根本意义上的田野调查。

(三)调查一定要规范,实事求是,要运用一切可能的手段,把客观的民俗事象记录下来,加笔记、测绘、照像、摄像、搜集标本,一定要客观、科学、辨伪存真,防止伪作。

(四)应该学习考古学编写考古发掘报告的办法,每次调查都应该有一本民俗调查报告,至少包括三个部分:1.概论,包括选课酝酿、调查人员、工作经过、社区概况等等;2.调查事实,要分门别类地记录民俗事象、实物,以民俗标本而言,不仅应该记其质地、形制、用途,还要采访有关技艺、传说、仪式,记录一定要全面、系统、客观,经得起历史的考验,这部分既要有文字、图表,又要有图像内容;3.结论,这是有一定研究的学术结语。当然,也应该提出若干问题,以备后来者继续工作。①

在所有民间文学种类中,民间故事的演述大概是最简单和最随意的,"故事讲述者的'表演'大多比较自然,不像说书艺人那样把这种表演予以强化,并且程式化。很多讲述者只是情不自禁地在讲述中改变语调、模拟人

---

① 木林:《走向田野》,《西北民族研究》2003年第4期。

物动作、语声,作一些简单的手势"①。即便如此,对民间故事的调查同样比较烦琐,至少应该包括三个方面:

第一,对调查地区的历史、民俗、方言等情况的了解和记述。

第二,该地区故事讲述活动的描述,包括:A.故事习俗的一般情况如讲述时间、地点、参加者情况、人数、讲述活动类型、讲述现场情况等;B.重点讲述者情况,包括他(她)的年龄、性别、籍贯、职业、文化程度、活动范围和简历、与周围群众的关系、关于其他民俗和民间文艺的知识与技能、掌握故事的数量和体裁及传承线路、讲述习惯与特点等。

第三,故事、传说作品的忠实记录。②

从表演理论的角度而言,对民间口头叙述的田野作业,应该记录三方面的内容:第一,聆听部分。录音机能记录讲述人和听众行为中那些通过听觉传导信息的话语部分。这里包括鲍曼所说的被叙述事件和故事文本的语言表达部分。第二,视觉部分。讲述场合中通过视觉传递的行为,主要是故事讲述中听讲双方的手势动作、情态行为等,都需要及时记录。最好采用录像机。第三,语境部分。语境包括广义的社会历史文化背景和讲述现场的场合因素。广义的语境如社区的背景知识,故事讲述活动的历史变迁,讲述人个人生活史和传承经历;现场的语境,如场景因素、参与人的社会关系、故事内容与这种关系的联系、共享知识,甚至影响人们情绪的一些事件等,都应该得到关注。③ 对韵文类和说唱类的民间文学的调查,情况还要复杂得多,涉及的面更宽。

我们可以用人类学家常说的一句话来概括田野作业的过程:"让陌生的变为熟悉,让熟悉的变为陌生。"

二、参与观察

西方现代人类学之父弗朗兹·博厄斯(Franz Boas,又译鲍亚士)提出了"参与观察法"(participant observation)的田野作业要求,即民间文学工作者一定要参与到被调查对象的生活中去,成为其中的一员,在实际生活中感悟当地的民间文学,而且要站在被调查者立场上思考问题、观察问题。

具体说,参与观察的主要内容有:(1)作业者住在作业地要有一定的时

---

① 许钰:《口承故事论》,北京师范大学出版社1999年版,第180页。
② 同上书,第180—181页。
③ 祝秀丽:《中国民间故事讲述活动研究史略》,《民俗研究》2003年第1期。

间长度。一般是一年,使他有机会看到当地人整年内口头传统的表演情况,观察不同时间口头表演的差异。(2)学习当地语言。(3)作业者要像当地社会成员一样生活,深入到民众生活之中,才能真正了解他们的口头文化。如果调查的时间不充足,那只能凭借一般的印象完成学术任务。

在参与的过程中,作业者既要深入当地社会生活中去,又要防止"土著化"(going native),即作过分的感情投入。应时刻记住自己是个民间文学工作者。① 巴莫曲布嫫受布迪厄"场域理论"的启示,在彝族口传史诗研究方面,提出了"参与观察法"的"五个在场要素",即表演事件、表演传统、表演者、传统受众和研究者主体的"同时在场"。② 这为参与观察提供了一个理想的模式。

民间文学的田野工作可分两种类型:(1)全面调查(holistic investigation),即对一个特定村落或社区的所有口头表演样式作全面调查,运用民族志诗学方法,构建一个区域内口头表演的整体空间。(2)定向调查(problem-oriented investigation),即对一个特定村落或社区的某一种民间口头表演形式进行调查,解决某一个具体问题。比如,就某地民歌歌唱传统而言,歌唱传统是如何得到延续的,歌唱活动是如何组织起来的,歌唱进行的程序以及程序如何得到保障,等等。需要特别提醒的是,除了民间文学以外,当地如有著名的文学家,或有因反映当地风土人情而著名的文学作品,自然也不应忽略。人所熟知的某些文学作品如在当地特别流行,应了解其社会根源和产生的社会效应;如果当地以本地语言复述或进行了改造(如某些少数民族对于《西游记》),则应作为当地文学加以调查和搜集。③

当然,参与观察并不是民间文学研究唯一的途径,看报纸、网络搜寻、接收手机短信、打开电视等获取民间文学信息的方式同样可以替代与村落社员谈话和共居的方式。社会生活的发展必然导致民间文学场域的多样化,那么,民间文学志便可以有多种渠道的叙述策略,突破田野作业传统的规范化的认知体系。

---

① 汪宁生:《文化人类学调查——正确认识社会的方法》(增订本),文物出版社2002年版,第27—28页。
② 巴莫曲布嫫:《叙述语境与演述场域——以诺苏彝族的口头论辩和史诗传统为例》,《文学评论》2004年第1期。
③ 汪宁生:《文化人类学调查——正确认识社会的方法》(增订本),文物出版社2002年版,第198页。

三、深度描写

除了参与观察之外,还要对观察到的进行"深度描写"(deep/thick description)。深度描写要求刻画栩栩如生的表演情境,能够让读者身临其境地体验记录者所描绘的经历与表演事件。

民间文学田野作业要有两种产品:一种是民间文学作品,即民间文学的记录文本。记录文本就是把当地人所表演的内容变成可理解的书写样式。为了保持作品的地方性特色,强化作品的可理解性,应该尽量多地提供有助于理解的演唱活动的背景材料。这方面"深度描写"的要求就是,生动地告诉人们"表演了什么"。既然表演为当地人喜闻乐见,作品也应该具有一定的生动性。另一种是民间文学志,着重考察民间文学的表演过程。这方面"深度描写"的要求就是,生动地告诉人们"表演是如何进行的"。民间文学志与民族志甚至民俗志不完全相同,它是紧紧围绕文学(文艺)表演活动的书写成果,其语境可能与一般的仪式过程没有关系。对表演过程中审美体验和文学场域的把握,应该是民间文学志的独异性之所在。当然,民间文学田野作业的两种产品不是截然分开的。民间文学界正迫切呼唤经典民间文学志的诞生。

克利福德·格尔茨大力倡导在田野工作基础上对地方性知识进行深描的方法,他说:"我与马克斯·韦伯一样,认为人是悬挂在由他们自己编织的意义之网上的动物,我把文化看作这些网,因而认为文化的分析不是一种探索规律的实验科学,而是一种探索意义的阐释性科学。我所追求的是阐释,阐释表面上神秘莫测的社会表达方式。"[①]民间文学学者所从事的工作,其实也正是这样的文化阐释。这种阐释必须在田野笔记和当地人叙述的记录的基础上进行。克利福德·格尔茨以日常生活中的"眨眼"为例,生动地说明了"阐释与描述"的多重性与"意义"的多重性:对于一个"眨眼"的事实,当它处于交流过程时可以出现几种可能性:(1)故意的;(2)对某人刻意的;(3)传递一种特殊信息;(4)在情境中建立起的语码;(5)随意性行为。可见,对民间文学表演行为的解释与描述终究还是"人为的""人文的"。[②]

---

① 〔美〕克利福德·格尔兹:《文化的解释》,纳日碧力戈等译,上海人民出版社 1999 年版,第 5 页。
② 转引自叶舒宪、彭兆荣、纳日碧力戈《人类学关键词》,广西师范大学出版社 2004 年版,第 101 页。

社会人类学功能主义学派的创建人拉德克利夫－布朗（Radcliffe-Brown）说："田野工作者为了发现他所观察的文化事实的意义,必须采取特殊的技术。这种技术在某方面相似于词典编纂者第一次记录口语的工作,但从总体上讲,前者要比后者困难得多。这种技术目前正缓慢地得到发展,它的充分发展,只有等社会学理论取得进步时才有可能。"[①]同样,民间文学田野作业技术和书写要得到发展,只有在民间文学新的理论指导下才有可能。

四、田野作业:发现故事

1. 故事的作用

民俗事象(当然也包括民间文学事象)其实是对往日的叙述,因为有了这种对往日的叙述,民间的文化体系才能够传世。有了对往日和往事的叙述——无论是神话、传说还是仪式表演,民间才有了自己的"历史"。民众是通过叙述故事来体验时间和认识自己的历史的。

固然民俗事象的存在是民俗话语或民俗学存在的一个前提,但我们的地方民俗(包括民间文学)知识的积累要借助关于地方民俗的话语。这一点意味着,我们所说的民俗事实即生活状态的民俗包含着事实和描述这一事实的语言:后者既是形式又是内容。我们很难把民俗事实和表达这种事实的话语分开。民俗话语所生产的是对民俗学家掌握的任何关于民俗的资料的种种阐释。民俗的意义存在于对民俗的叙述过程之中,即民俗话语之中,而不是民俗事实本身。对于民俗学来说,没有得到叙述和解释的民俗是不存在的。一个民俗学家对他的材料所作的解释,或对材料的建构,意味着要把一个个别的民俗事实置于我们对一个故事所期待的那种叙述的可理解性之中,就像克利福德·格尔茨等诸多文化人类学家所做的那样。在这个意义上,保罗·利科尔说:"故事是'自我解释的',当叙述过程被阻塞,为了进一步'跟随下去',我们就插入解释。这些解释可以接受的程度是:它们可以嫁接到讲故事的原形上去。"[②]我们过去评价民俗志和民间文学记录以是否客观、忠实为标准,其实不在于记录本身,而在于如何记录,即叙述和解释。

---

① 〔英〕拉德克利夫-布朗:《社会人类学方法》,夏建中译,华夏出版社2002年版,第64页。
② 〔法〕保罗·利科尔:《解释学与人文科学》,陶远华、袁耀东、冯俊、郝祥等译,河北人民出版社1987年版,第284页。

民俗及民间文学的表演是一系列人物的一系列行为和经历,都是属于"这一次"的,我们能够看到、感受到的也是"这一次"的民俗和民间文学。民俗和民间文学不具有可重复性,每次表演都是唯一的,都不相同。然而,现在大量的所谓民俗志著作记录的是平常的、不断重复的民俗内容,"志"和"志"相互复制。如果叙述的是"这一次"的民俗,就不可能产生共同传袭的景况。

田野作业的关键在于发现"故事"和对发现进行故事化处理。"故事"存在于民俗活动及民间文学表演的过程之中,而不仅仅是书面化了的民俗和民间文学本身。不断重复的民俗和民间文学令调查者困倦,而仪式及民间文学演说途中发生的偶然事件,却能让调查者感到惊喜、兴奋,激发其思维的灵感。对事件处理的方式和行为的叙述是具有解释意义的叙述。在事件(故事)中,可以提供当事人之间、当事人和叙述者之间对话的空间。人类行为本身具有叙事性,可以被视为准文本。情节化既是一种叙述方式,也是一种解释手段。能够展开叙述不寻常的偶发事件,说明调查者对相应的民俗和民间文学有了某种深刻的理解,因为这种叙述本身就是在阐释。

2. 如何发现故事

1998 年 8—9 月间,我在江西省抚州地区南丰县太和乡茶畲村作了为期半个月的调查,主要调查禁忌民俗在乡村生活中的存在状况。调查中发现,尽管禁忌无处不有,但并不会妨碍村民的生活。他们并没有意识到自己生活在禁忌的网络之中。当我询问他们有什么事情不能做,做了就会发生灾祸时,他们竟一个也回答不出来。在我提示之后,他们才说出了一些。但他们对此不以为然。禁忌是深藏的民俗,除非出现了触犯的事件,否则,永远不会得到较为集体和公开的"陈述"。有意思的是,禁忌作为"无外在行动"的民俗,又不能也不可能永远处于缄默的状态,否则,便失去了风俗文化应有的存在价值和功能。一旦其"安宁"被惊扰,就很可能衍化为一场全社区的大规模的表演仪式。

任何禁忌的意义都存在于触犯这一禁忌的事件之中。其实,所有的民俗都是如此:只有当实施民俗的过程中出现了反常事件,民俗的意义才能真正显示出来。在反常的事件中才会产生上下文,参与者才会进行真正的民俗表演。注意讲述者(who)在什么情况下讲述(when 和 where),讲述什么(what),为什么而讲述(why),从而发现在叙事背后的"个人的故事"。[①] 事

[①] 吕微:《神话何为——神圣叙事的传承与阐释》,社会科学文献出版社 2001 年版,第 292 页。

件为什么会发生,结果又如何,这就是叙事。事件的主角和在场者自然进入调查者的视野之中。民俗事象的称谓本身即昭示了民俗既是"象",也是"事","事"就是事件、故事。民俗的意义不仅存在于正常的仪式过程之中,更存在于事件之中。事件可以将琐碎的民俗行为连接为一个连续的可供理解的整体。事件就是"故事","故事"是最需要解释,也是最值得解释的。阐释人类学有句名言:"在解释之上的理解"(understanding over explanation)。民间文学的田野工作其实也应该是如此。

现在大量的民俗志之所以显得雷同、干巴无味,成为老生常谈,缺少可供阐释的空间,主要原因不是描述得不客观、不忠实、不细致,而是其中没有故事,没有情节,没有人物,没有意外事件的发生,没有引人入胜的"悬念"。听故事的人被悬念所吸引、引导,就是对事件的连续性的理解。以往田野作业的兴趣主要在于抽象和普遍,而非个人和"主位"。田野作业应关注"个人"及个人的表演活动。个人的才是故事的、有情节的和表情的,故事只有通过"个人"才能展演出来。同时,也只有将个人的经历和事件突显出来,才能向"主位"靠拢。

民俗志写作和民间文学的"采风",绝不是仅仅描述程序和记录演唱的内容,只有对民俗志和民间文学的表演进行"情节化操作",才能达到真正的细致和生动。马林诺夫斯基的《西太平洋的航海者》的文本结构编排得非常精致,完整地叙述了库拉交换船队的准备、出发、远航、交换、返回等极具情节化的过程,而他在1914—1918年的3次考察中,实际所见到的生活事象则琐细而不连贯。埃文斯-普里查德的《努尔人》、克利福德·格尔茨的《深层游戏:关于巴厘岛斗鸡的记述》,在叙述中都作了情节化的努力,对叙说对象作故事处理成为其共有的特点。尽管格尔茨主张以土著人的视角来解读地方性知识,但在叙述话语方面,他也力求迎合城市读者的趣味,《深层游戏:关于巴厘岛斗鸡的记述》中各章节的标题,如"突袭""雄鸡与男人""搏斗""玩火""羽毛、血、人群和金钱"等等皆来自流行的通俗情仇小说。这种处理已遭到"纯粹科学"的质疑,但却使其书写成为经典。

第三节 让当地人说话

民间文学通常被理解为民间生活现象和方式,其实,它也指一种身份构成,即生活在民间文学生活世界的社会成员或群体。因而民间文学研究就不仅仅是文艺领域的范畴,必然要进入政治的视域。"让当地人说话"指在田野作业中还给当地人应有的正当的说话权利。

一、田野作业的单向性

"人类学写作一直以来都在压制田野工作中的对话因素,它将对文本的充分控制权交给了人类学者。"①中国民俗学在引入西方田野作业理念和操作规程的同时,也全盘接受了"单一声音"的书写模式。自20世纪下半叶以来,西方人类学者对这一学术现象毕竟在不断反思,倡导对话的、交流的民族志写作的呼声格外高涨,而且,相关的田野实践也层出不穷。1982年凯文·德怀尔(Kevin Dwyer)撰写的《摩洛哥对话》"是第一个作为'对话式的'文本被引证的例子"②。中国学界对此几乎充耳不闻,依旧掌控田野言说和书写的霸权。调查者们试图理解田野,解释田野,又极其不尊重田野,理所当然地剥夺当地人学术言说的权利。他们把自己所见所闻所感当作学术言说的资本,武断地以为为时短暂的田野经历足以掌握田野。须不知这种田野作业所掌握的只不过是学术所需,很可能是对田野的断章取义,而不是民间社会生活本身。那些号称田野民族志或民俗志的产品,或许大多与田野实践本身风马牛不相及。

有不少田野民俗志委实是单向的独白,面对这种"独白",当地人无从知晓,几乎所有的民间文学书写都无须给当地人过目。即便有些地方文化精英发现了其中的纰漏,也只能听之任之,因为他们被剥夺了为自己说句话的权利。这种普遍的田野学术现象恰如萨义德所表述的西方对东方的代言。他说:"东方学的一切都置于东方之外;东方学的意义更多地依赖于西方而不是东方,这一意义直接来源于西方的许多表述技巧,正是这些技巧使东方可见、可感,使东方在关于东方的话语中'存在'。"③东方与西方的关系状况完全可以置换为民间文学之"民"与民间文学学者。显而易见,在民间文学界,田野的意义更多地依赖学者而不是民间文学之"民",直接来源于学者的学术范式和学术话语。在学者书写霸权之下,民间文学之"民"完全丧失了自主性。

"让当地人说话"的田野追求,较之所谓的"主位""客位"、"参与观察"

---

① 〔美〕詹姆斯·克利福德、乔治·E. 马库斯编:《写文化——民族志的诗学与政治学》,高丙中、吴晓黎、李霞等译,商务印书馆2006年版,第297页。

② 同上。

③ 〔美〕爱德华·W. 赛义德:《东方学》,王宇根译,生活·读书·新知三联书店1999年版,第29页。

"经验接近"及"5个在场"都更富有革命性意义。民间文学界一再强调对"人"的关注,譬如,不能只是民间文学展演的描述,还要重视展演的组织者和参与者。这种立足于民间文学之"民"的学术转向,偏重田野"作业什么",没有触及更为重要的问题,即"如何作业"。"让当地人说话"就是在"如何作业"的层面突显"人"——当地人的学术主体地位。在这一意义上理解民间文学之"民",才是"民"的主体地位的真正确立。"让当地人说话",归还当地人应有的书写地位和发言权,把被剥夺了的言说权利还给当地人,或许能够引发民间文学田野作业的一场变革。

二、建立平等对话的田野机制

对民间文学的学术经营一般持两种态度,即本质主义和描述性。前者认为,民间文学不能只是停留在描述的层面,需要揭示现象背后的意义和深层结构。其实,民间文学生活只需要描述出来。维特根斯坦后期的语言哲学就强烈主张描述主义,提出了"不想,只看"(no thinking, only looking)书写原则。[①]"哲学只把一切都摆在我们面前,既不作说明也不作推论。——因为一切都一览无遗,没有什么需要说明。因为,隐藏着的东西,乃是我们不感兴趣的。"[②]事实上,能够对一个概念加以解释或定义并不一定就理解了这一概念,一个从未玩过游戏的人可以给游戏下定义,但并不能领悟游戏的真谛。相反,那些不懂如何给游戏下定义的人,却能够享受游戏,是游戏的真正拥有者。相应地,民间文学学者的任务不是思考民间文学和定义民间文学,而是参与和描述民间文学生活。"我们应当怎样向别人说明什么是游戏呢?我相信,我们应当向他描述一些游戏并且可以补充说:'这些和与此类似的事情就叫做游戏'。"[③]描述(description)可以成为民间文学书写的革命性策略和路径的方法论依据。20世纪60年代兴起的后现代主义把描述主义推向了顶峰,这种描述主义理论为当地人参与民间文学书写以及我们当下理解民间文学生活世界提供了理论支撑。

以往的民间文学书写几乎都是"概述",而非描述,不论是民间文学展演过程,还是民间文学展演行为莫不如是。"概述"的目的是满足某种分析

---

① 转引自姚国宏《话语、权力与实践:后现代视野中的底层思想研究》,上海三联书店2014年版,第36页。
② 〔奥〕维特根斯坦:《哲学研究》,李步楼译,商务印书馆2017年版,第76页。
③ 同上书,第49页。

范式。"让当地人说话"就是使学术话语回归民俗生活世界。借用庶民学派创始人拉纳吉特·古哈(Ranajit Guha)的表述,要欣然接纳当地人的"民间文学的细语"(the small voice of folk literature)①,让当地人原本微弱的、杂乱的,距离所谓学术甚远的生活之言说击碎调查者事先编制好的论文框架;让另一种不符合论述逻辑的琐细叙事、溢出了学术视野的话语在民间文学书写中得以繁衍。"概述"导致活生生的民间文学生活变得僵硬、呆板起来,而当地人面对同一民间文学的差异性表达,着眼于细节的完全从自我出发的叙事,才是最贴近民间文学生活实践的。

调查和书写主体的多元,必然导致学术成果呈现方式和阐述话语风格的转变。学者与地方文化精英的结合,是提升我国民间文学志书写水平的有效途径。如此,需要改变田野作业的一贯范式。以往学者们进入田野,只是通过与地方文化精英交流、访谈,获取所需的民间文学讯息和资料,田野被完全"他者"化。改变的方式就是主动吸纳当地人参与田野作业,让当地文化精英知晓学者的学术动机和论文选题、所运用的方法、学术目标等,使他们从田野作业的被动者转身为主动者。既然田野作业以当地人为考察对象,田野作业工作者就有责任强化当地人的学术意识,鼓励他们使用自己的语言和表达方式来建构自己的学术身份。这才是更深刻的田野作业的学术伦理。

倘若这样一种立足于"人"、强调"对话""合作"的田野作业范式得以付诸实施,所产生的学术效应就不只是一篇论文或著述,而是开辟了当地人参与学术过程的广阔的田野路径。地方文化精英经历了整个田野作业和书写的各个环节,接受了相对规范的完整的田野训练,具备了一定的田野作业能力,由地方文化精英转而成为民间文学研究的地方力量。在一定程度上,这一成绩较之学术成果更加重要,更具有可持续发展的学术意义。

民间文学学者一向标榜在田野作业中要"理解他人的理解",尊重当地人对自己文学生活的解释。正如美国人类学家萨林斯所言:"如果不尊重那些不是而且永远也不会是我们自身之物的各种观念、行为以及本体论,没有人能够写出好的历史,甚至当代史。"②就田野作业而言,尊重的根本保障

---

① 〔印〕古哈:《历史的细语》,见刘健芝、许兆麟选编《庶民研究》,中央编译出版社2005年版。

② 〔美〕马歇尔·萨林斯:《"土著"如何思考——以库克船长为例》,张宏明译,上海人民出版社2003年版,导论第17页。

及可能产生的理想效应就是"让当地人说话"。以任何形式和理由为当地人代言都是不可取的。给当地人腾出充足的学术空间吧。

第四节 "口头程式理论"的产生

20世纪以来,欧洲文化人类学界先后出现了具有强大阐述活力的三大理论,这三大理论均肇始于对民间文学的研究,与民间文学有密切关系,并从不同的研究视角以不同的研究方法将民间文学学科推向人文学科的前沿。

首先是"口头程式理论"(oral formulaic theory),其代表人物为米尔曼·帕里和阿尔伯特·贝茨·洛德。两人创立了口头理论的基本概念及研究方式,为民间文学的研究提出了一种强有力的可以广泛比较的工具。其次是"表演理论"(performance),此种理论中的"表演",是为了与以文本为主的方法相对,把表演看成民间文学生存的必要环境。它侧重于探究在表演进行时所发生的一切变化,以及这些变化给表演者、听者、研究者带来的影响。第三种理论是"民族志诗学"(ethnopoetics),代表人物有美国的邓尼斯·泰德洛克(Dennis Tedlock)和戴尔·海姆斯(Dell Hymes),他们都以民间口头文学为研究对象。这一学派坚持以某种口头传统自身原有的术语来理解该口头传统,并密切关注语言的韵律、类音、程序化句法、诗节和叙事范式,而且将姿势的视觉效果、声腔的高低和音质、乐器以及服饰装束等都视为具有特定的象征和指涉的意义。其目的就是希望把简化为文本的僵化的文学还原为具体传播情境中的生活形态。于是倡导人类学的田野作业方法,尝试从交往和传播情境的实况来体认民间文学存在的条件,进而确定从口传到书面的变异规律。

"口头程式理论"是关于史诗内部结构规律的一种理论。它认为,传统的史诗歌手,包括曾经演唱《伊利亚特》和《奥德赛》的荷马,之所以能演唱长篇而复杂的史诗,并非天生具有惊人的记忆力,而是善于在演唱中使用具有程式化的词语——这些程式化的词语的运用帮助他们在表演中进行再创作,而不是简单地重复。"程式"指在同一口传文本里面,经常用来表达一个特定观念或情境的一组词汇。这种程式不仅体现在语言上,也体现在叙事的主题和故事范型上。史诗的演唱者正是遵循程式、主题、故事范型而在表演中进行创作的。对口头传统程式概念的获得,最初来自学者们对"荷马问题"的探讨,但全面的认识和把握,则随着帕里和洛德田野工作的展开而不断深入。可以说,田野工作在这一理论形成发展过程中具有重要地位和决定性作用。

人类学的田野调查方法,是帕里和洛德研究史诗的理论基石。当帕里接触到拉德洛夫等学者在田野调查中得来的作为第一手材料的史诗时,他发现他从荷马史诗文本中得出的结论,在这些材料中得到了印证。帕里由此意识到理论的建立不仅需要文本分析的支持,更需要直接观察的支持,从口头传统的现场来验证自己的理论假设。他在1935年秋天写道:"此项研究的目的是要精确地确定口头故事诗的形式,认清它与书面故事诗的区别。它的方法就是要观察一下,在一个口头诗歌很兴盛的传统中,歌手们是如何工作的,即一个没有读写能力的歌手如何学习和演练他们的艺术,了解歌手们的这种工作方式又如何决定了他们的歌的形式。"[1]1933年的夏天,帕里到南斯拉夫进行实地调查。他的田野工作具有科学性,在音响设备等方面要求专业性,并且在其田野报告《科尔·胡索》中反映了常规的口述文本与声学记录之间的差异。1934年6月到1935年9月,帕里以杜布罗夫尼克为基地扩展调查,录集了大量的史诗文本,并与荷马史诗中的整体程式诗行、停顿、主题等进行了比较。1935年,帕里不幸去世,没有完成他构想的考察研究。他的开创性工作就由其合作者和学术继承人阿尔伯特·贝茨·洛德来推进。

洛德一方面继续在南斯拉夫开展田野调查,另一方面着手整理保存在哈佛大学"帕里口头文学特藏"的资料。正是这些工作,为洛德后来的研究奠定了基础。1936年,洛德开始撰写一系列研究文章,通过与南斯拉夫口头传统的类比解释,阐析存在于荷马史诗中的一些特殊的疑难问题。他后来的实绩,远远超出了帕里生前的研究规划。1960年,他出版了《故事的歌手》(*The Singer of Tales*)一书。此书被誉为"口头理论之圣经",从而"使口头程式理论成为一门自成一体的学科,并且使这一领域,最终扩展到了超过100个古代、中世纪和当代的传统之中"[2]。

第五节　校园民间文学调查

在大学校园里发现传统的民间文学是极其困难的,传统的民间文学经

---

[1] 〔美〕阿尔伯特·贝茨·洛德:《故事的歌手》,尹虎彬译,中华书局2004年版,第4页。
[2] 〔美〕约翰·迈尔斯·弗里:《口头诗学:帕里-洛德理论》,朝戈金译,社会科学文献出版社2000年版,第87页。

典作品在教科书里才能找到。为学者津津乐道的民间文学或因地方及村落色彩太浓的缘故,在校园里没有生存的基础。大学生是一个特殊的群体,他们聚居的地方构成了都市中一个极有魅力的生活空间,在这里,我们大致可以领略都市民间文学的表现形态和发展走向。

当下的大学校园已经完全摆脱了旧时高高在上的经院姿态,敞开了自己的大门,融入了社会生活当中。社会生活的各个侧面,都能在此听到回响。而以广阔的社会生活为生存土壤的民间文学,在大学校园里也得到了广泛的传播,并与特定的校园环境、当代大学生的身心特点相结合,形成了独具特色的校园民间文学。校园民间文学往往以大学生自己的生活为题材,透露他们的情感、心理状态和情绪,表达对一些社会问题的看法。校园民间文学的形式主要有笑话、顺口溜、流行语、智力测验游戏、鬼故事和怪谈等。

一、校园顺口溜

校园顺口溜一般远离政治,只是学生拿自己开涮。由于大学生活中恋爱扮演了极为重要的角色,因而女生成为被关注和调侃的主要对象,围绕她们产生了"大一至大四女生不同风貌""某大学女生几回头""从后从旁从前看"等重要题材。流传较广的有:"大一娇,大二俏,大三拉警报,大四没人要";"大一女生是橘子,好看但不好吃。大二女生是苹果,好看也好吃。大三女生是石榴,不好看但好吃。大四女生是西红柿,自以为还是水果";"(一女生)从后面看想犯罪,从旁边看想后退,从前面看想自卫";"某校女生一回头,吓死路边一头牛,某校女生二回头,书记院长齐跳楼,某校女生三回头,长江黄河也倒流,某校女生四回头,哈雷彗星撞地球"。其中的"某校"在不同大学的流传者中被替换为不同的校名。这一母题异文较多,还有"震倒路边一栋楼"等说法。这类顺口溜中的调侃毫不客气,在无聊的恶作剧心态中透露出处于特定年龄、环境的男生们对身边异性同伴的关注和对理想女性的追求、向往。

此外还有许多顺口溜反映了大学生在生活娱乐、婚姻恋爱等方面的观念、要求,如"吃在清华,住在北大,玩在人大,爱在师大"(流传于北京),"不嫁东财郎,不娶大外女"(流传于大连)。根据流传地区的不同,其中的校名、地名有相应的变化。有一首从北京某高校流传开来的顺口溜着实幽默,描绘了学生们的恋爱景况:"昨夜醉酒归宿,路黑不知归路,误入草坛深处,呕吐、呕吐,惊起鸳鸯无数。"校园顺口溜是反映学生生活、校园文化的一面镜子。

二、校园笑话

校园笑话是大学生对生活中发现的幽默滑稽的事件,加以夸张变形,编成笑话,用来娱乐和审视,也可以表达对这些事件的情感态度,如厌倦、欣赏、反对等。反映的生活内容多是学习、日常生活、爱情等,对象多是学生、老师、家长,往往能生动展示校园生活的乐趣和苦楚。

下面是一则名为《想当神仙都不上网》的笑话:

>想当神仙的都不上网不知道吗?看看:在中国有这么一群人,他们为了自己以为的理想不断忙活,不看电视,不听广播,不看报纸,不上网,不接触花花绿绿的外界事物,渴望着内心的平静。他们的一切就是他们自己和他们所忙活的事。他们通常神秘兮兮地露面,显得对一切毫无兴趣,但对于某些地方贴出来的纸片却关注至极,定期不定期地,他们会云集在一些大师周围,蒸桑拿般一听就是一个月半个月,然后还要给大师钱。他们不稼不穑,不工作。他们一般都偏瘦,只眉宇间露出坚强和凝重。他们看不得碌碌无为的人,认为他们没有思想,一旦有机会,他们就像抓住救命草一样给人分析,劝人走他们走的路,说起来甚是兴奋,似乎与此同时也鼓舞着自己的斗志。他们潜意识想把任何人拉进自己的队伍,他们心中也有自己的神。不,你说错了,他们不是有毛病,他们是考研的。

当下流行的一条"校园名言"表达了同样的意思:

>人到了大四,
>保研的,过着猪一样的生活,
>找工作的,过着狗一样的生活,
>考研的,过着猪狗不如的生活。

有很多值得体味的东西在这些校园的段子当中。除了纯粹逗乐的笑话以外,大部分校园笑话都带有黑色幽默的味道。上述例子前者中准备考试的学子的行为显得有些悲壮;在笑声过后,学生们的心理被犀利地剖析着,他们更清醒地看到自己的未来。后者在揶揄调侃中,的确对当下大学毕业生的趋向以及大学四年级学生的生活状况和心态作了极为精妙的解读。

值得注意的是,一些网站所谓的搞笑 flash、爆笑 flash 受到大学生极大的欢迎,从某种程度上说,它们可以被看作笑话的一类变体,通过与画面和声音的结合,传统意义中平面的文字笑话被做成了立体的短片,更加直观形象,因而风靡于大学校园。

三、校园流行语

校园流行语是经常挂在大学生嘴边的变异了的语言。大致有以下特点:

(1)代用语层出不穷。如果有人对你说:"你真像孔雀!"别以为她在赞美你,她的意思是你太自作多情了。上自习是"革命";"学习文件""操练操练"是指打牌;"疲软"是指没钱用了;"化妆"称"奋(粉)发图(涂)强";男生追女生叫"钓鱼""钓花";女生追男生则是"钓虾";约会称"出去甜蜜一下";常打小报告的人叫"老男人";矮个子被称为"根号"。

(2)众多的旧词新解,令人啼笑皆非。若有人说你是他的"偶像",你不要激动,"偶像"意指呕吐的对象。还有,"天才"指天生的蠢材,"神童"是神经病儿童;"大喜之日"就是要洗很多衣服的日子;早锻炼被称为"早恋";下午锻炼则是"黄昏恋"。诸如此类,等等。

此外,形容词前加上表示程度的"奇""乱""爆""狂""巨"等,时常挂在学生嘴边,如"奇快无比""爆好""巨斜""狂差"等。

四、鬼故事

鬼故事和校园怪谈可谓大学校园的独特叙述样式,它们多产生、流传于学生的"夜谈",与各校的具体环境、历史紧密相连。比如,北京师范大学地处铁狮子坟、小西天之间,原先是乱坟场,因而产生了许多阴魂现身的故事;据说华南理工大学的某栋楼曾吊死过人,又衍生出一系列怪谈;而在北大,传说许多女鬼都是从未名湖中爬上来的。许多学校都有传统的鬼故事,一届届流传下去,如北京公安大学的"红马甲的故事"、北师大的"书本自翻页的故事"等。校园鬼故事有一系列母题,包括:"红马甲的故事",讲述一学生被一个小孩纠缠,要求他穿上一件红马甲,当他最后照办后突然失踪,几日后被发现,身上已被剥皮;"厕所的故事",讲述厕所里突然伸出一只手,低声道"给我一张纸";"水房的故事",讲述去水房的人神秘消失,不知去向;"不存在的房间的故事",描述一个不可能存在的房间——如每层楼的房号只到14,但某些时候竟出现了房号为15的房间……这些故事在不同的学校或地区保留了大体的情节框架,在细节上有各种变化,或改变地名人名,或糅进富有地方、学校特色的因素,形成许多异文。这些鬼故事反映了大学生敏感、喜猎奇、好幻想的心理特点,是校园民间文学的一种独特形态。

校园鬼故事很多都发生在水房、厕所、回寝室的路上或深夜的教室,这些正是校园里最容易让人产生恐怖心理的地方,这是鬼故事产生的现实依据。而这些地点通常不是一成不变的,往往会随讲故事的地点变化而具体化,使听众产生更强的真实感。譬如"红马甲的故事",由北师大的学生来讲,就可能讲故事发生在十五楼五层东头的水房,让听众产生确实有这样一件事在身边发生过的错觉。讲鬼故事一方面可以疏导恐怖心理,使大家相信那不过是虚构的故事,一方面又在不断强化这种恐怖意识,提示这种恐怖的存在。

五、智力测验游戏

大学生是智商比较高的人群,常常会玩一些智力测验的游戏。这实际上是传统猜射谜语的活动在校园里的置换。智力题在大学生中比较流行,多具有戏弄人的性质。这些题目大都诱使对方在对问题的回答乃至思考中受到愚弄,如前几年较流行的"四只鸡的名字"诱使对方回答"第三只鸡叫'我'",以及现在广为流传的"疯人院长""井里的小猪"诱使对方在思考中陷入疯子、小猪的角色。其他有名的题目还有"某人站在叶子上"暗指"朱(猪)丽(立)叶","某人洗澡"暗指"朱(猪)自清"等。

"脑筋急转弯"也是大学生们常玩弄的把戏,往往打破人们惯有的思维模式,从另一个角度想问题,其正确答案常教人既恍然大悟又哭笑不得。如著名的题目"把一只大象放进冰箱需几步骤",答案:(1)打开冰箱,(2)放进大象,(3)关上冰箱。又如"一片草地":一片草地,打一花:梅花(没花);又一片草地:野梅花;来了一群羊:草莓(草没);来了一只狼:杨梅(羊没)……依次发展下去。其他较有名的题目还有"壁虎的故事""灰姑娘""1+1=?""扔出的球"等等。

宿舍是口头传播校园民间文学的最佳场所,每天晚上的"卧谈会"上,各种校园民间文学"新鲜出炉"。"课桌文化"、校园刊物,是最能体现校园特色的传播方式。随着现代科技的发展,网络设备和移动电话在大学校园内普及开来,网络和手机促进了校园民间文学的流行。简短的笑话、打油诗和流行语通过手机短信息的方式获得传播。BBS和相关大学校园生活的网站有很多相关内容。校园民间文学大多为学生自己创编出来的,传播的两端仍是口头的,由口头创作,最终落实于口口相传,只不过传播的中间阶段借助了"课桌"、校园刊物和网络等具有校园特色的载体。校园民间文学并没有改变民间文学的基本属性。

关键词：

田野作业　主位　客位　元叙事　参与观察　深度描写
口头程式理论　描述主义　"写文化"

思考题：

1. 为什么民间文学研究要进行田野作业？如何进行田野作业？
2. 在田野作业的过程中，如何运用文献资料？
3. 如何突破民间文学田野作业的地域局限，体现超越具体地域的学术追求？
4. 人类学家常说，田野作业的过程是"让陌生的变为熟悉，让熟悉的变为陌生"。如何理解这句话？
5. 谈谈民间文学田野作业与人类学等相关学科田野研究的联系与区别。
6. 民间文学田野作业是在调查原始民族的基础上形成的，较适宜研究书面语言不流行、社会尚未分化的简单社会。现在已不限于"土著"社区，还包括"文明人"和都市社区。在两种不同的调查领域，调查方式和目的有何不同？
7. 如何避免用声言"这是当地人的看法"来混淆事实上属于自己看法的做法？
8. 为什么民间文学田野作业要发现故事？

第十三讲
民间文学研究方法及其实践

民间文学研究方法同其他学科研究方法一样,是一个不断出新和不断实践的过程。任何方法都是在特定的时空中产生的,有着时代的合理性和局限性。任何方法也都是在已有方法的基础上发展起来的。由于研究的目的和出发点不同,使用的方法自然就有差异。其实,方法同样具有相对的意义。近些年,中国民间文学学界明显呈两种学术取向,代表了历史主义和形式主义的两极。语境批评家和书写文本批评家展开了民间文学学术史上最为荒唐的论战,而后者似乎占了上风。

第一节 研究方法的否定之否定

20世纪以前,对民间文学的研究,主要关注的是起源问题,于是就出现了浪漫主义的民族主义、文化进化理论和太阳神话学说。之后,民间文学的社会意义、结构形式和本质特征等问题受到重视。

功能主义学派产生于20世纪20年代的英国。1922年,拉德克利夫-布朗的《安达曼岛人》和马林诺夫斯基的《西太平洋上的航海者》出版,成为功能主义学派的"出生证书"。他们认为口头传承来自人本身和社会的需要,而不是心理的压抑或无意识欲望。拉德克利夫-布朗早期特别强调对文化功能的研究,在《安达曼岛人》这本书的前言中,他写道:"原始社会的每个风俗与信仰在该社区的社会生活上扮演着某些决定性的角色,恰如一生物的每个器官在该有机体的一般生命中扮演着某些角色一样。"[1]他指出,一切文化现象都具有特定的功能,整个社会或某个社区都是由不同功能构成

---

[1] 转引自〔美〕E.哈奇:《人与文化的理论》,黄应贵、郑美能编译,黑龙江教育出版社1988年版,第214页。

的统一体。构成统一体的各部分相互配合、协调一致，只有揭示不同文化所拥有的不可缺少的功能，才可以理解它的意义。马林诺夫斯基则明确阐述原始人的神话在社会生活中的重要作用："神话是陈述荒古的实体而仍活在现代生活者……神话不只是个叙述，也不是一种科学，也不是一部门艺术或历史，也不是解说的故事；它所尽的特殊使命，乃与传统底性质，文化底延续，老年与幼年底关系，人类对于过去的态度等等密切相联。简单地说，神话底功能，乃在将传统溯到荒古发源事件更高、更美、更超自然的实体而使它更有力量，更有价值，更有声望。"①

20世纪初，弗洛伊德的精神分析理论为民俗学的研究开辟了一个新的天地。人们不再局限于只研究神话的社会功能，而开始着眼于神话故事与人类心理之间的关系。弗洛伊德最伟大的贡献之一在于他对无意识的发现。他认为，神话故事的内容和形式只不过是人们用来表现无意识欲望的一种工具，我们对神话的理解不能只停留在表层上，而应更深入地挖掘神话的内在含义，即人类的无意识是怎样得到宣泄和满足的。

但是，神话的内容和形式由于文化背景的不同会具有各自不同的特点。也就是说，每一种文化都有自己特定的表现人类无意识活动的符号。所以，神话才会随文化的不同而表现出差异。阿兰·邓迪斯说："在探索民俗起源的现代理论中，没有哪一个比心理分析更引起争议的了。大多数职业民俗学家，倾向于以历史的而非心理的，文献的而非象征的方法探讨民俗，他们完全否定运用心理分析法于民俗材料的尝试。"②

20世纪中期兴起的结构主义再一次向功能主义发起了挑战。列维-斯特劳斯否定了神话故事具有任何的社会功能。他认为，神话最重要的作用在于它的心理功能，即帮助人们借助于形象来进行心理结构的分析。列维-斯特劳斯关心的，不是神话与历史、神话与自然、神话与文学等表现的关系，也不是神话与宗教仪式的关系，而是神话中所体现的人类心理活动轨迹及其呈现的各种形式的投影图像。他认为，口头传承反映出人类意识的潜在的或深层的结构。"结构"并不是客观世界所固有的，而是人类的精神所造就的，是先验的、无意识的，是一种人类心灵的自生而自律的先天模式；不是

---

① 〔英〕马林诺夫斯基：《巫术科学宗教与神话》，李安宅译，中国民间文艺出版社1986年版，第127页。
② 〔美〕阿兰·邓迪斯编：《世界民俗学》，陈建宪、彭海斌译，上海文艺出版社1990年版，第127页。

客观社会物质条件的产物,而是人类思想的一种特质。① "无意识"不是指非理性的本能冲动,而是指全人类所固有的、合逻辑的、合理性的理智能力,其作用是使散乱的心理因素结构化。他将文化的所有方面,从亲属称谓到神话学的叙事,统统看作人类意识潜藏的普泛因素。他认为人类对世界的认识,可以用二元对立的术语来说明:昼/夜,黑暗/光明,男人/女人,左/右,上/下,以此类推。这些感觉知觉,按照一定的结构,被埋进深层的、认知的层次,为文化的诸方面提供了系统的手段,用以调节或沟通对立双方。

结构主义的形式结构是固态的、静止的和单一的,它抽空了民间文学的内容,脱离了具体的表演环境,是抽象、空洞的。这一理论把叙事压缩为静态的、无时间性的深层结构,而全然不顾故事可能向着不同方向发展的诸多可能性。对于结构主义批评家来说,"一部叙事作品中最为深刻的隐含结构是它的一致性;揭示了一致性,也就揭示出了作品形式上的、主题上的乃至观点上的一致性。换言之,在对一致性的批评性寻求中存在着一种要将叙事作品呈现为一个连贯而稳定的设计的欲望。而从后结构批评家的观点看来,这种做法无视文本中与整个结构相抵触的细节,恰恰降低了叙事作品的复杂性和异质性。传统叙事学家由于把文本看成一个稳定的连贯的设计,因而只能对文本作部分的解读。后结构主义叙事学的一个重要特征就是,它设法保持叙事作品中相矛盾的各层面,保留它们的复杂性,拒绝将叙事作品降低为一种具有稳定意义和连贯设计的冲动"②。随后兴起的表演理论和民族志诗学都是对结构主义的超越。

事实上,在人文社会学科领域,任何理论和范式都有其自身的缺陷和时代的局限性,理论和范式的出新正是学科发展的标志之一。范式和范式之间不是互相更替和取代的关系,不同的范式可以提供不同的研究民间文学的视角,从而获得不同的视域。否定之否定不是否定。在民间文学领域,范式本身并没有对错之分;作为观察的方式,它们只有适用程度的区别。

第二节　研究方法的实践

在中国现代民间文学研究史上,使用最娴熟和最成功的研究方法大概是"比较研究法"和"历史演进法"。

---

① 参见高宣扬《结构主义》,台湾远流出版事业股份有限公司1990年版,第151—162页。
② 〔英〕马克·柯里:《后现代叙事理论》,宁一中译,北京大学出版社2003年版,第5页。

一、比较法

最初提倡将比较法应用于民歌谣谚研究的是胡适和常惠。1922年12月3日,胡适在《努力周报》上发表了《歌谣的比较的研究法的一个例》,首次提出了异文比较的歌谣研究法,并引入了"母题"这一术语:

> 研究歌谣,有一个很有趣的法子,就是"比较的研究法"。有许多歌谣是大同小异的。大同的地方是他们的本旨,在文学的术语上叫做"母题(motif)"。小异的地方是随时随地添上的枝叶细节。往往有一个"母题",从北方直传到南方,从江苏直传到四川,随地加上许多"本地风光";变到末了,几乎句句变了,字字变了,然而我们试把这些歌谣比较着看,剥去枝叶,仍旧可以看出他们原来同出于一个"母题"。这种研究法,叫做"比较研究法"。①

"母题"(motif)这一术语是由胡适率先介绍到中国的,也首见于此文。

胡适的这一篇文章,对我国现代早期的民间文学研究方法产生过重要影响。1924年10月,董作宾发表在《歌谣周刊》的《一首歌谣整理研究的尝试》一文,就是在歌谣领域中实践这种方法的第一个重要成果,也是运用比较方法研究民间文学的成功范例,从文化发掘和研究方法等方面给后来人以直观的参照。钟敬文认为,董作宾的《一首歌谣整理研究的尝试》是"自北大搜集发表歌谣五年多来,最有分量的理论文章",它跟顾颉刚的孟姜女研究,先后辉映,"堪称这时期口承民间文艺学上的'双璧'"。②

董作宾以敏锐的眼光,从征集到的一万多首歌谣中,精心挑选出45首同母题的歌谣《隔着帘子看见她》,将这些材料梳理成黄河流域、长江流域南北两大分系,并按南北两大区列出流传系统表,又从字、词、句、段四层加以考订,最后从风俗、方言和文艺三方面进行解析。他提出"从歌谣中得来的各地风俗,才是真确的材料,因为它是一点点从民众的口中贡献出来的"。"一个母题,随各处的情形而字句必有变化,变化之处,就是地方的色彩,也就是我们采风问俗的师资。""到一地方就染了一层深深的新颜色。以前他处的颜色,同时慢慢的退却。"由此说明"歌谣中一字一句的异同,甚

---

① 苑利主编:《20世纪中国民俗学经典·史诗歌谣卷》,社会科学文献出版社2002年版,第46页。

② 钟敬文:《"五四"时期民俗文化学的兴起——呈献于顾颉刚、董作宾诸故人之灵》,《民俗文化学:梗概与兴起》,中华书局1996年版,第106页。

至于别字和讹误,在研究者视之都是极贵重的东西"。董作宾把风俗分为女子的妆束、婚姻的状态、待客的情形、器用四个部分,具体结合各地歌谣字句的异同加以论述,以寻求其地方因素和社会特征:由女子妆束比较可知"北方多穿高低鞋,南方则否,北尚朴素,南多奢靡",据歌谣所咏还反映出"中国的婚制是父母包办式的",从待客情形又可以想见"北方的朴实,南方的奢华",于歌谣内容还可窥各地衣、食、住和出产等器用之一斑。而在方言方面,按不同地域的对比,可知"语言的变迁与歌谣有同样的关系"。因而"将歌谣的传布情形,绘出地图,便也是方言地图的蓝本;因为甲地和乙地的歌谣相同,就是甲乙两地语言相通的证据;歌谣不同,也可以说就是语言不通","将来把各地完全整理出来,按着歌谣流传的路道,去寻找语言变迁的踪迹,一定容易许多"。这样看来,"歌谣又是方言的顶可靠而且有价值的参考材料了"。关于文艺方面,"歌谣虽寥寥短章,但皆出自民俗文学家的锦心绣口","明明一首歌谣,到过一处,经一处民俗文学的洗礼,便另换一种风趣"。①

比较研究法实际上是民间文学研究的一种恒常方法,正如邓迪斯所说:"从最早的民俗研究开始,如果没有比较,一个人就不可能成为一个真正的民俗学家。在19世纪最初的数十年里,格林兄弟很快就发现,他们收集的故事在其他国家也有相近的类似存在。正像在历史上有联系的语言可能被证明会有同源的词条和相似的句法结构一样,民间故事和其他形式的民俗也能够被证明有发生学的/历史的共同特征。"②

日本学者柳田国男所倡导的"一国民俗学"的理念中,有一种"重出立证法",也是比较的方法。就是尽量收集国内同类型的异文,进行比较,归纳、判断此种类型文本一些本质的因素,以复原其原本状态。当然,这种方法仅适用于"一国民俗学"的框架之内。

二、演进法

钟敬文说:"在中国现代民俗学史和民间文学运动史上最有分量的文章之一,是顾颉刚写于1924年的《孟姜女故事研究》。但它不是抄人类学

---

① 董作宾:《一首歌谣整理研究的尝试》,见苑利主编《20世纪中国民俗学经典·史诗歌谣卷》,社会科学文献出版社2002年版,第54页。
② 〔美〕阿兰·邓迪斯:《人类学家与民俗学中的比较方法》,《民俗解析》,户晓辉编译,广西师范大学出版社2005年版,第48页。

或其他学派的什么东西,而是中国学者自己的创造。在这篇论文中,顾先生第一次使用了历史地理的方法,研究中国的民间传说故事,提出了自成体系的理论。"①"自成体系的理论"应该就是"历史演变法"。这是顾颉刚借鉴芬兰历史地理学派的方法,结合中国民间文学的特点构建出的。

演变的分析是顾颉刚史学研究和民俗学研究的主要观点和方法,也是《孟姜女故事的转变》的主要价值所在。正如顾颉刚所说:"我的唯一宗旨,是要依据了各时代的时势来解释各时代的传说中的古史。"②"历史演变法"的理论支点是历史进化论。传说故事的变迁和演化,与古史具有相同的演变规律,从传说故事的演变规律可以推究古史的演变规律。后来,他把古史研究方法运用到民间文学研究当中,就有了孟姜女传说故事等的研究。

1924年11月23日出版的《歌谣》周刊第69号刊载了顾颉刚的《孟姜女故事的转变》,这篇文章也就是"历史演变法"的具体实施和示范。顾颉刚以时间为序,把从战国到北宋时期的有关孟姜女故事的材料作纵向排列,寻求其演进的时间系统。他爬梳出传说的线索:"起初是却君郊吊,后来变为善哭其夫,后来变为哭夫崩城,最后变为万里寻夫。"③顾颉刚把每一变动都放到特定的社会背景中去,力求联系当时的社会、政治、时尚、风俗等种种因素加以综合考虑,尽可能"解释每一次演变的原因"。他在分析中指出:"战国时,齐都中盛行哭调,需要悲剧的材料,杞梁战死而妻迎枢是一个很好的题目,所以就采了过去。西汉时,天人感应之说成为一种普遍的信仰……杞妻的哭,到这时便成了崩城和坏山的感应,以致避兵而回,因渴泉涌。六朝、隋唐间,人民苦于长期战争中的徭役……于是杞梁的崩城便成了崩长城,杞梁的战死便成了逃役而被打杀了。同时,乐府中又有捣衣、送衣之曲,于是她又作送寒衣的长征了。"④但他不同于以往学者从史实的视角看待传说故事,而是以故事的眼光加以研究,并且努力分辨出其中的层次,追踪其演变的原因,从而作出更为精当的解析和结论。这种研究着重考察孟姜女故事的演变史,而不是针对孟姜女故事文本的分析。

顾颉刚所用的方法,简单说来就是一句话:以演变说明事物,即将散见

---

① 钟敬文:《建立中国民俗学学派论纲》,《广西民族学院学报(哲学社会科学版)》2000年第1期。
② 顾颉刚:《古史辨》第1册,上海古籍出版社1982年版,自序第65页。
③ 同上书,第273页。
④ 顾颉刚:《孟姜女故事的转变》,见钱小柏编《顾颉刚民俗学论集》,上海文艺出版社1998年版,第156页。

于各种文献中的有关记载——按其出现的先后排列起来,看其如何演变,并依照各个时代的时势解释其演变。他在晚年对其研究方法作过十分精练的总结:"历史资料用了拼合的方法来处理,把许多真而零碎的东西凑起来,使它成为系统的记录;传说资料则用了剥离的方法来处理,把这一故事的有意或无意的转变顺条顺理地揭开,结合它的政治背景和社会背景,指出它所以转变的原因。这就使得历史和传说各个恢复了它的本来面目,而不致真和伪杂糅,虚和实相乳。"①运用此种方法,顾颉刚发现了著名的"层累地造成的中国古史"原则,认为"古史是层累地造成的,发生的次序和排列的系统恰是一个背反"。具体情况有三:第一,时代愈后,传说的古史期愈长;第二,时代愈后,传说的中心人物愈放大;第三,我们在这一点上,即使不能知道某一件事的真确的状况,也可以知道某一件事在传说中最早的状况。②

第三节 民间故事的结构形态

民间故事形态分析属于情节分析。"情节分析是叙事理论的比较解剖学:它向我们展示了相似的故事所共有的结构特征。也许,我们研究这种骨架是因为这就是口头故事被印刷成书时所留下来的一切。被丢掉的是讲故事人与听众之间的复杂的相互影响,这一点人类学家们近来才刚刚开始着手探寻。"③

一、民间故事形态学

俄国民间文艺学家普罗普于1928年出版了《民间故事形态学》,创立了民间故事形态分析理论体系。该书尽管英文版30多年后才问世,但被公认为结构主义的奠基之作。

1. 民间故事形态学原理

形态学分析指的是对结构或形式进行研究,考察某种体系的组成部分,看它们相互之间如何关联。"功能"(function)是其核心概念,即故事中主要人物对情节发展有意义的行动,是故事基本的结构要素。对行动的把握

---

① 《顾颉刚评传》,转引自顾洪编《顾颉刚学术文化随笔》,中国青年出版社1998年版,第515页。
② 顾颉刚:《古史辨》第1册,上海古籍出版社1982年版,自序第3—4页。
③ 〔美〕华莱士·马丁:《当代叙事学》,伍晓明译,北京大学出版社2005年版,第101页。

不能脱离行动过程本身,在不同的情形下,同一行动的功能可能并不一致。普罗普对俄罗斯民间文学研究家阿法纳谢夫(Afannasiev)所编《俄罗斯故事集》中100个幻想故事的结构成分作了仔细分析,得出了如下四方面的判断:

(1)人物的功能是故事中恒定不变的因素,无论这些功能是如何以及是由谁来完成的。它们构成了故事的基本成分。

(2)对于幻想故事而言,功能的数量是有限的。

(3)功能的排列顺序总是完全相同的。

(4)所有的幻想故事在其结构上都属于一个类型。①

通过归纳,普罗普发现幻想故事中的人物具有31种功能,这些功能构成所有幻想故事的基本情节。每个幻想故事总是由这些功能中的某些功能组成,尽管并不一定是所有功能。由功能组合的情节结构可以分为六个阶段:准备阶段、复杂化阶段、转移阶段、斗争阶段、返回阶段、认出阶段。每个阶段分别包含若干功能。

要获得31种功能,首先必须对故事的叙述作"规范化"(normalization)处理。按照美国学者亨得瑞克斯(Hendricks)的界说,"规范化"就是将故事的叙述分为不同成分,即构成叙述语言陈述(narrative discourse)中的叙述成分、描述成分、说明成分及作者的主观陈述(metadiscourse);再撇开后面三种成分,只分析与结构有关的叙述成分。亨得瑞克斯将构成叙述成分的元素称为功能素,而将其他描写状态的陈述成分元素称为状态素;前者是动态的,改变人物情景,后者为静态的,不影响人物的命运。② 普罗普归纳的31种功能属于叙述成分的元素,即功能素。

2. 31种功能的简要表述

在《民间故事形态学》一书的第三章,普罗普提供了一张表格,对31种功能作了详细描述,其中包括每种功能的常规标志,对每种功能的简短定义,以及对每种功能的本质的简要概括。同时,还依次解释了每种功能可能出现的不同情况。③

功能的确定,不是依据功能的主体——角色,因为角色是"变量",而不是"恒定不变的因素"。角色一般可分为七类:

---

① 转引自李扬《中国民间故事形态研究》,汕头大学出版社1996年版,第7页。
② 转引自靳玮《民间故事的叙事结构》,《民间文学论坛》1988年第3期。
③ 31项叙事功能详见李扬《中国民间故事形态研究》"普罗普功能一览表",汕头大学出版社1996年版,第23—33页。

(1) 反角(villian)
(2) 捐助者(donor)
(3) 助手(helper)
(4) 被寻求者(sought-for person)
(5) 差遣者(dispatcher)
(6) 主角(hero)
(7) 假主角(false hero)

角色和功能常常构成对应关系,有时一个功能也可能分属多个角色,也就是说,一个行动常常由几个角色来共同完成。在一个幻想故事中,七种角色可能不会全部出现。"在分析故事的叙事功能时,我们的着眼点既不能放在人物的性格特征上,也不能放在人物孤立的行动和行动方式上,而应当放在人物的某一行动与故事行动的关系上,放在它对于故事行动所产生的意义和作用上。"①民间故事常常安排各种角色来实践同一行动,通过各种具体方式来实现同一功能,这就使得我们可以根据角色的功能(function)来研究民间故事。角色的功能是故事构成不变的或者说基本的因素。故事的功能是由角色的行动构成的。

普罗普试图重构传奇故事的原始形式或者说基本形式,它仅仅由31种功能组合而成,可以由功能系列符号表达出来,而已知的全部故事均为其变体。这即是说,所有的神话实际上只是一个神话。当然"普罗普重构的原故事不是一个故事;没有人把它讲给任何人听。它是分析合理性的产物:分出功能段,用统称界定功能,把它们置于惟一的接续轴上,这些操作把最初的文化对象变成一个科学对象。这一变化在下述情况下十分明显:用代数符号重写全部功能,去掉仍借自日常语言的名称,只留下31个并列符号纯粹的接续。该接续甚至不是一个原故事,因为它根本不是一个故事:它是一个系列,即一个序列(或 move)的线性痕迹"②。

3. 民间故事形态学的具体运用

一个行动不能脱离其在叙事过程中的特定位置来界定,在不同的情形下,不同的行为可能意味着相同的功能。以"天鹅处女型"故事为例,在一种情形下,主人公说了妻子是雁变的;在另一种情形下,主人公告诉了妻子

---

① 罗钢:《叙事学导论》,云南人民出版社1994年版,第27页。
② 〔法〕保尔·利科:《虚构叙事中时间的塑形:时间与叙事》第2卷,王文融译,生活·读书·新知三联书店2003年版,第64页。

羽衣的所在。尽管行动不一样,但功能是相同的,即违禁的性质是一样的,且对整个故事情节发展产生了同样的影响。普罗普概括出来的民间故事的31项叙事功能中,功能表第二项是对主人公发布某种禁令。定义:禁止,符号γ。禁令往往是直截了当发出的,如"不准偷看这间房间""看好你的弟弟,不要带他到院子外面去"。第三项是违反禁令。定义:违禁,符号δ。第三十项是反角(有时是正角为拯救他人而违禁)遭到惩罚。定义:惩罚,符号U。U(惩罚)之所以没有紧随δ(违禁),是因为其后的第八项是A(恶行)。δ和A都可分别导致U(惩罚)。而在我们所讨论的故事中,都是由δ单独导致U,也就是说,凡结尾是U的,前面一定是δ。倘若我们将普罗普归结的叙事功能应用于含有禁忌母题的民间口头叙事文学的结构分析,就可以列出功能图式,即再现γ、δ符号或U符号。

禁忌母题所诉诸的叙述结构模式大致是这样的:准备设禁→设禁→准备违禁或准备守禁→违禁或守禁→准备接受惩罚或准备逃避惩罚→惩罚或逃避惩罚→最后结局。以民间故事《金指头》为例①:

> 传说早年在沂河边上,有个要饭的名叫王得宝。这天他在路上碰见一个老和尚,老和尚叫王得宝把右拇指放进他的嘴里。王得宝照办了,功夫不大,他抽回手指,原来的肉红色已经变成了金黄色了。
>
> 老和尚说:"今后你这个手指头就能治病了,不管什么病,一摸拉就好。你给人治病是不要钱的,倘若食言,佛法不容。"(γ)说完就不见了。
>
> 结婚后,妻子就经常劝王得宝收点钱,王得宝总是拒绝。后妻子说自己有喜了,为孩子将来的生计也应收钱,渐渐地王得宝开始收钱,到后来更是没钱就不动手(δ)。两年下去,他的土地论了顷,骡马成了群,建了一所像样的宅子。
>
> 这一天,来了个要饭的,拿出一些银子,求王得宝给治治喉咙眼。王得宝把金手指伸到他的嗓子眼里,那要饭老头猛地把嘴一合,把王得宝的金手指齐根咬了下来。那要饭老头把棉帽一揭,正是恩师到了。王得宝顿时吓得魂出九窍坐地上(U)。老和尚用手一指,他的金银财宝、红堂瓦舍转眼无影无踪,只剩下原来那根要饭棍,四周是一片荒山野坡。

禁忌母题的三个功能将故事发展的进程分划为四个阶段:γ之前为准

---

① 中国民间文艺研究会山东分会、山东大学民间文学教研室编:《山东民间文学资料汇编》(内部资料),1982年,第24—29页。

备设禁阶段，γ至δ为准备违禁和违禁阶段，δ至U为准备惩罚和惩罚阶段，U之后为最后的结局。围绕禁忌母题，故事运演着一个有头有尾的叙述逻辑程序，不论故事的内涵如何千差万别，其叙述结构模式是大体不变的。普罗普向我们提供了一个真正的叙事结构研究，功能实际为"叙事素"，即故事的基本叙事元素。他的分析重点在于随着一个叙事素如何引出或联接另一个叙事素，引出或联接的历时方式怎样。也就是说，普罗普帮助我们理解故事里发生的事情——情节如何结构，不同人物的角色是什么。

普罗普的故事形态学超越了幻想故事，为民间叙事结构的分析提供了一条崭新的路径，并成为建构其他叙事结构模式的出发点。正如邓迪斯在1968年版的《民间故事形态学》一书的前言中所说的那样，普罗普的体系可以应用于童话以外的其他样式和包含叙事的其他媒介——小说、戏剧、连环画、电影和电视节目。因此，我们从普罗普那里了解到，很多现代叙事从童话那里借用的不是内容本身，而是结构。

当然，这种结构分析模式也有明显的漏洞。譬如，"缺失"被认为是一种功能，并引出了另一个功能"英雄的出发"，然而，"缺失"并不能代表一种行为，而更应该指的是一种状态。

二、二元对立的叙述范式

1960年，列维-斯特劳斯在《应用经济科学所年鉴》上发表《结构与形式——关于弗拉基米尔·普罗普一书的思考》一文，此文后收入《结构人类学》第2卷第8章。他批评说，普罗普的分析使我们知道民间故事中共同具有的东西，却不能指出它们之间的区别，"人们由具体上升到抽象，但却不能从抽象下降到具体"；将形式和内容割裂开来是故事形态理论的主要不足，根源在于普罗普不了解民间故事得以产生的语境。

列维-斯特劳斯在进行文本结构分析的时候，与普罗普不同之处，就是强调对文本范式的分析。"在本质上，范式分析包含对存在于文本之中并且可以从赋予其意义的文本中推导出来的二元对立进行考察。在这样的分析中，我们并不像普罗普那样将注意力集中在文本中事件的顺序上，而是集中在文本中各种对立的关系上。利维·斯特劳斯提出，范式分析揭示了文本对人的意义，这与关注文本中发生了什么的语段分析截然不同。"[①]其实，

[①] [美]阿瑟·阿萨·伯格：《通俗文化、媒介和日常生活中的叙事》，姚媛译，南京大学出版社2006年版，第26页。

在普罗普提供的31种功能中,最重要者莫过于"欠缺"与"欠缺的消解"、"禁令"与"违反"、"考验"与"解决难题"之间的对应。

下面是一首名为"汉普蒂·邓普蒂"的童谣,在英国和美国都有流传:

> 汉普蒂·邓普蒂坐在墙头上,
> 汉普蒂·邓普蒂摔下了地;
> 国王所有的大马、
> 国王所有的手下,
> 都没办法把汉普蒂·邓普蒂再粘在一起。

这个文本中有哪些对立呢?阿瑟·阿萨·伯格这样解释:首先,可以确定坐与站是对立的,并且他是坐在墙头上,而不是坐在地上。然后可以看到他摔了一大跤,而不是摔了一小跤,或是仍然坐在墙头上,根本没摔跤。最后,汉普蒂·邓普蒂没有保持原状而摔成了碎片,能够恢复原状与不能恢复原状相对立。虽然童谣没有告诉我们汉普蒂·邓普蒂摔成了很多碎片,但是最后一行暗示了这一点。当然,出现这样的情况是因为他是一只鸡蛋(这一点叙事中也没有提到,但是从一般文化知识中可以得到这样的信息)。这些对立可以帮助我们理解这个故事。我们总是按照人物和概念的对立面自动地、下意识地对人物的所有对话和动作以及与人物相关的概念进行处理,以在文本中寻找意义。[1]

二元对立的结构到底是故事文本的存在还是读者建构的,这个问题曾引起过争论,但争论并无意义。事实是,二元对立的叙述范式已成为我们考察民间叙事文本的重要思维模式。

钟敬文曾写过两篇论述《老鼠娶亲》故事的文章,其中《从文化史角度看〈老鼠娶亲〉》介绍了民间年画老鼠娶亲的内容:"图中描绘着娶亲(或嫁女)仪仗的景象,俨然人间嫁娶的情况。有花轿、彩旗、灯笼和鼓乐队等。只是那些'执事'和坐在轿里的新娘(有的还有骑马迎亲的新郎),都是由鼠辈充当的罢了。""而另外一些图像除了老鼠外,却添了一只身体硕大(从比例上看)的猫公。它神态威严,所占据的位置,在迎亲队伍前面或后面,有的甚至生吃起那些'执事'来。"[2]在《中日民间故事比较泛论》中,他又介

---

[1] 〔美〕阿瑟·阿萨·伯格:《通俗文化、媒介和日常生活中的叙事》,姚媛译,南京大学出版社2006年版,第27页。

[2] 钟敬文:《从文化史角度看〈老鼠娶亲〉》,《钟敬文民俗学论集》,安徽教育出版社2010年版,第221页。

绍了一个流传于河北邯郸地区的《鼠妈妈选婿》的故事,说鼠妈妈生了一个俊秀的女儿,想嫁给无敌的大英雄,选来选去,选了一只大花猫,结果被抓住吃掉了。将硕大的猫置于欢天喜地的鼠辈迎亲队伍中,显然是要在叙事结构中建立起一个二元对立的关系。

推动故事情节不断向前发展,使故事得到延续讲述的恰恰是二元对立的关系,这是故事之所以成为故事的内在动力。按巴赫金的说法,二元对立还是狂欢式形象和思维的普遍特征,他说,狂欢式的所有的形象都是合二而一的,他们身上结合了嬗变和危机两个极端:诞生与死亡,祝愿与诅咒,夸奖与责骂,青年与老年,上与下,当面与背后,愚蠢与聪明。对于狂欢式的思维来说,非常典型的是成对的形象,或是相互对立或是相近相似。同样典型的是物品反用,如反穿衣服(里朝外),裤子套到头上,器具当头饰,家庭炊具当作武器,如此等等。① 民间故事中常常有黄金变狗屎、狗屎变黄金,神仙装成乞丐、乞丐化作神仙,穷人变为富人、富人沦落为穷人的情节,这些都是二元对立思维方式的具体显现。民间的诙谐、道德、讽刺、教化及其叙述模式等都包含在对立两极的转化之中,民间叙事的效应在对立双方的相互作用中得到落实。

二元对立之所以成为民间叙事的范式,源于它是一种普遍的思维模式。以宗教信仰为例,费尔巴哈曾引用大量材料说明原始人总是把"自然界的那些足以引起畏怖和恐惧的现象或作用当作自己宗教的对象";同时他还指出,当人们从这种自然物或自然力方面得到一定的满足时,又会产生爱的情感,或说欢乐感、感恩感。② 这就是宗教情感的二重性。德文 ehrfurcht 一词十分准确地表明了宗教情感的这种二重性:这个词是德文中表示最高的宗教崇敬的字眼,其中 ehre 意为"敬",而 furcht 则意为"畏"。"敬"和"畏"的二元构成了人类信仰的两种基本情感。

三、结构与解构

尽管普罗普和列维-斯特劳斯在寻求结构规律方面侧重点不同,但他们都是结构主义理论的倡导者和实践者。他们热衷于研究叙事作品的逻辑、

---

① 〔俄〕巴赫金:《陀思妥耶夫斯基诗学问题》,白春仁、顾亚铃译,生活·读书·新知三联书店 1988 年版,第 224—225 页。
② 〔德〕费尔巴哈:《宗教的本质》,《费尔巴哈哲学著作选集》(下卷),荣震华、王大庆、刘磊译,生活·读书·新知三联书店 1962 年版,第 436—437 页。

句法和结构,试图在各种载体、任何具有所谓叙述性的作品中,去发掘使得叙事得以完成的最基本的因素和共同的叙述结构。这种努力,遭到后结构主义的批评。罗兰·巴特在他的代表性著作《S/Z》中指出:

> 据说,某些佛教徒依恃苦修,最终乃在芥子内见须弥。这恰是初期叙事分析家的意图所在:在单一的结构中,见出世间的全部故事(曾有的量,一如恒河沙数);他们盘算着,我们应从每个故事中,抽离出它特有的模型,然后经由众模型,导引出一个包纳万有的大叙事结构,(为了检核),再反转来,把这大结构施用于随便哪个叙事。①

在这里,罗兰·巴特不点名地讽刺了诸如普罗普和列维-斯特劳斯等人的理想主义企图。与早期结构主义强调对叙述文本内在的研究不同,后结构主义关注文本与其外在关联的研究。罗斯·钱伯斯(Ross Chambers)的看法很有代表性,他认为:"叙事作品的语境——没有认识到叙事是一种社会存在,一种影响人际关系并且由此获取意义的行为;叙事之所以成为叙事,依赖于一种隐含的社会契约关系。这种契约关系使得叙事作品与社会之间具有一种交换性质,而交换就意味着存在于社会的欲望、目的和各种制约力量之间的综合关系。"②结构主义的视野仅局限于叙事文本本身,而叙事文本总是在一定的叙事环境中建构起来的,叙事作品与外在于它的社会、人际关系有着密切的联系。无视这种联系的研究,所得出的结论肯定是有局限性的。后结构主义就是要破除结构主义将自己的研究仅仅限制在文本之内的局限,对它的批评视野加以扩充。

书面文本是一个有限的、有结构的整体,后结构主义试图突破这一整体,扩大叙事文本的范围。就民间文学而言,这种局限原本就不存在,真正的民间文学并不是一成不变的书面文本,而是存在于生活中的"活"口头文本。一旦进入口头叙述环境,人们在弄清楚"说了什么"的时候,自然会考察"如何说"和"何以这样说"的问题。口头叙事或拟口头叙事类型一向被视为非正规叙事,后结构主义话语下的叙事学对这些民间最普遍的叙事行为给予了新的关注,并认为这是超越传统叙事学的标志之一。而民间文学的研究,从一开始就强调田野作业,关注与表演相关的各种因素,强调在具体语境中把握民间文学的本质。民族志诗学、表演理论和口头程式理论都

---

① 〔法〕罗兰·巴特:《S/Z》,屠友祥译,上海人民出版社2000年版,第55页。
② 转引自王丽亚《分歧与对话——后结构主义批评下的叙事学研究》,《外国文学评论》1999年第4期。

是从田野中产生的具体的研究范式。

第四节 以记录文本为研究对象的可行性

在当下,以书面文本或曰记录文本作为研究的唯一的资料样式,如此,其科学性及可行性便会遭到诸如表演理论追随者们的质疑。事实上,凡是记录文本,我们已很难将其完全框定在特定的时空里面,《诗经》和《山海经》是这样,"中国民间文学三套集成"也是这样。面对这些文本,我们无法确立或经营其滋生的空间。这与现代文化人类学所倡导的个案研究的路径和要求大相径庭。

尽管民间文学是流动的、"活"的,但每部作品的基本内涵是相对稳定的。本特·霍尔拜克(Benget Holbek)明确表示,民间文学作品的含义不是一面每人都能从中看见自己的映像的镜子,而是实实在在的存在于本文之中的。他认为,如果含义不存在于本文之中,就很难解释大量的相对稳定和相对独立的故事类型的存在,也不能解释每个讲述者都有一些不同的讲述作品这一事实。[①] 更普遍的情况是,倘若硬要把一些文本话语系统拽回其原本生存的地域空间(很多情况下往往是不可能的),就会陷入一种不能自拔的阐释困境。更何况,如果是在对民间文学文本作"类型"或者说是整体的把握,就不可能把涉及的众多文本全部压缩在一个具体的社区空间里面,否则的话,便无疑是在作茧自缚。

专门的文本研究还会陷入一个不可避免的困境,就是掩盖了民间文学不依靠文字传承的原生形态,把口承文学文本当作文字文本来研究,忽视了对其实际发生过程的考察和研究。在研究的自始至终,学者们肯定都无力把自己从这种困境中拯救出来。因为面对大量的民间文学文本,不可能将它们复原为生成和传播的实际状态,而且它们有相当一部分只有文字文本的存在形式。甚至更进一步说,任何研究者对民间口头文学作品的复述只能诉诸文字,而不是声音,也就是说,不可能让民间口头文学一直处于"说"和"听"的状态。在多数情况下,我们不得不把记录文本看作"完全的载体"。这样看来,研究者最终面对的仍是阅读文本。

一个无可辩驳的事实是,民间文学的文本研究已经取得了十分丰硕的成果。"回顾近百年学术史,在民间文学研究方面取得瞩目成就的,多立足

---

① 转引自阎云翔《国外民间文学研究新动向拾零》,《民间文学论坛》1985年第3期。

于文本批评。仅以神话为例,像茅盾、顾颉刚、黄石、闻一多、徐旭生、丁山、钟敬文、袁珂、萧兵、叶舒宪、何新等人的研究成果,可以说主要是建立在文本批评之上的。我们不能笼统地将文本批评斥为'书斋学者'而否定其成果的价值。……民间文学的语法论、结构论、类型论、母题论、意象论等等,离不开对文本的细读。中国文学史中民间文学部分的深入研究,也离不开高水平的文本批评。"①中国是如此,在西方现代话语的语境中也是这种情况。美国耶鲁大学的哈维洛克(Havelock)教授1986年出版了《缪斯学写》(*The Muse Learns to Write*)一书,提出了"文本能否说话"(Can a text speak?)的著名问题,并尝试让古希腊的文本重新"说话",使记录的民间文学作品进入民族志诗学和人类学研究的视野之中。研究民间文学的一个重要路径,就是通过对文本的阅读实例揭示出潜藏在这些文本下面的文化无意识,因为如果我们调动一切可资借鉴的手段(诸如符号学、结构主义、原型批评、语义学及传统的文化人类学等),对之进行适当的质询,"本文必然会显示出它表面上试图掩盖的东西"②。

我们在强调民间文学的生活属性和表演特征的时候,并不能削弱记录文本的地位。研究中,可以面对两种不同形态的文本,即生活文本和记录文本,采取将两者有机结合的较好途径。事实上,现有民间文学的学科体系主要是依据记录文本建立起来的。没有民间文学的记录文本,就不可能建构出民间文学的学科体系,也不可能将民间文学进行比较明确的分类,神话学、史诗学、故事学、歌谣学、传说学等也无从产生。记录文本可以让我们更为静态地、清晰地把握各种民间文学的体裁特征。

当然,我们最好是响应美国的表演理论大师理查德·鲍曼(Richard Bauman)的倡导,关注口承文艺表演的过程、行为(act、action),以及叙述的文本与叙述的环境之间的联系。在歌谣和戏曲这类口头传承形式中,信息交际的语境因素很显著,表情和意动功能也很突出,因此,表演色彩浓厚,表演行为的语义具有至关重要的理解价值。但是,就散文体裁的民间文学而言,其表演世界的意义似乎并不怎么"大于"记录文本的意义。按鲍曼的说法,表演行为应是有意识的符号化行为,而在民间传说、故事、谚语等这一类表演性并不突出的口承形态里,行为符号化的倾向并不突出,相反,文本的

---

① 陈建宪:《略论民间文学研究中的几个关系——"走向田野,回归文本"再思考》,《民族文学研究》2004年第3期。
② 〔爱尔兰〕泰特罗讲演:《本文人类学》,王宇根等译,北京大学出版社1996年版,第1页。

意义倒是最基本、最重要的。而且,我们对许多散文体裁文本意义的获取,并不一定要深入"表演"的情境,而且把文本拽进表演理论的模式,显然带有理想主义的倾向。

对民间文学文本的解读,阿兰·邓迪斯曾提出"口头文学批评"(oral literary criticism)概念。民众对文本有自己的解释,民间文学学者应该善于从民众中引出民俗的意义。他特别强调,解读文本有多种方法和多种可能性,甚至产生不同的解释。"对于每一条口头文学来说,存在着种种口头文学批评。这是很重要的一点,因为虽然存在着民俗学家们惯于考虑到民俗文本的异文这个事实,但他们常常错误地假定只有一个正确的意义或解释。不存在一条民俗的唯一正确的解释,也不存在某个游戏或歌谣的唯一正确的版本。"①

第五节　现代民间文学学科的演进

很多国家的民俗学研究都是从民间文学起步的,譬如,德国是民俗学发祥地之一,其民俗学的奠基者格林兄弟关注德国神话、故事和民间传说,视它们为德国民族文学的源泉,在研究民族文学的基石上,开创了德国现代民俗学。芬兰民俗学也是从搜集民歌开始的,其创始人埃利亚斯·隆洛德(Elias Lnnrot)说:"我要唱民族的歌曲,我要唱人民的传统。"英国民俗学的创始人威廉·汤姆斯(William Thomas)也极力号召人们搜集民间文学。

我国民俗学学科的兴起也始于民间文学,钟敬文在《民俗文化学发凡》一文中指出,"五四运动"和它所派生的现代中国民间文艺学、民俗学运动运动之间有着多方面的联系:一是在上、下两层文学方面,"五四"前后的歌谣学运动,抨击封建上层文学,使一向被贱视的下层文学的地位得到提高;二是在语言学方面,即白话文运动和推行国语运动,三是在鼓吹通俗文艺方面,四是在民俗调查和研究方面。总之,"重视口头文学,宣传通俗文艺,提倡白话和推行国语,以及收集整理一般民俗资料:这四种事实,要比单纯民间文艺学的范围远为宽泛。大体上它们都属于民俗学的范畴。它们并非彼此孤立,而是在'五四运动'和现代民俗学运动中,互生共存,成为一个有机

---

① 〔美〕阿兰·邓迪斯:《元民俗与口头文学批评》,《民俗解析》,户晓辉编译,广西师范大学出版社2005年版,第48页。

的整体"。① 以胡适为代表的"五四运动"的先驱因鼓吹白话文和文学革命，便对民俗学内的民间文艺及相关的研究发生了浓厚的兴趣。而民俗学科也为他们打通与民间文艺的联系开辟了新的研究航道。胡适等人为求得文学自身的发展而把触角伸入民俗学内的民间文学，颠覆以往的文学观念，催生了以民间文学为主导的中国现代民俗学的产生。

一、晚清时期的民间文学活动

中国现代民俗学的滥觞，应在晚清末年，比"五四"新文化运动更早。钟敬文早在《建立中国民俗学学派刍议》中就说："其实，严格地讲，中国的科学的民俗学，应该从晚清算起。"②晚清时期的维新派和革命派都非常重视民俗文化。黄遵宪从"学俗以化民，学俗以致礼"的角度提倡采风问俗。他在《日本国志》自序中说道："古昔盛时，已遣輶轩使者于四方，采其歌谣，询其风俗。又命小行人编之成书，俾外史氏掌之，所以重邦交、考国俗者，若此其周详郑重也。"他把挖掘民俗深义的文化选择与寻找济世良方的政治改革相提并论。梁启超在《中国之美文及其历史》一文中，对民间歌谣给予了高度的评价：韵文之兴，当以民间歌谣为最先。歌谣是不会作诗的人（最少也不是专门诗家的人）将自己一瞬间的情感，用极简短、极自然的音节表现出来，并无意要它流传。因为这种天籁与人类好美性最相契合，所以好的歌谣往往传诵几千年不废。其感人之深，有时还凌驾于专门诗家的诗之上。

蒋观云（智由）发表于1903年《新民丛报·谈丛》第36号上的《神话·历史养成之人物》应该是中国现代民俗学最早的论文。继蒋观云发表此文之后，又有王国维、梁启超、夏曾佑、周作人、周树人、章太炎等人相继研究神话，他们都把其"作为启迪民智的新工具，引入文学、历史领域，用以探讨民族之起源、文学之开端、历史之原貌"③。承绪晚清维新派和革命派对民间文学倡导的，是周作人和鲁迅。他们很早就受到国外民俗学理论的影响，在日本留学时，就比较系统地阅读了英国民俗学著作和日本社会学、民族学等书籍。周作人在1906年阅读了美国盖莱的《英国文学里的古典神话》，后来，又阅读了安德鲁·兰的《风俗与神话》《神话仪式和宗教》和泰勒的《原

---

① 钟敬文：《民俗文化学梗概与兴起》，中华书局1996年版，第5页。
② 钟敬文：《钟敬文民俗学论集》，安徽教育出版社2010年版，第293页。
③ 马昌仪：《中国神话学发展的一个轮廓》，见其所编《中国神话学文论选萃》，中国广播电视出版社1994年版，序言第9页。

始文化》、弗雷泽的《金枝》等书,对民俗学学科本身应是有相当的了解,并由此引发了对中国民俗学的研究兴趣。1907年,鲁迅与周作人合译了英国哈葛德和安德鲁·兰以古希腊故事为内容的《红星佚史》(原名《世界欲》),归国后,鲁迅又在自己所辑录的《会稽郡故书杂集》《古小说钩沉》等书中,收有采自古籍的一些神话、传说、故事、笑话。1913年12月鲁迅在教育部《编纂处月刊》上发表《拟播布美术意见书》,提出:"当立国民文术研究会,以理各地歌谣、俚谚、传说、童话等;详其意谊,辨其特性,又发挥而光大之,并以辅翼教育。"同月周作人在《绍兴县教育会月刊》第4号上发表了《儿歌之研究》,首次使用了"民俗学"一词。① 周作人1914年供职于绍兴教育会,曾在《绍兴县教育会月刊》登过一则《采集儿歌童话启》。尽管他们的号召并没有引起社会的足够响应,但二人确为中国现代民间文学最为直接的先导。

晚清时期的维新派和革命派对民间文学的关注,更多地不在民间文学本身,而是因为民间文学有着可利用的价值。民间文学一进入学术视野,便承受着政治重负。这是当时乃至后来一段时间这一学科的普遍现象。对此,钟敬文作了十分精辟的总结:"革命派著作家们注意和探索民间文学上的问题,乃至于在自己的宣传作品中,对民间文学作品多方面加以利用,这决不是学艺上个人的、一时的闲情逸致。它主要是用来宣扬民主主义,特别是民族主义的一种手段,一种武器。他们谈论民族祖先起源神话,谈论乐舞、民间戏剧的作用,乃至谈论撒旦的功绩、荷马的教育价值……都不是无所为的,都不是为学术而学术的。他们这种学术活动的目的,是要鼓吹民族自豪感,排斥清朝统治者,是要激起国民的自强、抗争的意识,争取自由、独立的地位。"②

二、中国现代民间文学学科的诞生

现代意义上的中国民间文学学科的诞生,是以刘半农、周作人、沈尹默、钱玄同发起的北大歌谣征集运动为标识的,人们对此已达成共识。延续着周氏兄弟歌谣收集的倡议,当时任教北大的刘半农、沈尹默提倡写新诗,倡

---

① 周作人:《儿歌之研究》,见吴平、邱明一编《周作人民俗学论集》,上海文艺出版社1999年版,第133页。

② 钟敬文:《民间文艺学及其历史——钟敬文自选集》,山东教育出版社1998年版,第308页。

导从民歌民谣中发掘文化艺术的理想因素。这场开风气的歌谣学运动是在"五四"新文化运动蓬勃发展过程中产生的,旗帜鲜明地提出学术研究主张,吸引了众多学人的目光,胡适、顾颉刚、董作宾、朱自清、钟敬文等学者都积极投身其中。

这一期间的民间文学学者已经把目光投向西方,积极输入西方的民间文学知识,努力将中国的民间文学学科和西方接轨。1921年1月,《妇女杂志》发表了胡愈之《论民间文学》一文,较为全面系统地介绍了西方民间文学的研究情况。此文是真正意义上的民间文学学术研究的开篇之作,在中国现代民间文学学术史上具有划时代的意义。文中说:

> 到了近世,欧美学者知道民间文学有重要的价值,便起首用科学方法,研究民间文学。后来研究的人渐多,这种事业,差不多已成了一种专门科学,在英文便叫"Folklore"——这个字不容易译成中文,现在只好译作"民情学",但这是很牵强的。民情学中所研究的事项,分为三种:第一是民间的信仰和风俗(像婚丧俗例和一切的迷信禁忌等);第二是民间文学;第三是民间艺术。所以民间文学是民情学的一部分,而且是最重要的部分。西洋人用科学方法研究民情,是从十九世纪初年开始的。①

在文中,胡愈之从以下四个方面总结出民间文学的特点:

(1)"民间文学"与西文的 Folklore 一词大略相同。这个词不易译成中文,只好勉强译为"民情学"。

(2)"民情学"所研究的事项有三,"民间文学"位居其一(此外是"民间的信仰和风俗"与"民间艺术"),所以"民间文学"是"民情学"的组成部分,并且是最重要的部分。

(3)"民间文学"是"原始人类的本能产物"和"民族情感的自然流露"。其基本特征在于:群体创造、口头文学(oral literature)以及流行于民间。

(4)"民间文学"保存在"野蛮人类"和"文明人类的儿童与无知识人民"中:在前者为"跳舞""神话"和"歌谣",在后者则是"故事"与"歌曲"。

显然,当时对民间文学的认识深受西方尤其是英国民俗学者的影响。

三、民间文学活动的扩展

1926年秋,北京大学遭受了北洋军阀的迫害,蔡元培校长和蒋梦麟代

---

① 《妇女杂志》第7卷第1号,1921年1月。

理校长被无故撤换,不少教授相继被迫辞职离开北京。随着时局的变化,北京大学歌谣学运动的积极分子们纷纷南下,在厦门大学成立了"风俗研究会",随后,又在广州中山大学组织"民俗学会"。出版有《民间文艺》周刊,由钟敬文、董作宾编辑,共12期,后改名为《民俗》周刊,由钟敬文、容肇祖、刘万章主编,出到第110期暂停。在《民间文艺》的创刊号上,董作宾提出研究民间文艺的三个目的,即学术的、文艺的和教育的,号召"要打破传统的腐化的贵族文艺的旧观念!用研究学术的精神来探讨民间文艺"①。在《民俗》的发刊辞中,顾颉刚更是明确倡言"要打破以圣贤为中心的历史,建设全民众的历史","研究旧文化,创造新文化"②。这些思想都是对"五四"新文化运动的继承和发展。中山大学民俗学运动期间出刊物134期(指《民间文艺》周刊和《民俗》周刊),发表民间文学作品近500篇、研究文章300余篇,其中,周刊所出的专号有:神、谜语、歌谣、故事、传说、槟榔、蛋民、清明、中秋、新年、祝英台故事、王昭君、山海经、妙峰山进香;出版民俗学丛书36种,包括歌谣集、故事传说集、各地习俗和信仰调查、研究性论著及介绍国外理论方法的编译等。比起北大歌谣研究会时期,研究的内容、角度和方法多样,视野开阔,成果大大增加,如刘万章《广州民间故事》、张清水《海龙王的女儿》、钱南扬《祝英台故事集》、杨成志和钟敬文《印欧民间故事型式表》、杨成志《民俗学问题格》、崔载阳《初民心理与各种社会制度之起源》、魏应麒《福建三神考》、容肇祖《迷信与传说》等。同时,举办民俗学传习班,开设歌谣、神话、传说、故事等专题课程,还在大学设立民间文学基础课程,组织民俗调查,开创了民间文学研究的新局面,在中国民间文学学术史上意义深远。

在中山大学民俗运动轰轰烈烈开展的同时,北京大学时期歌谣学运动的影响延伸至全国许多地区,其他地方如杭州、成都、福州等地也纷纷成立民俗学会,通过采录民间文学作品、办刊物、出著作等方式开展民间文学研究。在这一时期,民间文学研究领域得到拓展,西方的相关理论著作得以进一步引进,采录作品的数量和研究质量大大提高,民间文学研究出现从未有过的兴盛景象。尤其是杭州,成为民俗学的第三发祥地。钟敬文1928年秋从广州到杭州教书,一年后,他与浙江大学的钱南扬共同开辟了作为杭州《民国日报》副刊之一的《民俗》周刊,共出9期。1930年,他又与江绍原、娄

---

① 董作宾:《为〈民间文艺〉敬告读者》,《民间文艺》1927年创刊号。
② 顾颉刚:《〈民俗〉发刊辞》,《民俗》周刊1928年第1期。

子匡组织了一个"杭州民俗学会"。据考证,此学会大约在 1932 年夏秋之间又进一步组成为"中国民俗学会"。①《民俗》周刊作为这先后两个民俗学会的中心刊物,连续出了 150 期,至 1935 年初结束。

这一时期的著作中,对民间文学进行整体理论建构的有徐蔚南《民间文学》、钟敬文《民间文艺丛话》、杨荫深《中国民间文学概说》《中国俗文学概论》、王显恩《中国民间文艺》等十余部;神话学方面有黄石《神话研究》、玄珠《中国神话研究 ABC》、林惠祥《神话论》、谢六逸《神话学 ABC》等;传说和故事学有顾颉刚《孟姜女故事研究集》(共三册)、容肇祖《迷信与传说》、赵景深《民间故事研究》《民间故事丛话》《童话评论》《童话概要》《童话论集》《童话学 ABC》等,钟敬文则与杨成志合译了《印欧民间故事型式表》,写作了《中国的天鹅处女型故事》《中国民间故事型式》《老獭稚型传说之发生地》《中国地方传说》等极具学术价值的论文;歌谣有胡怀琛《中国民歌研究》、钟敬文《歌谣论集》、谢刚主《民间歌谣的研究》等;谜语有陈光尧《谜语研究》、钱南扬《谜史》、刘万章《广州谜语》等;此外还有郭绍虞《谚语的研究》、胡怀琛《中国寓言研究》等。当时许多报纸杂志受文学革命的影响,纷纷刊载民间文学作品和研究论文,如《晨报》《大公报》《文学周报》《现代评论》《小说月报》《青年界》等。可以说,民间文学从昔日的不登大雅之堂到光明正大地步入学术殿堂,受到瞩目,民间文学研究也步入蓬勃发展阶段。

民间文学发展的一个重要阶段是在延安时期,建国时期的民间文学是其延续和发展。在延安时期,随着劳动人民成为革命的主力军和政治地位提高,自然要求发展为之服务的文学。1942 年,毛泽东《在延安文艺座谈会上的讲话》指引了此后文学的发展方向。他指出文学创作要为广大的人民大众服务,要求文艺工作者深入民间,向人民大众学习,运用人民大众喜爱的形式进行创作。于是解放区出现向民间文艺学习的热潮,文艺工作者广泛搜集民歌、故事、民间戏曲,成立民歌研究会,出版《陕北民歌选》《蒙古民歌集》《秧歌论文选集》《民间艺术和艺人》等一系列书籍,在借鉴和吸收民间文艺传统基础上,创作出《王贵与李香香》《兄妹开荒》《小二黑结婚》等众多具有浓郁民间文艺气息的作品。这一时期,民间文学的兴盛关键在于民间文学在很大程度上被作为政治宣传工具,如延安地区广为流行的娱乐方式——秧歌,就被改造为宣传党的思想方针的有力武器,而且民众不再是

---

① 王文宝:《中国民俗学史》,巴蜀书社 1995 年版,第 232 页。

新文化运动时期的启蒙对象而是服务对象,成为主体文化的享受者。但由于对民间文学服务功能的过分关注及其他因素的影响,导致这一时期解放区民间文学学术研究不够深入。

四、建构中国民间文学理论体系

1. 理论体系亟待完善

中国对民间文学的研究掀起过两个高潮。第一个高潮是 20 世纪二三十年代,出现了一大批民间文学研究专家和水平极高的学者,成绩卓著,如顾颉刚《孟姜女故事研究集》、容肇祖《迷信与传说》、江绍原《发须爪——关于它们的迷信》、郑振铎《汤祷篇》、玄珠(即茅盾)《中国神话研究 ABC》、赵景深《童话论集》、钟敬文《民间文艺丛话》《歌谣论集》等等,这些七八十年以前的著作,至今仍有其学术指导意义和权威性。第二次高潮是粉碎"四人帮"以后,以《民间文学论坛》《民间文艺集刊》等为阵地,展开对民间文学各部门的研究,基本上确立了民间文学的理论框架。

但总的来说,民间文学学科理论还没有建立自己独特的体系,远没有达到应有的理论建树,不能满足现实的需要。尽管强调田野作业,在田野中却缺少必要的理论支撑,没有一套能解决田野实际问题的方法论。现有的研究方法多是挪用西方或相关学科的,没有形成研究流派。我们先搬来了摩尔根、泰勒、安德鲁·兰等人的进化论,随后搬来了马林诺夫斯基为代表的功能学派理论,再后又搬来了普罗普和列维-斯特劳斯的结构主义,现在搬来的理论更是众多。将西方的民间文学学科理论直接搬到中国后,由于中西生活状态的民间文学存在"质"的差异,生搬硬套的痕迹十分明显。民间文学作为最具民族特色的文学形态,在理论的层面失去了自身的言说权力,一直没有形成富有民族特色的阐释体系。离开了西方的学术术语,民间文学学者即刻陷入失语的困境。

造成这种景况的原因很多,从学科的格局而言,中国民间文学学科受到西方话语霸权和精英话语霸权的双重挤压,从来就没有获得应有的发展空间,在教育部的学科目录上,甚至失去了独立的学科地位。再就是学科队伍本身的问题。许多学者仅仅对民间文学感兴趣,而不是热衷于这个学科的建设。正如刘万章在《粤南神话研究——序吴玉成〈粤南神话传说及其研究〉》中所指出的:"文学,教育学,历史学,社会学……借助于民俗学的特多。……现在有些成名的民俗学者以其说他是民俗学专家,不如说他为了某种目的——他的专门研究的目的——的获求,去研究民俗学。文学家会从歌谣故事传说中得到许多他们的假设的证明。教育家也会在歌谣,故事,传说,风俗中得到他们应用的材料。历史学家会在故事,神话,(包含传说)歌谣,风俗中得到他们研究的对像的有力证明。社会学家也可以在风俗中得到强有力的证明社会组织和其它。此外研究政治的也可以借助于民俗学……因为它给人当做'副业'般的去研究它,到了正目的达到时,或者用不着它来做辅证的时候,他就不大理会它了……纯粹为研究民俗学而努力民俗学的同志,是这个工作中不可多得的。"①这话虽有点偏颇,却反映了长期以来民间文学学科队伍的实际状况。

鉴于民间文学和民俗学学科的现状,钟敬文于1996年9月,在北京师范大学中国民间文化研究所举办的首届中国民俗学高级研讨班上,正式发出了建立中国民俗学派的号召。"所谓建立民俗学的中国学派,指的是中国的民俗学研究要从本民族文化的具体情况出发,进行符合民族民俗文化特点的学科理论和方法论的建设。"②中国民间文学学科套用西方的模式太久了。本来,民间文学本土资源最大的特点就是它不需要先天地受制于西方的那套理论,比别的学科离西方理论更远一些,然而,离开了西方,也同样陷入了学术失语的境地。从中国民间文学的实际出发,建构富有中国特色的术语系统和学术范式,真正确立中国民间文学的自主地位,是我们为之奋斗的目标。

东方民间文学有着独特的优势。民间文学的繁荣兴旺是东方文学的一大特征,这主要体现在三个方面:"第一,东方的古典名著是在民间创作的基础上整理和加工而成的,它们仍然具有浓郁的民间文学色彩。""第二,不少东方的民间文学作品达到很高的艺术水平,产生很大的社会影响,成为世界文学宝库中的精品。""第三,东方许多优秀作家的创作与民间文学有着千丝万缕的联系。"③中国和亚洲其他国家,在民间文学研究的层面上有相同或相似之处,尝试建立符合亚洲民间文学实际的理论体系,可以平等地与西方民间文学界及文化人类学对话,是中国和亚洲其他国家的民间文学学者们的共同愿望。从目前的景况看,民间文学信息的传播由西向东,是单向的,西方民间文学及其相关的理论源源不断输入东方,而我们的成果却很难进入西方的学术视野;西方学者纷纷到东方尤其是中国调查,而我们的学者

---

① 刘万章:《粤南神话研究——序吴玉成〈粤南神话传说及其研究〉》,《民俗》周刊第112期。
② 钟敬文:《建立中国民俗学派》,黑龙江教育出版社1999年版,第4页。
③ 何乃英主编:《东方文学概论》,中国人民大学出版社1999年版,第82—90页。

却极少去西方世界进行田野作业。这是双重的不平等。世界民间叙事学会主席劳里·航柯1987年3月在巴黎召开的筹备会上解释会议重点论题时说:"民间叙事的审美观念和诗学是一个有待解决的课题。我们已经感到下述情况是冒失和欠妥的,即把西方的美学和诗学观点强加在世界不同文化的民间文学上。由于西方的文学历史家颇相信他们的美学范畴普遍适用。民俗学者在这个问题上要多动脑筋才行。"①知识的交流应该是对等的,交流才能建构全面、科学的民间文学理论体系,否则,中国只能沦为西方民俗学和民间文学学科实验的"殖民地"。

2. 学术话语立足于本土概念

按理,我国民间文学学科是有条件并应该建立本土的学术话语体系的,因为我国民间文学的历史极为悠久,资源极为丰富,据此,钟敬文才倡议建立中国学派。话语体系建立的基础是学术概念,纵观现代民间文学学科发展史,出现过诸多出自本土的值得阐释和运用的关键词。这些关键词是在本土经验中孕育出来的,倘若对其内涵和外延进行系统梳理,并不断加以延伸,必然有助于中国学派话语体系的营造。从中国民间文学研究的走势来看,从西方引入的一些所谓前沿性的理论方法,我国学者早已有自己的话语表达。遗憾的是,这些出自本土学者的学术概念和理论创建并未获得广泛的呼应和阐发,更没有进入学科话语体系当中。

"忠实记录"可以说是"五四"歌谣运动开始以来,一个恒久不变的核心理念。早期,学者们注意到了方音、方言对于歌谣表达的重要意义,认为这是歌谣的"精神"所在。因而,诸多学者在搜集歌谣时,将注意力投向了方音、方言的记录与解释。到了中华人民共和国成立初期,搜集整理工作虽有较大成效,但是"忠实"的核心仍侧重于字、音和演唱内容的准确记录。

刘魁立是第一个较为系统地论述了民间文学搜集工作的学者。1957年1月,莫斯科大学文学系民间文学教研室组织了一个民间文学作品搜集队,正在莫斯科大学学习的刘魁立也参加了此次搜集活动。后来,他根据此次搜集的经验,在《民间文学》1957年6月号上发表《谈民间文学搜集工作》一文,提出了忠实于演唱和演唱者的记录,引发广泛讨论。他在《民间文学》1960年5月号上又发表《再谈民间文学搜集工作》一文,申述自己的见解。文中主要探讨了两个问题,即"记什么"和"怎么记"。"准确的记录当

---

① 转引自段宝林《民间文化与立体思维——兼及艺术规律的探索》,大众文艺出版社2010年版,第692页。

然也还要求尽可能地把那些没有用语言表达出来的部分(如手势、音调、表情)也标记出来。"

第一次把"忠实记录"与"表演"结合起来展开论述,并开阔了记录者视野以及明确了深度表达范式的是段宝林,他于20世纪80年代发表了《论民间文学的立体性特征》一文,指出:"如今国内外注意记录的科学性往往只讲'一字不动'文字上的忠实,而不注意这种表演性的描写再现。其原因还是因为对民间文学的立体性缺乏认识,似乎表演性只在特殊情况下才重要,没有把它看成是区别于作家创作的一个基本特点——立体性的一种表现。"①提倡将口头语言之外的动作、表情、现场互动等诸多维度的事象一一记录下来。这些论述对于"忠实记录"的丰富、完善和具体化,有着极为重要的意义。

在征集歌谣80周年纪念之时,段宝林曾撰文从四个方面对这段历史的经验教训作过较为深入的总结。其中,在"立体描写问题"上,认为当时的多条采录要求已经符合立体描写的标准,确属"难能可贵"。② 提出"立体描写"这一概念,显然也是对歌谣运动以来民间文学田野书写经验的总结和升华。

世纪之交,在表演理论和民族志诗学的感召之下,"语境"一词成为民间文艺学界使用频率最高的词汇之一。其实,早在这一概念传到中国之前,也就是1984年,钟敬文提出了一个非常中国化的用语——"生活相",与"语境"同义。他强调民俗学研究"不能固守英国民俗学早期的旧框框",要研究"现代社会中的活世态","拿一般民众的'生活相'作为直接研究的资料"。③ 就民间文学而言,"生活相"意指民间的文学生活,民间的文学生活方式。

在更早的1979年,钟先生曾有过一段关于民间文艺的颇为深刻的言论:"如果我们在接触它的同时,不注意到那些有关的实际活动情况,那么,对它的内容以至形式,是不容易充分理解的。我国好些兄弟民族,现在还存在着赛歌的风俗(汉民族一般已经消失了这种风俗)。这是群众性的艺术节日,它往往还和他们的婚姻选择和宗教行事等联结在一起。……要深入

---

① 段宝林:《论民间文学的立体性特征》,《民间文学论坛》1985年第5期。
② 段宝林:《80年历史回顾与反思——纪念北大征集歌谣八十周年》,《民间文学论坛》1998年第2期。
③ 钟敬文:《民俗学入门·序》,见〔日〕后藤兴善等《民俗学入门》,王汝澜译,中国民间文艺出版社1984年版。

了解这些歌,参与和重视这种风俗活动是决不可少的。"①民间文学不是单纯的审美活动,而是与其他生活样式融为一体。不难看出,这与他后来提出的民间文学"生活相"概念一脉相承,或者说是这一概念的具体化。在这里,钟先生对民间文学的洞察已超越了记录文本,甚至也超越了表演语境,而回归到最为底端的生活形态。

然而,"生活相"也终究未能成为日后审视民间文学的一种观念、立场并衍生为研究的一条路径。至今,仍没有专文对"生活相"展开论述,似乎"生活相"不是学术概念和理论,不是研究范式。只有等到表演理论输入之后,"语境"话语才一时风靡起来,这一话语却与"生活相"没有任何联系了。

我国民间文学理论的建构本应从本土的民间文学实践中提炼出关键词和范畴,并且着重阐释这些关键词和范畴,诸如"忠实记录""立体描写"和"生活相"之类。然而,直至今日,西方话语的霸权仍然畅行无阻,似乎没有西方的"语境""表演""程式"等概念,我国各民族的民间文学活动就与语境、表演和程式无关;或者说唯有这些"舶来品"词汇才是概念和范畴,使用起来才正当合理。中西结合应该是能够达成共识的途径,但中西结合不只是用西方理论分析中国民间文学资料,也包括各自学术概念和范畴的相互融合。

关键词:

  结构主义 历史演进法 故事形态学 后结构主义 功能主义
  立体描写 生活相 重出立证法

思考题:

  1. 在《天真的人类学家——小泥屋笔记》一书中,英国人类学家巴利说:"人类学不乏资料,少的是具体使用这些资料的智慧。"结合民间文学研究的现状,谈谈对这句话的理解。

  2. 讨论民间文学学科史上的研究范式,说明有没有一种范式是绝对完善而具有永恒性的。

  3. 为什么说口头程式理论、表演理论、民族志诗学把民间文学推向人文科学的前沿?

---

① 钟敬文:《把我国民间文艺学提高到新的水平》,《钟敬文学术论著自选集》,首都师范大学出版社1994年版,第34页。

4. 回顾与反思民间文学研究方法和实践。
5. 为什么说以记录文本为研究对象是可行的？
6. 如何构建中国民间文学研究学派？

参考书目

总论部分：

〔美〕阿兰·邓迪斯编:《世界民俗学》,陈建宪、彭海斌译,上海文艺出版社1990年版。

〔美〕阿瑟·阿萨·伯格:《通俗文化、媒介和日常生活中的叙事》,姚媛译,南京大学出版社2006年版。

〔俄〕巴赫金:《陀思妥耶夫斯基诗学问题》,白春仁、顾亚铃译,生活·读书·新知三联书店1988年版。

〔法〕保罗·利科尔:《解释学与人文科学》,陶远华、袁耀东、冯俊、郝祥等译,河北人民出版社1987年版。

〔美〕丁乃通:《中西叙事文学比较研究》,陈建宪、黄永林、李扬、余惠先译,华中师范大学出版社1994年版。

段宝林:《中国民间文学概要》(第五版),北京大学出版社2018年版。

〔德〕恩斯特·卡西尔:《人论》,甘阳译,上海译文出版社1985年版。

〔瑞士〕弗朗西斯·约斯特:《比较文学导论》,廖鸿钧等译,湖南文艺出版社1988版。

耿占春:《叙事美学——探索一种百科全书式的美学》,郑州大学出版社2002年版。

〔美〕J.H.布鲁范德:《美国民俗学》,李扬译,汕头大学出版社1993年版。

季羡林:《比较文学与民间文学》,北京大学出版社1991年版。

〔日〕井口淳子:《中国北方农村的口传文化——说唱的书、文本、表演》,林琦译,厦门大学出版社2003年版。

〔美〕克利福德·格尔兹:《文化的解释》,纳日碧力戈等译,上海人民出版社1999年版。

李惠芳:《中国民间文学》,武汉大学出版社 1996 年版。

〔日〕绫部恒雄编:《文化人类学的十五种理论》,中国社科院日本研究所社会文化室译,国际文化出版公司 1988 年版。

刘守华、陈建宪主编:《民间文学教程》,华中师范大学出版社 2002 年版。

罗钢:《叙事学导论》,云南人民出版社 1994 年版。

〔英〕马林诺夫斯基:《文化论》,费孝通等译,中国民间文艺出版社 1987 年版。

门岿、张燕瑾:《中国俗文学史》,台湾文津出版社 1995 年版。

〔荷〕米克·巴尔:《叙述学:叙事理论导论》,谭君强译,中国社会科学出版社 1995 年版。

彭兆荣:《文学与仪式:文学人类学的一个文化视野》,北京大学出版社 2004 年版。

〔美〕浦安迪讲演:《中国叙事学》,北京大学出版社 1996 年版。

祁连休、程蔷主编:《中华民间文学史》,河北教育出版社 1999 年版。

〔美〕Richard Bauman, *Verbal Art As Performance*, Waveland Press, Inc., 1984.

〔爱尔兰〕泰特罗讲演:《本文人类学》,王宇根等译,北京大学出版社 1996 年版。

〔英〕特里·伊格尔顿:《文学原理引论》,文化艺术出版社 1987 年版。

〔苏〕Vladimir Propp, *Morphology of the Folktale*(Tenth Paperback Printing), University of Texas Press, 1988.

汪宁生:《文化人类学调查——正确认识社会的方法》(增订本),文物出版社 2002 年版。

〔意〕维柯:《新科学》,人民文学出版社 1986 年版。

吴同瑞、王文宝、段宝林编:《中国俗文学七十年》,北京大学出版社 1994 年版。

叶舒宪主编:《文化与文本》,中央编译出版社 1998 年版。

尹虎彬:《古代经典与口头传统》,中国社会科学出版社 2002 年版。

苑利主编:《20 世纪中国民俗学经典》(共 8 册),社会科学文献出版社 2002 年版。

〔美〕约翰·迈尔斯·弗里:《口头诗学:帕里-洛德理论》,朝戈金译,社会科学文献出版社 2000 年版。

郑振铎:《中国俗文学史》,商务印书馆 2010 年版。

钟敬文:《钟敬文民间文学论集》,上海文艺出版社 1985 年版。

钟敬文主编:《民间文学概论》,上海文艺出版社 1980 年版。
钟敬文主编:《民间文艺学文丛》,北京师范大学出版社 1982 年版。
朱宜初、李子贤主编:《少数民族民间文学概论》,云南人民出版社 1983 年版。

分论部分:

〔美〕阿尔伯特·贝茨·洛德:《故事的歌手》,尹虎彬译,中华书局 2004 年版。
〔德〕艾伯华:《中国民间故事类型》,王燕生、周祖生译,商务印书馆 1999 年版。
陈蒲清:《中国古代寓言史》,湖南教育出版社 1983 年版。
陈汝衡:《说书史话》,作家出版社 1958 年版。
程蔷:《中国识宝传说研究》,上海文艺出版社 1986 年版。
大林太良:《神话学入门》,林相泰、贾福水等译,中国民间文艺出版社 1989 年版。
〔美〕丁乃通编著:《中国民间故事类型索引》,郑建成、李倞、商孟可、白丁译,中国民间文艺出版社 1986 版。
段宝林、过伟、刘琦主编:《中外民间诗律》,北京大学出版社 1991 年版。
方鹤春主编:《中国少数民族戏曲研究论文集》,辽宁民族出版社 1997 年版。
〔法〕葛兰言:《古代中国的节庆与歌谣》,赵丙祥、张宏明译,广西师范大学出版社 2005 年版。
顾颉刚:《孟姜女故事研究集》,上海古籍出版社 1984 年版。
关德栋:《曲艺论集》,上海古籍出版社 1983 年版。
胡怀琛:《中国民歌研究》,上海商务印书馆 1925 年版。
黄芝岗:《从秧歌到地方戏》,中华书局 1951 年版。
江帆:《民间口承叙事论》,黑龙江人民出版社 2003 年版。
降边嘉措:《〈格萨尔〉与藏族文化》,内蒙古大学出版社 1994 年版。
金荣华:《民间故事论集》,台湾三民书局 1997 年版。
〔法〕克洛德·列维-斯特劳斯:《神话学:生食和熟食》,周昌忠译,中国人民大学出版社 2007 年版。
郎樱:《〈玛纳斯〉论析》,内蒙古大学出版社 1991 年版。
〔俄〕李福清:《神话与鬼话——台湾原住民神话故事比较研究》(增订本),社会科学文献出版社 2001 年版。

〔苏〕李福清:《中国神话故事论集》,马昌仪编,中国民间文艺出版社 1988 年版。

李扬:《中国民间故事形态研究》,汕头大学出版社 1996 年版。

廖奔:《中国戏曲史》,上海人民出版社 2004 年版。

刘守华:《比较故事学》,上海文艺出版社 1995 年版。

刘守华:《中国民间故事史》,湖北教育出版社 1999 年版。

刘守华主编:《中国民间故事类型研究》,华中师范大学出版社 2002 年版。

〔日〕柳田国男:《传说论》,连湘译,中国民间文艺出版社 1985 年版。

陆滋源编著:《中华灯谜研究》,江苏科技出版社 1986 年版。

吕微:《神话何为——神圣叙事的传承与阐释》,社会科学文献出版社 2001 年版。

罗永麟:《论中国四大民间故事》,中国民间文艺出版社 1986 年版。

马昌仪编:《中国神话学文论选萃》,中国广播电视出版社 1994 年版。

〔英〕马林诺夫斯基:《巫术科学宗教与神话》,李安宅编译,上海文艺出版社 1987 年版。

〔瑞士〕麦克斯·吕蒂:《童话的魅力》,张田英译,社会科学文献出版社 1995 年版。

〔英〕麦克斯·缪勒:《比较神话学》,金泽译,上海文艺出版社 1989 年版。

倪钟之:《中国曲艺史》,春风文艺出版社 1991 年版。

潘其旭:《壮族歌圩研究》,广西人民出版社 1991 年版。

潜明兹:《史诗探幽》,中国民间文艺出版社 1986 年版。

仁钦道尔吉:《〈江格尔〉论》,内蒙古大学出版社 1994 年版。

〔法〕石泰安:《西藏史诗与说唱艺人的研究》,耿昇译,西藏人民出版社 1993 年版。

〔美〕斯蒂·汤普森:《世界民间故事分类学》,郑海等译,上海文艺出版社 1991 年版。

谭永祥:《歇后语新论》,山东教育出版社 1984 年版。

陶阳、钟秀:《中国创世神话》,上海人民出版社 1989 年版。

天鹰:《论吴歌及其他》,上海文艺出版社 1985 年版。

万建中:《解读禁忌——中国神话、传说和故事中的禁忌主题》,商务印书馆 2001 年版。

王秋桂编:《中国民间传说论集》,台湾联经出版事业公司 1994 年版。

闻一多:《神话与诗》,北京联合出版社 2014 年版。

吴超:《中国民歌》,浙江教育出版社1995年版。
武占坤:《中华谚谣研究》,河北大学出版社2000年版。
〔苏〕谢·尤·涅克留多夫:《蒙古人民的英雄史诗》,徐昌汉、高文风、张积智译,内蒙古大学出版社1991年版。
许钰:《口承故事论》,北京师范大学出版社1999年版。
薛宝琨、鲍震培:《中国说唱艺术史论》,花山文艺出版社1990年版。
杨利慧:《女娲溯源》,北京师范大学出版社1999年版。
叶舒宪选编:《神话—原型批评》,陕西师范大学出版社1987年版。
袁珂:《古神话选释》,人民文学出版社1979年版。
袁珂:《中国神话史》,上海文艺出版社1988年版。
〔美〕约瑟夫·坎贝尔:《千面英雄》,张承谟译,上海文艺出版社2000年版。
张紫晨:《歌谣小史》,福建人民出版社1982年版。
张紫晨:《中国古代传说》,吉林文史出版社1986年版。
张紫晨:《中国民间小戏》,浙江教育出版社1989年版。
中国民间文艺研究会理论研究部编:《中国民间传说论文集》,中国民间文艺出版社1986年版。
朱介凡:《中国歌谣论》,台湾中华书局1974年版。

第一版后记

这本书实际写了15年，是在授课讲稿的基础上完成的。从1990年讲授"民间文学概论"课程以来，讲稿不知修改、增删过多少遍。当然，这些变异仅仅是为了能够在教室里更好地"讲"或"说"，而现在公开出版，则是要提供"读"的文本，诉求自然不同。因此，这次完善投入了更多的精力，并且得到了我的两位博士生罗树杰和郑长天的协助。

作为一部"概论"性质的教材，有基本的学科框架体系的规范，即需要涉及民间文学学科的方方面面，而面对诸多民间文学门类，我并不能完全应付。我感到没有力量探询和叙述的部分便断然悬搁，因为有些内容在同类教科书中可以轻易找到。如同我不能创造民间文学一样，我也不能发明知识和思想。然而，我却在努力制造出一种学术意味浓郁而不仅仅是知识性的民间文学基础读物，希望引发对一些问题的讨论和思考。定名为"引论"，用意即在此。但由于水平有限，缺陷和错误可能暴露于字里行间。好在这还只是一本"引论"。

感谢责任编辑艾英的细心、专业和直率，感谢听过我讲授这门课的不计其数的同学们。

万建中

2006年6月于北京师范大学塔三楼

第二版后记

这本民间文学教材被列入普通高等教育"十一五"国家级规划教材,自2006年出版以来,已使用了十多年,总体评价还是不错的,也被评为"北京高等教育精品教材",得到了不少高校老师和同学的认可和欢迎。有些同学读后才决心报考民间文学专业研究生。

这次修订再版,较之初版,在两个方面有所强化:一方面,民间文学积淀着中华民族特有的极为丰富的思想道德和传统文化意识,是民众最喜闻乐见和熟悉的审美方式,也是最为便利的文学活动样态。每个地方都有祖辈延续下来的故事传说、歌谣谚语、小戏说唱等等,为当地人耳熟能详。这些民间文学一旦为青年学生所接受,便释放出强大的教化能量。我在授课和使用这本教材的过程中,着重从文学和思想道德两个维度构建分析和讲解图式。因此,"民间文学概论"课程被评为北京师范大学"课程思政建设优秀课程"。本书中也增加了相关思政内容。另一方面,传统的民间文学已不在口头流传,演变为导游词、出版物、动漫、抖音、网络小说、街道名、城市景观等,成为随处可见的文化符号。旧时的民间文学作品无以生发,但民间文学生活仍在持续。故而再版教材贯穿"民间文学生活"的理念,同时放弃了"民间文学作品"这一称谓。

修订过程中,除了增、删个别章节外,还改正了一些讹误。王雅观博士和漆凌云教授花费了大量精力协助核对引文,责编艾英女士更是逐字逐句审阅,在此一并表达感谢。

2021 年 11 月 22 日于京师园